遠藤周作論

「歴史小説」を視座として

長濵 拓磨 著

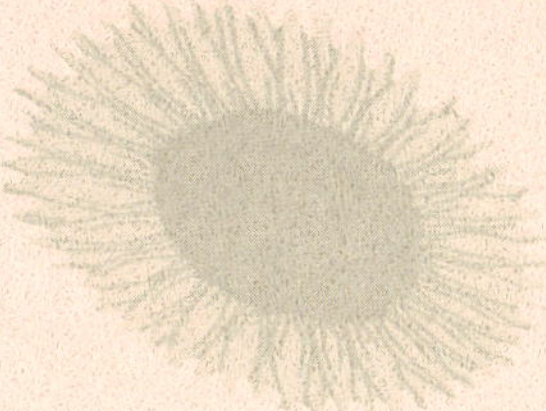

和泉書院

はじめに

本書は、約五十年にわたる遠藤周作の文学的営為を「歴史小説」の視点から見直しをはかる試みである。一口に「歴史小説」といっても、遠藤文学にはフランスを舞台とする『王妃マリー・アントワネット』もあれば、『黒ん坊』のような「時代小説」[1]もある。さらには「内的自伝の試み」[2]を描いたという『侍』もある。いずれも一括りに「歴史小説」と呼べるかどうか判断するのは難しい。もちろん、作者が自ら「歴史小説」と銘打った『遠藤周作歴史小説集』全七巻（講談社）は文句なく「歴史小説」と呼びうるが、それだけでは遠藤文学全体から考えるとごく一部に過ぎず遠藤文学全体を見直すために十分とは言えない。そこで、これらの混乱を避けるために明確な定義づけを行い、そこに合致するものを「歴史小説」[3]として本書の対象としていきたい。さしあたって次の五点が考えられる。

㈠　遠藤が定義するキリシタン時代を背景とすること。
㈡　作品の舞台は日本であること。海外の場合は日本人が活躍した場所であること。
㈢　主人公は日本人であること。外国人の場合は日本人と関わる人物であること。
㈣　主人公はキリシタンであること。もしくはキリシタンやキリスト教に関わる人物であること。
㈤　㈠〜㈣の条件に合致するならば「時代小説」「大衆小説」「純文学」などのジャンルは問わない。一括して「歴史小説」と呼ぶこととする。

順に考察したい。まず㈠は時代背景の問題である。元来遠藤はキリシタン時代を「日本人が初めて西洋とぶつかった時代」[4]として、深い関心を寄せていた。そのため、遠藤文学の歴史を描いた小説のほとんどがこれらを時代背景としていて、「歴史小説」を考える上で外すことはできない。そもそも、キリシタン時代とは一五四九年、フランシスコ・ザビエルのキリスト教伝来に始まり、一六三八年の島原の乱あたりまでを一般的には指すが、遠藤の場合はもう少し長く、「後期かくれ切支丹の時代」(5)として家光以後のかくれ切支丹にも深い関心を寄せていた。したがって、この時代をさらに広くとらえると、幕末から明治にかけての「浦上四番崩れ」までも含むことになる。そうすると、「浦上四番崩れ」を時代背景とする『最後の殉教者』『女の一生　一部・キクの場合』は「歴史小説」として扱い、第二次世界大戦を作品背景とする『黄色い人』『海と毒薬』『女の一生　二部・サチ子の場合』などは「歴史小説」として扱わないという区別が生じる。

㈡は作品舞台の問題である。㈠と同様に、遠藤文学のモチーフの一つは、「日本と西洋の文化が衝突」するところにあるので、場所も日本かあるいは日本人が関わるところになる。当然のことながら、フランスを舞台として日本人が一人も登場しない『王妃マリー・アントワネット』は歴史小説ではあるが、「歴史小説」としては対象外となる。反対に、タイのアユタヤを舞台とした『メナム河の日本人』と『王国への道—山田長政—』は、主人公が日本人なので「歴史小説」として扱っていく。

㈢は主人公の問題である。ここでも㈠と同様のモチーフの問題があるので、『王妃マリー・アントワネット』はここでも対象外となる。一方で、ポルトガル人のロドリゴを主人公とする『沈黙』や、朝鮮人のユリアを主人公とする、『ユリアとよぶ女』、アフリカ出身のツンバを主人公とする『黒ん坊』は、いずれも日本を舞台として日本人と深く関わっていくので「歴史小説」に含まれる。

㈣は主人公の信仰の問題である。『沈黙』の主人公ロドリゴや『銃と十字架』の主人公〈ペドロ岐部〉(6)は司祭なので、必然的に信仰をめぐる問題を中心としてストーリーが展開する。他にも切支丹大名の小西行長を主人公とした『鉄の首枷——小西行長伝』『宿敵』や大友宗麟を主人公とした『王の挽歌』など、キリシタンであることはいうまでもないであろう。問題は、『メナム河の日本人』と『王国への道—山田長政—』の主人公山田長政のようにキリスト教とは無縁だった人物である。遠藤は山田長政の気になる存在として司祭である〈ペドロ岐部〉を配置し、「地上の王国」を目指した山田長政と「神の王国」を目指した〈ペドロ岐部〉の対照的な生き方を描くことでキリスト教との関わりを示したのである。歴史上、山田長政と〈ペドロ岐部〉は一時期同じ場所にいたことはわかっているが、二人が交流した記録はなく遠藤の創作に過ぎない。だが、歴史事実を曲げても小説家として二人の生き方をどうしても描きたかった遠藤の意気込みを感じられる「歴史離れ」である。まさに遠藤文学の「歴史小説」と言えよう。

最後に㈤のジャンル分けの問題である。先にも述べたように遠藤文学には多種多様な「歴史小説」が存在する。中には歴史小説というよりも時代小説、心理小説、宗教小説、軽小説、大衆小説と呼んだ方が適切なものも含まれる。だがあえてそれらを「歴史小説」の名のもとにまとめることで新たな見方ができるのではないか。これが本書の目的でもある。そこで、細かいジャンル分けはひとまずおいて大きな枠組みで「歴史小説」として扱っていくこととする。

以上の条件に合致するものを本書では「歴史小説」として扱い、これを視座として遠藤文学の見直しをはかることとする。そのことによって、遠藤文学の総体を捉えることが可能となろう。また、全体を見通すことで純文学と大衆小説、深刻な小説とエンターテイメントの軽小説といった従来の二分法では捉えられなかったものも見えてくるかもしれない。いずれにしろ遠藤研究の枠組みを少しでも変えることが出来たら本書の目的は達成せられたということができる。

注

（1）遠藤周作は柴田錬三郎との対談（「週刊読売」、一九七四・昭和四十九年六月二十二日号のち『ぐうたら会話集　第2集』角川文庫、一九七八・昭和五十三年十月）で「『黒ん坊』のような時代小説を書いた」と語っている。

（2）広石廉二『遠藤周作の縦糸』（朝文社、一九九一・平成三年十月）

（3）一般的な歴史小説よりも限定された条件を含むので区別の為に「歴史小説」とする。

（4）遠藤周作「キリシタン時代——日本と西洋の激突」（「太陽」、一九七二・昭和四十七年十一月）
（5）遠藤周作「日本の沼の中で——かくれ切支丹考」（「野生時代」、一九七九・昭和五十四年一月〜六月）
（6）ペドロ岐部については「ペドロ岐部」「カスイ岐部」「岐部神父」「ペドロ岐部カスイ」「ペドロ・カスイ・岐部」など様々な呼び方があるため本書では〈ペドロ岐部〉と統一して呼ぶこととする。

目次

はじめに……i
凡例……x
序論……1

第一部 「歴史小説」への序章――「トポス」をめぐる「手記」――

第一章 遠藤周作初期作品のエクリチュール――「手記」をめぐって――……17
問題の所在…17 『青い小さな葡萄』のエクリチュール…17 初期評論中の書簡体…20
『作家の日記』…24 初期小説のエクリチュール…26

第二章 遠藤周作論――〈劇〉を生成するトポス――……35
トポスの問題…35 〈悪〉というトポス…36 〈テレーズ〉というトポス…39
〈留学〉というトポス…41 「第三の新人」の影響…43 〈廃墟〉というトポス…47
おわりに…49

第三章 『黄色い人』論――逆説的な「恩寵の世界」の提示――……52

事実と創作の間…52　「手記」形式の問題…54　魂の〈劇〉…58
エピグラフの問題…62
第四章　『海と毒薬』論――「トポス」をめぐる「手記」――……68
問題の所在…68　「手記」の所在…68　「序章」の「トポス」…72
二つの「手記」の位相…76　F医大病院という「トポス」…79　〈私〉と勝呂…82

第二部　「歴史小説」――「切支丹物」の世界――

第一章　「弱者」の形象――二つの系譜をめぐって――……91
「弱者」の問題…91　「弱者」像の形成…92　二つの「弱者」の系譜…95
キチジローの系譜…98　ロドリゴの系譜…103　荒木トマスの問題…107
第二章　遠藤文学における〈ペドロ岐部〉（一）――『留学』『沈黙』を中心として――……111
「強者」と「弱者」…111　H・チースリクと〈ペドロ岐部〉…112
『留学』――荒木トマスと〈ペドロ岐部〉――…116　『沈黙』と〈ペドロ岐部〉…118
第三章　『沈黙』論――引用の織物――……140
はじめに…140　『沈黙』の構成…141　『沈黙』と『キリシタン人物の研究』…144
『沈黙』と『長崎オランダ商館の日記』…147　『沈黙』と『査祅余録』…149
『沈黙』と聖書…153　おわりに…157
第四章　遠藤文学における小西行長（一）――『ユリアとよぶ女』を中心として――……187
問題の所在…187　「切支丹物」としての『ユリアとよぶ女』…188

朝鮮というモチーフ…193　人形のイメージ…198
『ユリアとよぶ女』における小西行長像…203

第三部　「歴史小説」――「評伝」の世界――

第一章　遠藤文学における小西行長（一）――『鉄の首枷――小西行長伝』――……211
問題の所在…211　「評伝」としての『鉄の首枷』…212　二つのトポス…215
二項対立の図式…219　小西行長の信仰…224

第二章　遠藤文学における〈ペドロ岐部〉（一）――『メナム河の日本人』から『王国への道』まで――……229
問題の所在…229　『メナム河の日本人』における〈ペドロ岐部〉…230
エッセイの中の〈ペドロ岐部〉…237　『銃と十字架』における〈ペドロ岐部〉…244
『王国への道』における〈ペドロ岐部〉…251　おわりに…255

第三章　『侍』論（一）――ベラスコの視点をめぐって――……258
問題の所在…258　二元的視点…258　日本人像…259　「侍」…261

第四章　『侍』論（二）――フィクションの内実について――……266
問題の所在…266　『侍』の作品背景…267　『侍』の慶長遣欧使節…270
長谷倉とベラスコの造型…273

第四部　「歴史小説」――「歴史群像」の世界――

第一章　『女の一生』論――多層的な二項対立の世界――……281

「歴史小説」の問題…281　「語り」の問題…282　長崎というトポス…289
二項対立の図式…297

第二章　遠藤文学における小西行長（二）――『宿敵』――……308
問題の所在…308　「歴史群像」としての『宿敵』…309
二項対立の図式…312　小西行長の信仰…315
フィクションの問題…319

第三章　「人間」を追求する歴史小説――山本周五郎『赤ひげ診療譚』と遠藤周作『王の挽歌』――…327
「人間」の追求…327　『赤ひげ診療譚』の主題について…328
『赤ひげ診療譚』における「人間性」の問題…329　『王の挽歌』の主題について…333
『王の挽歌』における「弱さ」の問題…335　おわりに…337

第四章　『王の挽歌』論――「キリシタン文学」の可能性――……344
問題の所在…344　遠藤周作の「キリシタン文学」…344
『王の挽歌』成立をめぐる問題…347　死をめぐる問題…349　魂のドラマ…351

第五章　遠藤文学における〈ペドロ岐部〉（三）――『女』を中心として――……357
〈ペドロ岐部〉の問題…357　『女』における「歴史小説」の問題…358
「弱者」の問題――山田右衛門作――…362
「強者」の問題――〈ペドロ岐部〉とシドッチ――…366　『女』における『沈黙』…369

結　論……375

遠藤周作研究参考文献目録 …… 389
一、単行本 …… 390
二、雑誌特集 …… 393
三、作品別論文 …… 394

初出一覧 …… 477
索引（書名・人名・事項） …… 479
あとがき …… 495

凡例

一、遠藤周作作品の引用は、原則として『遠藤周作文学全集』全十五巻（新潮社、一九九九・平成十一年四月から二〇〇一・平成十三年七月）に拠った。ただし、全集に含まれない（『黒ん坊』角川文庫、『王国への道―山田長政―』新潮文庫、『女の一生　一部・キクの場合』新潮文庫、『宿敵』角川文庫、『王の挽歌』新潮文庫、『女』文春文庫）については文庫版を用いている。

二、小説・単行本は二重鍵括弧（『　』）で括り、その他のエッセイ・評論・雑誌・新聞等は一重鍵括弧（「　」）で括り記した。

三、引用文中の傍線部は引用者による。

四、引用部分はすべて、原則としてその表記にしたがったが、読みやすさを考慮して必要に応じて、ルビ（または傍点）を省略した。また改行は／で示した。

序論

一

遠藤周作は、一九二三（大正十二）年三月二十七日に東京で生れ、一九九六（平成八）年九月二十九日に亡くなった。戦争で青春を奪われた「戦中派」世代であり、戦争体験が反映された作品も多い。文学者としては一九四七（昭和二十二）年十二月に評論「神々と神と」を発表したところから始まり、一九九六（平成八）年に亡くなるまで小説・戯曲・随筆など様々な分野で幅広く活躍した。約五十年にわたる文学活動は戦後派文学の作家、埴谷雄高、野間宏、椎名麟三、梅崎春生、武田泰淳、大岡昇平らが活躍した時代や「第三の新人」の作家、安岡章太郎、吉行淳之介、小島信夫、三浦朱門らが活躍した時代と重なる。文学史では「第三の新人」に数えられるが、戦後派作家とも密接な関係があり、「遅れて来た戦後派」と呼ばれることもあった。遠藤文学は日本と西洋、日本人とキリスト教、深層心理、「第三のディメンション」としての魂の問題などを主題としており、思想性、宗教性の濃さから戦後派文学に共通するものがある。一方で「第三の新人」の作家たちから学んだという「日常性」と「弱者」の問題も孕んでおり、戦後派作家と「第三の新人」両方の文学の要素を持った作家だと言える。また、主題の多様さと同様、作品のジャンルも多種多様である。小説だけを取り上げてみても『沈黙』のような深刻な主題を持つ「純文学」から、『おバカさん』のような「軽小説」、『女の決闘』のような「ユーモア小説」、『最後の殉教者』のような「歴史小説」、『黒ん坊』のような「時代小説」[1]まで実に多彩である。そのため先行研究では「純文学」と「軽小説」の二つに分けて論じられてきた。これはほぼ定説と言えよう。

　遠藤研究に大きな足跡を残した武田友寿も『『沈黙』以後　遠藤周作の世界』（女子パウロ会、一九八五・昭和六十年六月）の中で「純文学」と「軽小説」を中心にして〈小説の分類・位置〉、〈作品の立体関係〉と遠藤作品の詳細な分類を行い遠藤研究の土台を構築している。その分類の柱となるのが「純文学」と「軽小説」であった。ただし、武田友寿が一九九一（平成三）年二月に亡くなったため、『深い河』（講談社、一九九三・平成五年六月）や『女』（講談社、一九九五・平成七年五月）などの作品を読む機会がなかったこと、同様に『遠藤周作歴史小説集』全七巻（講談社、一九九五・平成七年五月〜一九九六・平成八年七月）を見る機会もなく「歴史小説」への視点が欠けていたこと、亡くなる前にエンターテイメント系の見直しをはかっていたがこれも未完で終わったことなどいくつか課題が残されている。(2)

　そこで本書では武田友寿の分類を踏まえつつ「歴史小説」という視点を導入することによって遠藤文学の見直しをはかりたい。つまり、これまで「純文学」と「軽小説」の二つの枠組みしかなかった遠藤文学を「歴史小説」という第三の枠組みを設定することで「純文学」作品の「歴史小説」としての側面や「軽小説」作品の文学的価値を包括する試みであるのだ。また、遠藤文学を「歴史小説」から見直すことによって文学史における遠藤周作の位置づけも変わってくるだろうし、遠藤文学を近代文学における「キリシタン文学」からとらえ直すなど様々な可能性が考えられる。

二

　最初に遠藤周作の「歴史小説」の分類について考えたい。定義については「はじめに」で述べたので、その実質的な内容についてである。主な対象となるのは、『最後の殉教者』から『女』に至るまでである。「歴史小説」は遠藤の作家人生の大半を占める約三十六年に及ぶ長期間、様々な作品が書き続けられていった。これらは拙稿で論じたように、「切支丹物」「評伝」「歴史群像」の三つの時期に区分される。(3)すなわち、「切支丹物」が『最後の殉教者』から

『学生』まで、「評伝」が『黒ん坊』から『日本の聖女』まで、そして「歴史群像」が『女の一生　一部・キクの場合』から『女』までとなる。三つの時期は、それぞれ第一期〈一九五九・昭和三十四年～一九六九・昭和四十四年〉、第二期〈一九七〇・昭和四十五年～一九八〇・昭和五十五年〉、第三期〈一九八〇・昭和五十五年～一九九四・平成六年〉というように、おおよそ十年周期で区分される。遠藤の小説全体とも関わる一定の創作意識に基づく変化であったと言えよう。さらに、本書では「歴史小説」への序章として初期作品における「手記」と「トポス」の問題も扱うこととする。

第一に「手記」の問題がある。「手記」形式とは、書簡体、日記体、手記体という文体だけではなく、作品中に引用された手紙、日記、ノートも全て含むものとしてここでは考える。遠藤の初期作品では、例えば、初期に発表された「フランス・カトリック文学展望―ベルナノスと悪魔―」（「望樓」、一九四七・昭和二十二年七・八月合併号）、「神々と神と」（「四季」、一九四七・昭和二十二年十二月号）やフランス留学中のエッセイである『フランスの大学生』などの評論が書簡体や日記体で描かれており、小説においても『アデンまで』『白い人』『黄色い人』における書簡体、『海と毒薬』『留学』『わたしが・棄てた・女』における日記体、手記体などほとんどの作品が「手記」形式として分類される。このように初期作品で「手記」形式が重要な役割を担っていることは確かである。これらの作品群の「手記」には苛酷な現実や忘れ難い出来事を書き残しておきたいという強い願望が込められていて、歴史の中に埋もれていくことへの懸念も見られる。いわば、そうした歴史の風化作用への対抗意識こそ遠藤が「歴史小説」を生み出す原動力であったと考えられる。つまり、遠藤が「歴史小説」で目指した所は単なる歴史の再現ではなく歴史の中に埋もれていた人物に光を当て復活させることにあったのである。初期作品ではその手がかりとして「手記」形式が用いられたと言えよう。

第二に「トポス」の問題がある。作品舞台への強いこだわりである。試みに、遠藤文学の主要な作品舞台を挙げると次のようになる。

『アデンまで』のアデン（アラビア半島）、『白い人』『留学』『青い小さな葡萄』のリヨン（フランス）、『黄色い人』の仁川（兵庫県西宮市）、『海と毒薬』の世田谷と九州のＦ市（福岡市・九州大学医学部）、『わたしが・棄てた・女』の復活病院（静岡県御殿場市・神山復生病院）、『火山』の赤岳（鹿児島県・桜島）、『沈黙』のトモギ村（長崎市外海町など）と江戸切支丹屋敷（東京都文京区小日向）、『イエスの生涯』『キリストの誕生』『死海のほとり』のエルサレム（イスラエル）、『死海のほとり』『女の一生　二部・サチ子の場合』のアウシュビッツ収容所（ポーランド）、『メナム河の日本人』『王国への道―山田長政―』のアユタヤ（タイ）、『ユリアとよぶ女』『鉄の首枷――小西行長伝』の朝鮮半島、『侍』の仙台・支倉村・ベルクルス（メキシコ）・スペイン・ローマ、『最後の殉教者』『女の一生』の浦上（長崎市）、『銃と十字架』『王の挽歌』の国東半島、臼杵（大分県）と無鹿（宮崎県）、『男の一生』の長良川、『深い河』のクルトルハイム（上智大学）、リヨン（フランス）、ヴァーラーナーシイ（インド）。

以上である。これらの作品舞台は、登場人物が活躍する単なる舞台装置だけではなく、小説家の想像力を刺激して様々な人間の〈劇〉が生成される「トポス」でもあるのだ。こうしたトポスの問題は、フランス留学や「第三の新人」たちとの交流によってより深められていくことになる。

このように初期作品がはらむ「手記」形式や「トポス」の問題は「歴史小説」だけではなく、遠藤文学全体に関わる重要な文学的課題を含んでいる。しかも、初期作品を「歴史小説」の序章として扱うことによって「歴史小説」は遠藤の作家生活全期間が対象となり、「歴史小説」を視座として遠藤文学全体の見直しが可能となるのだ。

三

対象となる「歴史小説」が確定した所で次に「歴史小説」の前提を考えたい。すなわち、遠藤周作が〈歴史〉と〈小説〉をどのように捉えていたのかということである。

まずは前者の〈歴史〉観についてである。ただ単に〈歴史〉と言っても様々なレベルがあるので、便宜上体験、関心、趣味の三つのレベルに分けて考えていきたい。

第一に体験としての〈歴史〉。試みに遠藤周作の履歴に社会的な出来事を重ねると、天災や戦争が大きく関わっていることがわかる。天災では遠藤が生れた一九二三（大正十二）年九月に東京で発生した関東大震災、灘中の学生だった時の一九三八（昭和十三）年七月に発生した阪神大水害、そして同じ阪神間では遠藤が亡くなる前年の一九九五（平成七）年には阪神淡路大震災が発生して大きな被害が出た。いずれも簡単には見過ごせない体験であった。また、戦争と関わるのは、遠藤が三歳から十歳まで過ごした大連である。大連は日本が植民地経営を行った場所であり、隣接する地域には一九三二（昭和七）年満州国が建国されており、日中戦争の引き金となっていく。一九四一（昭和十六）年十二月には太平洋戦争が始まり、戦時体制が作られていく。遠藤が慶應義塾大学文学部予科に入学した一九四三（昭和十八）年には授業がほとんど行われず勤労動員や空襲の日々を過ごした。一九四五（昭和二十）年八月、日本は終戦を迎える。戦争の傷跡は根深く残っていて、遠藤が戦後初の留学生としてフランスへ向った一九五〇（昭和二十五）年の時点でも、遠藤は途中のフィリピンなどで日本人に対する憎悪を目の当たりにした。フランス留学中も敗戦国の人間として差別待遇を受けたりもした。こうした戦争体験は『アデンまで』『白い人』『黄色い人』『海と毒薬』など初期の作品に色濃く反映している。

第二に関心としての〈歴史〉。遠藤の「歴史小説」が背景とするのは、一五四九年のフランシスコ・ザビエルのキリスト教伝来に始まり、一六三七年の島原の乱を経て明治初期の「浦上四番崩れ」に至る。いわゆるキリシタン時代に集中しており、遠藤の強い関心が窺える。キリシタン時代について遠藤は「最初に日本と西洋の文化が衝突した[4]」、きわめて激動の時代と見ていて、そこに遠藤文学の主題である日本と西洋、日本人とキリスト教の問題を描き出すのに最適な時代としている。

そもそも遠藤がキリシタン時代に関心を持つようになったきっかけは、フランス留学時代にある。遠藤のフランス留学は日本宣教に関心を持ったフランスのカトリック教会の支援によって実現したものだが、そうしたフランスの教会側の大きな期待は遠藤にとって負担を感じるものであった。そこで自分と同じようにヨーロッパに留学した日本人を調べたところ、ザビエルが派遣した最初の留学生ベルナルドや、天正遣欧少年使節、トマス荒木、〈ペドロ岐部〉などを知っていく。これらの留学生の中には、ヨーロッパで病に倒れた者や、日本へ戻り「華々しい殉教者」となった者、反対に信仰を棄てて背教者となった者もいた。中でも遠藤が関心を持ったのは、後者の信仰を棄てた弱者であった。彼等は背教者として教会の歴史から抹殺され、存在すら否定されている。遠藤はそうした弱者たちに自分の姿を重ね親近感を抱いたのだ。

第三に趣味としての〈歴史〉。遠藤は最後の歴史小説『女』で繰り返し「歴史小説」への愛着を語っている(5)。そこには同時に〈歴史〉に対する深い愛着の気持ちも込められている。遠藤がそこまで〈歴史〉にこだわるようになったきっかけは全くの偶然であった。『埋もれた古城』によると、家の近所に世田谷城があり、何気なく調べてみると、吉良上野介と関わる城であり、身近な所に意外な歴史が隠れていることに驚いたことという。そもそも遠藤は「廃墟」に対する異常な関心を持っており、それが趣味としての〈歴史〉への関心と合致したと言えよう。というのも、エッセイ「廃墟の眼」(6)の中に描かれているように、「廃墟」は黙々と存在し、その「眼」で多くの人間の人生を見つめて来たのであり、遠藤は実際に「廃墟」を訪れ、そこにたたずむことでかつて多くの人が生きた痕跡を「廃墟の眼」を通じて感じることに喜びを覚えたからである。つまり、遠藤が「廃墟の眼」を通して見つめていたのはあくまでも人間の人生であったのである。すなわち、〈歴史〉への関心は、作家として人間の人生に深い関心を寄せていた証でもあったのである。

四

後者の〈小説〉について考えたい。前述のように、遠藤の文学的出発は佐藤朔『フランス文学素描』(青光社、一九四〇・昭和十五年一月)を読んで、フランスのカトリック文学とりわけ『テレーズ・デスケルー』を知ったことにある。フランスのカトリック文学を学ぶために、大学の専攻も独文科から仏文科へ変更したし、そもそもフランス留学の目的もフランスのカトリック文学を研究することにあった。そんな遠藤が持つ〈小説〉観がフランスのカトリック文学の圧倒的な影響を受けていることは想像に難くない。初期の評論では、カトリック文学について「神と悪魔、人間と社会、肉欲と霊の血みどろな闘い」(7)が繰り広げられる人間の〈劇〉であると定義づけている。これは遠藤の〈小説〉観そのものと呼ぶことが出来る。初期作品のみならず全ての小説は、この〈小説〉観にもとづき描かれたものであるからだ。

さらに、遠藤は日本でカトリック文学を追求する中で、「距離感」の問題に突き当たる。カトリックという伝統のない日本の風土の中で、カトリック文学を受容していくことの困難さである。例えば、堀辰雄は『テレーズ・デスケルー』の影響を受けて『菜穂子』という小説を書いてはいるものの、「失敗作」となっているという。堀辰雄が『テレーズ・デスケルー』の背景となっているカトリック文学の問題を理解できていなかったからである。このように、日本と西洋、日本人とキリスト教との間には大きな「距離感」の問題があり、遠藤は生涯この問題に取り組んでいたのである。

ただそこにはいくつかの変遷が見られる。順に追っていくと前述の「歴史小説」の区分と重なる。

第一に、「歴史小説」への序章としての初期作品群は、カトリック文学にもとづく「神と悪魔、人間と社会、肉欲と霊の血みどろな闘い」が繰り広げられる人間の〈劇〉をいかに描くかが〈小説〉観の根本となっている。

第二に、「歴史小説」の第一期は、フランス留学がきっかけとなった日本人留学生への関心や、「切支丹時代の智識人」をテーマに上智大学のH・チースリク教授のもとで学んだ成果が作品へ反映している。前述のように、遠藤は「切支丹時代」を「最初に日本と西洋の文化が衝突した」、きわめて激動の時代と見ており、そこに日本と西洋、日本人とキリスト教の問題や、キリスト教をめぐる人間の〈劇〉を見つめていた。

第三に、「歴史小説」の第二期。『沈黙』以後、遠藤は何度もエルサレムを訪れ、『キリストの誕生』『イエスの生涯』『死海のほとり』と聖書研究、とくにイエス研究を進めていった。その成果の一つである『死海のほとり』が不評であったために失望し、フィクションを描くことに自信を失ったという。そのため、『死海のほとり』以後は事実の積み重ねである「評伝」を集中的に書いていくことになった。中でも、〈ペドロ岐部〉、山田長政、小西行長、支倉常長など海外に勇躍した日本人たちを描くことで、彼らがぶつかった西洋という異文化の壁やキリスト教をめぐる問題に取り組み、「日本人にあったキリスト教」をテーマとしたのである。

第四に、「歴史小説」の第三期。『侍』の主人公、長谷倉は様々な組織の陰謀に翻弄され悲劇を迎えた人物であったが、この辺りから日本と西洋、日本人とキリスト教だけではなく、組織と個人、父と子、無意識、老い、魂などの問題が浮上する。とりわけ、組織と個人の問題は、数多くの登場人物が蠢く「歴史群像」として描かれる。

このように、人間の〈劇〉を描くという遠藤の〈小説〉観は、作家として成熟していく過程の中で様々な文学的課題を取りこみ重厚さを増していったのである。ただ、人間の〈劇〉という主題に関わる根本だけは揺るぎのないものであった。

五

以上が「歴史小説」の前提としての遠藤の〈歴史〉観と〈小説〉観である。改めて見ると、「歴史小説」だけではなく、遠藤文学全般にも関わるものであることがわかる。しかも、これらの〈歴史〉観と〈小説〉観を持っている遠藤が「歴史小説」に関心を持つのは当然と言える。その上で、「歴史小説」が遠藤文学において重要な役割を果たすであろうことも容易に予想される。そこで、本書ではこれらの前提を踏まえて遠藤文学における「歴史小説」を考察する。本書の構成は左記のとおりである。

第一部 「歴史小説」への序章――「トポス」をめぐる「手記」――

第二部 「歴史小説」――「切支丹物」の世界――

第三部 「歴史小説」――「評伝」の世界――

第四部 「歴史小説」――「歴史群像」の世界――

すなわち、遠藤文学を四つの時期に分けそれぞれを「歴史小説」との関わりで読み解いていく。第一部では「神々と神と」で評論家として出発した遠藤がフランス留学を経て『アデンまで』で作家としてデビューして『白い人』による芥川賞受賞、『海と毒薬』による毎日出版文化賞と新潮文学賞を受賞し作家としての地位を獲得していくまでの時期である。この時期にはほとんどの作品が評論であっても小説であっても、日記体や書簡体といった「手記」形式で書かれている。「手記」は「記録」としての要素があり、「記録」の積み重ねがやがて〈歴史〉に繋がることからも「歴史小説」への序章と呼ぶことが出来る。さらに、「トポス」の問題もこの時期から見ることが出来る。フランス留学で学んだ〈悪〉、〈テレーズ〉、〈留学〉という「トポス」、「第三の新人」たちの影響を受けた〈弱者〉〈日常性〉という「トポス」、歴史趣味の出発である〈廃墟〉という「トポス」などの様々な問題はこの時期に形成されたと考えられる。

第二部は、第一期〈一九五九・昭和三十四年〜一九六九・昭和四十四年〉に描かれた「歴史小説」を対象とする。この時期の大部分の作品は「切支丹物」(8)に該当する。木下杢太郎、芥川龍之介、長与善郎などが切り開いて来た切支丹文学の系譜に連なる作品と言えよう。この時期の代表作は言うまでもなくロドリゴ神父の棄教を描いた『沈黙』である。『沈黙』前後にあらわれた「弱者」の形象、『沈黙』における〈ペドロ岐部〉の意味、及び出典の問題など様々な角度から『沈黙』に迫っていく。あわせて新資料も提示する。また、『ユリアとよぶ女』に登場する小西行長、日比野了慶、笠原主膳、ユリアなどの切支丹についても考察し、「切支丹物」としてのありようも考えていきたい。

第三部は、第二期〈一九七〇・昭和四十五年～一九八〇・昭和五十五年〉の「歴史小説」を対象とする。この時期の作品は『黒ん坊』を除くと、小西行長、〈ペドロ岐部〉、山田長政、支倉常長といったようにいずれも「切支丹時代」に海外渡航をした日本人の「評伝」となっている。というのも、遠藤は『死海のほとり』が不評に終り、小説に自信を失っており、一時期創作から離れていたという事情もあるからだ。さらに、『沈黙』から発展したテーマである「日本人とキリスト教」の問題があった。「切支丹時代」にキリスト教と関わった日本人の「評伝」を描くことで、その人生の痕跡を辿り日本人にとってキリスト教がどのような意味を持っているのかを問い直しているのである。とりわけ、山田長政と対照的な生き方をした〈ペドロ岐部〉と、慶長遣欧使節としてローマまで渡った支倉常長を主人公とした『侍』はこの時期の特徴がよく表れている。そのため『侍』は、作者自身が『沈黙』に次ぐ「第二期の総決算」(9)と呼んでいる。

第四部は、第三期〈一九八〇・昭和五十五年～一九九四・平成六年〉の「歴史小説」が対象である。『女の一生一部・キクの場合』から最後の歴史小説『女』までが該当する。この時期のほとんどの作品が、主人公を軸として様々な登場人物が交差する、いわば「歴史群像」とも呼ぶべき様相を呈している。例えば、『女の一生　一部・キクの場合』の場合も、幕末から明治にかけての浦上四番崩れを背景として、主人公のキクと従姉妹のミツ、清吉と熊蔵、プチジャン神父とフューレ神父、伊藤清左衛門と本藤舜太郎といったように常に対照的な人物が配置されており、歴史の中に生きた人々を生き生きと描き出している。さらに、『侍』と『深い河』をつなぐ要となる『王の挽歌』に注目し、山本周五郎『赤ひげ診療譚』と比較を試み、キリシタン文学という観点から考察する。そして最後の歴史小説『女』を中心に、遠藤文学におけるキー・パースンである〈ペドロ岐部〉の形象と山田右衛門作との対比である「弱者」と「強者」の問題を確認しておく。

このような流れで、「歴史小説」を通して遠藤文学全体の見直しを図る。前提として「歴史小説」が多彩な遠藤文学の中の単なる一ジャンルとしてあるのではなく、全ての作品が「歴史小説」と関連するものとして考察する。そして、これらの作業によって初期作品を「歴史小説」の序章として位置付けし、「歴史小説」の「切支丹物」―「評伝」―「歴史群像」という発展の方向性を把握する。さらには、遠藤文学の「歴史小説」が持つ「キリシタン文学」の可能性も明らかになろう。

注

（1）遠藤周作は柴田錬三郎との対談（初出：「週刊読売」、一九七四・昭和四十九年六月二十二日号のち『ぐうたら会話集第2集』角川文庫、一九七八・昭和五十三年十月）で「『黒ん坊』のような時代小説を書いた」と語っている。

（2）武田友寿「連載　第一回　狐狸庵《えんどうしゅうさく》先生の天使たち　軽小説の世界」（「世紀」、一九八九・平成元年三月）、「連載第二回　狐狸庵《えんどうしゅうさく》先生の天使たち　西方のピエロ」（「世紀」、一九八九・平成元年四月）。連載と銘打っているが作者の都合で二回に終った。連載開始の第一回では三回目の遠藤周作論として気合も入っていたが、未完に終ったことは惜しまれる。

（3）拙稿「遠藤周作の「歴史小説」の一側面―松田毅一との関連をめぐって―」（「遠藤周作研究」4、二〇一一・平成二十三年九月）。拙稿では初出の発表時期を元にした〈表一〉を収録してある。本書では《参考資料》「遠藤周作の「歴史小説」の区分」として示したので参考にされたい。

（4）遠藤周作「キリシタン時代――日本と西洋の激突」（「太陽」、一九七二・昭和四十七年十一月）

（5）『女』の冒頭と結末は以下のとおりである。

歴史小説を書くのは好きだ。／それは私自身の趣味と一致するからである。（「信長の子供たち」／『女』）

思えば歴史小説を書ける私は幸福な人間である。それぞれの、実在した人間の生涯を実際的に歩き、たずね、彼女等の人生を想いうかべられるからだ。（「終曲」／『女』）

（6）遠藤周作「廃墟の眼」／『狐狸庵閑話』（桃源社、一九六五・昭和四十年七月）

（7）遠藤周作「白人の小説について――西欧との本質的な距離の意識」（「毎日新聞」、一九五五・昭和三十年七月二十八日）

（8）「わが切支丹勉強の師―松田毅一教授のこと―」／遠藤周作『ぐうたら漫談集』（角川文庫、一九七八・昭和五十三年七月）の中で次のように述べている。

『沈黙』や『黄金の国』という私の切支丹物の作品を執筆準備している時、どんなに教えられたかわからない。

（9）遠藤周作・佐藤泰正『人生の同伴者』（春秋社、一九九一・平成三年十一月）

《参考資料》「遠藤周作の「歴史小説」の区分」

第一期（一九五九～一九六九）「切支丹物」

『最後の殉教者』（「別冊文芸春秋」、一九五九・昭和三十四年二月）
『その前日』（「新潮」、一九六三・昭和三十八年一月号）
『雲仙』（「世界」、一九六五・昭和四十年一月号）
『留学』（「群像」、一九六五・昭和四十年三月号）
『沈黙』（新潮社、一九六六・昭和四十一年三月）
〈戯曲〉『黄金の国』（「文芸」、一九六六・昭和四十一年五月号）
『ユリアと呼ぶ女』（「文芸春秋」、一九六八・昭和四十三年二月号）
『母なるもの』（「新潮」、一九六九・昭和四十四年一月号）
『学生』（「新潮」、一九六九・昭和四十四年十月号）

第二期（一九七〇～一九八〇）「評伝」

『黒ん坊』（「サンデー毎日」、一九七〇・昭和四十五年六月二十一日～翌年三月二十八日号）
〈戯曲〉『メナム河の日本人』（新潮社、一九七三・昭和四十八年九月）
『鉄の首枷――小西行長伝』（「歴史と人物」、一九七六・昭和五十一年一月号～翌年一月号）
『銃と十字架』（「中央公論」、一九七八・昭和五十三年一月号～十二月号）
『王国への道―山田長政―』（「太陽」、一九七九・昭和五十四年七月～翌々年二月号）

『侍』（新潮社、一九八〇・昭和五十五年四月）
『日本の聖女』（「新潮」、一九八〇・昭和五十五年二月号）

第三期（一九八〇～一九九四）「歴史群像」

『女の一生　一部・キクの場合』（「朝日新聞」、一九八〇・昭和五十五年十一月一日～翌年七月一日）
『宿敵（上・下）』（角川書店、一九八五・昭和六十年十二月）
『二条城の決闘』（「小説新潮」、一九八七・昭和六十二年九月号）
『反逆』（「読売新聞」、一九八八・昭和六十三年一月～一九八九・昭和六十四・平成元年二月）
『決戦の時』（「大阪新聞」他、一九八九・昭和六十四・平成元年二月）
『王の挽歌』（「小説新潮」、一九九〇・平成二年二月号～一九九二・平成四年二月号）
『男の一生』（「日本経済新聞」、一九九〇・平成二年九月一日～一九九一・平成三年九月十三日）
『無鹿』（「別冊文芸春秋」、一九九一・平成三年春号（四月））
『女』（「朝日新聞」、一九九四・平成六年一月一日～十月三十日）

＊《『遠藤周作歴史小説集』全七巻（講談社）》
『遠藤周作歴史小説集１　女の一生――キクの場合』（一九九六・平成八年一月）
『遠藤周作歴史小説集２　宿敵』（一九九五・平成七年十一月）
『遠藤周作歴史小説集３　反逆』（一九九五・平成七年九月）
『遠藤周作歴史小説集４　決戦の時』（一九九六・平成八年三月）
『遠藤周作歴史小説集５　男の一生』（一九九六・平成八年五月）
『遠藤周作歴史小説集６　王の挽歌』（一九九六・平成八年七月）
『遠藤周作歴史小説集７　女』（一九九五・平成七年五月）

第一部　「歴史小説」への序章

――「トポス」をめぐる「手記」――

遠藤は「神々と神と」(「四季」、一九四七・昭和二十二年十二月)で評論家として文壇に登場した。その後、フランス留学を経て、『アデンまで』(「三田文学」、一九五四・昭和二十九年十一月)で作家としてデビューし、『白い人』(「近代文学」、一九五五・昭和三十年五、六月号)の芥川賞受賞、『海と毒薬』(「文学界」、一九五七・昭和三十二年六、八、十月号)の毎日出版文化賞、新潮社文学賞の受賞によって作家としての地位を確立する。これらの初期作品において「歴史小説」が描かれることはない。だが、初期作品全体を見渡していくと、「手記」や「トポス」の問題といった「歴史小説」と共通する文学的課題が浮かび上がってくる。すなわち、初期作品は後の膨大な「歴史小説」を生み出していくための序章となっているのだ。

そこで、第一部では「手記」と「トポス」の問題を中心として考察していく。第一章では初期作品における「手記」の問題。第二章では初期作品をめぐる「トポス」の問題。第三章の『黄色い人』論と第四章の『海と毒薬』論では、「手記」と「トポス」を中心として作品論を展開する。

以上の考察を通して、初期作品が「歴史小説」と共通する「手記」と「トポス」という文学的課題を持っていること、つまり「歴史小説」の序章となっていることを確認していきたい。

第一章　遠藤周作初期作品のエクリチュール

――「手記」をめぐって――

一、問題の所在

遠藤周作の初期作品を俯瞰する時、そこには書く行為＝エクリチュールへの執着とも執念ともいえるものが浮かび上がる。例えば、小説の方法としても書簡体や日記体などの手記形式が採られ、主人公が厳しい現実に対峙しつつ手記を書き綴ることに執念を燃やしている。また、ストーリーを動かす重要な役割を果たしているのも手紙、日記、ノートといった「手記」(1)であり、書かれたもの＝エクリチュールに対する執着の強さを物語っている。いずれにしろ、遠藤周作の初期作品における主人公には「手記」を書くことで厳しい現実を書き残しておきたいという願望や、書き残された「手記」に対する強い執着があり、そこに作家として書くことの意味を問い続けた遠藤周作の「手記」への執念を見る事ができるのだ。だが、従来の先行研究においては「手記」の重要性については見過ごされて来た。そこで本章では、遠藤周作の初期作品の中で「手記」がどのような役割を果しているのか、あるいは「手記」の意味について考察して、遠藤周作のエクリチュールについて見直しをはかりたい。

二、『青い小さな葡萄』のエクリチュール

遠藤周作の初期作品における「手記」の意味を考察する際に、欠かすことのできないのが、最初の長編小説『青い

小さな葡萄』（初出：「文学界」、一九五六・昭和三十一年一月〜六月号）である。この作品は、遠藤周作がフランス留学時代（一九五〇〜一九五三）に抗独運動のレジスタンスがドイツ軍の協力者たちを虐殺した事件の現場である〈フォンスの井戸〉を取材した体験を材源としたものである。(2) この時期には遠藤周作が仏文学者ではなく作家として生きる事を強く意識しており、(3)「作家・遠藤周作」の出発点を物語るものとなっている。しかも、主人公伊原が「手記」を残す意味を発見することが作品の主題であり、そこに遠藤周作の「手記」に対する執念がストレートに反映されている。まずはここから検討してみたい。

この小説で、重要な役割を果たす「手記」は主人公伊原の「創作ノート」である。伊原はフランス・リヨンにいる日本人留学生であり、「創作ノート」に何かを書きこむことに熱中している人物として登場する。

「今晩は、デデ。どうせここだろうと思ったよ。おや、この店はいつから黄色人をやとったんだい」
やせた小さな男はあぶなげな足どりで階段をおり、バーテン台の前にすわりこみ、なにかをノートに書きこんでいた黄色人のボーイをじろじろとみつめた。
（『青い小さな葡萄』）

「あんた、印度志那から来たのかい」とデデは「労働者週報」をゆっくりポケットに入れながら言った。「俺はサイゴンに兵隊で行ったことがあるよ」
「そうですか」ボーイはいささか迷惑そうな顔つきで答えた。彼は下をむいたまま、なにかをノートに書きつけていたのである。
（『青い小さな葡萄』）

伊原は学費稼ぎのためリヨンの駅前の小さな飲屋、「コサック亭」で徹夜のアルバイトをしている。その仕事の合間のわずかな時間も惜しんで熱心になにかをノートに書きこんでいる。伊原はこの〈青いちいさなノート〉(4) にフランス語で「ある小説方法」と題して自ら書こうとする小説のプランを練っているのだ。そして、その伊原のプランを具体化するのに格好のモデルとして登場するのがハンツであった。ハンツは一九四四年ヴァランスでフランス人女性スザンヌ・パストルから青い小さな葡萄をもらった戦時中の記憶が忘れ難く、スザンヌに会うためリヨンに来て偶然伊原と出会う。最初伊原はハンツを小説のモデルとして考えつつ距離をおいて接してきたが、次第に国境を越えた人間関係の象徴として「青い小さな葡萄」を求めるハンツの情熱に促され懐疑的ながらもスザンヌ探しを手伝うようになる。そして最後に、ハンツと伊原は「モンドンの手記」を手掛かりとしてスザンヌたち六人がドイツ軍の協力者として〈フォンスの井戸〉で虐殺された記録を見つけ、悪の行われた現場である〈フォンスの井戸〉にたどりつく。こうしてハンツと過した四日間を通して伊原は次のような決意を持つに至る。

一人になった伊原はふたたび雑踏のなかにはいっていった。ながい苦しかった四日間のうち、彼は同じような群衆に幾度かぶつかった。粉雪のふるバール街を傘を斜めにさしてくたびれた表情で歩いていく人間の河。あの時、俺はその河に青い葡萄を求めるむなしさを感じていた。だが青い葡萄とは何処かにあるものではない。さがすものではない。創るものなのだろう。ハンツには逃れていく教会がある。が教会のない俺は創るしかないのだ。〈何によって創るのだ〉と彼は自分の小さなノートを思いだしながら考えた。〈書くことか、その時、書くこととはあのフォンスの闇の井戸も、もはや犯すことのできない一つの世界を創ることだろう。それはスザンヌやすべての人間の運命に反抗するただ一つの路なのかもしれない〉

（『青い小さな葡萄』）

フランソワ・モーリヤック『テレーズ・デスケルー』[5]で主人公のテレーズが最後に〈人間の森〉を求めてパリへと向かったように伊原はフランスの〈人間の河〉の中に〈青い小さな葡萄〉、すなわち国境を越えた人間関係を求めてきた。だが、フランスに来て二年、伊原は敗戦国である日本人としてまた、黄色人としてフランス人からは差別を受けて来た。〈青い小さな葡萄〉を探すことはできなかったのである。しかも、ハンツのように逃れる教会は伊原にはない。そこで、伊原が考えたのは、書くことで〈一つの世界〉を創ることだった。〈一つの世界〉の創造が、人間の罪や悪の象徴である「フォンスの闇の井戸」や人間の運命に反抗する唯一の路だというのだ。ここに、遠藤周作が作品を創造する意味を見ることができる。

以上のように『青い小さな葡萄』は、書く行為者であった日本人留学生伊原が、ハンツとの出会いや、「フォンスの闇の井戸」との対面を通して書くことの意味、すなわち〈一つの世界〉の創造を発見していく物語でもあった。また、伊原が書くことの意味を発見するために、「青いちいさなノート」や「モンドンの手記」などの「手記」が必要であった。「手記」の重要性は明らかであろう。ここに作家として書く行為に深い自覚をもった遠藤周作の出発点を見ることができる。

三、初期評論中の書簡体

次に、『青い小さな葡萄』を生み出した原点として初期評論[6]における「手記」について考察する。遠藤周作が初期評論で対象とした大部分はフランスのカトリック文学であり、文体も通常の評論で用いられる客観的なものである。フランス留学の当初の目的が仏文学者になることだったことから考えても当然のことと言えよう。だが特筆すべきは、書簡体や日記体などの主観的な「手記」がいくつかあることである。これらの「手記」の評論は文学的な要素が多く、遠藤周作が後に作家へと転身する準備段階とも呼びうるものである。

そこで書簡体の評論から見たい。書簡体の体裁を採った初期評論は、「フランス・カトリック文学展望―ベルナノスと悪魔―」（「望楼」、一九四七・昭和二十二年七・八月合併号）、「神々と神と」（「四季」、一九四七・昭和二十二年十二月号）、「フランソワ・モウリヤック」（「近代文学」、一九五〇・昭和二十五年一月号）、「テレーズの影を追って――武田泰淳氏に」（「三田文学」、一九五二・昭和二十七年一月号）などがある。それほど数は多くないが、どれも重要な評論である。このうち、「フランス・カトリック文学展望―ベルナノスと悪魔―」と「神々と神と」の二作は遠藤周作の文学活動の出発点の秘密を探る上で極めて重要な作品であり、他の評論とは別に検討する必要がある。

「フランス・カトリック文学展望―ベルナノスと悪魔―」と「神々と神と」は、遠藤周作が慶應義塾大学仏文科の学生時代に書かれたごく初期のものである。遠藤周作の文学活動はこの時から始まったわけだが、当時の遠藤周作に多大な影響を与えていたのは堀辰雄であった。遠藤周作は、一九四三（昭和十八）年、慶應義塾大学文学部予科に入学した年に、カトリック学生寮の舎監だった吉満吉彦の紹介で堀辰雄を知り、堀辰雄から「作家」としての生き方を学んだ。その意味で書簡体という創作方法も、師である堀辰雄から学んだものと言える。例えば、「フランス・カトリック文学展望―ベルナノスと悪魔―」と堀辰雄『美しい村』（野田書房、一九三四・昭和九年四月）の冒頭文を比較してみると類似性は明らかである。

N様

二週間ほど前から此の高原に来ております。朝夕は乳色の霧が肌を痺らす程冷えますが、午前、その霧が日の光に薔薇色に溶けると、冷い程青く澄んだ日本アルプスの山波が遠くに拡がります。僕の今いる古宿と云う村は、木蓮に似た辛夷の花や連翹の黄色い花で、すっかり埋っています。そんな花なんぞ、うつけた様に見ていると、僕なんぞ一日怠けほうけてしまう。毎日そうやって、林の中に本を持って行っては、辛夷の白い葩を透して冷い青空を見ていると、貴方の大好きな、フランシス・ジャムの可憐な詩がつい唇を衝いて出てしまうのです……

（「フランス・カトリック文学展望―ベルナノスと悪魔―」／「望樓」一九四七・昭和二十二年七・八月合併号）

六月十日　K…村にて

御無沙汰をいたしました。今月の初めから僕は当地に滞在して居ります。前からよく僕は、こんな初夏に、一度、この高原の村に来て見たいものだと言っていましたが、やっと今度、その宿望がかなった訣です。まだ誰も来ていないので、淋しいことはそりあ淋しいけれど、毎日、気持のよい朝夕を送っています。

（『美しい村』野田書房、一九三四・昭和九年四月）

「フランス・カトリック文学展望―ベルナノスと悪魔―」では〈N様〉すなわち、カトリック詩人野村英夫宛の手紙になっている。野村英夫はいうまでもなく堀辰雄の弟子であり、遠藤周作が尊敬する先輩の一人である。そして、語り手が滞在しているのが軽井沢である。この堀辰雄と縁の深い場所で、フランス・カトリック文学に思いを寄せているという形式である。『美しい村』は宛先を書いていないが、後に婚約者となった矢野綾子に宛てた堀辰雄の手紙がもととなっている。滞在先も〈K…村〉、すなわち軽井沢であった。軽井沢の風景や読んだ本の話、書こうとする小説の構想などが音楽的なリズムを持って書き綴られている。形式の上での類似性は明らかであろう。さらに、「フランス・カトリック文学展望―ベルナノスと悪魔―」の中心となるのは日本人としてフランス・カトリック文学を受容する困難さであり、最後の部分では「僕たちの汎神的な血に抵抗し、挑むあのカトリシズムの世界を探究する決意がない限り」、「近代フランス文学の巨峰は自己流な安易な解釈の下に読了されます」と日本におけるカトリック文学の安易な受容を批判している。ここでいう汎神論的風土を負った日本人としてフランス・カトリック文学をいかに受容するかという課題は、遠藤周作が堀辰雄から問いかけられたものであり、のちの「堀辰雄論覚書」（「高原」、一九四八・昭和二十三年三、七、十月号）における論旨、すなわち堀辰雄が〈汎神的な血〉に〈抵抗〉しないで〈カトリシズムの世界〉を深く〈探究〉せず、〈自己流な安易な解釈の下に〉受容しているという批判と通ずるものである。こうした〈汎神的な血〉と一神論のキリスト教の相克の問題を深めたのが「神々と神と」である。これも冒頭文を引用したい。

H・N様
今年のクリスマスは雪が降りませんでしたね。夜の弥撒に行けなかった僕は、赤いクリスマス蠟燭を点して独りで弥撒曲をレコードで聴いたり、以前堀先生から頂いたリュツエラのTrost im Sterbenのアンジェリコの絵なんぞを見て楽しんでいました。その翌朝近くの教会にぶらりと行って帰りましたら、貴方のあの『瞬く星』という美しい詩が、お手紙と一緒に参りました。あの詩をここに写させて頂けましょうか。
（「神々と神と」／「四季」、一九四七・昭和二十二年十二月号）

ここだけ見ても「フランス・カトリック文学展望―ベルナノスと悪魔―」との共通性は明らかであろう。まず、〈H・N様〉と野村英夫宛の書簡となっている点。カトリック最大の祝祭であるクリスマスを話題にしている点。〈堀先生〉にもらった絵を話題にしている点などである。そしてこの後では、堀辰雄の〈沓掛の山の奥の山荘〉に遠藤周作が泊ったときに考えた「英雄主義」と「汎神論」と「一神論」の問題を提示して、リルケ『ドノイの悲歌』と堀辰雄『花あしび』を通して、〈汎神的な血〉を持った日本人が〈カトリシズムの世界〉にどうやって入っていけるのかという課題について論じている。結論としては、〈僕はただ、この手紙で「神の世界」への旅には、「神々の世界」に誘惑させられ苦しまされる事なしには行けないことを書きつけたかったのでした。〉と述べて、内なる〈汎神的な血〉と戦いながら〈カトリシズムの世界〉へ入る決意を再確認し、同じカトリックである野村英夫にその苦しみの理解を求めている。
以上のように、「フランス・カトリック文学展望―ベルナノスと悪魔―」と「神々と神と」は、野村英夫宛の手紙という「手記」の体裁を採ることで、〈汎神的な血〉を持った日本人としてどのように〈カトリシズムの世界〉に入っていけるのかという共通の課題を読者に提示し、堀辰雄との深い因縁を匂わせつつ、自己の課題に迫っている。と同時に同じカトリックの信徒である野村英夫に同じ悩みを抱える者として共感を求める手紙ともなっているのだ。

ちなみに、一九四九（昭和二十四）年野村英夫が亡くなった時に、遠藤周作は病臥中の堀辰雄に協力を求められ、野村英夫の遺稿の整理と『野村英夫詩集』の編集に携わっている。堀辰雄、野村英夫、遠藤周作の三者の関係の深さを物語るエピソードである。ここに師である堀辰雄と、先輩である野村英夫から深い影響を受けた、遠藤周作の文学活動の出発点を見て取れる。

四、『作家の日記』

次に、遠藤周作が初期評論の時期に書いた日記について考えたい。日記体もまた堀辰雄の得意とする方法だった。『風立ちぬ』の最終章「死のかげの谷」では、婚約者の死という重大な出来事を一年後の日記という体裁を通して、回想している。また『菜穂子』の先行作品『物語の女』では、菜穂子の母が娘に残した遺書としての日記となっている。直接娘に語るのが難しい事実を日記として書き残したのである。既に多くの指摘があるように、これらの小説にはモーリヤックの影響が見られる。そこで、モーリヤックの小説技術について書かれた次の堀辰雄のエッセイを手掛かりに考えたい。

> モオリアックは、小説の技術といふものは、さういふ現實の「再現《ルプロデュクション》」ではなくして、現實の「置き換へ《トランスポジション》」であるとしてゐる。つまり現實は單なる出發點たるに止め、作家はその漠然たる可能性を實現さすべきであり、その結果人生がとつたのとは反對の方向をとるのも好いとしてゐる。
>
> （堀辰雄「ヴェランダにて」／「新潮」、一九三六・昭和十一年六月号）

ここで堀辰雄はモーリヤックの小説の技術を、現実の「再現」ではなく現実の「置き換へ」、〈現實は單なる出發點〉にすぎないと捉えている。この点は重要である。モーリヤックの影響が指摘される『菜穂子』にしても、『風立ちぬ』にしても堀辰雄の作品は、自己の体験をもとにしつつも、フィクションの要素が多分に含まれ、どこまでが作者の体験か虚構なのか判断は難しい。そうした堀辰雄の創作はモーリヤックに学んだものであるからだ。遠藤周作もまたモーリヤックに大きな影響を受けた作家であった。ということは、遠藤周作もまた〈現実は単なる出発点〉にすぎないという認識をもって創作に取り組んだことは十分に考えられる。ただし、〈現実は単なる出発点〉ということは裏返せば「出発としての現実」がなければ、小説を創造することは困難ということであり、ここに日記を書く意味が生れる。

そんな遠藤周作にとってフランス留学というのは貴重な体験というだけではなく、後に小説を描くための素材の宝庫だったと言えよう。実際に日記体として発表された評論は、留学前の「此の二者のうち――日記抄的文芸時評・1」(「三田文学」、一九四八・昭和二十三年十月号)しかないが、フランス留学時の日記として「ボルドオ」(「群像」、一九五二・昭和二十七年八月号)、「滞佛日記Ⅰ～Ⅴ」(「近代文学」、一九五三・昭和二十八年七、八、九、十、十二月号)、『フランスの大学生』(早川書房、一九五三・昭和二十八年七月)所収の「春――日記から」「夏――アルプスの陽の下で」など[7]があり、後に一九五〇・昭和二十五年六月四日から一九五二・昭和二十七年八月二十六日までの日記をまとめた『作家の日記』(作品社、一九八〇・昭和五十五年九月)や、遠藤周作の死後に発表された『作家の日記』未収録の一九五二・昭和二十七年九月から一九五三・昭和二十八年一月の日記を収めた『ルーアンの丘』(PHP研究所、一九九八・平成十年)を含めるとフランス留学時代の全容が見えてくる。ここまで克明な日記を残しているのは、真面目な性格もあろうがフランス留学という貴重な体験を記録しておきたいという執念からである。[8]また、これらの日記をもとに多くのエッセイや小説が生れていることから見ても、作家の文章修業の一つとして日記を書き残したとも考えられる。

また、遠藤周作は『アデンまで』(「三田文学」、一九五四・昭和二十九年十一月号)で作家としてデビューした後も日記を書くことにこだわり続けた。とりわけ日記に残すことで「カトリック作家」としての自己の生を生涯追求し続けたと言えよう。そのため、厖大なエッセイの中には「作家の日記[9]」として発表されたものが多い。晩年には永井荷風の『断腸亭日乗』やジュリアン・グリーンの日記を枕頭の書として「作家の日記」に強い関心を抱いていた。先輩作家の日記を読むことで自らの作家としての人生を顧みていたのである。さらには、作品の舞台裏である「取材ノート」や「自註[10]」なども数多く残されている。仕事場も含めて作家としての生き方や、書く行為にこだわり続けた証拠と言えよう。

五、初期小説のエクリチュール

遠藤周作の〈第一期[11]〉の小説は『アデンまで』に始まり、『学生』で一区切りがつけられる。その中で、多く散見されるのは「手記」である。例えば、〈拷問者の歴史〉を記録した手記である『白い人』（「近代文学」、一九五五・昭和三十年五、六月号）や、『海と毒薬』（「文学界」、一九五七・昭和三十二年六、八、十月号）における〈上田看護婦の手記〉と〈戸田の手記〉、『パロディ』（「群像」、一九五七・昭和三十二年十月号）における妻の不満を述べる夫の手記、『わたしが・棄てた・女』（「主婦の友」、一九六三・昭和三十八年一月〜十二月号）における〈吉岡の手記〉などがある。他にも、書簡体の小説として、『コウリッジ館』（「新潮」、一九五五・昭和三十年十月号）、『黄色い人』（「群像」、一九五五・昭和三十年十一月号）、『月光のドミナ』（「別冊文芸春秋」、一九五七・昭和三十二年十月）、『従軍司祭』（「世界」、一九五九・昭和三十四年九月号）などがある。また、書簡体ではないが、『おバカさん』（「朝日新聞」夕刊、一九五九・昭和三十四年三月二十六日〜八月十五日）、『わたしが・棄てた・女』といった軽小説では、手紙が登場人物の行動を左右する重要な役割を果たしていた。さらに、日記体としては、『アデンまで』と、『黄色い人』における〈デュランの日記〉、『青い小さな葡萄』における〈モンドンの日記〉などがある。『青い小さな葡萄』では伊原の〈青いちいさなノート〉

が重要な役割を果たしていることは先に述べたとおりである。

以上のように「手記」の重要性は明らかであるが、とりわけ『アデンまで』『白い人』『黄色い人』をとりあげ「手記」の意味を考えたい。ここに遠藤周作の小説の出発点があるからだ。

まず『アデンまで』は初めて発表された小説である。三年の留学を終え船に乗って、フランスを離れる日本人チバの現在と過去が錯綜する物語である。作品内の現在は、チバが出航の前日、マルセイユに到着し、恋人だったマギイに別れを告げ船に乗り、ギリシャ、スエズ運河を通りアデンへと向かう数日間の出来事である。この船の同じ四等船室に乗っていた病気の黒人女性は医者や修道女から露骨な差別を受けた末に亡くなり、アデン到着前のスエズ運河を航行中の船上で埋葬される、その死の意味を〈アフリカとアラビヤにはさまれた細長い紅海〉で考えるところで終っているのだが、作品内の現在には繰り返しフランスで体験したチバの過去が挿入される。フランスでのチバの思い出はマギイというフランス人女性との交際に集約される。人種の壁を越えてチバと結ばれたいと夢見るマギイに対して、チバは周囲の日本人に対する差別や黒人差別の現実や、自身が持つ白人に対するコンプレックスを克服できず、マギイと別れることを決意するに至る。

チバのフランスでの思い出は、ヨーロッパの「白い世界」とアフリカ、アラビヤの境い目であるスエズ運河に船が入ったことで、眼の前の「黄色い」砂漠や死に行く黒人女性によって相対化される。この時に書いているのが日記である。

暑さはひどく耐えがたい。そして風景は何も存在しない。この五時間のあいだ（俺がこの日記を書いているのは午後三時、船艙の窓から、もっともきびしい午後のアフリカの陽がさしこんでいる）眼にうつるものは、運河をはさんだ、黄褐色の砂漠だけである。

（『アデンまで』）

この日記の内容がチバの過去なのか船に乗っている現在なのか判別はつきにくい。だが、日記を書いている場所が「白い世界」から離れつつあるスエズ運河である点が重要である。「歴史も時間も善も悪も」ない黄色い砂漠の広がる世界にいるからこそ、「白い世界」を相対化できたのである。日記はそうした思考作業を促すキー・アイテムでもあるのだ。従来の先行研究では、このような日記の役割については見過ごされてきた(12)が、見直されるべきであろう。もちろん、『アデンまで』の語りを見るときに日記に書き綴った内容であるのか、日記を書く作業を通して語り手が過去や現在に思いを巡らせているのか判別がつきにくいという作品の完成度の問題も合わせて検討が必要である。

このように『アデンまで』には過去と現在が錯綜して読みづらいという問題点があったが、次作の『白い人』では、過去と現在の区別もはっきりとしており、「記録」という語り手の視点も鮮明に表れており、『アデンまで』より成長の跡が見える。冒頭文を見たい。

> 一九四二年、一月二十八日、この記録をしたためておく。連合軍はすでにヴァランスに迫っているから、早くて明日か明後日にはリヨン市に到着するだろう。敗北がもう決定的であることは、ナチ自身が一番よく知っている。
>
> 今も、このペンをはしらせている私の部屋の窓硝子が烈しく震えている。抗戦の砲声ではない。ナチがみずから爆破したローヌ河橋梁の炸裂音である。（『白い人』）

作品の現在は、〈一九四二年、一月二十八日〉の夜、ナチの敗北が決定的となり、敗走するナチが破壊の限りを尽くしている時である。この混乱の中にあって、〈独逸秘密警察に協力した裏切者〉として、〈マキやその味方を裁き、拷問し、虐待した、あの「松の実町」事件の一味〉として近いうちに糾弾される運命を待っている〈私〉は、〈記録〉を残そうとして書く行為に没頭しているのだ。そうして〈私〉という〈拷問者の歴史〉が〈記録〉によって明らかにされていく。

〈私〉の〈拷問者の歴史〉は、幼年時代、女中のイボンヌが犬を虐待した時の白い腿の記憶から始まる。一九三〇年代のリヨンにおけるプロテスタントの家庭の厳格な教育をドイツ人の母から受けた〈私〉ではあったが、母の願いとは反対に〈私〉の裡なる〈拷問者〉は大きくなった。中学時代には父と一緒に行ったアラビヤのアデンで、アラビヤの少年を被虐するという〈拷問者〉として決定的な体験をした。リヨン大学ではマリー・テレーズとジャックの二人に運命的な出会いをする。〈私〉にキリスト教を強制するジャックに反撃するため〈私〉は聖書を逆さまに読む事を思いつき、マリー・テレーズを誘惑し、裏切り者に仕立て上げた。一九四〇年二月、母の死によって遺産と自由を手に入れた〈私〉は、ナチ軍の侵攻に伴いドイツ秘密警察の通訳、事務員となり、自ら裏切者となる道を選んだ。この時にはジャックとマリー・テレーズは修道院へ入っていた。そして「松の実町」事件が起こる。この時、マキの協力者としてジャックがドイツ秘密警察に捕まった。あらゆる拷問に屈しないジャックの英雄主義を見て、苛立った〈私〉はマリーのことを密告する。捕えられたマリーに拷問を加えて、ジャックを苦しめるがそれでも口を割らない。〈私〉は遂にマリーを凌辱するが、ジャックは耐えかねて自殺をしてしまう。ジャックの死に、マリーも発狂し、〈私〉も大きなショックを受ける。以上が〈私〉の〈拷問者の歴史〉である。予想外のジャックの死に、マリーも発狂し、〈私〉も大きなショックを受ける。以上が〈私〉の〈拷問者の歴史〉である。戦争という異常な環境下の事件ではあるが、それを人間の真の姿として考えているからこそ〈私〉は〈拷問者の歴史〉を〈記録〉に残したのである。

そして、『黄色い人』では、『アデンまで』の日記、『白い人』の記録、『コウリッジ館』の手紙といった、それまでの「手記」形式を全て使った、実験的な試みをする。この小説は、高槻の収容所にいるブロウ神父に宛てた千葉ミノルの手紙と、ブロウ神父を裏切ったデュランの日記が交互に組み合わされて構成されている。作品内の現在は、一九四四・昭和十九年十二月二五日のクリスマスの夜である[13]。この日の早朝、ピストル所持の容疑でブロウ神父が西宮の特高に連行され高槻の収容所に送られた。夕方にはB29の空襲によってデュランが死に、千葉と同じ部屋にいた糸子も血を流し眠っている。そんな状況の中で千葉は医学生であるにもかかわらず、デュランの死や糸子の容体を確認することもない。空襲から二時間後、デュランが残した日記を読み、〈ちびた蠟燭の下〉でブロウ神父へ送る手紙を書いているのだ。

千葉は手紙の中で、フランス人のブロウ神父が象徴するキリスト教への違和感を告白する。幼年時代からブロウ神父をだましていたこと。母や叔母によって無理やり洗礼を受けさせられたこと。四谷の医学部に進学してからは、深い疲労を覚え、ミサにもいかず無気力になったこと。戦争で毎日多くの死体を見て、さらに受動的になったこと。肺炎が発覚した後に見た行き倒れの老人のように、静かな死を望み仁川に帰ってきたこと。帰省後、婚約者のいる糸子の体を惰性のように抱いていたこと。神戸商大の学生が死にかけていたのに呼び鈴を押さなかったこと。そして、デュランがブロウ神父を裏切りピストルをブロウ神父の書斎に隠したことを知りつつ、ブロウ神父に報告するのが遅れたことなど、様々な罪を告白する。いわば告解のスタイルなのだ。カトリックの信仰を否定する千葉は、告解や懺悔ではないと否定しているが、表面上の形式では同じものである。問題はあらゆることに無気力になったはずの千葉が、ブロウ神父に手紙を書かざるを得ないほどデュランの日記に衝撃を受けたことである。

そもそもデュランは十二年前、フランスから日本の逆瀬川の教会に赴任してきた宣教師であった。この仁川の町で、熱心に伝道して教会や、幼稚園、司祭館を建てたのに、八年前の阪神大水害の時、キミコと不倫の関係に落ちたために、教会から追放された人物である。そんなデュランを八年間援助し助けてくれたのがブロウ神父であった。デュランは何度も自殺を試みようとして、そのために五年前にはピストルも手に入れたが、どうしても死ぬことはできなかった。毎朝ミサからの帰り道である仁川橋では、自分の死んだ顔や地獄に落ちた幻想やユダの幻に襲われる。デュランの日記にはそうした苦悩の日々とピストルをめぐるブロウ神父への裏切り行為が綴られている。日記の日付は十二月五日から十二月二十三日までである。戦争の激化に伴い、外国人に対する警察の追求も日増しに厳しくなり、自殺用のピストルの処分に困ったデュランが、ブロウ神父から預かったピストルだと千葉に嘘をつき、ブロウ神父の書斎にピストルを隠し、密告の手紙を警察に送る。そうした裏切りの告白がデュランの日記である。デュランもまた日記をブロウ神父へ送ってほしいと千葉に託していることからも、これもまた告解のスタイルである。いわば、『黄色い人』はブロウ神父に宛てた千葉の罪の告白の手紙とデュランの裏切りの告白の日記という二つの告白が組み合わされた作品であるのだ。

以上のように『アデンまで』『白い人』『黄色い人』の主人公は「手記」を書くことで、自身の中に潜む罪や悪を回想したり告白したりする役割を担っている。また、「手記」を書く場所も過去を想起させる空間、すなわち「トポス」として主人公の生きる現在と関連づけられる。遠藤周作の〈第一期〉の小説は、この三作で試みられた「手記」のヴァリエーションとも言いうるのだ。そして、こうした遠藤周作の「手記」への執着は『最後の殉教者』（「別冊文芸春秋」、一九五九・昭和三十四年二月）に始まる「歴史小説」(14)への執着と繋がっていく。

最後に〈第一期〉の「歴史小説」の代表として『沈黙』について触れておく。『沈黙』の主要部分は、ポルトガルの「海外領土史研究所」に所蔵されているセバスチァン・ロドリゴの書簡である。ⅠからⅣまでは章題に「セバスチァン・ロドリゴの書簡」と記されており、ロドリゴが捕えられたⅤ以後は章題から「セバスチァン・ロドリゴの書簡」が消えているが、Ⅳまでの文体と差がないことからもロドリゴが書簡として残したかった出来事を語っていることは確かである。最後のⅨでは〈長崎出島オランダ商館員ヨナセンの日記〉が踏み絵を踏んだ後のロドリゴの行動を伝えており、さらには、「切支丹屋敷役人日記」が江戸の切支丹屋敷におけるロドリゴの生活と最後を物語っている。『沈黙』もまた「手記」形式で構成された小説であるのだ。

注

（1）本章では、小説の方法としての書簡体、日記体のような手記形式も、作品の中に登場する手紙、日記、ノートも全て含むものとして「手記」とする。

（2）この時の体験は既に「フランスにおける異国の学生たち」（「群像」、一九五一・昭和二十六年九月号）というエッセイで描かれている。このエッセイはのちに「フォンスの井戸」と改題されて『昭和文学全集21　小島信夫・庄野潤三・遠藤周作・阿川弘之』（小学館、一九八七・昭和六十二年七月）に収録されている。さらに、同書の自作解説（遠藤周作「背後をふりかえる時」）では、「実際に起った事件に基づく私のはじめての小説だといってよい。」として「処女作ともいうべき」作品と呼んでいる。

（3）フランスの思い出を綴ったエッセイ「ブロンドの風の吹く頃」（「旅」、一九五四・昭和二十九年五月号）や「日本読書新聞」に掲載された「書評」（一九五四・昭和二十九年五月十日）「基督者の偽善を非難　信仰にひそむ悪の温床を衝く　二人のカトリック作家　ベルナノス著悪魔の陽の下に　モーリヤック著ガリガイ」などで遠藤の肩書は「仏文学者」となっている。

（4）タイトルの『青い小さな葡萄』と深い関連がある。作品中で、ハンツが求める国境を越えた人間関係の象徴が〈青い小さな葡萄〉であり、伊原も日本人や黄色人という立場を越えた人間関係を〈青いちいさなノート〉の中で追求している。

（5）「人間の河」という問題意識は、『テレーズ・デスケルー』の影響を受けたもう一つの作品、『深い河』においても追求されている。

（6）本章では初期評論の範囲を、初めて文芸誌に発表された処女評論「フランス・カトリック文学展望―ベルナノスと悪魔―」（「望樓」、一九四七・昭和二十二年七・八月合併号）から最初の小説『アデンまで』（「三田文学」、一九五四・昭和二十九年十一月号）頃までに発表された評論とする。

（7）日記体ではないが、ユウジェニイ・ド・ゲランの日記に触発され、彼女の生涯の足跡を追ったエッセイ「葡萄の丘と夏の雲」（『フランスの大学生』早川書房、一九五三年・昭和二十八年七月）では、ユウジェニイ・ド・ゲランに興味を持ったきっかけが堀辰雄の翻訳だったと述べていて興味深い。ここにも堀辰雄の影響を見る事が出来る。次のとおりである。

　いつから僕はこの娘の名を知ったのだろうか。おそらく、そのうつくしい名と生涯とを一番始めに教えてくれたのは、堀辰雄氏夫妻が訳された彼等の日記の一部だったと思います。（『フランスの大学生』）

（8）遠藤周作は第二次世界大戦後初めてフランスに渡った留学生であり、当時フランスには日本大使館もなく苦労をしたという。

（9）日記に関連するエッセイは次のとおり。
「旅の日記から」（「世界」、一九六〇・昭和三十五年五月号）
「私と荷風――作家の日記「断腸亭日乗」について」（「図書」、一九六二・昭和三十七年十二月号）
「私の日記」（「新潮」、一九六四・昭和三十九年二月号）
「荷風日記について」／『永井荷風全集十九』月報（岩波書店、一九六四・昭和三十九年五月）
「日記」（「風景」、一九六四・昭和三十九年五月号）
「作家の日記」（「小説新潮」、一九六六・昭和四十一年四月号）
「中年の作家」（「朝日新聞」夕刊、一九六七・昭和四十二年十二月六日）
「日記」（「風景」、一九六八・昭和四十三年二月号）
「日記（昭和四十四年十二月～四十五年一月）」（「三田文学」、一九七〇・昭和四十五年四月号）
「日記（昭和四十五年二月一日～同年二月二十七日）」（「三田文学」、一九七〇・昭和四十五年五月号
「日記」（「風景」、一九七四・昭和四十九年五月号）
「日記から」（「文学界」、一九七七・昭和五十二年九月号）
「日記のなかから――作家の生活」（「波」、一九八〇・昭和五十五年七月号）

（10）自作について語ったエッセイや取材ノート、創作日記は次のとおり。
「感想（芥川賞の受賞の言葉）」（「文芸春秋」、一九五五・昭和三十年九月号）
「わが小説――ぼくの大きな縦糸」（「朝日新聞」、一九六二・昭和三十七年三月三十日）
「私の書こうとしている戯曲」（「雲」、一九六四・昭和三十九年七月）
「海と毒薬ノート」（「批評」、一九六五・昭和四十年四月号）
「「沈黙」フェレイラについてのノート」（「批評」、一九六七・昭和四十二年四月）
「舞台再訪『沈黙』――踏絵が育てた想像」（「朝日新聞」、一九六七・昭和四十二年八月二十五日）

「作品の背景――〝転び者〟たちの運命」（「東京新聞」夕刊、一九六八・昭和四十三年九月二十日）
「一つの小説ができるまで――「沈黙」を中心に」（「早稲田文学」、一九七一・昭和四十六年三月号）
「私の「イエスの生涯」」（「読売新聞」、一九七三・昭和四十八年六月四日～二十五日）
「ひとつの小説ができるまで」（「本の窓」、一九七八・昭和五十三年二月）
「『侍』を書きおえて――私の近況」（「新刊ニュース」、一九八〇・昭和五十五年四月）
「取材日記」（「文芸春秋」、一九九〇・平成二年十一月号）
「自作再見――スキャンダル」（「朝日新聞」、一九九〇・平成二年四月八日）
「「男の一生」を書き終えて」（「日本経済新聞」、一九九一・平成三年九月二十九日）
「沈黙の声」／『沈黙の声』（プレジデント社、一九九二・平成四年七月）
「小説「女」の連載を終えて」（「朝日新聞」、一九九四・平成六年十一月七日）
「「深い河」創作日記」（「三田文学」、一九九七・平成九年八月）

（11）遠藤周作・佐藤泰正『人生の同伴者』（春秋社、一九九一・平成三年十一月）

（12）管見のかぎり、『アデンまで』を日記、あるいは手記として論じたものは李英和「遠藤周作「アデンまで」論―留学体験と疎外されるという絶望―」（「日本語と日本文学」45、二〇〇七・平成十九年八月）と緒方秀樹「遠藤周作「アデンまで」における他者―「日記」という閉ざされたテクスト―」（「キリスト教文学」28・29、二〇一〇・平成二十二年八月）の二本だけであった。

（13）千葉が手紙を書いている時間にズレがあることは、拙稿「「黄色い人」論――逆説的な「恩寵の世界」の提示」（笠井秋生・玉置邦雄編『作品論　遠藤周作』双文社出版、二〇〇〇・平成十二年一月、所収）で論じたことがあるが、ここでは一九四四・昭和十九年十二月二十五日として扱う。

（14）遠藤周作の歴史小説については拙稿「遠藤周作の「歴史小説」の一側面――松田毅一との関連をめぐって」（「遠藤周作研究」4、二〇一一・平成二十三年九月、本書序論）で大まかな分類を試みた。

第二章　遠藤周作論

――〈劇〉を生成するトポス――

一、トポスの問題

あまり言及されることはないが遠藤文学の作品舞台は印象的な場所が多い。試みに主な作品とその舞台を挙げてみると次のようになる。

『アデンまで』のアデン（アラビア半島）、『白い人』『留学』『青い小さな葡萄』のリヨン（フランス）、『黄色い人』の仁川（兵庫県西宮市）、『海と毒薬』の世田谷と九州のＦ市（福岡市・九州大学医学部）、『わたしが・棄てた・女』の復活病院（静岡県御殿場市・神山復生病院）、『火山』の赤岳（鹿児島県・桜島）、『沈黙』のトモギ村（長崎市外海町など）と江戸切支丹屋敷（東京都文京区小日向）、『イエスの生涯』『キリストの誕生』『死海のほとりで』のエルサレム（イスラエル）、『死海のほとり』『女の一生　二部・サチ子の場合』のアウシュビッツ収容所（ポーランド）、『メナム河の日本人』『王国への道―山田長政―』のアユタヤ（タイ）、『ユリアとよぶ女』『鉄の首枷――小西行長伝』の朝鮮半島、『侍』の仙台・支倉村・ベルクルス（メキシコ）・スペイン・ローマ、『最後の殉教者』『女の一生』の浦上（長崎市）、『銃と十字架』『王の挽歌』の国東半島、臼杵（大分県）と無鹿（宮崎県）、『男の一生』の長良川、『深い河』のクルトルハイム（上智大学）、リヨン（フランス）、ヴァーラーナーシイ（インド）。その他にも軽井沢や二条城（京都）、美星町（岡山県）、大連（中国）、ベナン島（マレーシア）なども登場する。

こうして見ると、遠藤文学の作品舞台は日本各地ばかりでなく海外の様々な場所に点在していることが分かる。日本と西洋の狭間で生きて来た作者の問題意識とも密接に関連する。いずれの土地も遠藤は実際に住んだことがあったり、何度も取材に訪れた特別な場所である。遠藤はその場所を訪れ実際にたたずむことで、創作の構想を練ったり、心の中に主人公像が喚起されたりもした。創作の源泉でもあったのである。しかも、それらの場所で遠藤が追求していたのは「神と悪魔、人間と社会、肉欲と霊の血みどろな闘い[1]」が繰り広げられる人間の〈劇〉であった。ここに遠藤文学の根幹とも関わる問題も出てくるだろう。つまり、遠藤文学における作品舞台とは登場人物が活躍する単なる舞台装置だけではなく、小説家の想像力を刺激して様々な人間の〈劇〉が生成されるトポスでもあったのだ。ここに作品舞台の重要な意味が隠されている。しかも、遠藤は場所としてのトポスだけでなく思想的な意味でのトポスからも〈劇〉を生成していたのである。

そこで本章では遠藤文学の〈劇〉を生成するトポスに様々な側面から照明をあてて行くこととする。特に作家以前の遠藤にとって最も重要な体験であるフランス留学で学んだ三つのトポス、すなわち〈悪〉というトポス、〈テレーズ〉というトポス、〈留学〉というトポスに関わる問題と、新人作家時代に「第三の新人」から影響を受けた二つのトポス、すなわち〈日常性〉というトポス、〈弱者〉というトポスと、同時期に発見した〈廃墟〉というトポスをめぐる問題を取り上げていきたい。

二、〈悪〉というトポス

遠藤周作は『海と毒薬』の取材ノート[2]で〈悪〉や〈場所〉へのこだわりについて次のように語っている。

私は罪悪の行われた場所を見るのが好きだ。このような傾向はたしかにリヨンで養われたに違いない。もっとも、それは私が幼い時から持っているある回顧趣味にも原因がある。しかし、善の行われた場所でなく、悪の行われた場所に私が感動するのは、私が人間の悪をドラマの本質とみなしているためだからか。

様々な示唆に富む話である。遠藤が「悪の行われた場所」を好む趣味がリヨンで養われたこと。また、〈悪〉に感動を覚えるのも「人間の悪をドラマの本質とみなしているため」だということ。大きく二つの問題がある。もちろん、ここでいうドラマは先に述べた人間の〈劇〉とそのまま言い換えることが出来る。先にも述べたが人間の〈劇〉とは、「神と悪魔、人間と社会、肉欲と霊の血みどろな闘い」が繰り広げられるものであり、それがフランス留学で熟成させた文学的課題であったのだ。

〈悪〉の問題に戻ろう。遠藤はなぜリヨンで〈悪〉に関心を持つようになったのかということである。リヨンは言うまでもなく遠藤が戦後初の日本人留学生として過ごした思い出の地である。また、リヨンは「三田文学」を創刊した永井荷風が留学した土地でもあった。遠藤はリヨン滞在中、永井荷風『ふらんす物語』のリヨンの箇所を読み、その記述の確かさを噛みしめてもいる。そのリヨンであるが、黒ミサが行われていたために「悪魔的な都市」といわれることもあり、第二次世界大戦中の「一九四三年、ゲシュタポ（独逸秘密警察）は、この建物の地下室で拷問を行った」という地下室も残っていた。留学中の遠藤はこれらの「悪の行われた場所」を訪れてそこに〈悪〉に手を染める人間の肉欲の問題に思い至る。

ぼくはこの中世紀さながらのキャルチェや「黒ミサ」を自分の時代から遠いものと隔てたくなかった。ニュールンベルクや、ポーランドにおけるナチスムの虐殺、拷問、また、我々日本人自身がフィリピンや南京で犯したものの心理の裡には、黒ミサ的な肉欲がかくされているのだ。

（「冬――霧の夜」／『フランスの大学生』早川書房、一九五三・昭和二十八年七月）

さらに、遠藤の小説家としての視線はドイツ軍と闘ったレジスタンスにも向けられる。当時、日本ではフランスのレジスタンスはドイツ軍に抵抗した正義の英雄と見られていたが、遠藤はその正義の名の下にドイツ軍の協力者に対し、容赦なく虐殺を加えていった「悪」を知り、その「悪の行われた場所」であるフォンスの井戸までわざわざ出かけていったのである。記録によると「三十人の男女」が銃殺され井戸の中に死体が投げ込まれ、そのままになっているという現場であった。[6]『作家の日記』では次のようにある。

一九五一年三月二三日

午後、自転車にのり、フォンスの虐殺事件の井戸をみにいく。これはレジスタンスの悲劇のあった井戸なのだ。

（中略）

「何故こんな所までそれを見に来たのか」とアンドレはぼくに訊ねた。アンドレよ、文学とはそんなものなのだ。君には物好きと思えるだろうが、このほの黒い、人の叫び訴えるような声がきこえる井戸の底に、ぼくは、人生の一つの投影を見に来たのだ。

（『作家の日記』作品社、一九八〇・昭和五十五年九月）

ここで遠藤が語る「人生の一つの投影」こそ〈悪〉と言えるだろう。この時の体験は強烈だったようで、「フォンスの井戸」[7]として最初の小説の題材となっているばかりか、最初の長編小説『青い小さな葡萄』の題材ともなっている。

この他にもリヨンにはジャンヌ・ダルクの焚刑された場所やサド侯爵が刑罰をうけたピエール・アンシーズの牢がある。また、遠藤は裁判所にも見学に出かけていき、嫉妬のため妻を殺した一人の殺人者や十四歳の娘を殺したイボンヌという三十五歳になる女の裁判を傍聴したりもしている。

リヨンでのこうした様々な体験を通して「悪の行われた場所」に対する遠藤の趣味が養われて行ったのである。また、「悪の行われた場所」は人間の〈悪〉を見つめる場でもあり、〈悪〉を行う人間の心の動きこそ〈劇〉でもあったのである。ここに〈悪〉というトポスの問題がある。そして、リヨンでの体験は、『白い人』におけるマルキ・ド・サド、『海と毒薬』における九州大学医学部生体解剖事件、『最後の殉教者』『沈黙』における切支丹弾圧（踏絵、穴吊り）、『札の辻』『女の一生　二部・サチ子の場合』におけるアウシュビッツ収容所などの様々な〈悪〉への関心として展開していく。

三、〈テレーズ〉というトポス

遠藤が「最も惚れ込んだ作品」(8)であり、遠藤文学に最も大きな影響を与えた小説は、言うまでもなくフランソワ・モーリヤックの『テレーズ・デスケルー』である。遠藤がフランソワ・モーリヤックのことを知ったのは堀辰雄からもらった著書であった。堀辰雄はエッセイの中でモーリヤックのことを語っており、『テレーズ・デスケルー』の影響を受けた『菜穂子』という小説も書いている。さらに遠藤は、古本屋で偶然手に入れた、佐藤朔『フランス文学素描』にも二章にかけてモーリヤックの説明があったことから、フランスのカトリック文学の存在を知り仏文科への進学を決めた。恩師となった佐藤朔からはフランスのカトリック文学について様々学んだ。そうした中で再び出会ったのが『テレーズ・デスケルー』だったのである。(9)作家となってからは、小説のリズムをつかむため、創作に行き詰った時、何度も読み返したりもしたし、自ら翻訳を試みたこともあった。そんな遠藤の『テレーズ・デスケルー』への強い愛着は、長篇評論『私の愛した小説』（新潮社、一九八五・昭和六十年七月）であます所なく語られている。このように遠藤は『テレーズ・デスケルー』から文学的課題や文学的技法、文学的体験など様々なことを学んだ。とりわけ、重要なのはフランス留学時の一九五一・昭和二十六年八月、作品世界を味わうために行ったボルドーへの旅であった。

だが今、考えてみると、あの時ほど充実した毎日はやはりなかったように思える。特に二年目の夏休み、一人、それまで長い間読みつづけたモウリヤックの「テレーズ・デスケルウ」をよりよく味わうため、その背景を丹念に見て歩いたことは忘れられない。その背景となった延々たるランド地方の森をただ一人、何時間も歩きつづけ、熱い砂地で眠り、夕暮れになると百姓家に泊めてもらった。私が食事をしていると、日本人をみるために集まってきた子供たちの顔が幾つも窓にへばりついていた。

（「出世作のころ」／「読売新聞」、一九六八・昭和四十三年二月五日～十三日）

この時遠藤は「人間の孤独と宿命というのものから逃れられなかったテレーズ・デスケルウの寂寞たる生をどうしても凝視てみたくなった」から、「彼女の苦しい人生がそこで送られた曠野の地の果、ジウアノウへの旅を思い立った」という。ボルドーからランゴンまで汽車に乗り、そこから二日かけてランド地方の森を抜け三十キロ先のジウアノウまで〈テレーズ〉のことを思いながら歩き、さらに『テレーズ・デスケルー』の作品舞台である〈ファルグの葡萄畠〉〈ロアイヤンの森〉〈ニザンの駅〉〈タルゴの井戸〉〈ヴィアンドロウ〉〈サン・レジェールの森〉〈サン・サンフォリアン〉といった地をめぐりながら〈テレーズ〉の影を追いかけたのである。この旅は単なる作品鑑賞というレベルではなく〈テレーズ〉という一人の人間の心の秘密にまで迫るものであった。その結果、〈テレーズ〉は遠藤の心に決定的に刻まれたのである。

黄昏の湿った光は死のような暑さと交錯していた。この曠野には今、夕陽がそこここに、血のようなしみをつけていた。テレーズの姿は今すらもぼくの裡から消す事は出来ない。ランドのむせかえる西日のなかでこの女の姿を前にしてぼくは一本の死樹に靠れたまま、化石のように動かなかった……

（「テレーズの影を追って―武田泰淳氏に―」／「三田文学」、一九五二・昭和二十七年一月号）

この時の体験は人間の心の奥深さとそれを表現したモーリヤックの創作の秘密を知る絶好の機会となったに違いない。ここに文学空間としての〈テレーズ〉というトポスがあり、遠藤は自らの創作へと利用していくのである。例えば、『海と毒薬』では生体解剖事件に参加した看護婦の上田ノブを〈テレーズ〉のように「寂寞たる生」を送った女性として造型した。彼女は自ら望まぬ形で運命に翻弄され流産と離婚、子供の産めない体、そしてヒルダへの嫉妬心から事件へと流されて行く。『深い河』では、成瀬美津子が〈テレーズ〉のような「寂寞たる生」を過ごしている。ただし、上田ノブと異なるのは美津子には大津という導き手がおり、大津を通して「生活」ではなく「人生」に目覚めていく。その回心の軌跡こそまさに〈劇〉であった。

四、〈留学〉というトポス

言うまでもなく留学とは異文化を学ぶことであり、同時に異文化体験でもある。そこには多かれ少なかれ異文化同士の衝突が生れるのも当然と言えよう。遠藤文学は日本人としての感性と西洋を代表するキリスト教との狭間に「距離感」[10]があることを認めることから出発しているが、この「距離感」こそ異文化同士の衝突を生み出すものであった。遠藤はフランスのカトリック文学を学び始めた時からこの「距離感」を問題としてきたが、実際にフランスへ留学することによって、「距離感」の問題はより切実に身近な問題として迫って来たと言えよう。そうした苦しみの一端は『留学』によって垣間見ることができる。

「いや、もう来ない。もう沢山だ。田中さん。こんな詰らん小さな美術館一つに入っても、ぼくら留学生はすぐに長い世紀に渡るヨーロッパの大河の中に立たされてしまうんだ。ぼくは多くの日本人留学生のように、河の一部分だけをコソ泥のように盗んでそれを自分の才能で模倣する建築家になりたくなかっただけなんです。河そのものの本質と日本人の自分とを対決させなければ、この国に来た意味がなくなってしまうと思ったんだ。田中さん。あんたはどうします。河を無視して帰国しますか。」（『留学』）

主人公・田中に留学の意味を問うたフランス留学の先輩・向坂のセリフである。ここで向坂がぶつかったのは、「ヨーロッパの大河」という留学生が取り組むべき課題の大きさと、西洋の本質であるキリスト教と日本人の自分との対決の困難さともいうべきものであった。ここに、「留学時代」、「ますます西洋と日本、キリスト教と日本という問題に関心をふかめていた[11]」遠藤の「距離感」の問題が反映していることは明らかであろう。

さらに、『留学』には遠藤がぶつかったもう一つの問題も言及されている。フランスのカトリック教会の人たちが寄せた善意である。彼等は日本のことを何も知らずただザビエルへの憧れから日本宣教を夢見ており、その担い手として留学生の遠藤に大きな期待を寄せていた。日本人の感性と西洋的なキリスト教との「距離感」に苦悩していた遠藤にとって負担以外の何物でもなかったであろう。例えば、『留学』の「第二章ルーアンの夏」では主人公の工藤が、フランス留学中、珍しい日本人留学生として町中の人から注目され、教会では日本宣教の担い手として過度の期待を受けて苦闘する姿が描かれている。しかも、ホームステイ先の家庭の亡くなった息子は、ザビエルに憧れ日本宣教を夢見ていた神学生であり、工藤にはその青年の代わりに日本宣教に活躍するよう期待されていた。これらは小説の中の話ではあるが、多かれ少なかれ遠藤が留学中に似たような体験をしたことは確かである。言い換えると、これもまた「距離感」の問題である。フランスのカトリック教会の人々が持つ日本認識と現実の日本との「距離感」が相当あったことを示しているのだ。ちなみに、ザビエルへの憧れは、エッセイでも描かれている。後に「フォンスの井戸」と改題される「フランスにおける異国の学生たち」（「群像」、一九五一・昭和二十六年九月号）では次のようにある。

またこのリヨンにも「どうしても日本に布教にいく」と堅い決意をもった三人のカトリック神父がいます。この司祭の一人はフランシスコ・シャビエルの書簡をよみ「私は東洋の諸国の中で、日本人程信仰に適した国民を知らない。」という言葉から、日本をゆめみ始めたのだそうです。

おそらくこれが、『留学』に登場する日本宣教を夢みた神学生のモデルとなったのであろう。遠藤はこうした体験から、自分と同じようにヨーロッパに留学した日本人に関心を抱き、ザビエルが派遣した最初の留学生ベルナルドや天正遣欧使節、帰国後背教した荒木トマス、〈ペドロ岐部〉などを知ることになる。さらには彼らが生きていた「切支丹時代」の発見にも繋がっていく。

「切支丹時代」とは、一五四九年のザビエルによるキリスト教伝来から、一八七三年キリシタン禁制高札の撤廃までを示す時期だが、遠藤は「我々の国が、まともに西洋とぶつかった時代」「西洋のなかでも最も我々とは縁遠いあの基督教が、我々の国に直接ぶつかってきた[12]」時代と見て、『最後の殉教者』に始まり『沈黙』『侍』を経て『女』に至る一連の「歴史小説」の時代背景としている。「西洋と日本、キリスト教と日本という問題」を抱えていた遠藤が作品舞台として設定するのに最も好都合な時代でもあったのである。

このように、遠藤にとって〈留学〉とは、日本人としての感性と西洋のキリスト教が直接ぶつかるトポスであり、自身の文学的課題であった「西洋と日本、キリスト教と日本」の意義を問い直し深めていく「場」としてのトポスでもあったのである。

五、「第三の新人」の影響

前章まで遠藤がフランス留学で学んだ三つのトポスについて考察してみた。次にこの章からは帰国後に新人作家であった遠藤が文学的課題とした三つのトポスについて考えていくこととする。すなわち、〈弱者〉というトポス、〈日常性〉というトポス、〈廃墟〉というトポスの三つである。

三つのうち二つは同世代の仲間であった「第三の新人」から影響を受けたものである。そもそも遠藤と「第三の新人」との交流は同じ慶應義塾大学出身の安岡章太郎の紹介によって始まっている。エッセイでは次のようにある。

安岡はそんな私を、彼のグループである「構想の会」の集まりにつれていってくれた。私はそこで、庄野潤三や三浦朱門や小島信夫や近藤啓太郎や進藤純孝に紹介された。「現代評論」の雰囲気とこのグループのそれとが、あまりに違うのにはじめはびっくりした。しかし私はこの「構想の会」に毎月出ることが大変たのしかった。

やがて清瀬の療養所に入院していた吉行淳之介が、この会に復帰してくるようになった。彼は安岡につづいて芥川賞をとり、吉行のあとで小島氏と庄野氏とが受賞した。

そんな彼らに刺激されて私も「アデンまで」という短編をひそかに書いてみた。生まれてはじめて書いた小説だったが佐藤朔先生にみていただき、その推挙で「三田文学」に掲載された。

（「出世作のころ」／「読売新聞」、一九六八・昭和四十三年二月五日〜十二日）

「第三の新人」とは誰が含まれるのか研究者によって異同があるが、ここでは「構想の会」のメンバーであった安岡章太郎、庄野潤三、三浦朱門、小島信夫、近藤啓太郎、進藤純孝、吉行淳之介、そして遠藤周作が該当することがわかる。この「第三の新人」グループとの交流で刺激をうけた遠藤が小説を書き始めることになる。遠藤は既にフランス留学時代に作家修業を始めているが、同世代の作家たちに刺激をうけたことは大きかったと言えよう。もちろん「第三の新人」たちとは問題意識も異なるが、小説を書くことへの意欲を掻き立てられたのは確かだったようだ。

また、創作方法も影響を受けたという。〈弱者〉と〈日常性〉の二つである。まず〈弱者〉については次のように語っている。

ぼくが「第三の新人」から受けた影響というのは二つあると思います。ひとつはなんといっても「第三の新人」の文学――といっても全部が全部ではないですが、彼らのなかに共感を見出したのは、強者の立場から書かないということです。弱者、もしくは劣等者の立場から書くということですね。それは私がキリスト教にもっていた考え方――さきほど申し上げました―と一致しておるわけです。これがひとつ。

（三好行雄・遠藤周作　対談「文学―弱者の論理―遠藤周作氏に聞く」／「国文学解釈と教材の研究」18（2）、一九七三・昭和四十八年二月号）

「第三の新人」から受けた影響というが、「共感」という言葉に注目したい。「第三の新人」の文学が「弱者の立場」、「劣等者の立場」から書かれていることは、安岡章太郎の芥川賞受賞作『悪い仲間』『陰気な愉しみ』を見ても明らかである。翻って遠藤の初期作品を見ると、『アデンまで』『白い人』『黄色い人』『海と毒薬』の主人公は、心の弱さを抱えていて恋人や友人たちを裏切ってしまう〈弱者〉であった。元来遠藤文学も「弱者の立場」、「劣等者の立場」から書かれていたのである。だからこそ「第三の新人」たちに「共感」したのだと言える。

その上で、「弱者の立場」、「劣等者の立場」がその後の遠藤文学でどのように展開したのかを見ると二つのことがわかる。第一に、『おバカさん』『へちまくん』などのユーモア小説や「狐狸庵先生シリーズ」の軽妙洒脱なエッセイの流れがある。後には「ぐうたらシリーズ」へと展開し、一大ブームを巻き起こした。狐狸庵先生も「ぐうたらシリーズ」も「弱者の立場」、「劣等者の立場」で書かれていることは明確である。第二に、『沈黙』のキチジローに代表される文学的課題としての〈弱者〉である。このことは『沈黙』の取材ノートとも言えるエッセイ集『切支丹の里』（人文書院、一九七一・昭和四十六年一月）に〈弱者〉の生成過程が詳しく描かれている。前述のように遠藤は留学をきっかけにしてヨーロッパに留学した日本人に興味をもつようになり、ベルナルド、荒木トマス、〈ペドロ岐部〉

などを知った。なかでも帰国後背教者となった荒木トマスに関心を持ち、切支丹研究を始めた。そこでは「華々しく殉教した強者」ではなく、心の弱さ故に背教せざるを得なかった〈弱者〉である転び者が中心であった。[13] [14] そうした中から、切支丹時代の「代表的な弱者」、「ファビアン不干斎、トマス荒木、フェレイラ（沢野忠庵）、ジョゼフ・キャラ（岡本三右衛門）の四人」を選び出し、やがて「フェレイラ（沢野忠庵）、ジョゼフ・キャラ（岡本三右衛門）」の二人を主人公として『沈黙』を生み出していったのである。[15] さらに、〈弱者〉というトポスは、『鉄の首枷――小西行長伝』で「面従腹背」の人生を送った小西行長、『銃と十字架』で「華々しく殉教した強者」である〈ペドロ岐部〉の弱者的側面、『侍』で組織に翻弄された長谷倉の悲劇などへ展開する。

次に、「第三の新人」から影響を受けたもう一つの問題である〈日常性〉のトポスについて考えたい。これも先ほどと同じインタビューの中で語っている。

「おれはやっぱりおれの立場として、彼らのいっている『日常生活』というのを書きながら、どうしてメタフィジックなものをそこから出すか――日常生活だけで終わらないで――。日常生活ピョンと飛び越えて、大きなテーマでバシッと攻めたてるのではなく日常生活のいろんなものを書きながら、そのなかから自分が考えた、メタフィジックなものを出すにはどうしたらいいかということを、「第三の新人」と話していて考えたわけです。」

（三好行雄・遠藤周作　対談「文学―弱者の論理―遠藤周作氏に聞く」）

〈弱者〉の問題の時は「共感」であったが、今度は「第三の新人」たちが語る「日常生活」に対する「違和感」が出発点にある。服部達、村松剛、遠藤周作の三人が「三角帽子」の名の下に「メタフィジック批評」を「文学界」で提唱した時、遠藤にとって「メタフィジック」とはカトリックであった。とすると、「日常生活」を描きながら、そこから「メタフィジック」なものをどうやって出すのかという問題は、「日常生活」を描きながらどうやってカトリックの問題を出していくかというカトリック文学の課題でもあったのである。遠藤文学では、『海と毒薬』の始まりを、流行歌が流れる東京の郊外の日常生活から描きだしている。どこにでもある日常風景でありながら、そこに住む人たちの戦争時代の「過去」が次第に浮かび上がってくるという形式であった。『わたしが・棄てた・女』や『おバカさん』では東京に住む一般家庭を中心に描き出し、やがて何らかの事件へ巻き込まれて行く。『哀歌』に収められた作品は日常生活が舞台になっているものが多い。『深い河』でも最初に登場する磯辺夫婦はごくありふれた平凡な夫婦であるが、妻が遺した最後の言葉をきっかけに、妻の生れ変わりの少女を探すため夫はインドまで出かけることになる。このように、〈日常性〉と関連する作品では、最初は平凡な人物が登場し、作品舞台も東京の郊外など平凡な場所が描かれるが、最後には非日常的な人物へと変貌し、作品舞台も日常とは異なる様相を見せる。「日常生活」を書きながら、メタフィジックなものを出そうとした遠藤の苦闘の跡を見ることが出来よう。また、こうした〈日常性〉が〈非日常性〉へと変化していくことこそ〈劇〉であり、遠藤文学の根幹を占めるものであったといえよう。ここに〈日常性〉というトポスがある。

六、〈廃墟〉というトポス

拙稿[16]で論じたが、遠藤文学には多くの歴史小説があり、それぞれ重要な意味を持っている。期間も最初の歴史小説『最後の殉教者』から最後の『女』まで約三十五年にわたっており、遠藤が作家として活躍した時期とほぼ重なる。こうした歴史小説への傾斜の根底にあるのは歴史への強い関心である。

『埋もれた古城』（新潮社、一九七一・昭和四十六年五月）によると、趣味としての歴史探索は一九六二・昭和三十七年頃、家の近所にあった世田谷城が忠臣蔵で有名な吉良家と縁があったという意外な歴史に驚いたことから始まるという。注目すべきは、世田谷城の建物は残っておらずいわば〈廃墟〉であったという点である。つまり、遠藤の歴史小説の原点は〈廃墟〉というトポスにあったのである。ここに歴史が織りなす〈劇〉に魅せられた遠藤の姿を見ることが出来よう。元々、遠藤は〈廃墟〉に対して異常な関心を持っていた。例えば、フランス留学の時もジュミエージュの〈廃墟〉に絶対的な印象[17]を残しているし、また、エッセイ「廃墟の眼」[18]には〈廃墟〉というトポスへの強い愛着が語られている。長くなるが引用したい。

> 私は河のうねうねと流れている形を高いところから眺めるのも好きだが、うねうねと流れ、さまざまの川州を所々に残している河は私にながい人間の人生を連想させるから好きなのである。その河のほとりにどんなにさまざまの人間が住み、さまざまの人生を送り、それらの横を河が黙々と流れていたという事実が私に思わずあのニタニタッとする笑いを浮ばせてしまうのである。廃墟がつくりあげた第二の自然には、なにかこの河の黙々とした流れに似た感じがふくまれているのではないか。（中略）河や廃墟はただ、黙々と存在し、しかし黙ってその「眼」で多くの者の人生を見ていたのだ。
>
> その眼を、私はやはり廃墟にたつと、自分の周囲にふいに感じるのである。その眼が私に肉欲に似た快感を思わず与え、ニタニタ笑いを思わず浮ばせるのである。
>
> （「廃墟の眼」／『狐狸庵閑話』桃源社、一九六五・昭和四十年七月）

ここには、河と人間の類似性、人間の人生と黙々と流れる河との対峙、廃墟と河の類似性、多くの人間の人生を見つめる河や廃墟の「眼」など様々な問題が語られている。これらは遠藤の創作過程とも類似している。そもそも遠藤は様々なトポスを通じて人間の人生を見つめ、そこで展開される「神と悪魔、人間と社会、肉欲と霊の血みどろな闘い」が繰り広げられる人間の〈劇〉を描くものであった。河や廃墟が「黙ってその「眼」で多くの者の人生を見ていた」ように、遠藤もまたトポスを通じて黙って「多くの者の人生を見ていた」のであり、そこから生成される人間の

〈劇〉を創作へと繋げていったのである。このようにして遠藤は歴史小説ばかりではなくほとんどの小説を〈廃墟〉というトポスから創作していったと言えよう。特に「河」に関しては、『メナム河の日本人』『鉄の首枷——小西行長伝』『銃と十字架』『王国への道―山田長政―』におけるメナム河、『男の一生』における長良川、『深い河』におけるガンジス河へと展開する。

おわりに

以上、遠藤文学の根幹に関わる六つのトポスについて考察してみた。こうして見るとき、人間の〈劇〉を生成するトポスに対する遠藤の愛着や関心の深さを改めて知ることが出来よう。また、遠藤がそこまで深くトポスにこだわったのは、人間を見つめる作家の「眼」があったからとも言える。時として、人間の〈悪〉や〈テレーズ〉の生を見つめることもあるし、〈留学〉を通じて異文化の「距離感」を見つめることもあった。〈日常性〉や〈弱者〉を通じて平凡な生活の意味を見つめることもあった。そして、時間を超えて〈廃墟〉の中に息づく人間の人生を見つめることもあった。このように遠藤は様々なトポスを通じて人間の人生を見つめ、生成された人間の〈劇〉を創作へと結びつけていったのである。ここに遠藤文学の根幹を指摘できる。

注

（1）遠藤周作「白人の小説について——西欧との本質的な距離の意識」（「毎日新聞」、一九五五・昭和三十年七月二十八日）
（2）遠藤周作「「海と毒薬」ノート—日記より—」（「批評」3、一九六五・昭和四十年四月）
（3）黒ミサに関して遠藤がどの程度知識を持っていたかはわからないが、先輩作家である柴田錬三郎が新しい主人公の造型に悩んでいる時に、黒ミサによって生れた主人公を勧めたというエピソードがある。遠藤のアドバイスにより生れたのが眠狂四郎であった。

柴田　ありましたよ。で、キミがそそのかしたんだよ、黒ミサで生まれた子にしろって。
遠藤　そうそう。あのころ、僕は黒ミサの本など読みふけっていたから、その話をしたことがあります。
柴田　オレもキリシタンというものは読んでたしさ、バテレンと日本人の合いの子というので、ちょうどうまく結びついちゃったわけだ。
遠藤　それじゃァ僕は、日本大衆小説史に残る「眠狂四郎」の助産婦みたいなものですなァ。

（初出：「週刊読売」一九七四・昭和四十九年六月二十二日号のち『ぐうたら会話集　第2集』角川文庫、一九七八・昭和五十三年十月）

柴田錬三郎が『眠狂四郎無頼控』の連載を始めたのが一九五六・昭和三十一年五月なので、このエピソードはそれより少し前のことになる。ということは、遠藤はフランス留学から帰国した一九五六・昭和三十一年頃、「黒ミサの本など読みふけっていた」ということになる。

（4）遠藤周作「冬――霧の夜」／『フランスの大学生』（早川書房、一九五三・昭和二十八年七月）
（5）遠藤周作「恋愛とフランス大学生」（「群像」、一九五一・昭和二十六年二月号）
（6）遠藤周作「フランスにおける異国の学生たち」（「群像」、一九五一・昭和二十六年九月号）
（7）遠藤は「日記」での体験をもとに、「イレーヌ」と「こびと」という架空の人物を設定し、「フランスにおける異国の学生たち」（のちに「フォンスの井戸」と改題）として発表した。そして、この作について遠藤は「実際に起った事件に基づく私のはじめての小説だといってよい。」として「処女作ともいうべき」作品と呼んでいる（遠藤周作「背後をふりかえる時」／『昭和文学全集21　小島信夫・庄野潤三・遠藤周作・阿川弘之』小学館、一九八七・昭和六十二年七月）。
（8）遠藤周作「モーリヤックと私」（「朝日新聞」夕刊、一九七〇・昭和四十五年九月四日）
（9）遠藤周作「フランソワ・モーリヤック」（「近代文学」、一九五〇・昭和二十五年一月号）には初めてモーリヤックの作品を読んだ時のことが次のように語られている。

此のノートをとる為に数年前、はじめて貴方の作品を読んだ六甲山のふもとにぼくは帰って来た。

(10) 遠藤周作の初期評論「神々と神と」(「四季」、一九四七・昭和二十二年十二月)では、この「距離感」について詳細に論じられている。

(11) 遠藤周作「出世作のころ」(「読売新聞」、一九六八・昭和四十三年二月五日〜十三日)

(12) 遠藤周作「切支丹時代の智識人」(「展望」、一九六六・昭和四十一年一月号)

(13) 遠藤周作「『沈黙』——踏絵が育てた想像」(「朝日新聞」、一九六七・昭和四十二年八月二十五日)

(14) 遠藤は切支丹研究を始めた頃、恩師である上智大学のH・チースリク教授と次のようなやり取りを交わしたことがある。

三浦朱門と私とが上智大学のチースリック先生を週に一回たずね、この切支丹の碩学から転び者の一人、一人について教えを乞うたあの日々のことを私は今、なつかしく思いだす。「どうして、あなたたちは」とチースリック先生はある日、苦笑して言われた。「転び者に興味をもつのですか」

私は笑って黙っていた。しかし唇にその返事はほとんど出かかっていた。「それは……私が小説家だからです。そして私が彼等に近い……からです」

(「一枚の踏絵から」/『切支丹の里』人文書院、一九七一・昭和四十六年一月)

(15) 注(14)に同じ。

(16) 遠藤周作の歴史小説の分類やジャンルについては、拙稿「遠藤周作の「歴史小説」の一側面——松田毅一との関連をめぐって」(「遠藤周作研究」4、二〇一一・平成二十三年九月、本書序論)を参照されたい。

(17) 『作家の日記』(作品社、一九八〇・昭和五十五年九月)の「一九五〇年七月二三日」の項には次のようにある。

ジュミエージュの〈廃墟〉

「この廃院は絶対的な印象をぼくに与えた。」

(18) 遠藤周作「廃墟の眼」/『狐狸庵閑話』(桃源社、一九六五・昭和四十年七月)

第三章　『黄色い人』論
――逆説的な「恩寵の世界」の提示――

一、事実と創作の間

『黄色い人』は、芥川賞受賞作『白い人』（初出：「近代文学」、一九五五・昭和三十年五、六月）に続き、一九五五・昭和三十年十一月、「群像」に発表された、遠藤周作の初期に属する作品である。作家として出発して間もない時期だけに、初出においても地名や語句の誤謬等はかなりの数に上る。これらの誤謬は、単行本（『白い人・黄色い人』講談社、一九五五・昭和三十年十二月）や全集（『遠藤周作全集第一巻』新潮社、一九七五・昭和五十年六月）収録の際、大部分訂正されているが[1]、何度か繰り返された改訂でもなお歴史的事実との齟齬が見られる。特に作品の時代背景を語る上で欠かせない、川西工場の空襲の日は全く事実と異なる[2]。これは、『黄色い人』の構成上の問題とも深く関わるので、少し煩雑になるが先に指摘しておきたい。

本文から読み取れる空襲の日付は二つ存在する。(1)昭和二十年三月中旬と、(2)昭和十九年十二月二十五日であり、両方とも「川西工場」のモデル、「川西航空機株式会社宝塚製作所」が空襲に遭った昭和二十年七月二十四日と明らかに異なる[3]。ちなみに、この時の空襲では、B29と小型艦載機あわせて約一五〇機から爆弾が投下され、二十機ないし四十機による波状攻撃が、宝塚製作所を目標に加えられている。会社側の報告では、死者八十三名、重傷者三十九名に及ぶ。当然この中には、学徒動員されていた関西学院、神戸女学院、兵庫県立伊丹中学校、同第一中学校などの学生・生徒や、女子挺身隊として働いていた小林聖心女子学院（引用者注：糸子の通う聖母女学園のモデル）、宝塚音楽歌劇学校の生徒も含まれている（参照：『宝塚市史第三巻』、一九七七・昭和五十二年三月）。しかも、山根道公氏編の年譜[4]によると、遠藤周作は「終戦の少し前には仁川の母の家に帰り」、「仁川にある川西の飛行機工場をB29が襲うのを目撃」していて、単なる過失とは考えにくい。作者がそこになんらかの意図を込めていると考えるべきだろう。

少し詳しく追ってみよう。デュランの日記の日付と、千葉の手紙の言葉からブロウ神父が逮捕された日は昭和十九年十二月二十五日と推測される。その上で、まずⅠの千葉の手紙を見ると、「その通り昨年の寒かった冬のこと、デュランさんと会った夜、貴方が西宮の特高につれていかれた朝のことをカンタンに述べようとしているのですが、まだ三ヵ月もたたぬあれらの思い出も、…」とある。これを手掛かりとすれば、空襲の日は、川島秀一氏[5]が推測する昭和二十年三月中旬となる。言うまでもなく、日本への空襲はこの頃から激化し、三月九、十日の東京大空襲を皮切りに大都市への大規模な空襲（三月十三日名古屋、三月十四日大阪、三月十七日神戸）が開始された時期であり、時代状況を盛り込む意味では無理のない設定と言える。しかし、Ⅶでは、昭和十九年十二月二十五日クリスマスの夕方に、川西工場が空襲に遭い、その爆撃でデュランは自分の日記を千葉に託して死に、爆風に巻き込まれた糸子もベッドで血を流し半死半生の状態であるにも関わらず、その二人を放置したままブロウ神父への手紙を千葉が執筆していることになっている。手紙の末尾には、「ちびた蠟燭の下でかいたこの手紙ももう筆をおきましょう。もう真夜中です。クリスマスの夜だということを忘れていました。」とあり、この言葉を信じるならば、この日は昭和十九年十二月二十五日となる。宮坂覺氏[6]はこちらを小説内時間としている。となれば、Ⅰで手紙を書き始めたときの、「まだ三ヵ月もたたぬあれらの思い出」という言葉（すなわち、川西工場空襲の日が昭和二十年三月中旬であること）と明らかに矛盾が生じる。もう一度整理すると川西工場空襲の日は、『黄色い人』の作品内では次の二つが存在するのだ。

(1)　昭和二十年三月中旬……………Ⅰを手掛かりとする。
(2)　昭和十九年十二月二十五日…………Ⅶを手掛かりとする。

単純に考えれば、作者が最初、(1)に設定した上で執筆を進めながら、Ⅶに至り(1)を忘れてしまい、(2)の設定で終らせてしまったのであろう。だとすれば、⑴の設定で読みすすめ、Ⅶの「クリスマスの夜」に手紙を書いているという設定に目をつぶれば、何ら問題はないし、おそらくこれまではそういうものとして読まれてきたはずだ。だが問題は、なぜそのような変更が生じたのかにある。つまり、⑵昭和十九年十二月二十五日のクリスマスにこめられたカトリック作家・遠藤周作の意図である。たとえ、作品に矛盾が生じようとも、クリスマスの夜に、デュランや糸子の死体を置き、千葉に神父宛の手紙を書かせたことは、「すべての穢れを夜、ひそやかに浄化する雪のなかに自分の罪の象徴である女を埋めた[7]」『宿命』の主人公に示された「救いの路」と同じ意味を持つ行為なのだ。すなわち、「罪を浄化する」雪の代わりとしてクリスマスの夜に、「罪の象徴」であるデュランや糸子、千葉、あるいはキミコを手紙の中に記録すること、すなわち埋めることに、千葉のひそやかな「救いの路」を遠藤は示したかったのではないだろうか。少なくとも千葉の手紙が神父宛に書かれたものであることの意味は大きい。そこで、このことを中心に以下論を進めたい。

二、「手記」形式の問題

『黄色い人』は、高槻の収容所に拘留されているブロウ神父に宛てた医学生千葉の手紙と背教神父デュランの日記が交互に組み合わされ構成されている。全七章のうち、Ⅰ・Ⅲ・Ⅴ・Ⅶが千葉の手紙、Ⅱ・Ⅳ・Ⅵがデュランの日記となっていて、日記を書いている時点でのデュランの視点と、デュランの日記を読んだ上で自分の経験を照らし合わせる千葉の視点、さらに双方と関わり最終的に千葉の手紙を読む立場にあるブロウ神父の視点、以上三つの視点が重なり、交錯して乱反射しながら、人間内部の深層をかいま見せる構図となっている。読者に提示されるのは、多方向から立体的に浮かび上がるそれぞれの人間の外面と内面であり、それはまた西洋人や東洋人の違いといった、単なる人種の問題に収斂されない「魂の領域」にまで及ぶ。なかでも、手紙の経過と共に千葉の内面に変化が見られることは重要であり、その意味で『黄色い人』の主人公は千葉であると言えよう。というのも、何事にも無関心で、罪の意識もないことを告白する千葉が、一見つかみ所がないため、「戦時下の半病人の怠け学生が、自分の恋や疲労やを、悉く自分が黄色人種であるせいにするのは狡い[8]」という安易な批判の対象となったり、「むしろ、作品の主題は黄色人に対比される二人の白人（一人は背教者、一人は神父）の生の選択にある[9]」と、千葉よりもブロウ神父やデュランの〈劇〉に重点を置いた見方も可能であるからだ。しかし、ここで重要なことは、先の構成上の破綻とも関係するが、仁川に帰省して約二カ月の間、「ふかい疲れだけ」を感じて受動的だった千葉が、はじめて自ら手紙を書くという積極的な行為に出たことである。警察にあらぬ嫌疑をかけられる危険を冒してまでも手紙を書かざるを得なかった千葉の内面の衝動。これこそ『黄色い人』の主題と言えよう。ではそれは何か。結論を先に言えば、〈白い人〉に対する、〈黄色い人〉としての反発と、その裏に潜む「罪の浄化への願望」である。従来の論で、「白い人と黄色い人の距離感」は繰り返し問題とされてきたが、この救済の可能性も考慮した上で、千葉の微妙な心の動きに目を留めるべきであろう。例えば、千葉は神父宛の手紙を書いた理由を次のように述べる。

> しかし、貴方のように純白な世界ほどぼく等、黄いろい者たちから隔たったものはない。それがこの手紙をしたためさせた、理由になるかもしれない。（『黄色い人』）

この訴えには、ブロウ神父に対する千葉の反発を見てとれる。それは、罪の感覚がなく、死ぬことにも無関心であることを標榜していた千葉が、その裏でどれだけ罪の問題に悩まされ、死の恐怖におびえていたかを逆に暗示するものである。だからこそ、罪や死の問題に悩まされることもなくひたすら信仰に殉じることのできるブロウ神父に対して嫉妬ともいうべき反発が千葉の内部に起っているのだ。さらに、作者がこだわった前述のクリスマスの意味と絡めると、わざわざクリスマスの夜にブロウ神父への手紙を書いた千葉の心理の奥底に、「罪の浄化への願望」を読み取るべきだろう。

　その理由として第一に、『黄色い人』には、カトリック小説の方法が意識的に採用されていることがあげられる。たとえば、『黄色い人』で「神があろうとなかろうとどうでもよい」千葉がブロウ神父に書き送る手紙から始まるのは、モーリヤックの『黒い天使』で、「神などを勿論、信じない」ガブリエルが、若い司祭に書き送る手紙から始まる形式を借りたものである。ならば、ガブリエル同様、『黄色い人』の千葉においても、「自分の過去」を語る背後に「告白の秘蹟」がもたらす「罪の浄化の願望が潜んでいる」ことは十分に考えられるだろう。ちなみに、この他にもデュランがキミコに「憐憫」をかけたために、彼女を助けるどころか自らも罪に陥ってしまうという「憐憫の地獄絵図」は、G・グリーンの『事件の核心』から借りたものであり、千葉やデュランがそれぞれ自己の内面を過去に遡り追求することはモーリヤックの『テレーズ・デスケルー』におけるテレーズの内面の探求から借りた形式である。ある意味で『黄色い人』は、こうした多種多様なカトリック小説の形式のモザイクであり、作品の端々でその継ぎ目が見え隠れするところに欠点があるといってよい。ただ、『黄色い人』があくまでもカトリック小説の方法を用いている以上、その文脈で作者が意図したものを読み取った上で作品の評価を下すべきであろう。こうした側面から見たとしても、残念ながら『黄色い人』は不首尾に終っている。

　第二の理由として、糸子やキミコに込められたダブル・イメージの問題がある。これは一人の人物に二つのイメージを重ねて作品に重層性を与えるもので、遠藤作品では多用されている。遠藤周作はおそらくこれをJ・グリーンの『モイラ』から学んだと思われる。例えば次の箇所である。


　それに、この原題の「モイラ」と言う言葉には二つの意味があります。一つはわれわれ人間を最初に原罪にみちびいたアダムの妻エバ、もう一つは聖母マリアの意味です。モイラは主人公をエバの如く罪に誘いました。しかし、この小説がかたらなかった部分、永遠の余白の部分ではもう一人の女マリアが彼を浄化する世界に導くで

ありましょう。（『カトリック作家の問題』早川書房、一九五四・昭和二十九年七月）

ここから遠藤がモイラからエバと聖母マリアのダブル・イメージを読み取っていることがわかるだろう。これを『黄色い人』にあてはめると糸子にもキミコにもダブル・イメージが読み取れる。糸子には婚約者の佐伯を裏切り千葉を「不倫」の罪へと堕落させる点ではエバのイメージが込められており、一方で「聖母のメダイユ」を胸にかけ、幼い頃の「聖家族ごっこ」では聖母マリアを演じた点では、千葉に残された「救いの路」を示す聖母の役割を果たしている。キミコには、デュランを罪へと誘惑した点ではエバのイメージが重ねられ、一方でデュランを救う聖母的な役割もある。異教の方法ながらも「神を忘れて」「罪と死を重ねれば」「苦しみを忘れることができる」とデュランに啓示を与えたのはキミコだったからである。勿論それはデュランの「罪の浄化」でなく、「救いの路」の雛形に過ぎない。また、キミコの聖母的イメージを詳細にみると、さらなるダブル・イメージを読み取ることができる。つまり、「聖母マリア」と「マグダラのマリア」という二人の「マリア」のダブル・イメージをも含まれてくるのである。しかも、「マグダラのマリア」[10]こそ「イブ的なもの聖母的なもののあいだを」「さまよった」女性であり、「恩寵なき世界」と「恩寵の世界」に二分される遠藤の人間観の体現者でもある重要な人物であるのだ[11]。

第三の理由として、罪や死をめぐる千葉の苦悩と、遠藤の結核体験との類似性が挙げられる。勿論、千葉と遠藤は同一人物ではない。だが遠藤が肺病に冒された千葉を造形する際に、戦時中とフランス留学中の二度結核に苦しみ死の恐怖に襲われた自己の体験を下敷きにしたことは十分に考えられる。ならば、フランス留学中結核が再発して「死の恐怖のくるしみの中で、ぼくは恩寵なき世界を浄化する聖母の光をみた[12]」遠藤の信仰回復体験が、いくぶんでも作品に反映する可能性はあろう。「恩寵なき世界」と「恩寵の世界」を両極とした魂の〈劇〉はデュランのみならず千葉においても存在すると考えるからだ。

三、魂の〈劇〉

では、千葉における魂の〈劇〉を見てみよう。手紙の中で千葉は、母や叔母の手によってカトリックの洗礼を受け「無邪気な少年」を装っていた幼年時代にまで遡り内面の追究を始める。ここで自らの偽善に目が向けられ、ブロウ神父はそれに騙されていたと告白するが、その上で次のようにブロウ神父に対して疑問を投げかける。

結局、神父さん、人間の業とか罪とかはあなたたちの教会の告解室ですまされるように簡単にきめたり、分類したりできるものではないのではありませんか。（中略）黄色人の僕には、繰り返していいますがあなたたちのような罪の意識や虚無などのような深刻なもの、大袈裟なものは全くないのです。あるのは、疲れだけ、深い疲れだけ。ぼくの黄ばんだ肌の色のように濁り、湿り、重く沈んだ疲労だけなのです。

（『黄色い人』）

ここで千葉は告解という信仰の形式だけではつかみ切れない、人間の業や罪の深さをおぼろげながら感じ取っているのだ。ブロウ神父に対する違和感はここから始まる。さらに千葉は糸子と「聖家族ごっこ」をして遊んだ古墳の闇の中に「甘美な死の臭気」を嗅ぎ、「異教の静かな死」の「あやしい魅惑」に誘惑されている。だが、いずれにせよ幼年時代から汎神論的な誘惑にさらされ、その一方でブロウ神父と関わっていることは「恩寵なき世界」と「恩寵の世界」の間で揺れる千葉の精神状態の原点を如実にあらわすものとなろう。

次に千葉の内面の追究は三年前、そして医学生となった二年前へと進む。この頃、千葉は教会から離れるが理由は明確ではない。しかし結核にかかり自己の死が間近に迫ったことや、戦争の悪化で毎日多くの死体と息をひきとる罹災者に間近で接していたこととも無関係ではない。千葉は忍び寄る死の恐怖を前にして心も体も疲れ果てており、った「金色の髪、金色の髭をもった基督」という「この一人の白人を消化する気力」も消耗し切っていたからである。また千葉は結核の宣告を受けた直後に「ふしぎに死は恐ろしくも身近にも感ぜられませんでした」と述懐しているが、これは衝撃があまりにも大きくて判断停止状態になっていたと考えられる。「戦争に勝とうが負けようがどうでもよかった」のも、多くの人が戦争のために次々と死んでゆくのを聞いても自己の死以外に他のことを考える余地がなかったのだろう。

それゆえに千葉は「死の臭い」のない糸子と関係を結ぶことを「暗い時代から目を背」けたかったからという。対する糸子もまた、今は「三重の津の飛行隊」にいてやがては「特攻隊」に配属される婚約者の佐伯がいずれは戦死する運命にあるという不安を抱えており、二人の「不倫」の行為は暗い現実から目を背けたいという共通の願望の象徴となっている。後に惰性的に何度も繰り返される二人の行為は、言うなれば愛情でも情欲でもなく現実逃避なのだ。そんな千葉や糸子と対照的なのが「ミサをたて、告悔をきき、病人を見舞い、自分の信仰、自分の使命のために働くことのできる」ブロウ神父の「新鮮な真白いカラー」に象徴される「恩寵の世界」である。その「真白なカラー」も千葉にあっては「灰色の膜」の中に消えてしまうが、そのあとに千葉の心に残るのが瓦礫の中に埋もれた老人の静かな死の姿であることは注意してよい。その静かな死は幼年時代の千葉が古墳の闇の中で感じた「異教の死の恐怖も罪のおびえも、永遠の地獄もない静かさ」と同質の汎神論的な誘惑であるからだ。それはまさに「恩寵なき世界」を暗示するものでもある。

以上見てきたように千葉は仁川に帰省する以前、既に罪や死と深く関わり苦闘しており、その一方でブロウ神父の姿を自分とは異質なものとしながらも気にかけてきた。ただ、ブロウ神父と千葉との距離は「疲労感」に象徴される感覚的で不分明なものであり手紙の末尾で告白された反発のようなものはまだ形を取っていない。この千葉の反発が次第に嵩じていくのは、仁川に帰省した後関わりを持つデュランの姿と彼の日記を通してとなる。

そこで次にデュランを追ってみよう。デュランは十二年前に宣教師としてフランスから日本に渡ってきた。昭和十二年の阪神大水害[13]のあと偶然知り合ったキミコと不倫な関係を結んでしまったために教会から追われてしまい、今はブロウ神父から渡されるわずかなお金でキミコとひっそり暮らしている。戦争の悪化に伴い外国人に対する警察や憲兵の取り締りが厳しくなっていく中でデュランは、自殺するために手に入れたピストルをどう処理するか苦闘する。そんなデュランを襲うのが、基督を裏切って自殺したユダの姿であり、死後も地獄で苦しむ自分の姿である。この神の刑罰は死への恐怖としてデュランに自殺を思い止まらせているが、千葉を誘惑する「異教の静かな死」と両極に位置する。つまり、千葉のいう「静かな死」とは死後神に裁かれる恐れがないゆえに「静か」なのだ。

デュランはキミコに啓示を受けて神を忘れようと決意する。その際〈黄色い人〉の眼を、「神と罪とに無感覚な眼」「死にたいする無感動な眼」と理解していく。すなわち、〈黄色い人〉は「神と罪とに無感覚」であり、「死に無感動」であるというのだ。注意しておきたいのは、これらが繰り返し千葉が訴える〈黄色い人〉の特徴であることだ。デュランに千葉が共感していた証拠と言えよう。ところが、このデュランの〈黄色い人〉観は主観的で一面的でしかない。例えば、千葉が初めてデュランの家を訪問した時、そこから感じ取ったのは罪の臭いであった。

もし、罪というものに臭いがあるなら、憎悪、嫉妬、呪詛に臭いがあるならその臭気だったのではありませんか。

（『黄色い人』）

あれほど罪がわからないことを繰り返し告白する千葉が、ここで罪の臭いをかいでいることは注意してよいだろう。たとえ罪意識が欠如しているかに見える千葉にも罪を敏感に察知する感性は持っているのだ。この点で「罪がわからない」という本人の告白と明らかに相違する。

デュランは「罪と死に無感動」な〈黄色い人〉のようになるためブロウ神父を裏切る。だがデュランが人目を避けてブロウ神父の書斎に侵入した時、『パンセ』の「イエズスの秘儀」の[14]章が机の上に開かれてあった。そこにはイエスとユダのイメージがそれぞれ投影された、ブロウ神父とデュランの関係が示されている。


（哀愁の中のイエズス）

（基督はユダのうちに敵意を見ず、自分の愛する神の命令を見、それを言いあらわし給う。なぜなら、ユダを友と呼び給うからである）

（イエズスは世の終りまで苦悶し給うであろう。その間我々は眠ってはならぬ）

（『黄色い人』）


デュランの苦悩はユダのような背教者をも神は救いうるのかという点にあった。だからこそ裏切者の代表者であるユダをイエスは救いえなかったのか、神が全能であるならばユダをも救いうるはずではないのか、といった疑問を持っていた。そんなデュランに対するブロウ神父の解答がここにある。さらに「カナの奇蹟」にダブル・イメージが付される。一つはデュランを堕落へと導いた悪魔の策略としての奇蹟。デュランの「憐憫」が「姦淫」へと置き換えられたこと。もう一つは神の恩寵としての奇蹟。デュランを「破滅」へと導く象徴としてのピストルが「救済」の象徴へと置き換えられたことである。つまり、先のデュランに対してブロウ神父はユダのような背教者をも救い得る「救済」の路をしめしたのである。それは「やっぱりカトリシスムはカナの奇蹟です、ピエール。あなたを自殺においやろうとしたものは今日から永遠に消えるでしょう」というブロウ神父の言葉がすべてを物語っている。それに対してデュランは日記で「私は最初ブロウの不思議な言葉の意味を取ることができなかった」と記している。「最初」わからなかったということは、後になってわかったことを意味している。いつの時点でわかったかは日記には記されていない。しかし、ブロウ神父と話を交わしたその帰り道で〈黄色い人〉との距離を認識して〈白い人〉であることを自覚したデュランにとって残された路は「神を信ずるか、憎むか、どちらか」しかない。明後日のクリスマスを「晴れていたらどうだろう」とぼんやり願い、クリスマスの日に日記を千葉に託したことを考えあわせるとそこにデュランの信仰回復を見て取るべきだろう。

結局デュランは〈黄色い人〉の「魂の秘密」に近づくことができたにせよ〈白い人〉としての生き方に殉じていく。「恩寵の世界」と「恩寵なき世界」の往還であるのだ。その軌跡の中でデュランは「白い人と黄色い人の距離感」を実感して〈白い人〉の世界へ戻っていこうとするが、爆弾で死ぬ。そんなデュランの見つけた「距離感」に対する共感が、千葉に手紙を書かせた衝動の正体であった。つまり、千葉はデュランの死と日記を通して「恩寵なき世界」である〈黄色い人〉の姿と「恩寵の世界」にある〈白い人〉の姿を認識することが可能となったのである。それゆえに〈白い人〉に対して反発する気持ちが生れたのだ。それはまた「神なき人間の悲惨」を訴えることでもあり、逆説的な「罪の浄化への願望」であるといえよう。以上のように『黄色い人』はデュランに促された千葉の内面に生じた「白い人と黄色い人の距離感」発生の〈劇〉であると結論付けられよう。

四、エピグラフの問題

補足としてエピグラフの問題を付け加えたい。周知のように『黄色い人』には二つのエピグラフがある。これまでエピグラフが持つ意味に関してはあまり注目されなかったが、近年、笛木美佳、井上万梨恵の両氏による共同研究(15)によって第一エピグラフの出典についてほぼ解明されつつある。残るは第二エピグラフであるが、これについて問題提起をしたい。

第二エピグラフは黙示録三章十五、十六節である。カトリックである遠藤が聖書の引用をするのは特別なことではないが、ここにはドストエフスキーの影響を見てとれる。なぜなら、この箇所はドストエフスキー『悪霊』の中の「スタヴローギンの告白」に引用されており、遠藤が最も影響を受けたところであるからだ。

そもそも遠藤のドストエフスキー体験は学生時代に遡る。次の証言がある。

はじめてドストエーフスキイの作品を読んだのは十八歳の時である。図書館から借りだした米川氏訳の『罪と罰』だった。私の学生時代にはこの作品は青春の必読書にあげられていたから、あの当時には私だけでなく、多くの人が同じように『罪と罰』か『地下生活者の手記』からドストエーフスキイを読みだしたにちがいない。その時、どこまで理解したか全く自信がない。熱が出て幻影でも見ている気持だったのを憶えている。

（「アンケート　われらとドストエーフスキイ」／荒正人編著『ドストエーフスキイの世界』河出書房新社、一九五三・昭和二十八年十一月）

遠藤が十八歳の一九四一（昭和十六）年頃と言えば、一九三四（昭和九）年に巻き起こった「シェストフ的不安」[16]により、転向問題も含めて『悪霊』の本格的受容が始まり、戦後のドストエフスキー大流行の萌芽を形成していた頃[17]である。

さらに、遠藤は『悪霊』体験とも呼ぶべき衝撃をフランス留学時に受ける。

二十年近く前にリヨンにいた頃、むし暑い夏休み、私は仏訳で『悪霊』を読んだことがあった。学生時代、米川正夫氏の訳でこれも河出書房版のドストエーフスキイ全集を拡げて以来の経験であった。その時『悪霊』のなかの「スタヴローギンの告白」に眩暈のするような感動をおぼえ、『白痴』のうまさに舌をまいた。学生時代は訳もわからず、義務のようにめくっていた頁が、改めて新しい光をあてられたような気持だった。小説技術的にも何とすごい作家だと思った。

（「ドストエーフスキイと私」／『ドストエーフスキイ全集』月報、河出書房新社、一九六九・昭和四十四年八月）

この時の様子を日記には次のように書いてある。

夜、ドストエフスキイの『悪霊』中の「スタヴローギンの告白」を読みかえしてみた（テキストの仏訳本は仏蘭西出版のものではなく、ベルギ版ラ・ボエシー版のもの、N・ポラヴッェフの翻訳）。

しかし、フランス語の素晴らしさよ、かつて日本語版で読んだ（二度）時、気のつかなかった各語の深長さが、まず、ぼくを驚かした（日本版、米川正夫訳について、ぼくはかねてから不満であった）。

（「一九五二年八月二十五日」／『作家の日記』福武文庫、一九九六・平成八年十二月）

ここで遠藤はフランス語で『悪霊』を読み感銘を受けている。しかも、『悪霊』の中でも「スタヴローギンの告白」を読んだ意味は大きい『黄色い人』の第二エピグラフに引用された黙示録十三章がここに引用されているからである。子供の頃から聖書に慣れ親しんでいた遠藤は黙示録のこの聖句を当然知っていたはずであるが、ドストエフスキーによって新たに喚起されたに違いない。また、この聖句は、フランス留学中に日本と西洋の距離という問題に直面していた遠藤にとって日本人について考える大きなヒントになったと考えられる。しかも、「スタヴローギンの告白」が内包する「手記」や「告白」の問題は、そのまま『黄色い人』の「手記」形式や「告白」の意味と共通するものがあり、ここに『悪霊』の痕跡を垣間見ることが出来る。

注

（1）『黄色い人』の初出（「群像」、一九五五・昭和三十年十一月）と、全集（『遠藤周作文学全集第一巻』新潮社、一九七五・昭和五十年六月）では、地名や語句の間違い等の訂正箇所が四十二箇所あったが、内容上の異同はない。

（2）ちなみに、阪神大水害も時期が間違っている。本文中では、「あれは昭和十二年の九月十一日だった。」（Ⅱデュランの日記）とあるが、実際は昭和十三年七月五日であり、これは単なる作者の誤りと考えられる。
（3）参考までにアメリカ側の資料（『米軍資料　日本空襲の全容　マリアナ基地B29部隊』東方出版、一九九五・平成七年四月）の一部（必要と判断した箇所のみ適宜抜粋して提示しておく。これを見ると、日付ばかりか『黄色い人』で「黄昏」と描かれた空襲の時間も異なることが明らかである。

作戦任務第二八五号
一、日付　一九四五年七月二四日
二、目標　川西航空機宝塚製作所
四、出撃機数　八十八機
八、第一目標上空時間　七月二四日十時三十三分～十一時三分
十二、作戦任務の概要早期の弾着写真によると、目標はほぼ破壊。目標の北と南にある工員宿舎は酷い損害。写真偵察は目標の77％に損害を与えたことを示した。一機だけが目標を目視しなかった。目標に投下された爆弾九四九個のうち、四一八個が平均弾着点の、一、〇〇〇フィート以内に命中。

（4）「高原文庫」（一九九八・平成十年七月）
（5）川島秀一「遠藤周作ノート（六）―『黄色い人』論」（「日本文芸論集」、一九九〇・平成二年九月）のち『遠藤周作――愛の同伴者』（和泉書院、一九九三・平成五年六月）所収
（6）宮坂覺「「アデンまで」『白い人・黄色い人』」／山形和美編『遠藤周作――その文学世界』（国研出版、一九九七・平成九年十二月）所収
（7）遠藤周作『カトリック作家の問題』（早川書房、一九五四・昭和二十九年七月）
（8）中村真一郎「文芸時評――今月の問題作五選『黄色い人』」（「文学界」、一九五五・昭和三十年十二月）
（9）池内輝雄「白い人・黄色い人」（「国文学解釈と鑑賞」、一九七五・昭和五十年六月）
（10）遠藤周作『聖書のなかの女性たち』（角川書店、一九六〇・昭和三十五年十二月）
（11）遠藤周作『作家の日記』（作品社、一九八〇・昭和五十五年九月）に「恩寵なき世界」と「恩寵の世界」に二分され

る「〈人間〉の映像」について次のように論及されている。

「一九五一年一月二十四日（水）」

……何故だか知らぬが、今のぼくの人生を支えているものは、人間のふしぎと無限の暗黒へ対する執拗な興味である。ぼくは人間を思う時、あるほの暗い湿地帯、沼のように光のはいらぬものに身をかがめようとする。その中にぼくが段々ひきずりこまれていく時――ぼくは一枚の古い枯葉のように暗渕の中でねむるか――あるいは一条の荘厳な恩寵のひかりを発見するかにかかっている。

今考えてみると、このぼくの〈人間〉の映像を沼に結びつけるものは、仁川の家の裏山にあった、古い小沼からきているのかもしれぬ。

「一九五一年二月十九日（月）」

この世界、二つの世界がある。一つは自然的世界であり恩寵なき世界である。それは一月二十四日にぼくの心に結ばれた映像であった。その時ぼくは又、別の世界のありうる事、恩寵の世界のありうる事を無視した。しかし昨夜死の恐怖のくるしみの中で、ぼくは恩寵なき世界を浄化する聖母の光をみたのである。それは、自然的世界の、ぷよぷよした湿地帯を透明にうつくしく、変容してしまうものであるに違いない。

（『作家の日記』）

ここにあらわれた人間観は作家・遠藤周作の原点とも言いうる重要な箇所である。また、この日記の中で思い出の地として仁川の沼を取り上げているが、この沼は『沈黙』における「日本泥沼論」へと展開する重要な課題を孕んでいると考えられる。

（12）注（11）に同じ。遠藤周作『作家の日記』「一九五一年二月十九日（月）」。
（13）注（2）で指摘したようにこれは誤り。実際は昭和十三年七月五日である。
（14）『パンセ』「イエズスの秘儀」の章は、のちに「同伴者イエス」像へと展開する。遠藤のキリスト教観の原点とも言い得る重要な箇所である。
（15）笛木美佳・井上万梨恵「遠藤周作「黄色い人」論―第一エピグラフをめぐって―」（「遠藤周作研究」7、二〇一四・

平成二十六年九月）

（16）当時、社会主義者への弾圧が強化され、様々な検挙事件が相次いだ。検挙後の拷問などによって転向者が続出していたことに加え、シェストフ『悲劇の哲学―ドストエフスキーとニーチェ―』（阿部六郎・河上徹太郎訳　芝書店、一九三四・昭和九年一月）が引き金となった。

（17）遠藤は戦後のドストエフスキー大流行の様子について評論「シャルル・ペギイの場合」（「三田文学」、一九四八・昭和二十三年十二月号）で詳細に語っている。

第四章　『海と毒薬』論
――「トポス」をめぐる「手記」――

一、問題の所在

『海と毒薬』は、「文学界」の一九五七（昭和三十二）年六、八、十月号に連載され、一九五八（昭和三十三）年四月に文芸春秋新社より刊行された。同年第十二回毎日出版文化賞と第五回新潮社文学賞の二つの賞を受賞し大きな反響を巻き起こした作品である。戦時中に起った九州大学医学部生体解剖事件、いわゆる相川事件をモデルとして日本の戦争犯罪、ひいては日本人の罪意識を主題として描かれている。先行研究を見ると、主に「日本文化や風土の問題」、「神なき人間の悲惨」、「日本人の罪意識の欠如」の三つをめぐって議論されてきた。これらの文学的課題は最初に山本健吉が提出し[1]、現代に至る数多くの論文の中で様々な角度から検討を加えられているが、主題に関する議論はこの三つにほぼ集約されているように思える[2]。だがその一方で作品の構造や作品中における「手記」が持つ意味などに注目した研究は数少ない。影山恒男氏[3]、細川正義氏[4]、大田正紀氏[5]、下山嬢子氏[6]など数本が散見できる程度である。

そこで本章では「手記」に注目し、作品の構造の見直しを図りたい。さらに、「悪の行われた場所[7]」という「トポス」の問題[8]も取り上げ、作品構造に潜む二項対立の問題など様々な問題も合わせて考察することとする。

二、「手記」の所在

まずは大まかな作品構造を示し、「手記」形式の所在を明らかにしていきたい。『海と毒薬』は「第一章　海と毒薬」「第二章　裁かれる人々」「第三章　夜のあけるまで」の三部で構成される。

第一章は、章番号のない部分（以下、「序章」と呼ぶ）と章番号のある「Ⅰ」～「Ⅴ」の二つに区分され、それぞれ「東京の新興住宅地に引越してきた会社員の〈私〉が、その地で開業している医師の勝呂の過去を知るに至るまでの経緯」(9)と、「戦争末期に勝呂やその同僚であった戸田が生体解剖に参加するに至るまでの過程」(10)が描かれている。まずこの「序章」が〈私〉の「手記」である。

第二章は「Ⅰ　看護婦」と「Ⅱ　医学生」の二つの手記に続いて、「Ⅲ　午後三時」と一九四五（昭和二十）年二月二十五日午後三時の生体解剖手術当日に入る。視点人物は「Ⅰ」が上田ノブ、「Ⅱ」が戸田剛、「Ⅲ」が勝呂である。第三章の「Ⅰ」で生体解剖手術の様子、「Ⅱ」で術後の様子が描かれる。「Ⅰ」の視点人物は戸田と勝呂の二人、「Ⅱ」では上田ノブも加えた三人が視点人物となり、「多角的視点」(11)で描かれる。つまり、『海と毒薬』には、「序章」の〈私〉の「手記」、第二章の「Ⅰ」の上田ノブの「手記」、第二章の「Ⅱ」の戸田剛の「手記」という三つの「手記」が存在し、事件の外側から事件そのものを対象化し相対化する役割を担っているのだ。三つの「手記」は、執筆者も〈私〉、上田ノブ、戸田剛とそれぞれ異なり、執筆された時間も〈私〉の「手記」が一九五四（昭和二十九）年十月頃、上田ノブの「手記」が一九四五（昭和二十）年二月二十五日の事件後すぐ、あるいは数年後、戸田剛の「手記」が一九四五（昭和二十）年二月二十五日の事件当日、手術が始まる直前と推定され、三つとも異なる。

次に三つの「手記」の意味と役割について考えたい。第一に「序章」の〈私〉の「手記」。序章が「手記」であることを初めて指摘したのは下山嬢子氏である。氏は、前出の論考(12)において、次の箇所を論拠として「手記」であることを示した。

時には自然気胸を併発させたりする場合もあるのは先にも書いた通りだが、そんな突発事故を起さなくても、一打ちで針をしかるべき部分まで突き入れなければ患者が痛がる時があるものだ。

（『海と毒薬』）

重要な指摘である。「先にも書いた」というように、これが「手記」であることは明らかである。さらに、次の箇所も考慮すれば「手記」であることはより確かとなろう。

……右側には煙草屋と肉屋と薬屋とが、左側にはソバ屋とガソリン・スタンドとが並んでいるのだ。そうだ。それから洋服屋もあることを言い忘れていた。洋服屋は、ガソリン・スタンドから五十米ほど離れた地点にひとつだけポツンと建っているのだが、なぜこんな辺鄙な所をえらんだのかわからない。

（『海と毒薬』）

冒頭部で〈私〉が西松原住宅地について説明している箇所である。「そうだ。それから洋服屋もあることを言い忘れていた。」という語り口から、〈私〉が今語っているという現在性が明らかであり、先ほどの「書いた」という記述を合わせると〈私〉が今書いている「手記」であることの確実性は増す。

〈私〉が「手記」を書いた理由は、「手記」の結末部が手がかりとなる。八月に西松原住宅地へ引っ越しをした〈私〉が近所の勝呂医師に診療を受け、さらに勝呂医師の過去の事件まで知ってしまう。そして〈私〉が勝呂医師に過去の事件を知ったことをそれとなく告げた時、勝呂医師はショックを受け、「仕方がないからねえ。」と呟く。その様子を見て〈私〉は、今後勝呂医師の治療を受けるかどうか迷う。この時結論は出ていないが、そうした混乱の中で、改めて勝呂医師との出会いを回想したのがこの「手記」であると推測できるからだ。

一方で、第二の上田ノブの「手記」は、最初から「手記」であることが明示化されている。例えば次の箇所である。

夫のことは今は忘れたいですし、彼との結婚生活も一つのことを除いてはこの手記に関係もありませんから詳しくは書かないようにしましょう。（『海と毒薬』）

お産のことは今日、これを書いている間も思いだすだけで辛くなります。この手記を読んでくだされば、わたしが子供を持てない女になったため、心にも人生にも罅がはいったことがわかってくださるでしょう。赤ちゃんはどうしたことか、わたしのお腹の中で死んでいたのです。（『海と毒薬』）

「手記」と出てくるのは他にも何箇所かある[13]が、この二か所だけでも十分に「手記」であることはわかる。問題は、「今」、「今日」書いているという現在性の問題と、「この手記」を書いている理由である。大田正紀氏は論考[14]の中で、上田ノブの「手記」を「検察自白調書・手記・上申書」とされているが、根拠は示されてなかった。だが、生体解剖事件に関する内容であることは確かである。上田ノブは事件に関与した原因を、過去の自分の体験に求めており、結婚、死産、離婚、ヒルダへの反発と順に自分の心の奥を探っている[15]。いずれにしろ事件後の内省である点に注意したい。

第三の戸田剛の「手記」は、事件直前まで書かれていた形跡がある。次の箇所である。

研究室の戸を開くと、既に戸田がこちらに背をむけて机にむかっている。勝呂の方にふりむきもせず、声もかけなかった。ひどく真剣な表情でノートになにかを書きこんでいる。（『海と毒薬』）

第二章の「Ⅲ　午後三時」で、生体解剖手術が行われる朝、研究室に入った勝呂が見た戸田の様子である。ここで戸田が書いているノートが「手記」であると推測される。しかも、内容から見ても事件の前であることは明らかである。「手記」の最終部には次のような言葉もある。

（これをやった後、俺は心の呵責に悩まされるやろか。自分の犯した殺人に震えおののくやろか。生きた人間を生きたまま殺す。こんな大それた行為を果したあと、俺は生涯くるしむやろか）

（『海と毒薬』）

戸田が事件への参加を問われた時に考えていたことである。戸田はこれまで様々な罪を犯して来た自分が良心の痛みを感じなかったことに疑念を抱いており、生体解剖という恐ろしい罪を犯したとき、果して良心が痛むのかどうか実験のような気持で結局は参加を承諾した。この出来事を「一昨日」と記していることからも事件前に書かれたことは確かである。

以上が、三つの「手記」である。これらの「手記」を除く他の部分は、勝呂を視点人物として事件に至る遠因であった大杉医学部長の死から、個室の田部夫人の手術の失敗、おばはんの衰弱死、事件当日の様子、生体解剖事件直後の様子までが書かれており、ある意味で勝呂の「手記」的な様相を帯びている。このように『海と毒薬』における「手記」形式の重要性は明らかである。

三、「序章」の「トポス」

前述のように、「序章」は東京郊外の新興住宅地に引越した「〈私〉が、その地で開業している医師の勝呂の過去を知るに至るまでの経緯」[16]を記した「手記」であった。内容を詳細に見ると、「序章」は二つの時間と二つの場所によって構成された「トポス」であることがわかる。まずはここから考えたい。

第一の二つの時間については川島秀一氏[17]の指摘がある。氏によると、「『海と毒薬』は《過去》と《現在》という二重の時間によって構成されて」おり、「《現在》という時間をしめるのは「第一章　海と毒薬」のうちの「I」に入るまでのプロローグに当たる部分、全集本一四二頁のうちわずか二〇頁にも満たない。」としている。つまり、《現在》

が「序章」で、《過去》が生体解剖事件に関わる残り全ての箇所ということになる。作品全体の構成を考えた場合はこの通りである。だが、「序章」に限定した時間を考えると少しずれが生ずるように思われる。というのも、「序章」の中で《過去》が浮かび上がってくるのは、勝呂だけではなくガソリン・スタンドの主人、洋服屋、〈私〉の戦争体験という《過去》もあるからだ。ガソリン・スタンドの主人は、戦争中中支に兵隊として行った。迫撃砲で火傷を負ったが、女性を強姦したり、男性を突き刺して殺したり、好き放題できたと語っている。洋服屋は、南京で憲兵としてあばれたことがあるという。つまり、南京虐殺に関わり、何十人もの人を殺したということが示唆されている。〈私〉は終戦前、鳥取の部隊に応召されたが、すぐに帰ったので、人を殺す事はなく、内務班で上官に苛められただけであった。これらのことが伏線となり、勝呂が戦時中の事件に関わったことを〈私〉が知るに及び、大きな衝撃を受ける。

私はなにがなんだかわからなかった。今日までそうした事実をほとんど気にもとめなかったことが非常にふしぎに思われた。今、戸をあけてはいってきた父親もやはり戦争中には人間の一人や二人は殺したのかもしれない。けれども珈琲をすすったり、子供を叱ったりしているその顔はもう人殺しの新鮮な顔ではないのだ。トラックが洋服屋のショーウインドーを汚していったように無数の埃が彼等の顔に積っている。（『海と毒薬』）

ここで〈私〉は、勝呂の《過去》を知り、改めて《過去》において戦争で人を殺したことのある人々が、《現在》何もなかったように日常生活を送っているという現実に衝撃を受けているのだ。言い換えると、《過去》の罪を簡単に忘却できる日本人の罪意識の不在、ひいては人間の不思議に対する〈私〉の疑問が「手記」を書くに至るモーチベーションとなっているのだ。

また、「序章」の作品内時間となる《現在》は、一九五四（昭和二十九）年である。根拠となるのは美空ひばりの流行歌である。作品の冒頭部でトラックに乗っている「若い人夫」が歌っている「流行歌」として歌詞の一部が引用され、風呂屋でも「どこかでラジオの流行歌が聞えてきた。あれは美空ひばりの声である」としている。日常風景を彩る流行歌として紹介されているのだ。この歌は一九五四（昭和二十九）年五月に発売された美空ひばりの「ひばりのマドロスさん」である。この曲により美空ひばりは一九五四（昭和二十九）年度NHK紅白歌合戦に初出場を果している。「序章」の「八月」に「流行歌」として町のあちこちから聞えてくるのは当然と言えよう。〈私〉が九州のF市へ行ったときには「江利チエミ」[18]の名前が見えることからも、《現在》が一九五四（昭和二十九）年であることは確実である。つまり、「序章」は一九五四（昭和二十九）年八月に「手記」が始まり、九月の終りに義妹の結婚式のため〈私〉が九州のF市へと出かけ、偶然に勝呂の《過去》を知り、帰京後の秋（十月頃）に勝呂にF市へ行ったことを告げ、〈私〉が勝呂の下へ通院を続けるかどうか迷うところで終っている。先にも述べたが、〈私〉の「手記」は、この終った時点で書き始められたと推測される。

第二の二つの場所は、東京の西松原住宅地と九州のF市であり、色調や気候から対照的に描かれている。西松原住宅地は東京の郊外に位置し、東京まで新宿から電車で一時間もかかる「辺鄙な所」にある。白と黄色が基調で「雨の降らない日」が続いている。そもそも「序章」は「スフィンクスの微笑」という題の短編であったため、この土地は砂漠のイメージで彩られている。国道をトラックが走り、「白い／黄色い埃」が舞っている。渇いた日が続き「陽がカッと路に照りつけている」。「砂漠のような土地」である。洋服屋のショーウインドーにはスフィンクスのような「白人の男子人形」が微笑をうかべている。対する九州のF市は「水の街」である。黒色が基調であり、〈私〉が滞在した数日間はずっと雨が降っていた。この街の雰囲気や臭さは勝呂医院と類似している。

水の街という話はきいていたが、その街の中心を流れる那珂川も真黒でドブ臭かった。その黒い水の上に仔犬の死骸やふるいゴム靴が浮いていた。私は勝呂医院の庭や診療室の臭いを思いだした。

（『海と毒薬』）

白と黄色が基調である西松原住宅地において勝呂医院だけが暗い重苦しい雰囲気を持っていたが、そうしたものとF市の印象は重なるように描かれている。

このように対照的な二つの街で《現在》と《過去》を結びつけるのがF医大病院と病院から見える海である。〈私〉は義妹の結婚式で偶然勝呂医師の《過去》を知り、もっと詳しく知るために、わざわざ地元の新聞社を訪れ当時の新聞記事を目にして事件の概要を摑む。さらには、F医大病院にも潜入し、勝呂の《過去》を追体験する。これはそのまま廃墟を好み(19)、何度も取材旅行を行い、人間の人生を追体験した作者の趣味が反映している。そうして病院で勝呂の《過去》の重みを味わった〈私〉は屋上で海を見て救われる。

頭が痺れるような気持がしたので屋上にのぼった。眼下にはF市の街が灰色の大きな獣のように蹲っている。その街のむこうに海が見えた。海の色は非常に碧く、遠く、眼にしみるようだった。

（『海と毒薬』）

F市が「灰色」で、街の中心を流れる那珂川も「黒い水」であったが、病院の屋上から見える海の色だけは「碧く」「眼にしみるよう」な明るい色であった。この色の対比は印象的に描かれている。しかも、屋上とは言え、F医大病院は生体解剖という「悪の行われた場所」であることに変わりはなかった。そうした「悪」や「罪」の蠢く中における唯一の救いが海であったことは興味深い。なぜなら、屋上から見える海という「トポス」こそ、タイトルの由来でもあり、《現在》と《過去》、〈私〉と勝呂をつなぐ鍵となるからである。

四、二つの「手記」の位相

前述の川島氏の論考[20]では、『海と毒薬』が《現在》と《過去》という二重の時間によって構成されており、《現在》にあたるのが「序章」の部分であった。となると、「序章」を除く残りがすべて《過去》にあたる。ここも詳しく見ていくと、第二章の「I」「II」にある二つの「手記」とそれ以外の二種類で構成されていることがわかる。二つの「手記」はそれぞれ、事件後（上田の「手記」）と事件前（戸田の「手記」）に執筆されており、残りは勝呂を視点人物として事件に至る経過が描かれていた。いわば、事件の外側と内側という二重構造なのだ。つまり、事件の内側が第一章の「I」～「V」、第二章の「III」、第三章の「I」「II」で、事件の外側が第二章の「I」の上田の「手記」、「II」の戸田の「手記」ということになるのだ。

二つの「手記」は、いずれも「なぜ事件に関わってしまったのか」という原因究明や弁明である。「手記」を書いていない勝呂にしても事件の経過を描いた第一章の「I」～「V」を見ると、「なぜ事件に関わってしまったのか」という原因究明や弁明が全体に流れている。これらには明らかに『テレーズ・デスケルー』の影響を見てとれる。『テレーズ・デスケルー』とは、テレーズが夫の殺人未遂を疑われた裁判から帰る場面で始まり、テレーズが「ほんとうに夫を殺そうとしたのか」を自分の心の闇と対峙する原因究明を主要とする物語であった。上田、戸田は「手記」を通して自分の心の闇と対峙して、勝呂は病院の屋上から見える海と対峙することで、自分の心の闇と向かい合っている。

まず上田の「手記」を見よう。「手記」は事件と関わる遠因となった夫との出会いから始まる。上田は二十五歳の時、F市の看護婦学校を卒業し、医大病院で勤務を始めた。その年の夏、病院で盲腸の手術をして入院していた夫と出会った。ここで重要なことは、『海と毒薬』に含まれる三つの「手記」がいずれも夏から始まっていることである。

〈私〉の「手記」は、一九五四（昭和二十九）年八月の「ひどく暑いさかり」、上田の「手記」は一九四〇（昭和十五）年頃の夏、戸田の「手記」は一九三五（昭和十）年頃の九月といったとおりである。作品の中で事件が真冬の一九四五（昭和二十）年二月二十五日に発生したことになっていることと明らかに対照的に設定してある。[21]ヒルダとの確執の始まりも「夏の夕暮れ」であり、離婚の原因となった夫の浮気は大連での「最初の冬」であった。

上田は満鉄の社員であった夫と結婚した。F市出張所から大連本社へ移った夫に連れられ大連へ渡った。最初の冬、妊娠をしている間に夫は浮気をしていた。四月。満鉄病院でお産をしたが死産の上に子宮摘出を行い不妊の女となった。その後も二年間結婚生活を続けたが、離婚しF市へ帰った。F医大病院で再び勤務をはじめ、病院の近くに下宿をした。寂しさをまぎらわすために犬を飼った。そんな孤独な生活をしていた「夏の夕暮れ」、「四、五歳ぐらいの男の子」を見かけた。橋本部長とヒルダの子どもだった。思わず男の子に手を触れようとした瞬間、ヒルダに制止され口惜しさを感じた。ヒルダへの対抗意識はこの時から始まる。さらに、個室の患者（田部夫人）の手術で医者が全てかかりきりになっていた時、前橋トキが自然気胸を起し処置に困った。浅井助手の「どうせ助からん患者だろう。麻酔薬をうって…」という言葉に触発され、どうせ死ぬ患者だから注射を打ち死なそうと思い、注射器を準備する。結局、注射器を見たヒルダに激しく叱責され、のちには休職を言い渡される。その後、生体解剖手術に参加を要請された時、ヒルダへの対抗意識で参加を決めた。

次に戸田の「手記」を見よう。戸田も夏に始まり自分の犯した罪の数々を告白していく。この告白の内容について山本和[22]が重要な指摘をしている。

「戸田の手記は、生体解剖のような極限事例に対する息抜きであるとともに、やはり準備をしているんですね。人を殺してしまっても何にも不安がない。先生の標本の蝶を盗んで、嘘をつく。姦淫事件。こうやって数えてくると大体十戒の後の五つがあるんだな。」

十戒とは言うまでもなく聖書にあるモーセの十戒のことである。参考までに『カトリック要理』の十戒を示して戸田の罪と対応させると次のようになる。

第一　われはなんじの主なる神なり、われのほか、何者をも神となすべからず。
第二　なんじ、神の名をみだりに呼ぶなかれ。
第三　なんじ、安息日を聖とすべきことを覚ゆべし。
第四　なんじ、父母を敬うべし。
第五　なんじ、殺すなかれ。
　→〈戸田〉医大生の三年生の時、女中の佐野ミツに中絶手術を行い、胎児を殺した。
第六　なんじ、かんいんするなかれ。
　→〈戸田〉浪速高校の理科にいた夏休み、大津の従姉と姦通。
第七　なんじ、盗むなかれ。
　→〈戸田〉N中学の時、博物の教師が大切にしていた貴重な蝶の標本を盗む。
第八　なんじ、偽証するなかれ。
　→〈戸田〉小学校五年生、夏休みの作文で嘘を書く。
第九　なんじ、ひとの妻を望むなかれ。
　→〈戸田〉浪速高校の理科にいた夏休み、大津の従姉と姦通。
第十　なんじ、ひとの持ち物をみだりに望むなかれ。
　→〈戸田〉N中学の時、博物の教師が大切にしていた貴重な蝶の標本を盗む。

（矢印以下は引用者／『カトリック要理』中央出版社、一九六〇・昭和三十五年二月）

山本和の指摘通りに「十戒の後の五つ」が戸田の罪と対応していることがわかる。これは重要な指摘である。これまであまり注目されることはなかったが、ここから戸田の告白が聖書的な罪意識に基づいていることの確かさをうかがうことが出来る。そして、上総英郎が指摘するように、「彼は罪意識をこの作中の誰よりも強く求めようとして挫折しているのだが、それだけに神に近づいていると言えるのである」[23]。もちろんそこには、武田友寿が指摘する「倫理的」空虚さ[24]」もある。つまり、本当に罪意識や良心の痛みを感じないのであれば「手記」を書くこともなかったし、生体解剖の手術後、再び手術室を訪れる行動も取らなかったからだ。

以上のように上田と戸田は「手記」を通して自身の心の闇と対峙しており、事件の外側からそれぞれの内面を照らしている。

五、F医大病院という「トポス」

繰り返すが、『海と毒薬』は三つの「手記」と勝呂視点の《過去》によって構成されている。《過去》の主要部分は、一九四五（昭和二十）年一月から二月の出来事であり、最後には事件の起った二月二十五日のことが描かれている。細かく言うと、第一章の「Ⅰ」が一九四五（昭和二十）年一月、第一章の「Ⅱ」から「Ⅴ」が一九四五（昭和二十）年二月の初めから終り、第二章のⅢと第三章の「Ⅰ」、「Ⅱ」が一九四五（昭和二十）年二月二十五日の出来事である。勝呂が視点人物となり、F医大病院を舞台に物語が展開する。ここには第一外科と第二外科の対立や西部軍の介入を中心としてそれぞれの思惑が交差し、ぶつかっていく中で全てが生体解剖事件へと巻き込まれていく様子が描かれているのである。

これらの主な舞台となるのがF医大病院である。そこでF医大病院が持つ〈場〉の問題すなわち「トポス」について考えたい。ここには地理的空間と文学的空間の二つが存在している。

第一に地理的空間。医学部と病院とは街から二里ほど離れた田舎に位置している。そのため空襲を逃れて、病院自体は安全な場所となっている。屋上からはF市の街と海が見える。町が空襲のため日ごとに小さくなっていく様子や、様々な色に変化する海も見える。いわば、医学部と病院は街と海が相対的に見える位置にあるのだ。〈私〉、勝呂、戸田の三人は屋上から街の様子や、海を見たりすることになる。

〈私〉が病院の屋上から見たF市の街は「灰色の大きな獣のように蹲っている」と暗いイメージだった。対する海は「海の色は非常に碧く、遠く、眼にしみるようだった」と明るいイメージだった。この対照的なイメージの違いは重要であろう。

戸田は屋上から海を見ることはない。もちろん見えているはずだが、作品中では海鳴りの響きを聞くことはあっても、海を見たという記述はない。その代わりに、F市が空襲で壊滅的な被害を被っている状況や、断末魔の人間の叫び声を聞いている。「みんな死んでいく時代やぜ」という虚無的な発言の根拠となっている。

勝呂は〈私〉と同様、屋上から街や海を見ている。戸田と一緒に街が壊滅的な状況に陥っている様子を見たり、「碧く光」ったり「陰鬱に黝ずんだ海」を見て来た。その彼が生体解剖事件に巻き込まれ、手術後に屋上から海を見る。ここが最も大事な箇所である。

「そやろか。俺たちはいつまでも同じことやろか」
勝呂は一人、屋上に残って闇の中に白く光っている海を見つめた。何かをそこから探そうとした。
〈羊の雲の過ぎるとき〉〈羊の雲の過ぎるとき〉
彼は無理矢理にその詩を呟こうとした。

（蒸気の雲が飛ぶ毎に）（蒸気の雲が飛ぶ毎に）
だが彼にはそれができなかった。口の中は乾いていた。
（空よ。お前の散らすのは、白い、しいろい、綿の列）
勝呂にはできなかった。できなかった……。

（『海と毒薬』）

印象的な箇所である。ここで勝呂が一人で屋上にいる孤独な状況は、約十年後〈私〉が屋上にのぼり海を見たことと共通する。〈私〉が見たのは「非常に碧く、遠く、眼にしみる」ような海であったが、勝呂は「闇の中に白く光っている海」であった。ここでいう「闇」は戦争で誰もが死んでいく暗い時代状況や運命を象徴しており、「白く光っている」ものとは、生命そのものであったり、罪のない純粋無垢な心を意味するだろう。勝呂はそうした罪や暗い運命に囲まれながら、「光」を「探そう」としていたのである。もちろん、病院そのものは生体解剖という「悪の行われた場所」となってしまっているが、屋上から見える海に救いの可能性を探したのである。

第二に文学的空間。生体解剖事件に至る様々な二項対立がここにはある。まず大前提として戦争がある。日独伊三国同盟対連合国、日本対アメリカという対立である。この対立が空襲で街を壊滅状態に陥れ、米軍捕虜を生み出した。次に軍部と医学部という対立である。西部軍が病院内の権力闘争に介入することで病院内の対立が激化していく。病院の医師も大半が軍医として出征しており、病院に残った者と軍医となった者の間にも見えない対立をもたらしている。また、病院内でも医学部長の椅子をめぐる第一外科の橋本教授と第二外科の権藤教授の間に対立がある。二人の対立はそれぞれの部下の助教授、助手、医学生や看護婦ばかりか担当患者にまで様々な影響を与えた。この状況に対して勝呂は、「おばはんは柴田助教授の実験台やし、田部夫人はおやじの出世の手段や」と発言している。結局、橋本教授は医学部長の選挙を有利に進めようとして焦り、個室の田部夫人の手術に失敗し患者を死なせてしまう。大部屋のおばはんも手術を受ける必要はなくなったが空襲の夜に衰弱して死んでいった。そして、勝呂と戸田の対立もある。普段は仲のよい二人ではあるが、医学に対する姿勢や生き方は全く異なる。戸田は「誰もが死んでいく時代」だから患者が苦しもうが死のうが割り切っている。対する勝呂は、「誰もが死んでいく時代」だから最初の患者である大部屋のおばはんだけは生かそうとした。生体解剖手術への参加も戸田は自分の良心を試す実験の意味で積極的に参加を表明したが、勝呂はおばはんが亡くなったため、「どうでもいい」投げやりな気持ちになり、はっきりと参加をすることも断ることもしなかった。手術中も戸田は一生懸命手伝っているが、勝呂は壁にもたれて何もしなかった。二人の態度は正反対であった。一方、看護婦の間でも橋本教授の夫人であるヒルダと上田看護婦、上田看護婦と大場看護婦長といった対立があった。以上のような様々な対立が物語を動かし、最終的には生体解剖事件へと結びついていくのである。

六、〈私〉と勝呂

最後に作品の重要な視点人物でもある〈私〉と勝呂について考えたい。

「序章」の「手記」の語り手でもある〈私〉は平凡なサラリーマンである。終戦前、少しだけ鳥取の部隊に召集され、内務班の古参兵にいじめられた《過去》を持つ。《現在》は東京の郊外の西松原住宅地にマイホームを持ち、釘の問屋に勤め、毎日新宿から電車で一時間通勤をしている。昨年集団検診で肺の空洞が見つかり、気胸療法を受けている。結婚しており、妻は妊娠している。義妹の結婚式のために九州のF市へ行き、勝呂医師が関与した《過去》の事件のことを知った。以上が作品内で〈私〉についてわかることである。〈私〉は平凡な生活への漠然とした憧れを持っている。次の二箇所である。

私はこれで病気さえ良くなれば倖せなんだと思うことがあった。子供もでき、平凡な倖せかも知れないが、それでいいのだと考える。　　　　　　　　　　　　　　　　　　　　　（『海と毒薬』）

義妹の主人になる男は背のひくい、善良そうなサラリーマンだった。私と同じように朝の新宿駅で電車を待っているあの無数の勤め人の一人である。やがて義妹も子供ができ、この男と何処か郊外の安い土地に小さな家を建てて私と同様、平凡な倖せを楽しめばいい。何もないこと、何も起らないこと、平凡であることが人間にとって一番、幸福なのだと私は彼等をみながら、ぼんやりと考えた。　　　　　　　　　　（『海と毒薬』）

こうして〈私〉は自分が幸福であると自分に言い聞かせているような側面を持っている。

対する勝呂医師もちょっと変わってはいるが平凡な医者である。〈私〉が見た勝呂医師は「医者は四十位だろうか老けた感じのする男だった」と記している。終戦間際、医学生だった勝呂医師は一九五四（昭和二十九）年の時点で三十五、六頃だと推定できるので実年齢より老けて見えたことになる。西松原住宅地に内科の医院を開業している。医院の庭にはよごれた子供の赤い長靴があり、犬小屋には犬はいなかった。妻は元看護婦で、子供を連れて東京へ出た。「赤い長靴」から子供は女の子であると推測できる。（ちなみに、〈私〉のもうすぐ生れる子供も女の子の可能性がある。）勝呂医師は《過去》の一九四五（昭和二十）年ではF医大病院の第一外科で戸田と共に研究員をしていた。糸島郡に両親がおり、平凡な生活への憧れを抱いている。

平凡でもいい、何処かの、小さな町でささやかな医院に住み、街の病人たちを往診することである。町の有力者の娘と結婚できれば、なお良い。そうしたら、自分は糸島郡にいる父親と母親との面倒をみることもできるだろう。平凡が一番、幸福なのだと勝呂は考える。　　　　　　　　　　（『海と毒薬』）

細川正義氏が指摘するように(25)勝呂が抱いている夢は「町の有力者の娘」との結婚を除けば〈私〉と大差はない。結局は看護婦と結婚することになるが、勝呂も戦争さえなければ「町の有力者の娘」と結婚できたかもしれない。《過去》において、戸田と比較して頭が悪いと卑下しているが、《現在》において西松原住宅地ではちょっと変ってはいるが、腕は悪くないと認められており、それこそ戦争さえなければ町の人に信頼される医者として平和に過ごせたかも知れない。このあたりは『沈黙』のキチジローの嘆きに共通するものがある。キチジローも平和な時代であれば篤実なキリスト教信徒として平安な一生を送れたかもしれないのに、弾圧と迫害の時代に生れてしまったせいで棄教者の汚名を被りながら惨めな一生を送らざるを得ないと嘆いていた。勝呂も戦争さえなければ平凡ながらも幸福な人生を歩めただろう。

問題はここで二人が口にする「平凡が一番」という言葉が、後の作品では主人公の父の俗悪性を示すものとして使われている点である。次の三作品である。

父は伯父のように軽々しい性格ではなかった。大学を出ると、すぐM財閥の銀行に入ったが銀行員には打ってつけの細心な性格だった。波瀾のないことが一番、倖せだとか、他人に信用されぬ人間になるなよと口癖のように私に言っていたものである。

（『帰郷』／「群像」、一九六四・昭和三十九年九月号）

後年、父は口癖のように「平凡が一番倖せだ。何も起らぬことが一番、倖せだ」と言っていた。あれは母との生活にたいする反動だったのだ。十年間、母にひきずりまわされたこの男は離婚後母との過去を忘れるためにも、手がたい、地味な人生だけを求めていた。何も起らぬこと。平凡であること。そして私が文学をやろうとした時彼が依怙地なまで反対したのは自分の息子のなかに再び母の面影を見つけるのが不快だったからにちがいない。

（『六日間の旅行』／「群像」、一九六八・昭和四十三年一月）

父と生活して見て、僕は母が父となぜ別れたかわかるような気がしました。「平凡が一番仕合せだ。波瀾のないのが一番仕合せだ」そのような意味のことを父はたえず口にしていました。経営している会社の余暇には、盆栽をいじり、庭の芝生の手入れをし、ラジオの野球中継をきくような生活。僕の将来についても、安全なサラリーマンの道を選ばせようとする毎日、それは母と二人っきりで過したきびしい日常とは全くちがっていました。

（『影法師』／「新潮」、一九六八・昭和四十三年一月）

いずれも作者を匂わせる人物が主人公となっている私小説的な作品である。ここに登場する主人公の父は、激しく劇的な人生を歩んだ母と正反対の人物として造型されていて、「平凡が一番」として波風の立たない無難な人生を歩んでいる地味で平凡な人物である。遠藤周作の父・遠藤常久がモデルであることは言うまでもない。だが、これらはあくまでも小説であるので、父親にことよせて作者自身の俗悪な部分を強調したとも考えられる。そうした意味でこれらの父親像と〈私〉や勝呂に共通性があるのは当然のことかもしれない。

以上のように、『海と毒薬』は、「日本文化や風土の問題」、「神なき人間の悲惨」、「日本人の罪意識の欠如」の三つを主題として、複数の視点人物、時間、場所が複合的にからまりあいながら「悪の行われた場所」であるF医大における「悪」の様相、「悪の行為」の実態、「場所」が持つ意味を浮かび上がらせた作品であると結論付けられる。また、作品舞台である西松原住宅地、F市、F医大病院はそれぞれ色彩のイメージを持つ「トポス」である。さらに、文学的空間としての「トポス」をめぐる三つの「手記」が含まれており、「手記」形式が果す意味は大きい。

注

（1）『海と毒薬』に関する山本健吉の発言は次の五本がある。大学の先輩として遠藤を学生時代から知る者として積極的に発言をしていることがわかる。
一、「らいぶらりー　神のない人間の醜悪さ　遠藤周作著『海と毒薬』」（「日本経済新聞」、一九五八・昭和三十三年四月二十一日）
二、「文学直言―小説の中の日本的風土―」（「文学界」、一九五八・昭和三十三年六月）
三、「神と人間性の追求を――遠藤周作氏に答える」（「読売新聞」夕刊、一九五八・昭和三十三年六月十日）
四、「新潮文学賞――選後評」（「新潮」、一九五九・昭和三十四年一月）
五、「現代文学の風景⑤　海と毒薬　神を持たぬ日本人　「自由意思」の問題さぐる」（「読売新聞」、一九六三・昭和三十八年十二月二十二日）
（2）管見の限り、書評、解説、論文、単行本収録記事などあわせると百三十六本見つかった。これは遠藤作品では、『沈黙』、『深い河』に次いで三番目に多い。本書「遠藤周作研究参考文献目録」を参照されたい。
（3）影山恒男「『海と毒薬』の叙法と構造―状況と倫理への一つの挑戦―」（「活水日文」35、一九九七・平成九年十二月）
（4）細川正義「『海と毒薬』論」／笠井秋生・玉置邦雄編『作品論　遠藤周作』（双文社出版、二〇〇〇・平成十二年一月）所収
（5）大田正紀「遠藤周作「海と毒薬」論（二）――描かれざる《恩寵》をめぐって」（「梅花短期大学研究紀要」46、一九九八・平成十年三月）のち『近代日本文芸試論Ⅱ　キリスト教倫理と恩寵』（おうふう、二〇〇四・平成十六年三月）所収
（6）下山孃子「『海と毒薬』――〈語り〉のディメンション」（大東文化大「日本文学研究」42、二〇〇三・平成十五年二月）
（7）遠藤周作「「海と毒薬」ノート―日記より―」（「批評」3、一九六五・昭和四十年四月）
（8）拙稿「遠藤周作論―〈劇〉を生成するトポス―」（「昭和文学研究」72、二〇一六・平成二十八年三月）、本書第一部第二章。
（9）笠井秋生「6　『海と毒薬』」／『遠藤周作論』（双文社出版、一九八七・昭和六十二年十一月）所収

（10）注（7）に同じ。
（11）玉置邦雄「『海と毒薬』の世界」（「人文論究」21（4）、一九七一・昭和四十六年十二月）のち『現代日本文芸の成立と展開』（桜楓社、一九七七・昭和五十二年十月）所収
（12）注（6）に同じ。
（13）次の二箇所がある。いずれも「今」書いている事実が強調されている。

それから二年後、わたしは夫と別れました。別れ話が持ち上がった時、わたしも人並みにわめいたり泣いたりしましたが、そうしたくどい経過を書くのは、この手記を長くするだけですから省くことにします。ふしぎなことですが、あの二年間のことで特に思いだすことはほとんどないのです。今、強いて想いだそうとしても、眼に浮び上ってくるのは彼の白い体が益々、肥えはじめたこと、彼が血圧を気にして毎日「ベルゲール」という茶色い液体の薬を飲んでいた姿ぐらいです。（『海と毒薬』）

今更、この手記で弁解がましいことを書くのは嫌ですが、たしかにあの頃、橋本部長はわたしにとって職業的な先生という以外、なんの関心もない老人でした。（中略）そして看護婦とよばれるわたしたちは下女のような役目をするのですし、そんな看護婦の一人にすぎぬわたしを橋本部長に結びつけるのは皮肉なことに彼の妻ヒルダさんでした。（『海と毒薬』）

（14）注（5）に同じ。
（15）既に多くの指摘があるように、上田ノブはフランソワ・モーリヤック『テレーズ・デスケルー』のテレーズに似せられた人物として造型されている。ここではテレーズが夫を殺そうとしたのかどうか心の奥を探るように、上田も心の奥を探っている。
（16）注（7）に同じ。
（17）川島秀一「遠藤周作ノート（二）―『海と毒薬』について―」（「山梨英和短期大学紀要」21、一九八八年一月）のち『遠藤周作――愛の同伴者』（和泉書院、一九九三・平成五年七月）所収
（18）美空ひばり、江利チエミ、雪村いずみは当時同じ十七歳で、一九五五・昭和三十年には映画『ジャンケン娘』で共演

し、「三人娘」と呼ばれた。

(19)「廃墟の眼」／『狐狸庵閑話』（桃源社、一九六五・昭和四十年七月）

(20)注(17)に同じ。

(21)実際の相川事件は、一九四五（昭和二十）年五、六月にかけて生体解剖が行われており、作品中の二月二十五日午後三時という設定とは明らかに異なる。作者が意図して設定したと推測される。

(22)山本和、北森嘉蔵、国谷純一郎、小川圭治「『海と毒薬』をめぐって――第一回書評会」（「兄弟」72、一九六〇・昭和三十五年四月）

(23)上総英郎『遠藤周作論』（春秋社、一九八七・昭和六十二年十一月）

(24)武田友寿『（増補版）遠藤周作の世界』（講談社、一九七一・昭和四十六年七月）で戸田の心の問題について次のように指摘している。

　ぼくらが戸田のなかにはっきりみてとれるものは罪の意識もなく、罪の怖れもない「倫理的」空虚さである。

(25)注(4)に同じ。

第二部　「歴史小説」

——「切支丹物」の世界——

第二部では「歴史小説」の第一期（一九五九〜一九六九）の「切支丹物」を対象とする。作品では、最初の「歴史小説」である『最後の殉教者』（『別冊文芸春秋』、一九五九・昭和三十四年二月）から『学生』（『新潮』、一九六九・昭和四十四年十月号）までである。いずれもキリシタン時代を背景としており、信仰をめぐる〈劇〉が展開する。話の中心となるのは、殉教者と背教者である。遠藤は「華々しい殉教」を遂げた殉教者を「強者」とし、反対に心の弱さ故に棄教してしまった背教者を「弱者」と定義し、繰り返し登場させた。

そこで、第一章では『沈黙』を中心として登場人物における「弱者」の問題を扱った。第二章では「強者」の代表である〈ペドロ岐部〉が遠藤文学の中でいかに重要な役割を担っているのか、『留学』『沈黙』を中心として考察した。第三章では『沈黙』を「歴史小説」として見直すために引用の問題を考察した。第四章では『ユリアとよぶ女』から「強者」でも「弱者」でもない複雑な様相を見せる小西行長像を取り上げた。

以上の考察を通して、遠藤が「切支丹物」で描いた切支丹たちの〈劇〉の様相を確認していきたい。

第一章　「弱者」の形象
――二つの系譜をめぐって――

一、「弱者」の問題

遠藤文学において「弱者」は様々な形で登場し重要な役割を担っている。中でも「歴史小説」においては「華々しい殉教」を遂げた「強者」と対照的に、心の弱さ故に棄教してしまった「弱者」として繰り返し登場する。拙稿でも（1）「強者」の代表として〈ペドロ岐部〉を取り上げ、様々な作品から考察したが、それも作品の中で「弱者」が重要な役割を担っているからこそ「強者」にも意味が生れるのである。そうした「強者と弱者」の問題を考えて行く上で最も重要な作品は言うまでもなく『沈黙』である。

遠藤は『沈黙』執筆のきっかけとなった踏絵を見た時に感じた疑問について次のように述べている。

　この二つの疑問はそれをその後、嚙みしめているうちに次第に私には切実なものになりはじめた。なぜならば、それは強者と弱者、――つまりいかなる拷問や死の恐怖をもはねかえして踏絵を決して踏まなかった強い人と、肉体の弱さに負けてそれを踏んでしまった弱虫とを対比することだったからである。

（「一枚の踏絵から」／『切支丹の里』人文書院、一九七一・昭和四十六年一月）

ここには「強者と弱者」の明確な線引きがある。踏絵を踏まなかった「強者」と踏絵を踏んだ「弱者」である。いずれにしろ「強者」は「華々しい殉教」を遂げていくわけだが、「弱者」の場合は「転び者」、「棄教者」として心に負い目を感じ苦しみながら後の人生を歩まざるを得ない。だが、そこにこそ「神と悪魔、人間と社会、肉欲と霊の血みどろな闘い」(2)という〈劇〉があり、作家として遠藤が「弱者」の問題に取り組んだ最大の理由があろう。
　そこで本章では「弱者」像が確立した『沈黙』を中心として、『沈黙』前後の作品に散見される「弱者」の系譜を考察していきたい。

二、「弱者」像の形成

『沈黙』において「弱者」像が明確化されるに至るまで、初期作品で既に「弱者」に近い人物が数多く登場している。そのことでまず確認しておきたいことは、初期作品の主人公が遠藤に近い人物であることだ。遠藤の自作解説では次のように発言している。

　『アデンまで』から『黄色い人』を経て『海と毒薬』という作品を結ぶ一本の線はぼくの作品の大きな縦糸になっている。『アデンまで』の主人公は『黄色い人』の私になり、『黄色い人』の私は言うまでもなく『海と毒薬』の二人の主人公、勝呂医師と戸田医師とになっていたわけだ。『アデンまで』はぼくの今まで書いた小説の原型みたいなものなのだろう。
（「わが小説」／「朝日新聞」、一九六二・昭和三十七年三月三十日）

　ここには三つの重要な証言がある。『アデンまで』―『黄色い人』―『海と毒薬』が遠藤の「作品の大きな縦糸」であること。主人公も「たがいに似すぎている」こと。そして、主人公が作者の分身であることの三つである。これらを踏まえると遠藤文学において既に「弱者」は登場していたということになる。『アデンまで』『黄色い人』『海と毒薬』のいずれの主人公も受動的な人物で「弱者」と呼ぶことが出来るからだ。いずれの人物も遠藤が自身の姿を投影しつつ造型された人物である。それに加えて、「第三の新人」との交流、「切支丹時代」の発見、ヘルツォーグ神父の棄教という三つの要因によってより明確な形での「弱者」が形成されていったと考えられる。順に追って見たい。

第一に「第三の新人」との交流。遠藤は同じ慶應義塾大学出身の安岡章太郎の紹介で後に「第三の新人」と呼ばれた作家たちと知り合いになり、小説を書くことへの様々な刺激を受けた。中でも大きく影響を受けた一つが「弱者」の問題であったという。次のように語る。

ぼくが「第三の新人」から受けた影響というのは二つあると思います。ひとつはなんといっても「第三の新人」の文学——といっても全部が全部ではないですが、彼らのなかに共感を見出したのは、強者の立場から書かないということです。弱者、もしくは劣等者の立場から書くということですね。それは私がキリスト教にもっていた考え方——さきほど申し上げました——と一致しておるわけです。これがひとつ。

（三好行雄・遠藤周作　対談「文学—弱者の論理—遠藤周作氏に聞く」／「国文学解釈と教材の研究」18（2）、一九七三・昭和四十八年二月号）

この中で「共感」とあるように、元来遠藤文学は「弱者の立場」から書かれており、「第三の新人」たちと交流することによって、「弱者」の問題がより意識化、あるいは明確化されたことになる。しかも、遠藤の場合はキリスト教の問題から「弱者」の問題を考えるようになったのである。

第二に「切支丹時代」の発見。遠藤はフランス留学を通して自分と同じようにヨーロッパに留学した日本人に興味を持つようになった。調べて行くと、ザビエルが派遣した最初の留学生ベルナルド、天正少年遣欧使節、有馬神学校の卒業生たちがいたことがわかった。さらに上智大学のチースリク教授の下でキリシタンについて本格的に学ぶ機会を得る。その頃の様子を次のように語っている。

三浦朱門と私とが上智大学のチースリック先生を週に一回たずね、この切支丹の碩学から転び者の一人、一人について教えを乞うたあの日々のことを私は今、なつかしく思いだす。「どうして、あなたたちは」とチースリック先生はある日、苦笑して言われた。「転び者に興味をもつのですか」

私は笑って黙っていた。しかし唇にその返事はほとんど出かかっていた。「それは……私が小説家だからです。そして私が彼等に近い……からです」

このチースリック先生のおかげの勉強で、私にはしかし、ほんの僅かな知識ではあったが、その頃の代表的な弱者を選び出すことが出来た。ファビアン不干斎、トマス荒木、フェレイラ（沢野忠庵）、ジョゼフ・キャラ（岡本三右衛門）の四人である。

（「一枚の踏絵から」／『切支丹の里』）

遠藤は「転び者」すなわち「弱者」に興味を持つ理由を、自分が「小説家」であり「彼らに近い」からという。ここに遠藤と「弱者」の問題の関係を窺うことができる。しかも、四人の代表的な「弱者」のうち、フェレイラとキャラが『沈黙』の主人公であるし、トマス荒木の名前も『沈黙』に引用された『長崎出島オランダ商館員ヨナセンの日記』に登場する。いずれも重要な人物である。こうして彼らが生きていた時代、すなわち「我々の国が、まともに西洋とぶつかった時代[3]」としての「切支丹時代」を発見するに至ったのである。

第三にヘルツォーク神父の棄教。一九五七年、遠藤の母の恩人であり、遠藤夫婦の結婚式の司式も務めたヘルツォーグ神父が突然、失踪し、のちに日本人女性と結婚するという衝撃的な事件が起った。このことは、『黄色い人』と『火山』のデュラン、『沈黙』のフェレイラ、『影法師』の「貴方」のモデルとして繰り返し描かれている。この棄教という問題が「弱者」の意味を問うことにも繋がっていく。遠藤は次のように語る。

遠藤　だからその棄教者という問題は、さきほど言った外人の神父さんからも私の問題になりましたし、それから切支丹時代の棄教者、日本人の棄教者たちの心理、単に教えを棄てたというのではなくて、ほんとうに自分が愛したものを棄てるということですから、その心はどうしても考えざるをえなかったんです。

（遠藤周作・佐藤泰正『人生の同伴者』春秋社、一九九一・平成三年十一月）

ヘルツォーグ神父がなぜ棄教者となってしまったのか本当の理由は誰にもわからないだろうが、遠藤にとって信仰の指導者でもあった師を単純に棄教者や、教会の裏切者として断罪することは難しかったであろうし、できなかったはずである。その苦悩の中で改めて「弱者」の問題を考えたに違いない。

こうして遠藤が初期作品で描いて来た弱者的な主人公象が、これらの三つの出来事により深められ、明確な形での「弱者」が形成されたと言える。

三、二つの「弱者」の系譜

先に述べたように遠藤の「歴史小説」では、「強者」は殉教者、「弱者」は棄教者という明確な定義がある。この定義を『沈黙』の登場人物にあてはめると、「強者」はキチジローの兄妹、モキチとイチゾウ、長吉、春、ガルペであり、「弱者」はキチジロー、ロドリゴ、フェレイラ、井上筑後守、通辞となる。それぞれの人物の概略を示すと次のようになる。

第一に「強者」。殉教者たちである。先ずキチジローの兄妹である。彼等は密告され、キチジローと共に詮議を受けた。キチジローだけが棄教し追放されたが、棄教しなかった兄妹は火刑で殉教した。それに衝撃を受けたキチジローは日本を離れマカオで暮らしていた。八年前の話として語られる。

モキチとイチゾウは、ロドリゴとガルペが潜入したトモギ村の住民だった。役人の詮議により村の代表としてキチジローと共に三人が役所に出向いた。三人共に踏絵を踏むが、さらに役人から踏絵に唾をかけ聖母の悪口を言うように強制された時、キチジローだけが言われたとおりに棄教し、モキチとイチゾウはできなかった。そのため、二人は水磔に処せられて殉教を遂げた。

生月島の長吉は、片眼の男で、生月島の久保浦の出身である。イルマンの石田から洗礼を受け、洗礼名はジュアンである。ロドリゴと同じ牢屋にいたが、役人の刀で処刑された。

春は、長吉と同じ生月島の久保浦の出身で、イルマンの石田から洗礼を受けた。洗礼名はモニカである。ロドリゴと同じ牢屋にいて、ロドリゴに白瓜をくれた。一度踏絵に足をかけたが、ガルペを棄教させるため、役人によって薦に包まれたまま海に突き落とされて絶命する。

ガルペはポルトガル人司祭である。リスボン生れで、ロドリゴやマルタと同じカムポリードの修道院でフェレイラから神学を学んだ。フェレイラ棄教の報告を受け、真相を突き止めることと日本潜伏のため、ロドリゴと共に日本に潜入した。潜入後、ロドリゴと共に宣教にあたっていたが、役人の追求が激化するに伴い、ロドリゴと別れ単独行動を取ったが捕まってしまう。海に突き落とされた信徒たちを助けようとして海に入り絶命した。

こうして見ると、モキチやイチゾウ、春など一度は踏絵を踏んでおり、必ずしも「華々しい殉教を遂げた」殉教者とは言えないが、最終的には殉教者と言えるだろう。彼等は殉教に対するロドリゴの幻想を打ち砕き、あらためて神、教会、信仰の意味を問い直させる役割を果たしている。

第二に「弱者」。キチジローが代表的な棄教者である。八年前、キチジローとその兄妹はその一家に恨みをもった密告者のため密告されて切支丹として取り調べをうけた。兄妹は水磔で殉教したが、キチジローは役人が一寸、脅しただけで棄教した。いたたまれなくなったキチジローは日本を離れマカオで暮らしていた。八年後、キチジローはロドリゴやガルペと共に日本へ戻った。トモギ村で平穏な生活を過ごしていたが、役人の詮議が激しくなりモキチやイチゾウと共に村の代表として役所に出向かされた。役所で踏絵を踏み、さらに役人の強制どおりに唾を吐き聖母の悪口を言い追放された。追放後も、ロドリゴを役人に売ったり、何度もコンヒサンをしては棄教を繰り返した。だが、最後には江戸切支丹屋敷で中間としてロドリゴに仕えた。

通辞は、キチジローの密告により捕まったロドリゴが日本に来て最初に討論した人物である。地侍の息子であり、出世するためにセミナリオで学び、通辞となった。洗礼は受けたが、もともと修道士になる志も切支丹になる心も持ち合わせていなかったという。カブラル師の日本人蔑視に強い不満を抱いていた。

井上筑後守は、三十年前、蒲生家の家臣だったとき、切支丹となった。今でも切支丹は邪教とはおもっていないが、日本には必要ないものとして弾圧に当たっている。元切支丹であっただけに様々な方法を駆使して多くの信徒や司祭を棄教させた。

フェレイラはポルトガル人司祭である。リスボンの神学校で教えていたことがあり、二十年間イエズス会の地区長として、日本宣教に活躍した。逮捕後、三日間穴吊りの拷問にも耐えたが、同じ穴吊りにあっている五人の百姓たちを助けるために棄教した。棄教後は、沢野忠庵という日本人名を名乗らされ、「天文、医術の書を翻案し、病人を助け」、西勝寺ではキリスト教批判の書、「顕偽録」を書いている。ロドリゴの説得に当たり日本沼地論を展開する。

ロドリゴは、鉱山で有名なタスコ町で生れ、十七歳で修道院に入った。マルタとガルペと共にカムポリードの修道院でフェレイラから神学を学んだ。フェレイラ棄教の報告を受け、真相を突き止めるためにガルペと共に日本に潜入した。トモギ村、五島と宣教の働きは拡大したが役人の追求が激化した。モキチとイチゾウが水磔で殉教する姿を見届けた後、ガルペと別れ単独行動を取るが、キチジローの裏切りにより捕まった。同じ牢屋にいた長吉が刀で処刑されたり、春が海に突き落とされ死ぬ様子やそれを助けようとして海に沈んだガルペの姿を目の当たりにする。穴吊りの拷問に遭っている信徒の苦しみやフェレイラの話を聞き、踏絵を踏み棄教する。棄教後は長崎でフェレイラと共に切支丹探索の任に当たっていた。江戸に送られたのちは、岡田三右衛門の名と妻を与えられ、三十年間切支丹屋敷に幽閉され病死した。

ここに登場した「弱者」はよく見ると二種類に分けられる。キチジローを代表とする貧しい信徒とロドリゴを代表とする知識人である。さらに知識人は通辞、井上筑後守といった日本人とフェレイラ、ロドリゴの外国人司祭に分けられる。キチジローのような貧しい信徒の中には拷問の末に殉教する「強者」もいれば、キチジローのように拷問が怖くて棄教する「弱者」もいる。信徒側の問題は拷問に耐えられるかどうかにあると言ってよい。対する知識人は、日本人側には幕府の政策の変化や「西洋のキリスト教」に対する不満が根底にあり、拷問とは無関係である。そして西洋人側は、拷問を受けた上に、数多くの殉教者に対して神が沈黙しているという信仰的な煩悶と、「西洋のキリスト教」に対する不満もあった。このように棄教した「弱者」もそれぞれ異なる理由により棄教しており、単純に切支丹弾圧のせいだけとは言えない。そこで、「弱者」をキチジローを代表とする貧しい信徒の系譜とロドリゴを代表とする知識人の系譜に分け、次節から詳しく考察していきたい。

四、キチジローの系譜

キチジローの系譜に連なる「弱者」を順に見て行きたい。最初に確認できるのは『最後の殉教者』(「別冊文芸春秋」、一九五九・昭和三十四年二月)に登場する喜助である。『最後の殉教者』はいわゆる浦上四番崩れを背景とした作品で、舞台は浦上中野郷である。喜助は「図体だけは象のように大きいが体に似あわぬ臆病者で何をさせても不器用」であった。部落の総代の国太郎爺からは、「喜助はいつかこの臆病ゆえに、ゼズス様を裏切るユダのごとなるかもしれんのう」と心配されていた。迫害が始まると案の定、真っ先に棄教し、「ころんだ」という証拠の爪印を押して、皆の前から姿を消した。国太郎爺の心配どおりになってしまったのである。その後、中野郷の信徒たちは津和野へ送られ、そこでも激しい拷問を受けていた。そこへ喜助がやってきて仲間と同じ牢屋に入った。作品はその翌日、喜助の拷問が始まる場面で終っている。

さて、この作品には様々な問題が孕んでいる。まず「強者」と「弱者」の定義である。棄教した喜助は、自分の弱さを嘆き、「人間には生れつき心の強いもの、勇気あるものと、臆病で不器用なものとの二種類がある」と考える。前者が「強者」で後者が「弱者」である。次に生れた時代の違いである。「信仰の自由が許されている昔に喜助が生きていたなら彼だって立派とはいえぬまでも、ゼスス様やサンタ・マリア様を決して裏切る羽目には陥らなかったであろう」とある。これは遠藤が「サド伝」で、サドが「生まれた時代が違えば立派なクリスチャンであっただろう」と考えたことと同じである。そして、喜助の信仰が蘇ったきっかけを与えたのがある声だったことである。失意の中にあった喜助に対して次のように呼びかけている。

「みなと行くだけでよか。もう一ぺん責苦におうて恐ろしかなら逃げ戻ってもいい、わたしを裏切ってもよかよ。だが、みなのあとを追って行くだけは行きんさい」（『最後の殉教者』）

この声を聞いた喜助は、再び中野郷の信徒が拷問にあっている津和野にまでやって来て同じ牢屋に入ったのである。『沈黙』では主人公のロドリゴに対して踏絵のキリストが語りかけていたが、ここではキチジローの原型とも言える喜助に呼びかける声が聞えたのである。キチジローとロドリゴが同じ「弱者」という範疇で括られる証左と言えよう。

次に登場するのは『その前日』（「新潮」、一九六三・昭和三十八年一月号）の藤五郎である。『最後の殉教者』と同じ浦上四番崩れが背景となっている。

『その前日』は、作者と等身大の〈私〉が手術を受ける前日の話と、浦上四番崩れの時の藤五郎の話が同時進行する。手術に怯える臆病者で聖書に触れてから三十年になる〈私〉と、拷問に耐えられず踏絵を踏んだ「弱虫」で三十歳の藤五郎と、キリストを裏切ったイスカリオテのユダの三人が同質の人間として描かれている。ここに登場する藤五郎がキチジローの系譜に連なる人物である。

藤五郎は「体の大きな男のくせに臆病者」で、みんなから軽蔑されており、「三十になっても嫁のきてがな」く、「母親と二人だけで暮らしてい」た。浦上四番崩れの時、藩の警吏が高島村を襲撃し、浦上に引っ張られた十人の男の内の一人である。村人の心配通り藤五郎は代官所の吟味で弓をふりあげられる前に踏絵を踏み釈放された。

藤五郎を除く九人は信仰を守り抜き、津山に送られる。九人が送られる船着き場には藤五郎の姿が見られた。津山で拷問を受けていた九人のうち、一番の年寄りだった久米吉が死んだ。それでもなお拷問に耐えている時、藤五郎が牢屋に入れられた。藤五郎は不思議な声を聞いたからだという。

そうれ……、拷問が恐ろしいなら戻れと言うと、藤五郎は奇妙なことを言いだした。自分がここに来たのは声を聞いたからである。自分はたしかにその声を耳にした。その声は藤五郎にもう一度だけ、皆のいる場所に行くことを奨める。皆のいる津山に行って、もし責苦が恐ろしければ「逃げもどってよい」から、あと一度だけ、津山まで行ってくれ、と泣くように哀願したと言うのである。

(『その前日』)

そのようにして皆の元へ戻った藤五郎ではあったが翌日、拷問を受けた藤五郎は再び棄教して、役人によって追放され、行方知らずとなった。一方で、拷問に耐えた八人は、明治四年、新政府の手で釈放された。

ここで重要なのは藤五郎が喜助と同様に皆が拷問を受けている場所へ戻ってくれという声を聞くことと、戻った藤五郎が再び棄教した点である。何度も棄教する藤五郎の行為は一見無駄なように見えるが、臆病者の藤五郎が拷問を受ける覚悟をして皆の元へ戻ったことは一人が死んで失意の中にあった八人に勇気を与えたに違いない。もしかすると、ここで藤五郎が戻って来なかったら八人は拷問に耐えられなかったかもしれない。藤五郎の行為には意味があったのである。

そしてキチジローという名前が初めて登場するのが『雲仙』（「世界」、一九六五・昭和四十年一月号）である。この作品でも作者と等身大の「能勢」という作家が、一六三一年十二月五日、雲仙の地獄谷で七人の信徒が殉教を遂げた場所を訪れ、その場所にいたはずのキチジローの痕跡を辿る取材旅行である。「能勢」は、「子供の時、家族ぐるみで洗礼をうけさせられ」「四十歳の今日まで、まだ棄教もせずに生きてきた」人物である。彼が雲仙まで来た最初の目的は、コリヤドの『切支丹告白集』の中でただ一人の「弱者」である「男」の痕跡を辿るためであった。「強者」の告白にあふれている『切支丹告白集』のなかにあって唯一の「弱者」であるこの「男」は、武士で「能勢と同じような薄弱な意志やまずしい節操を持って」おり、「三百年も前、司祭の前に駱駝のように跪き幾分、自暴自棄と自分の汚なさを曝けだす快感にかられ」て、切支丹であることを隠した罪を告白している。だが、地獄谷に来ると、この「男」ではなくキチジローの姿が「能勢」の前にあらわれる。

キチジローもまた「女房子供の命を逃れうずるために」役人衆の前で転宗を誓った「弱者」であった。だが、転んだ後も長崎から小浜まで歩き、さらに雲仙を登って七人の信徒が拷問を受けた場所まで来た。この時のキチジローの気持ちを「能勢」は次のように推測する。

「ゆるしてくだされ。わしはお前さまらのように殉教ばできる強か者でござりませぬ。こげんな怖ろしか責苦を思うただけで胸がつぶれるような気がいたしまする」

（転び者には、あなたのわからぬ、転び者としての苦しさがござりまする）　（『雲仙』）

雲仙で拷問に耐えた七人の信徒はさらに島原の刑場へ送られる。キチジローはそれにもついていった。死刑を前にした牢舎にキチジローはあらわれ食事を差し入れする。だが、棄教者であるキチジローからの差し入れは拒否される。次の日、七人の信徒は火刑にあい殉教する。役人が火をつけた瞬間、キチジローは受刑者に近づくが、役人から切支丹かと尋ねられると、「自分は切支丹ではない、この人たちとは何の関係もない。ただこの光景に気が顚倒したのだ」と呟いて立ち去った。キチジローは最後まで「強者」にはなれなかったのである。

ここでキチジローは、『最後の殉教者』の喜助や『その前日』の藤五郎のように声に促されて信徒たちのもとに戻ってきたわけではないが、『沈黙』のキチジローとほぼ同様に、「弱者」の苦しみを味わいつつ、何度も棄教を繰り返している。「能勢」はそんなキチジローを想像しながら、完全にキチジローと一体化してキチジローの心の弱さに寄り添っている。しかも、これらの記録を書いたのがクリストヴァン・フェレイラであるところに、『沈黙』との共通性がある。そのようにして、『沈黙』へと繫がっていくのである。

また、『沈黙』以後にも姉妹作『黄金の国』（「文芸」、一九六六・昭和四十一年五月号）と『メナム河の日本人』（新潮社、一九七三・昭和四十六年九月）の二作に繰り返し登場する嘉助がいる。『黄金の国』では、キチジローがロドリゴを裏切ったように嘉助はフェレイラを裏切り役人に居場所を知らせようとし、踏絵を踏む。嘉助は最初に登場した場面から「弱者」の苦しみを訴えており、ユダの問題に強い関心を持っていた。踏絵を踏んだ時も次のように訴えていた。

嘉助　かんにんしてくれんですか。かんにんしてくれんですか。皆の衆。こん世の中には弱か者と強か者とがおるとさ。強か者はこげんきつかこともこらえてハライソに行かるっとばってん、弱か者はこげんして踏絵ば踏んでしまう。

（『黄金の国』）

嘉助は棄教後もフェレイラの元を訪れ、雪や源之介、久市、茂吉の四人が水磔にかかることを報告して去る。『メナム河の日本人』での嘉助は、『黄金の国』と同一人物である。フェレイラの居場所を密告し棄教した罪の重荷に耐えきれず日本を離れアユタヤに流れ着いている。アユタヤでは殉教を覚悟して日本宣教に向う〈ペドロ岐部〉と出会い慰めを受ける。

嘉助　いやいや。転び者は地獄の火に投げ入れらるる。そうにきまっとります。こげん俺んような男は。

ペトロ岐部　いいか、嘉助殿。神さまはな、お前さまのように己がつまずきに泣く者のためにおられるのだ。もし日本の転び者たちが、皆、お前さまのように我と我が身をそのように責め苛んでいるならば……私は尚更、日本に戻りたい。戻って、神さまは罰したり裁いたりなさるために在すのではない。神さまは転び者の苦しみも心底知っておられると告げにいかねばならぬ。

（『メナム河の日本人』）

ここに登場する〈ペドロ岐部〉は、「強者」であるばかりでなく人間の哀しみを知っている。そのことをエルサレムやローマを巡る十年の旅を通して知ったという。だが結局、嘉助は心の重荷を苦にして生き続ける。

このようにキチジローの系譜に繋がる「弱者」たちは、作者と等身大の主人公に共感を寄せられつつ、信仰の問題に苦悩して踏絵を踏んでいったのである。

五、ロドリゴの系譜

前述の通り、ロドリゴの系譜とは知識人であり、日本人と西洋人の両方がいる。遠藤文学で一番最初に登場する知識人の「弱者」は、『留学』の荒木トマスである。荒木トマスは有馬神学校を卒業し、しばらく修道士をしていた。一五八七年、突然禁教令が出され日本人司祭の養成が急務となりマカオの神学校に派遣された。さらに初めてヨーロッパに送られた留学生としてローマへ渡り、コレジオ・ロマノで学んだ、間違いなく当時としては一流の「知識人」である。そして司祭の資格を得た後、一六一四年、伴天連追放令で激しい迫害が始まった日本へ帰国した。五年間潜伏したがついに捕まり棄教した「弱者」である。「汝のラテン語は善し。されど汝の信仰は悪し。汝の留学は無駄であった」というオザラザ師の評価が最も象徴的である。この荒木トマスと対照的な生き方をしたのが〈ペドロ岐部〉である。拙稿(5)で論じたように、遠藤文学で初めて〈ペドロ岐部〉の名前が登場したのが『留学』であった。荒木トマスと〈ペドロ岐部〉は同じ有馬神学校を卒業し、同じようにローマへ渡り神父の資格を取り、同じように日本へ帰国し潜伏司祭として活躍した。だが、逮捕後、荒木トマスは棄教し、〈ペドロ岐部〉は殉教をした。同じような道を歩みながら最後は全く別な人生を歩んだ対照的な二人の生き方は、「強者と弱者」の問題として大きな課題だったと言えよう。しかも荒木トマスもまた、遠藤が自分に近い人物として共感を持って描かれている。このことは、『留学』が単行本として刊行される際に削除された第二章の末尾部分に明確に現れている。『沈黙』とも関連する箇所なので引用したい。

信徒だけではなく、宣教師や司祭のような人たちの中にも、取調べの最中に棄教した者がいた。外人宣教師のキャラやフェレイラや日本人の荒木トマスのような人物がそうである。キャラやフェレイラは、転んだあとは岡本三右衛門とか沢野忠庵という日本名をつけさせられ役人たちの手先にされている。日本人の女を妻にもち子供まで生んだその人たちのことを教会側の研究では僅かしかふれていないが、その僅かな解説にも伝道史の汚点であり裏切者だという烈しい非難の言葉が使われていた。

（中略）

夕靄は街道を包みはじめていた。大村湾の島々も、もう背後の空の暗さと区別がつかなくなっている。この夕靄の街道を荒木トマスや沢野忠庵や岡本三右衛門などは、幾度通りすぎたことであろう。彼等は迫害の時代に生れたため、裏切者と言われ伝道史上の汚点と非難され、自分は今の時代に生れたからせいぜい布教雑誌で叩かれるだけですみ、こうして妻や子供までつれて九州に遊びに来ている。しかしこの夕靄の街道を荒木トマスや沢山の転び信徒が工藤と肩を並べて歩いている。

（「留学」／「群像」、一九六五・昭和四十年三月）

ここに出てくる「外人宣教師のキャラやフェレイラ」は言うまでもなく『沈黙』の主人公ロドリゴのモデルとなったイタリア人司祭ジュゼッペ・キャラとポルトガル人司祭フェレイラのことである。二人は背教した後、それぞれ「岡本三右衛門」、「沢野忠庵」と名乗らされ日本の役人の手先となった「転び者」であり、荒木トマスも「転び者」として似たような境遇をたどっている。また、ここで彼等達「転び信徒」と一緒に歩いている工藤は、「第一章 ルーアンの夏」の主人公で、フランス留学の経験があるカトリック信徒の作家であり、作者自身が色濃く投影された人物である。「転び者」への遠藤の深い共感を読むことが出来る。

こうして『沈黙』では、フェレイラとキャラが主人公となっていったわけだが、姉妹作の『黄金の国』では、井上筑後守とフェレイラが「弱者」として登場する。『沈黙』に登場した井上筑後守は元切支丹であったことを自分でも告白しているが、なぜ切支丹を棄てたのかは語られていなかった。それに対して『黄金の国』の井上筑後守は棄教の理由を語っている。

井上　余が棄てたわけか。それはな…この日本の土にあの教えの苗は育たぬと思うに至ったからだ。（中略）
井上　……いいか。朝長。余は時折、この日本が嫌になることがある。嫌というより怖ろしくなることがある。切支丹で申す悪魔よりも、もっともっとうす気味のわるい泥沼だ、この日本は。他国のどんな苗でもこの沼に植えれば、枯れるか、似ても似つかぬ花を咲かすのだ。

（『黄金の国』）

井上がここで語る「日本泥沼説」は『沈黙』ではフェレイラがロドリゴに語ったものであるが、『黄金の国』では井上筑後守が切支丹であり後に殉教する朝長作右衛門に語っている。この意味は大きい。いわば、井上筑後守とフェレイラの深い関連性を窺うことができるからだ。さらにフェレイラを尋問した時の井上の次のセリフも重要である。

井上　そこもとの神が勝つか。余が勝つか。平田。
（『黄金の国』）

このセリフは恐らく芥川龍之介『神神の微笑』（「新小説」、一九二二・大正十一年一月）の「泥烏須が勝つか、大日霊貴が勝つか」を意識したものであろう。先ほどの「日本泥沼説」も『神神の微笑』でオルガンティノ師を脅かす日本の「造り変える力」とよく似ている。こうした『沈黙』と『神神の微笑』の関連についてはいくらか議論もあるが、『黄金の国』も踏まえていくとき、ある種の影響関係を指摘できよう。

さらに、『黄金の国』のフェレイラは、『沈黙』のロドリゴのように信徒が迫害を受けているのに沈黙している神に疑念を抱いている。様々な拷問にも耐えたが、最後には信徒たちを助けるため踏絵を踏む。ロドリゴのように踏絵から声は聞えないし、ロドリゴとは異なり、踏絵を踏んだことを後悔しているような様子も見られるが、日本で二十五年間宣教の働きをして、様々な迫害や殉教を見て来た結論として説得力がある。

そして、『メナム河の日本人』にもモレホンという元神父が登場する。史実のモレホン神父は二十七年間日本宣教で活躍し、日本追放以後も日本再潜入の方法を画策していた日本宣教の中心人物であった。だが、『メナム河の日本人』のモレホンはアユタヤに教会を建てたが、女性問題のため教会から離れたという過去を持つ。この点ではヘルツォーグ神父を思わせる。そしてアユタヤの町ではいつも酔っ払い、神からも人からも忘れられたいという願いを持ってひっそり暮らしている。この点ではグレアム・グリーン『権力と栄光』のウイスキー神父を思わせる。

作品中でのモレホンの役割は、アユタヤに住んでいた日本人たちや、心の重荷を負っている嘉助、殉教した〈ペドロ岐部〉、王室の権力闘争に夢破れた山田長政らの人生を見守ることにある。

モレホン　人はそれぞれにわが身を賭けたもののために死んでいく。ペトロ岐部もオーヤ・セーナ・ピモック・長政殿も。その二人の臭いが、この日本人町の跡のどこかにまだくすぶっているようだ。その人間の臭いのなかには神がいる。神もその跡を私たちと同じように、つらそうに見ておられる気がする。（『メナム河の日本人』）

このようにロドリゴの系譜につながる「弱者」たちは、知識人として高度な知識を要しながら、あるいは知識ゆえに「日本と西洋」「日本人とキリスト教」の問題にぶつかり、キリスト教から離れて行ったのである。

六、荒木トマスの問題

最後に荒木トマスの問題について言及しておきたい。前述のように荒木トマスは、『留学』に初めて登場し、「強者」の〈ペドロ岐部〉と対照的な「弱者」として、他の作品にもいくつか登場する遠藤好みの人物である。拙稿で論じたように、〈ペドロ岐部〉は『沈黙』に大きな影響を与えている。その『沈黙』の「長崎出島オランダ商館員ヨナセンの日記」の中に一箇所だけ荒木トマスの名前が出て来る。次の箇所である。(6)

一六四五年（正保二年十一月・十二月）

十二月五日　（中略）余は日本に来た時から背教パードレたちの事を知ろうと努めたが、荒木トマスという日本人は長くローマに滞在し、法王の侍従を勤めたこともあり、前に数回キリシタンであることを自訴したが、奉行は、彼が老年のために精神錯乱したのであると考えて放置し、その後一昼夜穴で吊された後、教えをすてたが、心中には信仰を失わず死亡した。今は二人のみ生存しているが、一人は忠庵というポルトガル人で元当地の耶蘇会の長であったが、その心は腹黒い。他の一人はポルトガル、タスコ生れの司祭ロドリゴで、これも奉行所で踏絵を踏んだ。二人とも現在、長崎に住んでいる。

（『沈黙』）

原典である村上直次郎訳『長崎オランダ商館の日記』（岩波書店、一九五六・昭和三一年一月～一九五八・昭和三三年八月）では「トーマ」となっているが『沈黙』ではわかりやすく「荒木トマス」と変更されている。これ以外で、荒木トマスに関する内容に変更はない。ただ、沢野忠庵（フェレイラ）と共に長崎に住んでいる「背教パードレ」が「ロドリゴ」となっており、原典にある「前の乙名後藤庄三郎殿（町年寄後藤庄左衛門貞朝か）の兄弟」とは全く異なる。これは明らかに創作である。

また、『沈黙』に関連する形で遠藤はいくつかのエッセイを書いていて、その中にも荒木トマスの名前が見受けられる。その一つが三浦朱門と共著の『キリシタン時代の知識人―背教と殉教―』（日本経済新聞社、一九六七・昭和四二年五月）である。この中に「トマス荒木――最初のヨーロッパ留学生の苦悩」という章があり、荒木トマスについて説明しているが、実は『留学』「第二章　留学生」とほぼ同じである。「荒木トマス」が「トマス荒木」となるなど多少の語彙の違いはあるが内容はほとんど変わらない。もう一つは『沈黙』の取材記録や舞台裏を語ったエッセイ「一枚の踏絵から」（『切支丹の里』人文書院、一九七一・昭和四六年一月）であり、これも『留学』「第二章　留学生」と内容が重なる。

そして、荒木トマスと同じようにヨーロッパへ渡り日本に帰国したのちに背教した天正少年使節の一人千々石ミゲルと同列に比較する形でエッセイ「主観的日本人論　Ⅱ」（「朝日新聞」、一九七二・昭和四七年八月二十八日）や小説『銃と十字架』（中央公論社、一九七九・昭和五十四年四月）に登場する。特に『銃と十字架』では荒木トマスと〈ペドロ岐部〉の生き方の違いについて明確に示されている。次の箇所である。

ペドロ岐部が千々石ミゲルや荒木トマスの轍を踏まなかったのは、この基督者の歴史的行為と基督教との明確な区別を認識したためだと思われる。不幸にして千々石ミゲルや荒木トマスは十六、七世紀の西欧基督教会の行動を基督教の教えそのものと混同した。この世紀の教会の過失を、基督教自体の性格と錯誤したのである。彼等は基督教会もまた歴史的に数多くの過ちを犯しながら、より高きものに成長していくのだという「教会の成長」という考えを持ちえなかったのだ。千々石ミゲルや荒木トマスは、この時代の教会の過失を基督教そのものと同一視して、信仰を放棄した。だがペドロ岐部は彼等二人よりも、よくイエスを知っていた。

（『銃と十字架』）

『留学』の時点では「転び者」の荒木トマスと「殉教者」の〈ペドロ岐部〉という認識しかなかったが、ここではなぜ二人が異なる生き方をしたのかその分岐点をヨーロッパ体験に置いている。「転び者」となった千々石ミゲルや荒木トマスと、「殉教者」となった〈ペドロ岐部〉の生き方の違いは、ヨーロッパの植民地支配の現状に対して、教会の過失と基督教そのものとを区別できるか否かにあったという。このことは、遠藤自体が「基督者の歴史的行為と基督教との明確な区別」ができるようになったことを示しているのではないだろうか。この頃、遠藤の切支丹研究は十年以上におよび、東京、東北、長崎の日本各地にある殉教地を何度も訪れて小説の糧としてきた。子供の頃から読み続けていた聖書研究も、最新の神学を学んだ上でエルサレムも訪れ、『イエスの生涯』『キリストの誕生』『死海のほとり』を著した。その上で、〈ペドロ岐部〉のような「強者」の心情と、荒木トマス、千々石ミゲルのような「弱者」の心情のいずれにも通じるようになったのであろう。荒木トマスが問いかける「弱者」の意味の大きさを物語っている。

注

（1）　例えば、次のようなものがある。
一、「遠藤文学における〈ペドロ岐部〉（一）―『留学』『沈黙』を中心として―」（『遠藤周作研究』8、二〇一五・

平成二十七年九月）。本書第二部第二章。

二、「遠藤文学における〈ペドロ岐部〉（二）―『メナム河の日本人』から『王国への道』まで―」（「京都外国語大学研究論叢」85、二〇一五・平成二十七年七月）。本書第二部第二章。

三、「「人間」を語る「歴史小説」―山本周五郎『赤ひげ診療譚』と遠藤周作『王の挽歌』―」（「キリスト教文芸」31、二〇一五・平成二十七年七月）。本書第四部第三章。

（2）遠藤周作「白人の小説について――西欧との本質的な距離の意識」（「毎日新聞」、一九五五・昭和三十年七月二十八日）

（3）遠藤周作「切支丹時代の智識人」（「展望」、一九六五・昭和四十年一月号）

（4）遠藤周作「トマス荒木―最初のヨーロッパ留学生の苦悩」／『キリシタン時代の知識人――背教と殉教』（日本経済新聞社、一九六七・昭和四十二年五月）

（5）「遠藤文学における〈ペドロ岐部〉（一）―『留学』『沈黙』を中心として―」（「遠藤周作研究」8、二〇一五・平成二十七年九月）。本書第二部第一章。

（6）注（5）に同じ。

第二章　遠藤文学における〈ペドロ岐部〉（一）

――『留学』『沈黙』を中心として――

一、「強者」と「弱者」

「弱者」の文学[1]と呼ばれる遠藤文学において〈ペドロ岐部〉は唯一の「強者[2]」である。〈ペドロ岐部〉は、一六一五年禁教令により日本を離れた後、フィリピン、マカオ、ゴア、エルサレム、ローマをめぐり司祭の資格を得た後、一六三〇年禁教下の日本に潜入し、九年間潜伏司祭として活躍し、逮捕後も穴吊りの拷問にまで耐え、一六三九年殉教を遂げた。二〇〇八年には「福者」にも認定された[3]。間違いなく「強者」と言える。そんな〈ペドロ岐部〉に遠藤が関心を持つようになったのはH・チースリク（一九一四～一九九八）の影響を抜きに考えられない。というのもH・チースリクが歴史に埋もれかけていた〈ペドロ岐部〉を発掘し、その業績を世に知らしめた功労者であるからだ。H・チースリクがいなかったら地元の人ですら知らなかった〈ペドロ岐部[4]〉が大分を代表する人物として取り上げられることもなかったし、「福者」として認定されることもなかっただろう。さらに特筆すべきはH・チースリクの〈ペドロ岐部〉研究[5]が形成されつつあった一九六五（昭和四十）年頃、遠藤周作がH・チースリクの下で切支丹研究を進めていたことである。遠藤は〈ペドロ岐部〉のような「華々しく殉教した強者[6]」についてH・チースリクから講義を受ける一方で講義では扱わなかった様々な「転び者」に関心を寄せていき創作へと結びつけていった。作品の中で主人公は「転び者」のような「弱者」であったとしても、対照的な存在である「強者」を無視することは不可能であるからだ。

そこで本章では、H・チースリクの〈ペドロ岐部〉研究を概観した後、遠藤文学における〈ペドロ岐部〉について考えていきたい。ただし、遠藤文学における〈ペドロ岐部〉とはいっても多岐にわたるため、『メナム河の日本人』（新潮社、一九七三、昭和四十八年九月）以降については別稿に譲るとして(7)ここでは『留学』『沈黙』を中心としていくこととする。

二、H・チースリクと〈ペドロ岐部〉

まずは〈ペドロ岐部〉について概要を示すことから始めたい。H・チースリク監修『日本史小百科　キリシタン』（東京堂出版、一九九九・平成十一年九月）には次のようにある。

> ペトロ岐部カスイ（一五八七〜一六三九）
> 江戸初期のイエズス会司祭。殉教者。豊後国国東半島の浦辺出身。慶長五年（一六〇〇）頃から長崎のセミナリヨ（引用者注：有馬のセミナリオ）で修学。禁教発令後元和元年（一六一五）マニラに渡航。ついで海路と陸路をたどりローマ着。一六二〇年同司教区で司祭に叙階された。二二年ローマを発ち、二五年にはマカオ着。日本潜入を決意し、寛永七年（一六三〇）薩摩坊津に上陸、長崎を経て東北で布教に従事。寛永十六年（一六三九）伊達藩領で捕縛され、江戸送りの後、穴吊し等あらゆる拷問を受けたが、屈することなく、同年焼き殺され、凄絶な最後を遂げた。
> （『日本史小百科　キリシタン』）

ごく簡潔にまとめられているが、末尾の「同年焼き殺され、凄絶な最後を遂げた」という箇所を見るだけでも遠藤が言うところの「華々しく殉教した強者」であることは間違いない。ではこの〈ペドロ岐部〉にH・チースリクがどうして関心を持つようになったのか。長い引用となるが見ていきたい。

　岐部神父との最初の出会いは、前記の通り三十年前のことであった。そのとき私は、今の栄光学園の校長フォス神父と一緒に、江戸のキリシタン屋敷の古記録集である『契利斯督記《きりすとき》』と『査祅余録《さようよろく》』をドイツ語に翻訳し、種々の研究と注釈を加えて、一九四〇年に上智大学の『モニュメンタ・ニッポニカ・シリーズ』で出した。中に、「仙台より二十一年以前寅年、日本伴天連キベ・ペイトロ……」が捕えられ、また「キベ・ペイトロは転び申さず候、吊し殺され候」という記事が出ていた。無論、この箇所について、すでに姉崎正治博士が調べたことがあり、このペイトロは疑いもなく、ペトロ・カスイという名で知られている神父である確証を得た。したがって『契利斯督記』の翻訳も、姉崎博士の注釈をそのまま引用した。

　姉崎博士の調査は、大体パジェスの『日本切支丹宗門史』によるものではあったが、そのときカスイ神父の父は、ロマノ・キベと言われたこと、また、彼は豊後に生まれ、後にローマまで歩いて行き、途中でパレスチナに巡礼したので、初めて聖地を訪れた日本人であるなどのことを知り、その並々ならぬ人格に魅きつけられ、非常な感銘を受けたのである。

（H・チースリク「岐部神父の研究を顧みて」／『海賊の末裔―波乱にとんだ岐部神父の物語―』中央出版社、一九六九・昭和四十四年八月、ルビは引用者による）

　色々と興味深い話である。まずH・チースリクが〈ペドロ岐部〉と出会ったきっかけとなった「江戸のキリシタン屋敷の古記録集である『契利斯督記』と『査祅余録』」や「パジェスの『日本切支丹宗門史』」という史料であるが、いずれも遠藤周作が『沈黙』を書く際に使った重要な史料であり、後で言及するが〈ペドロ岐部〉と『沈黙』との深い関わりを証拠付けるものとなっている。また、ここで言及されている三十年前とは一九三九（昭和十四）年頃のことであり、H・チースリクの〈ペドロ岐部〉への深い関心を窺い知ることができる。

H・チースリクはこうした〈ペドロ岐部〉との最初の出会いから二十年後の一九五九（昭和三十四）年、〈ペドロ岐部〉に関する最初の論文である「最後の日本人伴天連（上）：ペドロ・岐部神父の生涯」（『ソフィア』一九五九・昭和三十四年六月）を発表する。その後次々と論文を発表し、それらの研究成果をまとめた最初の研究書が『キリシタン人物の研究―邦人司祭の巻―』（吉川弘文館、一九六三・昭和三十八年十二月／以下『キリシタン人物の研究』と呼ぶ）[8]であり、これもまた『沈黙』の重要資料となった。さらに一般向けの『海賊の末裔―波乱にとんだ岐部神父の物語―』（中央出版社、一九六九・昭和四十四年八月）や『世界を歩いた切支丹』（春秋社、一九七一・昭和四十六年六月）[9]などを通して〈ペドロ岐部〉の生涯や業績が初めて明らかとなった。というのも、〈ペドロ岐部〉は日本国内だけでも東北、東京、大分、長崎、鹿児島と渡り歩き、海外ではフィリピン、マカオ、タイのアユタヤ、インドのゴア、エルサレム、ローマ、ポルトガルのリスボンと世界中に痕跡を残しているまさに「世界を歩いた切支丹」であり全貌を摑むのは困難であったからだ。

こうした〈ペドロ岐部〉研究が進む中で、H・チースリクに師事したのが遠藤であった。遠藤は切支丹研究を進めるために、一九六五（昭和四十）年四月から上智大学のH・チースリクの授業に三浦朱門とともに参加している。この授業を通して遠藤が強く関心を寄せたのは「転び者」と呼ばれる背教者たちであり、「強者」と「弱者」であった。これらについて遠藤は次のように述べている。

　当時、私はまだ切支丹の勉強を詳しくやっていなかったから、三浦朱門をさそって、上智大学のチースリク教授のところに出かけた。先生は切支丹学者として私もすでにその名を知っていたからである。
　こうして切支丹の本を少しずつ読みながら、私の勉強はさきほどの三つの疑問にすべて、しぼられていた。つまり、華々しく殉教した強者のことではなく、卑怯さ、肉体の弱さ、死への恐怖、家族を助けたい一心で、遂に信念を捨て、踏絵に足をかけてしまった弱者たちに私の心は向けられていたのである。

そして、気がついたことは、切支丹の数多い文献は、殉教者について語っていても、裏切り者についてはほとんど触れていないということだった。

(「『沈黙』――踏絵が育てた想像」/「朝日新聞」、一九六七・昭和四十二年八月二十五日)

三浦朱門と私とが上智大学のチースリック先生を週に一回たずね、この切支丹の碩学から転び者の一人、一人について教えを乞うたあの日々のことを私は今、なつかしく思いだす。「どうして、あなたたちは」とチースリック先生はある日、苦笑して言われた。「転び者に興味をもつのですか」

私は笑って黙っていた。しかし唇にその返事はほとんど出かかっていた。「それは……私が小説家だからです。そして私が彼等に近い……からです」

(「一枚の踏絵から」/『切支丹の里』人文書院、一九七一・昭和四十六年一月)

H・チースリクに師事することで遠藤の切支丹研究が深まっていく様子がわかる。しかも遠藤は単なる学問的好奇心だけではなく小説家として「転び者」や「弱者」に対して関心を寄せており、さらには創作の構想へと繋げていることも窺い知ることが出来る。また同時にH・チースリクと遠藤の関心の相違もはっきりとしている。H・チースリクの関心が〈ペドロ岐部〉のような「華々しく殉教した強者」にあったのに対して、遠藤の関心が「卑怯さ、肉体の弱さ、死への恐怖、家族を助けたい一心で、遂に信念を捨て、踏絵に足をかけてしまった弱者たち」や「転び者」にあったことである。ここでは具体的な名前は挙げられていないがこの頃発表された論文や著作からもH・チースリクが〈ペドロ岐部〉に関心を持っていたことは明らかである。当然遠藤もH・チースリクから〈ペドロ岐部〉について様々な教授を受けていたはずである。だが、遠藤の関心は〈ペドロ岐部〉よりも「転び者」に向いていたのである。

ただし、光がなければ闇も存在しないように、遠藤がいくら「弱者」に関心を持ち強調したとしても、「強者」がいなければその存在は曖昧なものとなる。その意味で「弱者」の対照としての「強者」である〈ペドロ岐部〉の存在は、遠藤にとって特別な地位を占めていたはずである。以下具体的に作品の中で〈ペドロ岐部〉がどのような役割を果たしているのかを明らかにしていきたい。

三、『留学』――荒木トマスと〈ペドロ岐部〉――

『留学』（文芸春秋社、一九六五・昭和四十年六月）における〈ペドロ岐部〉を考える。『留学』は「第一章　ルーアンの夏」「第二章　留学生」「第三章　爾も、また」の三部で構成されており、主人公や時代はそれぞれ異なるが「ヨーロッパに留学した日本人」という共通点を持っている。いずれも遠藤のフランス留学体験が反映している。[10] このうちの「第二章　留学生」では主人公荒木トマスと似たような境遇をたどりながら全く別の人生を歩んだ〈ペドロ岐部〉の名前が三回登場する。遠藤作品において〈ペドロ岐部〉の名前が登場したのはこれが初めてである。登場箇所を順に引用すると次のようになる。

第一に有馬セミナリオの卒業生について説明している部分である。

　この神学校（注：有馬セミナリオ）を終えた学生の中には後年、長崎の西坂の丘で二十六聖人と同様に火刑に処せられたセバスチァン木村や、また荒木トマスのようにローマに留学して帰国後捕えられ、穴吊りの刑によって死んだカスイ岐部の両神父がいる。（『留学』）

同じ有馬セミナリオを卒業したものの、背教した荒木トマスと異なり「華々しい殉教」を遂げたセバスチァン木村[11]

や〈ペドロ岐部〉について言及されている。「弱者」としての荒木トマスと「強者」としてのセバスチァン木村と〈ペドロ岐部〉の対照的な生き方の違いが明確に表れている。

第二に日本からヨーロッパにわたる道についてである。

ヨーロッパに行くのは、ここから二つの道があった。後年、殉教者となったカスイ岐部がとったようにペルシャ湾のオルムズに渡り、隊商たちに加わってパレスチナから伊太利に赴く方法と海路をえらんでポルトガルに行きローマを目指す方法とである。荒木はおそらくこの後者の道を選んだものと思われる。（『留学』）

荒木トマスも〈ペドロ岐部〉も「ヨーロッパに留学した日本人」であるが、ローマへの道のりは異なる方法を取っている。荒木トマスは海路を選びポルトガルからローマを目指し、〈ペドロ岐部〉は陸路を選びエルサレムからローマを目指した。どちらの道も過酷な旅程であったことはいうまでもない。ここまでは二人の生き方はほぼ同じ道を辿っている。

第三にローマ留学時代の記録についてである。

十年後、同じローマに留学したカスイ岐部の場合には、後年、殉教者となった栄誉を飾るためにもその記録もかなり残り、通学したコレジョ・ロマーノ（今のグレゴリアン大学）では成績表も保存しているし、どこの修錬院で修錬を受け、いつ司祭になったかもわかっている。しかし、転び者、荒木トマスの場合は、この場合もほとんどが不明にされている。（『留学』）

二人ともローマではコレジョ・ロマーノに学び、司祭となったが「殉教者」の〈ペドロ岐部〉の成績表などの記録が残されているのに対し、「転び者」の荒木トマスの記録はほとんど残っていない。ヨーロッパでの二人の生き方に対する受け止められ方の違いが窺える箇所である。

以上三箇所である。ほんのわずかしか〈ペドロ岐部〉の名前は登場しないが、有馬セミナリオを卒業し、ヨーロッパに渡り、ローマで学び司祭となった荒木トマスとほぼ同じ人生を歩んだことはよくわかる。問題は同じ「ヨーロッパに留学した日本人」でありながら、〈ペドロ岐部〉ではなく荒木トマスを主人公として遠藤が選んだ理由である。この三箇所の引用でも明確に示されている通り、荒木トマスは「転び者」であり、「殉教者」の〈ペドロ岐部〉と最後には正反対の道を選んだからである。

四、『沈黙』と〈ペドロ岐部〉

前述のとおり『沈黙』はH・チースリクに師事した遠藤の切支丹研究の一つの到達点であり、藤田尚子編『遠藤周作『沈黙』草稿翻刻』（長崎文献社、二〇〇四・平成十六年三月）の蔵書目録を見てもその研究の堅実さや重厚性は揺るぎのないものである。多種多様な資料があるが〈ペドロ岐部〉とも深い関連のあるH・チースリク『キリシタン人物の研究』は『沈黙』成立に関わる決定的な役目を果たしており、同時に『沈黙』における〈ペドロ岐部〉の役割を証拠づけるものとなっている。

そもそも遠藤が〈ペドロ岐部〉の存在を知ったのは「ふと読んだチースリック教授の論文」に拠る。[12]この論文に関してはいくつかの可能性があるが、三木サニア氏[13]の指摘するように『キリシタン人物の研究』で間違いはないだろう。例えば、『沈黙』執筆時の「一九六四・昭和三十九年七月十九日（日曜日）」の日記[14]にはっきりと読んだと書いてあり、同時期のエッセイでも「名著」として次のように紹介されている。

殉教した智識人の生涯については上智大学チースリック教授の「キリシタン人物の研究」という名著があるが、棄教した人物についてはは教会側もできるだけ黙殺しようとしたためか、また幕府も闇から闇に葬り去ろうとしたせいか、その生涯があきらかでない。

（「切支丹時代の智識人」／「展望」、一九六六・昭和四十一年一月号）

また、『沈黙』の草稿を発見した藤田尚子氏も『沈黙』の「まえがき」でフェレイラが巡察師アンドレ・パルメイロ神父に宛てて長崎から発送した雲仙殉教の報告も『キリシタン人物の研究』から引用されたことを指摘されている。[15]藤田尚子氏の指摘をもとに『沈黙』「まえがき」と『キリシタン人物の研究』「アントニヨ石田」を比較検討[16]すると、フェレイラの報告書は『キリシタン人物の研究』「アントニヨ石田」に資料としてあり、『沈黙』ではその重要部分を抜粋して編集されていることがわかる。

さらに他の箇所においても『キリシタン人物の研究』の引用が発見できる。[17]『沈黙』の「まえがき」でロドリゴが日本に向いリスボンを出発してモザンビーグ、ゴアを経てようやくマカオへ辿り着きヴァリニャーノ神父から日本の状況を聞く場面と「I　セバスチァン・ロドリゴの書簡」で日本へ渡る直前の苦難の場面の二箇所である。両方とも『キリシタン人物の研究』の「ペドロ・カスイ・岐部―世界を歩いた伴天連―」で〈ペドロ岐部〉が日本に戻るため、リスボンを出発してマカオに至る場面とフィリピンから日本へ潜入する際の苦難の場面から地名や重要語句などがほぼそのまま引用されている。ここにはロドリゴの「強者」としての側面を見ることが出来る。つまり、ロドリゴは最初から最後まで「弱者」として描かれたのではなく、最初は「強者」を目指した人物が挫折をして「弱者」の哀しみを理解する人物として造形されているのだ。その「強者」として神学校の恩師であったフェレイラやフランシスコ・ザビエル、そして〈ペドロ岐部〉がいたと考えられる。だからこそ〈ペドロ岐部〉の苦難の旅路を引用したのであろう。

以上のように、『沈黙』の中で『キリシタン人物の研究』が重要な資料として引用されていることは明らかである。その上で次に〈ペドロ岐部〉と『沈黙』の関係を考えたい。キーワードとなるのは、「神学校」「ミゲル・マツダ」

「穴吊り」「一六三九年」の四つである。

第一に「神学校」。『沈黙』ではロドリゴとフェレイラは同じポルトガルの出身でポルトガルにあるカムポリードの修道院では師弟関係にあったという設定である。ロドリゴのモデルとなったジュゼッペ・キャラはイタリア出身でありポルトガルの修道院とは何の関係もないが、〈ペドロ岐部〉をモデルとして想定した場合、有馬セミナリオで師弟関係だったポルロ神父、式見神父との関係が連想される。これら三人の数奇な運命について遠藤は後年次のように述懐している。

水沢市福原（見分）のまだ畠や藁葺きの農家や林の残っているあたりを歩いていると、人間の運命というものを考えざるをえない。ポルロ神父、式見神父、岐部神父――この三人はともに遠い九州有馬にある有馬神学校で教師であり生徒だった関係であるその三人がやがてこの見分で再会し、死の危険を冒しながら自分の信ずる神の教えを説き、そしてそのあげく、ふたりはころびバテレンとなり、ひとりが殉教するにいたった。凄惨というか、過酷というか、その運命の結末はそれぞれまったくわかれてしまったのである。わたしは見分の畠や林を歩きながら、ここでも神の存在、神の意志に思いをはせざるをえなかった。

（「東北の切支丹――支倉常長とペドロ岐部」／『探訪大航海時代の日本⑧回想と発見』小学館、一九七九・昭和五十四年三月）

有馬セミナリオで同じ時間を過ごした三人のうちポルロ神父と式見神父は「ころびバテレン」となり、〈ペドロ岐部〉は「殉教者」となった。また、前述したように同じ有馬セミナリオを卒業した中には、荒木トマスのような「転び者」もいれば、セバスチァン木村や〈ペドロ岐部〉のような「殉教者」もいる。こうした有馬セミナリオの様々な卒業生の運命も含めてフェレイラとロドリゴの関係を遠藤は造形したのかもしれない。付け加えると、『沈黙』の中で捕縛後、ロドリゴと初めて議論を交わした通辞もセミナリオでポルトガル語を学んだという。これも有馬セミナリオを卒業した「転び者」が意識されている。

第二に「ミゲル・マツダ」。ミゲル松田神父は〈ペドロ岐部〉とともに一六三〇年フィリピンから日本へ潜入に成功した。長崎へ渡り司祭として潜伏活動をした末、一六三三年八月長崎近郊にて病没した。『沈黙』では長崎へ潜入したロドリゴたちが日本人からミゲル松田神父の話を聞いている。

司祭はもちろん修道士たちの一人にもこの連中はもう六年も会っていないのです。六年前までは、それでもミゲル・マツダとよぶ日本人の司祭とイエズス会のマテオ・デ・コーロス師とがひそかにこの近辺の村や部落と連絡を保っていましたが、二人とも一六三三年の十月に疲れ果てて死んでしまったのでした。

（「Ⅱ　セバスチァン・ロドリゴの書簡」／『沈黙』）

ここでの話は歴史事実通りであるが、遠藤は恐らく『キリシタン人物の研究』の次の箇所を参考にしたと考えられる。

同年（引用者注：一六三三年）十月には松田神父の運命もついに尽きてきた。それはこの大規模な捜索と関係するのであろうが、彼をそれまでかくまっていた家の主人がもはや危険に耐えられなくなったのである。おそらく家宅捜索が切迫していたのであろう、宿主は荒天の日に彼を追い出してしまった。嵐と雨の中を身を置くところもなく三日間さまよった末、彼はついに力尽き、行き仆れて死んだのであった。

この組織的な探索によって長崎と大村に潜伏していた宣教師の大半も捕えられ、処刑されたが、これは迫害下の教会にとって大打撃であった。（中略）管区長マテオ・デ・コーロスは十月二十九日大村に近い波佐見で衰弱のため歿した。他の会の損失も同様に傷ましいものであった。

（「ペドロ・カスイ岐部」／H・チースリク『キリシタン人物の研究』）

「ミゲル・マッダ」と「マテオ・デ・コーロス師」の二人は確かに「疲れ果てて死んでしまった」のであり、内容は重なる。このミゲル松田の名前を出すことで作品に実証性と〈ペドロ岐部〉との深い関連を匂わせているのである。

第三に「穴吊り」。『沈黙』における拷問のうち「穴吊り」は特別な意味を持っている。そもそも『沈黙』はフェレイラが「穴吊り」の拷問を受け棄教したことから物語が始まった。ロドリゴは恩師であり敬愛するフェレイラすらも棄教せしめた「穴吊り」の恐怖におびえていた。ロドリゴが踏絵を踏む決意をしたのも「穴吊り」で苦しめられている農民たちを救うためでもあった。「穴吊り」はそれほど恐ろしい拷問であった。歴史事実としては「穴吊り」で棄教した代表的な人物がフェレイラであり、棄教しなかった数少ない一人が〈ペドロ岐部〉である。こうした「穴吊り」をめぐるフェレイラと〈ペドロ岐部〉の違いについては遠藤が『沈黙』創作の際に利用した資料の一つ山本秀煌『江戸切支丹屋敷の史蹟』が参考になる。同書では次のようにある。

竹中采女はこの倒懸の刑（引用者注：穴吊り）を宣教使に適用して首尾よく一人の司祭フェレイラなる者を棄教せしめたが、今、井上筑後は之れをペイトロ（引用者注：ペドロ岐部）に適用して失敗したのである。併しながらペイトロの死んだのは拷問の結果ではなく、同穴に同時につるされて居た同宿二人則ち切支丹の学生が殺したのだと云ふ。

（山本秀煌『江戸切支丹屋敷の史蹟』イデア書院、一九二四・大正十三年六月）

フェレイラを棄教させるのに成功した「穴吊り」を〈ペドロ岐部〉に用いたが失敗したという短い記述だが、竹中采女、フェレイラ、井上筑後守といった『沈黙』の重要登場人物と〈ペドロ岐部〉との関わりを知る重要な手がかりである。さらに『キリシタン人物の研究』では〈ペドロ岐部〉も体験した「穴吊り」に関連してロドリゴのモデル、ジュゼッペ・キャラの名前も見受けられる。

たとえば井上筑後守の報告の中には、司祭でさえも穴の中で棄教し、「念仏」を唱えたという記録がしばしば見られる。キアラ神父（引用者注：『沈黙』ロドリゴのモデル）とその伴侶はオランダ人の目撃者がはっきり報じているとおり、後で棄教を取り消そうとしたが、当局はこれを認めず、神父たちをその後も棄教者として扱っている。

悲しむべき例外は不幸なクリストヴァン・フェレイラ神父であった。一六三三年、彼は穴吊しになって棄教し、それを取り消さなかったばかりか、その後、沢野忠庵と称して二十年にわたって幕府のために働いたのである。それ以来「穴吊し」が棄教させるために最も有効な手段と見られるようになったのである。

（「ペドロ・カスイ岐部」／H・チースリク『キリシタン人物の研究』）

〈ペドロ岐部〉が屈しなかった「穴吊り」の拷問が様々な司祭を陥れてきたのかを説明する場面である。ここでもフェレイラの棄教によって幕府が「穴吊り」の有用性を知り、多くの司祭に用いられたことがわかる。そして『沈黙』の登場人物、井上筑後守、キャラ（ロドリゴ）、フェレイラと〈ペドロ岐部〉との関わりを知ることが出来る。おそらく遠藤はこれらの資料をもとに「穴吊り」をめぐる竹中采女、フェレイラ、井上筑後守、ロドリゴといった登場人物を造型していったと考えられる。

最後に「一六三九年」。『沈黙』の主人公ロドリゴはⅡ章、一六三九年五月に日本へ潜入し[18]、Ⅷ章、一六三九年九月に長崎で踏絵を踏み棄教する。全九章（「まえがき」「切支丹役人日記」も章として数えると全十一章）のうちほとんどが一六三九年に起った出来事である[19]。これはロドリゴのモデル、ジュゼッペ・キャラとは異なる。キャラが日本に潜入したのは一六四三年五月のことであり、四年もの差がある。

そもそも一六三九年は〈ペドロ岐部〉が逮捕され殉教した年であった。このことは『キリシタン人物の研究』をはじめとする多くの資料で確認できる。中でも『契利斯督記』[20]や『沈黙』の「創作ノート」[21]を見ると、島原の乱後の一六三九年に〈ペドロ岐部〉が殉教したことと一六四三年にキャラが日本へ潜入したことが並べて書かれてあり、遠藤がロドリゴを造形する際に〈ペドロ岐部〉の殉教の年とキャラの日本潜入の年を入れ替えたことが考えられる。また、一六三九年は取り調べの中で〈ペドロ岐部〉とフェレイラが出会った年でもある。その時の様子を遠藤は次のように説明している。

パジェスによると、一六三九年（寛永十六年）イエズス会のカスイ神父が捕えられ、前後して捕縛され式見神父、ポルロ神父とともに江戸に移送され、五月か六月に評定所に出た所、フェレイラがそこに列席し、棄教をすすめたという。もしそれが事実ならば沢野忠庵ことフェレイラは長崎と江戸とを棄教後たびたび往復して、その後、捕えられた宣教師たちの取り調べの通訳をさせられたと考えられる。「日本人カスイ神父が白洲で不幸なフェレイラに引き会わされたのであった。そしてカスイ神父はそのフェレイラを臆せず非難した。フェレイラは白洲から姿をかくした」

（「一枚の踏絵から」／『切支丹の里』人文書院、一九七一・昭和四十六年一月）

「パジェス」とは『沈黙』の資料の一つであるレオン・パジェス『日本切支丹宗門史〈上・中・下〉』（岩波文庫、一九三八・昭和十三年～一九四〇・昭和十五年）のことであり、「カスイ神父」は〈ペドロ岐部〉のことである。ここで〈ペドロ岐部〉は棄教して幕府の手先となっているフェレイラに対して「臆せず非難した」という。『沈黙』におけるロドリゴとフェレイラの出会いを連想させる場面である[22]。ロドリゴのモデルであるキャラ神父も福岡へ上陸後すぐに逮捕され博多、長崎と連行され、最終的に江戸で取り調べを受けた際に通訳としてフェレイラと出会っているが、二人の間にどのようなやり取りがあったのかは記録にない。おそらく遠藤は〈ペドロ岐部〉とフェレイラのやり取りをもとにロドリゴとフェレイラの出会いを演出していったのであろう。

以上のようにして『沈黙』において〈ペドロ岐部〉は名前こそ登場しないもののロドリゴの形象と深く関連し、ポルトガルから日本へ潜入する旅路という『キリシタン人物の研究』からの直接的な引用によって用いられたり、「神学校」「ミゲル・マツダ」「穴吊り」「一六三九年」といった〈ペドロ岐部〉の周辺から間接的にロドリゴの形象と関与している。これらのことはいずれも「強者」としてのロドリゴの側面と関わり、ロドリゴが「強者」から「弱者」へ関心を変化させていく心の劇を演出するものとなっている。その意味でも〈ペドロ岐部〉の果たす役割は大きい。

注

（1）例えば、武田友寿は「『沈黙』の世界―弱者の論理―」（『遠藤周作の世界』中央出版社、一九六九・昭和四十四年十月、所収）の中で『沈黙』の核心を「弱者の復権」と捉えている。

（2）『銃と十字架』の「あとがき」には次のように〈ペドロ岐部〉を「強者」と規定している。

彼は今日まで私が書きつづけた多くの弱い者ではなく、強き人に属する人間である。そのような彼と自分との距離感を埋めるため、やはり長い年月がかかった。（「あとがき」／『銃と十字架』）

（3）列福式の様子については「カトリック東京大司教区」HPにあるリーフレット「日本の一八八殉教者列福式」などで知ることが出来る。（参考URL）　http://www.tokyo.catholic.jp/text/diocese/rekishi/junrei.htm

（4）〈ペドロ岐部〉の地元である国東半島浦辺で〈ペドロ岐部〉が知られるようになった経緯についてはH・チースリクの『海賊の末裔―波乱にとんだ岐部神父の物語―』（中央出版社、一九六九・昭和四十四年八月）の巻末に詳しく書かれている。

（5）H・チースリクは『キリシタン人物の研究―邦人司祭の巻―』（吉川弘文館、一九六三・昭和三十八年十二月）で三人の邦人司祭を取り上げているが、その中の「ペドロ・カスイ・岐部―世界を歩いた伴天連―」で〈ペドロ岐部〉についてまとめている。これはまとまった形で発表された最初の〈ペドロ岐部〉研究でもある。

（6）遠藤周作「『沈黙』――踏絵が育てた想像」（「朝日新聞」、一九六七・昭和四十二年八月二十五日）
（7）拙稿「遠藤文学における〈ペドロ岐部〉（二）―『メナム河の日本人』から『王国への道』まで―」（「京都外国語大学研究論叢」85、二〇一五・平成二十七年七月）。本書第三部第二章。
（8）注（5）に同じ。「ペドロ・カスイ・岐部―世界を歩いた伴天連―」では「一　武士の後裔　二　ローマへの旅　三　波乱に富んだ帰国　五　捕縛と殉教」と初めて〈ペドロ岐部〉の生涯の全貌を明らかにしている。
（9）この書においてH・チースリクは七人の人物を紹介しているが、そのうち〈ペドロ岐部〉については「ローマまで歩く　ペドロ・カスイ岐部」としてその生涯を紹介している。
（10）遠藤は「小説家の海外旅行」（「海」、一九七九・昭和五十四年七月）で〈ペドロ岐部〉に関心を持ったきっかけについて次のように語っている。

私は戦後おそらく最初の留学生の一人として大使館もなく日本人もほとんどいない仏蘭西に渡ったが、その時、はじめてこのヨーロッパに勉強した日本人はどんな人かという疑問を持ち、以来、彼等のことを調べてきた。しかもその彼等は私と同じように日本のカトリック信者であったから、彼等の上に我が身を重ねて考えることができるようになった。

（11）セバスチアン木村に関してH・チースリクの詳細な研究（「セバスチアン木村―最初の日本人司祭―」／『キリシタン人物の研究―邦人司祭の巻―』吉川弘文館、一九六三・昭和三十八年十二月、所収）がある。時期的にいっても遠藤がこの書を参考にしたことは十分に考えられる。しかも背教者として荒木トマスのことも言及されている。次の箇所である。

まことに、日本の教会にも悪い麦があったのである。おそらく木村神父はかつての友、不幸なトマス荒木のことを考えたかもしれない。この人はローマで神学を学び、そこで司祭に叙階されたのであるが、故国に帰って後思わしくない生活態度の為イエズス会から脱会させられた。ついで迫害の始まったとき信仰を捨て、それ以後官憲の手先きとなったのである。

（12）〈ペドロ岐部〉を主人公にした遠藤の小説『銃と十字架』の「あとがき」では次のように語っている。

十数年前にふと読んだチースリック教授の論文が私にペトロ岐部という、人々には知られていないが、あまりに劇的な生活を送った十七世紀の一日本人の存在を教えた。

（「あとがき」／『銃と十字架』中央公論社、一九七九・昭和五十四年四月）

（13）三木サニア氏は「『銃と十字架』論」（「キリスト教文学」30、二〇一一・平成二十三年八月）で次のように推測されている。

上記の「チースリック教授の論文」の題名や典拠は明確には判明しないが、昭和38年に発行されたH・チースリック著『キリシタン人物の研究』（吉川弘文館　昭和38年12月25日）の中の「ペトロ・カスイ岐部―世界を歩いた伴天連―」が、それに該当するのではないかと推測している。この他に、『世界を歩いた切支丹（フーベルト・チースリク著　春秋社1971年6月15日）』の中にも「ローマまで歩くペドロ・カスイ岐部」があり、その書の参考文献として、前記の『キリシタン人物の研究』の他に『海賊の末裔』が記されているが、年代的には『キリシタン人物の研究』がもっとも有力なので、本論文を参照しつつ遠藤の評伝を鑑賞した。

（14）遠藤の「一九六四・昭和三十九年」の日記には次のようにある。これを見ると『沈黙』創作の過程で『キリシタン人物の研究』を読んでおり、影響関係を十分に推測できる。

七月十八日（土曜日）

Aはキリシタン背教徒X、岡本三右衛門か沢野忠庵の伝記を書く小説家

七月十九日（日曜日）

H・チースリック「キリシタン人物の研究」（吉川弘文館）、及び新井白石の西洋紀聞を読む。

八月六日（軽井沢、雨）

主人公沢野忠庵（フェレイラ）

（藤田尚子編『遠藤周作『沈黙』草稿翻刻』長崎文献社、二〇〇四・平成十六年三月）

（15）〈解説〉／藤田尚子編『遠藤周作『沈黙』草稿翻刻』（長崎文献社、二〇〇四・平成十六年三月）所収

補足であるが、本書71頁二行から75頁六行については、遠藤旧蔵書のH・チースリク著『キリシタン人物の研

究』（吉川弘文館・昭和三十八年十二月二十五日）との関連が窺える。『キリシタン人物の研究』103頁八行から107頁三行まで鉛筆で鍵括弧が付されており、この箇所が本書と一致していることから、草稿執筆段階ではこれを書き写したと考えられる。

(16)《参考資料一》「『沈黙』「フェレイラの手紙」と『キリシタン人物の研究』」

(17)《参考資料二》「『沈黙』と『キリシタン人物の研究』」

(18)この根拠となるのは、「マツダ・ミゲル」に関する情報である。本文でも引用したが、次の部分である。

　司祭はもちろん修道士たちの一人にもこの連中はもう六年も会っていないのです。六年前までは、それでもミゲル・マツダとよぶ日本人の司祭とイエズス会のマテオ・デ・コーロス師とがひそかにこの近辺の村や部落と連絡を保っていましたが、二人とも一六三三年の十月に疲れ果てて死んでしまったのでした。

　「で、その六年間どうしたのです。洗礼やそのほかの秘蹟を」ガルペはそう訊ねました。

（「Ⅱ　セバスチァン・ロドリゴの書簡」／『沈黙』）

長崎へ潜入が成功したロドリゴたちが地元の人たちから状況を聞く場面である。最後に会った司祭であるマツダ・ミゲルやコーロス師が亡くなったのが一六三三年であり、これはそのまま歴史事実とも合致する。司祭たちの死が「六年前」とあるので単純に足し算をすると、ロドリゴたちがいる現在の時間が「一六三九年」の出来事であることがわかる。

(19)《参考資料三》「『沈黙』の作品内時間」

(20)『契利斯督記』は『沈黙』「切支丹屋敷役人日記」の原典である『査祆余録』と同じ『続々群書類従』に収められており、遠藤が参考にしたことは十分に考えられる。

(21)〈付録Ⅲ　創作ノート〉／藤田尚子編『遠藤周作『沈黙』草稿翻刻』（長崎文献社、二〇〇四・平成十六年三月）所収の【井上筑後守】についてまとめた項に次のようにある。

1639年　ポロ神父、式見神父の捕縛　切支丹屋敷
3年　キャ（ア）ラ神父

ポロ神父と式見神父は〈ペドロ岐部〉と共に東北の水沢で捕縛された人物であり、次の「3年」は一六四三年、ジュ

ゼッペ・キャラ神父の日本潜入を意味し、それらの取り調べにあたったのが井上筑後守であったことがわかる。

(22)『沈黙』ではロドリゴとフェレイラが出会ったのは長崎の西勝寺となっている。この寺にはフェレイラ直筆の「ころび証文」が残っており、それを実際に見て感銘を受けた遠藤は西勝寺をロドリゴとフェレイラの出会いの場所に設定した。

《参考資料一》「『沈黙』「フェレイラの手紙」と『キリシタン人物の研究』」

『沈黙』「まえがき」

今日、一六三二年の三月二十二日に彼が巡察師アンドレ・バルメイロ神父にあてて長崎から発送した手紙が残っているが、それは当時の模様をあますことなく伝えている。

「前の手紙で私は貴師に当地の基督教界の状態をお知らせした。引きつづき、その後に起ったことをお伝えする。すべては新しい迫害、圧迫、辛苦に尽きるのである。一六二九年以来信仰のために捕えられている五人の修道者、すなわち、バルトロメ・グチエレス、フランシスコ・デ・ヘスス、ビセンテ・デ・サン・アントニヨの三人のアウグスチノ会士、われらの会の石田アントニヨ修道士、フランシスコ会のガブリエル・デ・サンタ・マダレナ神父の話から始めよう。長崎奉行の竹中采女は彼らを棄教させ、もってわれらの聖なる教えとそのしもべを嘲笑し、信徒の勇気を挫こうとした。だが采女は、やがて言葉では神父たちの決心を変えさせることができないことを知った。そこで別の手段を用いる決心をしたのである。それは他でもなく、雲仙地獄の熱湯で彼等を拷問に

『キリシタン人物の研究』「アントニヨ石田」

クリスヴァン・フェレイラ神父は一六三二年三月二十二日付の手紙に、この興味ある討論について、以下のように報じている。

「前の手紙で私は貴師に当地のキリスト教界の状態をお知らせした。ここで私は引き続き、その後に起ったことをお知らせする。すべては新しい迫害、圧迫、辛苦に尽きるのである。一六二九年以来信仰のために捕えられている五人の修道者、すなわち、バルトロメ・グチエレス、フランシスコ・デ・ヘスス、ビセンテ・デ・サン・アントニヨの三人のアウグスチノ会士、われらの会の石田アントニヨ神父、フランシスコ会のガブリエル・デ・サンタ・マダレナ神父の話から始めよう。長崎奉行の竹中采女は彼らを棄教させ、もってわれらの聖なる教えとそのしもべを嘲笑しようとした。こうして信徒の勇気を挫き、彼らをその手本によって容易に棄教させ、そして自分のためには将軍の前で手柄を立てようとした。

(p.98、l.6～14)

かけることであった。 （p.183、下l.17～p.184、上l.11）	彼は、五人の司祭たちを雲仙に連れて行き、彼らが信仰を否定するまで熱湯で拷問すること、ただし決して殺さぬようにと命じた。この五人のほかに、アントニヨ・ダ・シルヴァの妻ベアトリチェ・ダ・コスタとその娘マリアも拷問にかけられることになったが、それはこの女たちが長い間棄教を迫られたにかかわらずそれに応じなかったためである。 十二月三日、全員は長崎をたち、雲仙に向った。二人の女性は輿に、五人の修道者は馬にのり、人々と別れを告げた。一レグワしか離れていない日見の港につくと、腕と手を縛られ、足枷をはめられ、それから舟に乗せられた。一人一人、舟の舷側に固く縛りつけられたのである。 （p.184、上l.12～24） 夕方、彼らは小浜の港に着いたが、ここは雲仙の麓になる。
「采女は、討論または忠告や約束によって神父たちの決心を変えさせることができないことを知り、彼を再び牢にいれた。采女は、彼やその他の修道者を屈服させるに確実と思われる別の厳しい手段を用いる決心をした。それは他でもなく、雲仙地獄の熱湯で彼等を拷問にかけることであった。 （p.103、l.8～10）	かくて彼は、上記の五人の修道者を例の山に連れて行き、彼らが信仰を否定するまで熱湯で拷問すること、ただしそれによって彼らを死なすことがないようにと命じた。彼は同じく指図して、アントニヨ・ダ・シルヴァの妻ベアトリチェ・ダ・コスタとその娘マリアを、長い間棄教を迫ったにかかわらずそれに応じなかったからとて、神父たちと一緒に送った。 （p.103、l.14～17） 十二月三日、全員は長崎をたち、雲仙に向かった。二人の女性は輿に、五人の修道者は馬にのり、（中略）奉行の厳しい禁止にもかかわらず見物に来た多数の人々に別れを告げた。一レグワしか離れていない日見の港についたとき、彼らは腕と手を縛られ、足枷をはめられた。それから船に乗せられたが、各人に一つの小舟で、その舷側に固く縛りつけられた。 （p.104、l.3～6） その日の夕方、彼らは小浜の港に着いたが、ここは高来の地

翌日、山に登った。山では七人がそれぞれ一つの小屋に入れられた。昼も夜も彼らは足枷と手錠をかけられ、護衛に取りかこまれていた。采女の配下の数は多かったが、代官も警吏を送って警戒は厳重である。山に通じる道は、すべて監視人が配置され、役人の許可証なしに人々の通行を許さなかった。

（p.184、下l.1～7）

翌日、拷問は以下のようにして始まった。七人は一人ずつ、その場にいるすべての人から離れて、煮えかえる池の岸に連れていかれ、沸き立つ湯の高い飛沫を見せられ、怖ろしい苦痛を自分の体で味わう前にキリストの教えを棄てるように説き勧められた。寒さのため、池は怖ろしい勢いで沸き立ち、神の御助けがなければ、見ただけで気を失うほどのものであった。しかし全員、神の恵みに強められたため、大きな勇気を得て、自分たちを拷問にかけよ、自分たちは信奉する教えを絶対に捨てぬと答えた。役人たちはこの毅然たる答えを聞くと、囚人に服を脱がせ、両手と両足を縄でくくりつけ、半カナーラくらい入る柄杓で熱湯をすくい、各人の上にふりかけた。それも一気にするのでなく、柄杓の底にいくつか穴を開け、苦痛が長びくようにしておいたのである。

域で雲仙の麓になる。翌日は山に登った。そこにすぐ若干の小屋がつくられ、七人がそれぞれ一つの小屋に入れられた。そしてそこにいる間、互いに元気づけることができないよう、会ったり話したりすることは許されなかった。昼も夜も彼らは足枷と手錠をかけられ、護衛に取りかこまれていた。采女の配下の数は多かったが、高来の代官も手勢を送って協力し、非常の場合には救援しようとした。そのほか山に通じる道には、すべて別の看視人を配置した。彼らは、そのため特に任命された役人の許可証なしに人々の通行を許さなかった。

（p.104、l.7～12）

翌日、同月五日拷問は以下のようにして始められた。七人は一人ずつ、その場にいるすべての人から離れて、煮えかえる池の岸に連れていかれ、沸き立つ湯の高い飛沫を見せられ、恐ろしい苦痛を自分の体で味わう前にキリストの教えを棄てるように説き勧められた。彼らがこの拷問に耐えられないことは確かだからである。その頃の寒さの関係から、池は恐ろしい勢いで沸き立ち、神の御助けがなければ、見ただけで気を失うほどのものである、とアントニヨ（石田）神父は書いている。しかし全員は、神の恵みに強められたため、大きな勇気を得て、自分たちをためらわず拷問にかけよ、自分たちは信奉する教えを絶対に捨てないと答えた。人々はこの毅然たる答えを聞いてから、囚人に服を脱がせ、両手と両足に縄をくくりつけ、それを四人で抑えた。それから彼らは半カ

（p.184、下l.8～22）	ナーラ（四分ノ一リットル）くらい入る柄杓で沸きたつ湯をすくい、それを三杯ぐらい各人の上に注いだが、それを一気にするのでなく、ゆっくりと注ぐため柄杓の底にいくつか穴を開け、苦痛が長びくようにしておいたのである。（p.104、l.13～p.105、l.4）
キリストの英雄たちは、身動き一つせずこの怖ろしい苦痛に耐えた。まだ年の若いマリアだけは、あまりの苦痛のため大地に仆れた。役人は、それを見て〝転んだ、転んだ〟と叫んだ。そして少女を小屋に運び、翌日長崎に帰した。マリアはそれを拒絶し、自分は転んだのではない、母やその他の人々と共に拷問してほしいと言い張ったが、聞きいれられなかった。（p.184、下l.23～p.185、上l.5）	キリストの英雄たちが、この恐ろしい苦痛に耐える勇気と堅固さは、身動き一つせぬほど大きなものであって、それを見、聞きするすべての人を驚嘆させた。まだ年の若いマリアだけは、大きな苦痛のため気を失って大地に仆れた。誰かが転んだと言えさえすれば、外に何も望むことのない刑吏は、このように仆れたことを口実にして叫んだ、〝転んだ、転んだ〟。それと同時に彼らは少女を小屋に運び、翌日長崎に帰した。少女はそれを拒絶し、信仰から転んだのではなく、したがって自分が母やその他の人々と共に拷問されず、殺されない理由はないと言い張ったが、聞きいれられなかった。（p.105、l.5～10）
残りの六人は山に留まり、三十三日間過した。その間にアントニヨ、フランシスコの両神父とベアトリチェは、各々六回熱湯で拷問をうけた。ビセンテ神父は四回、バルトロメ神父、ガブリエル神父は二度であったが、その際、誰ひとり呻き声もたてなかった。（p.185、上l.6～10）	残りの六人は山に留まり、三十三日間過ごした。その間にアントニヨ、フランシスコの両神父とベアトリチェは、上述のようにして各々六回熱湯で拷問をうけた。ビセンテ神父は四回、バルトロメ神父、ガブリエル神父は二度であったが、その際、誰ひとり身動きもせず、或いは拷問を感じるような様子を全然見せなかった。（p.105、l.11～13）

他の人より長時間拷問にかけられたのは、アントニヨ神父とフランシスコとベアトリチェ・ダ・コスタである。特にベアトリチェ・ダ・コスタの場合は、彼女は女性の身ながらあらゆる拷問においても、いろいろと勧告されても、男にもまさる勇気を示したため、熱湯の苦しみの他に別の拷問も行われたし、長時間小さな石の上に立たされ、罵りと辱しめのことばを浴びせかけられもした。しかし役人が狂暴になればなるほど、彼女はひるまなかった。（p.185、上l.11～19）	他の人々は体が弱く、病気であったために、余りひどく苦しめられなかった。奉行はもともと殺すのではなく、棄教させることを望んでいたからである。またこの理由から、彼らの傷の手当てをするためにわざわざ一人の医師が山に来ていたのである。（p.185、上l.20～24）	遂に采女はいかにしても自分が勝てないことを悟った。かえって部下から、神父たちの勇気と力を見れば、これを改心させるよりも雲仙のあらゆる泉と池はつきてしまうだろうという報告を受けとったので、神父たちを長崎に連れもどすことに決心した。一月五日、采女はベアトリチェ・ダ・コスタを或るいかがわしい家に収容し、五人の司祭を町の牢屋に入れた。彼らは今もその牢にいる。これが、われわれの聖なる教えが大衆に鑽仰されるようになり、信徒が勇気づけられ、
二、三の人に対して他の人より多く拷問にかけたことがあった。アントニヨ神父の場合。（中略）フランシスコの場合は、（中略）ベアトリチェ・ダ・コスタの場合は、彼女は女性の身ながらあらゆる拷問においても、いろいろと勧告されても、男にもまさる勇気を示したことが原因であった。このため彼女に対しては、熱湯の苦しみの他に別の拷問も行われた。すなわち彼女は長時間小さな石の上に立たされ、罵りと辱しめのことばを浴びせかけられたのである。しかし人々が狂暴になればなるほど、彼女はますます毅然としていた。（p.106、l.5～11）	他の人々は体が弱く、病気であったために、余りひどく苦しめられなかった。奉行はもともと殺すのではなく、屈服させることを望んでいたからである。またこの理由から、彼らの傷の手当てをするためにわざわざ一人の医師が山に来ていたのであった。（p.106、l.12～14）	とうとう采女はいかにしても自分が勝てないことを悟った。かえって部下から、神父たちの勇気と力を見れば、これを改心させるよりも雲仙のあらゆる泉と池はつきてしまうだろうという報告を受けとったので、自分の勝利を全く断念し、神父たちを長崎に連れもどすことに決定した。それは一月五日に実行された。采女はベアトリチェ・ダ・コスタを或るいかがわしい家に収容し、五人の修道者を町の牢屋にいれたが、彼らは今もなおそこにいる。これが、われわれの聖なる教え

暴君がさきに計画し期待したことと反対に打ち負かされるに至った戦いの赫々たる結末である」

　このような手紙をかいたフェレイラ教父が、たとえ、いかなる拷問をうけたにせよ神とその教会とを棄てて異教徒に屈服したとはローマ教会では思えなかったのである。

（p.185、下l.1〜15）

が大衆に賛仰されるようになり、信徒が勇気づけられ、暴君がさきに計画し期待したことと反対に、打負かされるに至った戦いの赫々たる結末である」。この心打たれる報告を書いたその人が不幸にして、二年後自ら棄教し、その後長く間諜として幕府に仕えて活動したということは、実に悲劇というべきである。彼が死ぬ前に、少なくとも心の中で改心したかどうかは、我々は知るすべがないのである。

（p.106、l.15〜p.107、l.6）

（――は原典と同じ箇所、〰〰は原典と表現や表記などが異なる箇所）

出典

・『遠藤周作文学全集第二巻』（新潮社、一九九九・平成十一年六月）

・H・チースリク『キリシタン人物の研究―邦人司祭の巻―』（吉川弘文館、一九六三・昭和三十八年十二月）

《参考資料二》「『沈黙』と『キリシタン人物の研究』」

『沈黙』「まえがき」

＊ジョアン・ダセコ

＝ジョアン・ダ・ロカ　＋　ディオゴ・セコ

一六三八年三月二十五日、三人を乗せたインド艦隊は、べ

『キリシタン人物の研究』「ペドロ・カスイ岐部」

　イエズス会のアフォンゾ・メンデスは総大司教に任ぜられ、別にディオゴ・セコとジョアン・ダ・ロカの二神父が後任の権をもった補佐司教となった。

（p.134、l.8〜9）

三月二十五日、インド艦隊はベレム要塞の祝砲の轟きの中

レム要塞の祝砲をうけながらタヨ河口から出発した。彼等は、ジョアン・ダセコ司教の祝福を受けた後、司令官の乗る「サンタ・イサベル号」に乗船した。（p.187、下l.5～8）	をタヨ河口から出発した。それは三隻の大物の「船艦」と三隻の護衛艦から成っていた。三人の司教とイエズス会員は二隻の主艦に配分され、総大司教は旗艦「サン・フランシスコ・ザビエル号」、他の二人の司教は七人の神父と共に司令官の乗る「サンタ・イサベル号」に分乗した。カスイ神父がどの組にいたかは伝えられていない。（p.134、l.12～15）
四月二日、ポルト・サント島に、それから間もなくマディラに、六日にはカナリヤ諸島に到着した後は、たえ間ない雨と無風状態に襲われた。それから潮流のため、北緯三度の線から五度まで押しもどされてギネア海岸に突きあたった。（p.187、下l.17～21）	四月二日、ポルト・サント島に、それから間もなくマディラに、六日にカナリヤ諸島に着いた。二十二日北緯七度に達したが、それからは絶え間ない雨と無風状態が続き、そのため迂回してようやく三度に達した。そこで潮流のため、我らは五度まで押しもどされ、ギネアの海岸に突き当り、陸に打ちあげられそうな大きな危険にさらされた。（p.135、l.16～17、p.136、l.1～2）
無風の時、暑さは耐えられるものではなかった。その上、各船には多くの病気が生じ、「サンタ・イサベル号」の乗組員でも、甲板や床で呻く病人の数が百人をこえはじめた。ロドリゴたちは、船員と共に病人の看護に走りまわり、彼等の瀉血を手伝った。（p.187、下l.22～23、p.188、上l.1～3）	無風の時期に、各船に多くの病気が生じたが、我らの船以上に多かったものは他になく、ここでは床に就いた者の数は三百以上に及んだ…（p.136、l.4～5） 宣教師たちは病人の世話に手を尽くしたが、（p.135、l.4～5）
七月二十五日、聖ヤコボの祝いにやっと船は喜望峰を廻った。喜望峰をまわった日に、再度の烈しい嵐が襲ってきた。船の主帆がくだかれて烈しい音をたてて甲板にぶつかった。	七月二十五日、聖ヤコボの祝日に船は喜望峰を廻った。艦長は国王から、もし時間があればモザンビクへ行くように命じられていたので、我らは水先人の習慣により内部へ向けて

同じ危険にさらされた前部の帆を、病人たちもロドリゴたちもかりだされて、漸くにして救った時、船は暗礁に乗りあげたのである。もし、他の艦がただちに救いにこなければ、「サンタ・イサベル号」はそのまま沈んだかもしれない。 （p.188、上l.4～11）	航行した。しかし、たちまちにして激しい嵐がおこり、我らの船の主帆は砕かれて倒れ、同じことが前部の帆柱にもおこる危険があった。 （p.136、l.12～14） 旗艦がサン・ジョルジ島沿岸で暗礁に衝突し、そのため艦は水の中に投げ出された。それゆえ我らは帆柱を折るほかなかった。もし――守護者聖フランシスコ・サビエルの助けは別として――提督が驚くべき熱意をもって助けに来なかったならば、疑いもなく艦は沈んでしまったであろう。 （p.137、l.9～12）
嵐のあとはふたたび風が凪いだ。マストの帆は力なく垂れ、ただ真黒な影だけが甲板に死んだように倒れている病人たちの顔や体の上に落ちている。海面は暑くるしく光るだけで波のうねりさえない毎日である。航海が長びくにつれ食糧と水も不足になってきた。こうしてようやく目的のゴアに着いたのは十月九日のことだった。 （p.188、上l.12～18）	その後はまた、かなり長い無風となり、それが刻々と時間を奪った。 （p.136、l.14～15） それは航海が非常に長びくに相違なく、その上食料と水も不足になったからである。 （p.137、l.5） しかし舟は小さく、手軽に造られたものであったから、十月九日にようやくゴアに着いた。 （p.138、l.3）
日本にむかう母国の便船が全くないことを知った三人の司祭は、絶望的な気持で澳門までたどりついた。この町は、極東におけるポルトガルの突端の根拠地であると同時に、支那と日本との貿易基地であった。万一の僥倖を待ちのぞみながら、ここまで来た彼等は、到着早々、ここでも巡察師ヴァリ	カスイ神父はまずマニラに行き、そこから一六二四年か二五年にマカオに向かった。 この町は極東におけるポルトガルの突端の根拠地であると同時に、日本および支那との貿易の基地であった。ここにはまた、巡察師ヴァリニャーノ神父の建てた学院があり、日本

ニャーノ神父からきびしい注意をうけねばならなかった。日本における布教はもはや絶望的であり、これ以上、危険な方法で宣教師を送ることを澳門の布教会では考えていないと神父は言うのである。

　この神父は、もう十年前から日本及び支那に向う宣教師を養成するために布教学院を澳門に建設していた。のみならず日本における基督教迫害以来、日本イエズス会管区の管理はすべて彼によってなされていた。

（p.188、下l.7～20）

と支那とに行く宣教師たちは、ここで将来の仕事のため特別の養成を受けることになっていた。迫害の勃発以来、日本イエズス会管区の管理もこのマカオで行なわれた。カスイ神父は、ここから日本に渡るすべを見つけるであろうと考えたのである。

（p.139、l.8～13）

《I　セバスチァン・ロドリゴの書簡》

　ヴァリニャーノ神父のおかげで我々はともかく、大きな一隻のジャンクは手に入れられそうです。ところが人間の計画はいかに、もろく、はかないことでしょう。船は白蟻によって食いつくされているという報告を今日、受けました。ここでは鉄や瀝青などがほとんど手に入れがたいので…。

　毎日、少しずつこの便りを書いているので日附のない日記のようになりました。我慢して読んで下さい。一週間前、私は、我々が手に入れたジャンクが相当、白蟻によって食いつくされていることをのべましたが、幸い神のお陰で、この困難を克服する方法が見つかったようです。とりあえず内側から板で目張りをして、台湾まで航行するつもりです。そしてもし、この応急の措置がそれ以上もつなら日本まで直接、行こうと思います。ただこの上は、東支那海で、できる限り大

…水夫たちの少なからぬ骨折りにより、旅に必要なものはすべてととのい、この地区の主任司祭から得た板によって、私が思った以上に立派に船は造られた。しかし人間の計画がいかにはかなく、もろいものであることを知らない人はない！　既に万端の準備ができあがったとき、船が全く白蟻、というより虫に喰いつくされ、それも今は手の施しようもないまでになっていることが分かった。なぜかといえば、この地方には鉄、瀝青その他すべてが全然ないからである。おまけに、僅かの間にすべてを完了させなければならない。それでわれわれは、内側から船に板で目張りをし、ブリナンまで航行してみようと決めた。もしこの応急の措置がそこまでもつなら、日本まで直接航海する。もし、もたないなら、船をとり替えるか、外側からも補強するつもりである。

（p.150、l.15～17、p.151、l.1～4）

きな嵐に出会わないよう、主のお加護を願うつもりです。

（p.195、下l.7～23）

（――は原典と同じ箇所、～～～は原典と表現や表記などが異なる箇所、▒▒は特に重要な箇所）

出典

・『遠藤周作文学全集第二巻』（新潮社、一九九九・平成十一年六月）

・H・チースリク『キリシタン人物の研究―邦人司祭の巻―』（吉川弘文館、一九六三・昭和三十八年十二月）

《参考資料三》「『沈黙』の作品内時間」

まえがき（一六三三年頃）フェレイラ神父棄教の報告

　一六三二年三月二十二日

　　フェレイラ神父、巡察師アンドレ・バルメイロ神父宛書簡　雲仙殉教

＊フェレイラ探索と日本潜伏計画　一六三五　第一陣　ローマ　ルビノ神父

　　一六三七　第二陣　ポルトガル　三人の若い司祭

ポルトガル「海外領土史研究所」所蔵セバスチァン・ロドリゴの書簡

Ⅰ　セバスチァン・ロドリゴの書簡　一六三八年十月九日　ゴア到着
Ⅱ　セバスチァン・ロドリゴの書簡　一六三九年五月一日　マカオ到着
Ⅲ　セバスチァン・ロドリゴの書簡　一六三九年五月六日　トモギ村到着
Ⅳ　セバスチァン・ロドリゴの書簡　一六三九年六月　トモギ村・五島
一六三九年六月五日　キチジロー転び
六月二十三日　モキチ・イチゾウの殉教
ロドリゴ逃亡

Ⅴ　（ロドリゴ捕縛）
横瀬浦―大村―鈴田―諫早
千東野―長崎・牢屋　　踏絵
Ⅵ　一六三九年八月ガルペの死
八月十三日
Ⅶ　一六三九年九月　西勝寺　フェレイラとの再会
一六三九年九月　長崎・奉行所　踏絵
Ⅷ　一六四三(?)年八月　外浦町
Ⅸ　一六四六年正月　長崎　正月行事としての踏絵
（一六四六年二月　江戸切支丹屋敷　岡田三右衛門、妻帯）

《長崎出島オランダ商館員ヨナセンの日記》
一六四四年七月三日～八月七日　フェレイラ・ロドリゴの切支丹取調べ
一六四五年十一月十九日　十二月五日　荒木トマス
十二月二十三日

切支丹屋敷役人日記
寛文十二年（一六七二）　延宝元年（一六七三）　延宝二年（一六七四）
延宝四年（一六七六）　延宝九年（一六八一）七月二十六日、ロドリゴ病死　享年六十四歳

第三章　『沈黙』論

――引用の織物――

はじめに

『沈黙』は「神と悪魔、人間と社会、肉欲と霊の血みどろな闘い[1]」が繰り広げられる人間の〈劇〉を追求した遠藤文学の一つの頂点を示した作品である。作品の中で主人公であるロドリゴをはじめとして、フェレイラ、キチジロー、井上筑後守らの登場人物が織りなす〈劇〉は、キリシタン時代という歴史の枠組みを超えて現代の読者に強く訴えるものを持っている[2]。一方で、彼等の〈劇〉を背景として支えているのは様々な歴史史料の引用が織りなす歴史的舞台であり、これも「歴史小説」としての『沈黙』の大きな魅力である。

ただし、先行研究[3]では『沈黙』の「歴史小説」としての側面や様々な歴史史料との関連はあまり議論されていないように見える。『沈黙』の草稿[4]が発見され、遠藤周作文学館や町田市民文学館における所蔵本も整理がなされつつある今こそ検討すべき重要課題と言えよう。

そこで本章は『沈黙』の作品内に引用された様々な資料と原典とを比較し、作品成立の秘密を探っていきたい。もちろん、遠藤が『沈黙』執筆の際に利用した資料は膨大な数にのぼり、それら全てを網羅することは不可能に近い。したがって手始めに主要な歴史史料であるH・チースリク『キリシタン人物の研究―邦人司祭の巻―』（吉川弘文館、一九六三・昭和三十八年十二月、以後『キリシタン人物の研究』と呼ぶ）、村上直次郎訳『長崎オランダ商館の日記』（岩波書店、一九五六・昭和三十一年一月～一九五八・昭和三十三年八月）、『査祅余録《さようよろく》』／『続々群書類従第十二宗教部２』

（国書刊行会、一九〇七・明治四十年十二月）、そしてラゲ訳『我主イエズスキリストの新約聖書』（公教会、一九一一・明治四十三年七月／以下、ラゲ訳聖書と呼ぶ）の四点を中心として考察していきたい。

一、『沈黙』の構成

引用の分析の前に『沈黙』の構成[5]を確認しておく。『沈黙』は大まかに次の四つの部分から構成されていて、いずれも歴史史料の引用が重要な鍵を握っている[6]。

「まえがき」
「Ⅰ～Ⅳセバスチァン・ロドリゴの書簡」
「Ⅴ～Ⅸ」
「切支丹屋敷役人日記」

「まえがき」はフェレイラ背教の報告がローマ教会にもたらされたところから始まる。フェレイラの背教は一六三三年の出来事なので、この報告は少なくとも一六三四年以降だと考えられる。語り手は、この歴史的な事象に臨場感を持って迫り、ヨーロッパのキリスト教会の動揺を伝えている。そして、フェレイラの信仰や人柄を示すものとしてフェレイラが一六三二年三月二十二日、巡察師アンドレ・バルメイロ神父に宛てた書簡が引用される。この書簡は実在のものなので、作品人物としてのフェレイラだけではなく実在のフェレイラの人となりを伝えるものともなっている。やがて、フェレイラ背教の事実確認と日本の信徒を励ますための日本潜伏計画が立案される。第一陣のルビノ神父グループがローマで、第二陣のロドリゴたちもポルトガルで結成され、それぞれ日本へ向けて出発する。第一陣の消息は語られないが、歴史事実としてほぼ全員が殉教している。作品内でも生存者の話は全く出て来ないので、恐らく殉教したと考えられる。

そして、「まえがき」は第二陣のロドリゴ一行がポルトガルを出発し苦難の末マカオに至りヴァリニャーノ師に出会ったところで終る。この結末部分には、ロドリゴの書簡が、ポルトガルの「海外領土史研究所」に所蔵されていることを示し、「今でも見ることが出来る」としている。語り手の語る「今でも」の「今」は、読者に提示された言葉なので、少なくとも作品が刊行された一九六六（昭和四十一）年以降を意味する。すると、語り手は時間を超越し自在に駆け巡る自由な視点を持っていることになる。ただし、ここにもっともらしく登場するロドリゴの書簡は架空のものであり、元になるような歴史史料は存在しない。勿論小説であるので全て事実に基づく必要はないが、本物の史料らしく装うことで読者を歴史空間へ招き入れる効果をもたらしている。また、忘れてならないのは、この架空のロドリゴの書簡の中身がⅠ章からⅣ章の「セバスチァン・ロドリゴの書簡」であることだ。つまり、『沈黙』の主要部分は架空の書簡から引用した形式で構成されていることになる。それだけでも『沈黙』における引用の重要性は明らかであろう。

では次に、ロドリゴの書簡について考えよう。Ⅰ章からⅣ章までのロドリゴの書簡においては、マカオに到着したロドリゴ一行がヴァリニャーノ師から日本の状況を聞くことから始まり、キチジローの裏切りによってロドリゴが捕縛されるまでが「報告」(7)される。例えば次の箇所などを見ても報告書の性質は明らかである。

私は今日この手紙で素晴らしい報告をせねばなりますまい。私たちは昨日、遂に一人の日本人に会うことができたのです。

（「Ⅰ　セバスチァン・ロドリゴの書簡」／『沈黙』）

そして、Ⅴ章からⅨ章では、「セバスチァン・ロドリゴの書簡」という文字が消えている。ロドリゴが捕縛されて、手紙を書く時間や方法、宣教会への連絡手段も全て失われたせいであろう。だが、内容的にはⅠ章からⅣ章までと連続しており、次の箇所を見てもロドリゴは、いつかヨーロッパに報告する準備をすすめていたことがわかる。

告悔をきくと、彼は、警吏からもらった紙に、庭に落ちていた鶏の羽根を使って、上陸以来の思い出を少しずつ書きつづけている。これが果してポルトガルに届くか否かはもちろんわからない。あるいは信徒の一人がそれを何とかして、長崎の支那人に渡してくれるかもしれぬ。それだけのかすかな希望で筆を動かしたのである。

（「Ⅵ」／『沈黙』）

捕縛後の過酷な状況の中でも使命を忘れていないロドリゴの信仰を窺い知ることできる。おそらく、Ⅰ章からⅣ章までの「セバスチァン・ロドリゴの書簡」はこの時に書きつがれていったものであると考えられる。この書簡がどういう経路を辿ってポルトガルに届いたかはわからないが、『沈黙』の中ではポルトガルの「海外領土史研究所」に所蔵され、「今でも見ることが出来る」という設定になっている。また、Ⅴ章からⅨ章は「セバスチァン・ロドリゴの書簡」の執筆状況や後日談となっており、ロドリゴが三人称の「司祭」「彼」という言葉で語られる場面が増え、物語性がより高まっている。しかも、Ⅸ章には「長崎出島オランダ商館員ヨナセンの日記」が引用され、ロドリゴの動向が伝えられている。「ヨナセンの日記」では「一六四四年七月三日〜八月七日」「一六四五年十一月十九日、十二月五日、十二月二十三日」の記録が挿入されており、ロドリゴが踏絵を踏んだ一六三九年九月から江戸切支丹屋敷へ移動が告げられる一六四六年一月までの約七年間、ロドリゴが長崎の外浦町に住みフェレイラと共に切支丹探索の手伝いをさせられていた様子を垣間見ることが出来る。ここでも引用が物語の空白を埋める重要な意味を持っている。

また、同じⅨ章の結末では一六四六年二月、井上筑後守の命を受けてロドリゴが長崎から江戸切支丹屋敷への移住と、岡田三右衛門という日本人名と妻帯が強制されるところで物語は閉じられる。

その後ロドリゴは死ぬまで切支丹屋敷で過ごすことになる。ロドリゴがどのような信仰をもっていたのかは「切支丹屋敷役人日記」から窺うことが出来る。作品中の「切支丹屋敷役人日記」は寛文十二年（一六七二）から始まる。

Ⅸ章の最後は一六四六年なのでそこから二十六年経過していることがわかる。続いて記事は延宝元年（一六七三）、延宝二年（一六七四）、延宝四年（一六七六）、延宝九年（一六八一）七月二十六日のロドリゴ病死までが記される。ロドリゴの享年は六十四歳であった。この日記の引用もまたロドリゴの物語の空白を埋める重要な役割を果たしている。

以上のように『沈黙』は、教会の歴史から抹殺されていたロドリゴ（ジュゼッペ・キャラ）やフェレイラを作品の登場人物としてキリシタンの歴史の中に蘇らせ、最後には、「切支丹屋敷役人日記」という歴史記録の中に戻している。こうした弱者に光を当てるために欠かせないのが様々な歴史史料であった。以下作品で引用された史料を考察していきたい。

二、『沈黙』と『キリシタン人物の研究』

『キリシタン人物の研究』は、遠藤が『沈黙』執筆に先立ち師事した上智大学のチースリク教授が執筆した切支丹研究の名著である。この書では、副題に「邦人司祭の巻」とあるように、キリシタン時代の初期に活躍した三人の日本人司祭の生涯が詳細な史料とともにまとめられている。三章から成り、目次には「セバスチアン木村―最初の日本人司祭―」「アントニヨ石田―優れた活動家―」「ペドロ・カスイ・岐部―世界を歩いた伴天連―」という副題がそれぞれ付けられている。これらの三人はいずれも「華々しく殉教した強者」であり、反対の意味で遠藤が「棄教した弱者」に関心を寄せるきっかけとなったのである。『沈黙』との関連で言うと、『キリシタン人物の研究』は二箇所の重要な場面で重要語句などが直接引用されている。(8) さらに、「神学校」「ミゲル・マツダ」「穴吊り」「一六三九年」の四点に深い関連が見られる。これらのことは拙稿で詳しく論じたので繰り返さないが、引用に関わる二箇所については再確認をしたい。その二箇所とは、⑴フェレイラの書簡（「まえがき」と⑵ロドリゴ一行の苦難の日本潜入（「まえがき」「Ⅰ章」）である。

(1)のフェレイラ書簡は、雲仙殉教の報告書である。レオン・パジェス『日本切支丹宗門史〈上・中・下〉』(岩波文庫、一九三八・昭和十三年〜一九四〇・昭和十五年)やH・チースリク『キリシタン人物の研究』の「アントニヨ石田―優れた活動家―」の章に収録されている実在の書簡である。藤田尚子氏[9]は、この書簡の典拠について『キリシタン人物の研究』から引用されたことを指摘されている。そこで、藤田氏の指摘をもとに両者を比較すると[10]、書簡の重要部分は改変されることなくほぼ原典から抜粋して編集されていることが分かった。この書簡で問題となるのは最後の部分である。次のように改変されている。

この心打たれる報告を書いたその人が不幸にして、一年後自ら棄教し、その後長く間諜として幕府に仕えて活動したということは、実に悲劇というべきである。彼が死ぬ前に、少なくとも心の中で改心したかどうかは、我々は知るすべがないのである。(『キリシタン人物の研究』)

このような手紙をかいたフェレイラ教父が、たとえ、いかなる拷問をうけたにせよ神とその教会とを棄てて異教徒に屈服したとはローマ教会では思えなかったのである。(「まえがき」/『沈黙』)

いずれもフェレイラの書簡に続く地の文でフェレイラの信仰の篤さを物語るものである。『キリシタン人物の研究』の方は、作者であるH・チースリクがフェレイラの書簡を読んだ感想を記し、背教者として教会の歴史から抹殺されたフェレイラの不幸を「悲劇」と呼ぶ場面である。それに対して、『沈黙』では、フェレイラが本当に背教者へと堕落してしまったのかそれとも殉教者として亡くなったのかまだ判断できずにローマ教会が動揺している様子を伝えている。また、『沈黙』の冒頭では、フェレイラ背教の衝撃的な報告をきっかけとして日本における切支丹弾圧の歴史が語られていた。一五八七年の禁教令、長崎西坂の二十六聖人殉教、そして、一六一四年の伴天連追放、と年々悪化する状況を伝えている。そんな中でフェレイラは追放後も日本にとどまり、潜伏して宣教活動を続けていた。その最後の報告がこの書簡だったのである。日本における殉教の歴史を物語る貴重な記録でもあったと言える。しかも、実在のフェレイラ書簡でもあることから、フェレイラの信仰を確かに証するものでもあった。

(2)のロドリゴ一行の苦難の旅は、拙稿[11]で論じたとおり「ペドロ岐部」の旅が参考にされている。この旅の様子は『キリシタン人物の研究』の「ペドロ・カスイ・岐部―世界を歩いた伴天連―」の章に収録されている。同書をもとにすると、「ペドロ岐部」は、ローマで司祭となったあと、日本宣教のためにポルトガルのリスボンを出発してインドのゴア、マカオ、そしてフィリピンから一六三〇年鹿児島へ上陸し、厳しい弾圧の中にある日本で宣教活動を行ったのち捕えられ、一六三九年江戸で穴吊りの拷問にも耐え抜き、ついには殉教を遂げた。まさに「強者」であると言える。『沈黙』では、このうち「まえがき」でロドリゴ一行がリスボンを出発しマカオに到着するまでの主な部分と、「I章」でマカオ到着後、せっかく手配した日本行の船が白蟻の被害を受け、応急処置を施し不安を抱えたまま出発する場面の重要な語句がそのまま引用されている。引用箇所をまとめると次の七つである。

㈠　一六三八年三月二十五日、リスボン出発。
㈡　四月二日。
㈢　無風。病人続出。
㈣　七月二十五日、喜望峰到着。
㈤　十月九日、ゴア到着。
㈥　マカオ到着。
㈦　船の白蟻、応急処置で日本を目指す。

詳細は第二部第二章《参考資料二》「『沈黙』と『キリシタン人物の研究』」（134頁）でまとめてあるが、『キリシタン人物の研究』の「ペドロ・カスイ岐部」の章の134頁から139頁までと比べても、日付、地名、主な出来事は全て一致しており、引用されたことは明らかである。このように『キリシタン人物の研究』から引用した理由の一つは、ロドリゴのモデルであるジュゼッペ・キャラがどのようにしてヨーロッパから日本へ渡ったのか資料がほとんど残っていなかったせいである。つまり、資料不足を補ったのである。もう一つの理由は、意気揚々と日本宣教へと向かうロドリゴの強い姿を表現するのに、「華々しい強者」である〈ペドロ岐部〉の姿を重ねたかったためかもしれない。おそらく作者はロドリゴを棄教しただけの単純な「弱者」として描きたくなかったのであろう。

以上のように、『沈黙』は『キリシタン人物の研究』の「アントニヨ石田」と「ペドロ・カスイ・岐部」の二つの章から「抜粋し、書きなお」されている。他にも、「神学校」「ミゲル・マツダ」「穴吊り」「一六三九年」の四点においても直接引用ではないが参考資料として『キリシタン人物の研究』を使った痕跡が見られる。これも拙稿[12]で論じたので繰り返さないが、いずれもロドリゴと〈ペドロ岐部〉が密接な関係にあることを示している。

三、『沈黙』と『長崎オランダ商館の日記』

先に述べたように、『沈黙』のⅠ～Ⅳは「セバスチァン・ロドリゴの書簡」であった。ロドリゴはこれらの書簡において、一六三九年五月、日本に潜入して六月に捕縛されるまでの約二カ月の間に体験した日本人や日本社会の観察結果を記録している。語りも一人称の「私」「自分」である。だが、Ⅴ章以後は書簡の続きの記録という形式をとりながらも、ロドリゴに対して三人称の「司祭」「彼」が用いられている。その上で語り手は、ロドリゴの心情に寄り添い踏絵を踏むに至った複雑な心境や信仰の葛藤を垣間見せている。

そうした中でⅨ章には、踏絵後のロドリゴの姿が描かれる。長崎の外浦町に住み、フェレイラと共に切支丹探索の役目をさせられているのだ。その様子は、日記によりさらに客観的に描かれる。そこで引用されたのが、「長崎出島オランダ商館員ヨナセンの日記」の「一六四四年七月三日～八月七日」「一六四五年十一月十九日、十二月五日、十二月二十三日」である。これに関しては小川仁子「『沈黙』の「ヨナセンの日記」が意味するもの」(『遠藤周作研究』2、二〇〇九・平成二十一年九月)が詳しい。小川氏が指摘するように、典拠となるのは村上直次郎訳『長崎オランダ商館の日記』である。詳しくは《参考資料一》「『沈黙』と『長崎オランダ商館の日記』」(161頁)にまとめたが、『沈黙』と『長崎オランダ商館の日記』を比較してみると、遠藤は『長崎オランダ商館の日記』の中からフェレイラやロドリゴに関する部分を抜粋し、ほぼ資料通りに引用してあることがわかる。異なるのは、人名やロドリゴの履歴に関する部分である。また、小川氏は触れていないが、『沈黙』の「ヨナセンの日記」が始まる「(一六四四年)七月三日」の部分は、『長崎オランダ商館の日記』の該当箇所ではロドリゴのモデルであるジュゼッペ・キャラの死亡記事がある。これは明らかに誤報であるが、イタリア人としてのキャラがヨーロッパ側の資料から消えて、日本人としての岡田三右衛門が誕生した時でもあった。ちなみに、イタリアのジュゼッペ・キャラの故郷であるシチリア島の聖ニコラ教会にはキャラ神父の殉教画が残されている[13]。長期間キャラと全く連絡が取れなかったので、日本で殉教したと考えられたためという。

さらに言えば、「ヨナセンの日記」の中心となるのは、踏絵後のロドリゴとフェレイラの姿である。二人は長崎に住み、切支丹探索の任にあたっている。次の箇所である。

(引用者注：一六四四年七月)
七月九日　当地の一市民の家で、聖母像が発見されたため、同家の人たちは直ちに投獄され、取調べを受けた。その結果、売主が捜出されて吟味を受けた。その吟味には背教のパードレ沢野忠庵、及び、同じ背教したポルトガルのパードレ・ロドリゴも立ちあったと言うことである。

三ヵ月前、当地の一市民の家で、一ペニング貨に聖徒の像を彫ったものが発見され、家族は全員捕縛、転ぶよう拷問を受けたが、棄教を拒絶したという。立ちあった背教のポルトガルのパードレ・ロドリゴは彼等の助命をしきりに奉行所に乞うたが聞き入れられず、死刑を宣告され、夫婦と息子二人は頭を半分に剃られ、痩せ馬に乗せられて四日間町を引き廻されたそうだ。夫婦は先日、逆さ吊りの刑に処せられ、息子たちはこれを見せられた後、再び牢に入れられたという。

（「長崎出島オランダ商館員ヨナセンの日記」／『沈黙』）

そもそも「ヨナセンの日記」でジュゼッペ・キャラは聖母像の発見に立ち会っていない。なのに、『沈黙』のロドリゴは切支丹の嫌疑をかけられた家族の助命まで乞うている。これらのことは全くの創作であるが、踏絵後もロドリゴが切支丹信徒のために働こうとしていた様子を窺うことが出来る。

また、「ヨナセンの日記」の前後に描かれるのは、お盆やお正月を中心とした年中行事である。これは遠藤が「第三の新人」から学んだ「日常性」を描いたものと言えよう。「ヨナセンの日記」は「一六四四年七月」から「一六四五年十二月二十三日」までが引用されているので、「ヨナセンの日記」以前のお盆をめぐるロドリゴの思索は、一六四三年八月のことであって、以後は一六四六年正月の出来事であると推定できる。荒瀬康成氏[14]はこれらの場面の典拠として古賀十二郎編『長崎市史　風俗編』（清文堂出版、一九三八・昭和十三年四月）をあげている。後の『女の一生一部・キクの場合』も同じ個所が典拠となっていることからも確かである。

ということは、ロドリゴが一六三九年九月に踏絵を踏んでから、一六四六年の正月に至る七年間が「ヨナセンの日記」を含む前後に展開されたことになる。特に正月の長崎と言えば、踏絵である。正月が訪れるたびにロドリゴは踏絵を踏まされていた。否が応でも最初に踏絵を踏んだ時を思い出さずにいられなかったはずである。

四、『沈黙』と『査祆余録』

『沈黙』の典拠をめぐる先行研究[15]では、ほとんどが「切支丹屋敷役人日記」に集中して来た。というのも、作者自身が「あとがき」において『査袄余録』から「抜粋して書きなおした」と述べるように、典拠もはっきりしており、『査袄余録』と「切支丹屋敷役人日記」を比較検証した研究が笠井秋生氏をはじめとして進められて来たからだ。

そこで改めてこれらの先行研究を見る時、『査袄余録』と「切支丹屋敷役人日記」の比較検証はほぼ語りつくされていることがわかる。つけ加えることはほとんど残っていないようだ。だが、二つの資料の間に山本秀煌『江戸切支丹屋敷の史蹟』（イデア書院、一九二四・大正十三年六月）を加えてみると別の側面が見えてくる。結論を先に言うと、遠藤は『沈黙』の「切支丹屋敷役人日記」を作成する際、『江戸切支丹屋敷の史蹟』を参考にして『査袄余録』から「抜粋」したと考えられるのだ。

具体的に検討したい。まずは『査袄余録』と「切支丹屋敷役人日記」を比較してみると、共通するのは《参考資料二》（171頁）のようになる。すなわち次の七箇所である。

（1）　寛文十二年　切支丹屋敷の住人リスト。
（2）　延宝元年／二年　ト意病死／岡田三右衛門、宗門の書物執筆を命ぜられる。
（3）　延宝四年　吉次郎、切支丹の嫌疑（窃盗事件）。
（4）　十月　一橋又兵衛拷問にかけられる。
（5）　十一月　切支丹訴人の誓札。
（6）　後藤壽庵の捕縛。
（7）　延宝九年　岡田三右衛門の死。

これらは『査袄余録』の異なる箇所から「抜粋して」、原典の漢文体を書き下し文に「書きなおした」ものである。他にも「岡本三右衛門」から「岡田三右衛門」へ、「角内」から「吉次郎」へと名前が変更され、それに伴って二人の履歴も変更されているが、それ以外は特に大きな変更はない。裏を探れば、それだけどこから抜粋されたのかが重要な意味を持っているのである。では次に『江戸切支丹屋敷の史蹟』の対応箇所を挙げてみる。

（1）p.42～44　切支丹屋敷の住人リスト。
（2）p.45～46　卜意の病死。
　　p.38～40　キャラこと三右衛門、宗門の書物（＝白状書）執筆を命ぜられる。キャラが宗旨替をしていなかったこと。つまり、まだキリスト教を捨てていなかった証拠となる。
（3）p.46～54　屋敷内に起こった窃盗事件が原因で角内に切支丹嫌疑がかけられる。
（4）p.54～55　盗人の嫌疑が最も深かった一橋又兵衛が拷問にかけられる。
（5）p.4～5　切支丹訴人の制札…切支丹屋敷の説明。表門に掲げられていた。
（6）p.56～58　後藤壽庵は切支丹への立ち返りを何度も願い出て捕縛された。
（7）p.55　キャラこと三右衛門の死。　（頁数は『江戸切支丹屋敷の史蹟』のもの）

一目でわかるように『江戸切支丹屋敷の史蹟』の「岡本三右衛門」に関する記述と全てが重なる。これは偶然ではなく明らかに意図的なものと考えられる。その証拠として『沈黙』の主人公ロドリゴのモデルであるジュゼッペ・キャラに関する遠藤のエッセイ「キャラからシドッチ――最後の潜入宣教師たち」を取り上げたい。

同エッセイは遠藤が『沈黙』刊行の翌年、切支丹研究の仲間である三浦朱門と一緒に共著として刊行した『キリシタン時代の知識人――背教と殉教』（日本経済新聞社、一九六七・昭和四十二年五月）に収録されたものである。同エッセイでは様々な史料を紹介しながらジュゼッペ・キャラの心理に迫っている。小見出しをまとめると次のようになる。

日本人信徒の礎石として　　フェレイラ棄教の報告を受け、殉教を決意して日本潜入計画が進められる。
二隊に分れて潜入　　ルビノ隊の先発隊と第二隊。キャラは第二隊に所属。
捕えられ拷問受く　　キャラたちの捕縛、穴吊しの拷問、棄教。
〝転んだ〟キャラの流転　　キャラは死刑囚・岡本の名と妻子とを押し付けられ、岡本三右衛門と名乗らされ、転向者の心理と葛藤　江戸切支丹屋敷に幽閉される。

孤独な生活の外観　キリスト教を否定する心理と背教への後悔から復帰を願う心理の葛藤。

棄教を再否定するキャラ　『査祅余録』の引用⑴⑵。キャラの書かされた宗門の書物が棄教の誓約書のようなものであるとの説明。

戒名は入専浄真信士　『査祅余録』の引用⑶。角内やキャラなど切支丹屋敷内で棄教を再否定する気運が生れていた。

最後の潜入宣教師　一七〇八年、シドッチの日本潜入。

キリシタン屋敷に幽閉　『査祅余録』の引用⑺。キャラの死。小石川の無量院に葬られる。

シドッチの切支丹屋敷への幽閉。布教をしないという条件のもと信仰生活は守られる。

新井白石とシドッチ　新井白石の尋問と『西洋紀聞』。

「長助、おはる」事件　シドッチの召使、長助とおはるの信仰表明。三人は牢に入れられ、病死した。

宣教師の流した血と涙　宣教師のフェレイラ、キャラ、シドッチたちの生涯の意味について考察される。

（「キャラからシドッチ——最後の潜入宣教師たち」／三浦朱門・遠藤周作『キリシタン時代の知識人——背教と殉教』日本経済新聞社、一九六七・昭和四十二年五月）

前半の「日本人信徒の礎石として」から「戒名は入専浄真信士」までがキャラに関するもので、後半の「最後の潜入宣教師」から「「長助、おはる」事件」までがシドッチに関するものである。二人は同じイタリア出身の潜入宣教師で捕縛後切支丹屋敷に幽閉され、亡くなっている。『江戸切支丹屋敷の史蹟』はキャラやシドッチに関する数少ない史料を取り上げた貴重な記録である。遠藤はこれをもとにして、キャラがなぜ日本に来たのか、棄教後にどのような心理を抱いていたのか、無念の内に亡くなったのかを読み解いている。これらはそのまま『沈黙』を読み解くための作者の注解と呼ぶことができる。というのも、「切支丹屋敷役人日記」に関わる「孤独な生活の外観」「棄教を再否定するキャラ」「戒名は入専浄真信士」には『査祆余録』を引用した説明がなされており、『江戸切支丹屋敷の史蹟』の記述とほぼ重なるからだ。しかも、ここで論点となるのは切支丹屋敷に幽閉されていたキャラたちの中に棄教を再否定する気運があったことである。「切支丹屋敷役人日記」に戻ると、卜意、三右衛門（キャラ）、吉次郎、一橋又兵衛、後藤壽庵たちが切支丹の嫌疑をかけられ、取調べを受け、尋問や拷問された。また、その中で最たるものは三右衛門が宗門の書物を強制的に書かされたことであった。「切支丹屋敷役人日記」だけではわからないが、「キャラからシドッチ」と『江戸切支丹屋敷の史蹟』の重なる部分を見ると、宗門の書物が棄教の誓約書にあたるものであることや三右衛門が再度拷問を受けた末に強制的に宗門の書物を書かされていることがわかる。つまり、遠藤が「切支丹屋敷役人日記」で「抜粋した」七箇所は、屋敷内にあっても三右衛門を中心に、棄教を再否定して信仰に立ち返ろうとした動きがあったことを示しているのである。

以上のことから、「切支丹屋敷役人日記」と『江戸切支丹屋敷の史蹟』、そして『査祆余録』の関連性は明らかであろう。これらの核心にあるのは、三右衛門の信仰が切支丹屋敷にあっても消えていなかったという事実である。これこそ遠藤が『沈黙』で書きたかったことではないだろうか。

五、『沈黙』と聖書

ここでは『沈黙』と聖書の関係を考えていきたい。《参考資料三》にまとめてみたが（176頁）、『沈黙』の聖書の引用箇所は、Ⅰ章からⅨ章まで作品全体の各章にわたっており、確認できただけでも計二十六箇所あった。平均すると各章に三箇所ずつ引用された計算になる。引用されたのは主に新約聖書であり、遠藤が愛読したラゲ訳『我主イエズスキリストの新約聖書』とほぼ同じで、これを参考にしたことは明らかである。その他にも直接引用ではなく聖書と関連する箇所もかなりの数にのぼる。いずれも遠藤がラゲ訳聖書から「抜萃し、書きなおした」ものであった。しかも、聖書の言葉を思い浮かべたり、語っているのはほぼ全て書簡の書き手であるロドリゴであった。となると、ロドリゴが自分をどのような立場に置いて聖書を引用しているかが問題となる。大雑把に分類すると三つに区分される。

第一に、ロドリゴが自分をイエスの弟子の立場に置く場合である。これはⅠ章だけに見られる。Ⅰ章では三つの場面でマタイ、マルコ、ヨハネの福音書が引用されていて、いずれもイエスが弟子たちに向かって宣教を命じた言葉であった。ロドリゴが時にイエスの顔を思い浮かべながら、危険を伴う日本宣教への決意を新たにしている場面である。ここで司祭であるロドリゴが聖書の言葉を思い出すのは当然のことだが、そもそもこれらのロドリゴの思索や言動は元となる史料はなく全て作者の創作であった点に注意したい。つまり、ロドリゴの行為に合うように作者が聖書から適切な箇所を選んで配置したということになる。

第二に、ロドリゴが自分をイエスの立場に置く場合である。Ⅱ章からⅧ章まで、主にイエスの受難に関連する箇所が聖書から引用されている。すなわち、最後の晩餐、ゲッセマネの祈りと逮捕、十字架上での苦しみなどである。こうした一連の出来事をロドリゴは自分の苦悩に重ねる。というのも、ロドリゴが日本上陸以来、様々な苦しみと闘ってきたからである。ユダのようなキチジローの裏切り、役人たちの厳しい追及、拷問や処刑に対する恐怖などである。こうした中でロドリゴはイエスの立場に立ちながら、自分が抱えている不安や恐怖、苦しみをイエスも同様に味わったことを思い出しているのである。

もう一つ大事なことは、ロドリゴが自分をイエスの立場に置くことと同時に、キチジローをユダの立場に置いていることである。ロドリゴから見たキチジローは、臆病で卑怯者の弱虫でいつ自分たちを裏切るかわからない全く信用できない人物であった。ロドリゴから見たキチジローはロドリゴたちを何度も裏切ることになる。とすれば、ユダであるキチジローに裏切られたロドリゴたちはイエスの立場に立つことになる。これを象徴するのが最後の晩餐でイエスがユダにかけた言葉である。遠藤が参考にしたラゲ訳聖書と並べると次のとおりである。

なぜお前は昨夜、私を三百枚の銀のために訴えなかったのかね。そう心の中で私は訊ね、あの聖書の中で最も劇的な場面を心に甦らせました。基督が食卓でユダにむかって言われた。「去れ、行きて汝のなすことをなせ」

（「Ⅳ」／『沈黙』）

ヨハネ十三章二十七節

此一片を取るやサタン彼に入れり。然てイエズス之に向ひて、其為す所を速に為せ、と曰ひしかど、

（ラゲ訳『我主イエズスキリストの新約聖書』）

『沈黙』とラゲ訳聖書を比較すると違いは明らかであろう。聖書では、イエスがユダに向かって告げた言葉は、「其為す所を速に為せ」であった。それに対して『沈黙』では「去れ、行きて汝のなすことをなせ」であった。原典にはなかった「去れ」、「行きて」、「汝」という強い言葉が付け加えられている。遠藤独自の解釈に由来するものであろう。しかも、これはイエスがユダに向けた言葉ではあるが、『沈黙』ではロドリゴが心の中でキチジローに対して浴びせた言葉であった。このことからもロドリゴはイエスに、キチジローはユダになぞらえていることは明らかである。しかも、この言葉は全部で六回も繰り返し引用されており、作品の主題とも関わる重要な意味を持っているのである。

第三に、ロドリゴが自分をユダの立場に置く場合である。最後のⅨ章に見られる。ロドリゴは様々な出来事を通して踏絵を踏んで棄教してしまう。そんなロドリゴのもとにキチジローがあらわれ懺悔を聞いてくれるように頼む。それまでキチジローをユダにたとえて非難してきたが、ロドリゴは自分こそユダではないのかという疑問が湧いて来たのである。そこでユダの救いについてイエスに問いかける。次の場面である。これもまた、原典と並べてみると違い

は明らかである。

「しかし、あなたはユダに去れとおっしゃった。去って、なすことをなせといわれた。ユダはどうなるのですか。」
（「Ⅸ」／『沈黙』）

ヨハネ十三章二十七節
此一片を取るやサタン彼に入れり。然てイエズス之に向ひて、其為す所を速に為せ、と曰ひしかど、
（ラゲ訳『我主イエズスキリストの新約聖書』）

参考にした聖書箇所は同じであるが、引用された場面の状況が異なる。Ⅱ章からⅧ章までは、常にロドリゴからキチジローに向けられた宣告であった。だが、Ⅸ章だけは、ロドリゴからイエスに向けられた疑問であった。しかも、「ユダはどうなるのですか。」と、非常に切実な問題としてユダの救いをイエスに問いかけている。ロドリゴの問いかけは単なる疑問ではなく切実なものであった。自分をユダの立場に置いているからこそ解決しなければならない最も身近な疑問だったともいえる。

最後に、「ヨナセンの日記」中の聖書引用箇所について指摘しておきたい。先に述べたように、「ヨナセンの日記」は村上直次郎訳『長崎オランダ商館の日記』から「抜粋して書きなおした」ものであった。実はこの中に一箇所だけ聖書の引用がある。「一六四五年十一月二十九日」の出来事で、マリアの図の下にオランダ語で書かれていた。どのように書き直されているのか確かめるために『長崎オランダ商館の日記』、「ヨナセンの日記」、ラゲ訳聖書の該当箇所を並べてみる。

慶たし恵るる者よ、主爾と偕に在す、爾は女の中にて福なる者なり（ルカ傳第一章二十八節）（『長崎オランダ商館の日記』）

めでたし聖寵みちみてる者よ、主爾と共に在す。爾は女の中にて祝せられ（ルカ伝第一章二十八節）（「Ⅸ　ヨナセンの日記」／『沈黙』）

慶たし恩寵に満てる者よ、主汝と共に在す。汝は女の中にて祝せられたる者なり、と。（ルカ聖福音書　第一章二十八節）（ラゲ訳『我主イエズスキリストの新約聖書』）

こうしてみると、『長崎オランダ商館の日記』と「ヨナセンの日記」が異なり、「ヨナセンの日記」とラゲ訳聖書がほぼ同じものであることが明らかである。前後の文章では『長崎オランダ商館の日記』からほぼそのまま抜粋されており、聖書の箇所も同様に抜粋しても問題はないのだが、おそらく遠藤は作品全体としてラゲ訳聖書を中心に引用してきたため、この箇所でもラゲ訳聖書を用い、統一をはかったものと考えられる。一字一句ですら見逃さない作品に懸ける作者の執念を感じさせられる。

おわりに

最後に『沈黙』における引用の問題を整理すると次のようになる。

第一の『キリシタン人物の研究』は、フェレイラの書簡とロドリゴのポルトガルから日本への苦難の旅において、重要な箇所が抜粋され、まとめられていた。書き直されたり、創作された部分はほとんどなかった。

第二の『長崎オランダ商館の日記』も、ほぼ抜粋されたものではあるが、ロドリゴに関する部分に意図的な改変が見られた。ロドリゴの殉教を記した部分の削除、フェレイラとロドリゴが切支丹探索の任に当たっているという追加、さらにロドリゴが切支丹の嫌疑にかけられた家族を救おうと嘆願する事件の創作などである。

第三の『査祅余録』は、資料をそのまま抜粋している。ロドリゴとキチジローに関わる名前と履歴だけが書き直されていて、創作された部分はほとんどなかった。ここではむしろどの箇所から抜粋したのかという意図が重要であった。抜粋する際、『江戸切支丹屋敷の史蹟』が参考にされ、切支丹屋敷に幽閉された人々の中に信仰の灯が受け継がれていた史実がクローズアップされていた。

第四の聖書は、ロドリゴが弟子、イエス、ユダの三つの立場を変遷することに関連する箇所が引用されていた。一部を除き改変された部分はほとんどなかった。引用は主にラゲ訳『我主イエズスキリストの新約聖書』に拠っており、新約聖書が中心であった。とりわけ、最後の晩餐でイエスがユダに宣告したヨハネ伝の箇所は重要で、三つの単語が付け加えられ、より激しく厳しい言葉となっている。

以上のように引用された四つの資料は、「あとがき」で作者が述べるように、そのほとんどが「抜粋して書きなおした」ものであった。創作された部分は少ないだけに、どこの部分を抜粋するかが鍵となっていた。

そもそも遠藤が『沈黙』を書いた動機の一つが、教会の歴史が「沈黙」している背教者たちに光を当てるということであった。『沈黙』では、フェレイラとロドリゴという二人の背教者に光を当て、信仰に生き信仰に殉じた人生を復活させたのである。そのために、様々な実在の史料を生な形で引用し、歴史が持つダイナミズムを作品に取り込んでいった。特に最後の「切支丹屋敷役人日記」はロドリゴの半生を歴史の中に位置付けようとしたのだ。ここに引用の織物としての『沈黙』の真骨頂を見ることが出来る。

注

（1）遠藤周作「白人の小説について――西欧との本質的な距離の意識」（「毎日新聞」、一九五五・昭和三十年七月二十八日）

（2）《参考資料四》「『沈黙』登場人物の小説化」（183頁）

（3）本書「遠藤周作研究参考文献目録」の「三、作品別論文」『沈黙』の項を参照されたい。

（4）遠藤は「大学ノートの五枚」程度と言っている。（「『沈黙』――踏絵が育てた想像」／「朝日新聞」、一九六七・昭和四十二年八月二十五日）。遠藤周作文学館〔企画〕藤田尚子〔編集・解説〕『遠藤周作『沈黙』草稿翻刻』（長崎文献社、二〇〇四・平成十六年三月）所収の「創作ノート」を確認してもこれが本当の事だということが分かる。

（5）第二部第二章《参考資料三》「『沈黙』の作品内時間」（138頁）

（6）《参考資料五》「『沈黙』の主な引用」（185頁）

（7）この時代の司祭の手紙は公的な「報告書」の意味もあった。

（8）拙稿「遠藤文学における〈ペドロ岐部〉（一）―『留学』『沈黙』を中心として―」（「遠藤周作研究」8、二〇一五・平成二十七年九月）。本書第二部第二章。

（9）〈解説〉／藤田尚子編『遠藤周作『沈黙』草稿翻刻』（長崎文献社、二〇〇四・平成十六年三月）所収

　補足であるが、本書71頁二行から75頁六行については、遠藤旧蔵書のH・チースリク著『キリシタン人物の研究』（吉川弘文館・昭和三十八年十二月二十五日）との関連が窺える。『キリシタン人物の研究』103頁八行から107頁三行まで鉛筆で鍵括弧が付されており、この箇所が本書と一致していることから、草稿執筆段階ではこれを書き写したと考えられる。

（10）第二部第二章《参考資料一》「『沈黙』「フェレイラの手紙」と『キリシタン人物の研究』」（129頁）

（11）注（8）に同じ。

（12）注（8）に同じ。

（13）二〇一六年七月二十四日付の「カトリック新聞オンライン」では「小説『沈黙』の司祭、肖像画発見」という記事で

キャラ神父の殉教画発見の様子を伝えている（http://www.cathoshin.com/news/chinmoku-chiara/11092）。

（14）「遠藤周作『沈黙』における一典拠について」（「京都語文」5、二〇〇〇・平成十二年三月）

（15）例えば次のようなものがある。

一、笠井秋生「遠藤周作とキリスト教―「黄金の国」「沈黙」を中心に―」（「日本文芸研究」20-2・3、一九六八・昭和四十三年九月）のち『遠藤周作論』（双文社出版、一九八七・昭和六十二年十二月）所収

二、宮尾俊彦「『沈黙』覚書――『切支丹屋敷役人日記』と『査祆余録』」（「長野県短期大学紀要」36、一九八一・昭和五十六年十二月）

三、池田純溢「遠藤周作『沈黙』の研究――「切支丹屋敷役人日記」・〈虚〉と〈実〉との間」（「上智大学国文学論集」26、一九九三・平成五年一月）

四、荒瀬康成「遠藤周作『沈黙』におけるロドリゴの最期の信仰――「切支丹屋敷役人日記」に描かれた作者の文学的意図」（「阪神近代文学研究」3、二〇〇〇・平成十二年七月）

五、下川原睦美「遠藤周作『沈黙』論――「切支丹屋敷役人日記」の意味」（「言文」49、二〇〇二・平成十四年三月）

六、下野孝文「キャラ、そして岡本三右衛門――「沈黙」論の前提として（二）」（九州大学「語文研究」95、二〇〇三・平成十五年五月）

七、笠井秋生「『沈黙』の「切支丹屋敷役人日記」を読み直す――弱者はいかにして強者になったか」（「キリスト教文芸」25、二〇〇九・平成二十一年四月）

八、下山嬢子「遠藤周作『沈黙』――「切支丹屋敷役人日記」のことなど」（「近代文学研究」3、二〇一一・平成二十三年三月）

九、笠井秋生「『沈黙』をどう読むか―ロドリゴの絵踏み場面と「切支丹屋敷役人日記」―」（「遠藤周作研究」5、二〇一二・平成二十四年九月）

十、兼子盾夫「神学と文学の接点からみる『沈黙』―笠井秋生氏の『沈黙』論（『沈黙』をどう読むか―ロドリゴの絵踏み場面と「切支丹屋敷役人日記」―）をめぐって―」（「遠藤周作研究」6、二〇一三・平成二十五年九月）

《参考資料一》「『沈黙』と『長崎オランダ商館の日記』」

『沈黙』「長崎出島オランダ商館員ヨナセンの日記」

一六四四年（正保元年六月）

七月三日　支那ジャンク三隻、出帆。五日にリロを出航させる許可を得たため明日は銀、軍需品その他の雑品を船に運び準備一切を終らねばならないだろう。

七月八日　商人、金銭鑑定人、家主たち、四郎衛門と最後の決算をなし、またオランダ、コロマンデル海岸やシャム向けの品々を次期まで調えるための注文書を商館長の命令で

『長崎オランダ商館の日記』

（引用者注：一六四四年十一月）

十一月三日（十月四日）　支那ジャンクが三隻出帆した。背教パーデレのうちフランシスコ・カソラ・ロマイン四十二歳とシシリアのジョセ・クララ四十三歳（イタリアの名はジュセッペ・キャラで、日本名は岡本三左衛門）の二人は、江戸の牢屋で死亡した。他の二人は病み、時々拷問にかけられ、引續いて不潔な牢屋に監禁されている。當長崎では支那人二人は拷問の結果死亡し、四、五人は餘命幾らもない有様である。奉行はこれに少しも心を動かされず、毎日拷問を行い、彼らの処理について江戸からの指令を待っている由通詞から聞いた。

四日　明日リロを出帆させる許可を得た、そのために銀、軍需品、その他雑品を船に運び、出帆の準備一切を終った。

五日　（略）

八日　本日商人、金銭鑑定人、家主たち、四郎衛門殿その他の人たちと最後の決算をし、またオランダ、コロマンデル海岸やシャム向けの品々を次期までに調え置くよう註文を發し

書く。（p.317）

（引用者注：一六四四年七月）

七月九日　当地の一市民の家で、聖母像が発見されたため、同家の人たちは直ちに投獄され、取調べを受けた。その結果、売主が捜出されて吟味を受けた。その吟味には背教のパードレ沢野忠庵、及び、同じ背教したポルトガルのパードレ・ロドリゴも立ちあったと言うことである。

三ヵ月前、当地の一市民の家で、一ペニング貨に聖徒の像を彫ったものが発見され、家族は全員捕縛、転ぶよう拷問を受けたが、棄教を拒絶したという。立ちあった背教のポルトガルのパードレ・ロドリゴは彼等の助命をしきりに奉行所に乞うたが聞き入れられず、死刑を宣告され、夫婦と息子二人は頭を半分に剃られ、痩せ馬に乗せられて四日間町を引き廻されたそうだ。夫婦は先日、逆さ吊りの刑に処せられ、息子たちはこれを見せられた後、再び牢に入れられたという。

夕方、支那ジャンク一隻、入港。積荷は砂糖、磁器、少量の絹織物である。（p.317）

た。（第一輯／ヤン・ファン・エルセラックの日記／p.367）

（引用者注：一六四四年七月）

二十五日（略）數日前、當地の一市民の家で、地下に埋められた骸骨が發見され、同家の人たちは直ちに投獄され、死者は誰であるか取調べられたが、唯五、六年前にある人から買って移住した家であると判った。このため賣主が捜出されて取調べられ、約十八年前兩親が尚生存していた頃、一人のパーデレがその家に泊って死んだ。（略）

三年前當地の一市民の家で、一ペニング貨に聖徒の像を彫ったものが發見され、全家族は捕えられて拷問にかけられたが、キリシタンであることは明らかにならなかった。しかし當地の住民を恐怖させるため彼等は死刑を宣告され、娘は獄中で死んだので、父母と子息二人は頭を半分剃られ、縛られて痩馬に乗せられ、四日間町を引き廻され、近日中に處刑されるであろう。

二十九日（六月二十六日）本日前記の父母は逆吊りの刑に處せられ、十二歳と十五歳の男子はこれを見た後再び牢に入れられたが、どんな刑になるかは判らない。彼らはキリシタンではなく、聖徒の像のあるペニング貨は好奇心から所蔵していた旨を最後まで言張った。この事實からオランダ人が船を當地に派遣する際には、乗船者を嚴重に檢査すべきである。

夕方、南京から支那ジャンク一隻到着、六十人乗組み、積荷は主として砂糖、磁器、薬種、少量の絹織物である。（第一輯／ヤン・ファン・エルセラックの日記／p.321 p.322）

（引用者注：一六四四年八月）
八月一日　支那ジャンクが一隻、雑貨を積んで福州から到着、十時頃見張番が長崎湾外約六マイルの所に帆船一隻を認めた。（p.317）

（引用者注：一六四四年八月）

八月一日（六月二十九日）支那ジャンクが一隻、粗大雑貨を積んで福州から到着、十時頃見張番が長崎灣外約六マイルの所に帆船一隻を認めた由奉行から通知があり、オランダ人二名を派遣することを許されたが、その前に同船は灣に入り、正午頃商館前に着いた。

（第一輯／ヤン・ファン・エルセラックの日記／p.323）


（引用者注：一六四四年八月）

八月二日　朝、前記の船の荷揚げに着手し、好く進行した。

正午頃、奉行の書記官と次席たちが通辞一同と余の室に来て、二時間に亙り訊問を行った。それは長崎にいる背教の沢野忠庵とポルトガルの背教司祭ロドリゴが、オランダ船でパーデレをインドから日本に送ることを澳門で決定した由語ったためである。沢野によればパードレたちはオランダ人に使われて船の微賤な仕事をしながら日本に潜伏する方法を今後とるであろうと言うのである。若しこのような事態が起れば会社は非常な苦境に陥るであろう、と書記官は我らに警告し、注意を促した。また今後我らの船で日本に来、厳重な警戒のため潜入できず我らの船で去ろうとするパーデレが捕えられることがあれば、それもオランダ人の破滅となるであろう。オランダ人は陛下及び日本の臣僕

（引用者注：一六四四年八月）

二日　朝、前記の船の荷揚げに着手し、好く進行した。

正午頃、奉行の書記官と次席たちが通詞一同と予の室に來て、二時間に亙り昨日オランダのキリシタンに關して予の述べた所について詳細に話し、尚江戸でポルトガルのパーデレが、オランダ船でパーデレをインドから日本に送ることを歐洲で決定した由語ったが、これはオランダ人に使われて會社の微賤な仕事をしながら日本に潜伏する方法で、容易に實行されると思われ、當地の官憲を大いに考えさせた。前記のパーデレらがオランダ國民中にパーデレがいると言ったので、彼らが當地に來ることは容易であろうが、若しこのようなことがあれば會社も使用人も非常な苦境に陥るであろう。それで奉行は我らに警告し、不幸が生ぜぬよう注意を促すのである。また今後我らの船で日本に

と自称するゆえ、日本人同様の刑罰を受けねばならぬと述べ、奉行から余に交付される左記日本文の覚書を渡した。

（p.317、318）

覚書の訳文

去年博多の王が逮捕したパードレ沢野は、江戸で最高官憲にオランダ人の中にも、オランダ国にも多数のローマ教徒があることを言明した。またカンボジアでオランダ人がパードレの家に行き、同宗派の告白をしたこと。パードレたちが欧洲で会社の使用人または船員になり、会社の船に乗って日本の長崎に渡航する決議をしたと言う。奉行所はこれを信ずることができず、ポルトガル人及びイスパニヤ人はオランダ人の大敵であるゆえ、不利に陥れようとして、このようにいうのであろうと言ったが、沢野忠庵は断じて虚言でなく、事実であると答えた。右の理由で奉行は、乗組員中にローマ教徒がいないか明らかにすることをカピタンに厳命する。若し居ることが明らかになった時は報告せよ。将来オランダの船でロー

萊、嚴重な警戒のため潜入できず、我らの船で去ろうとするパーデレが捕えられることがあれば、オランダ人の破滅となるであろう。キリシタン及びその同類に關する嚴重な禁令は、諸王侯も守らねばならず、背いた時は處罰される、オランダ人は陛下及び日本の臣僕と自稱するゆえ、日本人同様の刑罰を受けねばならぬと述べ、奉行から予に交付される左記日本文の覺書を渡した。

（第一輯／ヤン・ファン・エルセラックの日記／p.323）

覺書の譯文

去年博多の王が逮捕したパーデレたちが、江戸で最高官憲に、オランダ人の中にも、オランダ國にも、多數のローマ教徒があることを言明した。またカンボジアでオランダ人たちがパーデレの家に行き　同宗派の告白をしたこと、パーデレたちが歐洲で會社の使用人または船員になり、會社の船に乗って日本の長崎に渡航する決議をしたことを言明した。最高官憲はこれを信ずることができず、ポルトガル人及びイスパニア人はオランダ人の大敵であるゆえ、不利に陥れようとして、このように言うのであろうと言ったが、パーデレは斷じて虚言でなく、事實であると答えた。右の理由で奉行は、乗組員中にローマ教徒がないか明らかにするため、できるだけ努力することをカピタンに嚴命する。若しその居ることが明らかになった時は報告せよ、将萊オランダの船でローマ

マ教のキリシタンが日本に渡ることがあり、これを奉行に報告しなかったことが判れば、カピタンは非常な苦境に立つであろう。（p.318）

八月三日　前記の船の荷揚げを夕方、全部終った。本日奉行は同船に臼砲の操縦ができる砲術師はいないか尋ねたので、商務員補パウルス・フェールを船に遣わして調べさせたが一人もいないことが判り、この旨報告。奉行は更に、今後来る諸船にもいないか尋ね、若しいたらば報告するよう命じた。（p.318）

八月四日　朝、奉行所の上級武士である本庄殿が船におもむき、隅々の箱まで厳重に調べた。今回このように厳重に取り調べたのは、長崎にいる元パードレたちが、オランダ人中にローマ教徒があり、オランダ船で渡航することを最高官憲に言明したためである。若し前記の新たな疑惑がなければ、去年よりは取調べを緩めたであろうと述べ、船の士官たちにも説明した。余は彼らの請に任せ、船に行き彼ら立合いの上で乗組員に対し、ローマ教に関する物を隠匿した者があれば、咎をうけることはないゆえ出すように諭したところ、一同何もないと答えたので、船員の守るべき法令を読み聞かせた。本庄殿が話の内容を知りたいと言ったので、詳細に話したところ、彼らはこれを奉行に報告し安

教のキリシタンが日本に渡ることがあり、これを奉行に報告しなかったことが判れば、カピタンは非常な苦境に立つであろう。（第一輯／ヤン・ファン・エルセラックの日記／p.326、327）

三日　前記の船の荷揚げを行い、夕方全部終った。本日奉行は同船に臼砲の操縦ができる砲術師はいないか尋ねたので、商務員補パウルス・フェールを船に遣わして調べさせたが一人もいないことが判り、この事を報告したところ、今後来る諸船にもいないか尋ね、若しいたらば報告することを依頼された。（第一輯／ヤン・ファン・エルセラックの日記／p.327）

四日　朝、奉行所の上級武士であるボンジョイらが船に行き、隅々の箱類まで去年よりも嚴重に調べ、終って今回このように嚴重に取調べたのは、江戸にいるパーヂレが、オランダ人中にローマ敎徒があり、オランダ船で渡航することを最高官憲に言明したためであるが、一人も發見されなかった。若し前記の新たな疑惑がなければ、去年よりは取調を緩めたであろうと述べ、船の士官たちにも瓣解した。予は彼らの請に任せ、船に行き彼ら立會の上で乗組員に對し、ローマ教に關する物を隠匿した者があれば、咎をうけることはないゆえ出すように諭したところ、一同何もないと答えたので、船員の守るべき法令を讀聞かせた。ボンジョイらが話の内容を知りたいと言ったので、詳細に話したところ

心させようと述べて帰っていった。

夕方、泉州から支那ジャンクが到着。積荷は主として紗綾、倫子、縮緬その他織物で、価額八十貫目と評価されたもの、その他砂糖及び雑貨。（p.318）

ろ、彼らはこれを奉行に報告すべく、閣下は安心させるであろうと述べて別れた。

夕方、泉州から一官所有の支那ジャンクが一隻到着した。積荷は主として紗綾、倫子、縮緬その他織物で、價額八十貫目と評價されたもの、その他砂糖及び雑貨であった。（第一輯／ヤン・ファン・エルセラックの日記／p.326、327）

八月七日　前に述べた死刑に処せられた父母の子二人は、他の一人と共に縛られて、痩馬に乗り、刑場に引かれ斬首された。（p.318）

七日　前に述べた死刑に處せられた父母の子二人は、他の一人と共に縛られて、痩馬に乗り、商館の側を通って刑場に引かれ斬首された。（第一輯／ヤン・ファン・エルセラックの日記／p.327）

一六四五年（正保二年十一月・十二月）
十一月十九日　支那ジャンク一隻が、白生糸、紗綾、綸子、ギレム、きんらん、どんす等八百乃至九百貫の商品を積んで南京から来て、一カ月半か二ヵ月後には積荷の多いジャンクが三、四隻来ると言い、同地では大官に、積荷に応じて百乃至六百テールを納めれば、自由に日本渡航を許されると話した。
十一月二十六日　小ジャンクが一隻サンチェウ（漳州か）から麻布、明礬の評価二箱以上の荷を積んで来航した。
十一月二十九日（三月二日）　朝通辞二人が奉行から頼まれて来館し、マリアの図の下にオランダ文で「めでたし聖寵みちみてる者よ、主爾と共に在す。爾は女の中にて祝せられ」（ルカ伝第一章二十八節）とあるのを示し、下関附近

（引用者注：一六四五年三月）
十九日　支那ジャンク一隻が、白生糸、しゃあや、りんず、ギレム、きんらん、どんす等八〇〇乃至九〇〇貫の商品を積んで南京から來て、一カ月半か二ヵ月後には多い積荷のジャンクが三、四隻來ると言い、同地では大官に積荷に應じて百乃至六百テールを納めれば、自由に日本渡航を許されると話した。
二十六日　小ジャンクが一隻サンチェウ（漳州か）から麻布、明礬、壺等の評價二箱以上の荷を積んで來航した。
二十九日（三月二日）　朝通詞二人が奉行から頼まれて來館し、マリア蒙告の圖の下にオランダ文で「慶たし惠るる者よ、主爾と偕に在す、爾は女の中にて福なる者なり」（ルカ傳第一章二十八節）とあるのを示し、下關附近の日本坊

の坊主から得たものであるが、これは何語であるか、また、その意味は何であるかと尋ねた。棄教のポルトガルのパードレ・ロドリゴ及び沢野忠庵は、ラテン語、ポルトガル語でもイタリア語でもないゆえ、言葉の意味は判らぬと言った。これはオランダ語のアベ・マリアで、同じ言葉を話すフランデル人の印刷したものである。この絵は我が船で来たものであることは疑いないが、更に尋ねられるまで黙することにし、数字についてはパードレ・ロドリゴ及び沢野忠庵が説明したと思われるので真実の答えをしておいた。

（p. 319）

（引用者注：一六四五年）

十一月三十日　快晴、早朝舵と火薬を船に運び、残り荷物の積込を終った。正午船に行って点呼を終り、書類を渡した後帰館、ボンジョイらを酒肴で饗した。夕刻前に風は西北となり、オーフェルスヒー号は出帆しなかった。

（p. 319）

（引用者注：一六四五年）

十二月五日　正午頃通辞が来て、我らの輸入品の仕入れ地を尋ねたので、支那とオランダとが大部分の供給地であると答えた。これは支那人の来航が絶えても、支障はないか調

主から得たものであるが、何語で、その意味とキリスト教に關係の有無を尋ねた。棄教のパーデレ・ジュアンは、趣旨は判るが、ラテン語、ポルトガル語でもイタリア語でもないゆえ、言葉の意味は判らぬと言った由なので、これはオランダ語のアベ・マリアで、同じ言葉を話すフランデル人の印刷したものである。同國は我が國に隣接してイスパニアに支配され、國民はローマ教徒で、我らが常に戦っていると答えた。前に我が船で來たものであることは疑ないが、更に尋ねられるまで黙することにし、章、節を示す數字についてはパーデレ・ジュアンが説明したと思われるので眞實の答えをした。

（第二輯／ピーテル・アンドニスゾーン・オーフェルワーテルの日記／p. 323）

（引用者注：一六四六年十一月）

十六日　快晴、早朝舵と火薬を船に運び、残り荷物の積込を終わった。正午船に行って点呼を終わり、書類を渡した後帰館、ボンジョイらを酒肴で饗した。夕刻前に風は西北となり、オーフェルスヒーは出帆されなかった。

（第二輯／ウイルレム・フェルステーヘンの日記／p. 117）

（引用者注：一六四六年十一月）

十六日　正午頃通辞が來て、我らの輸入品の仕入れ地を尋ねたので、支那とオランダとが大部分の供給地であると答えた。これは支那人の來航が絶えても、支障はないか調べた

べたのである。

余は日本に来た時から背教パードレたちの事を知ろうと努めたが、荒木トマスという日本人は長くローマに滞在し、法王の侍従を勤めたこともあり、前に数回キリシタンであることを自訴したが、奉行は、彼が老年のために精神錯乱したのであると考えて放置し、その後一昼夜穴で吊された後、教えをすてたが、心中には信仰を失わず死亡した。今は二人のみ生存しているが、一人は忠庵というポルトガル人で元当地の耶蘇会の長であったが、その心は腹黒い。他の一人はポルトガル、タスコ生れの司祭ロドリゴで、これも奉行所で踏絵を踏んだ。二人とも現在、長崎に住んでいる。

（p.319）


（引用者注：一六四五年）

十二月九日　皇帝並に筑後殿宛の品と同じ油薬各種、その他薬品入りの小箱を三郎左衛門殿に呈したが、喜んで受納された。添付の目録には一つ一つの効能を日本文で書いて届けたので、奉行は非常に喜んだという。夕刻福州船一隻入港。

（p.319、320）

（引用者注：一六四五年）
十二月十五日　志那ジャンク五隻出帆。
十二月十八日　志那ジャンク四隻出帆。南京のジャンクの乗組員の中四、五人が、支那ジャンクに乗ってトンキンか交

のである。

予は日本に來た時から背教パードレたちの事を知ろうと努めたが、トーマという日本人は長くローマに滞在し、法王の侍従を勤めたこともあり、前に數回キリシタンであることを自訴したが、奉行は、彼が老年のために精神錯亂したのであると考えて放置し、その後一晝夜足で吊された後、教えをすてたが、心中には信仰を失わず死亡した。今は二人のみ生存しているが、一人は忠庵というポルトガル人で元當地の耶蘇会の長であったが、その心は黒い。他の一人は前の乙名後藤庄三郎殿（町年寄後藤庄左衛門貞朝か）の兄弟で、少しもオランダ人の不利を計ることはない。

（第二輯／ウイルレム・フェルステーヘンの日記／p.117）


（引用者注：一六四六年十一月）

二十三日　皇帝並に筑後殿宛の品と同じ油薬各種、その他薬品入りの小箱を三郎左衛門殿に呈したが、喜んで受納された。添付の目録には一つ一つの効能を日本文で書いて届けたので、奉行は非常に喜んだという。夕刻福州船一隻入港。

（第二輯／ウイルレム・フェルステーヘンの日記／p.118）

（引用者注：一六四六年十一月）
二十八日　志那ジャンク五隻出帆。
二十九日　志那ジャンク四隻出帆。南京のジャンクの乗組員の中四、五人が、支那ジャンクに乗ってトンキンか交趾に

趾に行くことを願ったが、奉行は許さなかった。島の家主の一人は、背教者忠庵がオランダ人やポルトガル人について色々な事を書面に認めて、近い中に宮廷に発送しようとしていると聞いた由。会社が迷惑を受けることの無いためには、この神を忘れた悪漢の死を望むほどであるが、神は我らを嫌疑から保護し給うであろう。午後日本船が二艘商館の前に着いた。一艘には我らが乗り、他の一艘にはらくだを載せて出発するためである。夕刻、通辞らが上方に同行すべき僕たちと共に来館。その中一人は少しオランダ語の話せる洗濯夫で、余は彼が当分賄方として同行することを希望したが、伝兵衛と吉兵衛とは、奉行がオランダ語を話す人の同行を禁止されたと言った。余は信ぜず、彼らが自分たちの思うままに事を運ぶために反対するのであると考え、我らは日本語とオランダ語だけで足り、国語の中で嫌うべきはポルトガル語であって、オランダ語ではない。オランダ語を話すキリシタンは一人もなかったが、ポルトガル語のキリシタンは何時でも数十人を挙げられると言った。（p.320）	行くことを願ったが、奉行は許さなかったと通詞が話した。島の家主の一人は、背教者忠庵がオランダ人やポルトガル人について色々な事を書面に認めて、近い中に宮廷に発送しようとしていると聞いた由。會社が迷惑を受けることの無いためには、この神を忘れた悪漢の死を望むほどであるが、神は我らを嫌疑から保護し給うであろう。午後日本船が二艘商館の前に着いた。一艘には我らが乗り、他の一艘にはらくだを載せて出発するためである。夕刻、通辞らが上方に同行すべき僕たちと共に来館。その中一人は少しオランダ語の話せる洗濯夫で、余は彼が当分賄方として同行することを希望したが、傳兵衛と吉兵衛とは、奉行がオランダ語を話す人の同行を禁止されたと言った。余は信ぜず、彼らが自分たちの思うままに事を運ぶために反對するのであると考え、我らは日本語とオランダ語だけで足り、國語の中で嫌うべきはポルトガル語であって、オランダ語ではない。オランダ語を話すキリシタンは一人もなかったが、ポルトガル語のキリシタンは何時でも数十人を挙げられると言った。（第二輯／ウイルレム・フェルステーヘンの日記／p.119）
（引用者注：一六四五年） 十二月二十三日　福州の小ジャンク一隻出帆。夕刻支那の大ジャンクが一隻、湾の前に到着し、逆風のため夜中に多くの漕船で長崎まで曳かれた。太鼓、チャルメラなどで大き	（引用者注：一六四四年八月） 十四日　夕刻、支那の大ジャンクが一隻湾の前に到着し、逆風のため夜中に多くの漕船で長崎の市の前まで曳かれた。太鼓、チャルメラなどで大きな音を立て、絹布の旗旒を多

な音を立て、絽布の旗旒を多数掲げ多くの人が乗っていた。（p.320）	数掲げ、多くの人が乗っていた。（第一輯／ヤン・ファン・エルセラックの日記／p.326、327）

（――――は原典と同じ箇所、〰〰〰は原典と表現や表記などが異なる箇所、▒▒は特に重要な箇所）

出典

・『沈黙』「長崎出島オランダ商館員ヨナセンの日記」／『遠藤周作文学全集第二巻』（新潮社、一九九九・平成十一年六月）

一六四四年（正保元年六月）七月三日～八月七日

一六四五年（正保二年十一月・十二月）十一月十九日～十二月二十三日

・村上直次郎訳『長崎オランダ商館の日記』（岩波書店、一九五六・昭和三十一年一月～一九五八・昭和三十三年八月）

第一輯（一六四一年六月～一六四四年十一月）ヤン・ファン・エルセラックの日記

第二輯（一六四四年十一月～一六五〇年十月）ピーテル・アンドニスゾーン・オーフェルトワーテルの日記

第三輯（一六五〇年十月～一六五四年十月）ウイルレム・フェルステーヘンの日記

《参考資料二》「『沈黙』と『査祆余録』」

『沈黙』「切支丹屋敷役人日記」	『査祆余録』
(1)　寛文十二年壬子 このごろ、拾人扶持岡田三右衛門、七人扶持づつト意、寿庵、南甫、二官、閏六月十七日、遠江守へ出す、 覚 一三右衛門女房従弟　深川船大工　清兵衛五十	寛文十二年壬子 此頃拾人扶持三右衛門、七人扶持づヽト意、壽庵、南甫、二官、閏六月十七日、遠江守へ出ス、 覺 一三右衛門女房従弟　深川船大工　清兵衛五十

一同人従弟　土井大炊頭小遣の者　源右衛門五十五
一同人甥　清兵衛一所　三之丞
一同人甥　ゑさし町職人　庄九郎三十
一足立権三郎　井上筑後守支配の節、卜意細工の弟子の由、
一壽庵聟　元よし原　紙屋仁兵衛娘一所にこれあり
一壽庵聟娘伯父甚右衛門、河越に罷りあり候、北條支配の節、参り逢ひ申し候、当子四月廿六日参り、壽庵逢ひ申し候、
（p.326、上l.2〜下l.1）

(2)　延宝元年癸丑

一、十一月九日朝六ツ時、卜意病死、検使御徒目付木村与右衛門、牛田甚五兵衛、御小人目付両人とも来る、与力庄左衛門、伝右衛門、惣兵衛、源助、立合同心朝倉三郎右衛門、荒川久左衛門、海沼勘右衛門、福田八郎兵衛、一橋又兵衛、無量院へ火葬、戒名、向岸清転禅定門、遠藤彦兵衛、木高十左衛門、卜意下人徳左衛門、道具改め、踏絵申付け、下宿申付くる、

延宝二年甲寅

一、正月廿日より二月八日迄、岡田三右衛門儀、宗門の書物相認め申し候様にと遠江守申付けられ候、之により鵜飼庄左衛門、加用伝右衛門、星野源助、御番引き、右の用懸り申付けられ候、

一、二月十六日、岡田三右衛門書物仕り候に付き、加用伝右衛門、河原甚五兵衛に申付けられ、両人とも御番引き、三

一同人従弟　土井大炊頭小遣之者　源右衛門五十五
一同人甥　清兵衛一所　三之丞
一同人甥　ゑさし町職人　庄九郎三十
一足立権三郎　井上筑後守支配之節、卜意細工之弟子之由、
一壽庵聟　元よし原　紙屋仁兵衛娘一所有㆑之
一壽庵聟娘伯父甚右衛門、河越に罷在候、北條支配之節参逢申候、當子四月廿六日参り、壽庵逢申候、

延寶元年癸丑

一十一月九日朝六ツ時卜意病死、撿使御徒目付木村與右衛門、丑田甚五兵衛、御小人目付兩人共來ル、與力庄左衛門、傳右衛門、惣兵衛、源助、立合同心朝倉三郎右衛門、荒川久左衛門、海沼勘右衛門、福田八郎兵衛、一橋又兵衛、無量院へ火葬、戒名向岸清轉禪定門、遠藤彦兵衛、木高十左衛門、卜意下人徳左衛門、道具改、踏繪申付、下宿申付ル、

延寶二年甲寅

一正月廿日ゟ二月八日迄、岡本三右衛門儀、宗門之書物相認申候様ニと遠江守被㆓申付㆒候、依㆑之鵜飼庄左衛門、加用傳右衛門、星野源助、御番引右之用懸リ被㆓申付㆒候、

一二月十六日、岡本三右衛門書物仕候ニ付、加用傳右衛門、河原甚五兵衛被㆓申付㆒、兩人共御番引、三右衛門宅へ廿八日ゟ三月五日迄立合、

右衛門宅へ廿八日より三月五日迄立合ひ、

一、六月十四日より七月廿四日迄、宗門の書物、岡田三右衛門に山屋敷書院に於て相認めさせ候に付き、加用伝右衛門、河原甚五兵衛、御番引き立合ひ、

一、九月五日、壽庵義、牢舎仰付けられ候、我儘申し候に付き、当分の牢舎なり、申し渡しの節立合ひ、六右衛門、伝右衛門、庄左衛門、惣兵衛、河原と源助、亀井引込月番、塚本六右衛門、加用伝右衛門、

（p.326、下l.2～p.327、上l.4）

一六月十四日ゟ七月廿四日迄、宗門之書物、岡本三右衛門山屋敷於二書院一為二相認一候ニ付、加用傳右衛門、河原甚五兵衛御番引立合、

一九月五日、壽庵義牢舎被二仰付一候、我儘申候ニ付、當分之牢舎也、

申渡節立合、六右衛門、傳右衛門、庄左衛門、源助、惣兵衛、亀井、河原と引込月番、塚本六右衛門、加用傳右衛門、

(3)　延宝四年丙辰

一、岡田三右衛門召連れ候中間吉次郎へも、違ひ胡乱なる儀ども故、牢舎申し候、囲番所にて吉次郎懐中の道具穿鑿仕り候処、首に懸け候守り袋の内より、切支丹の尊み申し候本尊みいませ一、出で申し候、サレハウラサンヘイトロ、裏にジャビヱルアン女之有り候、吉次郎牢より呼出し、国所、親類の様子相尋ね候、生国九州五島の者、当辰五拾四歳に罷り成り申し候、

（中略）

一、同十九日、山屋敷へ御頭遠江守御出で、左の通り書付け相渡され候、

（p.327、上l.5～p.328、上l.24）

延宝四年丙辰

一岡本三右衛門召連候中間角内へも、違ひ胡亂成儀共故牢舎申候、圍番所ニ而角内懐中之道具穿鑿仕候處、首ニ懸候守袋之内ゟ切支丹之尊ミ申候本尊みいませ一出申候、サレハウラサンヘイトロ、裏ニジャビヱルアン女有レ之候、角内牢ゟ呼出シ、國所親類之様子相尋候、生國越前之者、當辰四拾貳歳ニ罷成申候、

（中略）

一同十九日、山屋敷へ御頭遠江守御出、左之通書付被二相渡一候、

(4)

一、十月十八日、晴天、御頭山屋敷へ御出で、ならびに御徒目付佐山庄左衛門、種草太郎右衛門へ参り、一橋又兵衛ならびに女房、木馬へ乗せ拷問之有り、内藤新兵衛儀も書院

一同十八日乙丑晴天、御頭山屋敷へ御出、幷御徒目付佐山庄左衛門、種草太郎右衛門へ参、一橋又兵衛幷女房木馬へ乗拷問有レ之、内藤新兵衛儀も書院へ被二呼出一被レ致二穿鑿一候、

へ呼出され穿鑿致され候、松井九郎右衛門穿鑿致され候処、
あらまし白状仕り候、（p.328、下l.1～5）

(5)
一、十一月廿四日、切支丹訴人の誓札、山屋敷表門へ打たせ置き申し候、河原甚五兵衛、鵜飼源五右衛門、山田十郎兵衛、立合ひ申し候、右の誓札、両御頭より申付けられ候、文言、左に之を記す、

定

きりしたん宗門は、累年御禁制たり、自然と不審なる者之あらば申出づべし、御褒美として、

ばてれんの訴人　銀三百枚
いるまんの訴人　銀二百枚
立ち返り者の訴人　同断
同宿ならびに宗門の訴人　銀百枚

右の通り、之を下さるべし、たとひ同宿宗門の内たりといふとも、訴人に出づる品により、銀三百枚之を下さるべし、隠置き、他所よりあらはるるにおいては、其の所の名主、五人組迄、一類共に厳科に処せらるべきもの也、よつて下知件の如し、（p.328、下l.6～21）

(6)
一、十二月十日壽庵儀、入牢申付けられ候、両御頭より、用人高橋直右衛門、服部金右衛門参り、尤も双方与力立合ひ、

松井九郎右衛門被レ致二穿鑿一候處、有増白状仕候、

一十一月廿四日、切支丹訴人之誓札、山屋敷表門へ打せ置申候、河原甚五兵衛、鵜飼源五右衛門、山田十郎兵衛立合申候、右之誓札兩御頭ゟ被二申付一候、文言左ニ記レ之、

定

きりしたん宗門は、累年御禁制たり、自然と不審なる有レ之者申出へし、御褒美として、

ばてれんの訴人　銀五百枚
いるまんの訴人　銀三百枚
立かへり者之訴人　同断
同宿幷宗門之訴人　銀百枚

右之通可レ被レ下レ之、たとひ同宿宗門之内たりといふとも、訴人に出る品により、銀五百枚可レ被レ下レ之、かくし置、他所よりあらはるゝにおいては、其所之名主五人組迄、一類共に可レ被レ處二嚴科一者也、仍下知如レ件

一七月十日壽庵儀入牢被二申付一候、兩御頭ゟ用人高橋直右衛門、服部金右衛門參、尤雙方與力立合、左之通壽庵へ用人

左の通り壽庵へ用人高橋直右衛門申渡す、
壽庵儀、日ごろ我儘仕り、今度加用源左衛門へ不届の仕方致し候段、重畳不届者に思召され候間、つめ牢に仰付けられ候間、左様に相心得申すべく候、壽庵申し候は、日ごろの望みに御座候へば、忝く存じ候由申し候に付き、則ち牢前へ遣し候処に、さいふ一つ取出し候ひて、是を御役人衆へ相渡し申し候由にて、番所へ差出し置き候処、即刻入牢仕り候、右のさいふ、御頭の用人、与力立合ひ相改め候処、金子小粒にて拾七両壱分之有り候、その外壽庵諸道具相改め、帳面に記し、与力ども合封印仕り、壽庵長屋へ入れ置き候、
一、壽庵所持の内、ちりちよ一つ、りしひりな二つ、こんたす二連、星の図一幅之有り、
（p.328、下l.22～p.329、上l.16）

高橋直右衛門申渡ス、
壽庵儀日比我儘仕、今度加用源左衛門へ不届之仕方いたし候段重畳不届者ニ被二思召一候間、つめ牢ニ被二仰付一候間、左様ニ相心得可レ申候、壽庵申候者、日比之望ニ而御座候へ者忝存候由申候ニ付、則牢前へ遣候處ニ、さいふ一ッ取出候而、是を御役人衆へ相渡申候由ニ而、番所へ差出置候、即刻入牢仕候、右之さいふ御頭之用人與力立合相改候處、金子小粒ニ而拾七兩壹分有レ之候、其外壽庵諸道具相改帳面ニ記、與力共合封印仕、壽庵長屋へ入置候、
一壽庵所持之内、ちりちよ一ッ　りしひりな二ッ　こんたす二連　星の圖一幅有レ之
此下六年脱ス、其餘甚疎ニテ无事

（7）　延宝九年辛酉
一、七月廿五日、申の下刻、岡田三右衛門儀、病死致し候、右の段、御頭へ届けに、鵜飼源五右衛門ならびに成瀬次郎左衛門召連れ罷り出で候、即刻御頭より用人高原関之丞、江曲十郎右衛門参る、右三右衛門死骸、同心三人づつ付け置き申し候、
一、岡田三右衛門所持の金子、小粒にて拾三両三分、小判拾五両、都合弐拾八両三分之有り、其の外諸道具は、仲間御頭用人共の封印致し置き候、御土蔵へ廿八日に入れ置く、

一七月廿五日申下刻、岡本三右衛門儀致二病死一候、右之段御頭へ届ニ、鵜飼源五右衛門幷成瀬次郎左衛門召連罷出候、卽刻御頭ゟ用人高原關之丞、江曲十郎右衛門参ル、右三右衛門死骸、同心三人宛附置申候、
一岡本三右衛門所持之金子、小粒ニ而拾三兩三分、小判拾五兩、都合貳拾八兩三分有レ之、其外諸道具者、仲間御頭用人共之封印致置候、御土蔵へ廿八日ニ入置、
一同廿六日、山屋敷へ撿使ニ御徒目付大村與右衛門、村山覺

一、同廿六日、山屋敷へ検使に御徒目付大村与右衛門、村山覚太夫ならびに御小人目付下山惣八郎、野村利兵衛、内田勘十郎、古川久左衛門、都合六人参る、御頭用人仲間立合ひ、左の通り口書、御徒目付へ渡す、

口上の覚

切支丹屋敷に罷りあり候伴天連岡田三右衛門儀、南蛮ほるとがるの者、三拾余年以前未年、井上筑後守へ始めて御預け、囲屋敷に当酉年まで三拾年罷りあり候処、当月初めより不食致し相煩ひ候に付き、牢医石尾道的、薬用ひ申し候へども、段々気色さし重り、昨廿五日昼七つ半時過ぎ、相果て申し候、右三右衛門、六拾四歳に罷りなり候、此の外、相替る儀御座なく候、以上、

七月廿六日

林信濃組
奥田次郎右衛門
鵜飼源五右衛門
河原甚五兵衛
川瀬惣兵衛
加用伝右衛門

右検使相済み、三右衛門死骸、小石川無量院へ葬る、無量院より玄秀と申す出家参る、三右衛門死骸、乗物にて遣し候、尤も火葬に仕り候、三右衛門戒名、入専浄真信士、弔料、金壱両弐分、火葬料金百疋さし遣し候、弔ひの具入り用ども、三右衛門所持の金子にて相払ひ候、

太夫幷御小人目付下山惣八郎、野村利兵衛、内田勘十郎、古川久左衛門、都合六人参ル、御頭用人仲間立合、左之通口書御徒目付へ渡ス

口上之覺

切支丹屋敷ニ罷在候伴天連岡本三右衛門儀、南蛮志志りやの者、四拾三年以前未年、井上筑後守へ始而御預、園囲屋敷ニ當丑年迄四拾年罷在候處、當月初ゟ致二不食一相煩候ニ付牢醫石尾道的薬用申候へ共、段々気色差重り、昨廿五日晝七半時過相果申候、右三右衛門八拾四歳ニ罷成候、此外相替儀無二御座一候

以上、

七月廿六日

林信濃組
奥田治部右衛門
鵜飼源五右衛門
河原甚五兵衛
川瀬惣兵衛
加用傳右衛門

右撿使相済、三右衛門死骸小石川無量院へ葬、無量院ゟ玄秀と申出家参ル、三右衛門死骸乗物ニ而遣候、尤火葬ニ仕候、無量院ゟ焼場迄同心小屋頭鈴木七郎右衛門、市川半右衛門、平同心杉山七郎兵衛、竹中平右衛門、以上四人附参ル、三右衛門戒名入専浄眞信士、吊料金壹兩貳分、火葬料金百疋遣候、

（p.329、上l.17～p.330、上l.6）	吊之具入用共三右衛門所持之金子ニ而相拂候、

（――――は異なる箇所。歴史的仮名遣い、漢字の旧字と新字、書き下しなどは内容とは関わらないので同じものとする。）

出典

・『沈黙』／『遠藤周作文学全集第二巻』（新潮社、一九九九・平成十一年六月）
・『査祆余録』は国書刊行会編『続々群書類従第十二宗教部2』（続群書類従完成会、一九七〇・昭和四十五年二月）

《参考資料三》「『沈黙』と聖書」

『沈黙』	ラゲ訳聖書『我主イエズスキリストの新約聖書』
しかし「この街にて迫害せられなば、なお、他の街に行くべし」（マテオ聖福音書）そして私の心には、たえず黙示録の「主にてまします神よ。主こそ光栄と尊崇と能力とを受け給うべけれ」という言葉が浮びます。この言葉を前にする時、他の事はすべて取るに足りぬことです。 （「I」p.192、下l.22～p.193、上l.3）	☆マテオ聖福音書　第十章二十三節 10：23此町にて迫害せられなば他の町に遁れよ、我誠に汝等に告ぐ、人の子の來る迄に、汝等イスラエルの町々を盡さざるべし。 ☆黙示録　第四章十一節 4：11主にて在す我等の神よ、主こそは光榮と尊崇と能力とを受け給ふべけれ、其は御自ら萬物を創造し給ひ、萬物の存在にして創造せられしは御旨によればなり、と言ひ居れり。
「汝等、全世界に往きて、凡ての被造物に福音を宣べよ。信じ、洗せらるる人々は救われ、信ぜざる人は罪に定められ	☆マルコ聖福音書　第十六章十五、十六節 16：15斯て之に曰ひけるは、汝等、全世界に往きて、凡て

ん」使徒たちが会食している場所に復活の姿を現してこう宣べられた基督。私は今、その言葉に従いその顔を思い浮べます。（「Ⅰ」p.198、上l.8～12）	の被造物に福音を宣べよ。 16：16信じ且洗せらるる人は救はれ、信ぜざる人は罪に定められん。
基督はその墓に片足をかけ、右手に十字架を持って、真正面からこちらを向き、その表情は、チベリアデの湖辺で使徒たちにむかい「我が羔を牧せよ。我が羔を牧せよ。我が羔を牧せよ。」と三度、命ぜられた時の励ますような雄々しい力強い顔でした。（「Ⅰ」p.198、下l.1～6）	☆ヨハネ聖福音書　第二十一章十五～十七節 15我羔を牧せよ 16我羔を牧せよ 17我羔を牧せよ。
しかし、私はもっと悪い運命を考えていました。彼は逃げたのではない。ユダのように訴えにいったのだ。そして役人たちがやがて彼に伴われて間もなく姿を現すだろう。 「されば一隊の兵卒は灯火と武器とを持ちて此処に来れり」ガルペはあの聖書の言葉を呟きました。 「かくて基督、我身に来るべきことを悉く知り給いぬ…」（「Ⅱ」p.201、下l.10～16）	☆ヨハネ聖福音書　第十八章三節／四節 18：3然ればユダは、一隊の兵卒及び下役等を大司祭ファリザイ人より受けて、提燈と炬火と武器とを持ちて此處に來れり。 18：4イエズス我が身に來るべき事を悉く知り給ひて、進出でて彼等に向ひ、誰を尋ぬるぞ、と曰ひしかば彼等、ナザレトのイエズスを、と答へしに、
「ある種は沃き壌に落ちしかば穂出でて実り、一つは三十倍、一つは六十倍、一つは百倍を生じたりと」あのマルコ聖福音書の言葉を私は今、思い出します。司祭も修道士もなく、役人たちの迫害に苦しみながら、彼等はしかしひそかにみえざる秘密の組織をつくっていたのです。（「Ⅱ」p.203、下l.2～7）	☆マルコ聖福音書　第四章八節 4：8或種は沃壌に落ちしかば、穂出でて實り立ち、一は三十倍、一は六十倍、一は百倍を生じたり。
彼にはあの主の言葉をいつも考えるように命じました。	☆ルカ聖福音書　第十二章八、九節

「人の前にて我を言いあらわす者は、我も亦、天にいます我父の前にて言い顕さん。されど人の前にて我を否む者は我も亦、天にいます我父の前にて否まん」（「Ⅲ」p.214、下l.4～7）	12：8我汝等に告ぐ、総て人々の前にて我を宣言する者は、人の子も亦神の使等の前にて之を宣言せん。12：9然れど人々の前にて我を否む者は、神の使等の前にて否まるべし。
「われら、亡びと悪とをむさぼり、道なき荒地を歩めり」詩篇の言葉をただ心に浮ぶがままに口ずさみながら足をひきずっていました。「陽はのぼり、陽はおち、元に戻りゆく。風は南に吹き、また北にうつり、めぐりにめぐり、その往来を続く。川みな海に流れ入るとも、海はみちることなし、すべては今、ものうし。既に起りしことはまた起らん、既に行われしことはまた行われん」（「Ⅳ」p.233、上l.16～22）	★詩篇第百六篇（?） ★伝道者の書　第一章五～七節
最大の罪は神に対する絶望だということはもちろん知っていましたが、なぜ、神は黙っておられるのか私にはわからなかった。「主は五つの町におそいかかる炎より正しき人を救いたもう」（「Ⅳ」p.233、下l.23～p.234上l.3）	★知恵の書　第十章六節　〈旧約聖書外伝〉
なぜお前は昨夜、私を三百枚の銀のために訴えなかったのかね。そう心の中で私は訊ね、あの聖書の中で最も劇的な場面を心に甦らせました。基督が食卓でユダにむかって言われた。「去れ、行きて汝のなすことをなせ」（「Ⅳ」p.239、上l.10～14）	☆ヨハネ聖福音書　第十三章二十七節 13：27此一片を取るやサタン彼に入れり。然てイエズス之に向ひて、其為す所を速に為せ、と曰ひしかど、
「去れ、行きて汝のなすことをなせ」私が今、キチジローにその言葉を言えぬのは、もちろん自分自身を守るためでし	☆ヨハネ聖福音書　第十三章二十七節 13：27此一片を取るやサタン彼に入れり。然てイエズス之

たが、同時に司祭として、彼が裏切りの上に裏切りを重ねてもらいたくないという希望と期待があるからでした。（「Ⅳ」p.240、上l.4～7）	に向ひて、其為す所を速に為せ、と曰ひしかど、
杖をつきながら歩きだすと、咽喉の渇きは更にたえがたくなり、干した魚をあの男がわざと私に食べさせたのだと今、はっきり、わかりました。「やがて十字架上の基督、我渇くと言いしが、（「Ⅳ」p.240、下l.13～16）	☆ヨハネ聖福音書　第十九章二十八、九節 19：28聽てイエズス何事も成り終れるを知り給ひて、聖書の成就し果てん為に、我渇くと曰ひしが、
そこに酢の満ちたる器おかれてありしに」私は思いだしました。「兵卒ら海綿を酢に浸し茎ながき草に刺してその口に差付けしかば」すると酢の味が、空想の中で口もとにこみあげて、吐き気を催し、私は眼をつぶりました。（「Ⅳ」p.240、下l.10～20）	☆ヨハネ聖福音書　第十九章二十八、九節 19：29其處に酢の満ちたる器置かれてありしに、兵卒等海綿を醋に浸し、イソプに刺して其口に差付けしかば、
エルサレムの女よ、我身を泣くこと勿れ。己と己が子等の身の上を泣け。日は将に来たらんとす。司祭はその聖句を憶えていた。（「Ⅴ」p.258、下l.5～7）	☆ルカ聖福音書　第二十三章二十八、九節 23：28エルサレムの女等よ、我身を泣くこと勿れ、己を己が子等の身上を泣け。 23：29看よ、日は将に来らんとす、
「去れ、行きて汝のなすことをなせ」基督でさえ、自分を裏切ったユダにこのような憤怒の言葉を投げつけた。（中略）体の奥から、黒い残酷な感情が湧いてくるのである。「去れ、行きて汝のなすことをなせ」（「Ⅴ」p.259、上l.10～17）	☆ヨハネ聖福音書　第十三章二十七節 13：27此一片を取るやサタン彼に入れり。然てイエズス之に向ひて、其為す所を速に為せ、と曰ひしかど、
世界の大名、高家と人の子供に、頼みをかくる事勿れ。彼は扶くる力を持たざれば也。終に彼が命は亡びて土に帰るべ	★旧約聖書、箇所不明

し。其の日にのぞみて、彼等に頼みをかけし者の念々、悉く空しくなり、デウスを御合切の為され手と持奉りて、それに頼みをかけ奉る人は果報いみじき也。 旧約の言葉を一つ一つ彼が囚人たちに呟く時、… （「Ⅵ」p.262、下l.21～p.263、上l.3）	
彼は、膝をかかえたまましばらく、床の上でじっとしていた。「時は殆ど十二時なりしが、三時に至るまで地下、遍く暗闇となり」あの人が十字架の上で死んだ時刻、神殿からは、一つは長く、また短く、三つの喇叭の音がひびいた。（中略）「日暗みて、神殿の幕、中より裂けたり」これが、長い間考えてきた殉教のイメージだった。しかし、現実に見た百姓の殉教は、あの連中の住んでいる小屋、あの連中のまとっている襤褸と同じように、みすぼらしく、あわれだった。 （「Ⅵ」p.274、上l.7～18）	☆ルカ聖福音書　第二十三章四十四、五節 23：44時は殆十二時なりしが、三時に至るまで、地上偏く暗黒と成り、 23：45日暗みて、神殿の幕中より裂けたり。
真昼の熱気を吸いこんだゲッセマネの灰色の地面にうずくまり、眠りこけている弟子たちから一人離れて、「死ぬばかり苦しみ、汗、血の雫の滴った」あの人の顔を司祭は今噛みしめる。 （「Ⅶ」p.287、上l.21～下l.1）	☆ルカ聖福音書　第二十二章四十三、四節 22：43時に一箇の天使天より現れて力を添へしが、イエズス死ぬばかり苦しみて、祈り給ふ事愈切に、 22：44汗は土の上に滴りて、血の雫の如くに成れり。
「エロイ・エロイ・ラマ・サバクタニ」（なんぞ、我を見棄て給うや）突然、この声が鉛色の海の記憶と一緒に司祭の胸を突きあげてきた。エロイ・エロイ・ラマ・サバクタニ。 （「Ⅶ」p.287、下l.14～17）	☆マルコ聖福音書　第十五章三十四節 15：34時にイエズス、聲高く呼はりて、エロイ、エロイ、ラマ、サバクタニと曰へり。是は、我神我神、曷ぞ我を棄て給ひしや、と云ふ義なり。

両足を前に投げだし頭を板壁に靠らせながら、彼は詩篇の詩をうつろな声で呟いた。「ダビデの歌なり賛美なり。我が心はさだまれり。われ謳いまつらん。讃えまつらん。箏よ、琴よ、さむべし、われ黎明をよびさまさん。エホバをほめたたえよ」それらの言葉は、彼が少年時代に碧空や果樹を風が渡るのを見るたびに必ず心に甦らせた聖句だったが、…

（「Ⅶ」p.288、上l.10～16）

★詩篇第百八篇三節
ダビデの歌なり讃美なり
1神よわが心はさだまれり　われ謳ひまつらん　稱まつらん
わが榮をもてたたへまつらん
2箏よ琴よさむべし　われ黎明をよびさまさん

だが、「汝の心を尽し、魂をつくし、意をつくし、能力をつくし」一つのことだけを凝視することが司祭になった時からの彼の仕事だった。

（「Ⅶ」p.289、上l.19～22）

☆マルコ聖福音書　第十二章三十七節
12：30汝の心を盡し、魂を盡し、意を盡し、能力を盡して、主なる汝の神を愛すべし」と、是第一の掟なり。

主よ、あなたは彼を救わぬのですか。ユダに向ってあなたは言った。去れ、行きて汝のなすことをなせ。見離された群れのなかに、あなたはあの男をも入れるのですか。

（「Ⅶ」p.299、下l.8～11）

☆ヨハネ聖福音書　第十三章二十七節
13：27此一片を取るやサタン彼に入れり。然てイエズス之に向ひて、其為す所を速に為せ、と曰ひしかど、

懸命に主に祈ろうとしたが、心を途切れ途切れにかすめたのは、「血の汗を流した」あの人の歪んだ顔だった。

（「Ⅷ」p.305、下l.15～17）

☆ルカ聖福音書　第二十二章四十三、四節
22：43時に一箇の天使天より現れて力を添へしが、イエズス死ぬばかり苦しみて、祈り給ふ事愈切に、
22：44汗は土の上に滴りて、血の雫の如くに成れり。

まるで、ペトロにむかってあの人が言われたように、「今夜、鶏鳴く前に、汝三度我を否まん」黎明はまだ遠く鶏は鳴く時刻ではない。

（「Ⅷ」p.307、下l.4～6）

☆マテオ聖福音書　第二十六章三十四節
26：34イエズス答へて曰ひけるは、我誠に汝に告ぐ、今夜鶏鳴く前に、汝三度我を否まん。

「めでたし聖寵みちてる者よ、主爾と共に在す。爾は女

☆ルカ聖福音書　第一章二十八節

の中にて祝せられ」（ルカ伝第一章二十八節）
（「Ⅸ」p.319、上l.12～14）

「しかし、あなたはユダに去れとおっしゃった。去って、なすことをなせといわれた。ユダはどうなるのですか。」
（「Ⅸ」p.325、l.16～17）

1：28慶たし恩寵に満てる者よ、主汝と共に在す。汝は女の中にて祝せられたる者なり、と。

＊原典「オランダ商館の日記」
「慶たし恵る者よ、主爾と偕に在す、爾は女の中にて福なる者なり」（ルカ傳第一章二十八節）

☆ヨハネ聖福音書　第十三章二十七節
13：27此一片を取るやサタン彼に入れり。然てイエズス之に向ひて、其為す所を速に為せ、と曰ひしかど、

（――は原典と同じ箇所、〰〰は原典と表現や表記などが異なる箇所）

＊聖書引用箇所

Ⅰ　④　☆マテオ聖福音書　第十章二十三節
☆黙示録　第四章十一節
☆マルコ聖福音書　第十六章十五、十六節
☆ヨハネ聖福音書　第二十一章十五～十七節

Ⅱ　②　☆ヨハネ聖福音書　第十八章三節／四節
☆マルコ聖福音書　第四章八節

Ⅲ　①　☆ルカ聖福音書　第十二章八、九節

Ⅳ　⑦　★詩篇　第百六篇（？）
★伝道者の書　第一章五～七節
★知恵の書　第十章六節〈旧約聖書外伝〉
☆ヨハネ聖福音書　第十三章二十七節　❶
☆ヨハネ聖福音書　第十三章二十七節　❷
☆ヨハネ聖福音書　第十九章二十八、九節
☆ヨハネ聖福音書　第十九章二十八、九節

Ⅴ　②　☆ルカ聖福音書　第二十三章二十八、九節
☆ヨハネ聖福音書　第十三章二十七節　❸

Ⅵ　②　★旧約聖書、箇所不明
☆ルカ聖福音書　第二十三章四十四、五節

Ⅶ　⑤　☆ルカ聖福音書　第二十二章四十三、四節
☆マルコ聖福音書　第十五章三十四節
★詩篇　第百八篇三節
☆マルコ聖福音書　第十二章三十七節
☆ヨハネ聖福音書　第十三章二十七節　❹

Ⅷ　②　☆ルカ聖福音書　第二十二章四十三、四節
☆マテオ聖福音書　第二十六章三十四節

Ⅸ　②　☆ルカ聖福音書　第一章二十八節
☆ヨハネ聖福音書　第十三章二十七節　❺

合計二十五箇所

（☆はラゲ訳聖書からの引用、★はラゲ訳聖書以外からの引用、白丸の数字は引用回数、黒丸の数字はヨハネ聖福音書第十三章二十七節の引用回数）

出典　・『沈黙』／『遠藤周作文学全集第二巻』（新潮社、一九九九・平成十一年六月）
・ラゲ訳聖書『我主イエズスキリストの新約聖書』（公教会、一九一一・明治四十三年七月）

《参考資料四》「『沈黙』登場人物の小説化」

〈歴史資料〉

【フェレイラ】（一五八〇頃～一六五〇）
ポルトガル出身。
一六〇九～一六三三　二十四年間日本宣教
一六三二　巡察師宛書簡　雲仙殉教報告
一六三三　長崎で捕縛、穴吊りの後棄教。沢野忠庵という日本名、妻帯。長崎本五島町に居住。宗門目明し。
一六三六　排耶書『顕偽録』その他の書物を著す。

一六三九　江戸評定所。フェレイラ棄教をすすめる。かつての同じ会の修友と、六年ぶりの再会。カスイ神父、フェレイラを激しく非難する。

一六四三　江戸評定所　キャラの通訳

『沈黙』

【フェレイラ】
ポルトガル出身。
一六〇九～一六三三　三十三年間日本宣教
一六三二　巡察師宛書簡　雲仙殉教報告
一六三三　十月　穴吊り　棄教

一六三九　長崎・西勝寺。ロドリゴに棄教をすすめる。「日本泥沼説」を語る。

《長崎出島オランダ商館員ヨナセンの日記》
一六四四年七月三日～八月七日
一六四五年十一月十九日、十二月五日、十二月二十三日
フェレイラはロドリゴと共に切支丹探索の取調べを行っている。

【ジュゼッペ・キャラ】（一六〇二〜一六八五）
イタリア・シチリア島出身。
一六三五　リスボン出発
フェレイラ探索と日本潜伏計画
一六四三　第一陣　ルビノ神父　殉教
一六四三　第二陣　四人の神父と六人の日本人又は唐人の
問答教訓者と同宿（学生）

一六四三　五月、筑前国大島に潜入
六月、博多で取調べ
七月、長崎に連行される
八月、江戸につく　通訳フェレイラ
井上に引き渡され小伝馬町の牢に入れられる。
―拷問―棄教

キャラも耶蘇教にとっては断じて赦すことの出来ない無慚破戒の書を書きのこした。（中略）元と岡本某といった死刑囚の後家を女房に与えられ岡本三右衛門と名乗った。彼は十人扶持と銀子いくらかをあてがわれたばかりか、長助、お春という夫婦の官奴までを召使いにつけられた。
（長与善郎『切支丹屋敷』）

一六八五　切支丹屋敷にて病死　享年八十四歳

【イスカリオテのユダ】『聖書』

【ロドリゴ】（一六一〇〜一六八一）
ポルトガル出身。カムポリートの修道院でフェレイラの教え子。
フェレイラ探索と日本潜伏計画
一六三五　第一陣　ローマ　ルビノ神父
一六三七　第二陣　ポルトガル　三人の若い司祭

一六三九　五月、マカオから長崎トモギ村に潜入。のち五島布教
六月、長崎で取調べ
九月、西勝寺。フェレイラに棄教を勧められる。
奉行所へ連行。踏絵を踏む。

一六四四年八月、外浦町に住み、フェレイラと共に切支丹探索に当たる。
一六四六年二月、江戸切支丹屋敷に住み、岡田三右衛門の名前と妻を与えられる。
一六八一年七月二六日、ロドリゴ江戸切支丹屋敷にて病死
享年六十四歳

【キチジロー】（一六二二〜　）

【転び者】「最後の殉教者」「その前日」
「帰郷」「雲仙」
【混血児】G・グリーン『権力と栄光』

↓

長崎五島出身。マカオでロドリゴに出会い、日本へ帰国。何度も棄教しては立ち返る。最後にはロドリゴの中間として切支丹屋敷で働く。

《参考資料五》「『沈黙』の主な引用」

『沈黙』	主な参考文献
まえがき ☆一六三二年三月二十二日、フェレイラ神父の巡察師アンドレ・バルメイロ神父宛書簡 ★（一六三八年三月二十五日、ロドリゴたちがポルトガルを出発しインドのゴアに到着する） ☆ポルトガル「海外領土史研究所」所蔵セバスチァン・ロドリゴの書簡（Ⅰ～Ⅳ）	☆「アントニヨ石田」／H・チースリク『キリシタン人物の研究―邦人司祭の巻―』（吉川弘文館、一九六三・昭和三十八年十二月） ★「ペドロ・カスイ岐部」／H・チースリク『キリシタン人物の研究―邦人司祭の巻―』 ☆なし（虚構） Ⅰ～Ⅳとして引用されている。
Ⅰ　セバスチァン・ロドリゴの書簡 ★（一六三八年十月九日、ゴア到着。一六三九年五月一日、マカオ到着、五月五日、マカオ出発）	★「ペドロ・カスイ岐部」／H・チースリク『キリシタン人物の研究―邦人司祭の巻―』
Ⅱ　セバスチァン・ロドリゴの書簡 ★（一六三九年五月五日、マカオ出発、長崎・トモギ村到着）	★「ペドロ・カスイ岐部」／H・チースリク『キリシタン人物の研究―邦人司祭の巻―』
Ⅲ・Ⅳ　セバスチァン・ロドリゴの書簡	

★かくれ切支丹の様子 ★ロドリゴの逃亡とキチジロー	★G・グリーン『権力と栄光』
V〜VIII ★捕縛後のロドリゴと踏絵	★長与善郎『青銅の基督』（「改造」、一九二三・大正十二年一月）
IX ☆長崎出島オランダ商館員ヨナセンの日記 一六四四年七月三日〜十二月二十三日 ★一六四六年正月　年中行事としての踏絵	☆村上直次郎訳『長崎オランダ商館の日記』第一輯〜第三輯（岩波書店、一九五六・昭和三十一年一月〜一九五八・昭和三十三年八月） ★古賀十二郎編『長崎市史　風俗編』（清文堂出版、昭和十三年四月）
切支丹屋敷役人日記 寛文十二年（一六七二） 延宝元年（一六七三） 延宝二年（一六七四） 延宝四年（一六七六）　吉次郎問題 延宝九年（一六八一）　七月二十六日ロドリゴ病死 享年六十四歳	☆『査祆余録』（国書刊行会編『続々群書類従第十二宗教部2』） ☆山本秀煌『江戸切支丹屋敷の史蹟』（イデア書院、一九二四・大正十三年六月） ☆長与善郎『切支丹屋敷　或る後日物語』（講談社、一九五六・昭和三十一年十一月）

（☆が直接引用、★が間接引用である）

第四章　遠藤文学における小西行長（一）
――『ユリアとよぶ女』を中心として――

一、問題の所在

小西行長は遠藤文学に繰り返し登場する重要人物である。「歴史小説」では『ユリアとよぶ女』（「文芸春秋」、一九六八・昭和四十三年二月）、『鉄の首枷――小西行長伝』（中央公論社、一九七七・昭和五十二年四月、以下『鉄の首枷』と呼ぶ）、『宿敵』（角川書店、一九八五・昭和六十年十二月）など、歴史関係のエッセイでは『走馬燈―その人たちの人生―』（毎日新聞社、一九七七・昭和五十二年五月、以下、『走馬燈』と呼ぶ。）、『狐狸庵歴史の夜話』（牧羊社、一九九二・平成四年十一月）、『戦国夜話』（小学館、一九九六・平成八年六月）などに登場した。ミステリー小説の『わが恋う人は』（講談社、一九八七・昭和六十二年二月）では小西行長の子孫まで登場している。遠藤文学においてこのように複数の作品に登場する切支丹は〈ペドロ岐部〉ぐらいしかいない(1)。その意味でも遠藤の小西行長への関心がどれだけ深いものか明らかであろう。しかも、「歴史小説」の三作品は、それぞれ「切支丹物」「評伝」「歴史群像」の三つの時期に対応する。ということは、これらの三作品を検討することは、異なる三つの時期の「歴史小説」を研究することに繋がる(2)。個別の作品だけではなくそれぞれの時期の特徴も浮き彫りになる可能性もあるわけだ。こうしたことを念頭に置きながら、作品分析を進めたい。

まず本章では小西行長が登場する最初の作品である『ユリアとよぶ女』について考えていきたい。同作品は「切支丹物」に属するだけあって様々な切支丹が登場する。主人公のユリア（太田ジュリア、おたあジュリア、ジュリアおたあ等様々な呼び方があるので、以下ユリアと統一して呼ぶこととする）をはじめとして、小西行長、日比野了慶、笠原主膳などである。彼らは切支丹への弾圧が次第に激しさを増す厳しい状況にあって、殉教や背教など信仰をめぐる様々な劇を展開している。ただし、『ユリアとよぶ女』が発表されたのは一九六八（昭和四十三）年であり、一九七〇（昭和四十五）年に始まる「評伝」の時期にも近く、「切支丹物」としてだけでなくユリアの生涯を描いた「評伝」[3]としての側面もある。

そこで、「切支丹物」、朝鮮というモチーフ、人形のイメージの三つの視点から作品分析を行い、最後に改めて『ユリアとよぶ女』における小西行長像をまとめていきたい。

二、「切支丹物」としての『ユリアとよぶ女』

先に指摘したように『ユリアとよぶ女』は遠藤の「歴史小説」では第一期の「切支丹物」に区分される。遠藤文学の「切支丹物」では『沈黙』に代表されるように作品の舞台を切支丹時代に置き、切支丹の信徒たちが、殉教や背教などの信仰をめぐる問題に葛藤する姿が描かれてきた。『ユリアとよぶ女』でも朝鮮出兵時の一五九二年、小西軍の大敗北から慶長二十（一六一五）年五月の大阪夏の陣終結、徳川家康の権力確立までの約二十年間の切支丹時代を背景として、小西行長、笠原主膳、ユリアの三人の切支丹の信仰をめぐる劇が展開する。

一人目の小西行長は、秀吉に対する欺瞞工作に失敗したことにより、「自分の限界を自覚し」、「生涯、一人の権力者の人形のままで終ることを苦い諦めをもって味わった」後に、信仰のみが残った。次の場面である。

「もはや、すべての束縛より解き放たれ申した」

と行長は黒田長政に哀しそうに笑った。

「今は宇土の領主、行長ではござらぬ。自らに戻った切支丹アウグスチーヌ行長でござる」
そうした行長の言葉を長政はわからなかった。
（『ユリアとよぶ女』）

ここでの小西行長の言葉は象徴的である。小西行長は、「宇土の領主」としての行長ではなく「切支丹アウグスチーヌ行長」として死を受け入れている。森鷗外が様々な官職や地位を持っていたのにも関わらず「石見人森林太郎」として最後を迎えたのと同様である。また、小西行長の言う「すべての束縛」とは、権力者の人形として操られていたことを意味する。しかも、対照的なのは元切支丹である黒田長政がそんな小西行長の気持ちを全く理解できなかったことである。小西行長が棄教した黒田長政とは異なる深い信仰の世界に入っていることを示していよう。密かに二人の切支丹の生き方の違いも表しているのだ。

やがて、小西行長は壮絶な最後を遂げるが、彼の処刑は、切支丹としての殉教の様相を帯びてくる。

河原に引きずり出された行長は、役人にたのみ、自分の前に画像をおかせて、それをじっと見つめていた。それはイスパニアのカタリーナ皇后から彼が昔、宣教師を通じて贈られたものであり、長い間、肌身離さず持っていたものである。処刑の直前、彼は日本風にその画像を三度、頭に押しいただき、首を差しのべた。刀、三撃、その首は血を噴いて落ちた。
（『ユリアとよぶ女』）

日比野了慶とユリアが見つめる中で行われた処刑である。小西行長は画像を見つめながら「切支丹アウグスチーヌ行長」として死んだのである。戦に負けたことによる処刑であるが、ここでの姿はまるで殉教者のような最後を迎えている。その最後の姿は表情には出していないがユリアの信仰に大きな影響を与えている。(4)

二人目の笠原主膳は、篤実な信仰を持つ切支丹であり、徳川家康の家臣でもあった。小西行長の死後、同じ切支丹の日比野了慶からユリアの世話を頼まれ、ユリアを家康の侍女として送り込んだ。だが、岡本大八事件の余波で切支丹弾圧が強まり、信仰を棄てなかった主膳には厳しい拷問が加えられ、死罪を命ぜられる。

どうしても切支丹を棄てぬ主膳たちにはすさまじい拷問がかけられた後、結局、死罪と決定した。とりわけ主膳は、美しい顔だちであったため役人の憎しみをかったのであろう、鼻をもがれ、手足の腱を切断された後、牢に入れられた。

（『ユリアとよぶ女』）

十二月十三日、処刑の日、主膳だけではなく主膳の母も柱にくくりつけられる。その哀れな姿にやむなく、主膳は棄教を宣言してしまう。

「切支丹を棄て申す。切支丹を棄て申す」
それは主膳の声だった。群衆はざわめき、男は急いで燃えている薪に水をかけた。
「母を助けて下され」
しかしその時、老婆は既に息たえていた。けれども一度でも棄教の誓いを口に出した罪人は助けられることになっていた。男たちは悶絶している主膳の手足をもって、待機した医師のところに運んでいった。

（中略）

息をとり戻された主膳は、追放された。彼が、癩者のなかに加わって生きているのを見たと言う者もあった。しかし、駿府の切支丹武士のなかでとりわけ信心の篤かった主膳が母のためとは言え、転んだということは、生き残った信徒たちに大きな打撃だった。

（『ユリアとよぶ女』）

棄教を宣言した笠原主膳は文字通り全てを失ってしまう。既に家康の家臣としての地位は失われていたが、そればかりか棄教してまで助けようとした母も既に息絶えており、美しい顔立ちは拷問の為鼻をもがれ、手足の腱も切られて体の自由も失い、棄教したために他の信徒からの信用も失われてしまい、生き残った信徒たちにも大きな打撃を与えた。ただし、惨めな主膳であってもユリアは主膳のために最後まで祈っていた様子から[5]、ユリアだけは母の為に棄教せざるを得なかった主膳のつらさを理解していたようである。

三人目は主人公のユリアである。ユリアは様々な変遷をたどった末、笠原主膳の尽力により家康の侍女となったが、家康の眼にとまり夜伽に出仕することが決まってしまう。だがユリアはこの時、はっきりと拒絶する。


「嫌で、ございます」

ユリアの小さい唇から、突然、低い、しかし、はっきりした声でこの言葉が出た。

「嫌で、ございます」

（『ユリアとよぶ女』）


作品内では最初の登場から常に無表情で物静かなユリアだけに、明確に自分の意志を表したこの場面は力強さを感じさせる。実はユリアと似たような状況で家康の夜伽を拒絶した人物が『黒ん坊』（毎日新聞社、一九七一・昭和四十六年五月）にも登場する。主人公のツンバが恋い慕う雪である。


「来い」

「嫌で…ございます」

小さな、しかし、はっきりした声で雪は首をふった。

家康の顔から、今まで浮んでいた笑いが消え

「何と…申す」

「おゆるし…くださいませ」

恐怖と怒りをこめた眼でこの娘は自分を睨んでいる。その眼はわざと抵抗してみせる女の擬態ではなくて心底からの拒絶である。

（『黒ん坊』）


切支丹である雪はいくら家康に保護されている身とはいえ、夫婦でもない家康と寝ることはできなかった。ユリアも同様である。家康の怒りを買った雪は幽閉され、最後まで許しを請うことをしなかったため、秘密裏に処刑されてしまった。また、二つを比べると拒絶の言葉、「嫌で」「ございます」を「はっきりした声」で言ったところがほぼ同じであることがわかる。ただし、拒絶に対して徳川家康の反応は全く異なる。『ユリアとよぶ女』での家康は、何事もなかったように笑い、狡猾な姿を見せている。対して、『黒ん坊』の家康は激怒して、権力者の横暴な姿を見せている。ユリアはここでは家康を拒絶した理由を示さなかったが、二回目の時にははっきりと理由を語っている。


「参るか、京に」

と老人はやさしい声で訊ねた。ユリアは手をつき顔をあげたまま、家康を見あげ、首をふった。何故じゃと家康が更に問うと、うつむいて小さな声で答えた。

「デウスさまが、そのようなことを、お禁じになります故。わたくし切支丹にござりまする」

（『ユリアとよぶ女』）


既に家康は切支丹弾圧を進めており、家康の前で切支丹であると名乗ることは殉教を覚悟する必要があった。それにも関わらずユリアが自ら切支丹であることを名乗り、家康の命に背いたのは、ユリアに確固たる信仰が根付いていたからだと言える。ここからユリアは聖性を帯びて死ぬまで祈りの生活に入っていく。[6]

やがて家康の命令を拒み続けたユリアは大島から新島、そして神津島に送られ、一人で静かな最後を迎える。

島には七、八人の漁師が住むのみである。藁小屋に起伏したユリアは漁師のくれる魚でわずかに飢えをしのいだ。そしてある日、魚を持っていった一人の漁師が藁小屋の中を覗くと、ユリアは壁に靠れ、祈るように手を組んだまま死んでいた。漁師は彼女の顔がひどく清らかで美しいと思った。

（『ユリアとよぶ女』）

以上のように、祈りの生活を送り、最後に祈ったまま死んでいったユリアは「彼女の顔がひどく清らかで美しい」姿を残した。ユリアがあたかも聖女であったかのようなイメージで描かれている。小西行長と笠原主膳の最後の姿が陰惨だっただけに清らかなイメージを残している。

三、朝鮮というモチーフ

『ユリアとよぶ女』の主人公はいうまでもなくユリアである。ではなぜ遠藤はユリアを主人公にしようとしたのだろうか。三つの理由が考えられる。

第一に、ユリアが殉教者だったことにある。ユリアについて残っている資料は少なく、どこで亡くなったかについても諸説があり定かではない。だが、信仰を貫き殉教したことは確かなようだ。ただ発表当時一般にはあまり知られてなかったようで、文芸評論家の平野謙は書評で[7]『ユリアとよぶ女』が、「秀吉の朝鮮戦争という実在の歴史を背景にしながらも「朝鮮から日本につれてこられた可憐な朝鮮の一少女をめぐる架空の物語である」と断定している。史実に照らしてみると『ユリアとよぶ女』は創作の部分が多く、平野謙が「架空の物語」として誤解したのも仕方のなかった面があるが、ユリアが実在の人物であることは否定できない。ユリアが「朝鮮から日本につれてこられ」て、切支丹であるために徳川家康の怒りを買い、島流しにあったことは確かな史実として残っているからだ。いずれにせよユリアが、殉教者に深い関心を寄せていた遠藤にとって格好の研究対象であったことは間違いない。

第二に東京における殉教地の問題がある。とりわけ『ユリアとよぶ女』の前後の作品では、遠藤が東京にある殉教地を辿った痕跡を明確に見てとれるからだ。(8)『札の辻』（「新潮」、一九六三・昭和三十八年十一月）では、主人公たちが原主水らの殉教地である札の辻刑場跡を尋ねていた。『留学』（「群像」、一九六五・昭和四十年三月号）に名前が登場する〈ペドロ岐部〉は、穴吊りの拷問を受けた末に伝馬町牢屋敷（中央区日本橋小伝馬町）で処刑され殉教した。『沈黙』（新潮社、一九六六・昭和四十一年三月）の主人公ロドリゴは江戸切支丹屋敷（文京区小日向）に幽閉され死を迎えた。『召使たち』（「文芸春秋」、一九七二・昭和四十七年一月号）では、ロドリゴのモデルであるジュゼッペ・キャラやシドッチ、長助・はる夫婦が幽閉され死を迎えた切支丹屋敷を〈私〉が訪ねている。これらは全て東京にある殉教地と言える。そしてその延長線上に、ユリアが殉教した伊豆諸島の神津島を置くことができよう。

第三に遠藤の朝鮮への関心がある。朝鮮半島との関わりの深いユリアや小西行長を描くことで朝鮮というモチーフを生かした可能性があるのだ。そもそも大連で幼少時代を過ごした遠藤にとって、朝鮮半島は日本よりも身近な地域だったはずである。それだけにフランス渡航の船中で聞いた朝鮮戦争のニュースが遠藤に大きな衝撃を与えたことは容易に想像できる。『作家の日記』では朝鮮戦争のニュースを聞いた場面を最初の小説の構想として生かそうと思案する〈ぼく〉の姿が次のように描かれる。

7月3日（月）夜

船は今、伊太利の南端クレタ島を右廻している。両岸は蛍火のような光だ。山の灯、道の灯が海面に揺れている。満月が波を銀色にそめている。愈々伊太利にきたのだ。

二等甲板の椅子にすわり、小説の腹案を考える。今日までのぼくの一ヵ月間、それが主題だ。一人の一九五〇年代の青年が、マニラを見、シンガポールを見、各民族に接し、コロンボを見、そして別の形でジプチに感動する。ぼくの中にある二つの主題の対話――その時、南朝鮮と北朝鮮との戦いの報道をきく。これが主題だ。

（『作家の日記』）

遠藤は日本からフランスに向かう「一ヵ月間」の航海の中で、戦争の傷跡や西洋のキリスト教諸国が行った植民地政策の矛盾を目の当たりにしてきた。その上で、身近な朝鮮半島での戦争勃発のニュースは文学者として取り組むべき主題として迫ってきたのである。ここで「小説の腹案を考える」遠藤の姿は研究者ではなく作家へと転身しようとする心の動きを如実に表していよう。これらを踏まえて、改めて『ユリアとよぶ女』の冒頭部分を見るとユリアと朝鮮との関連が浮き彫りになる。次の箇所である。

一五九二年、関白秀吉の命令で朝鮮に渡った日本遠征軍の運命は、朝鮮事変における米軍のそれに似ていた。両者はともに破竹の勢いで中国との国境近くまで進むことができた。ある日突然、その目ざましい進撃が停止した。予想もしなかった雲霞のような大軍が朝鮮を援助するため国境をこえて出現したからである。そしてこのおびただしい中国軍の人海戦術と凍りつくような寒波に侵入軍は退却を余儀なくされているのである。

（『ユリアとよぶ女』）

ここには朝鮮戦争と関わる三つの問題がある。一つ目は「一五九二年」とわざわざ西暦を用いている意味である。読者に対してわかりやすくしているのだが、西暦はここでしかなく、他の箇所では、「文禄二年」、「慶長十九年」と元号が用いられていることからも、「一九五〇年」の朝鮮戦争を意識したものと考えられる。二つ目は、「日本遠征軍」という呼称である。当時は小西行長にしても加藤清正にしても「日本軍」という意識はなく、あくまでも豊臣秀吉の臣下という認識しかなかったはずである。だが、朝鮮人を前にした時、やはり日本人ということを考えざるをえなかったのかもしれない。また、これも朝鮮事変における米軍、中国軍という呼称を出したため、現在の視点から日本軍や、明国軍、朝鮮軍といった明確な区別をつけた方がわかりやすかったのであろう。三つ目に、「朝鮮事変における米軍」である。ここで遠藤は文禄・慶長の役と朝鮮戦争を同一視しているが、例えば、『鉄の首枷』でも同じ認識を持っている。

土の人間清正は水の人間小西行長を生涯理解できなかった。たとえ朝鮮戦争における二人の功名争いや心理的暗闘があったにせよ、清正の小西にたいする憎しみは異常なものがある。（「一　堺―序にかえて」／『鉄の首枷』）

『鉄の首枷』の一章である。ここで語り手は文禄・慶長の役における「水の人間小西行長」と「土の人間清正」の対立を説明する。現代の読者にわかりやすくするためか文禄・慶長の役や秀吉の朝鮮侵攻ではなく、「朝鮮戦争」と呼んでいる。この認識は、フランス渡航時や『ユリアとよぶ女』の執筆時から変わることはなかった。

また、朝鮮戦争と関連する戦争孤児の姿もある。フランス留学を始めた遠藤にとって朝鮮戦争の経過も気になることだったが、なかでも印象的だったのが戦争孤児の姿であった。というのも、『ルーアンの丘』で、「ニュース映画で見た戦争孤児たち」と記されており、おそらく当時日本でも所々で見られた戦争孤児の姿を重ねたかもしれないからだ。こうした戦争孤児の姿は主人公のユリアに代表される。例えば、ユリアが最初に登場する場面である。ユリアは、下級武士の田中与左衛門が気になる人物であった。

しかし与左衛門にはこの子が孤児であることがわかっていた。鮮人の捕虜のなかに彼女の肉親らしい者は一人もおらず、働く時も休む時も少女が孤独なのに気がついていたからである。いずれにしろ、この少女は他の鮮人たちと同じように、家を焼かれ、両親を失い、そして、あちこち連れられてここにたどりついたにちがいなかった。

（『ユリアとよぶ女』）

田中はユリアが孤独で、「家を焼かれ、両親を失い、そして、あちこち連れられてここにたどりついた」孤児として認識している。田中がこのように推測するのは、ユリアのような孤児が大勢いたからである。さらに小西行長とユリアが出会った場面でもユリアは戦争孤児として認識される。

「憐れなことだ」と行長は言った。「いずれこの戦火のため、親を失い兄弟にはぐれたのであろうが」

（『ユリアとよぶ女』）

切支丹としての小西行長がどのような言動をしたのか数少ない場面の一つである。小西行長は戦争の犠牲となり孤児となったユリアに深い同情を寄せている。ここで小西行長がユリアのような戦争孤児に向けた憐みは、遠藤がニュース映画でみた朝鮮戦争の孤児たちにむけたものと共通するものがある。

以上のようにユリアは殉教者であり、東京の神津島に殉教地があり、遠藤が関心を寄せていた朝鮮出身で戦争被害者であった。そうした様々な理由からユリアを主人公として選び、ユリアとの関連で「切支丹大名」の小西行長を副主人公に配置したと考えられる。

四、人形のイメージ

『ユリアとよぶ女』は、文禄二（一五九二）年正月から慶長二十（一六一五）年五月までの約二十年間を時代背景としている。その中を貫く世界観は権力者による支配構造である。世の中は秀吉や家康などのごく一握りの権力者に支配されており、その下に領主、上級武士、下級武士、商人や庶民などがいて、大半の人々は権力者の意志に逆らうことは許されず、黙って命令に従うしかない。そうでなければ小西行長のように斬首されたり、笠原主膳のように厳しい拷問を受けざるを得ない。権力者に反抗することは不可能だったのだ。だが、唯一ユリアだけは家康に逆らった。初出(9)では目次にタイトルと共に「将軍家康の愛を手きびしく拒み、信仰に生きたひとりの朝鮮の孤児の悲しみの生涯を描く」とあった。このあたりにこの作品の主題を探ることができよう。

こうした権力者による支配構造を象徴するのが人形である。作品内では比喩表現としての人形と実在の人形の二種類の使い方がされているが、どちらも被支配者の悲惨な状況を象徴している。しかも人形のイメージは主にユリアをめぐって展開する。無表情なユリアに人形のような姿を見る一方で、それぞれの登場人物たちが人形のような自分たちの姿を自覚する契機となっているのだ。

そこでユリアを人形のイメージで捉える場面、自分を人形として認識する場面、そして実在の人形が果たす重要な役割の三点について考察したい。

第一のユリアを人形のイメージで捉える場面は、田中与左衛門、小西行長、日比野了慶、笠原主膳たちと関係する。いずれもユリアと深い関わりを持った人物である。

ユリアを最初に目撃するのは田中与左衛門であった。与左衛門は戦争孤児の中に人形のような少女のユリアを目撃する。

餓鬼のような一群のなかに与左衛門は一つだけ白い石のような顔を見つけた。少女の顔である。／左手に茶碗を持ち、右手に木の箸を握った少女はまるで感情のない人形のような表情で、陣屋の前に立っている与左衛門を見つめた。自分のこれからの運命にも、今までの運命にもすべて諦めきった寂しい顔である。（『ユリアとよぶ女』）

ここでのユリアは、「白い石のような顔」「感情のない人形のような表情」「すべて諦めきった寂しい顔」をしている孤児であった。戦争によって両親を失い深い心の傷を負った様子をうかがわせる。この後もユリアはほとんど表情を表に出すことはない。そんなユリアを象徴するのが人形であったのだ。

次にユリアを目撃するのは小西行長であった。小西行長はユリアに会うことで権力者の人形に過ぎない自分の姿を自覚する。最初の出会いは次のとおりである。

少女は小禽のように怯えきった顔で、片手に何かを握りしめたまま棒立ちになっていた。片手に握っているのは木で作った粗末な人形だった。

「憐れなことだ」と行長は言った。「いずれこの戦火のため、親を失い兄弟にはぐれたのであろうが」

（中略）

「自分もこの国やこの小娘と同じようなもの。自分も関白殿の人形の一人にすぎぬ」

（『ユリアとよぶ女』）

三章で述べたように、小西行長は戦争孤児であるユリアに同情を寄せている。権力者の命令とはいえ無益な戦いを強いられている自分のせいで、元来無関係な人々が戦火に巻き込まれ、大きな被害を受ける。そうした現実に対して町人出身で徹底した武人になれない行長の悩みと優しさが表れている。そして、行長はユリアを助けるために娘に召使わせるよう命令する。

やがてユリアは行長の娘のもとから日比野了慶の召使いとなり、さらに笠原主膳の世話で家康の侍女となる。こうした変転の中で、日比野了慶と笠原主膳がユリアに抱く印象も人形であった。


「あの小娘は人形のようでござる。人形のように美しゅうござるが、また人形のようにどんな運命をも受け入れまする」

（『ユリアとよぶ女』）


ここでは笠原主膳が日比野了慶の言葉を思い出している場面であるが、二人に共通するユリアに対する認識が人形であった。しかも、ユリアは少し成長したせいか「人形のような美」しさも持っており、のちに家康に気に入られる伏線となっている。

第二の自分を人形として認識する場面である。主に小西行長が関係する。先に引用した通り、小西行長がユリアに初めて出会った場面では、戦争孤児であるユリアに同情を寄せると同時に、自分も秀吉の人形に過ぎないことを認識する。この感情は朝鮮出兵で無益な戦いを強いられ、敵にも味方にも多くの犠牲が出ている状況の中で、厭戦気分も加わり、小西行長を秀吉への反抗という形で突き動かす。


自分が権力者の一操り人形にすぎず、哀れな傀儡にすぎぬという感情は長い間、行長の鬱積した心のなかにひそかに蓄えられていた。

（『ユリアとよぶ女』）


長い長い間、自分を一人の操り人形として使った秀吉を騙すことは恐ろしかったが、同時に暗い快感もまじっている。秀吉の寿命は間もない。生きてあと二年か、三年であろう。

（『ユリアとよぶ女』）

文禄・慶長の役において小西行長が、戦いを進める一方で和平交渉に尽力し、秀吉を欺くために偽の使節を仕立てあげる欺瞞工作まで行ったことは、一つの謎であるが、遠藤は小西行長が登場する『ユリアとよぶ女』『鉄の首枷』『宿敵』の三作品でその謎を解明しようと試みている。『ユリアとよぶ女』では、権力者の操り人形でしかない自分の運命を変えようとしたという一つの解答を示している。

そして第三の実在の人形が果たす重要な役割である。作品の中では田中与左衛門が粗末な木で二体の人形を作り、一体をユリアに渡し、もう一体は自分で持っていた。ユリアは島流しに遭う時まで大切に持っていたが、与左衛門は戦闘に参加する混乱の中で落としてしまう。この人形もまた支配者に翻弄されるそれぞれの運命を象徴している。

作品におけるユリアは終始無表情で人形のようだと形容された。だが感情を見せないユリアも与左衛門に人形をもらった時と、二十年後、島流しをされる前に人形を通じて与左衛門がユリアの存在に気付いた時だけは違った。

前者の与左衛門に人形をもらった時の場面である。与左衛門は戦争孤児のユリアが気になって仕方がなかった。だが、言葉も通じず何をすることもできずにいた。そこで木を削って人形を作り、一体をユリアに渡す。

そばに寄って与左衛門が人形をさし出すと、驚いたように顔をあげた。まるで矢に当った小禽のように眼をみひらき、彼をじっと見つめた。そしておずおずと手を差し出しその人形を受けとった。

「気に入ったかな」

与左衛門は初めてそう声をかけたが、相手には通じる筈はなかった。通じる筈がないのに少女はこっくりとうなずき、それから人形を手に持ったまま突然、泣きはじめた。心の底から体を震わせ声をあげて泣いた。

（『ユリアとよぶ女』）

この時戦争孤児のユリアは家族も友人もなく孤独であった。「感情のない人形」のように辛い運命にひたすら耐えていた。だからこそ無表情だったと言える。それが、人形をもらったことで改めて自分の姿を再認識し、それまで我慢していた悲しみを爆発させたのであろう。与左衛門にもらった人形はこのあと、ユリアが生涯持ち続けるほど大切なものとなった。

後者は、ユリアと与左衛門との二十年後の再会の場面である。与左衛門はユリアに会う前に、絶大な権力を持つ家康に逆らった侍女という話を聞き、どんな女性であるのか興味を抱く。

それよりも将軍さまに屈しなかったという事が彼の心を妙に刺激するのである。彼が生れてから今日まで見てきた人間はすべて領主の道具か操り人形として生きているにすぎなかった。そして、領主は京都や大坂の城深くに住まう一人の権力者の命令に従って東に走り西に動くにすぎなかった。そして今、彼は自分の見たことのない行為をやった一人の女を眼にすることができるのである。

（『ユリアとよぶ女』）

ここで改めて与左衛門は作品全体を貫く世界観である権力者による支配構造を確認する。その上で、権力者に逆らうという「見たことのない行為」をなしえた「一人の女」としてユリアのすごさを実感している。そして、家康の侍女だったユリアが島流しに送られるところに付き添いながら、人形がきっかけとなり、二十年前、戦争孤児だったユリアであると気がつく。

「何を持っておられる」

好奇心に駆られた与左衛門はわざと役人らしい口調で訊ねた。ユリアは表情のない顔をあげ、諦めきったように掌のものを差しだした。木で作った人形だった。

（中略）

「お前さまが…」

（中略）

「お前さまが…」

与左衛門は余りのことにそれ以上、口がきけなかった。あの貧しい朝鮮の少女が、感情の失われたようなその顔が、誰も逆らうことのできなかった日本最大の権力者に盾ついたとは、信じられなかったからである。

するとユリアの表情にこの時、はじめて、はにかむような微笑が浮んだ。彼女もまた、眼の前の顎の長い男が誰だったかを思いだしたのである。

（『ユリアとよぶ女』）


与左衛門が驚いたのは、二十年前に会った「あの貧しい朝鮮の少女」が、いつのまにか「日本最大の権力者に盾つ」いたという「見たことのない行為をやった一人の女」へと変貌を遂げていたことだった。これは遠藤がベルナノス『田舎司祭の日記』などから学んだ「置き換え」の手法である。例えば、前作の『わたしが・棄てた・女』では、どこにでもいる平凡な少女であった森田ミツが、ストーリーの進行とともに少しずつ変貌し、最後はあたかも「聖女」であったかのように置き換えられていた。ユリアも同様に「聖女」へと変貌を遂げている。

五、『ユリアとよぶ女』における小西行長像

最後に『ユリアとよぶ女』にあらわれた小西行長像についてまとめたい。作品における小西行長像は以下のとおりである。

作品で最初に登場するのは、日本遠征軍の司令官としての姿である。行長は、一五九二年正月七日、平壌にて朝鮮

と明の連合軍の強襲を受け、一万五千の部隊のうち五千しか残らなかった敗軍の将であった。その後、冬の寒さと食料の不足のため、平壌から鳳山、京城、そして釜山へと次々撤退を余儀なくされた。

『鉄の首枷』『宿敵』では小西行長がいかに戦下手であったか繰り返し描かれていたが、ここでは大敗北を喫するものの中国の介入による戦局の変化が原因であって行長のせいではなかった。一司令官として朝鮮事変における米軍と同じ運命を辿ったとしている。

次に、切支丹大名としての小西行長である。朝鮮出兵中ではあるものの、「小西の陣屋では毎朝、ミサがたてられ」、日本から宣教師を呼び、将卒に話をきかせ洗礼を授けていた。こうした中で行長の同伴者として大事な役割を果たすのがセスペデス神父である。彼は後に、細川ガラシャに洗礼を授けたことで有名であるが、作品の中では、行長といつも行動を共にして相談に乗っている。さらに、朝鮮出兵後はユリアを宗マリアのもとから日比野了慶のもとに連れてきたり、ユリアに洗礼を授けたりもしている。

行長は、朝鮮出兵という「意味のない無駄な戦争を終えるために」必死になって「東奔西走を続けていた」。そのために、「セスペデス神父と密議を交わし、「同じ基督教徒である内藤ジュアンを北京に送って、明国の講和条件を打診せしめることにした」。「彼が今、信じることのできるのは同じ信仰に結ばれた友人と部下だけだった」からである。ところが、内藤ジュアンがもたらした明の講和条件はとうてい受け入れられないものであり、行長の苦悩は深まる。

部下たちは、陣屋を供をつれて歩く行長が日に日に痩せていくのを知っていた。セスペデス神父がいつもその背後で憂愁にみちた表情で随行していた。二人は日が暮れるまで、陣屋の高台にたち、何ごとか話しあったり、暗い目で暮れていく山野を眺めていた。

（『ユリアとよぶ女』）

行長と共に苦しむセスペデス師の姿がよくわかる箇所である。そんな二人の前にあらわれたのがユリアであった。

行長は戦災孤児のユリアを憐れみ、娘の宗マリアに召し使わすように命じ、「自分も関白殿の人形の一人にすぎぬ」と感慨をもらす。行長は秀吉への欺瞞工作が失敗した後も召使のユリアを見て、自分も秀吉に仕える召使に過ぎないと感慨をもらすが、行長にとってユリアが自分の姿を写す鏡の役割を果たしている。

こうした行長の苦悩は切支丹としての良心もあるが、もう一つ町人出身という出自も問題にあがる。

作品の中で小西行長は、堺の商人の家ではなく「宇喜多家の家臣」であった小西立佐の次男として生れたことになっている。次男なので「権力者の一道具にすぎぬ」武士になる必要がなく「堺の商人の養子にやられた」という。実際は逆に堺の商人の家から宇喜多家の家臣へと送られている。それが「偶然の運命」から「秀吉に拾われ、家臣にとりたてられ」、「秀吉の出世と共に」「一国一城の主にさせられた」。領主となっても、「自分が権力者の一操り人形にすぎ」ないことは十分に分かっており、この「感情」は「鬱積した心のなかにひそかに蓄えられていた」という。次の箇所である。

> 自分が権力者の一操り人形にすぎず、哀れな傀儡にすぎぬという感情は長い間、行長の鬱積した心のなかにひそかに蓄えられていた。そしてそれはこの朝鮮に来てから、ますます彼の胸を突きあげてきた。平壌からこの釜山まで疲れきった軍をつれて引きあげて来る時、戦火に焼けただれた異国の部落で難民や孤児の群れを眼にする時、自分が故国で集めてきた兵士たちが傷と飢えとで倒れていくのを目撃する時、清正のような徹底した武人になりきれぬ行長は、すべて、それら大きな血と犠牲とが、たった一人の小さな男の自尊心を充たすためだけのことだと思わざるをえなかった。
>
> （『ユリアとよぶ女』）

自分が「権力者の一操り人形にすぎず、哀れな傀儡にすぎぬ」という認識は、「鬱積した心」に積り、「たった一人の小さな男の自尊心を充たすためだけ」に「大きな血と犠牲」が強いられる現状に対する反抗として偽の使者を仕立てあげ秀吉を騙そうという危険な欺瞞工作が実行される。結局、失敗するが、そうした危険な賭けに出ざるをえないところまで行長は追い詰められていたのである。

そして最後に残ったのが信仰であった。行長は秀吉への欺瞞工作に失敗した後、淀君のとりなしで重い罰を受けることはなかったが、もう一度朝鮮出兵に行かされる。やがて秀吉の死後、関ヶ原の合戦が始まるが、行長は敗北を予感しながら戦闘に参加している。


行長は戦う前からこの敗北を予感していた。彼は朝鮮との和議が失敗して以来、自分の限界を自覚した。生涯、一人の権力者の人形のままで終ることを苦い諦めをもって味わった。あの時が自分の運命にたいする最初のそして最後の挑戦だった。

（『ユリアとよぶ女』）


『鉄の首枷』では行長の関ヶ原参戦を「緩慢的な自殺」としている。戦いに敗れ、権力者に反抗することに失敗した行長に残ったのは信仰だけであった。先に述べたように行長の最期はあたかも殉教者のような姿を見せていた。最後に残るものは信仰という結論は、その後も『鉄の首枷』『宿敵』の小西行長だけではなく、『銃と十字架』の〈ペドロ岐部〉、『王の挽歌』の大友宗麟などにも受け継がれて行く。遠藤の人生観や信仰観を代表するものであったといえよう。

以上のように『ユリアとよぶ女』における小西行長像は、日本遠征軍の司令官、切支丹大名、町人出身の武人、信仰者としての最期という様々な姿を見せていた。ただ、遠藤の小西行長研究はまだ進んでおらず、限られた資料の中から小西行長を造形せざるをえなかった。それでも、権力者の人形であることへの反抗と信仰者としての最期の姿という後の『鉄の首枷』『宿敵』の小西行長像の原型を垣間見ることが出来よう。いわば、『ユリアとよぶ女』における小西行長像は遠藤文学における小西行長の出発としての意味がある。

注

（1）筆者は〈ペドロ岐部〉について論考を重ねてきた。以下のものである。
一、「遠藤文学における〈ペドロ岐部〉（一）―『留学』『沈黙』を中心として―」（「遠藤周作研究」8、二〇一五・平成二十七年九月）。本書第二部第二章。
二、「遠藤文学における〈ペドロ岐部〉（二）―『メナム河の日本人』から『王国への道』まで―」（「京都外国語大学研究論叢」85、二〇一五・平成二十七年七月）。本書第三部第二章。
三、「遠藤文学における〈ペドロ岐部〉（三）―『女』を中心として―」。本書第四部第五章。

（2）本書の「まえがき」を参照されたい。

（3）『鉄の首枷』ではユリアについて次のように記述されている。

彼等のなかで有名なのは朝鮮貴族の娘、ジュリアおたあである。彼女は行長の妻の侍女として宇土に送られ、切支丹の信仰を頼りに生き続けた。行長の死後は徳川家康の侍女となったが禁制の基督教を棄てなかったため伊豆諸島に流され、神津島で一生を終っている。（『鉄の首枷』）

（4）徳川家康の命に逆らったためユリアは島流しにされるが、ユリアは祈りの生活を送り最後を迎える。その祈りの中に小西行長と笠原主膳の姿もあった。次の場面である。

そのため彼女は、大島から十五里、南にある新島に送られた。この島でもユリアはデウスだけに語りつづけながら日を送った。頭に加茂の河原で切られた小西行長や、火あぶりの刑に処せられて煙のなかで棄教を叫んだ主膳の姿が浮ぶ時、ユリアは彼等のためにも祈った。（『ユリアとよぶ女』）

（5）注（4）に同じ。

（6）ユリアの聖性については、笛木美佳「遠藤周作「ユリアとよぶ女」論――〈ユリア〉の謎をめぐって」（「学苑」（771）、二〇〇五・平成十七年一月）が詳しい。

（7）平野謙「2月の小説（下）ベスト3」（「毎日新聞」夕刊、一九六八・昭和四十三年一月三十一日）

（8）「札の辻」は港区三田にあり、慶應義塾大学のすぐ近くに位置する。慶應義塾大学出身の遠藤にとって身近な場所であったと予想される。

(9)「文芸春秋」(一九六八・昭和四十三年二月号)

第三部　「歴史小説」

――「評伝」の世界――

第三部では「歴史小説」の第二期〈一九七〇・昭和四十五年〜一九八〇・昭和五十五年〉を対象とする。作品では『黒ん坊』(「サンデー毎日」、一九七〇・昭和四十五年六月二十一日〜翌年三月二十八日号)から『日本の聖女』(「新潮」、一九八〇・昭和五十五年二月号)までである。いずれも「切支丹時代」を背景としており、山田長政、〈ペドロ岐部〉、小西行長、支倉常長など主に「海外に勇躍した日本人」の生涯を描いた「評伝」となっている。

そこで、第一章では小西行長の「評伝」である『鉄の首枷――小西行長伝』を扱い、小西行長の「面従腹背」といわれる複雑な生涯を追った。第二章では〈ペドロ岐部〉の「評伝」である『銃と十字架』を中心として、第二期の中で〈ペドロ岐部〉が登場する作品を取り上げる。第三章と第四章では『侍』をベラスコの視点や歴史事実の差異からフィクションの内実を探った。

以上の考察を通して、「評伝」が「強者」と「弱者」が織りなす信仰をめぐる〈劇〉であることを確認していきたい。

第一章　遠藤文学における小西行長（二）

――『鉄の首枷――小西行長伝』――

一、問題の所在

『鉄の首枷――小西行長伝』（以下、『鉄の首枷』と呼ぶ）は、一九七六（昭和五十一）年一月から翌年一月までの一年間、「歴史と人物」に連載されたのち、一九七七（昭和五十二）年四月、中央公論社より刊行された。小西行長を本格的に描いた初めての「評伝」である。

第二部第四章で確認したとおり、遠藤文学で小西行長が初めて登場人物としてあらわれたのは『ユリアとよぶ女』（初出：「文芸春秋」、一九六八・昭和四十三年二月）であった。この作品で小西行長は、主人公・ユリアの信仰に大きな影響を与えた切支丹として登場する。とりわけ関ヶ原の戦いに敗れ、京都の六条河原で処刑される時には、「宇土の領主」としてではなく、「切支丹アウグスチーヌ行長」という一人の信仰者として壮絶な最後を遂げた。その姿はまるで殉教者のようであった。世俗の様々な束縛から解放され、最後にたどりついたのは信仰の世界であったのだ。こうした姿が『鉄の首枷』や『宿敵』の小西行長像の原型ともなっている。

また、『鉄の首枷』は「歴史小説」の第二期〈一九七〇・昭和四十五年～一九八〇・昭和五十五年〉に属する。この時期の遠藤文学は大部分が「評伝」であり、主人公は「海外に勇躍した日本人」[1]で、登場人物も主に「二項対立の図式」を持つという特徴を持っている。『鉄の首枷』に照らしてみると、主人公の小西行長は朝鮮出兵で朝鮮、明という諸外国を相手として「海外に勇躍した日本人」であり、登場人物も「土の人間」と「水の人間」という「二項対立の図式」を持っている。まさにこの時期の特徴を明確な形で備えていると言えよう。

そこで本章では、「評伝」、二つのトポス、二項対立の図式、信仰をめぐる問題の四つの視点から『鉄の首枷』における小西行長像に迫っていきたい。

二、「評伝」としての『鉄の首枷』

繰り返しになるが、遠藤文学において「歴史小説」の第二期は大部分が「評伝」形式を取っている。そこには、『死海のほとり』の不評によるスランプという作家の事情がある。

この時期、遠藤は『沈黙』をもって「一期の終わり[2]」として一段落つけた後、次の仕事としてイエスの「評伝」に取り組んだ。取材旅行のためにイスラエルを複数回訪れ、シュタウファーやブルトマンなど最先端の神学研究も行った。こうした努力は、いわゆるイエス三部作――『死海のほとり』(新潮社、一九七三・昭和四十八年六月)、『イエスの生涯』(新潮社、一九七三・昭和四十八年十月)、『キリストの誕生』(新潮社、一九七八・昭和五十三年九月)として結実する。だが、最初の『死海のほとり』が読者の間では不評であったため創作(フィクション)を書くことに自信を失ってしまう。そうしたスランプの中で創作(フィクション)ではなく「評伝」に取り組むことになる。その第一作と呼べるものが『鉄の首枷』であったのだ。

では、遠藤は「評伝」や伝記、創作(フィクション)についてどのように考えていたのだろうか。エッセイ「人間のなかのX」(『人間のなかのX』中央公論社、一九七八・昭和五十三年七月)を見てみたい。

だが伝記は小説家の創作と全く逆である。伝記を書く者が描こうとする人物の行動や運命はあらかじめ定められているのだ。それが伝記であって創作でない以上、伝記を書く者は自分の創作衝動でそれを変えることはできない。小説家が開かれた世界にいるのにたいし、伝記を書く者はいつも閉じた世界で一人の人物に血肉を与えていかねばならないのである。限定された資料の大部分は他人の主観で染めあげられたイメージにすぎない。当人が書いた日記や手紙でさえ、必ずしも彼の心の正直な告白とは限らない。資料のすべては鏡にうつった左右あべこべの当人の顔のようなものである。それは一見、当人らしく見えるが、本当の顔ではないのだ。そのなかから彼の生涯の底にひそんでいたXを見つけること、それが神にしかできぬとは知っていながら、神に代わろうとすること、それが伝記を書く者の悦びなのかもしれぬ。

（「人間のなかのX」）

このエッセイは遠藤が『侍』の取材旅行でメキシコを訪れたことをきっかけにして、支倉常長一行にまつわる謎を知ったことや聖書におけるイエス像から、「評伝」や伝記、創作を書く意味について考えたものである。伝記が登場人物の「行動や運命があらかじめ定められている」「閉じた世界」にあるのに対して、創作はそうした制約から「開かれた世界」にあるという基本的な違いが示され、その上で伝記を書くことの難しさが語られる。引用文以外のところで遠藤は「近頃、伝記を書く仕事をはじめ」、「この三、四年、私は自分の人生と重りあうような人物の伝記を書こうと試みてきた」が、「伝記を書くことのむつかしさをほとほと感じた」と述べる。その難しさは伝記が創作と異なり、「描こうとする人物の行動や運命はあらかじめ定められている」からであり、準拠する資料も信用できないものが多いことに由来するためである。だが一方で、「限定された資料」の中から「彼の生涯の底にひそんでいたXを見つける」という「神に代わろうとする」所業が「伝記を書く者の悦びなのかもしれぬ」とも語っている。

ここで伝記について遠藤が述べていることは、そのまま『鉄の首枷』に当てはまる。というのも、『鉄の首枷』は小西行長という遠藤の「人生と重りあうような人物の伝記」と呼びうるからだ。これも第二部第四章で述べたが、そもそも遠藤が小西行長に関心を持つようになったのは、フランス渡航の船の中で聞いた朝鮮戦争勃発のニュースから受けた衝撃や、留学中にニュース映画で見た戦災孤児に対する哀れみと深い関わりがあった。そのため、朝鮮・明連合軍により大敗北を喫した小西軍の運命を、朝鮮戦争の時に北朝鮮・中国連合軍に反撃された米軍と比べたり、一般的には「朝鮮出兵」「文禄・慶長の役」と呼ばれる小西行長の戦いを繰り返し「朝鮮戦争」と呼んだりもしている。また、小西行長を主計将校、加藤清正と福島正則を陸軍将校、石田三成を司令部付の士官というように第二次世界大戦中の日本軍の将校に喩えたりもしている。過去の出来事として遠くに見るのではなく、作者の戦争体験に引き付けて身近な問題として考えている証拠であろう。さらには、小西行長を襲ったであろう「朝鮮戦争」終結後の虚脱感を敗戦直後の日本人の心境と似たものがあるとしている(3)。このあたりは、小西行長と遠藤の「人生と重りあう」部分であったといえる。

以上のことは『鉄の首枷』の「あとがき」でも確かめることが出来る。

ほとんどその記録が日本側において抹殺され、その完全な伝記もない小西行長の生涯を書くことは至難である。にもかかわらず、この男の面従腹背の二重生活をわずかな文献によって断片的に読み、つなぎ合せているうち私の心のなかに彼のイメージが何時か形をつくるようになった。いつの日か彼の暗い孤独な一生を書きたいと思ううちに歳月が流れたが、機会をえて遂に多年の思いを果すことができた。

（「あとがき」／『鉄の首枷』）

ここでも伝記を書く困難が語られる。特に小西行長の場合、関ヶ原の戦いで石田三成側についたため、わずかな資料しか残されておらず、そうした「閉じた世界で一人の人物に血肉を与えて」（「人間というX」）いくという作業は至難の業であるからだ。だが、その困難な作業の中にあっても心の中に小西行長のイメージを描くことは、作者の「人生と重りあう」部分を探ったり、「彼の生涯の底にひそんでいたXを見つけること」（「人間というX」）でもあったはずであり、そこに「伝記を書く者の悦び」も感じていたかもしれない。

三、二つのトポス

『鉄の首枷』には小西行長の人生と大きく関わる二つの場所がトポスとして作品舞台を形成している。すなわち、堺と室津である。前者の堺は「面従腹背」の二重生活を送った小西行長の生き方と密接な関わりのある街として、後者の室津は小西行長の魂の転機となった場所として重要な意味を持っている。順を追って考えていきたい。

まず堺は小西行長の生き方を形成した街である。今日の堺は、小西一族が活躍した十六世紀の面影は全くなく、単なる「大阪の衛星都市」に過ぎない。しかも、「味けないセメントの建物」が並んでいるだけの「旅人には堺は旅愁や興趣も与えねば、そこで一泊して歩きまわろうという気分さえ起さぬ街」、つまり、何の魅力もない街である。だが、かつては貿易により莫大な富を蓄積した「貿易都市」であり、武士が支配する戦国時代において日本で唯一の町人が支配する「独立自由の都市」であったのだ。その面影を語り手は旧堺港と環濠のあとに偲んでいる。そして、堺を支配していた町人たちの代表が会合衆であり、小西一族もその一人であった。会合衆たちは「富と貨幣の力に依存する商人」であり、時には私兵を集めて武力を行使することもあれば、時には「群雄たちの争いの調停役」を務めることで街を守ってきた。そうした生き方が小西行長の生き方と深く関わると語り手は強調する。

にもかかわらず彼の生き方や行動を見る時、私たちはこの堺の会合衆の生きざまと共通したものを感じるのだ。会合衆の智慧は行長の人生の智慧の根底になっており、会合衆の事の処し方が行長の処し方になっているように思われる。その本質的な一致点を考えると、行長がどのくらい堺で育ったかはわからぬにせよ、彼の発想法や処世術には会合衆だった小西一族の経験や処世術が大きな痕跡を残していると思わざるをえない。

（「一　堺―序にかえて」／『鉄の首枷』）

ここで語り手は小西行長の生き方や行動と会合衆の生きざま、行長の人生の智慧と会合衆の智慧、行長の事の処し方と会合衆の処し方など様々な共通点を指摘している。だが、小西行長と会合衆との関係はあくまでも語り手の推測にすぎない。そのため「感じる」「思われる」「思わざるをえない」と曖昧な表現を取っている。これもまた「あとがき」で触れられていた作者の心のなかに形成された小西行長のイメージなのである。しかも、「評伝」である作品冒頭の一章を割いて小西行長ではなく堺という街について説明しているということは、それだけ小西行長の生涯と密接な関係を窺い知ることが出来よう。そして最後の十三章にも堺の街が登場する。次の場面である。

三成や恵瓊にとってはともかく、堺は行長にとっては小西一族の地盤とした都市である。彼がそこで育ち、父、隆佐が奉行格で豪商たちを支配した街である。さまざまな思い出がそこに残っている。そのさまざまな思い出の堺の街で今、敗者の姿で引き廻されたのである。

（「十三　鉄の首枷をはずす時」／『鉄の首枷』）

小西行長は関ヶ原の合戦に敗れ、「さまざまな思い出の堺の街」を「引き廻された」あと京都の六条河原で処刑された。このように作品の冒頭と最後に堺の街が登場することは、堺が小西行長の人生の最初と最後に関わる街という意味がある。つまり、堺は小西行長が生れ育ち、面従腹背という生き方を決定づけ、最後に訪れたという意味で、小西行長の全生涯に深く関わるトポスであったのだ。

次に室津というトポスがある。室津は今でこそわびしい漁港にすぎないが、かつては瀬戸内海の海上通商の要所として栄えており、秀吉の部下として順調に出世を遂げた小西行長が領主だったこともある場所である。だが、小西行長の出世も秀吉の禁教令によって大きな転機を迎える。切支丹に対する弾圧が始まったからである。禁教を強いる秀吉の命に対して、高山右近は信仰を貫き武士の地位や領地を棄てたが、行長は秀吉に逆らうことが出来なかった。そんな小西行長に対して室津でオルガンティーノ神父は信仰の再決意を促す。

神父と行長との間には激論がかわされた。おそらくオルガンティーノは秀吉の怒りと宣教師の安全を主張する行長にふたたび信仰の決意を促したのであろう。にもかかわらず行長の動揺は消えない。神父は遂に自分は九州には決して戻らぬと宣言した。自分は殉教を覚悟でふたたび京に戻るか、大坂に帰るつもりだと語った。この言葉を聞くと行長は泣きはじめた。彼は右近を思い、今、オルガンティーノ神父の不退転の決心におのれの勇気のなさを感じたのである。一言も答えず行長は部屋を去った。（「五　最初の裏切りと魂の転機」／『鉄の首枷』）

この時行長が泣いたことは岩崎里奈氏[4]によると遠藤の創作[5]であり、行長が泣いた理由に、右近やオルガンティーノ神父の勇気に比する自らの勇気のなさに対する嘆きがあったとしている。いわば、右近やオルガンティーノ神父は「強者」であり、行長は「弱者」であるのだ。だが、行長は秀吉の強権に屈した「弱者」ではあっても、「弱者」なりに苦しんでおり、そこから立ち上がるという『沈黙』同様に「弱者の復権[6]」というテーマをそこに垣間見ることが出来る。このあと行長は三時間、結城弥平次ジョルジと相談し、室津を訪れた高山右近とも面談した結果、面従腹背の生き方を決める。「表では従うとみせ、その裏ではおのれの心はゆずらぬという」堺の「商人の生き方である」。ここで堺の会合衆の生き方と行長の生き方が重なる。作者は「あとがき」で行長のことを「面従腹背の二重生活者」と呼んでおり、行長の生き方の核心を「面従腹背」と捉えていることは明らかであるが、「面従腹背」の生き方が決定づけられたトポスが室津であったのである。こののち行長は、宇土の領主となり、さらには秀吉の朝鮮侵略に加担させられるが、いずれにおいても表向きは秀吉に従う態度を見せながら、裏では常に秀吉を欺いていた。「面従腹背」の生き方を貫いたのである。だが、室津はこうした小西行長の人生を決定づけた重要な場所であるのに、今はその痕跡は何一つない。次のとおりである。

今日、室津には行長や切支丹の名残を留めるものは何一つない。オルガンティーノがその時、どこを宿所にしていたか、この神父と行長と何処で烈しく議論したかわからない。にもかかわらず、かつては栄え、今日はわびしい漁港となったこの町は我々の主人公の再改宗の場所なのである。

（「五　最初の裏切りと魂の転機」／『鉄の首枷』）

現在の堺も魅力のない街であったが、室津も「わびしい漁港」で今は何の魅力もない土地である。だが、遠藤は堺や室津を実際に訪れ、その場所で小西行長が生きていた十六世紀頃を想像することで心のなかで小西行長のイメージを形成していったのである。このことは取材ノートである『走馬燈』にも明確に記されている。

正月の室津は晴れていて、小さな港につながれた漁船の旗が風に音をたてていた。魚くさい裏通りを一人歩いていると、どこかの家からテレビの歌謡曲が聞こえてきた。おそらくここに住む人も、時たま、ここを訪れる人もこの小さな漁港町で小西行長という一人の男が、はじめて自分に目覚め、人生を変える決心をしたとは知らないであろう。そしてここで高山右近や宣教師オルガンチーノが不退転の決意を誓いあったことも知らないであろう。私は、そのように自分たちの歴史を何も知らずに残っている田舎の町が好きである。何も知らずに残っているから、そこに人間の歴史が続いているように思われるからだ。

（「室津にて〈小西行長のこと〉」／『走馬燈』）

室津を訪れた遠藤は、かつてここで小西行長や高山右近、オルガンティーノ神父たちが繰り広げた命懸けの〈劇〉を誰も知らないが故に「そこに人間の歴史が続いているように思われるから」「好き」だという。これはまた遠藤の創作過程とも関連する。遠藤の創作は様々なトポスを通じて人間の人生を見つめ、そこで展開される「神と悪魔、人間と社会、肉欲と霊の血みどろな闘い」という人間の〈劇〉を描くものであった。室津というトポスでは、そこに小西行長、高山右近、オルガンティーノ神父たちが繰り広げた人間の〈劇〉や人間の歴史を見つめ、創作へと繋げていったのである。

四、二項対立の図式

『鉄の首枷』の作品全体を貫く二項対立は言うまでもなく「水の人間」と「土の人間」の対立である。「土の人間」は「農村から生れ、農村に土着し、ただ農村を支配することで勢力を張った」武士たちであり、対する「水の人間」は「海によって富を得た」堺の商人たちである。「水の人間」である堺の商人たちは「土の人間」である武士の介入を拒み、侵略を防ぐために町をとりまく環濠まで築いている。

この「水の人間」を代表するのが小西行長であり、「土の人間」を代表するのが加藤清正と豊臣秀吉である。『鉄の首枷』は、ある意味で小西行長と加藤清正、豊臣秀吉との戦いを描いた物語と言うことが出来る。その背景を「水の人間」と「土の人間」の対立に置いているのである。

前者の小西行長と加藤清正の対立は、同じ秀吉の家臣として功名を争った頃から始まり、関ヶ原の合戦で小西行長が敗北するまで続く。二人の争いは直接的な戦闘よりも間接的な讒言や密告により相手を陥れる感情的なものがほとんどであった。そのことは最初に提示されている。

水の人間と土の人間――後年、小西行長と加藤清正との対立に私たちはこの二つの人間の相剋を感じざるをえない。尾張中村に育った加藤清正は根っからの土の人間である。彼の画像を見るものはそこにあくまでも土の臭い、農村の臭いを嗅がざるをえない。土の人間清正は水の人間小西行長を生涯理解できなかった。たとえ朝鮮戦争における二人の功名争いや心理的暗闘があったにせよ、清正の小西にたいする憎しみは異常なものがある。それは面貌や風習のちがった異民族の憎悪を我々に感じさせる。

（「一　堺―序にかえて」／『鉄の首枷』）

ここでは小西行長と加藤清正の憎悪の根本に、「水の人間」と「土の人間」という異民族の対立を置いている。もちろん、これ以外にも二人には商人出身と武人、切支丹と日蓮宗、主計将校と最前線の将校、秀吉に対する面従腹背と臣下の礼とあらゆる面で異なり、二人が対立するのは必然であったが、それを承知の上で秀吉は二人の対立を利用していった。行長と清正を隣り合う宇土と肥後の領主として配置したり、朝鮮出兵でも第一軍を行長、第二軍を清正に任命して、二人の競争をあおったりした。そのために二人の対立はより過激さを増していったのである。

後者の小西行長と秀吉の対立は、心理戦の様相を呈している。秀吉は本能寺の変で信長が倒れたあと驚くべき速度で次々に策略をめぐらし、天下人への道を突き進む。そんな中で、秀吉は行長の能力というよりも「水の人間」として背後にある堺との繋がりを野心の道具として利用した。行長も秀吉に重用されることで室津の領主にまで出世を遂げることができた。いわば、行長も秀吉も互いを利用し合う関係だったのである。だが、一五八七年の禁教令に始まる宣教師追放や高山右近事件により二人の関係は変わる。行長は高山右近のように秀吉に逆らうことはできなかった。だがこれ以上秀吉の野心の道具として使われることも嫌になったからである。そこで、行長が室津で選んだ生き方が面従腹背の二重生活者だった。

右近が永遠の神以外には仕えぬと室津で語った時、行長は友人とはちがった「生き方」をしようと決心した。それは堺商人がそれまで権力者にとってきたあの面従腹背の生き方である。表では従うとみせ、その裏ではおのれの心はゆずらぬという商人の生き方である。

（「五　最初の裏切りと魂の転機」／『鉄の首枷』）

先に指摘したように室津は行長が面従腹背の生き方を決意し、人生の分岐点となった場所である。これ以降行長のたたかいは、いかに秀吉を欺くかということに関わってくる。行長は切支丹禁制令に納得するふりをしながら室津の領主という立場を利用して宣教師や高山右近をかくまった。秀吉が大陸侵攻に野心を燃やし朝鮮出兵を進めると行長は朝鮮と交渉をしながら出兵計画が頓挫するように画策をした。こうして密かに裏切り行為を続けたのである。行長の努力もむなしく朝鮮出兵が始まると、行長は第一軍の指揮を執り戦闘を続けながら、その裏で秀吉の意志に反する和平交渉を進め、無意味な戦いを終らせることに終始した。

右近追放事件以来、彼は太閤をだますことには長い間馴れていた。面従腹背の姿勢は彼の権力者にたいする基本的な姿勢になっていた。服従するふりをしながら、それをひそかにだますこと、それがただ一つ、行長にとって太閤の操り人形になることからの逃げ道だった。そしてそれはまた彼の太閤にたいするひそかな挑戦でもあった。これ以後、彼の本当の敵は明でも朝鮮でもなく、太閤という権力者となる。

（「九　行長、哀れみを乞う」／『鉄の首枷』）

このように、行長は秀吉の野心の道具としての生き方を否定し、冊封請願書や偽作の謝罪文を作ってまで和平交渉を進めた。これは発覚すれば死を命ぜられるかもしれないほどの重大な裏切り行為であるが、これこそ秀吉に対する「ひそかな挑戦」であり、たたかいであったのだ。だが、行長の欺瞞工作は宿敵である加藤清正によって妨害され失敗に終る。結局、行長は秀吉との戦いに敗北し、秀吉の死でしか戦いを終らせることはできなかったのである。

以上のように「水の人間」と「土の人間」という二項対立が作品全体を貫く重要な柱となっていることは明らかであろう。だが、作品を見るともう一つ重要な二項対立がある。信仰をめぐる二組の対比である。繰り返し述べてきたように、『鉄の首枷』で行長の人生にとって最初の分岐点となるのは秀吉の禁教令であった。実はここでは高山右近が中心となり、秀吉の禁教令をめぐる高山右近と秀吉、行長との二組の対比が生れているのである。

前者の対比は高山右近と秀吉である。一五八七年、秀吉は博多で突然禁教令を出し、切支丹の武将たちに棄教を迫った。この時高山右近だけ信仰を貫き明石の領主として地位を棄てたが、そもそも秀吉は右近を「危険な存在」として認識していた。二人の対比は生き方の根本的な違いに由来する。次の部分である。

領主であった頃の右近の思想はおのれの領国に「神の国」を実現することだった。宣教師を招き、領民を改宗させ、教会を建てた彼の治国方針はたんにその熱烈な信仰のあらわれだけでなく「神の王国」を少くとも自らの領地内に創りあげることだったのである。やがて明石に転封された時、彼の「神の王国」実現の悲願はますます烈しくなる。彼は寺をこわし、領民に改宗を命ずるという強い態度さえとる。秀吉はその危険を感じる。「神の王国」と「秀吉の王国」とは対立せざるをえないからだ。秀吉にとってはこの日本に自分が支配する以外の国が——たとえそれが神の王国であっても許すことはできぬ。やがて秀吉が右近を追放せざるをえなかったのは、たんに切支丹弾圧という宗教政策以上に、この二つの王国の対立感を感じたからなのである。

（「三　主計将校の孤独」／『鉄の首枷』）

元来、右近が目指すところの「神の国」と、秀吉が目指すところの「秀吉の王国」は相容れないものであったのだ。秀吉が禁教令を出した時、真っ先に右近を「危険な存在」としていたのもそのためである。こうした「神の王国」と「地上の王国」の対立は、既に『メナム河の日本人』で〈ペドロ岐部〉と山田長政の対比として表れている。すなわち、「神の王国」を目指し、殉教を覚悟して日本に潜入した〈ペドロ岐部〉と、アユタヤに日本人だけの「地上の王国」を築こうとした山田長政との異なる生き方の対比である。この二人の対比は『メナム河の日本人』だけではなく、『王国への道―山田長政―』や、さらには『王の挽歌』の冒頭部分における「地上の王国」を目指した秀吉と、「精神の王国」を目指した宗麟の異なる生き方の対比にまで続いている。『鉄の首枷』における高山右近と秀吉もこの系譜に重ねることが出来よう。

後者の高山右近と小西行長の対比も禁教令をめぐる態度に関わってくる。秀吉の禁教令に対し、高山右近は信仰を貫き、地位も家臣も領土も全てを棄てた。いわば「強者」である。対する行長は、秀吉の命令に屈して、信仰を貫くことが出来なかった。いわば「弱者」である。こうした「勇気ある右近一族と行長とのこの対照的な行動」は遠藤の「歴史小説」で繰り広げられてきた「強者と弱者」の問題でもある。だが、行長は単なる「弱者」だけでは終らなかった。次の場面である。

先ほども述べたように右近事件が小西行長に与えた衝撃、不安、心の動揺についてはこの事件を比較的、詳しく報じている切支丹資料も触れてはいない。しかし、その後の行長の行動を一つ一つ見ると、我々にもこの幼少に洗礼を受けて右近ほどの烈しい信仰を持てなかった男の性格やこの時の怯えや苦しみが読みとれるのだ。今まで書いてきたように行長には神をほとんど問題にしなかった長い時期があったが、神はいつも彼を問題にしていた。神はこの右近追放を踏み台にして行長にもおのれの内面を見るように仕向けたのである。

（「五　最初の裏切りと魂の転機」／『鉄の首枷』）

要するに、行長は「弱者」であり、洗礼は受けたものの信仰は眠っている状態ではあった。だが、右近事件をきっかけに自己の内面や神の問題に気付かされた。そして、「弱者」なりに秀吉を欺きながら生きる面従腹背の生き方を選ぶ。ただ、秀吉を欺くとは言っても発覚すれば死を免れない、まさに命懸けの覚悟が必要とされる、ある意味で強い生き方である。ここに「弱者の復権」を見ることが出来よう。

五、小西行長の信仰

「あとがき」に述べられているように『鉄の首枷』は作者が資料の乏しい小西行長の人生に迫ったものであり、とりわけ面従腹背の二重生活の解明に作者の関心が寄せられている。時には、「大胆な推測」も行われているが、それは小西行長における信仰の問題についても同様である。作者が考察した小西行長の信仰は大きく三つの時期に分けられる。すなわち、信仰が眠っていた時、面従腹背の生き方をしていた時、関ヶ原の合戦に敗れ処刑される最後の時である。順に考えていきたい。

第一の信仰が眠っていた時は、幼い頃、両親と共に洗礼を受けた時に始まり、室津で転機を迎えるまでである。小西行長がいつ頃洗礼を受けたかは資料でもはっきりわからないが、父小西隆佐と同じ時期に受洗したと考えれば幼い頃だったと推測される。(7) だとすれば、行長の受洗はキリスト教を理解していたとか自らの思想的煩悶の末に救いを求めたといったものではなく、父が受けたから一緒に受けたぐらいのそれほど深く考えたものではなかったと言える。「だが神はこの日から彼を問題にするのである」（『鉄の首枷』）。このあと行長は商人から武人となり、戦闘にも参加していくが、信仰の矛盾にぶつかることはなかった。信仰は眠っておりそれほど神を問題とすることはなかったからである。だが、神との関わりは密かに始まっている。

第二の面従腹背の生き方は、室津での転機に始まり、関ヶ原の合戦に挑むまでである。四節でふれたとおり、行長は右近事件をきっかけに自己の内面や神に目を向け始めた。

室津で行長がオルガンティーノ神父の決意の前に泣いたことは彼の生涯の転機となった。その正確な日付は我々にはわからぬが天正十五年（一五八七）の陰暦六月下旬から七月上旬であったことは確かである。ながい間、彼は神をあまり問題にしていなかった。彼の受洗は幼少の時であり、その動機も功利的なものだったからだ。にもかかわらず彼はこの日から、真剣に神のことを考えはじめるようになる。そのためには高山右近という存在とその犠牲とが必要だったのである。

（「五　最初の裏切りと魂の転機」／『鉄の首枷』）

ここは行長の信仰がようやく目覚め始めた時期と言える。この時に行長が選んだのが面従腹背の生き方であった。表面では秀吉に従うふりをして、裏では宣教師や高山右近を匿い、密かに秀吉の命令に逆らったのである。のみならず、秀吉が大陸進出の野心を見せ始めると、欺瞞工作を弄して朝鮮との交渉を進めた。朝鮮出兵が始まると秀吉の意に反し、第一軍団の指揮を執る一方で和平交渉を進めた。時には偽書を作成することまで行っている。いずれも発覚すれば重い処罰は免れない詐欺行為であるが、行長は命懸けで秀吉を欺き続けたのである。そこまでして行長が和平交渉を進めたのは行長の人生で最大の謎であるが、語り手は「大胆な想像」を試みる。すなわち、切支丹としての良心と世俗的な野心である。

前者の切支丹としての良心とは、戦いに参加する意味である。そもそも戦闘に参加することは切支丹としての生き方に反することである。それが「聖戦」であるならばともかく、朝鮮出兵は秀吉の野心による明らかに無益な戦いであり、切支丹としての良心に反する行為であった。しかも、行長はこれ以上秀吉の傀儡となることも嫌だった。

後者は、世俗的な野心である。行長は切支丹としての生き方に目覚めたとはいえまだ世俗的な野心が鉄の首枷として心を縛っていた。行長の野心とは秀吉の死後、武力ではなく経済力がものをいう社会の中で、堺の小西一族が海外貿易でイニシアチブを握ることだった。だが、行長の努力も虚しく和平交渉は失敗に終る。この時に、切支丹の良心に逆らってまで行った戦闘の虚しさと世俗的な野心を持つことの無意味さを知ったのである。こうして行長は「緩慢的な自殺」のように関ヶ原の合戦に臨んでいくことになる。

そして、第三の最後の時である。行長は関ヶ原の合戦で敗退した後、逃げ落ちた糟賀部村で捕まり鉄の首枷をはめられて連行され、堺や京で見世物にされたあと、京の六条河原で斬首され最後を遂げた。

作者の「大胆な想像」はここでも発揮される。行長の最後とイエスの最後が重ねられるのだ。(8)まず糟賀部村では「イエスがユダに僅かな金で売られたように行長も林蔵主に黄金十枚で売られ」た。次に、行長は鉄の首枷をはめられた苦痛の中でイエスが「他人のために十字架を背負った」ことを思い出す。

だが今、死が確実に迫っている。行長がおのれの信仰を孤独のなかで嚙みしめる。長い間、彼の信仰はその俗的な野心のため、必ずしもとは言えなかった。右近追放後、彼は切支丹宣教師のために力を貸し、助けもしたがその気持には世俗的野心もまじっていた筈である。だが今、死刑を前にして信仰以外に何に頼り、何を支えとできるだろう。切支丹である彼がこの自分を十字架に背負わされゴルゴタの丘に歩かされるイエスと比べて、そこに慰めを見出されなかった筈はない。

（「十二　鉄の首枷をはずす時」／『鉄の首枷』）

捕まった行長は切支丹の教義に従う意思を見せる。自殺はできないことと告白の秘蹟を行うために神父との対面を望むも、全ての願いは家康に拒絶される。そして、「様々な思い出の堺の街で今、敗者の姿で引き廻され」、辱めを受けた後、京の六条河原で最後の時を迎える。キリストと聖母の絵を前にして首を差し出し斬首された。この死ぬまでの二時間に作者は最大の劇を見る。(9)行長の遺書にあらわれているように、(10)鉄の首枷として束縛していた全ての野望や野心はなくなり、最後に信仰だけが残った。(11)四十数年間の行長の人生の結論がここにあるのだ。

注

（1）遠藤の「歴史小説」の第二期に登場する人物に関しては、『走馬燈』の「あとがき」にも言及がある。
彼等の大半になぜ私は興味をおぼえたのか。その理由は簡単だ。彼等は、私と同じように、この日本という国に生まれた。この日本という国に生まれながら、なんらかの形でイエスと関係したからである。（中略）信ずる者のなかにも小西行長のようにイエスの弟子たちと同じように、その決定的な瞬間、怯え、おそれ、逃げた者もいる。だが、その表面的な人生の姿勢が何であれ、彼等は日本人でありながら、イエスの名を知り、イエスに関わってしまったのだ。

（「あとがき」／『走馬燈』）

ここでいう「彼等」とは、小西行長、高山右近、〈ペドロ岐部〉、支倉常長等を指す。遠藤が彼等に関心を持ったのは、日本人でありながら、イエスに関わってしまった人物であることがわかる。「日本人とキリスト教」というテーマを窺い知ることが出来る。

（2）遠藤周作・佐藤泰正『人生の同伴者』（春秋社、一九九一・平成三年十一月）

（3）『鉄の首枷』では次のように説明している。

そのような彼の心理はあの昭和二十年の我々の心に似ているかもしれぬ。よごれきった疲労感と言いようのない空虚感である。今は彼の野心も挫折した。

（『鉄の首枷』）

（4）岩﨑里奈「遠藤周作『鉄の首枷――小西行長伝』――小西行長の信仰」（「遠藤周作研究」5、二〇一二・平成二十四年九月）

（5）ちなみに、小西行長を描いた遠藤の歴史小説『宿敵』では、『鉄の首枷』と同じように室津を小西行長が再改宗をした重要な場所として扱っているが、同じ場面を見ると、小西行長は泣いておらず、顔が蒼ざめただけになっている。

右近の名が神父の口から出た時、蒼ざめていた彌九郎は体を鋭い刃で切られたように顔をゆがめた。

「だが、あなたはきっと、私たちを助けてくださる。それも私は信じております」

小西彌九郎は眼をつむり、何も答えなかった。やがてまぶたを開いて、

「神父さま、しばし考えさせてくだされ」

と彼は聞えるか、聞えないかの声で答えた。

（中略）

そして三時間後、ふたたび神父たちの前にあらわれた彼の顔はむしろ蒼ざめていた。平生は色白で、小肥りの男

なのだが僅かの間にその顔が痩せたと思われるほどだった。（「八　面従服背」／『宿敵』）

（6）武田友寿「『沈黙』の世界―弱者の論理―」／『遠藤周作の世界』（中央出版社、一九六九・昭和四十四年十月）所収

（7）森本繁『小西行長』（学研M文庫、二〇一〇・平成二十二年四月）によると、小西行長は一五八三（天正十一）年、高山右近の勧めで洗礼を受け切支丹になったというが、はっきりしたことはわかっていない。

（8）注（1）と同じ『走馬燈』には、行長が逮捕された岐阜県・春日村を取材する中で、行長の最後とイエスの最後が似ていると考えている場面がある。

切支丹の行長の末路が、イエスの最後に似ているなと思った。イエスがユダという男に二十枚の銀貨で売られたように、行長も林蔵主に黄金十枚で売られたのである。やがてここから馬に乗せられて引きたてられた行長は、近江八幡の八幡山の家康陣所に連行され、鉄の首かせをはめられた。切支丹だった彼が、イエスの最後をわが身と比べながら考えなかったとは思えない。（「岐阜県・春日村〈行長の逮捕〉」／『走馬燈』）

（9）『走馬燈』には次のようにある。

行長が六条河原に引かれて斬首されるまでの二時間は、彼の長い朝鮮従軍の歳月よりも、はるかに劇的である。なぜならその時こそ、彼等は人間を越えたものと対決せねばならなかったからである。（「あとがき」／『走馬燈』）

（10）作中に引用された小西行長の遺書は次のとおりである。

「今回、不意の事件に遭遇し、苦しみのほど書面では書き尽しえない。（中略）最後にとりわけ大切なことを申しのべる。今後はお前たちは心をつくし神に仕えるように心がけてもらいたい。なぜなら、現世においては、すべては変転きわまりなく、恒常なるものは何一つとして見当らぬからである」（「十三　鉄の首枷をはずす時」／『鉄の首枷』）

（11）これはまた『王の挽歌』で大友宗麟が「頼るものは神のほか、この世にあろうや」と最後に着いた信仰に通ずるものがある。

第二章　遠藤文学における〈ペドロ岐部〉（二）

――『メナム河の日本人』から『王国への道』まで――

一、問題の所在

「弱者」の文学と呼ばれる遠藤文学の中で〈ペドロ岐部〉（一五八七～一六三九）は対立項の「強者」という重要な役割を担っている。だが、先行研究において遠藤文学における〈ペドロ岐部〉が注目されることはほとんどなかった。[1]「弱者」に関心が集中していたためである。そうした現状を踏まえ本章は遠藤文学において〈ペドロ岐部〉がいかなる役割を果たしてきたかその痕跡を確認し、見直しを図ることを目的とする。既に論者は「遠藤文学における〈ペドロ岐部〉（一）[2]」において『留学』（一九六五）、『沈黙』（一九六六）を中心として〈ペドロ岐部〉の隠れた痕跡を明らかにした。すなわち、〈ペドロ岐部〉が殉教を遂げた「強者」として荒木トマス、フェレイラなどの背教した「弱者」と対照的な位置に置かれていることや『沈黙』の主人公ロドリゴの形象に大きな影響を与えたことなどである。しかし、二作品における〈ペドロ岐部〉の役割はあくまでも副次的なものであり、〈ペドロ岐部〉が実際に重要な登場人物として作品の中で動き始めるのは『メナム河の日本人』（一九七三）以降となる。

そこで本章では、作品の登場人物として初めて〈ペドロ岐部〉が登場する『メナム河の日本人』（一九七三）から『王国への道―山田長政―』（一九八一、以下、『王国への道』と呼ぶ）までを取り上げ、作品の中で〈ペドロ岐部〉がどのような役割を果たしているのかその痕跡をたどることにする。結論を先に述べると、〈ペドロ岐部〉は『イエスの生涯』（一九七三）、『死海のほとり』（一九七三）で遠藤が描いてきた「無力なイエス」のイメージと相似形の人物として、また「地上の王国」を目指した山田長政と対照的に「神の王国」を目指した人物として描かれたと言えよう。以上のことを手がかりとして遠藤文学における〈ペドロ岐部〉について見直しを図りたい。

二、『メナム河の日本人』における〈ペドロ岐部〉

『メナム河の日本人』は一九七三（昭和五十八）年九月に〈書き下ろし新潮劇場〉の一巻として新潮社より刊行された。『黄金の国』『薔薇の館』に続く戯曲作品であり、また遠藤文学で初めて〈ペドロ岐部〉が登場人物としてあらわれた作品である。先行研究はほとんどなくわずかに四本の劇評[3]が見られるのみである。

作品の原点は一九七一（昭和五十六）年十月、『死海のほとり』の取材のためエルサレムを訪ねた帰りに「偶然[4]」立ち寄ったタイのアユタヤ訪問にある。遠藤は日本人町の跡地を訪れ山田長政や〈ペドロ岐部〉への興味を膨らませた。この時の様子について遠藤は次のように語っている。

長政の情熱とペトロ岐部の情熱とは同型だが、一方では地上の国を目指し、他方は神の国のみを考える点でちがう。しかし二人共、日本鎖国の初期になお、海外に向ったあの時代の昂揚した精神の持ち主である。アユタヤの廃墟に並ぶ焼けこげたパゴダの塔は私には長政の姿やペトロ岐部の姿を思いださせるのだ……。

（「廃墟と芝居」／「波」、一九七三・昭和四十八年十一月）

遠藤は日本人町の跡地において山田長政と〈ペドロ岐部〉の二人の姿を想像する。二人は同型の情熱を持ちながら、目指すところは違った。山田長政は「地上の国」を目指し、〈ペドロ岐部〉は「神の国」のみを考えていたのだ。それでもそれぞれ信じるもののために生きた。遠藤はこうした生き方も目指すところも違う二人がアユタヤで三年間だけだが同じ時を過ごしたという事実に関心を持った。しかもここでの「地上の国」を目指した山田長政と「神の国」のみを考える〈ペドロ岐部〉というテーマは、やがて「地上の王国」を目指した山田長政と「神の王国」を追い求める〈ペドロ岐部〉というように、「王」というキーワードを含み、『銃と十字架』や『王国への道』の中の山田長政と〈ペドロ岐部〉へと展開していく。さらに『王の挽歌』の冒頭では豊臣秀吉と大友宗麟の会見から始まるが、「生き方の違い」という章題が示す通り「地上の王国」を追求した豊臣秀吉と「神の王国」を夢見た大友宗麟の対照的な生き方として現れていて山田長政と〈ペドロ岐部〉の関係を発展させたものであった。こうした対立する生き方は『沈黙』における「強者」と「弱者」という対立項が基になっていると考えられる。また、『鉄の首枷』における「水の人間」小西行長と「土の人間」加藤清正の対立もこのバリエーションの一つである。

作品はタイのアユタヤでソンタム大王臨終により王位継承権をめぐって王宮で様々な権謀術数が巡らされる場面から始まる。いかにして日本人傭兵を利用するのか策略をめぐらす権力者たちと、この機を生かしてアユタヤの地に日本人だけの小さな「地上の国」を作ろうとする山田長政の駆け引きが話の軸となりストーリーが展開する。

中心人物である山田長政は「アユタヤの秀吉」と呼ばれるように知恵と才覚でアユタヤの日本人傭兵隊長にまでのぼりつめた人物である。長政は目に見える富と権力を追い求めて戦って来た。そんな長政に対して、〈ペドロ岐部〉は目に見えない「神の国」のことを語る。結局、長政は〈ペドロ岐部〉を理解することはできないが、〈ペドロ岐部〉に対して深い印象を残すことになる。

長政　なぜかわからぬ。愚かな者よと思うておる。が、別れれば不思議と忘れられぬ。武士の血を受けたとは見えぬほど弱々しく、その上、熱病まで患うておった。俺とは別の生き方だ。だが……兄弟のような気さえする。

（『メナム河の日本人』）

ここで長政が語るように〈ペドロ岐部〉は「大友家の家臣」という「武士の血を受けたとは見えぬほど弱々し」い体をしており、その上日本を離れた十年にわたる長い旅のせいで「熱病まで患」っている。『イエスの生涯』『死海のほとり』で描かれてきた「無力なイエス」を連想させる姿である。だが、〈ペドロ岐部〉は長い旅で苦心を重ねたおかげで人間の哀しみを知り、さらには人間の哀しみに寄り添う神さまの心も知ったという。そして最後には神父として迫害に苦しむ信徒のために日本へ潜入し殉教を遂げた。外見的には「弱者」であっても内面的には「強者」であったのだ。山田長政が〈ペドロ岐部〉に惹かれたのは「神の国」のみを一途に考える信念の強さと情熱の激しさを見抜いていたからかも知れない。だからこそ「兄弟のような気さえする」とまで考えたのであろう。ちなみに史実では山田長政と〈ペドロ岐部〉が交流した形跡は全くない。一六二七年から一六三〇年までの三年間、二人がアユタヤにいたことは確かな事実だが、当時の手紙や記録にも互いの名前すらなく、互いに無関心であった。すなわち、『メナム河の日本人』における山田長政と〈ペドロ岐部〉の交流は全くの創作である。

次にもう一人の重要人物であるモレホン神父について考えたい。モレホン神父は〈ペドロ岐部〉がアユタヤで日本へ行く方法を探す手伝いをした実在の人物である。『銃と十字架』では次のように紹介されている。

> モレホン神父とは一六一四年の家康の切支丹追放令まで二十七年間、主として京都を中心にして布教していた宣教師である。彼は秀吉政権下の切支丹武将から深い信頼を受けたが、大追放令の時には高山右近たちと共にマニラに避難せざるをえなかった。神父は一時、ヨーロッパに戻っていたが、一六二五年、マニラにふたたび戻った時、フィリピン総督から依頼を受けて、シャム・アユタヤに拘留されているスペイン人の釈放交渉のためシャムに向う途中、打ちあわせのためマカオに寄ったのである。
>
> （『銃と十字架』中央公論社、一九七九・昭和五十四年四月）

史実のモレホン神父は二十七年間日本宣教で活躍し、日本追放以後も日本再潜入の方法を画策していた日本宣教の中心人物であった。この時モレホン神父が立ち寄ったマカオにヨーロッパから帰国して日本潜入を企てていた〈ペドロ岐部〉がいた。〈ペドロ岐部〉はモレホン神父のアドバイスを受けてアユタヤへ向い、日本潜入の機会を窺った。そしてアユタヤにいる間、〈ペドロ岐部〉は神父であることを隠して日本行の船を捜した。切支丹であれば乗船できなかったからである。結局〈ペドロ岐部〉はアユタヤで三年過ごしたが日本行の船は見つからなかったのでフィリピンに渡り、一六三〇年フィリピンから日本へ潜入した。これが史実である。

だが作中でのモレホン神父は、女性問題のために教会から離れざるを得ず、その苦しみを忘れるため常に酒を飲み、ひたすら神からも人からも忘れ去られることを望んでいる堕落神父となっている。女性問題で教会を離れた神父と言えば『黄色い人』（一九五五）のデュランのモデルであるヘルツォーグ神父を想起させる。また、酒飲みであるところはG・グリーン『権力と栄光』のウイスキー神父をモデルにしたと考えられる。

このようにモレホン神父が女性問題で身を持ち崩したこと、酒飲みであること、アユタヤで〈ペドロ岐部〉が自ら神父であると名乗っていたことなどことごとく史実とは異なる。いずれも作者の創作である。

作品の最後でモレホン神父は山田長政と〈ペドロ岐部〉の二人の死を語る。王宮の陰謀に巻き込まれ毒殺された山田長政と、苦難の末ようやく日本に潜入したもののわずか五日後に捕まり殉教を遂げた〈ペドロ岐部〉。どちらも悲惨な最期を遂げた。地上での人間の虚しさを物語っている。だがここにも作者の創作が見られる。山田長政が毒殺されたのは事実であるが問題は〈ペドロ岐部〉の方にある。実際の〈ペドロ岐部〉は一六三〇年、フィリピンから鹿児島の坊ノ津へ商人のふりをして潜入に成功した後、長崎や東北で九年間神父として活躍した。一六三九年に捕えられた後も「穴吊り」などの過酷な拷問に耐えて華々しい殉教を遂げた。したがって、『メナム河の日本人』のように上陸後わずか五日で捕まったわけではない。ここには〈ペドロ岐部〉の人生をより悲惨に見せようとする作者の創作のあとが窺える。

以上のように『メナム河の日本人』は山田長政を中心として、対照的な生き方をする〈ぺドロ岐部〉や語り手としてのモレホン神父を副次的人物として物語が展開する。作品の随所に歴史事実とは異なる様々な作者の創作が見え隠れする。だが特筆すべきは「神の働き」について語られる三つの場面にある。これらにこそ作者の大胆な創作の跡を見ることが出来るし、作品を見直す鍵も隠されている。すなわち、〈ぺドロ岐部〉が「転び者」の嘉助に慰めを与える場面、〈ぺドロ岐部〉が山田長政に神の働く領域について語る場面、そしてモレホン神父がアユタヤでの日本人たちに思いを馳せる最後の場面である。これらの場面は人間の心の働きに触れたものであり、単なる心理ではなく魂の領域に及び作者の宗教観をも浮き彫りにする。

第一に〈ぺドロ岐部〉が「転び者」の嘉助に慰めを与える場面。そもそも嘉助は前作の『黄金の国』に登場しフェレイラや仲間を裏切り棄教した「転び者」であり、『沈黙』のキチジローとよく似た人物である。『メナム河の日本人』では「転び者」になったことで日本にはいたたまれずアユタヤに逃げ落ちたという設定になっている。嘉助は自分の罪を自覚し、心に重荷を負ったまま暮している。そんな嘉助を〈ぺドロ岐部〉は慰める。

ぺトロ岐部　いいか、嘉助殿。神さまはな、お前さまのように己がつまずきに泣く者のためにおられるのだ。もし日本の転び者たちが、皆、お前さまのように我と我が身をそのように責め苛んでいるならば……私は尚更、日本に戻りたい。戻って、神様は罰したり裁いたりなさるために在すのではない。神さまは転び者の苦しみも心底知っておられると告げに行かねばならぬ。
茂吉　ふしぎな神父さまじゃな、お前さまは。
ぺトロ岐部　（笑って）ふしぎなものか。私はただこの十年の旅ののち、人間の哀しみがどんなものか、やっとわかった愚かな男だ。

（『メナム河の日本人』）

〈ペドロ岐部〉は「転び者」の嘉助に対して人間の哀しみや苦しみに寄り添う同伴者としての「神さま」を優しく説いている。〈ペドロ岐部〉もまた過酷な「十年の旅」を経て「人間の哀しみ」や「転び者」の苦しみを理解し、同時に人間の苦しみを共に分かち合う「神さま」を知ったからだ。さらに重要なことは〈ペドロ岐部〉が嘉助に説く「神さま」像が『沈黙』における「踏絵」の「イエス」と重なる点にある。

（踏むがいい。お前の足は今、痛いだろう。今日まで私の顔を踏んだ人間たちと同じように痛むだろう。だがその足の痛さだけでもう充分だ。私はお前たちのその痛さと苦しみをわかちあう。そのために私はいるのだから）

「主よ。あなたがいつも沈黙していられるのを恨んでいました」

「私は沈黙していたのではない。一緒に苦しんでいたのに」

「しかし、あなたはユダに去れとおっしゃった。去って、なすことをなせと言われた。ユダはどうなるのですか」

「私はそう言わなかった。今、お前に踏絵を踏むがいいと言っているようにユダにもなすがいいと言ったのだ。お前の足が痛むようにユダの心も痛んだのだから」

（『沈黙』新潮社、一九六六・昭和四十一年四月）

「踏絵」の「イエス」がロドリゴに語りかける有名な場面である。ここで「イエス」はロドリゴに対して裏切り者のユダの苦しみを知っていること、人間の「痛さと苦しみをわかちあ」い、「一緒に苦しん」でいることを切々と訴えている。〈ペドロ岐部〉が語る「転び者の苦しみも心底知っている」「神さま」像と同じ姿と言えよう。

第二に〈ペドロ岐部〉が山田長政に神の働く領域について語る場面。アユタヤに日本人だけの「地上の国」建設の夢を語る山田長政に対して〈ペドロ岐部〉は「一人一人の人間の心の奥ふかい影のなかに作られ」る「神の国」について語る。〈ペドロ岐部〉はモレホン神父から山田長政の秘密を聞き(5)、そうした心の奥に神の働きがあることを主張する。その秘密とは口のきけない王女を不憫に思い、誰も見ていないところでは王女を慰めるために刀で軽業を見せることであった。富や権力を追求し闘いに明け暮れる山田長政にも別な一面があったのである。しかも王女の前で軽業を披露する山田長政の姿は聖母の前で軽業を披露したアナトール・フランス『聖母の軽業師』を連想させる。結局、山田長政は〈ペドロ岐部〉の話に耳を傾けることはなく、「地上の国」建設に全力を注ぎ続けるが、心の秘密を解き明かした〈ペドロ岐部〉は忘れ難い存在となる。

第三にモレホン神父がアユタヤでの日本人たちに思いを馳せる最後の場面。敵の策略によって山田長政が毒殺され日本人町も荒廃し、〈ペドロ岐部〉も日本潜入後五日後に逮捕され殉教を遂げる。他の日本人も殺されたり、どこかに逃げ延びたりしている。生き残ったのは一人の赤ん坊だけになった。そうしたアユタヤでの日本人たちの運命をつぶさに目撃したモレホン神父は最後に感慨を漏らす。

　モレホン　人はそれぞれにわが身を賭けたもののために死んでいく。ペトロ岐部も、オーナ・セーナ・ピモック・長政殿も。その二人の臭いが、この日本人町の跡のどこかにくすぶっているようだ。その人間の臭いのなかには神がいる。神もその跡を私たちと同じように、つらそうに見ておられる気がする。(『メナム河の日本人』)

先に〈ペドロ岐部〉が嘉助に語った人間の哀しみや苦しみに寄り添う同伴者としての「神さま」像がここにも見られる。モレホン神父が感じているのは地上における人間の儚さであり、その夢の痕跡を「人間の臭い」という身体感覚で捉えているのだ。しかも『沈黙』から『イエスの生涯』、『死海のほとり』と発展してきた人間の哀しみや苦しみに寄り添う同伴者イエスの姿が神の働きとして明示されている。また、人間の心の奥に神が働く領域があるというように、「第三のディメンション」と呼ばれる「魂」の領域まで描かれている。

要するに、『メナム河の日本人』は歴史小説としてだけではなく、心理小説という側面も持っているのだ。さらには、心の奥の奥に潜む「第三のディメンション」である魂の領域にまで踏み込んでいる。こうした様々な側面から見直される必要のある作品であろう。

三、エッセイの中の〈ペドロ岐部〉

戯曲『メナム河の日本人』（一九七三）の次に〈ペドロ岐部〉が登場する作品は評伝『銃と十字架』（一九七九）であるが、その間に六年もの時間を費やしている。この頃にはH・チースリク教授の〈ペドロ岐部〉研究[6]もほぼ完成しており、〈ペドロ岐部〉の全貌も明らかになりつつあった。一九六五年には出身地の国東半島に銅像も建てられ地元での顕彰運動も大いに盛り上がっており、資料に関しては小説を書くのに十分な材料が揃ったと言える。だが資料だけでは小説は書けない。作家の創作意欲を刺激する何かが必要なのである。この辺りの事情に関しては、『銃と十字架』の「あとがき」に「彼は今日まで私が書きつづけた多くの弱い者ではなく、強き人に属する人間である。そのような彼と自分との距離感を埋めるため、やはり長い歳月がかかった」とある。『沈黙』をはじめ遠藤がこれまで書いてきた人物があくまでも「弱者」であって、〈ペドロ岐部〉のような「強者」ではなかったのである。こうした遠藤と〈ペドロ岐部〉との「距離感を埋める」作業の過程はいくつかのエッセイで確認することが出来る。そこで『銃と十字架』を考える前に、〈ペドロ岐部〉について書かれているエッセイをたどることとする。

まず「彼等と西洋」（「野生時代」一九七五・昭和五十年五月）。題名の「彼等」とはヨーロッパに留学した最初の日本人たちを意味する。遠藤はフランス留学体験から「彼等」に関心を持つようになったと語っている。日本人で最初のヨーロッパ留学生ベルナルドや荒木トマスなど何人かが紹介されており、そのうちの一人が〈ペドロ岐部〉であった。

カスイ岐部はおそらく日本人で最初に中近東にわたり、ローマに赴いた青年である。岐部は国東半島の豪族の子で有馬の神学校で学んだ後、幕府の追放令にあいマカオに逃げた。だがマカオの聖職者たちの無理解に反抗した彼は陸路、ペルシャに行き、聖都エルサレムにたどりつき、そこから更にローマに単身、渡っている。一六二〇年（元和六年）のことである。彼はそこで司祭となり、グレゴリオ大学で勉強（その名簿は今日でも残っている）、一六二三年にポルトガルから日本への帰国の途についている。彼がその旅の途中、シャムのアユタヤで山田長政と出会ったことを人はあまり知らない。

（「彼等と西洋」）

〈ペドロ岐部〉の略歴に関しては事実をそのまま列挙しているだけだが、最後にわざわざ山田長政との出会いを強調している点に注目すべきだろう。戯曲『メナム河の日本人』（一九七三）の余韻を感じることができる。

次に『走馬燈―その人たちの人生―』（毎日新聞社、一九七七・昭和五十二年五月／以下、『走馬燈』と呼ぶ）。「日本人でありながら、イエスと関わった[7]」人物を追って日本の各地やメキシコ、フランス、ポーランド、エルサレムなどを取材した「創作ノート[8]」である。この中には『沈黙』に関わる「長崎〈フェレイラのこと〉」「文京区・小日向一丁目〈キャラ神父のこと〉」、『鉄の首枷――小西行長伝』（一九七七）と関わる「室津にて〈小西行長のこと〉」「岐阜県・春日村〈行長の逮捕〉」「天草島・仏木坂〈清正のこと〉」「対馬・厳原〈小西マリアのこと〉」「熱海市・網代〈おたあのこと〉」「韓国・蔚山〈山川長兵衛尉のこと〉」「韓国・熊川〈ある陶工師の子孫〉」「韓国・釜山市〈内藤如安のこと〉」「長崎市・大波止〈内藤如安のこと〉」、『侍』（一九八〇）に関わる「牡鹿半島・月ノ浦港〈偽りの使節〉」「メキシコベラ・クルス〈支倉常長のこと〉」「南仏　サン・トロペ〈支倉常長のこと〉」「宮城県・支倉村〈支倉常長のこと〉」などがある。さらには『最後の殉教者』（一九五九）、『女の一生　一部・キクの場合』（一九八二）と関わる「島根県・津和野〈浦上村の祐次郎のこと〉」や『女の一生　二部・サチ子の場合』（一九八二）に登場するコルベ神父に関わる「ポーランド　ニエポカラノフ村」や『イエスの生涯』『死海のほとり』『キリストの誕生』（一九七九）に関わるエルサレムとイスラエルなど様々な作品の源泉ともなっている。

〈ペドロ岐部〉に関しては「長崎〈フェレイラのこと〉」「長崎県・北有馬〈有馬神学校のこと〉」「仏蘭西・リヨン市〈ポルロ神父のこと〉」の中で少し名前が登場し、「国東半島〈ペドロ岐部の話〉」「アユタヤ〈ペドロ岐部の話〉」では半生について語られている。中でも「アユタヤ〈ペドロ岐部の話〉」における山田長政との関わりは重要である。

裏づける資料はないが、同じ日本人である山田長政とペドロ岐部とは、このアユタヤの日本人町で顔を合わせたであろう。二人がどのような対話をかわしたか、我々には残念ながらわからない。

アユタヤの廃墟にたたずんで、鳥の声を聞きながら、私はいつの日かペドロ岐部を主人公に小説を構想する日が来たら、この長政と彼との会話を書こうと思った。一方は日本を逃れた同胞のために理想の国を築こうとした男、もう一人はその日本にふたたび戻り、同胞のために神の国を説こうとした男、同時代に生まれ、同じように波乱の生涯を送りながら、地上の国と神の国とを夢みることで別の生き方を選んだ二人の男がここで顔を合わせたのである。

（「アユタヤ〈ペドロ岐部の話〉」／『走馬燈』）

前述のように『走馬燈』は「日本人でありながら、イエスと関わった」人物について書かれたエッセイである。そのため山田長政が章題に出て来ることはない。おそらく遠藤は「アユタヤ〈ペドロ岐部と山田長政の話〉」とでもつけたかったのかもしれない。だが、山田長政は日本人ではあるが「イエスと関わった」人物ではないので章題から削除されたのであろう。ここで重要なのは資料にはないがアユタヤで山田長政と〈ペドロ岐部〉が出会ったことと、二人の生き方の違いが「地上の国」と「神の国」という『メナム河の日本人』で登場した対立項で提示されていることである。この対立項が展開した先に『銃と十字架』や『王国への道』（一九八一）がある。

そして、「石仏の里　国東」（「太陽」、一九七七・昭和五十二年七月）。〈ペドロ岐部〉の故郷である国東半島を訪ねた取材旅行の記録である。エッセイの冒頭部で〈ペドロ岐部〉への思いと略歴が語られる。

国東をいつかは訪れようと思っていた。国東を故郷とする一人の実在人物のことを書くつもりだったからである。

その男の名は岐部という。今日でも国東半島の北端にこの名を持った漁村があるが彼の一族は四百年ほど前、そこの豪族だった。彼の父は大友宗麟に属し、その影響をうけて熱心な切支丹になったが、彼もまた島原有馬の神学校に入学して生涯を信仰に生きようとした。

（中略）

だがこの男はその帰国の途中、当時、シャムにいた山田長政に会い、小野田少尉のかくれていたルパング島から日本に戻ったあと、東北に潜伏して遂に捕まり、過酷な拷問を受けても屈せず、遂に江戸で死ぬという数奇な生涯を送っている。

（「石仏の里　国東」）

〈ペドロ岐部〉の略歴の中で、シャムで山田長政に会ったことと東北で捕まったことの二点は注意すべきであろう。『メナム河の日本人』以来の山田長政と〈ペドロ岐部〉の関係性と『侍』の主人公のモデル支倉常長との関連を裏付けるものとなるからである。

いずれにしろ遠藤は国東半島を訪れ、石仏や寺社仏閣を目にして、複雑な宗教性を実感する。国東半島には宇佐八幡宮、朝鮮仏教、平安仏教など様々なものが「ゴッタ煮のようにそのまま共存して」おり、その上に「大友宗麟の勢力で西欧の基督教もはいりこみ」、「ペドロ岐部のような切支丹まで生ん」だ。「秘境」の地であり、「我々の解せぬ謎」に満ちている。それこそ国東半島の魅力だという。こうした複雑な国東半島の情勢について『銃と十字架』では少ししか触れられないが、後に大友宗麟を主人公にした『王の挽歌』（一九九二）では、国東半島が豊後国を統治するための要所となっている。大友宗麟は国東半島の田原家の娘と結婚するなど様々な策略を使って国東半島の勢力を自身の統治下に取り込んでいくことで、豊後国の支配体制を固めていったのである。その意味ではこのエッセイは『銃と十字架』ばかりではなく『王の挽歌』の取材ノートとも言える。

続いて「世界史のなかの日本史」(「文学界」、一九七八・昭和五十三年一月)。『銃と十字架』執筆準備中に書かれたエッセイである。世界史のリズムのなかで日本史を考えるべきというテーマをもとに日本人で最初にヨーロッパに留学した人たちが、大航海時代という世界的な冒険の気運の中で、冒険的生涯を送った意味を遠藤は問いかけている。その代表として〈ペドロ岐部〉を取り上げる。

この前、国東半島にある岐部という小さな町に行ったが、それはここ出身の青年もまた、島原半島の神学校で学び、その後、ヨーロッパに留学したことを知ったからであった。

(中略)

留学を終えた彼は、その後、日本に帰る途中、シャムのアユタヤに寄った。当時のアユタヤは山田長政を首領にする日本人傭兵と日本商人とが日本人町を作っていたから、彼と山田長政はきっと顔を合わせたにちがいない。長政のように異国の地に地上の王国をこしらえようとした男とこの青年のようにひたすら精神の王国を目指した男とがどのような会話をしたか、私など知りたいところである。

彼はその後、あの小野田少尉のひそんでいたルパング島に渡り、そこから白蟻のため破損した古船を手に入れて日本に戻っている。そして東北の仙台附近で捕えられ、過酷な拷問を受けた後、死んだ。

(「世界史のなかの日本史」)

「地上の国」「神の国」から「地上の王国」「精神の王国」へと「王国」という言葉に変っていることに注意したい。『侍』の自作解説[9]ではタイトルを『侍』ではなく『王に会いに行った男』としてもよかったと語っているように、

『侍』において「王」は重要な意味を持っている。それも「王」と言ってもスペイン国王やローマ法王のような地上の「王」だけではなく、人間の精神の「王」たるイエスをも含んでいる。このエッセイで山田長政が「地上の王国」建設を夢見て奮闘し、〈ペドロ岐部〉が「精神の王国」を目指してその果てに殉教を遂げたことと重なる。山田長政が目指したのは地上の「王」であり、〈ペドロ岐部〉が考えたのは精神の「王」であるイエスであったのだ。

次に「東北の切支丹――支倉常長とペドロ岐部」（『探訪大航海時代の日本⑧回想と発見』小学館、一九七九・昭和五十四年三月）。東北の切支丹と殉教の歴史を語ったエッセイである。支倉常長、カルバリオ神父、後藤壽庵、〈ペドロ岐部〉など殉教者の足跡を辿る。支倉常長を主人公とした『侍』や〈ペドロ岐部〉を主人公とした『銃と十字架』の取材旅行記でもある。副題に二人の名前があるが、支倉常長と〈ペドロ岐部〉は直接交流したわけではない。二人を含む様々なキリシタンたちがそれぞれ「日本人でありながら、イエスと関わった」人物であり、「切支丹最後の地」である東北で確かに生きた痕跡を残したのである。例えば、支倉常長は慶長遣欧使節としてメキシコ、スペイン、ローマを訪問しローマ法王にまで謁見している。また、日本人として初めて太平洋、大西洋を往復した人物であるが、それほどまでの偉業を成し遂げながら帰国後は政策の転換もあり不遇のまま過ごし、最後には切支丹であるために処刑された。政治に翻弄された人生だったのである。一方、〈ペドロ岐部〉も日本人として初めてエルサレムを巡礼して、ローマで神父となり、一六三〇年日本に帰国後、長崎、東北で潜伏神父として九年間活躍した。一六三九年東北の水沢の地で逮捕され、江戸で殉教を遂げた。このようにエッセイに登場する人物は殉教者たちであり、一方で「転び者」も存在した。そうした全てをひっくるめて東北の地で見られた「切支丹最後」の姿を描いているのである。

最後に遠藤周作・山本健吉「リレー対談　長崎あれこれ」（『月刊自由民主』、一九七八・昭和五十三年七月）。これも『銃と十字架』が「中央公論」連載中に開かれた山本健吉との対談である。山本は長崎で生れ育った人物であり、遠藤にとって慶應義塾大学の先輩にあたる。また、山本はフランシスコ・ザビエルの半生を描いた『きりしたん事始』（芸術社、一九五六）で遠藤から切支丹関係の資料を提供してもらったり、「天草四郎」について「評伝」[10]を書いたりと切支丹に対して少なからぬ関心を抱いている。そんな山本に対して遠藤は〈ペドロ岐部〉のことを熱く語る。

遠藤　（略）やっぱりすごいやつ、いますよ。僕がさっき保存してほしいっていった、学校の卒業生の岐部なんていうのは、徳川家康の大追放でマカオへ行くでしょう。そして、すぐ勉強するんだけど、それじゃ飽き足らなくて、もっと勉強したいとゴアまで行って……もちろん路銀もないのに。三人、小西行長の孫と一緒に行ってます。

（中略）

だけど、すごいでしょう。あの時代にアラビア砂漠を隊商とエルサレムへ行って、エルサレムから……だからあの時代を調べると、すごいやついますよ。で、意外とそういう人のことを、学校の歴史なんかで教えないんですよ。

（遠藤周作・山本健吉「リレー対談　長崎あれこれ」）

「長崎あれこれ」という題名通り対談では長崎に関する様々な話題がのぼり、最後に有馬神学校に及び、さらに卒業生である〈ペドロ岐部〉の話に至る。遠藤は終始一貫して〈ペドロ岐部〉を「すごいやつ」として興奮して語っている。『銃と十字架』連載中ということもあり〈ペドロ岐部〉に対する並々ならぬ遠藤の関心の高さを窺い知ることが出来よう。

以上、エッセイにあらわれた〈ペドロ岐部〉を確認してみた。エッセイや対談などの差はあるが最初は単なる知識にとどまり事実を列挙したに過ぎなかった。それが故郷である国東半島やローマ、アユタヤ、逮捕の地である東北水沢など〈ペドロ岐部〉の足跡を辿ることで遠藤が自分の近しい人物として次第に「距離感」を埋めていったと言える。こうした過程を経て『銃と十字架』に辿りつくのである。また、ほとんどのエッセイで山田長政と〈ペドロ岐部〉の生き方の違いが対照的に取り上げられており、二人の対立がエッセイの中心となっている。

四、『銃と十字架』における〈ペドロ岐部〉

『銃と十字架』は「銃と十字架――有馬神学校《セミナリオ》」という題名のもとで「中央公論」の一九七八年一月号から十二月号まで連載されたあと、一九七九年四月、『銃と十字架』と改題され中央公論社より刊行された。小説ではなく事実を客観的に述べる評伝の形式を取っている。これも先行研究は少なく一本の書評と四本の論文[11]があるのみである。

初出の副題にあるように有馬神学校が重要な役割を担っており、本文の約三分の一は有馬神学校や卒業生に関する記述で占められている。主人公の〈ペドロ岐部〉も有馬神学校の卒業生であることを考慮すると作品全体が有馬神学校の卒業生について描かれたとも言いうる。この辺りの事情に関しては前出の取材ノートである『走馬燈』が参考になる。同書の「長崎県・北有馬〈有馬神学校のこと〉」では『銃と十字架』の構想を垣間見ることが出来るからだ。

上智大学のチースリック教授や長崎の片岡弥吉教授の研究のおかげで、私たちはこの有馬神学校で学んだ生徒たちの名や略歴を知ることができる。生徒たちだけではなく、そこで教えた教師たちのことを調べる手がかりも与えられる。

私は、この姓名と略歴を調査された両先生の論文をひろげるたびに、そこに書かれた一人一人の生徒たちの生涯を、小説家として空想することがある。いつかは書きたいと思っている「卒業生」という作品の下準備をしているのかもしれない。

（『走馬燈』）

この段階でタイトルは『銃と十字架』ではなく「卒業生」であったことがわかる。整理すると、「卒業生」（一九七七・昭和五十二年）→「銃と十字架――有馬神学校《セミナリオ》」（初出：「中央公論」、一九七八・昭和五十三年一月〜十二月）→『銃と十字架』(初版:中央公論社、一九七九・昭和五十四年四月)という変遷をたどったことになる。そもそも遠藤が有馬神学校に関心を持つようになったのは『沈黙』(一九六六)執筆の頃から長崎を度々訪れ、有馬神学校のあった日之枝城付近を歩きまわり、往年の神学校の様子を偲んだことがきっかけである。また、『銃と十字架』の「あとがき」[13]によると、遠藤が〈ペドロ岐部〉を知ったのも「十数年前にふと読んだチースリック教授の論文」である。「チースリック教授の論文」とは『キリシタン人物の研究』のことで、中には有馬神学校についての記述もあり、これもまた有馬神学校への関心を高めたことは確かである。しかも「十数年前」というのは『沈黙』の取材のため遠藤が長崎をしばしば訪れた時期と重なる。遠藤が有馬神学校や〈ペドロ岐部〉に関心を持つようになったのは同じ時期だったのである。

作品自体は「一五八〇年に開校して三十三年の間存続したが、迫害のため閉鎖した」有馬神学校の卒業生の生涯を軸に、有馬神学校が設立された経緯や一五八七年豊臣秀吉によって出された禁教令に始まる迫害から一六三九年「切支丹最後の地」東北で逮捕され殉教した〈ペドロ岐部〉の最後までが、半世紀に及ぶ日本における基督教迫害の歴史と共に語られる。有馬神学校の卒業生の中には〈ペドロ岐部〉のように殉教した「強者」もいれば、千々石ミゲルのように背教した「弱者」もいる。誰もが神学校で西洋を学んだ日本人として西洋基督教国の日本に対する蔑視や東洋侵略の肯定という教会の罪とたたかったのである。

中でも注目すべきは千々石ミゲルと荒木トマスである。二人はそうした西洋とのたたかいの末棄教をしてしまったからである。この棄教問題について遠藤は既に「主観的日本人論2　テージュ川のほとりで　基督教棄てた二人」[13](「朝日新聞」、一九七二・昭和四十七年八月二十八日)で提起している。タイトルが示すようにこのエッセイは遠藤が主観的に日本人について論じたものである。「主観的日本人論2」ではポルトガルのテージュ川を訪れて、四百年前同じ場所に上陸した天正遣欧使節について思いをはせている。その上で使節の一人であった千々石ミゲルと同じ頃この地を訪れた荒木トマスの二人が帰国後なぜ基督教を棄てたのか心の秘密に迫っている。

明治の初期における外国文化の輸入とちがい、切支丹時代に基督教は日本人にとってヨーロッパそのものだったし、ヨーロッパはまた基督教そのものだったのである。だから千々石ミゲルやトマス荒木が長い間信じた基督教を棄てることは、言いかえればヨーロッパを棄てることだったのである。もちろん、彼等の棄教には迫害による圧迫とか、拷問にたいする恐怖も考えられるだろう。だが、それ以上に彼等はこの迫害下にヨーロッパの考え方では死ねないと考えたからにちがいない。ヨーロッパで育った基督教と自分の体液の間に溶けあわぬものを感じたからにちがいない。その溶けあわぬものを彼等はその留学中に少しずつ考えたのではないかと私は想像するのだ。

この二人の心の秘密をさぐる資料は一つとしてない。ないがしかしこの二人の心の秘密は私には見のがすことができぬような気がするのである。（「主観的日本人論2」）

千々石ミゲルと荒木トマスは有馬神学校の卒業生であり、荒木トマスは神父でもある。その二人がなぜ背教をしたのかという謎は解き難い問題である。手掛かりとなる資料も残されていない。これに対して遠藤は自身の留学体験にひきつけて考える。一九五〇年、遠藤は戦後初の留学生としてフランスへ渡り、「ヨーロッパで育った基督教と自分の体液の間に溶けあわぬものを感じ」て帰国した。同じように二人にはヨーロッパや基督教に対する違和感があったと遠藤は想像するのだ。

これに対して『銃と十字架』では別の理由を提示している。基督教国の植民地政策である。

「見るべきではなかったもの」かつてヴァリニャーノ巡察師が天正少年使節の少年たちを同じ航路で異国に送った時、この「見るべきではないもの」を見させぬよう苦心したことはその書簡からも窺える。だが少年使節の一人、千々石ミゲルはその「見るべきではないもの」を目撃して後に背教者となった。
見るべきではないもの。それは基督教国の東洋侵略の具体的な姿である。
（『銃と十字架』）

「見るべきではないもの」、すなわち十六、七世紀の基督教国が武力により侵略を繰り返していたことと、それに対して基督教側も肯定していた事実である。千々石ミゲルはそれを目撃してしまったために基督教に違和感を覚え、帰国後遂に背教者になったと語り手は考える。また、題名の『銃と十字架』も基督教国の植民地政策に関わる「銃」、すなわち武力介入と「十字架」、すなわち基督教の教化による現地民の懐柔策を象徴したものであった。時の江戸幕府は基督教国の植民地政策を恐れたからこそ禁教令を強化し鎖国までした。こうした中で唯一異なる対応したのが〈ペドロ岐部〉である。〈ペドロ岐部〉は「見るべきではないもの」を見ながらも千々石ミゲルや荒木トマス、そして江戸幕府とは違う認識を持つに至ったのだ。

ペドロ岐部が千々石ミゲルや荒木トマスの轍を踏まなかったのは、この基督者の歴史的行為と基督教との明確な区別を認識したためだと思われる。不幸にして千々石ミゲルや荒木トマスは十六、七世紀の西欧基督教会の行動を基督教の基督教の教えそのものと混同した。この世紀の教会の過失を、基督教自体の性格と錯誤したのである。彼等は基督教会もまた歴史的に数多く過ちを犯しながら、より高きものに成長していくのだという「教会の成長」という考えを持ちえなかったのだ。千々石ミゲルや荒木トマスは、この時代の教会の過失を基督教そのものと同一視して、信仰を放棄した。だがペドロ岐部は彼等二人よりも、よくイエスを知っていた……。
（『銃と十字架』）

作者の推測によらなくてもポルトガルの植民地の中心地であるインドのゴアを訪れた〈ペドロ岐部〉が「見るべき

ではないもの」、すなわち十六、七世紀の基督教国の侵略の実態を見たことは確かである。だが、〈ペドロ岐部〉は千々石ミゲルや荒木トマスと違い、最後まで信仰を棄てることはなかった。しかも、作者はその理由について〈ペドロ岐部〉が植民地政策への協力という「教会の過失」と「基督教そのもの」は区別しており、そこに〈ペドロ岐部〉が「よくイエスを知っていた」からという大胆な推測を述べている。

ではなぜ〈ペドロ岐部〉は「よくイエスを知」ることができたのであろうか。『銃と十字架』では評伝という特質上、登場人物の行動に関しては客観的事実が中心として語られており、語り手の主観は極力抑えられている。それでも、語り手が〈ペドロ岐部〉の心理に踏み込んだ箇所もいくつかあり、ここに謎を解く鍵と〈ペドロ岐部〉の苦悩が隠されている。すなわち、〈ペドロ岐部〉は苦悩を通して同じ苦しみを味わった受難のイエスを知ることが出来たのである。そこで〈ペドロ岐部〉の苦悩の内実を確認したい。

まず、〈ペドロ岐部〉の苦悩と密接な関係を持つ弱さを見せた場面から考える。ここには語り手の主観が如実に表れている。

私の観察では、強固な意志そのものだったペドロ岐部がその生涯のなかで、弱さを見せたのはこれが二度目である。一度目はあの大追放令の時、日本信徒たちを見すててマカオに逃げた時である。二度目は目前に日本を見ながらアユタヤに引きかえしたこの瞬間である。だがそのような弱さをここに至って見せたペドロ岐部を、誰も責められぬ。彼の信ずるイエスさえも、十字架での自分の死を予感した前夜、血のような汗を地に落して苦しんだ。イエスはその苦しみのあと、自分の運命を神の意志として引き受けたが、ペドロ岐部はすぐには引き受けられなかったのだ。

（『銃と十字架』）

語り手の「観察」によると、〈ペドロ岐部〉は生涯の中で二回だけ弱さを見せたという。元来〈ペドロ岐部〉は

「剛毅な性格」と「海賊的な冒険精神」と「頑健な肉体」を持った人物として『銃と十字架』では一貫して描かれていた。その意味ではまさに「強き人」であった。だが、そうした中でわずか二回でも弱さを見せたところは逆に人間らしい姿とも言える。

「一度目」に〈ペドロ岐部〉が弱さを見せたのは、一六一四年切支丹追放令が出た時、日本に残るか、海外に出て帰国する機会を窺うか二者択一を迫られて、日本を出る道を選んだことである。〈ペドロ岐部〉には神学校を卒業したとはいえ「同宿」にしか過ぎない自分が日本に残るより、日本を出て神父になって帰国した方が信徒の役に立つだろうという大義名分はあった。だが迫害に苦しむ日本の信徒を見捨てたことは事実であり、そのことに対する後ろめたさがヨーロッパへ渡る冒険の原動力ともなる。

そこで〈ペドロ岐部〉はマカオに渡るが、ここでは神父になれる可能性がないことを知った。するとインドのゴアへ行きそこでも神父になれないことを知ると、ゴアから砂漠を通ってエルサレムを巡礼し、ローマにまで至る。金銭的な援助もなく言葉もわからないままほぼ徒歩で走破した文字通り大冒険であった。この冒険を支えたのは、「剛毅な性格」と「海賊的な冒険精神」と「頑健な肉体」の三つであるが、その根底には日本の信徒を見捨てたという後ろめたさがあったと語り手は繰り返し強調する。大事なことは、〈ペドロ岐部〉が「はやく神父となって帰国したい。だが帰国すれば殉教を覚悟しなければならない」という苦悩の中で受難のイエスの姿を何度も思い起こしていることだ。そうして次第に〈ペドロ岐部〉の苦悩とイエスの苦悩の姿が重なってくる。

受難のイエスの姿を彼はいつも思いうかべる。なぜなら、そのイエスの姿は帰国した暁の自らの似姿と理想像とになるからだ。イエスが死を決意して過越祭のエルサレムに戻ったように、ペドロ岐部も死を覚悟して日本に帰るのだ。イエスがその予感通り、彼を迫害する大祭司やサドカイ派に捕えられたように、ペドロ岐部も切支丹を迫害する日本の権力者に捕縛されるだろう。だがイエスが愛した弟子の一人ユダから裏切られたように、ペドロ岐部も愛した誰かから、裏切られるだろうか。（『銃と十字架』）

こうして〈ペドロ岐部〉は受難のイエスに自身の姿を重ねることで、苦悩を克服して「殉教の準備と死の覚悟」を整えて行ったのである。

「二度目」に〈ペドロ岐部〉が弱さを見せたのは神父となりヨーロッパからマカオへ渡り、日本潜入の機会を窺った時のことである。マカオでは日本行の方法がないことと日本での基督教迫害の激化を知り、モレホン神父のアドバイスを受けてアユタヤへ行った。この時、語り手は〈ペドロ岐部〉が拷問や殉教に対して「たじろいだ」と強く非難する一方で、受難のイエスも苦悩したのだから仕方がないと認めてもいる。だが、〈ペドロ岐部〉はアユタヤに渡ると、自分が神父であることを秘密にして黙々と日本潜入の機会を窺っている。マカオで「たじろいだ」にしろすぐに「殉教の準備と死の覚悟」を固めたのである。以上が〈ペドロ岐部〉の苦悩の内実である。

ところでここにはもう一つ問題がある。作者が意図的に〈ペドロ岐部〉をイエスの「相似形になろうとするキリスト者」(14)として描いている点である。〈ペドロ岐部〉が殉教に至る過程とイエスが十字架で死ぬまでの過程が相似形となっているのだ。例えば、イエスが死を覚悟してエルサレムに戻ったように、〈ペドロ岐部〉も死を覚悟して日本に戻った。イエスが捕らわれる直前までゲッセマネの園で苦しみながら祈っていたように、〈ペドロ岐部〉も拷問や死に対して深く苦悩してアユタヤへ退いた。イエスが逮捕される時弟子達に裏切られたように、〈ペドロ岐部〉も一緒に「穴吊り」の拷問を受けた式見神父とポーロ神父が棄教して裏切られてしまった。イエスが拷問を受けて十字架上で死刑になったように、〈ペドロ岐部〉も「穴吊り」などの拷問を受けた末、火あぶりにされて絶命した。こうして〈ペドロ岐部〉と受難のイエスが重なって相似形になるのである。

最後に〈ペドロ岐部〉と山田長政との関係について述べたい。先に確認したように『銃と十字架』で中心となるのは〈ペドロ岐部〉をはじめとする有馬神学校の「卒業生」であった。そのため、山田長政が登場するのはわずかに

「山田長政とペドロ岐部」の章にしかすぎない。しかも評伝という形式上、史実に基づいた山田長政がいた頃のアユタヤの歴史に関わる記述が大半を占めている。それでも語り手は章の最後の部分で山田長政と〈ペドロ岐部〉との関係を述べる。

けれども長政とペドロ岐部とは、あの十七世紀初頭の日本人として同型の人間である。彼等は共に日本を捨て、日本の外に走った。彼等は共に日本をこえた国際人であろうとした。彼等は共に自分の創る国を夢みた。だが長政が地上の栄達を考え、日本を離れた場所に日本人の王国を得ようとしてリゴールに赴いたのにたいし、ペドロ岐部は日本に戻って神の国をそこに築こうとした。長政がその地上王国のために死を懸けたように、岐部もこの神の国に死を賭けた。地上の王国と神の王国。二人の夢みたそれぞれの王国はあまりに離れ、あまりに次元を異にしていた。

(『銃と十字架』)

『メナム河の日本人』やその他のエッセイに既出ではあるが、「地上の王国」を築こうとした山田長政と「神の王国」のために働く〈ペドロ岐部〉という二人の生き方の違いである。これまでの主張と特に変わったところはないが、「評伝」という制約の中にありながらどうしても言っておきたいという作者の強い意志が感じられる。

五、『王国への道』における〈ペドロ岐部〉

「地上の王国」を築こうとした山田長政と「神の王国」のために働く〈ペドロ岐部〉の生き方の違いを示した最後の作品が『王国への道』である。副題に示されているとおり主人公は山田長政である。〈ペドロ岐部〉は副主人公に過ぎず、ストーリーの中心となるのはあくまでも山田長政である。駿府の駕籠かきでしかなかった長政が出世の機会を求めて日本を飛び出しアユタヤへ渡り、リゴールの藩主として「地上の王国」を築く一歩手前まで登りつめていくことがストーリーの中心となっている。だが最後には身内の裏切りに遭い毒を盛られ「地上の王国」の夢は半ばで挫折する。そんな山田長政が成功していくのと同時進行で〈ペドロ岐部〉も神父となるためにマカオからゴア、エルサレムを経てついにはローマに辿りつく。神父となってからはローマからポルトガル、ゴア、マカオ、そしてアユタヤで山田長政と再会し、最後には基督教迫害下の日本へ戻り殉教を遂げる。このように別なものを目指しながらも同じような情熱を持った二人の人生が交錯していくところが重要である。では順に山田長政と〈ペドロ岐部〉の関わりを確認する。

作品の冒頭は一六一四年の切支丹追放令から始まる。バテレンの宣教師、有馬神学校の学生たちと同宿の〈ペドロ岐部〉たちは長崎から船に乗ってマカオへと向うが、同じ船に山田長政が密航していた。最初に山田長政と言葉を交わす西ロマノは、史実では一六二七年〈ペドロ岐部〉とアユタヤで再会した人物であるが、『王国への道』では冒頭部分にしか登場しない。山田長政と〈ペドロ岐部〉が初めて言葉を交わすのは、船の中で船酔いに苦しむ神学生たちをばかにする山田長政を〈ペドロ岐部〉がたしなめた時からである。〈ペドロ岐部〉は「大友家の家臣」であった武家の誇りを持つ強い意志を持った人物として登場する。

マカオに到着すると、山田長政はすぐに阮子竜の手下となりアユタヤに住む日本人相手の商売を手がける。〈ペドロ岐部〉はマカオで神父になる可能性もなく、厄介者扱いされて不満を抱えていたがアユタヤへ行くという山田長政から刺激を受け、マカオを出る決意をする。『銃と十字架』ではヨーロッパで学び神父となった荒木トマスの存在が〈ペドロ岐部〉にヨーロッパ留学の夢を与えたことになっているが、ここでは荒木トマスは登場しない。

アユタヤに着くと山田長政は様々な策略をめぐらし、日本人傭兵隊の中で頭角をあらわし、遂には傭兵隊長にまで登りつめる。一方、〈ペドロ岐部〉も過酷な旅の末マカオからエルサレムを経てローマへ至り、ついに神父となる。二人は互いのことが気になりながらそれぞれの道を進んでいく。

一六二七年、日本へ潜入する方法を捜すために〈ペドロ岐部〉は山田長政のいるアユタヤへ着く。史実では『メナム河の日本人』に登場したモレホン神父からアドバイスを受けてアユタヤへ向ったのだが、モレホン神父は登場しない。また、『銃と十字架』では〈ペドロ岐部〉がアユタヤに着いた時、神学校の先輩である西ロマノと再会したが、西ロマノも登場しない。さらに、〈ペドロ岐部〉は山田長政に対して神父であることを公表し、神父として小さな教会を開いたり、医療活動にも従事していく。『銃と十字架』では切支丹であれば日本行の船に乗ることができないので、アユタヤにいた三年間は自分が神父であることを隠していた。

アユタヤで再会した山田長政と〈ペドロ岐部〉は互いに親近感を抱きながらも生き方の違いを実感して別れる。


要するに二人の議論はいつまでも平行線をたどっていた。ペドロ岐部は長政の生き方がこの世のはかない幻影を追ったものだと考えていたし、長政は岐部の信ずる神とか永遠の命がわからなかった。

ただこの二人はたがいに気がつかなかったが一点においてよく似ていた。それは狭い日本にあくせくと生きず、おのれの生き方のために海をこえて新しい世界に突入したことだった。自分の熱情を信じて、まっしぐらに進むその生き方には両者共通したものがあった。（『王国への道』）

（神の国はな、すべて人の魂のなかに作られる）

岐部が言った言葉はまだ長政の耳のなかに残っていた。

（お前は地上の国ば作るがよか。しかしこの俺はな、神の王国のため働くのよ）

長政がじっと岐部を船の上から見おろすと岐部もまた腕をくんだまま、長政を見上げていた。二人はたがいに沈黙したまま、すれ違った。（『王国への道』）

ここにも「地上の王国」を築こうとする山田長政と「神の王国」のために働く〈ペドロ岐部〉の生き方の違いが明確に表れている。二人の生き方の違いはこれまで確認して来たとおりで格別新しい内容ではないが、小説らしくより生き生きとした言葉で語られている。もちろん、これまで確認したように史実では二人の間に交流は全くなく、互いに無関心であった。

最後に山田長政は妹のように可愛がっていた「ふき」に毒を盛られて死ぬ。「ふき」は山田長政が出世する際の犠牲になった城井久右衛門の娘であり、山田長政は父の仇として殺されたのである。史実では敵の宰相に毒殺されたのだが、より劇的な形で最後の場面を飾っている。一方、〈ペドロ岐部〉はアユタヤからフィリピンを経て日本潜入に成功する。長崎や東北で神父として九年間活躍した後、仙台で逮捕された。「穴吊り」などの拷問を受けた末に火あぶりにされ殉教を遂げた。〈ペドロ岐部〉は最後に役人たちに対して「私のことはおぬしには、わからん……」という言葉を遺して絶命した。おそらく役人だけではなく山田長政にも言いたかった言葉であろう。同様に『銃と十字架』でも棄教を勧める役人たちに対して、〈ペドロ岐部〉は「あなたに私の基督教は理解できぬ。だから何を言っても無駄なのだ」と答えて絶命した。ほぼ同じ終り方である。

以上、山田長政と〈ペドロ岐部〉の関わりを確認した。こうして概観すると、山田長政は主人公であるだけに人物関係や行動に大胆な創作がなされており、より劇的に描かれていて、〈ペドロ岐部〉とも密接な関係にあることがわかる。一方で、〈ペドロ岐部〉は他の人物との交渉が省かれており、ほとんど描かれることはない。『銃と十字架』ではマカオで荒木トマスやモレホン神父、アユタヤで西ロマノと出会ったのだが、これらの人物は省略されており、その分、山田長政との交流の深さが一層際立つ構造になっている。また、『銃と十字架』で〈ペドロ岐部〉は二度弱さを見せたが、『王国への道』では少しも弱さを見せることもなく、「剛毅な性格」と「海賊的な冒険精神」と「頑健な肉体」を持った人物として一貫して描かれている。最初から最後まで一貫して〈ペドロ岐部〉は「強者」だったのである。

おわりに

遠藤文学において〈ペドロ岐部〉が登場する『メナム河の日本人』、数編のエッセイ、『銃と十字架』、『王国への道』について概観した。『メナム河の日本人』では〈ペドロ岐部〉の外面的な弱さと内面的な強さが明確に表れていた。数編のエッセイでは、「強者」である〈ペドロ岐部〉との心の距離感が埋められていく過程を見ることができた。『銃と十字架』では二度だけ弱さを見せたが、それ以外は強者として信仰を貫き、受難のイエスと相似形となった〈ペドロ岐部〉の姿が現れた。『王国への道』では一貫して「強者」としての〈ペドロ岐部〉の姿を見ることが出来た。

これらの作品を改めて見直すと、〈ペドロ岐部〉が登場するほとんどの作品には対照的な存在として必ず山田長政が登場しており、二人の関係性が重要なテーマを形成していることがわかる。すなわち、「地上の王国」を築こうとする山田長政と「神の王国」のために働く〈ペドロ岐部〉との生き方の違いであり、目指すものは異なるが同じような情熱を持ち、海外に勇躍した日本人の姿である。

さらに他の作品との関連も考えられる。〈ペドロ岐部〉の信仰の対象であるイエスを描いた『死海のほとり』『イエスの生涯』『キリストの誕生』。評伝という同形式の『鉄の首枷』『侍』。二項対立のバリエーションである『侍』の長谷倉とベラスコ、『王の挽歌』の豊臣秀吉と大友宗麟。いずれの作品も〈ペドロ岐部〉が直接登場することはないが、〈ペドロ岐部〉の生涯と深い関連があり、遠藤文学の「歴史小説」をより豊かな世界へと導くのに役立っているのである。

注

（1）　本章で取り上げる作品に関する先行研究がほとんどないことが〈ペドロ岐部〉に対する関心の低さを物語っている。

（2）拙稿「遠藤文学における〈ペドロ岐部〉（一）―『留学』『沈黙』を中心として―」（「遠藤周作研究」8、二〇一五・平成二十七年九月）。本書第二部第二章。
（3）次の四本である。
一、鈴木秀子「『メナム河の日本人』」（「世紀」25（282）、一九七三・昭和四十八年十一月）
二、麻生直「日本人の原像にせまる――雲「メナム河の日本人」（上演劇評）」（「テアトロ」（370）、一九七三・昭和四十八年十二月）
三、矢代静一「二人三脚『メナム河の日本人』」（「文芸」12（12）、一九七三・昭和四十八年十二月）
四、三浦朱門「挫折する人生―『メナム河の日本人』について―」（「海」5（12）、一九七三・昭和四十八年十二月）
（4）遠藤周作「小説家の海外旅行」（「海」、一九七九・昭和五十四年七月）
（5）山田長政の秘密を知っているモレホン神父と〈ペドロ岐部〉が二人とも神父であることに注意したい。
（6）H・チースリクには〈ペドロ岐部〉研究の書として『キリシタン人物の研究―邦人司祭の巻―』（吉川弘文館、一九六三・昭和四十八年十二月）、『海賊の末裔―波乱にとんだ岐部神父の物語―』（中央出版社、一九六九・昭和四十四年八月）、『世界を歩いた切支丹』（春秋社、一九七一・昭和四十六年六月）の三冊がある。
（7）「あとがき」／『走馬燈―その人たちの人生―』（毎日新聞社、一九七七・昭和五十二年五月）
（8）『走馬燈』の帯には「創作ノート　宗教史的回顧に拠るエッセイの試み」とある。
（9）遠藤周作・三浦朱門「対談〝王〟にあいに行った男―書き下ろし長編『侍』をめぐって―」（「波」、一九八〇・昭和五十五年四月）
（10）山本健吉「天草四郎」／『人物日本の歴史10　桃山の栄光』（小学館、一九七六・昭和五十一年三月）所収
（11）次の四本がある。
一、久保田暁一「遠藤周作の視点――『鉄の首枷』と『銃と十字架』について」／『キリスト教文学の可能性』（だるま書房、一九七九・昭和五十四年十一月）所収
二、尾崎秀樹「大航海時代」／『歴史文学夜話　鷗外からの180篇を読む』（講談社、一九九〇・平成二年七月）所収

三、広石廉二「『銃と十字架』——殉教者の論理」／『遠藤周作の縦糸』（朝文社、一九九一・平成三年十月）所収

四、三木サニア「遠藤周作『銃と十字架』」（『キリスト教文学』30、二〇一一・平成二十三年八月）

（12）「有馬、日之枝城」／『切支丹の里』（人文書院、一九七一・昭和四十六年一月）

（13）このエッセイは「朝日新聞」に五回に分けて連載された。ちなみに一回目では、アユタヤの日本人町の跡地を訪れ山田長政に対して思いを馳せている。

（14）〈ペドロ岐部〉とイエスの相似形の問題は作者が自作解説で触れている。

遠藤　それはもう明らかにロドリゴ、キチジローの線と対比させていました。でもしかし一方では、『沈黙』のときは同行者イエスといいますか、こちらの苦しみを知っているイエスというのを書きましたけれども、ペドロ岐部のとき（引用者注：『銃と十字架』）はイエスに少なくとも相似形になろうとするキリスト者ですね。イエスもまたこの同じ苦しみを受けたんだからという、相似形になろうとするキリスト者を書くことで、右翼左翼を固めようという気持はありました。その相似形になろうという気持が、やがて『侍』のなかで侍がキリストというのはぜんぜん信じなかったけど、「あの人」と相似形になっていくわけです。

（遠藤周作・佐藤泰正『人生の同伴者』春秋社、一九九一・平成三年十一月）

第三章　『侍』論（一）
――ベラスコの視点をめぐって――

一、問題の所在

『侍』は一九八〇（昭和五十五）年四月、「純文学書下ろし特別作品」として新潮社より刊行された。作者自身『沈黙』以後の代表作として「第二期の総決算」(1)と呼び、『沈黙』よりも高い評価を与える論者もいる重要な作品である。しかし、研究論文は意外に少ない。管見の限り『侍』に関する雑誌記事・研究論文を調査したところ全部で四十二本(2)あったが、そのほとんどが書評であり、研究論文と呼べるものは十本しかなかった。しかも、数ある書評の大部分は、作者の自注(3)を踏まえたもので、研究論文もほぼ同様であった。そこで本章では、比喩やキーワード、そしてベラスコの視点など作品の具体的な分析から、『侍』の新たな読みの可能性を探っていきたい。

二、二元的視点

『侍』は遠藤周作の得意とする二元的視点(4)で徹底して描かれている。「侍（長谷倉六右衛門）」を中心とした視点（以下、「侍」視点と呼ぶ）とベラスコを中心とした視点（以下、「ベラスコ」視点と呼ぶ）である。これら二つの視点がどの程度の割合で書き分けられているか試みに初版本で調査したところ次頁の表1のような結果が出た。

この最後の合計を見ると、全339頁の内、「侍」視点が159頁で46・9％、「ベラスコ」視点が180頁で53・1％とわずか

表1　『侍』(初版本)における「侍」視点と「ベラスコ」視点の割合

	頁数	侍		ベラスコ	
		頁数	内訳	頁数	内訳
第一章	33	13	39%	20	61%
第二章	27	18	66%	9	34%
第三章	39	19.5	50%	19.5	50%
第四章	30	12	40%	18	60%
第五章	36	19	53%	17	47%
第六章	47	13.5	28%	33.5	72%
第七章	15	10.5	70%	4.5	30%
第八章	30	9	30%	21	70%
第九章	25	8	32%	17	68%
第十章	57	36.5	64%	20.5	36%
合計	339	159	46.9%	180	53.1%

ながら「ベラスコ」視点の方が上回った。各章ごとの内訳を見ても同数の第三章を除く、九章のうち四章が「侍」視点で、九章のうち五章が「ベラスコ」視点であった。いずれにせよ全体的に「ベラスコ」視点の方がわずかながら多いのだ。この結果を踏まえると、長谷倉六右衛門ばかりでなくベラスコもまた『侍』の主人公であると呼ぶことができる。

次に二つの視点の内容である。「侍」視点で、長谷倉は徹底して「侍」と呼ばれ、内面よりも行動を中心とした三人称で描かれ、心理描写は極力抑えられている。それに対して「ベラスコ」視点は、三人称では「宣教師」と呼ばれるが、そのほとんどはベラスコの強烈な個性と偏見に満ちた一人称であり、しかもそれはベラスコの手記[5]であることが第九章で明かされている。無口な侍と饒舌なベラスコは対照的に描かれている。

さらに言えば、「侍」視点を通して日本的価値観を持った「侍」が西洋を体験しスペイン国王やローマ法王などの王に会ったことが描かれ、「ベラスコ」視点を通して西洋的価値観を持ったベラスコが日本を体験し徳川家康という「王」に会ったことが描かれる。つまり、長谷倉もベラスコもある意味では「〝王〟にあいに行った男[6]」なのである。

三、日本人像

『侍』の一章から五章までの前半部では、日本からメキシコ、さらにベラクルス[7]へ使者衆が旅をする中で、「侍」

「ベラスコ」の両視点から各階層の日本人像が描き出される。

江戸時代の身分制度である「士農工商」を基に、便宜上四つに分類すると、「士」―ベラスコが体験した、徳川家康や役人たちの狡猾な姿、「農」―「侍」視点で描写される、牛馬のように忍耐と従順を強いられている百姓や長谷倉の姿、「工」―ベラスコが視た、造船にいそしむ勤勉な大工や航海中の水夫の姿、「商」―ベラスコが布教を策略する、現世の利益しか求めない功利的な商人たちの姿といったように、主に「ベラスコ」視点を通して「日本人」[8]像が語られる。

これらの日本人像と深い関係を持つのは、小動物の比喩である。蟻が最も多く八回、蜂が二回、蜥蜴が二回、かたつむりの殻が二回といった具合である。蟻には忍耐力や勤勉さ、蜂には集団主義、蜥蜴には狡猾さ、かたつむりの殻には連帯感と閉鎖性といったイメージと密接な関係があり、先の日本人像を具体化する。

このうち極めて頻度の高い蟻に注目したい。最初に出てくる箇所は「侍」視点で、谷戸で働く長谷倉の姿を形容する。

やがて侍と下男たちは仕事をやめて木の束を背負った。間もなく訪れる冬に備えて薪をつくるのである。蟻のように一列になり、川原にそって谷戸に戻る彼らの額にも雪がふれた。（第一章／『侍』）

下級武士の長谷倉が農民たちと共に勤勉に働く姿であるこの長谷倉の姿は、メキシコにおいても変わらない。

巨大な山は蟻のように丘をくだる日本人たちの列の前にいつまでも見えた。（第五章／『侍』）

というようにメキシコでベラクルスに向け移動する長谷倉たち使者衆一行が、忍耐強くお役目に従事する姿に蟻の比喩が用いられる。もちろん、「侍たち」や「長谷倉たち」ではなく、「日本人たち」と描写している点も先の日本人像と密接な関係がある。侍たちを描くことは日本人を描くことであるからだ。

また、「ベラスコ」視点でも、太平洋を越えてメキシコとの貿易を目論む日本人に対して、蟻の比喩を用いている。

（蟻のような人種だ。彼らは何でもやろうとする）宣教師（引用者注：ベラスコ）はこの時なぜか、水溜りにぶつかると、その一部が身を犠牲にして橋となり仲間を渡す蟻を思いだした。日本人はそんな智慧を持った黒蟻の群れだ。

（第一章／『侍』）

「ベラスコ」から見た、日本人の集団性の脅威の象徴である。以降「ベラスコ」は外国人の目から日本人を観察することになる。

こうした蟻をはじめとする小動物の比喩は、遠藤が『侍』執筆の構想を練っていた一九七〇年代から盛んに使われるようになった「エコノミック・アニマル」(9)という日本人批判とも同一線上にある。つまり、西洋人が感じる日本人の異質性の現れなのである。そして、『侍』で描かれる約三百六十年前の日本人の姿は、同時に一九七〇年代の日本人にも通ずる普遍性を持っている。

四、「侍」

『侍』の六章から十章までの後半部では、慶長使節の失敗と主要登場人物の死が描かれる。最初に、ローマから日本へと失意の帰還をする途中のメキシコで、田中太郎左衛門が使節失敗の責任を負い自殺を遂げ、日本へ帰国した長谷倉と西も伊達藩の都合により死ぬことになり、フィリピンから日本に再入国したベラスコも殉教を遂げる。つまり、『侍』の主要な登場人物は荒木忠作を除き悲惨な最後を遂げるのだ。

こうした中で、二人の主人公、長谷倉とベラスコの人生と深く関わるのが、死に赴く長谷倉に対する与蔵の「ここからは……あの方がお供なされます」「ここからは……あの方が、お仕えなされます」という叫びと、ベラスコが最後に発した「生きた……私は……」という最後の言葉である。ストーリーも与蔵とベラスコの最後の言葉に向かって展開する。

前者の与蔵の叫びは、長谷倉の回心と関係がある。長谷倉がメキシコやヨーロッパへ渡る長い旅の間、あちこちで向き合ってきたのはキリストの「痩せて醜い」姿であった。計算したところキリストを意味する「痩せこけた男」の関連語句は作品全体で十六回登場する。長谷倉はキリストの醜い姿に「信じられぬ」と繰り返し信仰を否定するのだが、帰国後政治に翻弄されて死を宣告された時、「召出衆でも、人間ぞ」とそれまで熱心に仕えてきた殿や藩のやり方を初めて否定し、「世界は広うございました。しかし、私には、もう人間が信じられのうなりました」と人間不信に陥る。その惨めな長谷倉の心に蘇ったのは、メキシコの日本人元修道士が渡した『主の物語』に書かれてある「同伴者イエス」像であった。長谷倉の側にいた与蔵は彼の心の中に「同伴者イエス」像があることを知った上で、「ここからは…あの方がお供なされます」「ここからは…あの方が、お仕えなされます」と叫んだのである。

後者のベラスコの最後の言葉は、ベラスコの回心と関係がある。狡猾な日本人と戦う「策略家」として登場したベラスコが、策略を忘れ一人の聖職者の姿を見せるときは、異邦人の死に立ち会った時だった。太平洋航海中での清八の死、インディオの村での若者の死などである。そして、司教会議で、日本宣教や司教への野望が挫折した後、日本人の心情を深く理解するようになる。そこへ田中の自殺が決定的な衝撃を与える。

この世には死によって完成する使命があるのだ。（中略）だが主は「多くの人に仕えんため」に死を引き受け給うた。／私にもまた仕えねばならぬ多くの人間がいる。神父とは、この地上で人々に仕えるために生きているのであり、おのれのために生きているのではなかった。（中略）私が仕えねばならぬのは彼であり、彼のような日本人たちだった。「我が来れるは、多くの人に仕えんため」（中略）「命を与えんためなり」（第九章／『侍』）

ベラスコは、キリストの十字架での死と田中の自殺の違いを区別した上で、自分の使命が「仕える」ことにあるとはっきり認識している。だからこそ、危険を顧みず再び日本へ潜入し殉教を遂げたわけだが、ここでの回心があったからこそ、「生きた……私は……」と最後に満足して殉教を遂げることが出来たのである。

以上のように、与蔵の叫びもベラスコの最後の言葉も、長谷倉とベラスコの回心と深い関係がある。とりわけ二人の回心のキーワードとなるのが、「仕える」ことだが、これは題名の『侍』と深い関係がある。遠藤は「「さむらひ」と「侍」　河上徹太郎」（「新潮」、一九八〇年十一月号）で「侍」という字に「目上に侍する、仕える、依存するイメージ」があると言っている。これを踏まえると、インディオに仕える日本人元修道士も、長谷倉に仕える与蔵も、伊達藩に仕えてきた長谷倉も、日本人や人々に仕えるベラスコも全員が「侍」だと呼べる。そして彼ら「侍」たちの模範であり、同時に「侍」たちに仕える最大の「侍」がキリストであるというのだ。

このようにして、『侍』は前半部で「侍」「ベラスコ」の両視点から「日本人像」を、後半部では長谷倉とベラスコの心の中に生きているキリストの「仕える」姿＝「侍」像を描いた作品だと言える。そして、その中心となるのが「日本人とキリスト教」の問題であるのだ。

注

（1）佐藤泰正・遠藤周作『人生の同伴者』（春秋社、一九九一・平成三年十一月）

（2）拙稿「作品別参考文献目録」／笠井秋生・玉置邦雄編『作品論　遠藤周作』（双文社出版、二〇〇〇・平成十二年一月）に二〇〇六年十二月までの論文を補足した。本書「遠藤周作研究参考文献目録」を参照されたい。

（3）『侍』に関して遠藤周作は様々な発言をしているが、代表的なものは次の二点である。

一、遠藤周作の内的自伝

この作品は奥州の遺欧使節、支倉常長をモデルにしたが、その伝記ではない。彼の悲劇的な大旅行を私の内部で再構成した小説である。　（『侍』初版本、函の表紙）

常長の生涯から触発されたものを私の内面で再構成した小説なのである。

（「『侍』を書き終えて――私の近況」／「新刊ニュース」一九八〇・昭和五十五年四月）

二、「置き換え」の手法

三浦　常長が日本を出るのは一六〇〇何年？

遠藤　一六一三年。そういう興味で、ちょっと調べてみると、あの男は旅をして王様に会いに行く、スペイン国王に、ローマ法王に。ところが、その王たちは、心の中で偽使節と思いながら、ただ儀礼的に面会するだけなんだ。（中略）結局、彼を偽使節と思わないで迎えてくれたのは、もう一人の王、惨めな王たるキリストだけなんだ。「王にあいに行った男」という題でもよかったと思うくらい。日本の一人の王のために行って、むこうの王に会い、それから彼の予期しなかった王にめぐりあって帰ってくる。」

（「〝王〟にあいに行った男―書き下ろし長編『侍』をめぐって―」／対談遠藤周作・三浦朱門、「波」一九八〇・昭和五十五年四月号、のち『侍』初版本に折込転載）

（4）「アデンまで」（「三田文学」、一九五四・昭和二十九年十一月号）をはじめ、遠藤周作の作品はそのほとんどが複数の視点が交差する形式を取っている。

（5）『侍』第九章には「長い間、この手記を書かなかった。」「また、長い間、筆をとらなかった。」というベラスコの告白がある。

（6）遠藤周作と三浦朱門の対談「〝王〟にあいに行った男―書き下ろし長編『侍』をめぐって―」。『侍』初版本（新潮社、一九八〇・昭和五十五年四月）の折込付録。「波」（一九八〇・昭和五十五年四月号）より転載。

（7）遠藤祐「『侍』を読む―旅の物語―」／笠井秋生・玉置邦雄編『作品論　遠藤周作』（双文社出版、二〇〇〇・平成十二年一月、所収）に『侍』の分岐点をベラクルスに置くという鋭い指摘がある。

（8）「ベラスコ」視点では、ベラスコが関わる日本人に対して「日本人」と呼び、その行動や言動を分析する。そして、ベラスコは「（日本人たちの考えは手にとるようにわかる）」（第一章）とまで過信している。

（9）「エコノミック・アニマル」という言葉が本来批判的な意味で使われたのではなかったことなど、多賀敏行『「エコノミック・アニマル」は褒め言葉だった』（新潮新書、二〇〇四・平成十六年九月）に詳しい経緯が載っている。

第四章　『侍』論（二）
——フィクションの内実について——

一、問題の所在

『侍』（新潮社、一九八〇・昭和五十五年四月）は、伊達藩が一六一三年、ローマ法王とスペイン国王に派遣した慶長遣欧使節の支倉常長をモデルとした歴史小説である。既に知られているように『侍』執筆に先立ち遠藤は前作の『死海のほとり』（新潮社、一九七三・昭和四十八年六月）から約七年かけて支倉常長の足跡を辿り綿密な調査研究を行っている。『大日本史料第十二編之十二』（東京大学出版会）など当時手に入るだけの膨大な資料に眼を通し、宮城県月ノ浦港や支倉村、メキシコの各地に出かけ現地調査を行った。メキシコでは現地の支倉常長研究家大泉光一氏の教示(1)を受け、日本では南蛮学の第一人者松田毅一氏(2)に師事を仰いだ。こうした周到な準備と惜しみない労力をかけ謎の多い支倉常長の実像に迫り小説の骨組を形成したのである。小説の技法としても七年の間に数多くの評伝(3)を手がけ歴史小説の技法を磨いてもいる。だが一方で『侍』のかなりの部分には、史実とは異なるフィクションが盛り込まれている。年代の変更や架空の人物設定などである。その上、作者自身が、支倉常長に自己の姿を投影した「一種の私小説(4)」であるとさえ明言している。このことは既に多くの指摘(5)があるが、本章では『侍』執筆時に遠藤が参考にした松田毅一の『慶長使節—日本人初の太平洋横断—』（新人物往来社、一九六九・昭和四十四年四月／以下『慶長使節』と呼ぶ(6)）を元に『侍』の作品背景、慶長遣欧使節、長谷倉とベラスコの造型の三つの視点からフィクションの内実に迫りたい。

二、『侍』の作品背景

『慶長使節』によると慶長遣欧使節は、ルイス・ソテーロ神父が立案し、メキシコとの貿易を望む徳川家康の暗黙の了解を受け伊達政宗がローマ法王とスペイン国王に派遣したものである。作品背景として当時メキシコを支配していたスペイン人と徳川家康の太平洋貿易の支配権を巡る政治的な駆け引きがあった。『慶長使節』では、五章あるうちの「徳川家康とスペイン人」、「ドン・ロドゥリーゴと家康」の二章が、慶長使節派遣に至るスペイン対徳川家康、すなわち日本対西洋の二つの世界の対立構造と歴史を明確にしている。

『侍』では、『慶長使節』で描かれた日本対西洋の対立構造に加えて聖書の世界が作品全体の通奏低音として潜んでいる。例えば、ベラスコは日本宣教の困難さに直面するごとに、パウロの伝道旅行やキリストの受難を重ねて聖書の世界を想起する。さらに政治の世界についても、ベラスコに対するボルゲーゼ枢機卿の説得の中で浮き彫りになる。司教会議で日本宣教の道が断たれたにも関わらずベラスコはなおもローマ法王に訴え日本宣教を進めようと策略をめぐらせる。そうしたベラスコに対して、ボルゲーゼ枢機卿は法王庁という組織を守るため迫害の国に宣教師を送りたくないと断言する。大多数を守るためには一人の者を見棄てるのはやむをえないし、大祭司カヤパが組織の秩序と安全を守るために主イエスを生贄にしたのと同じであった。そして、「愛のお方は愛のために政治の世界で殺された」という枢機卿の言葉は、ローマ法王庁もまた政治の世界であり、キリストの愛を実践しようとするベラスコの理想とは異なることを示した。ボルゲーゼ枢機卿もベラスコも考え方は異なるものの、聖書の世界を意識しつつ西洋や日本を見ていることは明らかであろう。

このような日本、西洋、聖書の世界をめぐる構図の詳細は《参考資料》「『侍』の登場人物と世界観」に示した。そこでさらに、『侍』の作品背景を日本と西洋、それぞれの支配者層と被支配者層に分け整理して考えて見たい。

《参考資料》「『侍』の登場人物と世界観」

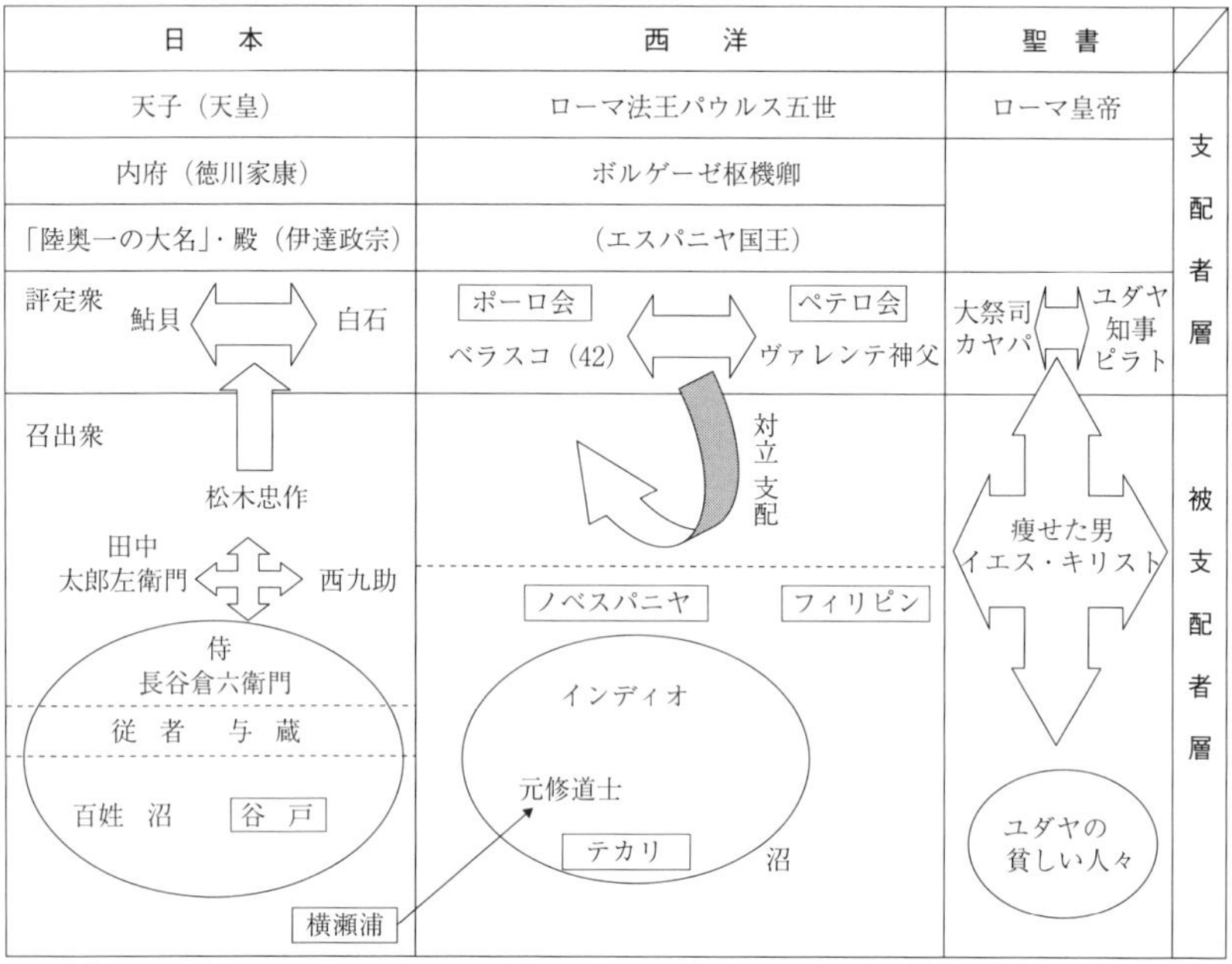

日本における支配者層には、天子（天皇）―内府（徳川家康）―殿（伊達政宗）―評定衆の序列がある。この中で気になるのは、徳川家康と伊達政宗の存在感の薄さである。ベラスコは徳川家康とは一度会ったきりであり、伊達政宗と直接面会した記述はない。下級武士として設定されている長谷倉も徳川家康は言うまでもなく伊達政宗も遥か雲の上の存在であり、直接会うことなどは考えられない。つまり、徳川家康も伊達政宗も作品の中では蔭の存在だと言える。ところが、史実では、ベラスコのモデルであるルイス・ソテーロ神父は徳川家康や伊達政宗には何度も会い信任を得ている。特に伊達政宗には処刑されるところを釈放させてもらったり、使節派遣後日本へ再入国し捕まった後獄中より手紙を出して協力を要請している。ということは、支配者層に翻弄された使節の悲劇性を高めるために、史実におけるソテーロ神父と徳川家康や伊達政宗ら要人との関係を弱めたのではないだろうか。また、徳川家康や伊達政宗は歴史上の有名人物であるため描写も難しく存在感も大きいので、長谷倉とベラスコの存在感が相対的に小さくなるのを避けたかったのかもしれない。

日本における被支配者層には百姓たちがいる。作品冒頭では長谷倉が統治する谷戸と三つの村の様子が語られる。百姓たちは、「押し潰されたような村」の「家畜小屋のように臭く、暗い」家に住み、長谷倉と同じように「眼がくぼみ、頬骨が突き出た」容貌を持ち感情を表に出すのが苦手で、長谷倉よりも従順で我慢強く早朝から夜まで「牛のように」働き、喧嘩も争いもしない。この村では身分の上下はあるものの長谷倉も百姓たちと同じように畠で働き、山で炭を焼き、戦よりも飢饉を恐れながら生活している。こうした百姓たちの姿は『慶長使節』には全く出て来ない。

西洋における支配者層には、ローマ法王―ボルゲーゼ枢機卿―スペイン国王―ポーロ会・ペテロ会といった序列がある。ほぼ史実どおりだが、スペイン国王だけ『侍』には登場しない。『慶長使節』によると、慶長遣欧使節の当初の目的はローマ法王に謁見し、メキシコとの貿易をスペイン国王に斡旋してもらおうとするものであったが、『侍』はここに大きな変更を加えている。使節の目的地をローマではなくメキシコに置いているのだ。出発前の打ち合わせでは、長谷倉ら使者衆がベラスコと同行するのはメキシコまでであり、うまくいかない場合にはベラスコだけがローマまで行くということであった。実際に使者衆はメキシコまで行くとしか聞かされていなかった。ところが、ベラスコの陰謀でスペインやローマへと使者衆が向かわざるを得ない状況になる。日本人を同行し洗礼を受けさせた方が交渉を有利に進められるとベラスコが考えたからだ。さらに、史実では、スペイン国王やローマ法王との謁見は慶長使節の最も華々しい場面であったのだが、『侍』では司教会議に伊達藩のキリスト教弾圧が報告され、スペイン国王との謁見は中止になり、ローマ法王との謁見も形ばかりのものとなってしまい、最も悲惨な場面になっている。ここでも慶長使節の悲劇性がより高められている。

西洋における被支配者層としてスペインの植民地であるメキシコに住むインディオ達が登場する。西洋人の支配の下、貧しい生活が描かれる。もちろんこれも『慶長使節』には全く出て来ない。ベラスコは植民地政策の非人間性にはあえて眼をつぶり、キリスト教の伝道のために仕方のないこととして、日本人には極力負の面を見せないようにしている。だが、この矛盾に真正面からぶつかったのは日本人の元修道士であった。元修道士は神父に連れられて長崎の横瀬浦からメキシコへ渡ってきたのだが、西洋人の教会からは離れてインディオたちと共に住んでいる。その信仰の中心は、「私のイエス」である。こうした元修道士の姿は、後に『深い河』で西洋のキリスト教から脱落し、インドの貧しい人たちと共に住む大津神父に重なる。

以上のように『侍』における日本と西洋、それぞれの支配者層と被支配者層を整理してみた。その結果、史実と大枠は同じであってもそのほとんどがフィクションであった。しかも日本、西洋、聖書の三つの世界には、多くの共通点が見られる。例えばいずれも政治の対立がある点だ。日本ではメキシコとの貿易をめぐる評定衆の鮎貝と白石が、西洋では日本宣教をめぐるペテロ会とパウロ会が、聖書の世界ではイエスの処分をめぐるカヤパとピラトが、それぞれ権力争いをしていた。しかも政治の争いのために長谷倉、ベラスコ、イエスという犠牲者を出している点、また被支配者層で日本の百姓、メキシコのインディオ、ユダヤの民が貧しい牛馬のような生活を送っている点、彼らと共にいる「同伴者」として与蔵、日本人の元修道士、イエスがいる点。権力者、犠牲者、同伴者という構図は日本、西洋、聖書ともに同じである。

三、『侍』の慶長遣欧使節

慶長遣欧使節に関しても史実との大幅な変更が見られる。最初に使節の記録が残る年月日から整理したい。『慶長使節』から簡単にまとめると以下の通りとなる。

使節は一六一三年十月二十八日、月ノ浦出帆。翌年一月二十八日にアカプルコ入港。メキシコシティには三月の復活祭に到着、六月まで滞在する。このメキシコシティ滞在中に七十八人の日本人が洗礼を受けたとされている。以後大西洋横断、スペインに到着。マドリードでスペイン国王フェリーペ三世に謁見後、支倉常長が洗礼を受ける。さらにローマへ進み、一六一五年十月二十日、ローマ教皇に謁見、書状を渡し帰途につく。スペイン、メキシコ、フィリピンを経て一六二〇年九月二十二日、仙台に帰国して使節の役目を終える。

対する『侍』では具体的な年月日はほとんどなく、「将軍の父である内府さまが今年、幕府直轄領に切支丹の教えを禁じられた」「フランシスコ・ザビエルが六十三年前にはじめて日本に上陸」といった記述から第一章が一六一二年から始まることを推測できるに過ぎない。この推測を元にすると使節は、（一六一三年）五月五日、月ノ浦出帆。（一六一三年九月二十五日頃）アカプルコ入港。（一六一三年九月二十九日）聖ミカエルの日曜日にメキシコシティで三十八人の日本人が洗礼を受けた。以後大西洋横断、スペインに到着。マドリードでスペイン国王との謁見を有利に進めるため、長谷倉、田中、西の使者衆と従者が洗礼を受けるが、伊達藩でのキリスト教弾圧の報告が司教会議にもたらされ、国王との謁見は中止になった。復活祭の一週間前にローマに入り、復活祭の真っ最中ローマ法王と形ばかりの非公式の謁見を行い、書状を渡し帰途につく。スペイン、メキシコ、フィリピンを経て（一六一七年頃）長谷倉は仙台に帰国して使節の役目を終えた。[7]

こうしてみると『慶長使節』と『侍』とでは、日付が全く異なることに気付く。史実で使節のメキシコシティ到着が復活祭の最中であるのはソテーロ神父の計画であったが、遠藤は復活祭をローマ法王との謁見の日に設定しているのである。おそらくこの復活祭の変更にあわせるために他の日付を設定したと考えられる。このあたりは大胆な変更と言える。次に使者の構成をまとめたい。『慶長使節』によると、月ノ浦港を出帆した船に確実に乗っていたのは支倉六右衛門、フランシスコ会員ルイス・ソテーロと同僚イグナシオ・ヘスースとディエゴ・イバーニェスの三人と元司令官でスペイン大使のヴィスカイーノだけで、その他の事はあいまいである。約百四、五十名が日本から出国し、そのうち約二十名がスペインに渡り、約十五名がローマに達し、スペインからメキシコに渡る際に支倉に随行した日本人は五名だった。支倉六右衛門以外の使者には、伊達家以外にも山城、摂津、尾張、奥州の住民が含まれており、キリシタンもいた。松木忠作は伊達藩のキリシタンの代表者であった。

対する『侍』では月ノ浦港を出帆した船には、神父はベラスコ一人だけで南蛮人の船員たち三十余人のほか、日本人の使者衆四人とその従者たち、そしてまた日本人の水手頭など十数名、商人たち百人以上が乗っている。メキシコで松木忠作や商人たちと別れた後、三人の使者衆とその従者たちという固定したメンバーがスペイン、ローマに至る。途中田中の従者の負傷死と田中の切腹はあったが、メキシコ出発後はほぼ同じ構成で日本へ帰国している。使者衆は四人全てが伊達家の召出衆と呼ばれる下級武士であり、キリシタンはいない。むしろ、史実にも登場する同じ名前の松木忠作は長谷倉たちに「絶対に切支丹になるな」と忠告すらしている。

ここで『慶長使節』と『侍』の異なる点は、ソテーロ神父と共に船に乗ったヴィスカイーノに当たる人物が『侍』には登場しないことと、使節の人数や出身地の単純化が見られるところにある。史実ではヴィスカイーノはメキシコ到着後、ベラスコに対する批判や使節の欺瞞性をメキシコ副王に告発している。この批判を打ち消すのにソテーロ神父と支倉は苦労しているが、『侍』でそうした紛糾はスペインで行われた司教会議に持ち越され、ヴィスカイーノの代わりにヴァレンテ神父が登場する。史実では司教会議ではなくインド顧問会議であり、ソテーロ神父と対決させられるのは、ソテーロ神父と同じ修道会に所属し、日本で親密の間柄であったムーニョス神父であり、ほとんど争いはなかった。一方、『侍』のヴァレンテ神父は、ベラスコと対立する修道会ペテロ会に所属し、日本在住三十年、『日本宣教史』の著者であり、秀吉やその家来、小西行長や高山右近に尊敬された人物でもある。この履歴からはヴィスカイーノではなくむしろ『日本史』の作者ルイス・フロイスが想起される。(8) ヴァレンテ神父はベラスコと日本人のキリスト教観について論争した末、使節を派遣した伊達藩でキリスト教弾圧が始まった報告を持ち出し、ベラスコに徹底的な敗北をもたらす。この司教会議でのヴァレンテ神父とベラスコの論争は『侍』のクライマックスともいうべき重要な場面であるが、ここにも史実と大きな隔たりがあったことは確認しておきたい。

最後に使者衆四人の性格と特徴を整理する。使者衆には長谷倉六右衛門、松木忠作、西九助、田中太郎左衛門がいる。四人とも伊達家の召出衆であり、使者の役目を果たした後に旧領地が復活することを夢見ている。ほぼ同じ身分、同じ願いをもった四人ではあるが、年齢においては年若く好奇心旺盛な西と年長者で保守的な田中が対比される。長谷倉と松木はその中間に位置する。長谷倉は、西の若さが羨ましくもあり、田中の気持も理解できる中立の立場にいる。従順さにおいては長谷倉と松木が対比され、西と田中はその中間に位置する。長谷倉は自分に与えられた使者の務めを果たすことだけを考えているが、頭のさえている松木は藩内の勢力を見抜き、帰国後出世をする。他にも小肥りの田中と痩せている松木の対比などがある。いわば、四人はそれぞれ対比的な個性や容貌を持っているのだ。このことはもちろん『慶長使節』には描かれていない。

四、長谷倉とベラスコの造型

『侍』の二人の主人公、長谷倉六右衛門とベラスコは、それぞれ支倉常長とルイス・ソテーロ神父をモデルとして造型されている。そこにはやはり多くのフィクションが存在する。その内実をそれぞれ整理したい。

先ず長谷倉は自分が統治する谷戸への強い愛着を持った人物として描かれる。長谷倉の愛着は、東北の一寒村の厳しい環境の中で自分と同じような容貌を持ち、同じように忍耐強く従順に働く百姓たちへの親近感と、叔父、妻、子供などの家族や死んだ父母、祖先との強い連帯感から生れたものである。そして、この愛着は長谷倉がキリシタンの洗礼を迫られた時に激しい苦悩を呼ぶ。長谷倉は次のように告白する。「切支丹に帰依すること……方便とは申せ……長谷倉の家や祖先に背くような気が致し……」（『侍』第六章）長谷倉ばかりではなく、同じ使者衆である田中や西も同様のことを言い、キリシタンの洗礼を拒絶する。キリスト教に対する日本人の典型的な反応と言える。この日本人の祖先崇拝については、笠井秋生氏が指摘されたとおりである。[9]また、司教会議でヴァレンテ神父が語る日本人論を具体的に実証するものでもあった。[10]

長谷倉の造型でもう一つ注意すべきは、長谷倉が使節の壮大な旅の中でキリストの像と始終対峙して、時には対話さえしていることである。『沈黙』においてロドリゴが繰り返しキリストの顔を想像し、時にはキリストの声まで聞いていることと同様である。

長谷倉が最初にキリストの像に出会ったのは、太平洋航海の船の中だった。長谷倉の従者清八[11]が、嵐のせいで積荷に胸をつぶされ、肋骨を折る重体となり、ベラスコが親身な看病をする。その時に清八を見舞った長谷倉が偶然手にしたのが数珠だった。この数珠の端には十字架がくくられ、その十字架に瘦せこけた男・キリストの裸体が彫りこまれていた。初めてキリストの像を見た長谷倉は、みすぼらしく無気力な存在としか感じていない。

メキシコに到着すると長谷倉は街中のあちこちでキリスト像と対峙する。この時に、日本人の元修道士からキリストの話を聞くが、よく理解はできない。スペインではキリストの像に「形だけのことだ」と心の中で激しく抵抗しながら洗礼を受ける。司教会議でのベラスコの敗北。ローマ法王との形式的な謁見。使節の失敗が明らかとなる。スペインからメキシコに渡り、田中の切腹事件に衝撃を受けたあと、元修道士に再会する。この頃から長谷倉は真剣に、キリストの意味を問い始める。

帰国後、藩から無視され使節の無意味さを悟り、権力者の残酷さを存分に思い知らされる。そんなときに、長谷倉は元修道士にもらった「私の主の物語」を読み返し、惨めな者とともにいる同伴者イエスの存在を実感する。

伊達藩のキリスト教弾圧が激しくなる中で、一度洗礼を受けた長谷倉にも塁が及び、処刑される。処刑される前に「ここからは……あの方が、お仕えなされます」という与蔵の叫びに頷きながら死地に赴く。「同伴者イエス」の姿が長谷倉の心の中にあることは言うまでもない。

こうした長谷倉の内面の動きはもちろんフィクションである。しかも、長谷倉に大きな影響を与える与蔵と元修道士が二人とも架空の人物である。作家の想像力が強く働いている箇所と言えよう。

次にベラスコは「日本の司教になることを死ぬほどあこがれた[12]」ソテーロ神父の野心をもって造型されている。政治家の血をひき、日本宣教はたたかいと考える。彼は最初、「宗教に現世の利益だけを求める日本人」としか見ていなかった。実際にベラスコの日本人観を裏付けるように、仙台からメキシコへ向かう船に同乗した日本の商人たちは、切支丹になれば商売が上手く行くというベラスコの唆しに乗って三十八人がメキシコで洗礼を受けたが、日本に帰国すると全員棄教した。だが、ベラスコは旅の中で日本人の死に立ち会うことで少しずつ日本人の心情を理解するようになる。太平洋航海中の船では嵐のため二人の水夫が犠牲となり、一人の商人と長谷倉の従者清八が負傷死する。いずれの葬式にもベラスコは立ち会っている。メキシコではインディオの襲撃により田中の従者が負傷死した。また、同じメキシコではインディオの若者の死にも立ち会っている。この臨終の場面では、ベラスコは「小さな村で息を引きとる老婆を看取る一人の神父」というベルナノスの『田舎司祭の日記』に出てくるような聖職者の姿を見せてもいる。

スペインの司教会議での敗北、ローマでのボルゲーゼ枢機卿の説得により、ベラスコの野望は打ち砕かれるが、その後のベラスコは同じように権力者達の犠牲となった日本人の使者衆へ限りない親近感を持ち日本人の心情を理解するようになる。

決定的なのは日本へ帰る途上のメキシコで田中が切腹[13]したことだった。田中は使者衆の中で一番の年長者であり保守的で、自尊心も高かったゆえに、お役目を果たせなかった責任を人一倍感じていた。この田中の死をベラスコは次のように受け止める。

この世には死によって完成する使命があるのだ。／だが主は「多くの人に仕えんため」に死を引き受け給うた。／神父とは、この地上で人々に仕えるために生きているのであり、おのれのために生きているのではなかった。／私が仕えねばならぬのは彼であり、彼のような日本人たちだった。（『侍』）

この時、ベラスコは慶長使節が失敗に終った失望の中、親族の薦めるフィピンで働くつもりだったが、再び日本へ行く決意をする。日本潜入に成功はするもののすぐに捉えられ投獄され殉教を遂げる。

ベラスコが火刑で殉教者となったのは紛れもない事実だが、ベラスコに大きな影響を与えた日本人の様々な死に方はフィクションである。『慶長使節』では逃亡者の記録はあるが、死者の記録は残されてないからだ。

最後に長谷倉とベラスコの結末の場面をみたい。長谷倉は処刑される前にベラスコの日本潜入と捕縛を知り、ベラスコも処刑される前に長谷倉と西の処刑を知らされる。史実では、長谷倉の死とベラスコの殉教には二年の差があるので、二人が互いの情報を知りえた可能性はほとんどない。しかも『侍』では長谷倉の死をキリシタンとなったために処刑されたとしている。支倉常長の死については謎が多く『慶長使節』でも明言を避けているのに大胆なフィクションと言わざるを得ない。おそらく遠藤は長谷倉を殉教者のように設定するため、あえて処刑としたのであろう。そのために、長谷倉とベラスコの死が同時期に変えられ、二人の殉教者のイメージが補完されたと言える。そして殉教を遂げた先には、「私も彼らと同じところに行ける」というベラスコの叫びが示す天国への道が示されている。ここに最後のフィクションがある。

注

（1）大泉光一氏は、遠藤がメキシコを訪問した一九七四年当時メキシコに在住。四十年以上にわたる支倉研究の成果を後に数多くの著書にまとめている。支倉常長関係では、『慶長遣欧使節の研究　支倉六右衛門使節一行を巡る若干の問題について』（文真堂、一九九四・平成六年六月）、『支倉六右衛門常長　慶長遣欧使節を巡る学際的研究』（文真堂、一九九八・平成十年十月）、『支倉常長——慶長遣欧使節の悲劇』（中公新書、一九九九・平成十一年三月）、『支倉常長　慶長遣欧使節の真相——肖像画に秘められた実像』（雄山閣、二〇〇五・平成十七年九月）などがある。

（2）遠藤周作は松田毅一氏への師事を次のように語っている。

困じ果てていた私に今度も松田毅一教授が貴重な資料を提供してくださった。（中略）教授のお世話になったのはこれがはじめてではない。『沈黙』や『黄金の国』という私の切支丹物の作品を執筆準備している時、どんなに教えられたかわからない。私だけでなく辻邦生氏も『安土往還記』執筆の時は松田教授の話を聞いたと耳にしている。

（「わが切支丹勉強の師―松田毅一教授のこと―」／『ぐうたら漫談集』角川文庫、一九七八・昭和五十三年七月）

（3）様々な伝記を発表しているが、江戸時代の切支丹に関連する人物が特に多い。列挙すると次のようになる。『メナム河の日本人』（新潮社、一九七三・昭和四十八年十月）、『彼の生き方』（新潮社、一九七五・昭和五十年三月）、『鉄の首枷――小西行長伝』（中央公論社、一九七三・昭和四十八年九月）、『イエスの生涯』（新潮社、一九七三・昭和四十八年十月）、『キリストの誕生』（新潮社、一九七八・昭和五十三年九月）、『王妃マリー・アントワネット1』（朝日新聞社、一九七九・昭和五十四年三月）、『銃と十字架』（中央公論社、一九七九・昭和五十四年四月）、『王妃マリー・アントワネット2』（朝日新聞社、一九七九・昭和五十四年十一月）、『王妃マリー・アントワネット3』（朝日新聞社、一九八〇・昭和五十五年九月）、『王国への道―山田長政―』（平凡社、一九八一・昭和五十六年四月）。

（4）遠藤周作・三浦朱門「対談〝王〟にあいに行った男―書き下ろし長編『侍』をめぐって―」（「海」、一九八〇・昭和五十五年四月号）

（5）『侍』の「長谷倉六右衛門」に作者の姿の投影を見ることは、『侍』刊行後すぐに書かれた書評――高橋英夫「信仰経験の苦闘を描く――遠藤周作著『侍』」（「日本経済新聞」、一九八〇・昭和五十五年五月十八日）、武田友寿「作者半生の魂の軌跡―遠藤周作著『侍』―」（「東京新聞」夕刊、一九八〇・昭和五十五年五月十九日）をはじめとして、多くの書評・論文で指摘されている。ちなみに、長谷倉だけではなくベラスコにも作者の信仰姿勢の投影を見ることができるという笠井秋生「遠藤周作『侍』について」（「キリスト教文芸」4、一九八六・昭和六十一年十一月のち『遠藤周作論』双文社出版、一九八七・昭和六十二年十一月、所収）の鋭い指摘がある。

（6）武田友寿『『沈黙』以後　遠藤周作の世界』（女子パウロ会、一九八五・昭和六十年六月）によると、遠藤周作の支倉常長への関心は、松田毅一『慶長使節』の読了後明確になり宮城県に渡り実地調査をはじめたとされている。

（7）上智大学、獨逸ヘルデル書肆共編『カトリック大辞典』（冨山房、一九四〇・昭和十五年十一月）

（8）ルイス・フロイス（一五三二―一五九七）はポルトガル生れのイエズス会司祭。一五六三年来日、二十年以上日本に滞在し、秀吉の伴天連追放令の後、マカオに退去したが再び日本に戻り一五九七年、長崎で没す。慶長使節（一六一三―一六二〇年）とは時代が違うが、経歴はヴァレンテ神父に重なる。ちなみに、フロイスの『日本史』は、松田毅一と川崎桃太氏によって『侍』と同じ時期に翻訳刊行（中央公論社、全十二巻、一九七七・昭和五十二年十月―一九八〇・昭和五十五年十月）され、『鉄の首枷――小西行長伝』（中央公論社、一九七七・昭和五十二年四月）から『女』（講談社、一九九五・平成七年五月）まで遠藤の歴史小説では必須の参考文献となっている。

（9）笠井秋生「遠藤周作『侍』について」（「キリスト教文芸」4、一九八六・昭和六十一年十一月のち『遠藤周作論』双文社出版、一九八七・昭和六十二年十一月、所収）

（10）『侍』の第六章の次の箇所である。

　日本人は決して一人では生きていません。（中略）ここに一人の日本人がいます。私たちは彼を改宗させよとします。しかし『彼』という一人の人間は日本にはいなかったのです。その背後には村があります。家があります。いや、それだけではない。更に彼の死んだ父母や祖先がいます。その村、家、父母、祖先はまるで生きた生命のように彼と強く結びついているのです。だから彼とは一人の人間ではありません。村や家や父母や祖先のすべてを背負った総体なのです。

（11）『慶長使節』には、支倉常長の従者として清八、大助、一助の三人の名前の記録があり、帰国途中のフィリピンで三人とも逃亡したとされている。『侍』では同じ名前の清八、大助、一助が登場するほかに架空の人物である与蔵がおり、太平洋航海中に負傷死した清八以外は、長谷倉と共に帰国している。ここにも史実の小さな変更が見られる。

（12）『慶長使節』における一六一四年に仙台を訪れたイエズス会員ジェロニモ・アンジェリスの一六一九年十一月三十日付の書簡（ローマ・イエズス会員文書）による。

（13）ちなみに、ベラスコのモデルであるルイス・ソテーロ神父は日本人が切腹することを激しく批判して、徳川家康に切腹禁止令を出させている（ロレンソ・ペレス著、野間一正訳『ベアトル・ルイス・ソテーロ伝』東海大学出版会、一九六八・昭和四十三年十一月）。

第四部　「歴史小説」

——「歴史群像」の世界——

第四部では「歴史小説」の第三期〈一九八〇・昭和五十五年〜一九九四・平成六年〉を対象とする。作品では『女の一生　一部・キクの場合』(「朝日新聞」、一九八〇・昭和五十五年十一月一日〜一九八一・昭和五十六年七月一日)から『女』(「朝日新聞」、一九九四・平成六年一月一日〜十月三十日)までである。ほとんどの作品は、『遠藤周作歴史小説集』全七巻(講談社)に収録されており、遠藤周作がとりわけ「歴史小説」を意識して描いた作品であることは間違いないだろう。

第三部で論じたとおり、第二期の「評伝」では、二人の人物を対比しながら「海外に勇躍した日本人」の生涯が描かれていた。対する第三部では、二人の主人公だけでなく、彼らをめぐる様々な人間関係がより立体的に描かれた「歴史群像」の世界を構築している。中心となる文学的課題は「世界の中の日本」「トポス」「語り手」など、同世代の司馬遼太郎に学んだものも多い。

そこで、第一章では『女の一生』を「二項対立」の観点から考察した。第二章では『宿敵』における小西行長と加藤清正のライバル像を追求した。第三章と第四章では『王の挽歌』を多角的に考察した。第五章では『女』における〈ペドロ岐部〉像を追求した。

以上の考察を通して、多層的な二項対立の世界が立体的な歴史像、まさに「歴史群像」を描き出したことを確認していきたい。

第一章　『女の一生』論

――多層的な二項対立の世界――

一、「歴史小説」の問題

『女の一生』は、〈一部・キクの場合〉が、一九八〇（昭和五十五）年十一月一日から一九八一（昭和五十六）年七月一日まで「朝日新聞」に連載された。引き続いて〈二部・サチ子の場合〉が一九八一（昭和五十六）年七月三日から一九八二（昭和五十七）年二月七日まで連載された。足かけ二年にわたる長期連載の中で、〈一部・キクの場合〉では、浦上四番崩れによって翻弄されたキクの一生を、〈二部・サチ子の場合〉では戦争と原爆によって翻弄されたサチ子の一生を描いている。のち単行本として『女の一生　一部・キクの場合』が一九八二（昭和五十七）年一月、『女の一生　二部・サチ子の場合』が一九八二（昭和五十七）年三月に朝日新聞社より刊行された。さらには、講談社の『遠藤周作歴史小説集』の一巻として『遠藤周作歴史小説集1　女の一生――キクの場合』が一九九六（平成八）年一月に刊行されている。本章では「歴史小説」を中心に考察するので〈一部・キクの場合〉のみを対象とする。

拙稿[1]で分類したが、遠藤の「歴史小説」は三つの時期に区分される。すなわち、第一期「切支丹物」、第二期「評伝」、第三期「歴史群像」である。『女の一生　一部・キクの場合』（以下、『女の一生』と呼ぶ）は、第三期の「歴史群像」に分類される最初の作品である。そのため、第二期から継承された問題と、第三期から新たに始まる問題の両方を備えている。

まず第二期から継承された問題は二人の主人公を配置する二項対立の問題がある。『メナム河の日本人』、『銃と十字架』、『王国への道─山田長政─』（以下、『王国への道』と呼ぶ）ではアユタヤに地上の王国の建設を目指す山田長政と、神の王国を目指し日本へ戻り殉教した〈ペドロ岐部〉の異なる生き方が対照的に描かれていた。『鉄の首枷──小西行長伝』では「水の人間」である小西行長を「土の人間」である加藤清正との対比で描き出していた。『侍』でも長谷倉とベラスコという二人の主人公を配置し、それぞれが組織の思惑に翻弄されながら、キリスト教と向かい合い、信仰へ殉じていく姿が描かれた。

次に、第三期の新たな問題がある。「歴史群像」である。既に『王国への道』や『侍』でも二人の主人公がそれぞれ組織の中で翻弄される生が描かれてきたが、『女の一生』に始まる第三期ではさらに多元的な視点が展開されている。また、「歴史小説」としても「世界の中の日本」というグローバルな視点を持ち合わせている。そこで、本章では多層的な二項対立の問題を中心として『女の一生』を考察していくこととする。

二、「語り」の問題

『女の一生』の作品分析をはじめる前に「語り」の問題から考えたい。というのも、『女の一生』の「語り」には司馬遼太郎の影響がいくつか散見されるからである。試みに『坂の上の雲』（初出：「産経新聞」夕刊、一九六八・昭和四十三年四月二十二日〜一九七二・昭和四十七年八月四日）と比較してみると次の四つの共通点が浮かび上がる。

㈠　新聞小説
㈡　グローバルな視点
㈢　多元的な視点
㈣　〈歴史〉愛好者としての「語り」

以上である。順に考えて行くこととする。

まず「㈠　新聞小説」の問題である。『女の一生』は「朝日新聞」に、『坂の上の雲』は「産経新聞」夕刊に連載された新聞小説である。その特質上、多種多様な読者を意識せざるを得ない。〈作者〉（『坂の上の雲』では〈筆者〉）が顔を出し、複雑な歴史背景や場所について解説・説明することなどもその一例である。例えば、『女の一生』では次のような場面に見られる。

もしあなたが偶然、長崎に行かれ、長崎駅から車を原爆落下地点の方に走らせると、国道にそって右側に聖徳寺幼稚園という字を書いた寺がみえる。その一帯がかつての馬込郷である。（「ミツとキク」／『女の一生』）

キクやミツがはじめて訪れた頃の大浦の風景は今とはかなり違っていた。（「南蛮寺」／『女の一生』）

今日、彼等がやっと戻った浦上村には昔日の面影はない。そこは長崎市に入れられて、丘は切りくだかれ、林の木は倒され、住宅地と変ったからである。

だが、彼等が帰ってきた頃の浦上は荒れに荒れていた。（「エピローグ」／『女の一生』）

いずれも、作品舞台の今の姿を伝えることで、読者が作品舞台である長崎を想像する手助けとなっている。そのため、『女の一生』の文体について「現代小説の文体」という指摘も見られるほどである。さらに、笛木美佳氏もこうした「語り」の問題に関して次のように述べている。(2)

この〈作者〉が単に出来事の再生をするだけにとどまらず、時空を超え、きめ細やかな配慮のもとに主観的な感想・説明を加えながら語っていくところにこの作品の魅力がある

（笛木美佳「『女の一生　一部・キクの場合』論―雨が語りかけてくるもの―」／「学苑」727、二〇〇一・平成十三年一月）

ここで氏が指摘するように『女の一生』の「語り」には「時空を超え、きめ細やかな配慮のもとに主観的な感想・説明を加えながら語っていく」という特徴があるが、これはやはり新聞小説という特質上、様々な年齢層、地域に住む読者を意識したものと言える。もちろん、これらの特徴はそのまま『坂の上の雲』の「語り」にも当てはまる。例えば次のような場面である。

この物語の主人公は、あるいはこの時代の小さな日本ということになるかもしれないが、ともかくもわれわれは三人の人物のあとを追わねばならない。

（「春や昔」／『坂の上の雲』）

この兄弟がいなければ日本はどうなっていたかわからないが、そのくせこの兄弟が、どちらも本来が軍人志願でなく、いかにも明治初年の日本的事情から世に出てゆくあたりに、いまのところ筆者はかぎりない関心をもっている。

（「真之」／『坂の上の雲』）

ここで語り手は「われわれ」「筆者」として作品に顔を出している。〈作者〉が直接顔を出して読者に説明する姿が想定されている。「われわれ」という時、作者と読者が一体化した「語り」であるし、「筆者」という時も、読者に「筆者」の関心を明確に提示するという役割もあった。そのようにして「主観的な感想・説明を加えながら語っていく」のである。次に㈡　グローバルな視点」の問題である。『女の一生』も『坂の上の雲』も日本の分岐点である明治という一時代を「世界の中の日本」というグローバルな観点から鳥瞰的に捉えるという共通点を持っている。『女の一生』では、幕末から明治初めの浦上四番崩れを描いているが、清吉が属する浦上の信徒たちの「浦上村の歴史」(3)だけではなく、プチジャン神父が見たフランシスコ・ザビエル以来の日本のキリスト教の歴史や欧米の植民地支配の歴史、さらには本藤舜太郎が岩倉使節団に参加して見たアメリカの対日批判の様子など西洋諸国が日本に影響を与えていくといった世界の動きも視野に入れている。例えば、プチジャン神父は初めて長崎へ赴任した時、数百年にわたる日本の姿に思いを寄せる。

三味線、読経の声、更に街の至るところからひびいてくる無数の蟬の声。朝から晩まで同じ声でなく蟬たちにも彼は虚無の臭いをかぐ。

（これが日本なのだ）

とプチジャンは思った。

（二百数十年の間、日本はこの形で続いてきたのだ。世界から孤立して……）

この形で続いてきた日本が今、一寸だけだけれど変ろうとしている。その変り目に彼は日本にやってきたのだ。いや、ひょっとすると、彼はその日本の変化に関係するのかもしれなかった……

（「探索者」／『女の一生』）

ここでプチジャン神父は「二百数十年の間」「世界から孤立」していた日本の姿と日本の変化への予感を覚えている。こうした日本の鎖国の状況は、プチジャン神父が日本へ来る前に学んだフランシスコ・ザビエル以来の日本宣教の歴史や当時の西洋諸国の植民地支配と教会との関わりといった歴史認識を踏まえたものであると言えよう。一方で、『坂の上の雲』も語り手はグローバルな視点に立ち、明治の日本を「小さな国」と捉えている。

まことに小さな国が、開化期をむかえようとしている。

（「春や昔」／『坂の上の雲』）

小さな。

といえば、明治初年の日本ほど小さな国はなかったであろう。産業といえば農業しかなく、人材といえば三百年の読書階級であった旧士族しかなかった。この小さな、世界の片田舎のような国が、はじめてヨーロッパ文明と血みどろの対決をしたのが、日露戦争である。

（「真之」／『坂の上の雲』）

この「小さな国」という認識は当時の世界情勢から見るときわめて正確なものである。『坂の上の雲』は、その「小さな国」が日露戦争でどのようにして「大きな国」であるロシアと対等に戦ったのかという問題を三人の主人公を通して描いたものだからである。さらに、㈢多元的な視点」の問題もある。先に述べたように『女の一生』は『王国への道』や『侍』のように二元的な視点が交互に切り替わり同時並行で進行する。最初はキクを中心とした視点とプチジャン神父を中心とした視点が交互に描かれるが、浦上四番崩れが始まると、長崎の山崎楼にいるキクを中心とした視点と津和野にいる清吉たちを中心とした視点に替わっていく。いずれにせよ二元的視点であるという点は変わらない。さらに詳細に見て行くと、キクとミツ、プチジャン神父とフューレ神父、清吉と伊藤清左衛門といった対照的な人物の個別の視点も合わさり、多層的な視点が絡み合うことで「歴史群像」が描かれていくのである。対する『坂の上の雲』は正岡子規、秋山好古、真之の三人を中心として、それぞれが文学、陸軍、海軍といった異なる場所で奮闘する姿が描かれている。その際に高橋是清、夏目漱石、広瀬中佐、東郷元帥、乃木将軍といった著名人も関連して描くことで「歴史群像」を垣間見せている。

最後に、「㈣〈歴史〉愛好者としての「語り」」の問題がある。『女の一生』は遠藤の「心の故郷である長崎への恩返しのつもりで書いた作品」[4]であった。同様に『坂の上の雲』は司馬遼太郎の正岡子規への愛着が書かせたものであった。[5]いずれも長崎や松山というトポスや歴史がモチーフとなっていることは言うまでもない。そうした愛着の中で、ストーリーの本筋から外れることであっても書かざるを得ない事象について、両作家は同じ「余談」という言葉をつかって説明を加えている。

余談だが、この死亡記録をみると死亡者は女より男のほうが二倍ちかくも多い。即ち女十二名にたいして男は二十二名である。そのうち圧倒的に多いのはやはり年寄りで五十歳以上が十二名だが、それに続いて二、三十歳代の者が七人も死んでいるのは、この年齢の者が人数も多く集中的に責苦を受けたためかもしれない。

（「伊藤という男」／『女の一生』）

余談ながら、私は日露戦争というものをこの物語のある時期から書こうとしている。／この兄弟がいなければ日本はどうなっていたかわからないが、そのくせこの兄弟が、どちらも本来が軍人志願でなく、いかにも明治初年の日本的事情から世に出てゆくあたりに、いまのところ筆者はかぎりない関心をもっている。

（「真之」／『坂の上の雲』）

両作家ともに綿密な資料収集や取材旅行を通して作品を描いている。そのために、ストーリーに収まりきれない歴史的事実やエピソードが数多くあり、「余談」としてでも書きたいという作家の事情が生れることになる。また、先に述べたように新聞小説であるため多くの読者を想定する必要もあった。ここに〈歴史〉に対する強い愛着を垣間見ることが出来よう。

そもそも遠藤周作と司馬遼太郎は同じ一九二三（大正十二）年に生れ、同じ一九九六（平成八）年に没した[6]。同世代というばかりでなく全く同じ時代を生きた同級生である。この世代は「戦中派」と呼ばれる。例えば遠藤は、『女の一生　二部・サチ子の場合』の「あとがき」で、同世代である「戦中派」に対する親近感を表明している。

電車のなか、バスのなか、あるいは駅前で、私は自分と同じ年頃の主婦を見るたびに何とも言えぬ親近感を急に感ずることがある。

その親近感は自分たちが同世代であり、共におなじ歴史を生きてきたのだという事実から生れている。あのくるしかった大きな戦争を生きぬき、あの変動の戦後をどうにか経てきた――それが我々の世代なのだが、そうしたムツカしいことではなく、

「おたがい、よく生き残れましたね」

という率直な気持なのかもしれない。

おたがい、よく、生き残れた――しかしこの気持の背後には、もっと複雑な感情がある。つまり自分は生き残ったが、いとしい者、愛した者、親しかった者を戦争や戦後で失ったという悲しみや苦しみがかくれているのだ。

（「あとがき」／『女の一生　二部・サチ子の場合』朝日新聞社、一九八三・昭和五十七年三月）


ここには戦争に翻弄され愛する者を失ったサチ子の人生を描いた『女の一生　二部・サチ子の場合』のモチーフが隠されていると言えよう。また、この同世代の女性に対する親近感は、同世代の司馬遼太郎に対しても同様であったことだろう。しかも、遠藤と司馬遼太郎の二人には〈歴史〉を愛好するという同じ趣味があり、「歴史小説」を描く同志でもあった。そのせいか、遠藤が盛んに「歴史小説」を描いていた一九七〇年代には、二人は京都で一緒に正月を過ごすことを数年にわたって行ったこともあった。この時の交流が遠藤の〈歴史〉に対する姿勢や「歴史小説」にも影響を与えたことは間違いないだろうし、その一端を『女の一生』に見ることができる。

以上のように、『女の一生』と『坂の上の雲』という一見何の関係も無いように見える作品であっても、実質的な四つの共通点があり、深いところで繋がっていることがわかる。

三、長崎というトポス

拙稿[7]で指摘したが、遠藤文学において作品舞台は単なる場所ではなくその土地の歴史、風俗も含めた特別な文学空間であった。「長崎への恩返しのつもりで書いた[8]」という『女の一生』においても長崎が単なる作品舞台だけではなく歴史、風物を含めたトポスとして描かれていることは明らかであろう。そこで、長崎の歴史と風物を作品で確認して行きたい。

まずは前者の長崎の歴史。『女の一生』は「浦上村の歴史[9]」を描いたという指摘があるように、浦上四番崩れが中心に描かれている。

作品は、浦上村馬込郷の農家に生れた従姉妹のミツとキクが登場する所から始まる。ミツは五歳、キクは六歳であるが、後の記述から逆算すると、一八五五年頃の話となる。浦上三番崩れが一八五六年なので、おおよそこのあたりから物語が始まる。一八七三年の明治六年二月に禁制高札が撤去され、清吉たちが配流の地・津和野から浦上へ戻り、浦上四番崩れの事件が収束を迎えるところで終っている。エピローグでは大正二年の晩夏に清吉と伊藤清左衛門が津和野で再会し、キクの一生が語られるが、中心となるのはあくまでも浦上四番崩れをめぐる約二十年間であった。

そのほかにも長崎の殉教の歴史がところどころで語られる。例えば二十六聖人殉教の地として有名な西坂についてはミツとキクが浦上から長崎へ行く途上にあらわれている。

晴れた空に鳶が鳴いている。長いこと歩いて浜にそった街道が坂になった。その坂は西坂と言って、むかし仕置場だった場所である。この仕置場で聖徳寺の住職が嫌う切支丹邪宗の徒が何十人も処刑されたのだ。

（「長崎」／『女の一生』）

さらに、雲仙での拷問や殉教についてもフューレ神父を通して語られる。フューレ神父は長崎での切支丹探索をなかなか諦めないプチジャン神父をさとすために雲仙に連れて行き、迫害の激しさについて語る。

「日本の切支丹たちのうち信仰を捨てぬ者は……ここで、この熱湯につけられた。足の肉は一瞬でなくなり、引きあげられた時は骨しか残っていなかった。ベルナール。わかるかね。足は白い骨しか残っていなかったんだよ……」

「ベルナール。長崎の基督教信者たちはね、これほどの拷問まで受けたんだよ。火あぶり、水責め、そしてこの雲仙での熱湯づけ。……さあ、眼を大きくあけて君の足もとを見たまえ」（「希望の日」／『女の一生』）

ここでプチジャン神父は日本での切支丹迫害の凄まじさを実感する。既に遠藤は雲仙の殉教の様子について、『雲仙』や『沈黙』で切支丹資料を使って描いたことがあるが、『女の一生』ではそうした資料の引用ではなく、フューレ神父が直接語るところに臨場感がある。また、読者にとっても迫害の残虐さをより実感しやすくなっている。こうして日本から切支丹がいなくなった理由を実感したプチジャン神父ではあったが、数日後に切支丹信徒を発見する奇跡の現場に立ち会うことになる。その感激を次のように伝えている。

（ごらんなさい、この長崎に彼等はいたのです。存在したのです。なんという素晴らしい街でしょう）

二百年以上のものすごい迫害とすさまじい圧迫とに日本人の基督教徒は豪雨のなかの一本の木のように耐え、生き残っていたのだ。（「希望の日」／『女の一生』）

プチジャン神父にとって、先に雲仙での迫害の歴史を実感したからこそ、切支丹信徒を発見できた喜びは一層大きくなったことであろう。しかも、わざわざ「この長崎に彼等はいた」と長崎にいたことを強調している点に大きな意味がある。ここに長崎の歴史を描きたいという意思が如実にあらわれている。

そして、浦上四番崩れが始まると清吉たちが体験した拷問の数々が詳細に描かれる。これらの拷問の様子や役人側の伊藤清左衛門、本藤舜太郎らの心情を描くことは『女の一生　二部・サチ子の場合』でアウシュビッツのコルベ神父や囚人たちと、看守や所長らの心情を描くことへの伏線となっている。清吉たちは長崎では西役所で取調べと拷問を受け、津和野に流されたあとは三尺牢など烈しい拷問を受けて多数の棄教者や死者を出している。これもまた長崎の歴史なのである。

次に後者の長崎の風物。遠藤文学ではしばしば「弱者」と「日常性」が描かれる。『女の一生』でも「弱者」として棄教した熊蔵や、心に悩みを抱えつつキクの一生を見届けた伊藤清左衛門らが描かれた。そして、「日常性」は、当時の長崎の様々な風物が日常の風景として描かれている。そこで作品に登場する主な風物をまとめると次のようになる。

第一に正月の風物。最初に登場するのは長崎で正月に行われた踏絵である。「馬込郷でもこの踏絵は毎年、正月十二日、庄屋の高谷家で行われた。」（「長崎」／『女の一生』）としている。キクはこの時初めて聖母マリアと対面することになる。『沈黙』でも、踏絵を踏んで棄教したロドリゴが正月に踏絵を踏むたびに過去の辛い記憶を蘇らせていた。どちらも同じ古賀十二郎編『長崎市史　風俗編』（清文堂出版、一九三八・昭和十三年四月）を典拠としている。また、キクが働いていた丸山での正月の風物も描かれる。土竜打ちと柱餅である。土竜打ちについては、「正月が終って十四日になると丸山では土竜打ちといって、子供たちが五、六人一組となって注連縄をたばねた竹を持って家々の門石を叩きながら歌いまわる風習がある。」（「二つの愛」／『女の一生』）としている。柱餅については年末から正月にかけての様子として描かれる。

晦日前の丸山は華やかで忙しい。それぞれの楼では餅つきの支度をして男衆を待つ。（中略）最後の臼の餅はまるめて大黒柱にうちつけるのが長崎の習慣だった。柱餅といって、正月十五日の時、これをあぶって食べるのだ。

（「丸山」／『女の一生』）

第二に春先の風物。キクとミツは節分を過ぎた頃から五島屋での奉公をはじめるが、それに合わせて様々な風物が描かれる。先ずは二月の節分の馬込郷の様子である。

この節分には、馬込郷の子供たちは大根で白ネズミを作り、それを盆にのせて明方から「白ネズミの参りました」と口々に叫びながら家々をまわって遊ぶ。長崎の子供たちの風習を真似たものらしいが、小さい時には、キクやミツも友だちとこれをやったものだった。

（「長崎」／『女の一生』）

キクとミツの子供時代を彷彿させる風物であった。この時は二人の門出を祝い、お婆が育った外海の唄であるめでたい豆まき歌を歌ってくれた。二月の節分が過ぎてから、長崎で二人の奉公が始まると、長崎の春先の風物が描かれる。いずれもキクと清吉の二人の関係に深く関わっている。まず、キクが清吉に再会したのは五島屋の旦那が「七高山巡り」に行く準備に追われた日であった。

この頃に長崎近辺の七つの山を遍路納札する行事で、商家の旦那衆にはこれに参加する者が多かった。

（「長崎」／『女の一生』）

次に、三月になると、街には黄砂が降り、桃の節句があり、凧合戦が行われる。そうした時間の移り変わりの中でキクと清吉の関係も変って行くのである。二人の関係の変化の予兆として黄砂が降り、長崎に春を告げる。

つちふる――。
大陸から吹いてくる黄塵のことだ。長崎ではその黄塵が春の訪れに少し先がけて襲ってくる。空が褐色ぽく曇って、外の風に巻きこまれると顔にも首にも小さな土埃が吹きつけてくる。だが、それが終ると春。
（「南蛮寺」／『女の一生』）

こうして冬が終り、春になった。三月三日には桃の節句があり、ミツとキクが奉公を始めてから初めての外出の機会となる。

ミツもキクも待ち遠しかった。三月三日の節句の日がである。その日は五島屋ではお米さんを除いて、特別にトメとキクとミツとに一日、暇が出る。もっとも外で泊ることは許されない。
（「南蛮寺」／『女の一生』）

馬込に戻りたいというキクを説得してミツは南蛮寺見学を持ちかけ、市次郎に連れていってもらう。この大浦天主堂でキクは清吉を見かけるのである。キクは清吉に嘘を吐かれたことと、清吉が切支丹であるという秘密を知り苦悩する。その苦悩は凧合戦の少し後まで続くこととなる。

桃の節句が終ったと思うと、もう間近に三月十日の金比羅さまのお祭りが迫っていた。凧あげをやる日である。

とかく長崎は遊ぶことと行事の多い街だった。

（「南蛮寺」／『女の一生』）

そんな浮かない日のなかで春の金比羅さまの祭りがやってきた。三月十日である。金比羅さまの祭りはいつも長崎の七ケ町が交代で当番をする。今はもう衰えたが、ミツやキクがいた頃は長崎の神社仏閣の祭りではもっとも賑わったものの一つだった。

（「南蛮寺」／『女の一生』）

桃の節句が三月三日なので、凧合戦が行われた三月十日まで一週間の開きがある。この一週間はキクにとって長い苦悩の日々であったと言えよう。そんなキクから愛の告白を受けて清吉はキクが自分を深く愛していることを知り、二人は「恋人」(10)の関係へ変わるのである。また、この時の凧合戦でプチジャン神父は出島のオランダ商館のオランダ人と対決をしたり、後には凧が浦上の信徒たちとの連絡手段となったりと重要な役割をしている。第三に五月の風物。ペーロン競漕と諏訪神社の祭りである。まずペーロン競漕は五月の最大の行事として紹介される。

長崎と長崎の近郊で五月の最大の行事といえばペーロンの日である。

この五月の五日と六日、端午の節句の日、馬込郷、竹の久保、稲佐、水ノ浦、飽ノ浦、西浦、平戸小屋、瀬の脇などの海岸にちかい村々の若者が、向う鉢巻に三尺をきりっとしめ競漕を行う。おしてそれぞれの村や町の者たちはその日、浜に集まり声のかれるまで声援する。その応援は時には喧嘩をうみ血の雨をふらすことも多かったほどである。

（「勝負」／『女の一生』）

清吉たちは、長崎全体がペーロン競漕に夢中になることを利用し、見張りが手薄になることを狙ってプチジャン神父を浦上村に招き入れ、洗礼を授けてもらったり、オラショを唱えてもらったりした。この時にうまくいきすぎた結果、後の惨劇を招く要因となっている。
次に諏訪神社の祭りである。この祭りは梅雨の季節の到来を告げるものとなっている。

五月の爽やかな日、お諏訪さまのお祭りが始まって、しゃぎりの軽快な響きが街のあちこちで聞えてくる。鯉のぼりがみどりをふくんだ風に流され、粽やくわくわら餅を売り歩く男が寺町の土塀のかげで一休みをしている。そしてあのペーロン競漕が終ると、そろそろ雨がふりはじめる。梅雨の季節がはじまるのだった。

（「群像」／『女の一生』）

梅雨の季節の六月十三日に浦上四番崩れが始まる。キクは清吉が逮捕されたショックで五島屋を飛び出しプチジャン神父に助けてもらい、大浦天主堂で働くことになる。また、一人で五島屋に残されたミツのもとに熊蔵があらわれる。キクばかりではなく、ミツにとっても重要な転機であった。
熊蔵は清吉たちの仲間で一緒に牢に入れられたが、心が弱く棄教者となってしまった「弱者」である。村にも帰れず五島屋に駆け込み、ミツのおかげで働くことができた。だが、自分が仲間を裏切ったことや棄教者であることは誰にも打ち明けられず苦しみを抱えたまま暮さざるをえなかった。ミツはそうした「弱者」の熊蔵の悲しみに寄り添い、後には夫婦となり、切支丹となるのである。
第四に六月の風物。長崎の西役所から津和野へ派遣されている伊藤清左衛門が長崎を懐かしむ場面に登場する。

「ああ、早う長崎に戻りたか。長崎では今頃もう清水寺の祭りたい」
長崎には季節、季節で色々な行事がある。六月に入ると祇園入りと言って、清水寺の千日参りがはじまる。参道にちかい新石灰、今石灰街の路すじは注連と榊できよめられ、家々では鱠や氷餅を作って客に出すのが習わしである。

伊藤清左衛門はそうした長崎の風物をひとつひとつ思いだしては泣きたい気持で懐かしんでいた。

（「恵まれた者と恵まれぬ者」／『女の一生』）

ここで長崎へ帰りたいと思っているのは伊藤清左衛門だけでなく、清吉たち全員の気持でもあるが、清吉たちが帰りたいのは浦上村であって長崎ではない。そのため、長崎出身の伊藤清左衛門を通して「清水寺の千日参り」を思い出させているのである。しかも、伊藤清左衛門は「清水寺の千日参り」以外にも色々な「長崎の風物」を思い出しており、結果的に作者の長崎への愛着の深さを物語っている。

第五に七月の風物。長崎の夏を代表する精霊流しが描かれる。

夏が来た。長崎の夏には凌ぎがたいほど暑い夕暮がある。まったくの無風状態で真夜中になっても寝つかれないくらいだ。

そんなむし暑い夏の夜、精霊舟を流す長崎名物の行事が行われる。七月十四日にあちこちの寺の墓地では莚をしいて酒宴をひらく家族がみえ、ペイシンとよばれる料理に皿の形にこしらえたところてんを食べ、墓前にもそなえるのだが、その翌日の真夜中から大波止のあたりは人の群れでぎっしりと埋まる。

それぞれの人が灯をともした精霊舟を海にながす。波にゆれ、波にかくれ、波にただよう無数の灯が何とも言えぬ美しい幻の世界を作りあげる。

（「恵まれた者と恵まれぬ者」／『女の一生』）

この時、皆が精霊流しを見に出かけた中、一人店に残ったキクの下に伊藤清左衛門が訪れる。伊藤清左衛門は清吉を助けるためと称しキクにお金を要求する。借金のあてのないキクは唐人相手に体を売ることになる。

以上のように、長崎の風物は、季節の変化だけではなく長崎が色々な行事のある豊かな文化に溢れる街であることを示している。しかも、季節ごとの風物が登場人物たちの心情や出来事と密接な関係を持っている。

藤田尚子氏が指摘するように[11]ペーロン競漕と精霊流しという長崎を代表する二つの祭が作品で重要な役割を担っていることは確かである。だが、『女の一生』ではそれ以外にも季節ごとの様々な長崎の風物が描かれることで、登場人物たちの当時の日常生活を彷彿とさせるのである。

四、二項対立の図式

先に述べたように、『女の一生』の先行作品である『王国への道』や『侍』では二人の主人公を配し、それぞれの視点が交差することで話が進行していった。『女の一生』もこの流れにあり、前半ではキクを中心とした視点とプチジャン神父を中心とした視点が交互にあらわれ話が進行した。後半では、プチジャン神父の視点がほとんどなくなる代わりに津和野に流された清吉たちを中心とした視点とキクを中心とした視点が交差してストーリーが進行する。いずれも二項対立が作品構造の中心となっている。しかも、『女の一生』では小野功生氏が指摘するように視点だけではなく様々な二項対立の図式がある。

『女の一生』の構造のすみずみにまで浸透しているのは二項対立の図式である。例えば、第一部では、清吉と伊藤清左衛門、プチジャン神父と本藤舜太郎、配流の地津和野と山崎楼、キクとミツ、お陽とキク、仙右衛門と熊蔵、本藤と伊藤といった対比が象徴する、信仰とそれに対立する価値、強者と弱者、聖性と穢れなどの二項対立が錯綜して、この作品を重層的構造を持つテクストとしている。

（小野功生「『女の一生』――そのテーマ構造」／山形和美編『遠藤周作――その文学世界』国研出版、一九九七・平

成九年十二月、所収）

ここで小野氏が指摘するように、『女の一生』は二項対立の図式がすみずみにまで浸透しているテクストである。これを踏まえて本章では場所と人物の二項対立の図式を確認していきたい。

まずは場所における二項対立の図式。先に述べたように『女の一生』の作品舞台はトポスであるので、単なる場所ではなく登場人物とも密接な関係を持っている。これを前提にグローバルな視点から考えると、キリスト教をめぐる西洋諸国と日本の二項対立が作品の大きな背景となっている。キリスト教を受容した西洋諸国と拒絶している日本とのたたかいである。それらは、フランス出身のプチジャン神父と岩倉使節団へ参加した本藤舜太郎に代表される。プチジャン神父はザビエル以来の日本宣教の歴史を学び、当時の西洋諸国が犯した植民地支配の罪悪とそれに加担した教会の過ちも認めており、そうした不幸な歴史を踏まえた上で日本宣教に情熱を燃やしている。本藤舜太郎は岩倉使節団に参加してアメリカに行き、日本の禁教令に対する反対運動の激しさを実感し、浦上の切支丹たちが条約改正の鍵であることを知る。こうしてキリスト教をめぐる西洋諸国と日本とのかけひきの渦中に浦上の切支丹たちが巻き込まれ翻弄されたのである。

日本の中では長崎と浦上村、津和野と長崎の二項対立がある。長崎と浦上村の違いは主にキクの眼を通して語られる。長崎は多くの外国人が行き交い、貿易をはじめとする商業が中心の街であり、浦上村は農業が中心の貧しい村である。馬込郷のキクたちにとって長崎は憧れの場所であるのに対し、長崎の人間にとって浦上村は家畜の臭いのせいで「言いようもなくくさい村だと思われていた」という。この差は明らかであろう。また、津和野と長崎は、清吉とキクに代表される。津和野は清吉たち浦上の信徒が配流され、三年間拷問を受けた地である。対する長崎の大浦天主堂ではプチジャン神父たちが清吉たちを助けようと奔走しており、丸山の山崎楼ではキクが清吉のために身を犠牲にしていた。そうした二つの地を伊藤清左衛門は往復し、清吉とキクを結び付ける頼りない連絡役となっていたのである。

同じ浦上村でも仏教を信仰する馬込郷と切支丹の中野郷、本原郷の対立がある。馬込郷の者は中野郷や本原郷の者をクロと呼び関わりを避けており、中野郷や本原郷の者も異教徒である馬込郷の者とは結婚することはない。異なる宗教を背景に持つ郷の対立は、ミツの兄市次郎が中野郷の清吉を忌み嫌い、キクに清吉とは結婚できないと告げるところに代表される。

長崎は大きな街だけに多層的な二項対立がある。日本人と外国人、五島屋と山崎楼、アチャさんと呼ばれる唐人と南蛮人、フランス人とオランダ人、大浦天主堂と山崎楼、大浦天主堂と西役所などである。

第一に日本人と外国人。長崎は鎖国下の日本にあって唯一外国人を受け入れた街であり、外国人を大事にする風習ができている。だが爪合戦に関しては例外であった。三月十日のお祭りの爪合戦で、「この三年一人の若い異人がオランダ商館の屋根でアゴバタをあげ、日本人に戦いを挑んで」（「南蛮寺」／『女の一生』）きて、誰も勝てないことに長崎の街中の人が怒っていた。

第二に五島屋と山崎楼。五島屋は眼鏡橋の近くにある呉服屋でキクとミツが奉公した店である。店の者の大部分は五島出身者で占められており、キクとミツだけが浦上村出身であった。ここでキクは奉公を最後まで勤め熊蔵と結婚したが、ミツは清吉が浦上四番崩れで捕まったショックで店を飛び出してしまい、しかも身を犠牲にして尽した清吉とは結婚できなかった。

商家の五島屋に対し、山崎楼は遊郭である。店は思案橋の近くの丸山にある。キクはこの店で下女として働いたが、清吉のためにお金の工面をするため、伊藤清左衛門や唐人相手に体を売ってしまう。対照的なのは山崎楼の売れっ子の芸子衆のお陽である。お陽は愛する本藤舜太郎に身受けされ、「後に舜太郎の妻となり鹿鳴館の花の一人」とまで言われた。キクが愛する清吉と結婚出来ずに亡くなったこととは明らかに異なる。

第三に唐人と南蛮人。唐人は「日本人たちがアチャさんと呼んでいる中国人たちの住居地区」（「道遠し」／『女の一生』）に住み、南蛮人でもオランダ人は出島のオランダ商館、フランス人のプチジャン神父は大浦天主堂とそれぞれ別の場所に住んでいる。唐人相手の遊女を意味する「十善寺行き」という蔑称があるように、同じ外国人相手の遊女であってもオランダ人相手の遊女より格が下だったりもする。

第四にフランス人とオランダ人。三月十日の凧合戦で出島のオランダ商館の若いオランダ人とフランス人のプチジャン神父は対決した。プチジャン神父は勝負に敗れたが、十字架の印の入った凧を揚げられて満足した。

第五に大浦天主堂と山崎楼。大浦天主堂はいうまでもなく聖なる場所である。対する山崎楼は性に関連する場所である。全く正反対の場所であるが、五島屋を飛び出したキクが最初に世話になったのが大浦天主堂であり、次に下女として働いたのが山崎楼であった。キクを通して二つの異なる空間が結びついていくのである。

第六に大浦天主堂と西役所。浦上の信徒をめぐる対立がある。大浦天主堂は信徒を保護する側であり、西役所は信徒を弾圧する側である。大浦天主堂を代表するのがプチジャン神父であり、信徒たちを解放するように大使にかけあったり、聖母にずっと祈りを捧げていた。対する西役所を代表するのが伊藤清左衛門と本藤舜太郎であった。大浦天主堂の動きに常に監視の目を光らせ、時には市次郎をスパイとして送り込ませたりした。浦上四番崩れが始まると拷問にかけ棄教させたり、死なせたりもしている。

このように場所は登場人物と密接な関係の中で多層的な二項対立の図式を構成して、「歴史群像」の世界を描き出しているのである。

次に登場人物の二項対立の図式。場所の関係とも重なるが、人物だけを見ても、様々な二項対立の図式が見られる。そこで、主な登場人物であるキク、プチジャン神父、清吉、伊藤清左衛門をめぐる二項対立をそれぞれ確認したい。

第一にキクをめぐる人々である。ミツとキク、お陽とキク、プチジャン神父とキクといった二項対立がある。

まずミツとキク。二人は同じ浦上村馬込郷に生れた従姉妹で、キクの方が一歳上である。ミツには十歳違いの兄・市次郎がいる。子供の時は「ミツの甘ったれ、キクのお転婆」（「ミツとキク」／『女の一生』）と呼ばれていた。ミツは、「年上の話すことを何でも素直に信じる」（「ミツとキク」／『女の一生』）特徴があり、『わたしが・棄てた・女』のミツと同じように「気の毒な人、あわれな人間を見るとどうしようもない不憫さにかられる」優しさを持っている。仲間を裏切り棄教した熊蔵の苦しみに寄り添い、後には熊蔵と結婚し切支丹となった。対するキクは、子供の頃は「活発で、おしゃべりで、はしっこくて」、「自分が美しい女の子でありたいと思っていた」（「ミツとキク」／『女の一生』）。十六歳の時に清吉に恋をして身を犠牲にして頑張ったが清吉と結婚することはできなかった。清吉にメダイユをもらったり、大浦天主堂で下女として働いたり、聖母とは何度も向き合ったが切支丹となることもなかった。ミツとは明らかに対照的である。

次にお陽とキク。先にも述べたが、二人は同じ時期丸山の山崎楼で働いたが、全く正反対のことが起きている。お陽は山崎楼で芸子衆として働いていたが、本藤舜太郎の妻となり幸せを摑んだ。明治の新政府の中で出世する本藤舜太郎に伴われ、後には鹿鳴館の花と呼ばれている。対するキクは、山崎楼で下女として働いていたが、愛する清吉のためにお金を工面するため伊藤清左衛門や中国人相手に体を売り、無理がたたって結核で死んでしまう。

最後にプチジャン神父とキク。『女の一生』では二回だけ大浦天主堂の聖母像が沈黙を破る。この時、聖母の声を聞くのがプチジャン神父とキクである。ただし聖母像の様子は対照的である。

前者のプチジャン神父は浦上の信徒を発見したのもつかの間、役所の監視の眼がすみずみに及んでいることを知り、困り果ててしまう。その時聖母が初めて沈黙を破る。

（ハタがあるではありませんか）

プチジャンは聖母の清らかな声を聞いたように思った。

「ハタ？」

（あなたは習ったでしょう、凧のあげかたを。今、長崎は凧あげの季節です。あなたが凧をあげても、奉行所

はそれほど疑いませんよ。爪を……お使いなさい）

子供に教えさとすような聖母の声をプチジャンはたしかに聴いた…。

（「暗闘」／『女の一生』）

プチジャン神父は、いわば啓示のように聖母の声を聞いて、浦上の信徒たちとの連絡手段として爪を利用することを思いつく。重要なのはプチジャン神父が聖母の声を「聞いたように思った」点にある。下手をするとプチジャン神父の思いすごしになるかもしれない危険性も孕んでいるからである。対するキクの場合は、プチジャン神父の時とは異なり聖母が激しい動きを見せる。

この時聖母の大きな眼にキクと同じように白い泪がいっぱいにあふれた。あふれた泪は頬を伝わりその衣をぬらした。彼女はうつ伏して動かなくなったキクのために、一人の男を愛し愛しぬいたこの女のために、おのれの体をよごしてまでも恋人に尽しきったキクのために今、泣いていた。／キクのその叫びを聖母は、はっきりと聞いた。聖母像は大きな眼に泪をためたまま、強く強くうなずいた。／悲しみと辛さとをこめたキクの訴えには聖母は泣きながら烈しく首をふった。

（いらっしゃい、安心して。わたくしと一緒に……）

（「雪。そして聖母」／『女の一生』）

病気が重く力尽きて動けなくなったキクに対し、聖母は「白い泪」を流したり、キクの叫びを聞き、眼に泪をためたまま「強く強くうなず」いたり、キクの訴えに「烈しく首をふった」りする。プチジャン神父の時とは明らかに異なる。

第二にプチジャン神父をめぐる人々である。ギラン中尉とプチジャン神父、フューレ神父とプチジャン神父、オランダ人とプチジャン神父といった二項対立がある。

まずギラン中尉とプチジャン神父。二人は同じ船に乗り長崎へやってくる。ギラン中尉は同僚の士官から聞いた長崎のゲイシャのことで頭がいっぱいだった。対するプチジャン神父は酔っ払いの中国人から聞いた日本にまだ信徒が残っているという不確定な情報をもとに信徒を捜し出すことで頭がいっぱいだった。二人が求めていたものは全く違っていたのである。

次にフューレ神父とプチジャン神父。フューレ神父は二百数十年に及ぶ徹底的な切支丹弾圧の結果日本にはもう一人も残っていないと諦めて、信徒を捜すことよりも教会建設に熱心だった。対するプチジャン神父は教会建設よりも信徒を捜し出すことの方が熱心だった。フューレ神父が長崎を去った後、プチジャン神父は信徒発見の奇跡の現場に立ち会うことができた。プチジャン神父の方が正しかったのである。

最後にオランダ人とプチジャン神父。三月十日の凧合戦で対決をするが、新教の国であるオランダとカトリックのフランス、スペイン、ポルトガルは海外貿易をめぐって長い間争って来た歴史がある。オランダ人もプチジャン神父も互いに敵意は持っていないが、貿易をするために長崎へ来て出島のオランダ商館に住んでいるオランダ人と、宣教のために長崎へ来て大浦天主堂に住んでいるフランス人のプチジャン神父とは根本的に異なっている。凧合戦でもオランダ人の目的は勝負に勝つことだが、プチジャン神父は十字架のしるしのついた凧をあげることで教会の存在を人々に知らせることが目的であった。

第三に清吉をめぐる人々である。キクと清吉、仙右衛門と清吉、熊蔵と清吉、伊藤清左衛門と清吉といった二項対立がある。

キクと清吉。キクは清吉を一途に愛し、清吉もキクの愛情に応えようとしたが、二人の出身部落は対立する立場にあった。キクの馬込郷は仏教を信仰する部落で、清吉の中野郷は切支丹の部落であった。キクは清吉を愛することで清吉の信ずる切支丹の世界へ足を踏み入れていくのである。

仙右衛門と清吉。二人は浦上四番崩れの時に一緒に捕まったが、仙右衛門だけは棄教することなく信仰を守り通した。この時清吉は棄教してしまうが、信心戻しをした後は最後まで信仰を守り通した。

熊蔵と清吉。この二人も浦上四番崩れの時に一緒に捕まった。熊蔵は真っ先に棄教し、清吉も棄教するが、その後清吉は信心戻しをして津和野で最後まで耐え抜いた。先に逃げ出した熊蔵は部落に戻ることもできず五島屋に逃げるが、そこでミツに助けられ、大浦天主堂へも通うようになる。

伊藤清左衛門と清吉。清吉を含む浦上の信徒たちの一部は津和野に配流され、拷問を受け続けた。中心になって清吉たちに拷問を加えたのが西役所から派遣された伊藤清左衛門であった。伊藤清左衛門はキクが清吉を愛していることを知っているが故にひどい拷問を加えていくが、やがて西洋からの圧力で信徒たちへの拷問が問題になると上司から責任を全て押し付けられ絶望する。その後、清吉のために身を犠牲にしたキクの死を見たり、プチジャン神父やウッサン神父を通してキリスト教を知り、信徒となる。大正二年には津和野で清吉に全てを話し懺悔をする。二人には拷問の加害者と被害者、キクを愛した男とキクに愛された男という関係があった。

第四に伊藤清左衛門をめぐる人々である。清吉と伊藤清左衛門、本藤舜太郎と伊藤清左衛門という二項対立がある。

清吉と伊藤清左衛門については先に述べたので、本藤舜太郎と伊藤清左衛門の対立について考えたい。二人は同じ長崎の西役所で働いていたが、出世という点では対照的である。伊藤清左衛門は役目に忠実であったものの下級役人であったので上層部に都合よく信徒たちへの拷問の責任をなすりつけられ、出世することなく終った。対する本藤舜太郎は西市役所では通詞として働いていたが、さらに語学の才能を認められ、外務省の役人に昇進し岩倉使節団にも同行を命ぜられた。結婚に関しても、伊藤清左衛門は愛するキクと結ばれることはなかったのに、本藤舜太郎は愛するお陽と結婚できた。お陽は後に鹿鳴館の花とまで呼ばれている。こうした二人の間には「弱者と強者」をはじめとする様々な二項対立の図式がある。次の箇所で確認できる。

この世には運に恵まれた者と運の悪い者がいる。世に出るものと、世に出ることもできず、泥のなかをもがく連中がいる。
その二つの違いは伊藤清左衛門と本藤舜太郎との間にはっきりと出た。舜太郎が岩倉公に目をかけられ外務省の役人に昇進したのに、伊藤は津和野と長崎を往復せねばならぬ西役所の下級役人にすぎなかった。
（「恵まれた者と恵まれぬ者」／『女の一生』）

その日、一日、霧のような雨が長崎にふりつづいていた。その雨を見ながら伊藤はこの世には強い者と弱い者、幸運な者と不運な者、華やかな者とみじめな者とが厳としてあることを考えた。
（「恵まれた者と恵まれぬ者」／『女の一生』）

ここにあらわれただけでも「運に恵まれた者と運の悪い者」、「世に出るものと、世に出ることもできず、泥のなかをもがく」者、「強い者と弱い者」、「幸運な者と不運な者」、「華やかな者とみじめな者」と様々な対立がある。『女の一生』の二項対立の図式のなかでも際立っていることは明らかであろう。問題はプチジャンが語る神の視点である。

「だが神さまはそげん本藤さまよりもあなたさまのそのひがんだ心、傷ついた心に入りこもうとされます。神さまは今のような出世欲にもえた本藤さまには興味ば持たれんとです。ばってん伊藤さまのその心のほうにひかれとられる」
（「三年目の冬」／『女の一生』）

プチジャン神父が語る神は、出世欲に燃えた本藤舜太郎よりも伊藤清左衛門の「ひがんだ心、傷ついた心」に興味を持つという。武田友寿は『沈黙』に「弱者の復権」という意図を見た(12)が、『女の一生』でも「弱者の復権」をここに見ることができよう。『沈黙』のキチジローが何回も裏切った末に、最後には切支丹屋敷でロドリゴの下にいたように、伊藤清左衛門も後にはプチジャン神父やウッサン神父の説教を受け入れ信徒となっているのである。神が伊藤清左衛門に興味を持っているというプチジャン神父の言葉は正しかったのである。

以上のように『女の一生』の場所や登場人物は、様々な二項対立が複雑に絡み合い多層的な二項対立の構造を持っている。そして歴史を背景とすることで「歴史群像」を描き出していると言えよう。

注

（1） 拙稿「遠藤周作の「歴史小説」の一側面――松田毅一との関連をめぐって」（「遠藤周作研究」4、二〇一一・平成二十三年九月）。本書序論。

（2） 八木義徳・菅野昭正・岡松和夫「読書鼎談――遠藤周作「女の一生・一部・キクの場合」」（「文芸」、一九八二・昭和五十七年五月）

（3） 注（2）に同じ。岡松和夫の発言。

（4） 遠藤周作「筆間雑話」／『女の一生』

（5） 司馬遼太郎は『坂の上の雲』の「あとがき　一」に小説執筆のきっかけと子規への関心について次のように述べている。

　子規について、ふるくから関心があった。

　ある年の夏、かれがうまれた伊予松山のかつての士族町をあるいていたとき、子規と秋山真之が小学校から大学予備門までおなじコースを歩いた仲間であったことに気づき、ただ子規好きのあまり調べてみる気になった。小説にかくつもりはなかった。調べるにつれて妙な気持になった。

（中略）

　そういうことを、書く、どれほどの分量のものになるか、いま、予測しにくい。

昭和四十四年三月

（「あとがき　一」／『坂の上の雲』）

（6） 遠藤周作は一九二三（大正十二）年三月二十七日生れ、一九九六（平成八）年九月二十九日没。司馬遼太郎は一九二三（大正十二）年八月七日生れ、一九九六（平成八）年二月十二日没。

（7）拙稿「遠藤周作論――〈劇〉を生成するトポス――」（「昭和文学研究」72、二〇一六・平成二十八年三月）。本書第一部第二章。

（8）注（2）に同じ。

（9）注（2）に同じ。

（10）「勝負」の章では、キクは清吉のことを「恋人の清吉」と呼んでいる。

威勢のいいその声を聞くとキクは箒を持って急いで店の前に走り出る。路を掃くのはキクの仕事だがもう冬の朝のように寒くはなく、しかも恋人の清吉とわずかの間だが話ができるのだ。（「勝負」／『女の一生』）

（11）藤田尚子「遠藤周作『女の一生　一部・キクの場合』論――執筆背景と長崎風物の一典拠」（「遠藤周作研究」1、二〇〇八・平成二十年九月）

（12）武田友寿『遠藤周作の世界』（中央出版社、一九六九・昭和四十四年十月）

第二章　遠藤文学における小西行長（三）

―『宿敵』―

一、問題の所在

『宿敵』は一九八五（昭和六十）年十二月、角川書店より刊行され、のちに、講談社の『遠藤周作歴史小説集2宿敵』として一九九五（平成七）年十一月に刊行された。第三期の「歴史群像」としては『女の一生　一部・キクの場合』（以下、『女の一生』と呼ぶ。）に続く「歴史小説」である。

遠藤文学における小西行長については、これまで本書の第二部第四章「遠藤文学における小西行長（一）―『ユリアとよぶ女』を中心として―」と第三部第一章「遠藤文学における小西行長（二）―『鉄の首枷―小西行長伝』―」で論じてきた。前者では『ユリアとよぶ女』について「切支丹物」、朝鮮というモチーフ、人形のイメージの三つの視点から分析を行い、その上で作品にあらわれた「切支丹大名」としての小西行長像をまとめた。後者では「評伝」、二つのトポス、二項対立の図式、信仰をめぐる問題の四つの視点から『鉄の首枷―小西行長伝』（以下、『鉄の首枷』と呼ぶ。）における小西行長像を考察した。いずれの作品も小西行長と深い関わりのあるユリア、日比野了慶、高山右近、加藤清正など複数の人物を配置し小西行長の「人間というX」に迫ったものである。特に『鉄の首枷』では、「水の人間」である小西行長と「土の人間」である加藤清正の二項対立が「評伝」の中心となっていた。

一方、『宿敵』では、小西行長と加藤清正という「宿敵」だけではなく、豊臣秀吉と徳川家康、小西行長の妻糸と加藤清正の母伊都など様々な「宿敵」が登場し、「歴史群像」の世界を形成している。その意味では、『女の一生』と類似の作品構造を持っているといえよう。また、『ユリアとよぶ女』や『鉄の首枷』でも問題となったように小西行長の信仰の変遷も詳細に描かれている。さらには加藤清正の華々しい戦場での活躍、細川ガラシャや高山右近と小西行長の関係、フィクションである小西行長の妻糸の活躍などエンターテイメントの側面[1]も見逃せない。

そこで本章では、『宿敵』を「歴史群像」、二項対立の図式、信仰、フィクションの問題という四つの視点から考察していくこととする。

二、「歴史群像」としての『宿敵』

『宿敵』は、タイトルが示す通り小西行長（以下、行長と呼ぶ）と加藤清正（以下、清正と呼ぶ）という二人のライバルの物語である。二人を中心に様々な登場人物が交差する「歴史群像」であり、登場人物の関係は『女の一生』と同様の多層的な二項対立の図式を持っている[2]。だが、『女の一生』がキクとミツの主人公以外にもプチジャン神父とフューレ神父、清吉と伊藤清左衛門といった明確な二項対立の図式を持っていたのに対し、『宿敵』の中心はあくまでも行長と清正であり、時代背景として豊臣秀吉（以下、秀吉と呼ぶ）と徳川家康（以下、家康と呼ぶ）の対立という大きな流れはあるものの、行長と清正を支える行長の妻糸や清正の母伊都など、二人の対立をめぐる形で間接的に対立するだけであって、直接対立するわけではない。このあたり『女の一生』とは区別する必要があろう。

そこで、二項対立の図式については次節で検討するとして、ここではモチーフと時代背景の問題を考えていきたい。

そもそも『宿敵』と『女の一生』が異なるのは、題名にあらわれているように行長と清正のライバル関係がより詳しく描かれているためである。二項対立の図式もほぼこの二人の関係に集中している。これは作者が寄せる清正への関心の高まりも影響している。このあたり作品のモチーフとしても関連するので、作者の自注を引用しておく。

正直にいうとそれまで私は秀吉麾下の武将のなかで小西行長にもっとも興味を持っていた。資料の少ないこの切支丹大名の伝記を『鉄の首枷』という題で上梓したほどである。清正と行長の確執はこの作品の縦糸ともなるのだが、当時は清正という人物にそれほど興味を抱いてはいなかった。だが祖先の一人が清正に殺されたと知った時から私の興味は俄然、強くなってきた。

（「筆硯閑談」／『宿敵』）

これを見ると、「祖先の一人が清正に殺された」という極めて個人的な理由から清正に対する作者の関心が高まったことがよくわかる。そのため、『ユリアとよぶ女』や『鉄の首枷』では脇役でしかなかった清正が『宿敵』では行長に対峙するもう一人の主人公として、一騎打ちなど戦場での華々しい活躍が生き生きと描かれることになる。

また、もう一つ作品のモチーフとして忘れてならないのは現代に通ずる人間関係のドラマを描いている点である。(3)

もう一度作者の自注を引用する。

いや、それだけではない。人間にはどうしても生理的にあわない相手がある。虫が好かぬ相手がいる。おそらく清正と行長とはどうしても生理的にあわぬ間柄ではなかったのか。だからこそ、二人は宿命的に対立し、憎みあうようになったのではないだろうか。

私はそのような宿命的な人間対立の相剋や理由をこの小説で考えてみた、そういうことは現実に我々の生きかたの上でも起りうるからである。

（「筆硯閑談」／『宿敵』）

作者は行長と清正をことごとく対照的に描いているが、それだけではなく根本的に対立していたことを、「生理的にあわない相手」、「虫が好かぬ相手」と表現して、二人が「宿命的に対立し、憎みあうようになった」経緯を説明する。しかも、こうした対立は過去の出来事ではなく現代でも起こりうる問題として取り上げている。これは、『王の挽歌』で大友宗麟の父子関係の相克を描いたことにも共通するモチーフである。

では次に、「歴史群像」が展開する時代背景についてまとめておく。ここで中心となるのは、秀吉と家康のライバル関係であり、二人が時代の大きな流れを形成する。その中で行長と清正の人生にも大きな影響をもたらしていくことになる。

作品内の時代は、一五八二年の本能寺の変から一六一一年に加藤清正が亡くなるまでのいわゆる戦国時代であるが、この約三十年の間に、天下人の座をめぐる秀吉と家康のたたかいが繰り広げられた。

先に天下人になったのは秀吉であった。天王山で明智光秀を倒し、織田信長の後継者の地位を確保し、清州会議を経て、賤ヶ岳の合戦で柴田勝家を倒し、中国、四国、九州を制圧し、天下統一を果たした。一方、出遅れた家康は秀吉との直接対決を避けて、虎視眈々と機会を窺っていく。

天下人となった秀吉は「明敏な頭脳をもち、縦横に才智をめぐらした英雄」であったが、大陸出兵の野心を持ち始めた頃から次第に人間が変わっていく。突如として「暗愚な暴君」「矮陋な老人」になってしまったのだ。作者は「ぼけ老人となったのではないか」とまで想像する。以降、秀吉は無謀な朝鮮出兵を行い、諸将を疲弊させ不満を募らせることになる。結果的には追い詰められた行長の策略による暗殺という形で終る。(4)

いずれにせよ秀吉が先に死に、家康は生き残った。これは家康が、秀吉の狂気を反面教師として、節制し健康管理に努めた結果でもある。この時、家康は次のように感慨を洩らしている。

（太閤には勝った）

闇のなかで家康はしみじみと思う。戦いとは何も兵を動かし、武器を取ることだけではなかった。外交の駆け引き、屈従すると見せかけて好機を待つこと、健康の競争――それらのすべてを戦いというならば、家康は自分が勝ったと思った。

（「二十四　愛のために」／『宿敵』）

これを見ると家康と秀吉の戦いの様子がよくわかる。家康にとって秀吉との戦いとは、戦場だけにあるものではなく、外交、交渉、生活のあらゆる場面に含まれている。いわば、全面戦争であったのだ。だからこそ、秀吉に勝利できた意味は大きい。

そして、秀吉亡き後、家康は天下取りにむけて本格的に野望をむき出しにする。まず、朝鮮出兵によって諸侯の間に秀吉に対する不満がくすぶり二派に分れている状況を利用し、着実に味方を増やしていった。次に、対立する石田三成らを追い詰め、故意に戦闘を仕掛けるようにした。その結果、関ヶ原の合戦で勝利をおさめ、家康はついに天下人となった。家康と秀吉の戦いは最終的に家康の勝利で終ったのである。つまり、『宿敵』の時代背景は家康と秀吉がそれぞれ天下人へと至る過程にあったと言えよう。

三、二項対立の図式

次に『宿敵』における二項対立の図式を考えていきたい。作品の中心となるのは言うまでもなく行長と清正の二人の主人公である。二人は若い時に秀吉の近習として仕えていた頃からの宿敵であった。小肥りで色白／陽にやけ精悍そのもの、商人／武士、「水の人間」／「土の人間」、切支丹／日蓮宗、主計将校／最前線の将校、戦下手／戦上手、交渉上手／交渉下手など様々な面で異質であり二人が対立するのは必然であった。ここに明確な二項対立の図式が表れている。そこで、二人の対立を順に追ってみる。

行長と清正は元来秀吉の近習であった頃から互いに「虫の好かぬ相手」であった。そんな二人が最初に憎しみまで抱くようになったのは、高松城攻めの際、清水宗治の自決を目の当たりにした時だった。切支丹である行長は自殺を禁じる教義から、清水宗治のように自決はできないことを考えていた。一方、清正は清水宗治の潔い最後に「本当の侍」の姿を見て、「宗治の死の美学」に感動を覚えていた。それだけに自決をしないという切支丹の行長は軽蔑の対象でしかなく、そんな清正の蔑みに対して行長は憎しみさえ覚えた。

秀吉は清水宗治の自決で高松城攻めを終結させたあと、「中国大返し」を行い姫路まで引き返して明智光秀との対決の準備を始める。秀吉は味方の陣営を整えるため行長と清正を使いとして送った。行長は明智光秀の娘の嫁入り先である細川藤孝・忠興父子のもと、清正は筒井順慶のもとへ派遣される。堺出身の行長は堺の商人納屋助左衛門の手を借りて細川藤孝・忠興父子との交渉に見事成功する。一方で、交渉の苦手な清正は筒井順慶の説得に失敗してしまう。戦が始まった時、行長は戦闘に参加せず情報収集に努めるが、清正は、行長に負けた鬱憤を戦の中で爆発させ戦場で大暴れをする。さらに、清正は賤ヶ岳の合戦でも「賤ヶ岳の七本槍」として抜群の働きを見せ中隊長に出世する。対する行長はどのような活躍をしたか定かではないが、清正と同じスピードで昇級、昇進をしているので、おそらく兵糧の調達・輸送面で「内助の働き」を見せたことが予想される。

行長は戦場で華々しい活躍を見せる清正に比べ、戦場では全く活躍の場所がない自分について悩むようになる。だが、高山右近から水軍という助言をもらい、気分が晴れた時、大坂城築城の現場にあらわれた清正たちの姿を目にする。


どうも虎之助（引用者注：清正）たちは築城の技術をこの機会に利用して学ぼうとしているらしい。

（そうか。あの男も……これからは戦で槍をふりまわすだけが武将を志す者のすべてとは思っていないらしい……）

彌九郎（引用者注：行長）はこの時、はじめてのように加藤虎之助こそ自分の宿敵だという気がした。

（「六　宿敵」／『宿敵』）


行長が初めて宿敵として清正のことを認めた場面である。戦場では華々しい武功があるものの、交渉や事務仕事は苦手な清正であったが、将来のために築城の技術を学ぼうとする姿に衝撃を受け、行長は清正が自分の宿敵であることを再確認させられたのである。

そして、行長の人生の転機となった高山右近事件が起きる。一五八七年、秀吉が突然禁教令を出し、宣教師の追放と切支丹武将たちに棄教を迫ったことが発端であった。秀吉の命を受けた清正は、切支丹武将である行長、高山右近、蒲生氏郷、牧村政治の四人に棄教を申し渡し、一人一人に棄教を確認する。高山右近以外の三人は棄教したが、高山右近だけは棄教を拒み、知行地、家臣の返還を申し出た。この時清正は、信仰を曲げず棄教をきっぱりと断った右近の立派な態度に侍としての姿を見るのと同時に、狼狽してすぐさま棄教を申し出た侍らしからぬ臆病な行長の姿に軽侮の念を感じている。「右近は侍だが……行長には所詮、堺の商人の血が流れている」と心の底から思ったのだ。

高山右近事件以後、禁教令の波紋が広がる中で、一部の宣教師や高山右近の行方がわからなくなる。秀吉の強権に屈伏して棄教を口に出してしまった行長が、せめてもの罪滅ぼしの意味を込めて宣教師や高山右近たちを自領の小豆島に匿っていたからだった。さらに行長は室津で人生の転機を迎える。秀吉の強権に屈した後悔と、信仰を貫いた高山右近や宣教師たちの姿に感銘を受けたからである。以後、行長は面従腹背の生き方を貫き、秀吉との密かな戦いに挑むことになる。対する清正は禁教令を遂行するために宣教師や高山右近たちの行方を追い、母の助言のおかげで宣教師たちの隠れ場所を突き止める。秀吉の命に逆らう行長の行為に清正は不満を抱き、さらに切支丹嫌いもはじまる。

肥後の国で地元の国衆たちが起こした反乱を機に、肥後の国は二つに分割され行長が宇土の領主に、清正が隈本の領主となる。だが半年後、天草の島の五人衆の反乱を行長は治めることができず、清正に助けられるという屈辱を覚える。事件後、秀吉は行長と清正に結婚を勧める。切支丹は切支丹以外の者と結婚をしないという事を利用した秀吉の策略であったが、行長はあえて明智家に仕えていた糸と結婚することで、秀吉への反抗心を暗示する。対する清正は隈本の玉目丹波守の娘と結婚した。

さらに、朝鮮出兵において行長と清正の対立はより激しさを増していく。行長は第一軍団の長を任され、進軍を開始するがその裏では和平交渉を進めていた。対する清正は第二軍団の長として秀吉の命を忠実に実行し、主戦論を展開する。戦いを避けようとする行長と主戦論派の清正はことごとく対立する。ついには和平交渉を妨げる清正を排除するため、行長は秀吉に讒言をして清正を謹慎へと追い込む。だが、伏見の地震をきっかけに清正の謹慎は解かれ、和平交渉を進める行長の裏切り行為を注進する。そのため行長の和平に向けた欺瞞工作は失敗に終り、再び朝鮮出兵が始まり無益な戦いが続くことになった。

秀吉の死によりようやく朝鮮出兵が終ると、今度は家康が天下人への野心を露わにする。関ヶ原の合戦で行長は石田三成の率いる西軍に、清正は家康の率いる東軍に参加し、最後の決戦を迎える。関ヶ原の合戦で敗北した行長は敗走の末捕縛され処刑された。対する清正は、行長が留守の宇土を攻めて勝利し、行長との因縁にけりをつけた。だが、行長も清正も最後に至った境地はこの世の虚しさを知ったという意味では同じところにたどりついている[5]。

以上、行長と清正の宿敵関係をまとめてみた。二人が『宿敵』における二項対立の図式として、「歴史群像」の世界を構成していることは明らかであろう。

四、小西行長の信仰

『鉄の首枷』では行長の信仰が大きく三つの時期に分けられていた。すなわち、信仰が眠っていた時、信仰に目覚め面従腹背の生き方をしていた時、関ヶ原の合戦に敗れ処刑される最後の時であった。『宿敵』もほぼ同じように三つの時期に分けることができるが、それぞれがさらに詳しく描かれている。とりわけ『鉄の首枷』と異なるのは、『宿敵』では行長の内面描写も詳細に描かれている点である。

第一に信仰が眠っていた時である。行長がいつ洗礼を受けたかよくわかっていないが[6]、『鉄の首枷』と『宿敵』では、行長が功利的な理由から洗礼を受けたとする。

彌九郎は父の隆佐とおなじように切支丹の洗礼を受けていた。洗礼を受けたのは信仰のためというより、堺の商家の生れとして南蛮貿易にそれが役にたつからだったが、しかしもう長い間、切支丹の教えを守っていると、いつかその教えも体にしみこんできていた。

その切支丹の教えは信者に自決を固く禁じている。人生はどんなに辛くても最後まで生きるべきだというのがその教えである。

（「二　暗雲の空」／『宿敵』）

行長が清水宗治の自決に立ち会った時の場面である。ここでは清水宗治が潔く自決を遂げた姿を見て自殺を禁ずる切支丹の教えとの間に葛藤が見られるものの、明確な信仰を持っていたとは言えない。だが、この時曖昧だった信仰が、最後には確たる信仰へと変る。関ヶ原の合戦で敗走したのち、切支丹の教えに従い自決をしないで、自ら捕縛され首枷をはめられる恥辱を受けて処刑された。その意味で行長の信仰のスタート地点がここにあると言えるだろう。

第二に信仰に目覚め、面従腹背の生き方をしていた時である。行長は室津で人生の転機を迎えた。秀吉の禁教令や高山右近事件により、信仰を持つ意味を徹底的に問われた行長は、自分なりに信仰を守り抜く方法として面従腹背の生き方を決めたからである。これ以降行長は秀吉をいかに欺くかという戦いに挑むことになる。この転機を『鉄の首枷』では、「行長が泣いた」という創作[7]で表現していたが、『宿敵』では知人の修道女の例をあげて説明している。[8]すなわち、信仰的な意味合いが強くなっているのである。

そして、行長は徹底的に面従腹背の生き方を貫いていく。そんな行長の覚悟は、和平交渉に失敗し、朝鮮出兵が始まり、第一軍団の長を任された時によくあらわれている。

抜打ち的な秀吉の禁教令の前に右近のように敢然と抗うことのできなかったみじめな自分の姿は一日として忘れたことはない。しかし五年たった今、そのような弱虫だった自分には自分なりの生きかた、自分なりの処世の方法のあることがわかったのである。

面従腹背、二重の生きかた、人はそれを卑劣と言い、卑怯と罵るかもしれぬ、腹黒いと裁くかもしれぬ。しかしそのほかに関白のような権力者にたいして自分が抗う方法があると言うのか。

（俺はこの生きかたに、今後のすべてを賭ける）

それが行長の心であり、決意だった。

（「十三　戦、はじまる」／『宿敵』）

室津での転機から五年、行長は必死になって秀吉を欺いて来た。とりわけ大陸出兵への野心を見せる秀吉の命に従うふりをして、裏で朝鮮との和平交渉を進めることに全力を注いで来た。そのどれもが発覚すれば死をも覚悟しなければならない命懸けの使命であった。と同時に、もう後に退くことのできない欺瞞工作でもあった。だからこそ、行長は面従腹背の生き方に文字通り命を懸けたのである。そうした行長の姿はもはや弱者とは言えないだろう。まさに「弱者の復権」と呼べるものがここにはある。

第三に最後の時である。長い間待ち望んでいた秀吉の死と朝鮮出兵の終結は、行長の人生観を変えてしまう。「この世のすべてのものは、はかない」という無常観である。愚劣な戦いを強いられて行長は精根を使い果たしてしまったのである。そして、「できるならば糸とこの宇土で一生を終りたい」という行長の願いもむなしく再び戦いに巻込まれる。

遠藤は行長の最後の境地を無常観として仏教に通ずるものがあり、宿敵であり日蓮宗の清正も同じ心境に辿りついたと自作解説(9)で語っていた。だが、行長は最後の場面で、無常観とは異なる面も見せている。それがイエスとの対話である。

『鉄の首枷』では、行長の最後をイエスの最後と重ねる場面がたびたび登場した。糟賀部村での捕縛をユダの裏切りに喩えたり、鉄の首枷をはめられた苦痛の中でイエスの十字架の苦しみを思い出したりした。『宿敵』でも行長とイエスの最後が重ねあわされるが、ユダの裏切りの場面などは排除され、十字架行だけが焦点化されている。次の場面である。

一晩中、雨にうたれた行長は熱を出していた。
その熱のある体力では山越えはとても無理だった。しばらく山を登っては体を横たえ、やがて起きあがって、また雲の覆う山頂をめざした。
彼は喘ぎながら十字架を背負って処刑場のゴルゴタの丘に歩かされたイエスのことを思った。そしてそのイエスの苦しみにくらべれば自分のそれなど何でもないとわが心に言いきかせた。

（「二十八　死の日近づく」／『宿敵』）

騾馬の背で行長はただひたすら、彼が信仰をしているイエスのことを思った。イエスもまた今の彼とおなじように、いや今の彼よりももっとみじめに、エルサレムの街を十字架を背負わされながら処刑場まで連れていかれたのである。

（「二十九　つわものどもの夢の跡」／『宿敵』）

前者は、関ヶ原の合戦に敗れ、敵に追われ山中を敗走する場面である。山を登りながらイエスが処刑場へ向かいゴルゴタの丘を登る苦しみを思い浮かべ、自らを鼓舞した。後者は、京で処刑される前日に、堺の街で見せしめとしてさらされている場面である。行長は生れ育った堺で、鉄の首枷をはめられ、街中を連れ回される恥辱を受けながら、またもやイエスの十字架行を思い出して屈辱に耐えた。いずれも行長は苦しみの中で、自分よりもさらに大きな苦しみを受けたイエスのことを思い出して、イエスの苦しみを共有している。これによって行長はイエスを身近な存在として受け入れることができた。次の場面である。

イエスとおなじ運命を自分も与えられているのだと、行長は眼をつむって思った。彼の耳には見物人たちのざわめきや驚きの声が聞えてきたが、その声はもう彼の心を乱しはしなかった。

（長い、長い間）

と彼は心のなかでイエスにむかって話しかけた。

（この行長はおのれの弱さのためあなたさまと離れておりました。しかし今、なにやら、あなたさまと合体いたした気持がいたします）

（「二十九　つわものどもの夢の跡」／『宿敵』）

堺の街で敗者として引き回された時の場面である。周囲の雑音は全て消えて、行長はただイエスだけに心を向けている。こうして行長は、イエスを全面的に受け入れる信仰の境地に至ったのである。この場面は作品中でも最も劇的な場面であり、『走馬燈―その人たちの人生―』（毎日新聞社、一九七七・昭和五十二年五月／以下『走馬燈』と呼ぶ）の「あとがき」で「行長が六条河原に引かれて斬首されるまでの二時間は、彼の長い朝鮮従軍の歳月よりも、はるかに劇的である。なぜならその時こそ、彼等は人間を越えたものと対決せねばならなかったからである」と作者が述べた時と重なる。『走馬燈』における京で処刑されるまでの二時間と、『宿敵』における処刑される前日の堺とでは少しずれがあるが「人間を越えたもの」、すなわちイエスとの対決という点では同じである。行長はイエスと対決というより対話の中で、最後の信仰の姿を垣間見せたのである。

五、フィクションの問題

最後にフィクションの問題について考えたい。繰り返すが、『宿敵』の大まかなストーリーは行長と清正の対立を軸として、一五八二年の本能寺の変から一六一一年に清正が死ぬまで、ほぼ史実に従って描かれたものであった。もちろん、『宿敵』も小説であり、行長に関する資料が少ないこともあいまって作者が想像で補ったり、史実を変更する、いわゆる「歴史離れ」の側面もあった。こうした中で、特に問題となるのは行長の妻糸である。『宿敵』における登場人物は、秀吉、家康をはじめとして行長、清正、高山右近、細川ガラシャ、石田三成など実在の人物が多いが、唯一糸だけは虚構の人物である。他の登場人物が史実に縛られる側面があるのに対して、糸の場合は史実による制限を受けない分、作者も自由に想像をめぐらして様々な場面で糸を活躍させている。そこで、糸をめぐる三つのフィクションの問題を中心としたい。すなわち、行長の細川ガラシャへの思慕、糸という名前、糸による毒殺の三つである。いずれも史料には残されていないフィクションである。

第一に、行長の細川ガラシャへの思慕がある。糸は細川ガラシャの侍女であったため、行長の細川ガラシャへの思慕というフィクションを通して行長と出会い、結婚へと繋がっていった。

行長が初めて細川ガラシャを見かけたのは、秀吉の使いとして細川藤孝・忠興父子のもとを訪れた時だった。細川邸の庭にいた、「きわだって可憐な女性」を見かける。それが明智光秀の娘で、細川忠興の妻ガラシャだった。しかも、細川ガラシャが話しかけた「若い女」こそが糸であった。以来、行長は細川ガラシャへの思慕を持ち続ける。細川ガラシャが夫により丹波の三戸野に幽閉されたことを聞いた時も心を痛め、高山右近のもとを訪れた時、紹介された「若い女性」、すなわち糸が細川ガラシャの侍女と聞き、「細川忠興の奥方のことなら彼は何でも知りたかった」と細川ガラシャへの思いを募らせる。だが、既婚者である細川ガラシャと結ばれることは無理なので、秀吉から結婚を勧められた時、真っ先に細川ガラシャの侍女である糸を選んだ。そうした行長の心の秘密を納屋助左衛門は次のように推測する。

　だが、青年の一時の迷い――そう思っていた。男は青年の頃には娘よりも誰かの妻に心ひかれることが多くあるからだ。

しかしどうやら、それは一時の迷いではなく、行長はまだ細川殿の奥方のことを思慕しているらしい。そしてその思慕が形をかえて、せめて奥方の身近かにある者を妻としようという気にさせたのかもしれぬ。

（「十一　糸という新妻」／『宿敵』）

このように、行長が糸を結婚相手として選んだのは、最初は行長の細川ガラシャへの思慕が形をかえたものであったが、夫婦となってからは聡明な糸の智慧に何度も助けられることになる。

第二に、糸という名前の問題がある。『宿敵』では行長の妻は糸という名前であるが、資料に残されている行長の妻の名前は、正室が菊姫、霊名ジュスタで、側室が立野殿、霊名カタリナであり、糸とは無関係である。行長の資料自体少ないが、その妻となるとさらに資料がないのは当然と言えよう。ただし、霊名がわかっているように切支丹であったことだけは確実で、朝鮮半島から連れて来られたジュリアが、行長の妻に仕えていた時に切支丹となったことからも熱心な信者であったことが推測される。それではなぜ作者は行長の妻に糸という名前が付けたのか。二つの可能性が考えられる。一つは、行長の宿敵であった清正の母が伊都という名前であったこと。もう一つは芥川龍之介『糸女覚え書』（初出：「中央公論」、一九二四・大正十三年一月）の語り手で細川ガラシャの侍女が糸であったことである。[10]

前者は、作品内における糸と伊都の関係から考えられる。『宿敵』は二人の主人公、行長と清正の対立を中心として、二人を支える様々な人物が行き交い「歴史群像」の世界を形成していた。なかでも、糸と伊都は、それぞれ行長と清正をささえる上で最も重要な役割を果たしている。糸は結婚以来、行長のために高山右近を宇土に連れて来たり、秀吉毒殺の大仕事をやってのけたり、行長が留守の宇土を清正の攻撃から守り抜いた。時には智慧を使い、時には大胆な行動力を見せて、行長を支えたのである。対する伊都については、語り手が次のように説明している。

母の伊都は虎之助の出世に多大の力のあった女性である。彼女は思慮深く控え目で聡明であり、ために後に秀吉麾下の大大名となった息子の家中すべてから敬われ、慕われたという。実に彼女はこの精悍な息子に日蓮宗にたいする強い信仰を吹きこんだ点、精神的にもふかい影響を与えたと言えるだろう。

（「三　天下分け目」／『宿敵』）

伊都はもまた智慧を使って、様々な面で清正を支えた人物であり、伊都がいなければ清正も大大名へと出世することはなかったと言える。

こうして糸と伊都は、それぞれ行長と清正を支える中で、間接的に対立していった。二人が主人公を支えるという同じ立場にいたからである。また、伊都の「思慮深く控え目で聡明」という特徴は、そのまま糸にも当てはまる。ということは、フィクションの人物である糸を造形する際に伊都の美点を利用したとも考えられる。だからこそ糸と伊都という同じ読み方の名前にしたのかもしれない。

後者は、芥川龍之介『糸女覚え書』との関連である。『糸女覚え書』は「霜女覚書」を元にして侍女糸の視点から細川ガラシャを描いたものである。この作品で芥川は霜の名を糸へと変更し、細川ガラシャも秀林院という法諡で呼び、才色兼備、貞女の鑑、聖女と謳われた細川ガラシャの虚像を徹底的に破壊した。『宿敵』の糸は細川ガラシャを尊敬し侍女として誠心誠意勤めていたので、一見芥川作品とは無関係のようだが、どちらも細川ガラシャの侍女である点と、何より糸という芥川の創作した名前が同じ点であることから関連性は深いと考えられる。しかも、遠藤は『日本の聖女』（「新潮」、一九八〇・昭和五十五年二月）で外国人修道士を語り手にして細川ガラシャを否定的に描いており、『糸女覚え書』の影響関係を窺うことが出来る。ちなみに、『日本の聖女』では行長の二重の生き方を細川ガラシャが卑怯者として否定する一方で、語り手の外国人修道士は「切支丹の道」として肯定している。

第三に糸による毒殺である。『宿敵』では行長のために糸が秀吉を毒殺し、さらに行長の敵討ちのために清正も毒殺したことが暗示されている。切支丹である糸が二人の人間を毒殺するという少々手荒なフィクションであるが、泉秀樹氏はここに『宿敵』の魅力を見ている。

わけても、下巻の秀吉毒殺は、周到に伏線が仕掛けられていて推理小説的なサスペンスがあるので、どう展開するかは読者の愉しみにゆだねたい。（泉秀樹「解説」／『宿敵　上』角川文庫、一九八七・昭和六十二年九月）

このように秀吉毒殺は『宿敵』を語るうえで見逃せない最大のフィクションであるが、そもそも遠藤は『宿敵』でなぜ毒殺というフィクションを挿入したのであろうか。先行作品から二つの可能性が考えられる。一つは『黒ん坊』における信長毒殺の陰謀、もう一つは『王国への道』における山田長政毒殺である。

前者の『黒ん坊』はエンターテイメントの要素を満載した奇想天外な時代小説である。宣教師が連れて来た黒人のツンバを主人公として、本能寺の変後、実は織田信長は生きていたというフィクションが展開する。生きていた信長をめぐって家康と秀吉が様々な駆け引きを仕掛け、ツンバや仲間たちは図らずも二人の抗争に巻き込まれてしまう。ここでの秀吉は非常に狡猾な人間として描かれており、信長存命中から密かに暗殺計画を練っていたというフィクションもあった。問題は秀吉が信長を「南蛮渡来の鶏冠毒」で毒殺しようとした点である。この毒は服用してもすぐには死なず、二、三日かけてゆっくりと効果を表すもので、『宿敵』で糸が使用した南蛮渡来のチンダラとよく似ている。おそらく秀吉毒殺のアイデアは『黒ん坊』からヒントを得たかもしれない。

後者は『王国への道』である。この作品では山田長政は奇抜な作戦を取り武功を挙げたことから「アユタヤの秀吉」と呼ばれていた。山田長政はリゴールの総督にまで登りつめるが、時の宰相の恨みを買い、毒を盛られて暗殺される。この時に使われたのがチンダラだといわれている。『宿敵』でも糸はチンダラを使い、秀吉毒殺に成功している。「アユタヤの秀吉」と呼ばれた山田長政がチンダラで毒殺されたことと、秀吉がチンダラで毒殺されたことの関連性は高い。

では『宿敵』における秀吉暗殺への過程を確認したい。秀吉暗殺は行長が一人で考えたわけではなく、高山右近と石田三成に促されたものである。まず、高山右近は、朝鮮出兵をできるだけ早く終結させる手段として二つの道を提示している。一つは秀吉を欺き和平交渉を結ぶことで、もう一つが秀吉の死を待つことだった。しかも、高山右近の真意はただ単に秀吉の死を待つことではなく、暗殺も辞さない覚悟にあった。次に、朝鮮出兵時石田三成は行長に秀吉毒殺を持ちかける。朝鮮出兵が続けば諸侯は疲弊し、秀吉の政権に対する不満も募る。そこで合理的な石田三成は秀吉を毒殺し、その死後、石田三成らが政権運営にあたり、日本を支配することを考えていた。こうして行長は高山右近と石田三成の二人に促され、また、自分自身も朝鮮出兵という無益な戦いを終結させたいという願いから秀吉毒殺をもくろむ。夫から秀吉毒殺の話を聞いた糸は自ら志願し、秀吉毒殺を試みる。最初に侍女を通して秀吉の食事に少しずつ毒を盛ったが、すぐに発覚して侍女は殺された。次に、醍醐の花見で秀吉と直接対面する機会を利用して糸は自ら秀吉に毒を吸わせ、暗殺に成功する。さらに糸は、関ヶ原の合戦に敗れ処刑された夫の敵討ちを誓う。今度は清正毒殺である。

慶長十一年、つまり行長が六条河原で処刑されて六年目の五月、加藤清正は豊臣秀頼のいる大坂から海路、肥後に向ったが、その船中で突然発熱し、吐き、熊本に到着した時は既に重態で、一か月の後の六月二十四日に息をひきとった。享年五十歳。行長と同じ年齢で死んだのだった。人々は彼が毒を飲まされたと噂した。しかしその下手人が誰かは永久にわからなかった……。

（「三十　空また空」／『宿敵』）

『宿敵』の最後の場面である。清正は突然発熱し、一か月後に亡くなった。どのような方法を取ったのかはっきりとわからないが、毒を飲まされたことと、犯人が糸であることは確かであろう。こうして行長と清正は同じ年齢で亡くなり、宿敵関係にようやく終止符を打つことが出来たのである。

注

（1）泉秀樹は「解説」（『宿敵　下』角川文庫、一九八七・昭和六十二年九月）の中で『宿敵』を「愉しく読むことができるように配慮された長篇エンターテイメント小説」であると述べている。

（2）ちなみに、『女の一生』でも多用された「余談だが」という表現も繰り返し出てくる。『女の一生』と同様に司馬遼太郎の影響だと考えられる。

（3）泉秀樹は「解説」（『宿敵　上』角川文庫、一九八七・昭和六十二年九月）の中で『宿敵』を「秀れていま、今日を生きている私たちのドラマそのもの」として、「一種のサラリーマン小説として読めば、味わいがいっそう深くなる」と述べている。このあたりに遠藤の狙いもあったと言えよう。

（4）行長による秀吉暗殺は『宿敵』における最大のフィクションと言えよう。泉秀樹も「解説」（『宿敵　上』角川文庫、一九八七・昭和六十二年九月）の中で「下巻の秀吉毒殺は、周到に伏線が仕掛けられていて推理小説的なサスペンスがある」と作品の魅力を語っている。

（5）遠藤周作・徳岡孝夫「〈対談〉遠藤周作著　『宿敵』（文春ブック・クラブ）」（「文芸春秋」64、一九八六・昭和六十一年四月）では行長と清正が最後に同じような境地に至った理由を行長の信仰が日本的で仏教に通ずるものであったと指摘している。

（6）森本繁『小西行長』（学研M文庫、二〇一〇・平成二十二年四月）によると、小西行長は一五八三（天正十一）年、高山右近の勧めで洗礼を受け切支丹になったというが、はっきりしたことはわかっていない。

（7）岩﨑里奈「遠藤周作『鉄の首枷　小西行長伝』――小西行長の信仰」（「遠藤周作研究」5、二〇一二・平成二十四年九月）では資料と共に詳細に語られている。

（8）次の箇所である。

一人の人間の人生には決定的な転換が与えられる時期と、瞬間がある。それはある者には緩慢に訪れるが、別の者には突如としてやってくるのだ。筆者の知っている修道女は娘の頃、ミラノの大聖堂の観光旅行で、何げなく聖壇を見ている時、その人生を決定する心の動きがやってきた。彼女は俗世間を捨てて、修道女という道をえらんだ。

　小西彌九郎にとって、この室津でのオルガンチーノ神父との会話が生涯にとって決定的なものになった。この日から彌九郎は自分の生きる形を決めたのである。

（「八　面従腹背」／『宿敵』）

（9）注（5）に同じ。

（10）『鉄の首枷』には、行長死後の妻や子供たちの行方について説明があるが、このうち行長の妻に関しては資料がないという。
　行長の妻ドンナ・ジュスタについては確実な資料がない。カルバーリュは彼女が最後には家康の赦免を得て助かったと伝えている。カルバーリュは十二歳になる行長の息子が毛利家にあずけられ、広島近郊に移されたが、まもなく小姓一人、家臣一人と共に大坂に連れていかれて殺されたと言う。

（「十三章　註二」／『鉄の首枷』）

第三章　「人間」を追求する歴史小説
――山本周五郎『赤ひげ診療譚』と遠藤周作『王の挽歌』――

一、「人間」の追求

多かれ少なかれ作家は小説において「人間」を追求する。そのことは小説の舞台が現代であろうが過去であろうが変わらない。だが歴史小説は、過去を扱うことで時代を超えた普遍性を獲得するために、「人間」の追求はより純粋さを増す。その意味で、山本周五郎と遠藤周作が「人間」を追求した結果の一つとして歴史小説を創作したことは当然の帰結であったかもしれない。しかも両作家の「人間」追求は、聖書の熟読を通したキリスト教的価値観にもとづくものであったことも忘れてはならない。山本周五郎は、『赤ひげ診療譚』（文芸春秋新社、一九五九・昭和三十四年二月）において「小石川養生所」の医師、赤ひげや保本登を描くと同時に、彼等を通して病のみならず様々な貧困や罪にあえぐ江戸下層民の姿を赤裸々に描いた。ここに現れた「庶民性」は佐藤俊夫氏が指摘するように(1)「人間性」に繋がるものであり、山本周五郎が初期作品から一貫して「人間」を追求して来た創作態度の中から生れたものである。

一方、遠藤周作は、『王の挽歌』（新潮社、一九九二・平成四年五月）においてキリシタン大名の大友宗麟をそれまで描かれてきた豊後の戦国大名として九州に君臨した英雄豪傑としてではなく、「神と人間との狭間に苦悩する」(2)一人の人間の姿を描いた。そこには単なる歴史小説としてだけではなく、人間不信という心の闇を抱えた心理小説、両親、妻、子という家族の問題を抱えた家庭小説、さらにはキリスト教の信仰を描いた宗教小説など現代にも繋がる様々な側面がある。そしてそれらは「弱さ」の問題に集約される。

そこで本章では、両作家の「人間」追求の軌跡を『赤ひげ診療譚』における「人間性」の問題と『王の挽歌』における「弱さ」の問題を中心として見ていくこととする。

二、『赤ひげ診療譚』の主題について

『赤ひげ診療譚』は一九五八（昭和三十三）年三月から十二月にかけて「オール読物」に連載され、翌年二月に単行本として文芸春秋社より刊行された。初版刊行時の書評には否定的なものもあった(3)が、概ね好意的に受け取られている。一九六五（昭和四十）年に映画化された影響もあり、「赤ひげ」と言えば、「医は仁術」を体現する医者の代名詞として定着していることは周知のとおりである。

作品論としては管見のかぎり三本の書評を含む三十三本の論文や単行本所収の解説などが見つかった(4)。このうち主題に関しては、「保本登の感情教育」（荒正人(5)）、あるいは「保本登の感情教育や人生修業を描いた物語」（河盛好蔵(6)）として「小石川養生所」の保本登が赤ひげや病人たちとの出会いを通して一人の人間として成長する物語とする読みが荒正人、河盛好蔵、山田宗睦、尾崎秀樹といった評論家の側からなされて定説となっている。それに対して研究者の側からは水谷昭夫(7)が「罪」の問題を指摘することによって、新たな読みの可能性が広がった。上出恵子氏、岩佐壮四郎氏、野松盾子氏、大田正紀氏、中野新治氏などが続いて現在に至っている。本章もこれらの先行研究に連なるものである。そこで主題と大きく関わる「保本登の成長」について先に確認したい。次の場面にあらわれている。

「これはおれが成長したことだろうか」と登はまた呟いた、「そうだ、養生所で経験したことが、たぶん幾らかでもおれを成長させたのだろう、そうだ、おれにとってはこのほうがよかった」

各種各様な意味で、人間生活の表裏を見て来た。ことに不幸や貧困や病苦の面で、そこにあらわれる人間のは

だかな姿を、現実に自分の眼で見て来たのである。その経験から、ちぐさとまさをとの差を見分けるだけの、判断力を持つようになったのだ。

（「鶯ばか」／『赤ひげ診療譚』）

作品で最初に登場した時の保本登は自暴自棄に陥っていた。長崎留学中に婚約者のちぐさが自分を裏切り別の男性と一緒になったことと、幕府の目見医にあがってやがては御番医から典薬頭にも出世しようと思っていたのに突然小石川養生所で勤務することになったためである。だが、保本は小石川養生所で赤ひげや多くの患者との出会いを通して人間的に成長した。ここはその自身の成長を本人が実感している場面である。また、保本は自己の成長を裏付けるものとして「判断力」を挙げている。小石川養生所での経験を通して人間を見る目が養われてちぐさの妹まさをを一人の人間として向かい合うことが出来るようになったのである。

三、『赤ひげ診療譚』における「人間性」の問題

次に「新出去定の人間観」について考えたい。保本が人間的に成長したのは赤ひげと呼ばれる新出去定の生き方に共感したためである。最後に小石川養生所で勤務し続けることを決心した保本が将来赤ひげのような医師として生きるであろうことは容易に想像できる。では赤ひげの生き方とは何だろうか。結論から先に言うと「徒労に賭けた人生」とまとめることが出来る。例えば、次の箇所である。

……去定の生きかたも同様だ、見た眼に効果のあらわれることより、徒労とみえることに自分を賭ける、と去定は云った。

――温床でならどんな芽も育つ、氷の中ででも、芽を育てる情熱があってこそ、しんじつ生きがいがあるのでは

ないか。

（「氷の下の芽」／『赤ひげ診療譚』）

「毒草はどう培っても毒草というわけか、ふん」と去定は云った。「だが保本、人間は毒草から効力の高い薬を作りだしているぞ、あのおかねという女は悪い親だが、どなりつけたり卑しめたりすればいっそう悪くするばかりだ、毒草から薬を作りだしたように、悪い人間の中からも善きものをひきだす努力をしなければならない、人間は人間なんだ」

（「氷の下の芽」／『赤ひげ診療譚』）

引用最後の部分の「人間は人間なんだ」というヒューマニズムが赤ひげの人間観を全て物語っている。人間の良い面ばかりでなく悪い面も含めた全てを赤ひげは引き受けようとしているのである。さらに言えば、赤ひげの人間観は時にキリスト教的な神への問いかけも要請するものである。その根底には水谷昭夫が指摘[8]するように根深い罪意識[9]が横たわっている。

そこで、赤ひげのキリスト教的言説を三箇所確認しておく。第一に赤ひげと保本が、母の情人と結婚し子供を持った悲劇の女性・おくにから夫への殺意とそこにいたる身の上話を聞いた場面である。赤ひげは次のように保本に語る。

「人生は教訓に満ちている、しかし万人にあてはまる教訓は一つもない、殺すな、盗むなという原則でさえ絶対ではないのだ」

（「駈込み訴え」／『赤ひげ診療譚』）

ここで「殺すな、盗むな」というのは原則論ではあるが、言うまでもなくモーセの十戒を意識して作られたセリフである。モーセの十戒は旧約聖書「出エジプト記」二十章十三～十五節にある。『口語訳聖書』では次のとおりである。

あなたは殺してはならない。
あなたは姦淫してはならない。
あなたは盗んではならない。

（『口語訳聖書』）

「殺すな」にあたる「あなたは殺してはならない。」は第六戒、「盗むな」にあたる「あなたは盗んではならない。」は第八戒である。いずれも人間関係にかかわる重要な戒めであり、ユダヤ人にとって絶対的な原則である。だが、赤ひげはこれすら絶対ではないという。ある意味、モーセの十戒への大胆な挑戦ともとれる。

第二に幕府から小石川養生所の経費削減と通い療治の停止を申し渡された赤ひげが憤慨する場面である。

ほんの暫く独り言がとだえた。去定は大股の歩度をゆるめながら、片手で髯をごしごしとこすった。「無法には無法を」と居定はつぶやいた、「残酷には、残酷をだ、――無力な人間に絶望や苦痛を押しつけるやつには、絶望や苦痛がどんなものか味わわせてやらなければならない、そうじゃないか」

（「むじな長屋」／『赤ひげ診療譚』）

幕府の政策に対して赤ひげは理解も示すが、それでも庶民を苦しめる無慈悲な政策に対して憤りを隠せない。そうした気持が「無法には無法を」「残酷には、残酷をだ」という呟きに込められている。ここでのセリフもまた聖書の有名な聖句が下敷きになったと考えられる。旧約聖書「出エジプト記」二十一章二十三～二十五節で次のようにあらわれている。『口語訳聖書』から引用する。

しかし、ほかの害がある時は、命には命、目には目、歯には歯、手には手、足には足、焼き傷には焼き傷、傷には傷、打ち傷には打ち傷をもって償わなければならない。

（『口語訳聖書』）

「目には目」「歯には歯」という刑罰を記したものだが、元来の意味は、「目には目以上に復讐してはならない」という復讐のエスカレートを制限するものである。山本周五郎がどこまでこの聖句の意味を理解していたかは不明であるが、憤慨した赤ひげが次の場面ではすぐに反省したりと人間的な側面を垣間見せている。

第三に、赤ひげの人間観とも深く関連する場面である。赤ひげは性病に苦しむ遊女を無償で治療したが、徒労に終っている。

――この世に悪人はない、この世界に悪人という者はいない。

養生所へ帰ってきた去定は、独りでしきりにそう呟いていたそうである。それは「悪人がいない」ことを認めたのではなく、悪人などいる筈がない、ということを自分に云い聞かせているような調子だった、と森半太夫は語った。救いを求めて来た三人のうち、一人は死に二人は半年ばかり療養したうえ、ほぼ健康をとり戻し、一人は水戸在の実家へ帰ったが、残った一人は逃亡してしまった。

（「徒労に懸ける」／『赤ひげ診療譚』）

ここで大事なのは赤ひげが人間の罪や悪に目をつぶって無邪気にこの言葉を口にしているのではなく、自分に言い聞かせるように言っている点である。赤ひげは誰よりも人間の罪や悪を知っており、それでも人間を信じたいという希望に賭けているのだ。自分のしたことが徒労に終ったとしても病人の治療にひたすら邁進する赤ひげの孤独な姿が浮かび上がるだろう。その姿は傍で見ていた保本に大きな影響を与える。さらに、「この世に悪人はない、この世界に悪人という者はいない。」という時、新約聖書「ローマ人への手紙」三章十節の「義人はいない、ひとりもいない。」という聖句が想起される。もちろん、赤ひげも悪人がいることはわかっている。だがそれでも、悪人はいても本当の悪人はいないことを信じたかったのではないだろうか。

以上三点について考えて見た。いずれも赤ひげの「神への問いかけ」であり、最後まで人間の可能性を信じようとする赤ひげの生き方が反映したものと言えよう。ただ時には単なる「問いかけ」というよりは、訴えに近い形で表れている。

四、『王の挽歌』の主題について

『王の挽歌』は「小説新潮」の一九九〇（平成二）年二月号から一九九二（平成四）年二月号まで約二年連載されたあと、一九九二（平成四）年五月に新潮社より刊行され、のち『遠藤周作歴史小説集』全七巻の内の第六巻として一九九六（平成八）年七月に講談社より刊行された。遠藤周作の晩年の作である。この作品の先行研究はほとんどなくわずかに数本を数えるのみであるが(10)、新たな資料も見つかったので(11)、それも合わせてタイトルの意味を中心として主題について確認してみたい。

タイトルには「王」と「挽歌」の二つのキーワードがある。前者の「王」は『侍』（新潮社、一九八〇・昭和五十五年四月）で描かれた「王」の意味とほぼ同じである。遠藤は『侍』について対談の中で次のように語っている。

三浦　常長が日本を出るのは一六〇〇何年？

遠藤　一六一三年。そういう興味で、ちょっと調べてみると、あの男は旅をして王様に会いに行く、スペイン国王に、ローマ法王に。ところが、その王たちは、心の中で偽使節と思いながら、ただ儀礼的に面会するだけなんだ。（中略）結局、彼を偽使節と思わないで迎えてくれたのは、もう一人の王、惨めな王たるキリストだけなんだ。「王にあいに行った男」という題でもよかったと思うくらい。日本の一人の王のために行って、むこうの王に会い、それから彼の予期しなかった王にめぐりあって帰ってくる。」

（遠藤周作・三浦朱門「対談〝王〟にあいに行った男―書き下ろし長編『侍』をめぐって―」／「波」、一九八〇・昭和五十五年四月号）

この対談は単行本の付録にもなっており、『侍』の自作解説でもある。注意したいのはここで『侍』ではなく『王にあいに行った男』という題でもよかったと語るように作品の中で「王」が重要な意味を持つことである。さらに「王」と呼ばれるのは、スペイン国王、ローマ法王、日本の一人の王（伊達正宗）といった「地上の王」だけではなく「もう一人の王」「惨めな王たるキリスト」もいることである。つまり、『王の挽歌』の「王」とは、豊後の王たる大友宗麟をはじめとする毛利元就、島津義弘、豊臣秀吉といった「地上の王」だけではなく、「惨めな王たるキリスト」も含まれていたのである。だからこそ、惨めな姿で宗麟の前に現れたフランシスコ・ザビエルが宗麟に大きな痕跡を残したのである。

次に「挽歌」についてである。戦国時代とは言え『王の挽歌』では実に多くの人物の臨終の様子が描かれる。宗麟の母を始めとしていわゆる「二階崩れの変」では宗麟の父義鑑、義母小少将、異母弟塩市丸、守役の入田親誠が一挙に亡くなる。「屋形」となってからも、叔父にあたる大内義隆、その叔父を殺した陶晴賢、実弟の大内義長が戦乱の中で殺される。さらには、宗麟の正室矢乃によって側室の服部右京亮の女が殺され、矢乃も宗麟に離縁を申し渡された後病気で孤独のうちに亡くなっていく。そして宗麟自身も「頼るものは神のほか、この世にあろうや」と最後の言葉を残して死に、宗麟の息子義統は死を前にしてようやく父の言葉を理解して作品が閉じられる。こうしてみていくと、様々な臨終の姿が描かれる中で最後に残した言葉が「挽歌」として宗麟に投げかけられ、それらを受け止めた宗麟の結論が「頼るものは神のほか、この世にあろうや」という信仰の言葉であり、義統はその父の言葉を再確認して死んでいったということになる。

つまり、「王」にも「地上の王」と「惨めな王たるキリスト」のダブルイメージがあり、「挽歌」にも多くの人々の臨終間際の言葉と宗麟の最後の言葉というダブルイメージがあった。どちらもキリスト教信仰と深い関わりがあり、「神と人間との狭間に苦悩する」大友宗麟の姿を描くために重要な役割を担っている。

五、『王の挽歌』における「弱さ」の問題

次に「弱さ」の問題を考えたい。『王の挽歌』では作品冒頭から「弱い」宗麟が登場する。大坂城での秀吉と宗麟の会見である。宗麟は島津との戦いに敗れ、秀吉に助けを求めるしか道はなかった。しかも五十七歳という高齢で精神的にも体力的にも疲れ果てていた。この場面について遠藤は「著者インタビュー」[12]で次のように語っている。

冒頭から秀吉との会見の場面を出したのは、一つは、秀吉の望みとするところと宗麟のそれとは次元が全く違う。一人は地上の王国をめざし、一人は精神の王国をめざしているのであって、その対比を明らかにすることで宗麟の人物を最初から見せようと思ったわけです。

（矢口進也・遠藤周作「著者インタビュー遠藤周作『王の挽歌』」／「This is 読売」3（6）、一九九二・平成四年九月）

この会見の場面では、宗麟は秀吉に成り上がり者の姿を見て、秀吉は宗麟に「悟りきらぬ坊主」の姿を見ている。二人の対比は明らかであるが、もう一つ大事な点は、秀吉、宗麟、さらに千利休も交えた三人が互いに相手の心を読み取ろうとする心理戦を巡らしていることであり、のちに作品全体で宗麟の心の問題が繰り広げられる伏線になっている。しかも、五十七歳の宗麟が自分の老いを自覚し体力的にも精神的にも弱々しい姿を冒頭で見せることで、英雄豪傑ではなく「苦悩する宗麟像」の提示ともなっている。また、何より大事な点が二人の対立点である。「一人は地

上の王国をめざし、一人は精神の王国をめざしている」とはまさに、遠藤が『王国への道―山田長政―』（平凡社、一九八一・昭和五十六年四月）で描いた山田長政と〈ペドロ岐部〉の二人と重なってくる。次の箇所である。

私はこの二人（引用者注：山田長政とペドロ岐部）を対比させた。一方は『地上の王国を築こうとする』者、他方は『天上の王国をめざす』者―二人の対立はあまりにはっきりとしていたのである

（「あとがき」／『王国への道―山田長政―』）

『王国への道―山田長政―』は、「地上の王国」を目指した山田長政と、「天上の王国」を目指した〈ペドロ岐部〉の二人の異なる生き方がアユタヤで交差する物語であったが、『王の挽歌』も冒頭の部分では「地上の王国」を目指した秀吉と、「精神の王国」を目指した宗麟の異なる生き方が大坂城で交差したのである。注目すべきは宗麟の人物形象のモデルと言える〈ペドロ岐部〉である。（ちなみに、秀吉の人物形象のモデルと言える山田長政は『メナム河の日本人』では「アユタヤの秀吉」と呼ばれ、『王国への道―山田長政―』では秀吉のような奇抜な作戦で勝利を手にする。）拙稿[13]で論じたが、〈ペドロ岐部〉は『留学』のトマス荒木や『沈黙』のロドリゴ、フェレイラといった「弱者」に対する「強者」としての役割を担っていた。だが、『メナム河の日本人』以降は「地上の王国」を目指す山田長政との対比の中で、「精神の王国」「神の王国」を目指す人物として登場するものの、「病弱」（『メナム河の日本人』）であったり、人生で二度「弱さ」を見せたり（『銃と十字架』）と必ずしも徹頭徹尾「強者」であったわけではない。「華々しい殉教者」というよりはむしろ「神と人間との狭間に苦悩する」[14]人間らしい人物であったのである。大友宗麟はそうした〈ペドロ岐部〉の「弱さ」であったり、信念を貫く「強さ」であったり、様々な側面を踏まえて造型されたと言える。

また、「弱さ」の問題は宗麟における「心の闇」に繰り返し現れる。宗麟の「心の闇」の中心には信頼していた守役の入田親誠に裏切られたことによる「人間不信の感情」が渦巻いている。次の場面である。

二階崩れの変以来、宗麟の心には人間不信の感情がうす黒い幕をはっている。信じていた腹心の家臣に父も殺されたが、それ以上に宗麟を教育してくれた入田親誠までがひそかに裏切工作をしていた事実が「誰も信じられぬ」という意識を胸中に作りあげたのだ。

（「謀反の怖れ」／『王の挽歌』）

ここで注目すべきは「誰も信じられぬ」という人間不信の言葉である。宗麟は他人を信用することはできないし、自分自身のことは一層信じられない。だが惨めな姿のザビエル神父だけは宗麟の心に深い痕跡を残し、やがて「心の同伴者」となる。そして最後には「頼るものは神のほか、この世にあろうや」という境地に到る。

いわば、『王の挽歌』は宗麟が「誰も信じられぬ」人間不信の感情を抱えた「心の闇」の中から、「頼るものは神のほか、この世にあろうや」という神への厚い信頼に到る回心の軌跡を描いた作品でもあるのだ。そこには、「神と人間との狭間に苦悩する」弱さを抱えた一人の人間としての宗麟の姿がある。

おわりに

山本周五郎が小石川養生所に関心を持つようになってから実際に『赤ひげ診療譚』を書くまで約三十年かかっている。同様に遠藤周作が大友宗麟に関心を持ち『王の挽歌』を書くまでも約二十年かかっている。いずれも作品として結実するまで長い年月がかかっているのだ。とすれば、その間に両作家ともに様々な体験をしたり、人間や聖書に対して真摯に向き合ってきたはずである。それだけに作品には作家の人生観や人間観が如実にあらわれていると言えよう。特に『赤ひげ診療譚』では「新出去定の人間観」の中に、『王の挽歌』では大友宗麟の「弱さ」の中に如実にあらわれている。それこそ「人間」を追求し続けた作家としての大きな成果であったのかもしれない。

注

（1）佐藤俊夫「「教養」の外―山本周五郎に見る庶民の倫理―」（『講座比較文学第4巻　近代日本の思想と芸術Ⅱ』東京大学出版会、一九七四・昭和四十九年六月、所収）で次のように指摘する。

彼はけっしていわゆる「庶民」などという特定のなにものかを写そうとしたのではなく、いうならば武士という名の庶民、娼婦という名の庶民、職人という名の庶民、つまりは職業や身分や時代や年齢やは異なっても、一貫して変らない人間そのものをこそ描こうとしたにすぎない。いや、さらにいうならば、そのような人間模様とともにある自己みずからをこそ語ろうとしたにすぎない、といえるのではあるまいか。それゆえ、周五郎が庶民を描いたというのならば、描かれたものはじつは周五郎自身の庶民性なのである。このばあい、庶民性は人間性といいかえてもかまわない。

（2）遠藤周作・平松守彦「対談　宗麟の時代に学ぶ」／平松守彦『地方から日本を変える　グローカルな19人のメッセージ』（PHP研究所、一九九七・平成九年十二月）

（3）調査した結果、三本の書評が見つかったが、二本が否定的で一本が肯定的なものであった。否定的な二本の書評を取り上げておく。

趣向は一応面白いのだが、何分に、話がこしらえもので、療養所の経営にしても、貧乏と無知からの不幸にしても。インターンめいた書生のことにしても、現代のそれからの思いつきかと思われる。時代ものなら勝手がききやすいと考えたとすれば、あまりに安易で、いっそ現代ものとして書いたほうがよい。

（「週間図書館」／「週刊朝日」、一九五九・昭和三十四年三月八日号）

近刊『赤ひげ診療譚』などもねらいと意図はなかなかいいのだが、どうも感心できない。庶民の悲惨と困苦をじっくり描き出そうとする意図と、それをスリラーめいた味でおもしろく肉づけしようとする計算が、水と油のようにバラバラになっている。つまり時代小説を現代人の目で、風刺的に、しかもおもしろく描こうという計画が、未消化のままで放出されている。

（「食違った〝意図〟と〝計算〟　山本周五郎の『赤ひげ診療譚』」／「読売新聞」夕刊、一九五九・昭和三十四

年三月十日）

（4）　今回収集できた『赤ひげ診療譚』の参考文献は次のとおり。

一、「煮え切らぬ時代小説　山本周五郎『赤ひげ診療譚』」（「週間図書館」／「週刊朝日」、一九五九・昭和三十四年三月八日号）

二、「食違った〝意図〟と〝計算〟　山本周五郎の『赤ひげ診療譚』」（「読売新聞」夕刊、一九五九・昭和三十四年三月十日）

三、「健康で穏やかな小説　山本周五郎『赤ひげ診療譚』」（「書評」／「朝日新聞」、一九五九・昭和三十四年三月二十一日）

四、荒正人「解説」／『山本周五郎全集第六巻』（講談社、一九六三・昭和三十八年九月）所収

五、中田耕治「解説」／『赤ひげ診療譚』（新潮文庫、一九六四・昭和三十九年十月）所収

六、河盛好蔵「解説」／『山本周五郎小説全集10　赤ひげ診療譚』（新潮社、一九六七・昭和四十二年七月）所収

七、水谷昭夫「大機里爾と膵臓癌：「赤ひげ診療譚」における死をみつめるもの」（「関西学院大学人文論究」30（1）、一九七〇・昭和四十五年六月）所収

八、山田宗睦「『赤ひげ診療譚』」／『山本周五郎　宿命と人間の絆』（芸術生活社、一九七四・昭和四十九年十二月）所収

九、荒井貢次郎「赤ひげ医長と小石川養生所―歴史と小説の広場からみた「救貧医療行政史」―」（「東洋」12―10、一九七五・昭和五十年十月）

十、尾崎秀樹「赤ひげの時代」／『評論　山本周五郎』（白川書院、一九七七・昭和五十二年七月）所収

十一、水谷昭夫「『赤ひげ診療譚』をめぐって――山本周五郎文芸における「罪」の意義」（「別冊新評」一九七七・昭和五十二年十二月）のち『永遠なるものとの対話　近代日本文芸の実存的諸問題』（新教出版社、一九八三・昭和五十八年三月）所収

十二、木村久邇典「附記」／『山本周五郎全集第十一巻　赤ひげ診療譚・五瓣の椿』（新潮社、一九八一・昭和五十

六年十月）所収のち『山本周五郎はどう読まれてきたか』（新潮社、一九八六・昭和六十一年九月）所収
十三、木村久邇典「〔赤ひげ診療譚〕の新出去定・保本登」／『男としての人生』（グラフ社、一九八二・昭和五十七年九月）所収
十四、水谷昭夫「『赤ひげ診療譚』」／『山本周五郎の生涯』（人文書院、一九八四・昭和五十九年六月）所収
十五、水谷昭夫「山本周五郎とキリスト教」／伊東一夫編『近代思想・文学の伝統と変革』（明治書院、一九八六・昭和六十一年三月）所収
十六、木村久邇典「赤ひげ診療譚・五瓣の椿」／『山本周五郎はどう読まれてきたか』（新潮社、一九八六・昭和六十一年九月）所収
十七、赤祖父哲二「『赤ひげ診療譚』山本周五郎　最後の人格者」／『現代小説を狩る』（中教出版、一九八六・昭和六十一年十一月）所収
十八、上出恵子「『赤ひげ診療譚』覚書」（「活水論文集日本文学科編」30、一九八七・昭和六十二年三月）
十九、岩佐壮四郎「赤ひげ診療譚」（「国文学解釈と鑑賞」53(4)、一九八八・昭和六十三年四月）
二十、野松盾子「『赤ひげ診療譚』論――病むことの意味と生きること」（「燔祭」1、一九八九・平成元年三月）
二十一、大田正紀「山本周五郎『赤ひげ診療譚』研究」（「梅花国語国文」4、一九九二・平成四年十月）のち『高貴なる人間の姿形　近代文学と《神》』（彼方社、一九九五・平成七年三月）所収
二十二、水谷昭夫「『赤ひげ診療譚』をめぐって――山本周五郎文芸における「罪」の実存」／『別冊歴史読本　山本周五郎読本』（新人物往来社、一九九八・平成十年四月）所収
二十三、木村久邇典『赤ひげ診療譚』／『別冊歴史読本　山本周五郎読本』（新人物往来社、二〇〇〇・平成十二年四月）
二十四、近江博子「山本周五郎『赤ひげ診療譚』論―物語世界の時代性―」（「光華日本文学」8、二〇〇〇・平成十二年八月）
二十五、木村久邇典『赤ひげ診療譚』／尾崎秀樹監修『歴史・時代小説事典』（実業之日本社、二〇〇〇・平成十二

年九月）所収
二十六、高橋敏夫「殺すな、盗むなという原則さえ絶対ではない」／『周五郎流　激情が人を変える』（NHK出版、二〇〇三・平成十五年十一月）所収
二十七、長井苑子・泉孝英「文学にみる病いと老い（44）山本周五郎「赤ひげ診療譚」」（「介護専門員」10(2)、二〇〇八・平成二十年三月）のち『続・生きつづけるということ　文学にみる病いと老い』（メヂュカルレビュー社、二〇〇九・平成二十一年六月）所収
二十八、国松昭「赤ひげ診療譚」／『日本現代小説大事典　増補新版』（明治書院、二〇〇九・平成二十一年一月）所収
二十九、木村久邇典「「赤ひげ診療譚」の新出去定・保本登」／『山本周五郎が描いた男たち』（グラフ社、二〇一〇・平成二十二年八月）所収
三十、木村久邇典「赤ひげ診療譚」／歴史読本編『山本周五郎を読む』（新人物往来社、二〇一二・平成二十四年一月）所収
三十一、北影雄幸「『赤ひげ診療譚』の佐八――これで二人が一緒になれる」／『男の風格――「山本周五郎」を生きる』（勉誠出版、二〇一三・平成二十五年二月）所収
三十二、中野新治「解説　本当の幸せに出会うまでの物語」／『山本周五郎長篇小説全集第七巻　赤ひげ診療譚　おたふく物語』（新潮社、二〇一三・平成二十五年十一月）所収
三十三、中安信夫「「診立て」とは成因を考慮した病名の暫定的付与であり、それは終わりのない動的なプロセスである――山本周五郎著『赤ひげ診療譚』を取り上げて」（「臨床精神医学」43(2)、二〇一四・平成二十六年三月）

（5）荒正人「解説」／『山本周五郎全集第六巻』（講談社、一九六三・昭和三十八年九月）所収

『赤ひげ診療譚』は、保本登の感情教育であり、構成の点では、トーマス・マンの《魔の山》を連想させる。〈養生所〉という〈魔の山〉をかりそめに訪れた登は、赤ひげという教師に案内されて、地獄から天界までを見て廻り、信念の更生に成功する。《魔の山》のハンス・カストルプは、足取りおぼつかなく、第一次大戦の始まった下界に

降りてゆくが、保本登は、まさをと結婚し、赤ひげの片腕となり、養生所に身を埋める。

（6）河盛好蔵「解説」／『山本周五郎小説全集10　赤ひげ診療譚』（新潮社、一九六七・昭和四十二年七月）所収

八つの小話から成るこの長篇は、医は仁術の具現者である赤ひげ先生の言行録でもあれば、施薬院の窓を通して眺められた虐げられた江戸下層民の残酷物語でもある。しかし私はこの作品を保本登の感情教育や人生修業を描いた物語として理解したい。

（7）水谷昭夫「『赤ひげ診療譚』をめぐって――山本周五郎文芸における「罪」の実存」／『永遠なるものとの対話　近代日本文芸の実存的諸問題』（新教出版社、一九八三・昭和五十八年三月）所収

周五郎が登の心のなかに聞かせた「罪」は、sin の意味に近く、それもキリスト教的「罪の意識」と共通するものが感じられる。／人間が真の成熟をとげるのは、このような「徒労とみえること」による。そのことによってはじめて可能となる。そこに作品の主題は根をおろしていることがあきらかにされたのだ。「狂気」「死」「荘厳」「苦悩」、そして「罪の意識」。

（8）注（7）に同じ。

（9）作品中では、保本登が赤ひげの罪意識について言及する場面がある。この場面は「ヨハネ福音書八章一～十一節」の姦淫の現場で捕らわれた女の話に通ずるものがある。

――罪を知らぬ者だけが人を裁く。

登は心の中でそう云う声を聞いた。

――罪を知った者は決して人を裁かない。

どういう事があったかは知らないが、先生は罪の暗さと重さを知っているのだ、と登は思った。

（「氷の下の芽」／『赤ひげ診療譚』）

（10）拙稿「遠藤周作『王の挽歌』論―「キリシタン文学」の可能性―」（「文学・語学」（202）、二〇一二・平成二十四年三月）。本書第四部第四章。

（11）次の二点である。いずれも執筆にまつわるエピソードが披露されている。

一、矢口進也・遠藤周作「著者インタビュー遠藤周作『王の挽歌』」(「This is 読売」3(6)、一九九二・平成四年九月)

二、遠藤周作・平松守彦「対談　宗麟の時代に学ぶ」／平松守彦『地方から日本を変える　グローカルな19人のメッセージ』(PHP研究所、一九九七・平成九年十二月)

(12) 矢口進也・遠藤周作「著者インタビュー遠藤周作『王の挽歌』」(「This is 読売」3(6)、一九九二・平成四年九月)

(13) 次の二点である。

一、「遠藤文学における〈ペドロ岐部〉(一)—『留学』『沈黙』を中心として—」(「遠藤周作研究」8、二〇一五・平成二十七年九月)。本章第二部第二章。

二、「遠藤文学における〈ペドロ岐部〉(二)—『メナム河の日本人』から『王国への道』まで—」(「京都外国語大学研究論叢」85、二〇一五・平成二十七年七月)。本書第三部第二章。

(14) 注(2)に同じ。

第四章　『王の挽歌』論
――「キリシタン文学」の可能性――

一、問題の所在

『王の挽歌』は、一九九〇（平成二）年二月号から一九九二（平成四）年二月号までの約二年にわたって「小説新潮」に二十五回連載されたのち、一九九二（平成四）年五月、新潮社より上巻・下巻として刊行された。キリシタン大名・大友宗麟を主人公とした歴史小説である。遠藤周作はこの時期「歴史小説」を集中して書いており、『遠藤周作歴史小説集』全七巻（講談社）へと結実していくが、『王の挽歌』はそうした遠藤の「歴史小説」の成熟を示す作品でもある。このことは、『最後の殉教者』（「別冊文芸春秋」、一九五九・昭和三十四年二月）以来書き継がれていった遠藤の「歴史小説」の一つの到達点を示すのみならず、芥川龍之介から遠藤へと受け継がれた「キリシタン文学」の可能性を切り開いたものとも見ることが出来る。そこで本章は「キリシタン文学」としての側面から『王の挽歌』を考察していきたい。

二、遠藤周作の「キリシタン文学」

はじめに「キリシタン文学」の定義から整理しておきたい。一般的なキリシタン文学の定義は「室町末期から江戸初期にかけて、キリシタンが日本文で書いたり、ヨーロッパ語から翻訳したりした宗教文学。広くは、キリシタンの日本語学習のための、物語類を含む。「伊曾保物語」「日葡辞書」など。南蛮文学。[1]」を意味するが、近代文学においては「室町末期から明治初期にかけてのキリシタンを題材とした作品」と広義に捉えることができよう。この定義は、遠藤の「歴史小説」にそのまま当てはまる。

拙稿[2]で整理を試みたが、遠藤の「歴史小説」は三つの時期に分けることが出来る。すなわち、『沈黙』（新潮社、一九六六・昭和四十一年三月）を代表とする第一期（一九五九〜一九六九）「切支丹物」、『侍』（新潮社、一九八〇・昭和五十五年四月）を代表とする第二期（一九七〇〜一九八〇）「評伝」、そして『遠藤周作歴史小説集』全七巻（講談社）を代表とする第三期（一九八〇〜一九九四）「歴史群像」である。

これらの三つの時期は、芥川の「切支丹物」を遠藤がどのように受容し展開していったのかを示す過程として見ることもできる。第一期（一九五九〜一九六九）「切支丹物」では、芥川の「切支丹物」を受容し、殉教や日本の精神風土の問題など芥川と共通する課題に取り組み、第二期（一九七〇〜一九八〇）「評伝」では切支丹時代を背景に海外へ勇躍した日本人を主人公として、個人の内面を描くことで「日本人にあったキリスト教」を追求し、第三期（一九八〇〜一九九四）「歴史群像」では主人公のみならず多くの「視点人物」を配置し、複数の視点を交錯させながら、「歴史」を物語っていく。つまり、遠藤は第一期「切支丹物」で芥川の「切支丹物」を受容し、第二期「評伝」、第三期「歴史群像」へとキリシタン文学を展開していったとも言える。

以上のことを示す例として「日本泥沼説」を取り上げたい。「日本泥沼説」とは、『沈黙』の次の箇所に登場する。フェレイラが日本の現状をロドリゴに語る場面である。

「この国は沼地だ。やがてお前にもわかるだろうな。この国は考えていたより、もっと怖ろしい沼地だった。どんな苗もその沼地に植えられれば、根が腐りはじめる。葉が黄ばみ枯れていく。我々はこの沼地に基督教という苗を植えてしまった」

「お前には何もわからぬ。澳門やゴアの修道院からこの国の布教を見物している連中には何も理解できぬ。デウスと大日と混同した日本人はその時から我々の神を彼等流に屈折させ変化させ、そして別のものを作りあげはじめるのだ。言葉の混乱がなくなったあとも、この屈折と変化とはひそかに続けられ、お前がさっき口にだした布教がもっとも華やかな時でさえも日本人たちは基督教の神ではなく、彼等が屈折させたものを信じていたのだ」（『沈黙』）

フェレイラは日本宣教に長年従事してきた結論として、基督教を「屈折させ変化させ」る日本の精神風土を「沼地」と呼んでいる。芥川の『神神の微笑』における「造り変える力」[3]に通ずる考え方である。ただし、『神神の微笑』ではあくまでも大日孁貴をはじめとする日本古代の神々が持つ力のことを「造り変える力」と呼んでいるのに対し、『沈黙』では日本人が「変化させ屈折させ」ているのだ。このあたりに遠藤の芥川受容の問題が潜んでいよう。

さて、こうした『神神の微笑』と『沈黙』の類似性は佐古純一郎[4]をはじめ多くの研究者が既に指摘してきたところだが、問題は、『王の挽歌』でも「日本泥沼説」が登場するところにある。しかも今度は、フェレイラではなく日本に最初に基督教を伝えたフランシスコ・ザビエルが語っているのである。

「この国は私がゴアで想像していたような国ではなかった。この国には我々が考えもつかなかった泥沼があるような気さえします。我々が植える苗の根をいつか腐らせてしまう沼が……」／それから彼は言葉を切って苦しそうに、／「あるいは本来の苗とは似ても似つかぬ植物に変えてしまうような……」

「時折、私は思うのですが……、ひょっとすると我らのただ一つの神をいつの間にか大日如来にすり替え、天国を浄土に変えるような何か怖しい不気味な力がこの日本人の心の奥にかくれているのではありますまいか。日本人のそんな屈折力は、これから基督教布教の上で大きな障害になるように思います」

（「家形とパードレ」／『王の挽歌』）

フランシスコ・ザビエルが二年三カ月の日本滞在を終えインドへ去るにあたって日本宣教の問題を語る場面である。『沈黙』で日本宣教に何十年も取り組んできたフェレイラが語る「日本泥沼説」に比べると、日本語もほとんどわからないザビエルがどこまで日本人や日本の精神風土を理解していたか説得力に欠けることは否めない。ただし、ここで『神神の微笑』や『沈黙』とも異なるのは、「造り変える力」が「日本人の心の奥にかくれている」とする心の問題に言及されている点である。遠藤は「第三のディメンション」として「魂」の問題を初期作品から追求し続けており、『スキャンダル』（新潮社、一九八六・昭和六十一年三月）で一つの到達点を示した。『王の挽歌』では主人公の大友宗麟の内面の変化が克明に描かれるが、ここでのザビエルの「日本泥沼説」にも反映したと見ることが出来る。そこに芥川の『神神の微笑』における日本の精神風土の問題を受容し、『沈黙』から『王の挽歌』へと展開した遠藤の軌跡がある。

三、『王の挽歌』成立をめぐる問題

繰り返すが『王の挽歌』の主人公は大友宗麟である。だが、大友宗麟を描いた歴史小説[5]は意外に少なく、遠藤がいつ頃から大友宗麟に関心を持ったのかはよくわからない。遠藤の父遠藤常久が白水甲二のペンネームで書いた『きりしたん大名　大友宗麟』（春秋社、一九七〇・昭和四十五年九月）[6]なども大友宗麟に関心を寄せる一つのきっかけとなったであろうが、執筆時期に差がありすぎて確定はできない。おそらく〈ペドロ岐部〉への関心が先にあって、出身地である国東半島や「天正少年使節」を派遣した一人とされる大友宗麟を調べているうちに興味が湧いたということであろう。〈ペドロ岐部〉を主人公にした『銃と十字架』（初出：「中央公論」、一九七八・昭和五十三年一月号〜十二月号）の「あとがき」によると、遠藤が〈ペドロ岐部〉に興味を持ち始めたきっかけは、「十数年前にふと読んだチースリック教授の論文(7)」であるという。この言葉をそのまま信じるなら、チースリク教授の論文が発表された一九六二年か、遠藤がチースリク教授に師事した一九六五年頃から〈ペドロ岐部〉に関心を持ち始めたことになる。そこから十年以上をかけて現地取材(8)などを経て『銃と十字架』を書きあげたのだ。同様に、『銃と十字架』発表から十年以上かけて現地取材(9)や歴史研究(10)を重ねて『王の挽歌』を書き上げたことになる。

以上のような経過で『王の挽歌』は成立したのだが、「小説新潮」に連載された初出と新潮社より刊行された初版本には異同があるので一つだけ指摘しておきたい。初出と新潮社本を比べると、宗麟の義兄田原紹忍を田原親賢にするなど、読みやすくするための推敲がなされてはいるが、本文中で大きく変更されたところはない。問題となるのは、「二階崩れの変」と呼ばれる事件を描いたところである。初出の「小説新潮」では「第二回　父殺し(一)」「第三回　父殺し(二)」という章題であったが、新潮社版では「父の血によって」に変更されている。この理由について考えたい。

「二階崩れの変」はいわゆるお家騒動である。父義鑑が宗麟を廃嫡し、義母弟の塩市丸に家督を譲ろうとしたことが原因となり、宗麟の父義鑑と義母小少将、塩市丸が家臣に殺され、さらには謀反者として宗麟の守役だった入田親誠も殺され、結果として宗麟が家督を継ぐことになった事件である。ただし、「二階崩れの変」の原因については諸説がある。外山幹夫氏は『大友宗麟　人物叢書』（吉川弘文館、一九七五・昭和五十年二月）で、塩市丸の実母が入田親誠と提携し、義鑑に塩市丸の家督相続を働きかけたことは疑問の余地がないとしている。また、芥川龍男氏(11)は塩市丸擁立の背景として、宗麟の母の出自である大内氏の勢力を排除しようとする義鑑の配慮と義鑑の忠臣入田親誠の陰謀という近年の二つの説を紹介している。『王の挽歌』では宗麟の母の出自である大内氏の勢力を排除しようとする動きと、宗麟の叔父菊池義武の陰謀に入田親誠が協力したとしている点からも概ね芥川龍男氏が紹介した近年の説を踏襲したものと言える。一方、事件の結果一番得をした人物、すなわち宗麟が「父殺し」の首謀者ではないかという疑惑もある。海音寺潮五郎(12)や渡辺澄夫氏(13)などは宗麟の事件処理があまり水際立っているので、かえって怪しいと臆測されている。遠藤も当然この宗麟黒幕説を知っていたので、「小説新潮」連載の際には、「第二回　父殺し㈠」という章題をつけ、章題の左に父を殺したオイディプスについてのギリシャ悲劇の言葉を引用したのであろう。この回では事件の前提である、大内氏の血をひく宗麟廃嫡の動きと、塩市丸の実母の陰謀のみが暗示されるところまでが描かれている。そして次の「第三回　父殺し㈡」で「二階崩れの変」が描かれるのであるが、ここに到りそれまで「弱者」[14]として描いてきた宗麟像と「父殺し」を犯すほどの乱暴者の宗麟[15]では齟齬が生じるため、宗麟黒幕説を排除したのではないだろうか。要するに、「第二回　父殺し㈠」と「第三回　父殺し㈡」の間の内容変更に伴い、新潮社版の章題が「父の血によって」に変更されたと考えられるのである。

四、死をめぐる問題

『王の挽歌』はタイトルが示す通り人間の死に様が通底音として作品全体に響いている。前半（初出では第一部、新潮社本では上巻）では大友宗麟が様々な人間の死に直面し、死への恐怖や死を迎える心境に思い悩み、後半（初出では第二部、新潮社本では下巻）では、基督教の信仰のもとで死を静かに迎え入れる。

宗麟が出会う最初の大きな衝撃は幼い頃の母の死である。母は海の記憶ともつながり、宗麟にとって幸福を感じることのできた唯一の相手であった。だが、母の死によって何もかもが変ってしまう。そして「二階崩れの変」により父と守役の入田親誠が死ぬ。特に教育をしてくれた入田親誠の裏切には衝撃を受け、宗麟を人間不信に陥れる。こうした三人の死は、宗麟の人格形成に大きな影響を与え、心の闇を形成する。

父の死によって、大友家の「家形」となった宗麟の前には戦国武将の多くの死が報告される。最初に知らされたのは大内義隆の死である。宗麟は、叔父であり自分と同じ文雅を愛し、多彩な才能を持った大内義隆に自分と似たものを感じていたが、その叔父が家臣の謀叛にあって死んだ。大内義隆の臨終の言葉は、「臨終の間には無念無想に住すべきことこそ肝要にて候やらん」であった。次にその叔父を殺した陶晴賢の死を知り、世の無常を知る。

（覇者は次々と死んでいく。この下剋上の世、余とても何時……）

宗麟は陶晴賢が死の瞬間、何を思ったのか、それが知りたかった。まさに自決せんとする晴賢の心をおのれのそれに重ねあわせ考えて秋の空気のなかで彼はじっと坐っていた。

（「宗麟対元就」／『王の挽歌』）

宗麟はここでも死を迎える境地が気にかかっている。続いて実の弟である大内義長の死を知る。毛利元就との駆引きのため宗麟が見捨てたために死んだのだが、この二人の辞世の句は『陰徳太平記』から引用されている。まさに挽歌である。

また、宗麟の正室矢乃によって側室の服部右京亮の女が殺される。嫉妬した矢乃が家臣に火をつけさせたのだ。服部右京亮の女は火の中で次のように言う。

「これにて……恥多き生涯を終え、亡き右京亮さまに……お詫び申しあげる、と」

（「女の死」／『王の挽歌』）

夫を殺した宗麟の慰み者になっている苦しみが読みとれる。その服部右京亮の女を殺した矢乃も宗麟に離別され、孤独の内に死んでいった。二人とも宗麟に苦しめられて死んだのである。宗麟は二人の死後を気にしていたがラグーナ神父は次のように答える。

「神のもとに還りし者はみな愛の光に包まれます。その御女性も、国主さまを今は許しておられます」

宗麟の瘦せこけた頰に泪がゆっくりと流れおちた。あの苦しんだ女が、今、愛の光に包まれている。

「パードレ、亡くなった矢乃もその愛の光に包まれるであろうか」

ラグーナ神父は、

「私一人の考えでございますが……そう、思うております」

（「臨終の頃」／『王の挽歌』）

ラグーナ神父の語る、宗麟を恨んで死んだ二人とも神のもとに還り「愛の光に包まれ」、宗麟を赦しているというのはカトリックの教義から外れた特異な死生観である。キリシタンではない服部右京亮の女と矢乃が果たして神のもとに行けるかどうかも疑問である。だが、この話を聞いた宗麟が慰めを受けたことは確かである。こうして宗麟は静かな死を迎えることができたわけだが、『王の挽歌』はさらに宗麟の長男・大友吉統の死も描く。吉統は基督教の禁教令や朝鮮侵攻などで秀吉に翻弄され続けた末、関ヶ原の合戦では敗軍の将となり、最後には秋田で幽閉されて死ぬのだが、最後に信仰が復活し、「頼るものは神のほか、この世にあろうや」という父の言葉を理解したとある。つまり、宗麟の死を迎える心境を吉統の視点で描いているのである。

五、魂のドラマ

先に述べたように、『王の挽歌』には『スキャンダル』以来の無意識の問題が追求されている。いわば心理小説としての側面があるのだ。そのことは、最初の宗麟と秀吉の謁見の場面だけを見てもわかる。宗麟、秀吉、千利休それぞれの心の動きが克明に描かれているからである。中でも宗麟は直感に鋭く、成り上がり者の秀吉にどう合わせたらよいのかを直ぐに理解し、千利休のうす笑いの意味を直ぐに悟る。しかも、この宗麟の鋭敏さは他人ばかりではなく自分自身にも向けられる。そこから「心の奥の奥底」に入っていく。

宗麟は「暗い思い出」を抱えている。「二階崩れの変」で自分を教育してくれた入田親誠の裏切りを知ったことと、父の死にほっとしながら家臣の前では沈痛な表情を装っている自分の偽りの姿に、他人ばかりか自分さえも信じられなくなった体験である。「誰も信じられない」という人間不信は宗麟の心の奥底に暗い闇を形成する。そうした宗麟の心の闇を象徴する場面が、無明の闇である。

〈余にさえも…この余が…わからぬ〉／臼杵の闇は府内のそれより深く濃い。遠くで海の音がする。海鳴りを聞きながらまるで自分の心は闇そのものだと宗麟は思う。心の闇、無明の闇、一灯も見えぬ路を彼は供と共に馬で城に戻る。（「無明の闇」／『王の挽歌』）

宗麟はこの闇を自分が殺した謀反人服部右京亮の女を慰み者にした帰り道に見るが、「無明の闇」に「心の闇」が重ねられていることは明らかであろう。

しかし、宗麟の「心の闇」に働きかける人物がいた。ザビエル神父である。ザビエル神父は「みじめな裸の姿にて磔となった」イエスの姿に重なるように痩せたみすぼらしい姿をしているが、「誰も信じられない」宗麟にとって唯一信じられる人物であった。しかも、ザビエル神父は宗麟の母と共に心の同伴者として常に宗麟の傍にいる。それを象徴するのが「眼ざし」である。

青年の時、壮年の折、彼は自分が何者か自身でもわからず、時には肉慾にふけり、時には冷酷な仕打を行ったがそんな時、遠くからザビエルの哀しげな眼が彼を見ているような気がした。それは彼を責めるのではなく、むしろ宗麟の苦しみを共にわかち合おうとするような眼ざしだった。あの眼ざしは亡き母のそれと重なりあい、彼は現在の妻、露のなかにもそれを見出した。その眼ざしと同じものをヴァリニャーノ神父も持っていた。（下「ヴァリニャーノ神父の野望」／『王の挽歌』）

この「眼ざし」によって、ザビエル神父、宗麟の母、現在の妻露、ヴァリニャーノ神父が繋がり、宗麟の「心の同伴者」が明らかにされる。しかもこの連鎖の先には神の「眼ざし」があることは確かである。そこに宗麟の信仰も見てとれる。以上のように『王の挽歌』には宗麟の「心の闇」が神へと向かう魂のドラマがあり、宗麟の心の軌跡が見事に描かれた作品となっている。ここにキリシタン文学としての新局面を見てとれよう。

注

（1）『日本国語大辞典』第二版（小学館、二〇〇一・平成十三年四月）

（2）拙稿「遠藤周作の「歴史小説」の一側面――松田毅一との関連をめぐって」（「遠藤周作研究」4、二〇一一・平成二十三年九月）。本書序論。

（3）芥川龍之介「神神の微笑」（「新小説」、一九二二・大正十一年一月）でもあらゆるものを屈折させ変化させる力について次のように述べられている。

（略）しかし我々の力と云うのは、破壊する力ではありません。造り変える力なのです。

事によると泥烏須自身も、この国の土人に変るでしょう。支那や印度も変ったのです。西洋も変らなければなりません。我々は木々の中にもいます。浅い水の流れにもいます。薔薇の花を渡る風にもいます。寺の壁に残る夕明りにもいます。どこにでも、またいつでもいます。御気をつけなさい。御気をつけなさい。……

（4）佐古純一郎「芥川竜之介の『神神の微笑』と遠藤周作の『沈黙』」（「聖心女子大学論叢」28、一九六六・昭和四十一年十二月）

（5）『王の挽歌』以前に大友宗麟を主人公にした作品は管見のかぎり次の五冊だけである。

一、白石一郎『火炎城』（講談社、一九七四・昭和四十九年）

二、赤瀬川隼『王国燃ゆ　小説　大友宗麟』（講談社、一九八七・昭和六十二年八月）

三、御手洗一而『大友宗麟　二階崩れの巻』（新人物往来社、一九八九・平成元年八月）
四、高山由紀子『国東物語　ドン・フランシスコ・大友宗麟』（八重岳書房、一九八九・平成元年九月）
五、颪早恵介『大友宗麟』（青樹社、一九八九・平成元年十月）
だが、『王の挽歌』以後には次の九冊があり、徐々に注目を浴びるようになったことが分かる。
一、御手洗一而『大友宗麟　戦国求道の巻』（新人物往来社、一九九〇・平成二年九月）
二、御手洗一而『大友宗麟　毛利合戦の巻』（新人物往来社、一九九三・平成五年一月）
三、高山由紀子『ドン・フランシスコ・大友宗麟』（八重岳書房、一九九四・平成二年五月）
四、小石房子『豊後の王妃イザベル　キリシタン大名大友宗麟の妻』（作品社、一九九五・平成七年三月）
五、御手洗一而『大友宗麟　王道幻想の巻』（新人物往来社、一九九五・平成七年三月）
六、高橋直樹『大友二階崩れ』（文芸春秋、一九九八・平成十年八月）
七、水上あや『花の反逆大友宗麟』（叢文社、二〇〇五・平成十七年十二月）
八、櫻田啓『幻のジパング　大友宗麟の妻』（文芸社、二〇〇〇・平成十二年一月）
九、米田一雄『さまよえる戦国大々名大友宗麟』（文芸社、二〇一一・平成二十三年二月）

（6）『王の挽歌』と『きりしたん大名　大友宗麟』の関連については、山田都与「遠藤周作『王の挽歌』と白水甲二『きりしたん大名 大友宗麟』」（「金城日本語日本文化」84、二〇〇八・平成二十年三月）で論じられている。
（7）H・チースリク「世界を歩いた伴天連――岐部神父の生涯」（「上智史学」7、一九六二・昭和三十七年六月）
（8）取材日記とも言うべきエッセイの一つに「石仏の里　国東」（初出「太陽」、一九七七・昭和五十二年七月号）がある。この中では、国東半島の研究書として和歌森太郎編『くにさき　西日本民俗・文化における地位』（吉川弘文館、一九六〇・昭和三十五年四月）と中野幡能『古代国東文化の謎　宇佐神道と国東文化』（新人物往来社、一九七四・昭和四十九年二月）の二冊を挙げている。
（9）『王の挽歌』の取材日記として、大友宗麟がキリスト教の理想王国建設を夢見た地を調査する会社員の話である短篇小説「無鹿」（「別冊文芸春秋」、一九九一・平成三年春号）がある。また、大分にある数々の古城を訪れたことは、『王の挽歌』本文中でも数多く言及されている。
(10)『王の挽歌』に関連する歴史資料は次のようなものがある。
一、ジアン・クラセ著『日本西教史』(太陽堂書店、一九三一・昭和六年五月)
二、松田毅一『きりしたん大名　大友宗麟』(中央出版社、一九四七・昭和二十二年八月)
三、ミカエル・シュタイン著、吉田小五郎訳『キリシタン大名』(乾元社、一九五三・昭和二十八年五月)
四、和歌森太郎編『くにさき　西日本民俗・文化における地位』(吉川弘文館、一九六〇・昭和三十五年四月)
五、レオン・パジェス著、吉田小五郎訳『日本切支丹宗門史〈上・中・下〉』(岩波書店、一九三八・昭和十三年〜一九四〇・昭和十五年)
六、松田毅一『天正少年使節』(角川新書、一九六五・昭和四十年八月)
七、海音寺潮五郎「大友宗麟」/『武将列伝　中』(文芸春秋、一九六六・昭和四十一年十一月)所収
八、白水甲二(遠藤常久)『きりしたん大名　大友宗麟』(春秋社、一九七〇・昭和四十五年九月)
九、中野幡能『古代国東文化の謎　宇佐神道と国東文化』(新人物往来社、一九七四・昭和四十九年二月)
十、中村真一郎「大友宗麟」/『日本史探訪　第十一集』(角川書店、一九七四・昭和四十九年七月)所収
十一、田中千禾夫「大友宗麟」/『人物日本の歴史9　戦国の群雄』(小学館、一九七五・昭和五十年一月)所収
十二、外山幹夫『大友宗麟　人物叢書』(吉川弘文館、一九七五・昭和五十年二月)
十三、渡辺澄夫『大分の歴史第四巻　キリシタン大名　大友宗麟』(大分合同新聞社、一九七八・昭和五十三年八月)
十四、ルイス・フロイス著　松田毅一・川崎桃太訳『日本史6　豊後篇1』(中央公論社、一九七八・昭和五十三年八月)
十五、ルイス・フロイス著　松田毅一・川崎桃太訳『日本史7　豊後篇2』(中央公論社、一九七八・昭和五十三年十月)
十六、ルイス・フロイス著　松田毅一・川崎桃太訳『日本史8　豊後篇3』(中央公論社、一九七八・昭和五十三年十二月)

十七、芥川龍男編『大友宗麟のすべて』（新人物往来社、一九八六・昭和六十一年四月）
十八、『武功夜話　前野家文書』全四巻・補巻（新人物往来社、一九八七・昭和六十二年～一九八八・昭和六十三年）
十九、外山幹夫『大友宗麟　人物叢書新装版』（吉川弘文館、一九八八・昭和六十三年十二月）
二十、桑田忠親「大友宗麟」／『新編日本武将列伝5』（秋田書店、一九八九・平成元年十月）所収

(11)「宗麟の生涯―その転機―」／芥川龍男編『大友宗麟のすべて』（新人物往来社、一九八六・昭和六十一年四月）所収

(12) 海音寺潮五郎「大友宗麟」／『武将列伝　中』（文芸春秋、一九六六・昭和四十一年十一月）所収

(13)『大分の歴史第四巻　キリシタン大名　大友宗麟』（大分合同新聞社、一九七八・昭和五十三年八月）

(14)『王の挽歌』の大友宗麟は、病弱で「武辺に生れるよりは都の公卿に生れたかった」と考える少年として描かれている。

(15) 宗麟が少年時代から粗暴と乱行に明け暮れていたとする説は多い。前出の芥川龍男氏（注(11)）によれば、『大友興廃記』に終始手のつけられない粗暴な若者として描かれてあり、『信長公記』に述べられている若き日の織田信長とそっくりだとしている。

第五章　遠藤文学における〈ペドロ岐部〉（三）

――『女』を中心として――

一、〈ペドロ岐部〉の問題

本章は、「遠藤文学における〈ペドロ岐部〉（一）―『留学』『沈黙』を中心として―」（「遠藤周作研究」8、二〇一五・平成二十七年九月／本書第二部第二章）と「遠藤文学における〈ペドロ岐部〉（二）―『メナム河の日本人』から『王国への道』まで―」（「京都外国語大学研究論叢」85、二〇一五・平成二十七年七月／本書第三部第二章）に続く論考である。

拙稿では、従来見過ごされて来た遠藤文学における〈ペドロ岐部〉の役割を見直すため、様々な作品を取り上げて来た。「遠藤文学における〈ペドロ岐部〉（一）―『留学』『沈黙』を中心として―」では遠藤の「歴史小説」の第一期を対象とした。遠藤文学で〈ペドロ岐部〉の名前が初めて登場する『留学』と、名前は登場しないが間接的に大きな影響を与えている『沈黙』を中心に考察した。その結果、『留学』では、「弱者」の荒木トマスとは対照的な「強者」として〈ペドロ岐部〉が登場していること、『沈黙』では、ロドリゴのポルトガルから日本へ渡る苦難の旅がH・チースリク『キリシタン人物の研究』（吉川弘文館、一九六三・昭和三十八年十二月）にある〈ペドロ岐部〉がポルトガルから日本へ帰国した時の記録を参考にして描かれていることや作品の時代背景である一六三九年が〈ペドロ岐部〉と関連して設定された年であることが明らかとなった。

続いて「遠藤文学における〈ペドロ岐部〉（二）―『メナム河の日本人』から『王国への道』まで―」では遠藤の「歴史小説」の第二期を対象とした。〈ペドロ岐部〉が初めて登場人物として描かれた『メナム河の日本人』、〈ペドロ岐部〉の出身地である国東半島や捕まった東北の水沢などの取材旅行の記録とも呼べる数編のエッセイ、さらに初めて主人公として描かれた『銃と十字架』、山田長政と対照的な生き方をしたもう一人の主人公として描かれた『王国への道―山田長政―』（平凡社、一九八一・昭和五十六年四月）などである。この期の特徴は、〈ペドロ岐部〉が主に山田長政と対照的な人物として描かれたことにある。山田長政が「地上の王国」を目指したのに対し、〈ペドロ岐部〉は「神の王国」を目指して、それぞれが自己の信念に殉じたとしている。史実としては、二人が交流したという記録は残されていないが、同じ時期にタイのアユタヤにいたことがあるという状況証拠から遠藤は作家の想像力を働かせて、二人が同質の人間であり、目指す方向だけが違っていたとし、全く異なる生き方をした二人の人生がアユタヤの地で交錯したという一点にドラマを見ている。

以上のように遠藤文学における〈ペドロ岐部〉を追って来たわけだが、遠藤の「歴史小説」の第三期だけが残った。第三期で〈ペドロ岐部〉が関連するのは『王の挽歌』と『女』の二作品だけである。『王の挽歌』は〈ペドロ岐部〉が間接的に登場し、『女』には〈ペドロ岐部〉が直接登場する。『王の挽歌』における〈ペドロ岐部〉については拙稿(1)で述べたが、「神の王国」を目指した大友宗麟の姿に反映したものであった。そこで本章では、『女』における〈ペドロ岐部〉の役割を考察していくこととする。

二、『女』における「歴史小説」の問題

『女』は〈ペドロ岐部〉が登場する最後の「歴史小説」である。と同時に遠藤周作の完結した最後の小説でもある。いずれにせよ最後の作品であるだけに、「歴史小説」の集大成という意味を持っており、作品冒頭と終結部には作者の「歴史小説」への愛着が吐露されている。また、『女』は遠藤の「歴史小説」の中で最も長い時代を背景として最も多くの主人公が登場し、「歴史群像」が繰り広げられる。そこで、『女』を遠藤の「歴史小説」の重要な要素である

時代背景、トポス、キリスト教の三つの観点から考察し、その中の〈ペドロ岐部〉の位置を確認したい。

第一に時代背景の問題。『女』は、豊臣秀吉が織田信長に仕えた一五五〇年頃から始まり、大奥での女のたたかいに加代が敗れた一八五〇年頃に終っている。約三百年にわたる女たちのたたかいの歴史が描かれた長篇小説である。このうち吉乃、お市、淀などの戦国時代の女性を描いた前半と、春日局に始まる大奥での女の戦いを描いた後半の二つに大別できる。〈ペドロ岐部〉が登場する「切支丹弾圧」の章は、前半と後半の境目に位置する。この時は三代将軍徳川家光の時代で、乳母であり家光の絶対的信頼を拠り所に春日局が権勢をふるい、「女のたたかい」の舞台である大奥を整備し始めていた頃であった。家光にとって最大の戦いであった島原の乱が終結し、切支丹弾圧を強化した中で捕まったのが〈ペドロ岐部〉であったのだ。結局〈ペドロ岐部〉は殉教するが、その十数年後には春日局も家光も亡くなる。重要なのは「家光の死とともに戦国時代が終った」ことである。小西行長の遺臣が活躍した島原の乱も終り、戦の世の中が終ったことで前半が終り、春日局が「女のたたかい」の場所である大奥の礎を作り後半が始まったその境目に〈ペドロ岐部〉のエピソードが位置しているのである。

また、『女』の時代背景である約三百年は遠藤周作がこれまで描いてきた「歴史小説」とほぼ重なる時代でもあった。列挙すると、『武功夜話』を史料として生み出された戦国三部作『反逆』『決戦の時』『男の一生』。織田信長にまつわるエピソードを描いた『黒ん坊』と『二条城の決闘』。小西行長を描いた『鉄の首枷――小西行長伝』と『宿敵』。大友宗麟を描いた『王の挽歌』と『無鹿』。支倉常長を描いた『侍』。〈ペドロ岐部〉を描いた『メナム河の日本人』『銃と十字架』『王国への道―山田長政―』。フェレイラを描いた『沈黙』。長助とおはるを描いた『召使たち』などである。

基本的に遠藤の「歴史小説」の時代背景は、一五四九年のキリスト教伝来から、一八七三年キリシタン禁制が廃止されるまでの「切支丹時代」となっていることを考えると、「浦上四番崩れ」を描いた『最後の殉教者』『女の一生一部・キクの場合』を除くほぼ全ての「歴史小説」の時代背景と重なることになる。ちなみに、『女』では「浦上四番崩れ」の時代は描かれないが、「浦上四番崩れ」が起った場所として長崎の浦上村は紹介されている。その意味でも『女』は遠藤の「歴史小説」全てに関わる、まさに集大成と呼ぶことができる。

第二にトポスの問題。拙稿(2)で論じたように、元来遠藤文学における作品舞台は単なる地理的空間ではなく人間の〈劇〉が生成される文学空間としてのトポスであった。とりわけ『女』はトポスとしての意味が大きい。作中の〈私〉も次のように語っている。長くなるが引用したい。

歴史の好きな私は小説を書くために取材するのではなく、歴史的人物の生涯に好奇心があるから色々な土地を歩きまわった。

この小説のなかで、何度もたずねたのは、やはり信長の妹、お市が新婚生活を送った清水谷である。

（中略）

更にたびたび足を運んだのは愛知県江南市の生駒屋敷の跡である。

（中略）

「武功夜話」のすべてを信ずるわけにはいかないが、もしこれが事実とするならば、信長も秀吉も家康もここの風景を見た筈である。

彼等の見た同じ風景を自分もまた眺めているという快感は、私のような歴史好きには言いようのない悦びである。

そうした快感の上に成立したのがこの「女」なのだ。はじめに小説があったのではなく、私の好奇心の上にこの小説が成立したのである。

（「終曲」／『女』）

ここでは〈私〉を通して作品成立の由来が語られている。お市が新婚時代を過ごした清水谷や信長、秀吉、家康が若い時代を過ごした生駒屋敷の跡など歴史舞台としてのトポスに対する遠藤の好奇心が先にあり、そこから「歴史小説」が生れたのだという。しかも、「信長の子供たち」で生駒屋敷のあった愛知県江南市小折町と、「お市の結婚」でお市が新婚時代を過ごした北琵琶の滋賀県湖北町の小谷城、清水谷の二つの場所から物語が始まっていることからもこの二箇所の重要性は明らかであろう。

また、後半の重要な作品舞台である大奥に関しても〈私〉は似たような発言をしている。

大奥は今は存在しない。私は何度か東御苑（江戸城本丸跡）を散策したが、躑躅の咲き誇る庭園から、かつての大奥を含めた巨大な建物を想像することは不可能だった。

しかし、その場所で、女の烈しい闘いがくり展げられた事は記録を見ても確かであり、そこに一生をかけて勢力を強めようとした女たちが生きていた事も確かである。

そこがもはや存在しないだけに、私の想像力は刺激された。（「終曲」／『女』）

つまり、『女』における作品舞台は、〈私〉の好奇心を満たし、想像力を刺激する特別な文学空間としてのトポスであったのだ。そのため〈私〉は歴史の舞台となった場所である清水谷、生駒屋敷の跡、東御苑を何度も訪れ、その時に感じたことも作品で繰り返し述べている。他にも、幼い石田三成が小僧をしていた観音寺（滋賀県坂田郡山東町）荒木村重の家族や豊臣秀次の家族、小西行長、石田三成らが処刑された京都・賀茂川の三条河原や六条河原、小西行長がつかまった伊吹山中の糟賀部村、豊臣秀頼の首が埋葬された京都嵯峨の清涼寺、シドッチの幽閉された切支丹屋敷（東京都文京区小日向一丁目）、加代が遠島となった三宅島なども実際に訪れている。また、作中で〈私〉が訪れたとは語っていないが、支倉常長の取材で訪れた支倉村、〈ペドロ岐部〉が捕まった東北の水沢、淀の方が壮絶な最後を遂げた大坂城、島原の乱の中心地である原城の跡なども当然繰り返し訪れており、その場所ごとで多くの刺激を受けたことは間違いない。

第三にキリスト教の問題。一瞥すると明らかであるが、『女』ではキリスト教に関する出来事は極力避けられる傾向がある。このことは同じ「武功夜話」を典拠とした戦国三部作でも同様であった。例えば、『男の一生』の主人公である前野将右衛門が実際はキリシタンであるにもかかわらず、作品ではキリスト教を勧められたけど断ったとしか出てこなかった。おそらく話の主眼が織田信長、豊臣秀吉、徳川家康という戦国大名を描くことにあったせいかもしれない。が、そもそも作品冒頭部の「信長の子どもたち」と同じ頃の一五四九年にはフランシスコ・ザビエルによるキリスト教伝来があった。「終曲」で加代が失墜したのと同じ頃の一八四二年には浦上二番崩れが、一八五六年には浦上三番崩れが起きた。いずれもキリスト教だけではなく日本の歴史としても重要な事件であるのに、作品で触れられることはなかった。他にも信長や秀吉とも面識のあったルイス・フロイスやヴァリニャーノも作中人物として登場することはなかったし、信長を倒した明智光秀の娘である細川ガラシャや信長と秀吉に仕えた高山右近、徳川家康に侍女として仕えたジュリアおたあといった有名な切支丹も登場することはなかった。こうした中で、「島原の乱」「切支丹弾圧」「大奥」「長助とおはる」の四つの章が切支丹を描いているのは注目される。とりわけ「切支丹弾圧」で〈ペドロ岐部〉を中心に描いているのはキリスト教を避けていた『女』の中では特異なことと言えよう。

三、「弱者」の問題――山田右衛門作――

次にキリスト教と関連する「島原の乱」「切支丹弾圧」「大奥」「長助とおはる」の四つの章を取り上げる。これらの章では、『沈黙』以来の文学的課題である「弱者」と「強者」の問題が如実にあらわれている。島原の乱で仲間を裏切り棄教した「弱者」の山田右衛門作と殉教を遂げた「強者」の〈ペドロ岐部〉、シドッチ、長助とおはるである。そこで「弱者」の山田右衛門作の問題から考えていきたい。

『女』の中で、山田右衛門作は「島原の乱」「切支丹弾圧」「大奥」の三章にわたって登場する。戦国大名でもなく将軍でもない人物が複数回登場するのは異例であり、それだけ作者の思い入れが強かったと言える。また、右衛門作は島原の乱の唯一の生き残りであり、遠藤の先輩作家である堀田善衛が『海鳴りの底から』（初出：「朝日ジャーナル」、一九六〇・昭和三十五年九月十八日〜翌年九月二十四日）で重要人物として描かれたこともある。島原の乱では仲間を裏切り敵に情報を流したことから「日本のユダ」とも呼ばれることもある。遠藤は島原の乱やイスカリオテのユダに深い関心を寄せていたことからも右衛門作はいつ小説化してもおかしくない人物であった。ところが、『女』にいたるまで右衛門作についてエッセイも書かれたことがないし、島原の乱を舞台とした小説もほとんど見当たらない。恐らく堀田善衛が『海鳴りの底から』のような大作を先に発表してしまったため、遠慮をしたのかあるいは書く自信を失ってしまったのかもしれない。そのため、『女』は遠藤文学において島原の乱を描いた唯一の小説となっている。(3)

では「島原の乱」の章を見よう。三代将軍家光の時代、最大の政策が切支丹弾圧であり、最大の戦いが島原の乱であった。寛永十四（一六三七）年十月、九州・天草で領主松倉勝家が重税を強いる圧政に耐えきれず一揆が勃発した。天草四郎を総大将とする一揆軍は島原城を攻撃し、総数三万七千人が原城に立て籠もる。一揆軍には実戦経験のある小西行長の残党も参加しており、制圧を負かされた幕府軍も敗戦を続け、総大将の板倉重昌も討ち死にをしてしまう。と途中まで島原の乱の経緯が語られたところで、突然「一揆勢に加わった一人の男について書こう。」と山田右衛門作の話へと変わる。以降、右衛門作を通して乱の経過が語られる。

山田右衛門作は有馬神学校で西洋画の技術を習得した絵師でインテリであった。一揆に巻き込まれ、「総大将天草四郎の下で二千の兵の部隊長にさせられた」ものの、制圧軍が兵糧攻めを開始すると、一揆軍の敗北と全滅を予感して裏切ることを決意する。「絵師というインテリだけに彼は殺されるのが怖ろしかった」からである。右衛門作は矢文を通じて内部情報を流すが、すぐに発覚し縛られて籠に押しこめられる。オランダ船の砲撃、一揆軍の奇襲攻撃に続き、幕府軍の総攻撃が始まった。右衛門作は妻が処刑されたことを知り、「かくなる上は、いかなる恥を忍んでも、生きて生き抜こう」と決意する。弾丸が胸に当たるが矢文のお陰で助かり、敵に切られそうな時も矢文のお陰で生き延びる。このあと、右衛門作は三万数千人が全滅する凄惨な光景の目撃者となる。結局、天草四郎も首をはねられ、島原の乱は終結する。生き残った右衛門作は切支丹信徒探索の目明かしを命ぜられ、禁固されたまま江戸で画業を続けた。晩年、老齢を理由にやっと許され長崎に戻り、小川町で死去している。

「切支丹弾圧」には山田右衛門作が二箇所で登場する。一つ目は、〈ペドロ岐部〉の取調べの場面である。逮捕された〈ペドロ岐部〉の取調べに立ち会い、心の中で何度も「転べ。」と叫ぶ。

彼（引用者注：山田右衛門作）も自分に引きくらべ、頑固に棄教を拒む三人の神父、とりわけペドロ岐部の信念の強さに羨望を感じ、そうなれなかった自分の弱さを恥じていた。

（転べ。転べ。転べ）

と彼は心のなかで、岐部に呼びかけた。

（転べ。転べ）

（「切支丹弾圧」／『女』）

ここには棄教者として生きなければいけない「弱者」としての右衛門作の苦悩が明確にあらわれている。自分にはなかった信念の強さを持つ「強者」としての〈ペドロ岐部〉に羨望を感じるとともに、自分と同じ棄教者に落ちて共犯者となって欲しいという願望が「転べ」という心の叫びに込められているからだ。

二つ目は右衛門作が信徒探索の目明かしとして活躍する日常のエピソードが語られる場面である。ある日、右衛門作は鎌倉河岸の古道具屋で小さな子育て観音に気がつく。この子育て観音はかくれ切支丹たちがキリストの母、マリアに見たてて拝んでいることを進言し、監視が始まる。そしてこの観音を買って持ち帰った男を見つける。神田の吉兵衛という呉服屋であった。結局、吉兵衛は取調べをされ、鞭叩きの拷問を受けた。右衛門作の切支丹に関する知識が役に立ったのである。しかもこの時、家光は吉兵衛の取調べを見学し、拷問の光景も見たと記述されている。切支丹に対する家光の関心の深さを物語っている。「大奥」でも右衛門作が信徒探索の目明かしとして活躍する様子が描かれる。「大奥」では春日局の死が描かれるが、右衛門作のエピソードは春日局の死去以後、大奥の雰囲気が弛緩したことを示すものであった。

右衛門作の話は、月一回の吉原通いから始まる。右衛門作は棄教した後、自暴自棄になり吉原に通うようになる。馴染みの店もでき、馴染みの女もできるが、ある時女の言葉に九州なまりのあるのを感じ聞いてみると、加津佐の出身だった。加津佐は信徒が多かった村であるので、女が切支丹の可能性がある事に気がつく。探りを入れると女の馴染みの客に「医者のごとき風体」の男がいた。役人と一緒に見張っていると、男は切支丹の祈りの言葉を口にするが、右衛門作は役人には言わなかった。右衛門作はかくれ切支丹たちが吉原のような裏の裏にまで秘密の連絡をとっていることに驚いた。役人には黙ったまま、右衛門作が探りを進めると、男の正体が松井玄庵という町医者で、大奥のお犬とよばれる女たちを診察するため大奥にも出入りをしていたことがわかった。この時の気持を次のように描いている。

> ほかならぬ江戸城の大奥に「めあ、くるぱ」を口ずさむ切支丹の医師が出入りをしている。裏づけの確証はないが、山田右衛門作はそう想像して、言いようのない快感を覚えた。大奥のなかにも切支丹の女性がかくれているのだ。
> それを知りながら、見て見ぬふりをしている快感。右衛門作は自分が多くの信徒を裏切った悔恨と後ろめたさゆえに、その快感を誰にも話さなかった。
> （「大奥」／『女』）

右衛門作の屈折した複雑な心情が窺えるエピソードであった。また、ここに登場した吉原や大奥に暗躍するかくれ切支丹とそれを探索する者たちという題材は遠藤の先輩作家である柴田錬三郎の『眠狂四郎無頼控』や『赤い影法師』などでも用いられている。特に眠狂四郎は転びバテレンの子であるという自分の宿命とからんでかくれ切支丹の組織と深い因縁があり、時には刀で闘ったり、時には役人の追求から匿ったりもしている。おそらく遠藤は眠狂四郎を念頭に入れて時代小説風のエピソードをここに挿入したと考えられる。

四、「強者」の問題――〈ペドロ岐部〉とシドッチ――

拙稿(4)で述べたように〈ペドロ岐部〉は、個人としてよりも対照的な人物と対比されながら描かれて来た。〈ペドロ岐部〉の名前が初めて登場した『留学』では、荒木トマスと対照的に描かれた。同じようにローマで学び、宣教のために再び日本へ戻って来ながら、荒木トマスは棄教し、〈ペドロ岐部〉は殉教した。また、『メナム河の日本人』『銃と十字架』『王国への道』では山田長政との対比で描かれた。二人とも海外へ勇躍した日本人でありながら、「地上の王国」を目指した山田長政はタイの王宮の権謀術数に巻き込まれて敗れ、〈ペドロ岐部〉は「神の王国」を目指して日本へ戻り「華々しい殉教」を遂げた。

『女』で〈ペドロ岐部〉が登場するのは「切支丹弾圧」の章だけであるが、ここでも棄教者の山田右衛門作とフェレイラ、さらには穴吊りの拷問に耐えきれず棄教したポウロ神父と式見神父といった様々な「弱者」が登場する。その中で唯一の「強者」が〈ペドロ岐部〉であった。その意味で、「切支丹弾圧」の章は、「弱者」と「強者」の対比が最も明確にあらわれたものと言えよう。

〈ペドロ岐部〉は東北・水沢で式見神父やポルロ神父と共に捕まり取調べを受けるところから登場する。取り調べをするのは踏絵を考案した宗門改役の井上筑後守政重であった。一回目には将軍家光も立ち会っている。続いて、〈ペドロ岐部〉の略歴が語られる。山田右衛門作や式見神父と同じ有馬神学校を卒業し、徳川家康の伴天連追放令でマカオへ行き、インドのゴアから砂漠を渡り、「日本人でエルサレムに行った最初の男」となった。さらにローマへ行き、ローマ・コレジオで学び神父となった。日本宣教の使命を果たすため、ポルトガルのリスボアへ行き、印度洋艦隊に乗り組みインドのゴアへ行った。そこからシャムのアユタヤ、フィリピン、ルパング島と渡り、松田神父と共に鹿児島へ上陸した。すぐに長崎へわたり宣教活動を開始した。二年半後、フェレイラ神父の棄教を契機として、東北へ向かい、奥州水沢で捕まった。ここまで『銃と十字架』とほぼ同じ内容である。ただし、『銃と十字架』での〈ペドロ岐部〉は殉教をためらったりして弱さを見せたこともあったが、『女』では、そうした心情は描かれることなく事実が淡々と述べられている。

四回目の訊問の時、フェレイラ神父も棄教を勧めるが、〈ペドロ岐部〉はフェレイラ神父を烈しい非難を浴びせた。一方、フェレイラ神父と一緒に立ち会っていた山田右衛門作は心の中で「転べ」と呼びかけていた。頑固に棄教を拒む三人に井上筑後守はついに穴吊るしの拷問を命じる。年老いたポルロ神父が棄教し、続いて式見神父も棄教するが、〈ペドロ岐部〉だけは屈しなかった。最後まで「転ぶ」と言わなかった〈ペドロ岐部〉は火刑となり殉教した。こうした〈ペドロ岐部〉の殉教の様子も、『銃と十字架』とほぼ同じであった。ただ異なるのは、〈ペドロ岐部〉の殉教の報告を受けた将軍家光や春日局、千姫がそれぞれの感想をもらすところである。

井上筑後守からこの報告をきいた家光は
「島原の乱といい、この男といい、切支丹は手強い」
と感想を洩らした。
家光の口から春日局も千姫もペドロ岐部の話をきいた。
「切支丹ながら、みごとな男」
というのが春日局の感想であり、千姫は
「死ぬとわかって、日本に戻るとは」

と当惑したように呟いた。

（「切支丹弾圧」／『女』）

この事件があくまでも家光の時代に起った出来事であったことを物語っている。さらに、最大の敵として切支丹を認識していた家光、大奥を支配していた「戦国の女」である春日局、大阪の陣で夫を失い世の儚さを思い知らされた千姫、それぞれの心情がうかがえる場面でもあった。

『女』では〈ペドロ岐部〉の他にも「強者」が描かれている。シドッチ、長助、おはるの三人である。「長助とおはる」の章は「幕府最後の切支丹」といわれるシドッチの事件を描いている。宝永五年八月、屋久島へシドッチが上陸して捕まった。鹿児島から長崎へ送られるがオランダ語の通詞ではイタリア人のシドッチと言葉が通じないため江戸へ送られ、小石川の牢屋に入れられ、新井白石の取り調べを受けた。さまざまな訊問が終ったあと、白石は上策、中策、下策の三つの案を出す。中策が採用され、シドッチは切支丹屋敷に入れられた。白石は切支丹に寛大だったので、屋敷内でシドッチが信仰生活を送ることを許した。やがてシドッチの感化を受けた召使の夫婦が洗礼を受け、切支丹であることを白状し騒動になる。結局、三人は狭い牢舎に入れられ、その年の十月、三人とも死んだ。〈ペドロ岐部〉の殉教が家光や春日局、千姫に感銘を与えたように今度は吉宗に感銘を与えているのだ。

家光以後、天下は武の時代ではなく、金がすべての時代になっている。今の日本と同じように一種の拝金主義の人生観が広がり、財政逼迫した武士や大名が江戸、大坂の豪商に金を借りるようになっていた。泰平が続く時代の当然の結果である。

吉宗はこうした世相――世相というよりは「金がすべて」という人々の考えを憎んだ。

だからこそ、白石を通してみた南蛮人シドッチや長助、おはるの取調べ書を見て、その生き方に感心したのであろう。

シドッチのエピソードは家光以後の「金がすべて」の時代に対するアンチテーゼとして吉宗の感銘を呼んでいる。ここでは「強者」のシドッチ、長助、おはるに対比されるような「弱者」は登場しないが、拝金主義の世相そのものが三人の生き方と対比されるのである。

（「長助とおはる」／『女』）

五、『女』における『沈黙』

拙稿(5)で論じたが、〈ペドロ岐部〉は『沈黙』と様々な形で深い関連がある。それらを踏まえて『女』を見ると、共通の問題がある。最後にこれについて考えたい。

『女』と『沈黙』が関連するのは「切支丹弾圧」と「長助とおはる」の章である。順に追ってみよう。

「切支丹弾圧」の章は、「島原の乱」に続く章である。そのため、「島原の乱を契機として、幕府は切支丹にたいする徹底的弾圧に乗りだした」という記述から始まる。『沈黙』ではフェレイラ棄教の真偽を確かめるためにロドリゴたちが日本へ向かうためマカオに到着するが、ここで島原の乱以後切支丹弾圧が激化して日本宣教がより困難な状況にあることを聞いている。また、作品時間も島原の乱直後の一六三九年に設定されており、〈ペドロ岐部〉が意識されている。

次に踏絵と井上筑後守が登場する。井上筑後守については「井上筑後守はいわば官僚の元祖ともいうべき男で、切支丹の心理について詳細な覚書を書いている。彼自身かつては切支丹だったが、その後、棄教したからである。」と説明されている。元来、『沈黙』は遠藤が長崎で踏絵を見た感動から生み出された作品であったし、井上筑後守は『沈黙』の姉妹作『黄金の国』にも登場する重要人物であった。

〈ペドロ岐部〉は松田神父と共に「白蟻の食った船をようやく手に入れた二人はひそかに集めた切支丹の日本人船員たちと共にやっと日本に向けて出航した」とある。『沈黙』のロドリゴもガルペと共に「白蟻の食った船」で日本へ来たのである。ここの箇所は拙稿で論じたが、(6) H・チースリク『キリシタン人物の研究』の「ペドロ岐部」が参照されている。

日本に上陸した〈ペドロ岐部〉は鹿児島からすぐに長崎へ行ったが、事件が起る。

長崎に留まることは二年半、岐部はかつて有馬神学校の恩師だったフェレイラ神父が逮捕され、穴吊るしという拷問によって棄教したことから、自分への危険が切迫したことを感じ、ここを逃げて奥州水沢に潜伏する決心をした。

（「切支丹弾圧」／『女』）

『沈黙』のロドリゴもかつての「恩師だったフェレイラ神父が逮捕され、穴吊るしという拷問によって棄教した」という知らせを受け、真偽を確かめるために日本宣教を決心した。しかも、ロドリゴのモデルであるイタリア人のジュゼッペ・キャラとポルトガル人のフェレイラとの間に師弟関係はなかったのに、『沈黙』ではロドリゴもポルトガル人に変更され、ポルトガルの神学校でフェレイラの生徒だったというように設定されている。ここにも〈ペドロ岐部〉の影がある。

「切支丹弾圧」の章には『沈黙』の名前が二回登場する。

フェレイラ神父のことは拙作「沈黙」で詳しく記述したが、後に捕えられた彼は井上筑後守に棄教を要求され、拒絶したため穴吊るしの刑を受けて遂に信仰を棄てた神父である。

（「切支丹弾圧」／『女』）

私の「沈黙」の舞台になった長崎県の外海町黒崎を初めて訪れた頃、驚くような事実を知った。即ち住民の半分は改宗した基督教であり、そのなかに少数だが古いかくれ切支丹の家族が住んでいたことである。

（「切支丹弾圧」／『女』）

フェレイラ神父と黒崎のかくれ切支丹。いずれも『女』と『沈黙』との深い関連を意味している。また、捕まった〈ペドロ岐部〉に棄教を勧めるのもフェレイラであった。

フェレイラはうつむいたまま、日本における布教のむなしさを語ったが、レオン・パジェスの報告によると岐部はそんな彼を烈しく非難したという。

かつての弟子にきびしい反駁と批判を受けたフェレイラはおどおどとして沈黙するより仕方がなかった。彼は自分のうしろめたさを味わわねばならなかった。

（「切支丹弾圧」／『女』）

『沈黙』のロドリゴもフェレイラに棄教を勧められ、最初はフェレイラを「烈しく非難した」。だが、その後は異なる。棄教を拒んだ〈ペドロ岐部〉たちに井上筑後守は穴吊るしの拷問を命じる。

穴吊るしとは先にも書いたように汚物を入れた穴に逆さに吊るす拷問である。

一気に気を失ったり、即死しないように、こめかみに傷をつけ、時には食べものを与えて、苦痛が長びくようにして、少しでも棄教の意志を見せれば、穴から引きずりあげた。

最も残酷で、最も辛い拷問を岐部たちは受けることになったのである。

（「切支丹弾圧」／『女』）

拙稿(7)でも論じたが、『沈黙』において穴吊るしの拷問は重要な意味を持っている。切支丹の歴史でも穴吊るしで最初に転んだのがフェレイラで、最後まで耐え抜いたのが〈ペドロ岐部〉であった。ロドリゴのモデルであるジュゼッペ・キャラも穴吊るしの拷問を受けた末に棄教している。唯一ロドリゴだけが穴吊るしの拷問を受けなかった。代わりに踏絵を踏んでいる。

〈ペドロ岐部〉と一緒に捕まった式見神父とポルロ神父は穴吊るしの拷問に耐えられず棄教する。その後切支丹牢に入れられる。

　この切支丹牢は後にキャラ神父やシドッチ神父も入れられた獄舎である。シドッチ神父は新井白石と対談した有名な神父で、牢屋にあってもなお、そこに働く長助夫婦を改宗させている。

（「切支丹弾圧」／『女』）

この切支丹牢は切支丹屋敷のことであるが、『沈黙』のロドリゴのモデルであるキャラ神父の名前があり、シドッチが長助夫婦を改宗させたという記述がある。この部分は『沈黙』の「切支丹屋敷役人日記」に対応する。「切支丹屋敷役人日記」ではキャラ神父がロドリゴへと変更され、長助夫婦の代わりにキチジローが中間としてロドリゴのもとに仕え、改宗したという記述がある。

もう一つ「長助とおはる」の章も『沈黙』と関連する。拙稿(8)では次のように述べた。

　Ⅴ章で捕まったロドリゴに深い印象を残すのは「片眼の男」の長吉と「白瓜をくれた女」の春の二人であるが、Ⅵ章で長吉は役人に刀で惨殺され殉教をし、Ⅶ章で女は薦に入れられて海に沈められてしまう。Ⅵ章では二人がそれぞれ「久保浦、長吉」「久保浦、春」と呼ばれることで名前が判明するが、この名前は切支丹屋敷でジュゼッペ・キャラやシドッチに仕えた下人夫婦の名前がヒントとなっている。

以上のように『女』の「切支丹弾圧」と「長助とおはる」の章は様々な形で『沈黙』と関連し、〈ペドロ岐部〉が『沈黙』に与えた影響を傍証しているのである。

注

(1) 拙稿「「人間」を語る歴史小説―山本周五郎『赤ひげ診療譚』と遠藤周作『王の挽歌』―」(「キリスト教文芸」31、二〇一五・平成二十七年七月)。本書第四部第三章。

(2) 拙稿「遠藤周作論―〈劇〉を生成するトポス―」(「昭和文学研究」72、二〇一六・平成二十八年三月)。本書第一部第二章。

(3) 榊山潤「日本のユダ」(一九六一・昭和三十六年)

(4) 拙稿「遠藤文学における〈ペドロ岐部〉(一)―『留学』『沈黙』を中心として―」(「遠藤周作研究」8、二〇一五・平成二十七年九月)。本書第二部第二章。

(5) 注(4)に同じ。

(6) 注(4)に同じ。

(7) 注(4)に同じ。

(8) 「『沈黙』刊行五十年記念シンポジウム」(於:長崎市立遠藤周作文学館・二〇一六・平成二十八年八月十九日)における発表原稿。

結　論

一

以上「歴史小説」を視座として遠藤文学全体を見直してきた。本書を通して「歴史小説」が遠藤文学においていかに重要な役割を担っているかその一端を証明できたように思える。結論を述べる前に補足として遠藤が「歴史小説」を書き続けるのに関わった人たちについて一言触れておきたい。

まずは遠藤が文学観を形成する根幹に関わった堀辰雄と永井荷風がいる。堀辰雄は遠藤にとって初めて出会った作家である。遠藤は堀の文学から直接影響を受けなかったと言うが、文学者として真摯に研鑽を重ねる姿勢や「日本人とキリスト教」という生涯の文学的課題を与えられた。遠藤の初期作品における「手記」形式には堀辰雄の深刻な影響がみられる。

永井荷風は、作家として遠藤が多くのことを学んだ『三田文学』を創刊した人物であり、フランス留学の先輩でもある。永井荷風には江戸の戯作趣味と『断腸亭日乗』という膨大な日記があり、遠藤に大きな影響を与えている。江戸の戯作趣味は『狐狸庵閑話』を始めとする狐狸庵先生シリーズとなり、江戸時代への関心を深めるきっかけともなっている。また、荷風の日記の存在は『作家の日記』を始めとする創作日記の数々となったと言えるだろう。

次に『三田文学』の先輩作家たちがいる。山本健吉、柴田錬三郎、堀田善衛などである。長崎出身の山本健吉は作家ではないが文芸評論家として古典にも造詣が深く日本文化や日本の風土、さらには切支丹を考えていく上で様々な刺激を与えられている。『海と毒薬』や『沈黙』刊行直後に山本が書いた書評は、文学、宗教、風土、文化全般にわたる遠藤の問題意識を的確に指摘し、遠藤のいわんとする文学的課題をあぶり出している。一方で、山本は『きりしたん事始』（芸術社、一九五六・昭和三十一年一月）でフランシスコ・ザビエルを描く際、遠藤から切支丹関係の資料を提供してもらったこともあった。互いに協力関係にあったと言える。

柴田錬三郎は『三田文学』の編集を勤めていたこともあり、遠藤が小説を書き始めた時には、作品に添削を加え親切に指導してくれた先輩でもある。また、柴田錬三郎と言えば「眠狂四郎」で剣豪小説ブームを切り開いた時代小説の旗手であるが、幼少時代チャンバラが好きだった遠藤に大きな刺激を与えたことは言うまでもない。しかも眠狂四郎の転びバテレンと日本人の間に生れた混血児という設定には遠藤も深く関わっており、[1] 逆に「眠狂四郎」が転びバテレンの子であるという設定が『沈黙』に影響を与えた可能性もある。

堀田善衛は島原の乱を描いた大作『海鳴りの底から』（初出：「朝日ジャーナル」、一九六〇・昭和三十五年九月十八日～翌年九月二十四日）を描いている。作品冒頭の「プロムナード　1　神神の微笑」では芥川龍之介『神神の微笑』の「造り変える力」に言及して日本文化の本質に迫っている。このあたりの問題は遠藤が『沈黙』を執筆する際にも少なからぬ影響を与えたと考えられる。というのも、佐古純一郎が指摘するように[2]『神神の微笑』と『沈黙』には密接な関わりがあるからである。

さらに、「第三の新人」と呼ばれた同世代の作家たちとの交流もある。「日常性」と「弱者」を文学的課題とするきっかけとなったという。それ以外で「歴史小説」と関わるのは小島信夫と三浦朱門である。小島信夫は『殉教』（「新潮」、一九五四・昭和二十九年六月）で切支丹をめぐる信仰の問題を扱った。三浦朱門は遠藤と共に切支丹研究をした仲間であり、二人は一九六五年四月に上智大学のチースリク教授に師事したり、長崎・島原などの取材旅行にも同行している。二人の研究成果は『キリシタン時代の知識人――背教と殉教』（日本経済新聞社、一九六七・昭和四十二年五月）という共著に結実している。

同世代の作家には「第三の新人」ではないが司馬遼太郎もいる。一九七〇年代の半ば頃には毎年正月を京都で共に過ごし、歴史について様々な刺激を受けた。遠藤と司馬遼太郎は同じ一九二三年生れということもあり、歴史趣味を通じた深い交流が生れたのである。特に、『女の一生』や『女』には「語り」の問題や歴史認識の方法などに明確な影響の痕跡を確認することが出来る。

さらに、遠藤の「歴史研究」を支えた歴史研究者との交流も忘れてはいけないだろう。遠藤はテーマを深めていく中でそれぞれの分野の第一人者に師事を仰いだという経緯があるからだ。中でも上智大学のH・チースリクと「切支丹勉強の師」である松田毅一の二人には数年にわたり遠藤が歴史研究を進めるにあたって重要な指針を与えられた。具体的な作品を見ると、H・チースリクの『キリシタン人物の研究』と『沈黙』『銃と十字架』、松田毅一『慶長使節』と『侍』、松田毅一・川崎桃太訳『フロイス日本史』と『鉄の首枷』『銃と十字架』『宿敵』『反逆』『決戦の時』『王の挽歌』『男の一生』『女』といった一連の作品の重要な参考文献となっている。

二人以外では『フロイス日本史』を松田毅一と共に翻訳をした川崎桃太氏、『メナム河の日本人』『王国への道』の山田長政に関しては岩生成一氏の『鎖国』『南洋日本人町の研究』を参考にしていた。『鉄の首枷――小西行長伝』では、豊田武氏の『堺』を参考にした。『侍』のメキシコでの調査は、メキシコ在住で支倉常長の研究者でもある大泉光一氏に助けられた。その他にも、それぞれの課題に取り組む際に大きな手助けがあった。遠藤の「歴史小説」はこれらの研究者に支えられていたのである。

他にも遠藤が「歴史小説」を書く刺激を与えられた人がいる。大分県知事・平松守彦氏は大分県の誇るキリシタン大名・大友宗麟を主人公にした作品を書くよう遠藤に依頼した人物であった。依頼を受けた遠藤は、『きりしたん大名大友宗麟』で大友宗麟を描いた父・遠藤常久の蔵書をあさったという。これらのことがきっかけとなり『王の挽歌』へと結実する。この二人もまた遠藤に刺激を与えたのである。

二

では次に、結論を述べたい。本書では「歴史小説」を視座として遠藤文学全体を見直してきた。そのために、遠藤周作の文学を四つの時期に分け考察を加えた。

第一部は「「歴史小説」への序章―「トポス」をめぐる「手記」―」として初期作品を「手記」と「トポス」の両面から分析した。これまで初期作品と「歴史小説」との関連を指摘した論考はなく、試論と呼んだ方がいいかも知れない。だが、「処女作にその作家の全てがある」という言葉があるように、初期作品には遠藤の「歴史小説」ばかりか遠藤文学の全てのエッセンスがつまっている。その代表的なものが「手記」と「トポス」であった。

まず一つ目の「手記」については第一章の「遠藤周作初期作品のエクリチュール」で検討した。評論家として出発した遠藤には、書簡体の体裁を取った初期評論があり、堀辰雄の影響を窺い知ることが出来た。さらに日記にも堀辰雄やフランソワ・モーリヤックの影響が見られた。とりわけフランス留学時には様々な日記を残しており、『作家の日記』（作品社、一九八〇・昭和五十五年九月）や、遠藤周作の死後に発表された『作家の日記』未収録の一九五二・昭和二十七年九月から一九五三・昭和二十八年一月の日記を収めた『ルーアンの丘』（ＰＨＰ研究所、一九九八・平成十年九月）を含めるとフランス留学時代の全容が見えてくるほどであった。

そして、『アデンまで』で小説を書き始めても、多くの作品が「手記」形式であった。例えば、〈拷問者の歴史〉を記録した手記である『白い人』や、『海と毒薬』における〈上田看護婦の手記〉と〈戸田の手記〉、『パロディ』における妻の不満を述べる夫の手記、『わたしが・棄てた・女』における〈吉岡の手記〉などがある。他にも、書簡体の小説として、『コウリッジ館』『黄色い人』『月光のドミナ』『従軍司祭』などがある。また、書簡体ではないが、『おバカさん』『わたしが・棄てた・女』といった軽小説では、手紙が登場人物の行動を左右する重要な役割を果たしている。さらに、日記体としては、『アデンまで』と、『黄色い人』における〈デュランの日記〉、『青い小さな葡萄』におけるる〈モンドンの日記〉などがある。『青い小さな葡萄』では伊原の〈青いちいさなノート〉が重要な役割を果たしていた。

二つ目のトポスについては第二章で論じた。遠藤文学全体の傾向として、印象的な作品舞台が多く、それらは単なる場所ではなく、作品を創造していく際の刺激が与えられる特別な作品空間としてのトポスであった。遠藤はそこに「神と悪魔、人間と社会、肉欲と霊の血みどろな闘い」が繰り広げられる人間の〈劇〉を追求していたのである。特に作家以前の遠藤にとって最も重要な体験であるフランス留学で学んだ三つのトポス、すなわち〈悪〉というトポス、〈テレーズ〉というトポス、〈留学〉というトポスに関わる問題と、新人作家時代に「第三の新人」から影響を受けた二つのトポス、すなわち〈日常性〉というトポス、〈弱者〉というトポスと、同時期に発見した〈廃墟〉というトポスをめぐる問題を取り上げた。

第三章では「手記」の問題を中心にして『黄色い人』を論じた。『黄色い人』は、戦時中、高槻の収容所に拘留されているブロウ神父に宛てた医学生千葉の手紙と背教神父デュランの日記が交互に組み合わされ構成されている。全七章のうち、Ⅰ・Ⅲ・Ⅴ・Ⅶが千葉の手紙、Ⅱ・Ⅳ・Ⅵがデュランの日記となっていて、日記を書いている時点でのデュランの視点と、デュランの日記を読んだ上で自分の経験を照らし合わせる千葉の視点、さらに双方と関わり最終的に千葉の手紙を読む立場にあるブロウ神父の視点、以上三つの視点が重なり、交錯して乱反射しながら、人間内部の深層をかいま見せる構図となっている。そこに展開するのは「神と悪魔、人間と社会、肉欲と霊の血みどろな闘い」が繰り広げられる人間の〈劇〉であった。ここに『黄色い人』の主題も存在しよう。また、補足としてエピグラフの問題も論じた。

第四章では『海と毒薬』を「トポス」と「手記」の両面から論じた。『海と毒薬』は、「日本文化や風土の問題」「神なき人間の悲惨」「日本人の罪意識の欠如」の三つを主題として、複数の視点人物、時間、場所が複合的にからまりあいながら「悪の行われた場所」であるF医大における「悪」の様相、「悪の行為」の実態、「場所」が持つ意味を浮かび上がらせた作品であると結論付けられる。また、作品舞台である西松原住宅地、F市、F医大病院はそれぞれ色彩のイメージを持つ「トポス」である。さらに、文学的空間としての「トポス」をめぐる三つの「手記」――〈私〉の手記、上田看護婦の手記、医学生戸田剛の手記――が含まれており、「手記」形式が果す意味の大きさが明らかになった。

三

第二部は遠藤周作の第一期〈一九五九・昭和三十四年～一九六九・昭和四十四年〉の「歴史小説」を対象とした。作品で言うと、『最後の殉教者』から『学生』までである。この時期の作品は長与善郎や芥川龍之介の影響が見られる作品が多く「切支丹物」と呼ぶことが出来る。主題となるのは信仰をめぐる「弱者」と「強者」の問題である。簡単に定義すると、「弱者」は心の弱さ故に拷問に耐えきれず仲間を裏切ってしまった棄教者のことであり、「強者」は信念を貫き拷問にも耐え抜いた殉教者のことである。

第一章では遠藤文学で「弱者」がどのように形象されていったのかを検討した。「弱者」と「強者」の問題が明確にあらわれているのは『沈黙』であるが、そのモチーフは遠藤が長崎で見た踏絵にあった。次のように述べている。

この二つの疑問はそれをその後、噛みしめているうちに次第に私には切実なものになりはじめた。なぜならば、それは強者と弱者、――つまりいかなる拷問や死の恐怖をもはねかえして踏絵を決して踏まなかった強い人と、肉体の弱さに負けてそれを踏んでしまった弱虫とを対比することだったからである。

（「一枚の踏絵から」／『切支丹の里』人文書院、一九七一・昭和四十六年一月）

ここに「弱者」と「強者」の問題があるのだ。だが、この問題は『沈黙』において突然出て来たわけではなく初期作品とも繋がっている。というのも、遠藤の初期作品には既に弱者的な主人公像が繰り返し登場しており、それに加えて、「第三の新人」との交流、「切支丹時代」の発見、ヘルツォーグ神父の棄教という三つの出来事により深められ、明確な形での「弱者」が形成されたからである。また、『沈黙』に登場した「弱者」をよく見ると二種類に分けられる。キチジローを代表とする貧しい信徒とロドリゴを代表とする知識人である。さらに知識人は通辞、井上筑後守といった日本人とフェレイラ、ロドリゴの外国人司祭に分けられる。キチジローのような貧しい信徒の中には拷問の末に殉教する「強者」もいれば、キチジローのように拷問が怖くて棄教する「弱者」もいる。信徒側の問題は拷問に耐えられるかどうかにあると言ってよい。対する知識人は、日本人側には幕府の政策の変化や「西洋のキリスト教」に対する不満が根底にあり、拷問とは無関係である。そして西洋人側は、拷問を受けた上に、数多くの殉教者に対して神が沈黙しているという信仰的な煩悶と、「西洋のキリスト教」に対する不満もあった。このように棄教した「弱者」もそれぞれ異なる理由により棄教しており、単純に切支丹弾圧のせいだけとは言えない。

第二章は、「遠藤文学における〈ペドロ岐部〉（一）―『留学』『沈黙』を中心として―」。遠藤文学で〈ペドロ岐部〉の名前が初めて登場する『留学』と、名前は登場しないが間接的に大きな影響を与えている『沈黙』を中心に考察した。その結果、『留学』では、「弱者」の荒木トマスとは対照的な「強者」として〈ペドロ岐部〉が登場していること、『沈黙』では、ロドリゴのポルトガルから日本へ渡る苦難の旅がH・チースリク『キリシタン人物の研究』（吉川弘文館、一九六三・昭和三十八年十二月）にある〈ペドロ岐部〉がポルトガルから日本へ帰国した時の記録を参考にして描かれていることや作品の時代背景である一六三九年が〈ペドロ岐部〉と関連して設定された年であることが明らかとなった。

第三章は「『沈黙』論―引用の織物―」。遠藤が『沈黙』を構想の際に依拠した資料を考察し、『沈黙』成立の秘密に迫った。『沈黙』は次の四つから構成される。

「まえがき」

「I～Ⅳセバスチァン・ロドリゴの書簡」

「Ⅴ～Ⅸ」

「切支丹屋敷役人日記」

遠藤が『沈黙』を書いた動機の一つが、教会の歴史が「沈黙」している背教者たちに光を当てるということであった。『沈黙』では、フェレイラとロドリゴという二人の背教者に光を当て、信仰に生き信仰に殉じた人生を復活させたのである。そのために、実在の史料や架空の史料を様々な形で引用し、歴史の中の一場面として印象付けられている。『キリシタン人物の研究』、『オランダ商館長の日記』、聖書、最後の「切支丹屋敷役人日記」はロドリゴの半生を歴史の中に位置付けようとしているのである。ここに引用の織物としての『沈黙』の真骨頂を見ることが出来る。

四

第四章は「遠藤文学における小西行長（一）—『ユリアとよぶ女』を中心として—」。遠藤は様々な歴史上の人物に関心を持っていたが、実際に主人公として造形した人物は限られている。その数少ない一人が小西行長である。『ユリアとよぶ女』で小西行長は主人公ではないが、秀吉の朝鮮出兵から関ヶ原の合戦で敗戦し、京都で斬首されるまでの半生が劇的に描かれており、主人公のユリアの信仰姿勢に大きな影響を与えている。そこで、「切支丹物」としての『ユリアとよぶ女』、朝鮮というモチーフ、人形のイメージという三つの視点から作品の考察を行い、その上で改めて、『ユリアとよぶ女』における小西行長像についてまとめた。その結果、後の『鉄の首枷——小西行長伝』や『宿敵』における小西行長像の原型であることが明らかになった。

第三部は遠藤周作の第二期〈一九七〇・昭和四十五年〜一九八〇・昭和五十五年〉の「歴史小説」を対象とした。作品で言うと『黒ん坊』から『日本の聖女』までである。この時期は、主として「海外に勇躍した日本人」の評伝が描かれている。第二部での「弱者」と「強者」という主題も完全に消えたわけではないが、「海外に勇躍した日本人」を描くことで遠藤の生涯の文学的課題である「西洋と日本」や「日本人とキリスト教」という主題に正面から取り組むことが出来たのである。

第一章は「遠藤文学における小西行長（一）―『鉄の首枷――小西行長伝』―」。『鉄の首枷』は小西行長を本格的に描いた初めての評伝である。小西行長は朝鮮、明という外国を相手に朝鮮半島という「海外に勇躍した日本人」であり、「土の人間」と「水の人間」という「二項対立の図式」を持ち、遠藤周作の「歴史小説」の第二期の特徴が明確に表れている。また、小西行長の人生の最初と最後の地である堺と、人生の転機を迎えた室津という二つのトポスの問題や、信仰をめぐる三つの時期、とりわけイエス・キリストの人生と重なる最後の時など、遠藤が資料の乏しい小西行長の人生を「面従腹背の二重生活」としてその解明に努めていることを明らかにした。

第二章は「遠藤文学における〈ペドロ岐部〉（二）―『メナム河の日本人』から『王国への道』まで―」。〈ペドロ岐部〉が初めて登場人物として描かれた『メナム河の日本人』、〈ペドロ岐部〉の出身地である国東半島や捕まった東北の水沢などの取材旅行の記録とも呼べる数編のエッセイ、さらに初めて主人公として描かれた『銃と十字架』、山田長政と対照的な生き方をしたもう一人の主人公として描かれた『王国への道―山田長政―』（平凡社、一九八一・昭和五十六年四月）などを対象とした。この期の特徴は、〈ペドロ岐部〉が主に山田長政と対照的な人物として描かれたことにある。山田長政が「地上の王国」を目指したのに対し、〈ペドロ岐部〉は「神の王国」を目指して、それぞれが自己の信念に殉じたとしている。史実としては、二人が交流したという記録は残されていないが、同じ時期にタイのアユタヤにいたことがあるという状況証拠から遠藤は作家の想像力を働かせて、二人が同質の人間であり、目指す方向だけが違っていたとし、全く異なる生き方をした二人の人生がアユタヤの地で交錯したという一点にドラマを見ている。

第三章と第四章では『侍』を取り上げた。まず第三章では「『侍』論（一）―ベラスコの視点をめぐって―」。比喩やキーワードなど作品の具体的な分析から、『侍』の新たな読みの可能性を探った。第一に二元的視点では、二人の主人公、長谷倉とベラスコのそれぞれの視点がどのくらいの割合であるのかを調べた。その結果、わずかにベラスコの方が上回ったことがわかった。第二に日本人像。江戸時代の身分制度である「士農工商」があり、そうした日本人像と深い関係を持つのは、小動物の比喩であった。蟻が最も多く八回、蜂が二回、蜥蜴が二回、かたつむりの殻が二回といった具合である。第三に、「侍」像。『侍』は前半部で「侍」「ベラスコ」の両視点から「日本人像」を、後半部では長谷倉とベラスコの心の中に生きているキリストの「仕える」姿＝「侍」像を描いた作品だと言える。そして、その中心となるのが「日本人とキリスト教」の問題であったのだ。

次に第四章では「『侍』論（二）―フィクションの内実―」。『侍』は支倉常長をモデルとした「歴史小説」であるが、かなりの部分で、史実とは異なるフィクションが盛り込まれている。年代の変更や架空の人物設定などである。その上、作者自身が、支倉常長に自己の姿を投影した「一種の私小説」であるとさえ明言している。そこで『侍』執筆時に遠藤が参考にした松田毅一の『慶長使節―日本人初の太平洋横断―』（新人物往来社、一九六九年四月）を元に『侍』の作品背景、慶長遣欧使節、長谷倉とベラスコの造型の三つの視点からフィクションの内実に迫った。

様々な違いがあるが、最後の長谷倉とベラスコの結末の場面は特に重要である。長谷倉は処刑される前にベラスコの日本潜入と捕縛を知り、ベラスコも処刑される前に長谷倉と西の処刑を知らされる。史実では、長谷倉の死とベラスコの殉教には二年の差があるので、二人が互いの情報を知りえた可能性はほとんどない。しかも『侍』では長谷倉の死をキリシタンとなったために処刑されたとしている。支倉常長の死については謎が多く『慶長使節―日本人初の太平洋横断―』でも明言を避けているのに大胆なフィクションと言わざるを得ない。おそらく遠藤は長谷倉を殉教者のように設定するため、あえて処刑としたのであろう。そのために、長谷倉とベラスコの死が同時期に変えられ、二人の殉教者のイメージが補完されたと言える。そして殉教を遂げた先には、「私も彼らと同じところに行ける」というベラスコの叫びが示す天国への道が示されている。ここに最後のフィクションがある。

五

第四部は遠藤周作の第三期〈一九八〇・昭和五十五年〜一九九四・平成六年〉の「歴史小説」を対象とした。『女の一生　一部・キクの場合』から『女』までである。この時期は第二期に見られた二項対立の図式から発展してより複雑な人物相関を展開し「歴史群像」が繰り広げられる。

第一章は「『女の一生』論―多層的な二項対立の世界―」。『女の一生』は司馬遼太郎『坂の上の雲』と比較すると、「新聞小説」「グローバルな視点」「多元的な視点」「〈歴史〉愛好者としての「語り」」という四つの共通点があり、影響関係が明らかとなった。これは『女の一生』だけではなく第三期の「歴史小説」は全般的に司馬遼太郎の影響を受けていると考えてよい。その上で作品を分析すると、長崎というトポスの問題と二項対立の図式の問題が浮かび上がった。元々『女の一生』は長崎という土地への愛着から生れたものであり、長崎の歴史と風物がふんだんに盛り込まれている。しかも、場所と登場人物の二項対立の図式が見られた。場所と人物が複雑にからみあって、「歴史群像」を形成しているのである。

第二章は「遠藤文学における小西行長（三）―『宿敵』―」。小西行長を描いた『ユリアとよぶ女』『鉄の首枷』『宿敵』のうち最後の作品である。『宿敵』は、小西行長と加藤清正という「宿敵」だけではなく、豊臣秀吉と徳川家康、石田三成と徳川家康など様々な「宿敵」が登場し、「歴史群像」の世界を形成している。その意味では、『女の一生』と類似の構造を持っていると言えよう。また、『ユリアとよぶ女』や『鉄の首枷』でも問題となったように小西行長の信仰の変遷も詳細に描かれている。さらには加藤清正の華々しい戦場での活躍、細川ガラシャや高山右近と小西行長の関係、フィクションである小西行長の妻糸の活躍などエンターテイメントの側面も見逃せない。以上のことをもとに『宿敵』を「歴史群像」、信仰、フィクションの問題という三つの視点から考察した。

第三章は「「人間」を追求する歴史小説―山本周五郎『赤ひげ診療譚』と遠藤周作『王の挽歌』―」。山本周五郎と遠藤周作の「歴史小説」における「人間」追求を『赤ひげ診療譚』と『王の挽歌』に見た。山本周五郎は、『赤ひげ診療譚』（文芸春秋新社、一九五九・昭和三十四年二月）において「小石川養生所」の医師、赤ひげや保本登を描くと同時に、彼等を通して病のみならず様々な貧困や罪にあえぐ江戸下層民の姿を赤裸々に描いた。ここに現れた「庶民性」は佐藤俊夫氏が指摘するように「人間性」に繋がるものであった。一方、遠藤周作は、『王の挽歌』（新潮社、一九九二・平成四年五月）においてキリシタン大名の大友宗麟をそれまで描かれてきた豊後の戦国大名として九州に君臨した英雄豪傑としてではなく、「神と人間との狭間に苦悩する」一人の人間の姿を描いた。そこには単なる歴史小説としてだけではなく、人間不信という心の闇を抱えた心理小説、両親、妻、子という家族の問題を抱えた家庭小説、さらにはキリスト教の信仰を描いた宗教小説など現代にも繋がる様々な側面がある。そしてそれらは「弱さ」の問題に集約される。

第四章は「『王の挽歌』論―「キリシタン文学」の可能性―」。遠藤は第一期「切支丹物」で芥川の「切支丹物」を受容し、第二期「評伝」、第三期「歴史群像」へとキリシタン文学を展開していったとも言える。このことを示すものとして『王の挽歌』ではザビエルが「日本泥沼説」を説く。芥川『神神の微笑』―『沈黙』―『王の挽歌』と三つの作品を結ぶ縦糸となっている。また、『王の挽歌』は「挽歌」というタイトルが示す通り人間の死に様が通底音として作品全体に響いている。前半では大友宗麟が様々な人間の死に直面し、死への恐怖や死を迎える心境に思い悩み、後半では、基督教の信仰のもとで死を静かに迎え入れる。そのため、宗麟に「心の闇」が形成される。だが、そこに働きかけた人物がいた。ザビエル神父であった。ザビエル神父は「みじめな裸の姿にて磔となった」イエスの姿に重なるように痩せたみすぼらしい姿をしているが、「誰も信じられない」宗麟にとって唯一信じられる人物であった。

しかも、ザビエル神父は宗麟の母と共に心の同伴者として常に宗麟の傍にいる。それを象徴するのが「眼ざし」であった。

この「眼ざし」によって、ザビエル神父、宗麟の母、現在の妻露、ヴァリニャーノ神父が繋がり、宗麟の「心の同伴者」が明らかにされる。しかもこの連鎖の先には神の「眼ざし」があることは確かである。そこに宗麟の信仰も見てとれる。以上のように『王の挽歌』には宗麟の「心の闇」が神へと向かう魂のドラマがあり、宗麟の心の軌跡が見事に描かれた作品となっている。ここにキリシタン文学としての新局面を見てとれよう。

第五章は「遠藤文学における〈ペドロ岐部〉（三）―『女』を中心として―」。『女』は〈ペドロ岐部〉が登場する最後の「歴史小説」である。と同時に遠藤周作の完結した最後の小説でもある。いずれにせよ最後の作品であるだけに、「歴史小説」の集大成という意味を持っており、作品冒頭と終結部には作者の「歴史小説」への愛着が吐露されている。また、『女』は遠藤の「歴史小説」の中で最も長い時代を背景として最も多くの主人公が登場し、「歴史群像」が繰り広げられる。そこで、『女』を遠藤の「歴史小説」の重要な要素である時代背景、トポス、キリスト教の三つの観点から考察し、その中の〈ペドロ岐部〉の位置を確認した。次に「弱者」の問題を「島原の乱」「切支丹弾圧」「大奥」の三章にわたって登場する山田右衛門作に見た。「弱者」に対立する「強者」の問題は「切支丹弾圧」の〈ペドロ岐部〉と「長助とおはる」のシドッチ、長助、おはるに見た。そして最後に『女』と『沈黙』の共通する場面を取り上げ、〈ペドロ岐部〉と『沈黙』との深い関連を傍証した。

六

結論をまとめたい。第一部では遠藤周作の「歴史小説」が初期作品における「手記」と「トポス」を根幹としていることが明らかになった。第二部の「切支丹物」では棄教者である「弱者」と殉教者である「強者」の二項対立の問題が浮かび上がった。第三部では「海外に飛躍した日本人」の「評伝」を描くことで、「西洋と日本」、「日本人とキリスト教」という問題に真摯に向かい合ったことがわかった。第四部では、二項対立の図式が様々な登場人物や土地、時代背景に複雑にからまりあって「歴史群像」が形成されていることが明らかになった。このように遠藤文学は「歴史小説」を視座として見ても様々な面を見せる多面体構造を取っているのである。角度を変えることでまた違った一面を見せるはずである。そこに多様な読みを可能とする遠藤文学の深さや魅力も存在するかもしれない。

注

（1）『三田文学』を通じて遠藤周作は柴田錬三郎と親しく交流していたという。柴田錬三郎が新しい主人公の造型に悩んでいる時に、遠藤は黒ミサによって生れた主人公を勧めたというエピソードがある。この遠藤のアドバイスにより生れたのが眠狂四郎であった。

柴田　ありましたよ。で、キミがそそのかしたんだよ、黒ミサで生まれた子にしろって。
遠藤　そうそう。あのころ、僕は黒ミサの本など読みふけっていたから、その話をしたことがあります。
柴田　オレもキリシタンというものは読んでたしさ、バテレンと日本人の合いの子というので、ちょうどうまく結びついちゃったわけだ。
遠藤　それじゃァ僕は、日本大衆小説史に残る「眠狂四郎」の助産婦みたいなものですなァ。

（初出：「週刊読売」一九七四・昭和四十九年六月二十二日号のち『ぐうたら会話集　第2集』角川文庫、一九七八・昭和五十三年十月）

（2）佐古純一郎「芥川龍之介の『神神の微笑』と遠藤周作の『沈黙』」（「聖心女子大学論叢」28、一九六六・昭和四十一年十二月）

遠藤周作研究参考文献目録

（一九四七・昭和二十二年十二月～二〇一六・平成二十八年十二月）

凡例

一、本稿は、笠井秋生・長濵拓磨編「作品別参考文献目録」／笠井秋生・玉置邦雄編『作品論　遠藤周作』（双文社出版、二〇〇〇・平12・1）所収、長濵拓磨「遠藤周作参考文献目録(二〇〇〇・平成十二年一月～二〇〇七・平成十九年十二月)」(「遠藤周作研究」創刊号、二〇〇八・平成20・9)、及び「年度別参考文献目録」(「遠藤周作研究」第二号～第九号)、長濵拓磨「『沈黙』参考文献目録（一九六六・昭和四十一年三月～二〇一五・平成二十七年十二月)」(「遠藤周作研究」第九号、二〇一六・平成28・9）などをもとに新たに発表されたものや漏れていたものを加えて整理したものである。

二、本稿は、「一、単行本」「二、雑誌特集」「三、作品別論文」に編成し編年順で構成した。

「一、単行本」は、「作品にかかわる著書」「伝記・エッセイ」「図録等」に分類し、概ね著編者名、書名、発行所、発行年月の順で示した。

「二、雑誌特集」は、雑誌名、巻・号数、特集名、発行所、発行年月の順で示した。

「三、作品別論文」は、作品名ごとに分類し、続いて括弧の中にその作品の初出の収録紙誌名・単行本名・発行年月を掲げ、分類作品別中では著者名・雑誌名（単行本名）・発行年月の順で示した。

三、紙幅の関係から多くの文献を割愛せざるを得なかった。未調査のものとあわせて今後の課題としたい。

一、単行本

作品にかかわる著書

武田友寿『遠藤周作の世界』（中央出版社、一九六九・昭44・10）
武田友寿『（増補版）遠藤周作の世界』（講談社、一九七一・昭46・7）
武田友寿『遠藤周作の文学』（聖文社、一九七五・昭50・9）
広石廉二『解説　遠藤周作のすべて』（遠藤周作文庫別巻・講談社、一九七六・昭51・12）のち『遠藤周作のすべて』（朝文社、一九九一・平3・4）
佐古純一郎『椎名麟三と遠藤周作』（日本基督教団出版局、一九七七・昭52・2）
泉秀樹編『遠藤周作の研究』（実業之日本社、一九七九・昭54・6）
上総英郎『十字架を背負ったピエロ―狐狸庵先生と遠藤周作―』（主婦の友社、一九八〇・昭55・10）
佐藤泰正編『鑑賞日本現代文学25　椎名麟三・遠藤周作』（角川書店、一九八三・昭58・2）
小久保実編『遠藤周作の世界』（和泉書院、一九八三・昭58・4）
武田友寿『「沈黙」以後　遠藤周作の世界』（女子パウロ会、一九八五・昭60・6）
菊田義孝『遠藤周作論―かれはなにを書かなかったか―』（永田書房、一九八七・昭62・10）
笠井秋生『遠藤周作論』（双文社出版、一九八七・昭62・11）
上総英郎『遠藤周作論』（春秋社、一九八七・昭62・11）
江藤淳ほか『群像日本の作家22　遠藤周作』（小学館、一九九一・平3・8）
広石廉二『遠藤周作の縦糸』（朝文社、一九九一・平3・10）
遠藤周作・佐藤泰正『人生の同伴者』（春秋社、一九九一・平3・11）
川島秀一『遠藤周作―愛の同伴者』（和泉書院、一九九三・平5・6）
三木サニア『遠藤・辻の作品世界　愛と信と美のドラマ』（双文社出版、一九九三・平5・11）
佐藤泰正『佐藤泰正著作集7　遠藤周作と椎名麟三』（翰林書房、一九九四・平6・10）
遠藤周作、V・C・ゲッセル他『「遠藤周作」とShusaku Endo』（春秋社、一九九四・平6・11）
山形和美編『遠藤周作―その文学世界』（国研出版、一九九七・平9・12）
日本福音ルーテル教会　東教区教師会・宣教ビジョンセンター編『遠藤周作をどう読むか　日本人とキリスト教』（日本福音ルーテル教会、一九九八・平10）
川島秀一『遠藤周作〈和解〉の物語』（和泉書院、二〇〇〇・平12・9）
笠井秋生・玉置邦雄編『作品論　遠藤周作』（双文社出版、二〇〇一・平13・1）
石内徹編『遠藤周作『沈黙』作品論集』（クレス出版、二〇〇二・平14・6）
佐藤泰正編『遠藤周作を読む』（笠間書院、二〇〇四・平16・5）

清水正『遠藤周作とドストエフスキー』（D文学研究会、二〇〇四・平16・9）
山根道公『遠藤周作　その人生と『沈黙』の真実』（朝文社、二〇〇五・平17・3）
上総英郎『遠藤周作へのワールド・トリップ』（パピルスあい、二〇〇五・平17・4）
兼子盾夫『遠藤周作の世界　シンボルとメタファー』（教文館、二〇〇七・平19・8）
濱崎史朗『遠藤周作私論』（青山社、二〇〇七・平19・9）
柘植光彦編『遠藤周作　挑発する作家』（至文堂、二〇〇八・平20・10）
辛承姫『遠藤周作論　母なるイエス』（専修大学出版会、二〇〇九・平21・2）
山根道公『遠藤周作「深い河」を読む―マザー・テレサ、宮沢賢治と響きあう世界』（朝文社、二〇一〇・平22・9）
小嶋洋輔『遠藤周作論―「救い」の位置―』（双文社出版、二〇一二・平24・12）
久保田暁一『遠藤周作の文学　その視点と道程』（だるま新書、二〇一三・平25・5）
アシェンソ・アデリノ『遠藤周作　その文学と神学の世界』（教友社、二〇一三・平25・12）
今井真理『それでも神はいる　遠藤周作と悪』（慶應義塾大学出版会、二〇一五・平27・8）
川島秀一『遠藤周作〈和解〉の物語　増補改訂版』（和泉書院、二〇一六・平28・3）

伝記・エッセイ

遠藤周作編著『遠藤周作の本』（KKベストセラーズ、一九七〇・昭45・5）
遠藤周作『遠藤周作による遠藤周作』（青銅社、一九八〇・昭55・10）
熊井啓『映画の深い河』（近代文芸社、一九九六・平8・3）
三浦朱門『わが友遠藤周作』（PHP研究所、一九九七・平9・12）
遠藤順子『夫の宿題』（PHP研究所、一九九八・平10・7）
安岡章太郎・井上洋治『我等なぜキリスト教徒となりし乎』（文芸春秋、一九九九・平11・1）
加藤宗哉『遠藤周作おどけと哀しみ　わが師との三十年』（文芸春秋、一九九九・平11・5）
遠藤順子『再会　夫の宿題それから』（PHP研究所、二〇〇〇・平12・1）
挽地茂男『遠藤周作入門』（エーアンドエー、二〇〇〇・平12・4）
山崎陽子『〝遠藤さんの原っぱ〟で遊んだ日　遠藤周作と世界一の素人劇団「樹座」』（小池書院、二〇〇〇・平12・5）
遠藤順子　聞き手・鈴木秀子『夫・遠藤周作を語る』（文芸春秋、二〇〇〇・平12・9）
吉田豊『医者がみた遠藤周作　わたしの医療軌跡から』（プレジデント社、二〇〇三・平15・11）
永井壽昭『吾が人生の「遠藤周作」』（近代文芸社、二〇〇四・平16・3）

加藤宗哉『遠藤周作』（慶應義塾大学出版会、二〇〇六・平18・10）
永田直美『遠藤文学の素描』（中川書店、二〇〇八・平20・1）
加藤宗哉・富岡幸一郎編集『遠藤周作文学論集　文学編』（講談社、二〇〇九・平21・11）
加藤宗哉・富岡幸一郎編集『遠藤周作文学論集　宗教編』（講談社、二〇〇九・平21・11）
星野正道『崩壊の時代に射す光―ヨブとミツが立つ世界の中で―』（オリエンス宗教研究所、二〇一一・平23・10）

図録等

『遠藤周作の世界　追悼保存版』（朝日出版社、一九九七・平9・9）
『母なる神を求めて―遠藤周作の世界』（アートデイズ、一九九九・平11・5）
町田市立図書館編『町田市と遠藤周作　「遠藤周作の世界展」特別展示図録』（二〇〇〇・平12・2）
外海町立遠藤周作文学館『作家の書棚より　書き込み本と狐狸庵アルバム　遠藤周作文学館一周年記念企画展』（二〇〇一・平13・11）
外海町立遠藤周作文学館『第2回企画展　遠藤周作の愛した長崎：『沈黙』から『女の一生』まで』（二〇〇二・平14・10）
芸術新潮編集部『遠藤周作で読むイエスと十二人の弟子』（新潮社、二〇〇二・平14・12）
外海町立遠藤周作文学館編『遠藤周作『沈黙』草稿翻刻』（長崎文献社、二〇〇四・平16・3）
外海町立遠藤周作文学館『第3回企画展　遠藤周作：様々なる世界』（二〇〇四・平16・5）
長崎市遠藤周作文学館『第4回企画展　遠藤文学と長崎：西洋と出会った意味』（二〇〇六・平18・5）
芸術新潮編集部『遠藤周作と歩く「長崎巡礼」』（新潮社、二〇〇六・平18・9）
町田市民文学館ことばらんど『ことばの森の住人たち―町田ゆかりの文学者』（二〇〇六・平18・10）
町田市民文学館ことばらんど『光の序曲　遠藤周作蔵書目録（欧文篇）』（二〇〇七・平19・9）
町田市民文学館ことばらんど『遠藤周作とPaul Endo　母なるものへの旅　1923-1996　開館一周年記念特別企画展』（二〇〇七・平19・9）
長崎市遠藤周作文学館『遠藤周作文学館蔵遠藤周作蔵書目録Ⅰ』（二〇〇八・平20・3）
長崎市遠藤周作文学館『第5回企画展　遠藤文学とフランス』（二〇〇八・平20・5）
長崎市遠藤周作文学館『第6回企画展　遠藤周作と映画　小説家になった映画少年』（二〇一一・平23・2）
長崎市遠藤周作文学館『「われら此処より遠きものへ」草稿翻刻』（二〇一一・平23・3）
神奈川近代文学館『没後15年　遠藤周作展―21世紀の生命（いのち）のために―』（二〇一一・平23・4）
長崎人権研究所『西彼杵半島をフィールドワークする　遠藤周作と井上光晴の文学を訪ねて　フィールドワークガイドブック』

（二〇一二・平24・3）

長崎市遠藤周作文学館『第7回企画展　遠藤周作と長崎―心の鍵が合う街』（二〇一二・平24・5）

長崎市遠藤周作文学館『第8回企画展　遠藤周作と歴史小説『沈黙』から『王の挽歌』まで』（二〇一四・平26・5）

かごしま近代文学館『第30回国民文化祭・かごしま2015開催記念　特別企画展　梅崎春生×遠藤周作展―交錯する23のカラー』（二〇一五・平27・10）

長崎市遠藤周作文学館『第9回企画展　遠藤周作『沈黙』と長崎刊行から50年』（二〇一六・平28・5）

二、雑誌特集

『**国文学解釈と教材の研究**』第十八巻二号「特集・遠藤周作と北杜夫」（一九七三・昭48・2）

『**別冊新評**』「遠藤周作の世界」（新評社、一九七三・昭48・12）

『**国文学解釈と鑑賞**』第三十九巻十六号臨時増刊号「アニメ・遠藤周作」（一九七四・昭49・12）

『**国文学解釈と鑑賞**』第四十巻七号「遠藤周作の文学世界」（一九七五・昭50・6）

『**季刊創造**』第三号「特集・遠藤周作＝人と文学」（一九七七・昭52・4）

『**驢馬**』第三号「遠藤周作特集」（一九七九・昭54・4）

『**面白半分**』第十六巻二号臨時増刊号「こっそり、遠藤周作」（一九八〇・昭55・1）

『**国文学解釈と鑑賞**』第五十一巻十号「特集・遠藤周作」（一九八六・昭61・10）

『**国文学解釈と教材の研究**』第三十八巻十号「特集・遠藤周作―グローバルな認識」（一九九三・平5・9）

『**群像**』第五十一巻十二号「追悼　遠藤周作」（一九九六・平8・12）

『**新潮**』第九十三巻十二号「追悼　遠藤周作―人間・信仰・文学」（一九九六・平8・12）

『**中央公論**』第百十一巻十四号「追悼　遠藤周作」（一九九六・平8・12）

『**文学界**』第五十巻十二号「追悼　遠藤周作」（一九九六・平8・12）

『**三田文学**』第四十八号「追悼　遠藤周作」（一九九七・平9・1）

『**三田文学**』第五十号「特集　遠藤周作『深い河』創作日記」（一九九七・平9・7）

『**三田文学**』第五十一号「特集　遠藤周作の晩年とその文学」（一九九七・平9・6）

『**芸術新潮**』第四十八巻十号「特集　遠藤周作で読むイエスと12人の弟子」（一九九七・平9・10）

『**高原文庫**』第十三号「遠藤周作と軽井沢展」（一九九八・平10・7）

『**新潮**』第九十七巻六号「特集　遠藤周作新発見」（二〇〇〇・平12・6）

『**芸術新潮**』第五十一巻十号「特集　遠藤周作『沈黙』のふるさと切支丹の里をゆく」（二〇〇〇・平12・10）

『三田文学』第六十七号「特集　遠藤周作」（二〇〇一・平13・10）

『三田文学』第七十四号「英国人の見た遠藤周作」（二〇〇三・平15・8）

『文芸別冊』「遠藤周作 総特集　未発表日記」（河出書房新社、二〇〇三・平15・8）

『小説新潮』第六十巻十二号「遠藤周作没後十年　聖なる夜を狐狸庵先生と」（二〇〇六・平18・12）

『三田文学』第八十四号「新鋭による遠藤周作論」（二〇〇六・平18・1）

『高原文庫』第二十一号「没後一〇年記念　復活した遠藤周作と狐狸庵展」（二〇〇六・平18・7）

『三田文学』第八十七号「没後十年 遠藤周作 響きあう文学」（二〇〇六・平18・10）

『三田文学』第九十号「遠藤周作　フランス留学時の家族との書簡（一九五一〜一九五二）」（二〇〇七・平19・7）

『敍説』Ⅲ、第三号「特集　遠藤周作」（二〇〇八・平20・12）

『三田文学』第九十九号「遠藤周作　未公開書簡　友人である修道女への手紙（六通）」（二〇〇九・平21・10）

『三田文学』第百三号「未発表原稿　原民喜氏の作品について」（二〇一〇・平22・10）

『三田文学』第百五号「未発表　堀田善衛宛て遠藤周作書簡・葉書」（二〇一一・平23・4）

『高原文庫』第二十八号「特集　狐狸庵こと遠藤周作の九十歳を祝う展覧会」（二〇一三・平25・7）

『文芸別冊　増補新版　遠藤周作』「フランス留学時代の恋人フランソワーズへの手紙」（河出書房新社、二〇一六・平28・3）

『三田文学』第百二十六号「特集　遠藤周作」（二〇一六・平28・7）

三、作品別論文

『アデンまで』（「三田文学」、一九五四・昭29・11）

久保田正文・佐々木基一・荒正人・奥野健男「文芸時評」（「近代文学」、一九五四・昭29・12）

山本健吉「解説」／『白い人・黄色い人』（講談社、一九五五・昭30・7）所収

中野恵海「遠藤周作論」（「相愛女子大学研究論集」16、一九六八・昭43・12）のち『近代文学と宗教』（桜楓社、一九七二・昭47・12）所収

三好行雄・遠藤周作「〈対談〉文学―弱者の論理―遠藤周作氏に聞く」（「国文学解釈と教材の研究」18（2）、一九七三・昭48・2）

佐藤泰正「解説」／『現代日本キリスト教文学全集9　幼年と青春』（教文館、一九七三・昭48・6）所収

大釜卓実「遠藤周作『アデンまで』処女作の潜在風景」（「探求」46、一九七五・昭50・6）

笠井秋生「『アデンまで』の主題―遠藤周作論（2）―」（「梅花短期大学研究紀要」27、一九七八・昭53・12）のち『遠藤周作論』（双文社出版、一九八七・昭62・11）所収

中野恵海「遠藤周作「アデンまで」論」（「相愛女子大学・相愛女子短期大学研究論集 国文・家政学科篇」29、一九八二・昭57・2）

上総英郎「遠藤周作論（一）」（「論究」、一九八二・昭57・7）のち『遠藤周作論』（春秋社、一九八七・昭62・11）所収

川島秀一「小説家遠藤周作の誕生―『アデンまで』から『青い小さな葡萄』まで―」（「山梨英和短期大学紀要」20、一九八七・昭62・5）のち『遠藤周作〈和解〉の物語』（和泉書院、二〇〇〇・平12・9）所収

佐藤泰正「遠藤周作―その一つの軌跡―『アデンまで』から『スキャンダル』まで―」（中華民国輔仁大学外語学院「日本語日本文学」、一九八九・平元・4）

林水福「女性をめぐる考察―『アデンまで』の黒人女と白人女／『遠藤周作』と Shusaku Endo」（春秋社、一九九四・平6・11）所収

宮坂覺「『アデンまで』『白い人・黄色い人』」／山形和美編『遠藤周作―その文学世界』（国研出版、一九九七・平9・12）所収

武田秀美「『アデンまで』二つの視点―「肌の色による非条理」と「黄色人にとっての神の探求」―」／笠井秋生・玉置邦雄編『作品論 遠藤周作』（双文社出版、二〇〇〇・平12・1）所収

高木香菜枝「遠藤周作の初期思想―「アデンまで」「学生」そして「白い人」―」（「哲学と教育」48、二〇〇〇・平12・3）

李平春「遠藤周作『アデンまで』―遠藤文学のスタートラインとして」（「国文白百合」31、二〇〇〇・平12・3）

管原とよ子「『遠藤周作論』―『アデンまで』に至る迄の宗教上の課題―」（「キリスト教文学」19、二〇〇〇・平12・7）

管原とよ子「『アデンまで』論―砂漠の果てに求めた神の愛」（「キリスト教文学」20、二〇〇一・平13・7）

石丸晶子「「アデンまで」「白い人」から『深い河』へ―遠藤周作における「西」と「東」―」／『宮澤正順博士古稀記念 東洋―比較文化論集―』（青史出版株式会社、二〇〇四・平16・1）所収

兼子盾夫「遠藤文学における象徴と暗喩の色彩論Ⅰ―「白」と「黄色」を中心に―」（「横浜女子短期大学研究紀要」、二〇〇四・平16・3）のち『遠藤周作の世界 シンボルとメタファー』（教文館、二〇〇七・平19・8）所収

山田都与「『深い河』の「違和感」と「隔絶」―試論遠藤周作処女小説「アデンまで」―」（「金城学院大学大学院文学研究科論集」10、二〇〇四・平16・3）

金慶希「『アデンまで』論」（大東文化大学「日本文学論集」28、二〇〇四・平16・3）

李英和「遠藤周作「アデンまで」論―留学体験と疎外されるという絶望―」（「日本語と日本文学」45、二〇〇七・平19・8）

辛承姫「第一章 一節「白」に表象されるヨーロッパのキリスト教―「アデンまで」―」／『遠藤周作論 母なるイエス』（専修大学出版会、二〇〇九・平21・2）所収

熊谷雄基「遠藤周作の初期作品にみる人種問題の視点―「アデンまで」「コウリッジ館」を中心に―」（東北大学「国際文化研究」15、二〇〇九・平21・3）

リチャード・ローガン　「遠藤周作の「アデンまで」」（『文教大学文学部紀要』22（2）、二〇〇九・平21・3）

武藤ゆう　「安岡章太郎『海辺の光景』における「疲れ」―遠藤周作と比較して」（『東アジア日本語教育・日本文化研究』13、二〇一〇・平22・8）

緒方秀樹　「遠藤周作「アデンまで」における他者―「日記」という閉ざされたテクスト―」（『キリスト教文学』28・29、二〇一〇・平22・8）

武藤ゆう　「遠藤周作における「疲れ」の表現―初期作品を中心として」（『福岡大学日本語日本文学』20、二〇一〇・平22・10）

森正人　「鏡にうつる他者としての自己―夏目漱石・芥川龍之介・遠藤周作・村上春樹―」（熊本大学『国語国文学研究』46、二〇一一・平23・2）

北田雄一　「「アデンまで」論：劣等感から風土的自己理解へ」（関西学院大学『人文論究』63（1）、二〇一三・平25・5）

長濱拓磨　「遠藤周作初期作品のエクリチュール―「手記」をめぐって―」（『国文論叢』47、二〇一三・平25・9）

大平剛　「「アデンまで」論―声で編成される肉体」（『帯広大谷短期大学紀要』51、二〇一四・平26・3）

神谷光信　「遠藤周作とアフリカ―「アフリカの體臭」「アデンまで」を中心に」（『二松学舎大学人文論叢』94、二〇一五・平27・3）

勝呂奏　「遠藤周作「アデンまで」論」（『桜美林論考・人文研究』（6）、二〇一五・平27・3）

福田耕介　「遠藤周作「アデンまで」における教会の尖塔と鏡　二つの文学的記憶」（『Chronica：白百合女子大学キリスト教文化研究所所報』（34）、二〇一五・平27・12）

福田耕介　「遠藤周作「アデンまで」における肌の色と肉体関係」（『白百合女子大学キリスト教文化研究論集』17、二〇一六・平28・3）

『白い人』（『近代文学』、一九五五・昭30・5、6）

青野季吉　「新人による新風　『白い人』―作者の実体つかめぬが文芸時評」（『朝日新聞』、一九五五・昭30・7・26）

遠藤周作　「白人の小説について―西欧との本質的な距離の意識」（『毎日新聞』、一九五五・昭30・7・28）

荒正人　「【時論要解】（文化）芥川賞の「白い人」」（『時事通信』2924）、一九五五・昭30・8）

高橋義孝　「意図と作品の差―遠藤氏の〝白人小説〟について」（『毎日新聞』、一九五五・昭30・8・2）

山本健吉　「文芸時評　白蟻の巣と落花　問題作の二、三について」（『読売新聞』、一九五五・昭30・8・18）

服部達　「〝人間らしさ〟の追究「人道の英雄」「白い人」「冷たい顔」等　文芸時評」（『東京新聞』夕刊、一九五五・昭30・8・28）

奥野健男　「文芸時評九月号　目立つ〝戦後派〟再登場」（『日本読書新聞』、一九五五・昭30・8・29）

浅見淵　「創作月評　フランスみやげの『白い人』と『人道の英雄』」（『北国新聞』、一九五五・昭30・8・29）

青山光二「九月号の文芸、総合誌　西欧的思考形式の小説――「白い人」「人道の英雄」「南氷洋」など――一番面白かった「文芸」の「恋路」」（「東京タイムズ」、一九五五・昭30・8・30）

遠藤周作「感想」（「文芸春秋」、一九五五・昭30・9）

石川達三「芥川賞選後評―遠藤君を推す」（「文芸春秋」、一九五五・昭30・9）

井上靖「芥川賞選後評―選後に」（「文芸春秋」、一九五五・昭30・9）

佐藤春夫「芥川賞選後評―今までに見ない作風」（「文芸春秋」、一九五五・30・9）

丹羽文雄「芥川賞選後評―読後感」（「文芸春秋」、一九五五・昭30・9）

宇野浩二「芥川賞選後評―独断的銓衡感」（「文芸春秋」、一九五五・昭30・9）

瀧井孝作「芥川賞選後評―坂上弘君に注目」（「文芸春秋」、一九五五・昭30・9）

船橋聖一「芥川賞選後評―今期は不作」（「文芸春秋」、一九五五・昭30・9）

川端康成「芥川賞選後評―「白い人」その他」（「文芸春秋」、一九五五・昭30・9）

山本健吉「文芸時評―私の今月の問題作五選『白い人』」（「文学界」、一九五五・昭30・10）のち『文芸時評』（河出書房新社、一九六九・昭44・6）所収

荒正人「文芸時評―私の今月の問題作五選『白い人』」（「文学界」、一九五五・昭30・10）

青野季吉・臼井吉見・山本健吉・平林たい子・十返肇「〈創作合評〉1955年の作家たち」（「文芸」、一九五五・昭30・12）

小椋繁二「「白い人」雑感」（「濤」1、一九五五・昭30・12）

亀井勝一郎「信仰者の実践としての作品―「白い人　黄色い人」の意味について　遠藤周作著　白い人・黄色い人」（「日本読書新聞」、一九五六・昭31・1・23）

窪田啓作「毀誉褒貶の問題作　遠藤周作著『白い人・黄色い人』」（「図書新聞」、一九五六・昭31・1・28）

無署名「縮刷図書館　白い人・黄色い人」（「知性」3（3）、一九五六・昭31・3）

三島由紀夫「小説的色彩論―遠藤周作「白い人・黄色い人」」（「中央公論」、一九五六・昭31・3）のち『亀は兎に追ひつくか』（村山書店、一九五六・昭31・10）所収

若林真「遠藤周作「白い人・黄色い人」」（「三田文学」46（4）、一九五六・昭31・4）

山本健吉「解説」／『白い人・黄色い人』（新潮文庫、一九六〇・昭35・7）所収

平野謙「白い人」／『文芸時評　上』（河出書房新社、一九六九・昭44・8）所収

沢村光博「遠藤周作論―魂の中のくらい国境をこえて」／『詩と言語と実存』（湯川書房、一九七一・昭46・9）所収

小田切秀雄　遠藤周作「『白い人』」／『戦後文学作品鑑賞』（読売新聞社、一九七一・昭46・11）所収

武田友寿「解説」／『白い人・黄色い人ほか二編』（講談社文庫、

一九七一・昭46・12）所収

水谷昭夫「白い人・黄色い人」（「国文学解釈と教材の研究」18（2）、一九七三・昭48・2）のち『死と愛の季節』（ヨルダン社、一九七四・昭49・1）所収

笹淵友一「現代日本文学とキリスト教」／『現代とキリスト教』（新教出版社、一九七三・昭48・4）所収

秋山駿「解説」／『現代日本キリスト教文学全集14　変革と主体』（教文館、一九七四・昭49・5）所収

池内輝雄「白い人・黄色い人」（「国文学解釈と鑑賞」40（7）、一九七五・昭50・6）

首藤基澄「遠藤周作の構図」（「国文学解釈と鑑賞」40（7）、一九七五・昭50・6）

玉置邦雄「『白い人』の研究」（関西学院大学「人文論究」25（1）、一九七五・昭50・6）のち『現代日本文芸の成立と展開』（桜楓社、一九七七・昭52・10）所収

大釜卓実「遠藤周作『白い人』―〈混血〉の構造」（「探究」47、一九七五・昭50・9）

高野斗志美「人間内部の暗黒―解説」／『白い人・青い小さな葡萄』（講談社遠藤周作文庫、一九七六・昭51・1）所収

大久保典夫「選評と受賞作家の運命第三十三回（昭和三十年上半期）遠藤周作『白い人』」（「国文学解釈と鑑賞」42（2）、一九七七・昭52・1）

栗坪良樹「芥川賞作品事典　第三十三回　白い人」（「国文学解釈と鑑賞」42（2）、一九七七・昭52・1）

石川承紀「「白い人・黄色い人」（遠藤周作）読者会報告」（「新国語研究」22　一九七八・昭53・5）

磯田光一「遠藤周作『白い人』と『黄色い人』」／松原新一・磯田光一・秋山駿編『増補改訂　戦後日本文学史・年表』（講談社、一九七九・昭54・8）所収

笠井秋生「『白い人』の世界」（「梅花短期大学研究紀要」28、一九七九・昭54・12）のち『遠藤周作論』（双文社出版、一九八七・昭62・11）所収

上総英郎「遠藤周作論（一）」（「論究」、一九八二・昭57・10）のち『遠藤周作論』（春秋社、一九八七・昭62・11）所収

三木サニア「白い人の世界」（「方位」、一九七九・昭54・12）のち『遠藤・辻の作品世界　愛と信と美のドラマ』（双文社出版、一九九三・平5・11）所収

軍司貴子「遠藤周作『白い人』」（茨城キリスト教短期大学「日本文学論叢」9、一九八四・昭59・3）

市原克敏「白い人・黄色い人」（「国文学解釈と鑑賞」51（10）、一九八六・昭61・10）

ジェイムズ・R・モリタ「私の『白い人』論」（「知識」75、一九八八・昭63・3）

広石廉二「『白い人・黄色い人』―魂の領域への志向」／『遠藤周作のすべて』（朝文社、一九九一・平3・4）所収

陸根和「遠藤周作におけるイエス像序説―『白い人』『黄色い人』『海と毒薬』を中心に―」（「実践国文学」40、一九九一・平3・9）

彦素勉編「昭和三十年代　遠藤周作「白い人」」／『芥川賞90人の

レトリック』（潮文社、一九九二・平4・1）

宮坂覺　「「アデンまで」『白い人・黄色い人』」／山形和美編『遠藤周作―その文学世界』（国研出版、一九九七・平9・12）所収

下野孝文　「『白い人』論―その背景と現実感―」／笠井秋生・玉置邦雄編『作品論　遠藤周作』（双文社出版、二〇〇〇・平12・1）所収

高木香菜枝　「遠藤周作の初期思想―「アデンまで」「学生」そして「白い人」―」（「哲学と教育」48、二〇〇〇・平12・3）

大平剛　「「白い人」論」（「帯広大谷短期大学紀要」38、二〇〇〇・平12・10）

荒川崇　「『白い人』―恩寵の神」（日本大学芸術学部「芸文攷」7、二〇〇二・平14・1）

管原とよ子　「遠藤周作『白い人』論」（熊本大学「国語国文学研究」37、二〇〇二・平14・2）

李平春　「遠藤周作の『白い人』論」（「国文白百合」33、二〇〇二・平14・3）

武田秀美　「『白い人』論―神不在の虚無」（「星美学園短期大学研究論叢」34、二〇〇二・平14・3）

石丸晶子　「「アデンまで」「白い人」から『深い河』へ―遠藤周作における「西」と「東」―」／『宮澤正順博士古稀記念　東洋―比較文化論集―』（青史出版株式会社、二〇〇四・平16・1）所収

兼子盾夫　「遠藤文学における象徴と暗喩の色彩論Ⅰ―「白」と「黄色」を中心に―」（「横浜女子短期大学研究紀要」、二〇〇四・平16・3）のち『遠藤周作の世界　シンボルとメタファー』（教文館、二〇〇七・平19・8）所収

田中葵　「遠藤周作「白い人」論―その時間設定と主題」（「樟蔭国文学」42、二〇〇五・平17・1）

山田都与　「遠藤周作『白い人』の変容」（「金城学院大学大学院文学研究科論集」11、二〇〇五・平17・3）

秋山公男　「『白い人』―サディズムと性」（「愛知大学文学論叢」132、二〇〇五・平17・7）のち『近代文学　性の位相』（翰林書房、二〇〇五・平17・10）所収

笠井秋生　「遠藤文学における〈救い〉―『白い人』『黄色い人』『海と毒薬』を中心に」（「キリスト教文芸」24、二〇〇八・平20・7）

兼子盾夫　「遠藤周作とドストエフスキーにおける「象徴」と「神話」について―「蝿」と「蜘蛛」と「キリスト」と」（「遠藤周作研究」2、二〇〇九・平21・9）

越森彦　「遠藤周作―空と海、そして神の沈黙―」（「白百合女子大学言語・文学研究センター言語・文学研究論集」10、二〇一〇・平22・3）

水谷真人　「暴力への時間、小説への力学　初期遠藤周作の方法について／『暴力への時間、小説への力学　初期遠藤周作の方法について』（試論社、二〇一〇・平22・5）所収

武藤ゆう　「安岡章太郎『海辺の光景』における「疲れ」―遠藤周作と比較して」（「東アジア日本語教育・日本文化研究」13、二〇一〇・平22・8）

武藤ゆう　「遠藤周作における「疲れ」の表現―初期作品を中心として」（『福岡大学日本語日本文学』20、二〇一〇・平22・10）

羽鳥徹哉　「遠藤周作の笑い」／『笑いと創造　第6集』（勉誠出版、二〇一〇・平22・12）所収

小嶋洋輔　「遠藤周作の留学―「白い人」に描かれたフランス」（『遠藤周作研究』5、二〇一二・平24・9）のち『遠藤周作論―「救い」の位置―』（双文社出版、二〇一二・平24・12）所収

勝呂奏　「遠藤周作「白い人」論―初出稿から読む」（『桜美林論考　人文研究』4、二〇一三・平25・3）

古浦修子　「遠藤周作『白い人』論―〈悪〉の存在証明と絶対への志向性―」（関西学院大学「人文論究」63、二〇一三・平25・9）

長濱拓磨　「遠藤周作初期作品のエクリチュール―「手記」をめぐって―」（『国文論叢』47、二〇一三・平25・9）

北田雄一　「「白い人」論：二つのモチーフを中心に」（『遠藤周作研究』7、二〇一四・平26・9）

緒方秀樹　「遠藤周作「白い人」における悪―フロイトの理論から見たサディズム」（『COMPARATIO』18、二〇一四・平26・12）

大平剛　「「白い人」と「リヨン」―地名の引用と変容」（『帯広大谷短期大学紀要』53、二〇一六・平28・3）

『コウリッジ館』（『新潮』、一九五五・昭30・10）

荒正人　「文学的鉱脈の一端―「現代の陥穽」「黒い十字架」など―」（『東京新聞』夕刊、一九五五・昭30・9・28）

杉森久英　「文芸時評　丹念な力作『業苦』―ふしぎにこれはと思う作品が少ない―」（『図書新聞』、一九五五・昭30・10・1）

浅見淵　「十月の文芸、総合誌諸作品」（『河北新報』、一九五五・昭30・10・5）

上総英郎　「遠藤周作論（二）」（『論究』、一九八二・昭57・10）のち『遠藤周作論』（春秋社、一九八七・昭62・11）所収

熊谷雄基　「遠藤周作の初期作品にみる人種問題の視点―「アデンまで」「コウリッジ館」を中心に―」（東北大学「国際文化研究」15、二〇〇九・平21・3）

『黄色い人』（『群像』、一九五五・昭30・11）

西村孝次　「多いコマ切れ原稿　最近の文芸作品」（『明治大学新聞』、一九五五・昭30・10・25）

臼井吉見　「文芸時評　堀田と中野の対照」（『朝日新聞』、一九五五・昭30・10・26）

河上徹太郎　「袋小路の幻想世界―「黄色い人」「水晶凝視」等の印象―文芸時評」（『東京新聞』夕刊、一九五五・昭30・10・27）

亀井勝一郎　「われらの中の異邦人性　文芸時評」（『読売新聞』、一九五五・昭30・10・27）

青山光二　「目立つコトバの衰弱　総合、文芸誌十一月号の創作」（『神戸新聞』、一九五五・昭30・10・31）

奥野健男　「人生体験と「芸」の巧さ　器用をねらって文学以前の新人　文芸時評」（『日本読書新聞』、一九五五・昭30・10・31）

富士正晴　「作家の持味を出す―つまらない短篇、連載の方が面白い―」（『図書新聞』、一九五五・昭30・11・5）

中村真一郎「文芸時評―私の今月の問題作五選『黄色い人』」（「文学界」、一九五五・昭30・12）

浅見淵「文芸時評―私の今月の問題作五選『黄色い人』」（「文学界」、一九五五・昭30・12）

梅崎春生・十返肇・平林たい子「〈創作合評〉『黄色い人』」（「群像」、一九五五・昭30・12）

青野季吉・臼井吉見・山本健吉・平林たい子・十返肇「〈創作合評〉1955年の作家たち」（「文芸」、一九五五・昭30・12）

亀井勝一郎「信仰者の実践としての作品―「白い人　黄色い人」の意味について　遠藤周作著　白い人・黄色い人」（「日本読書新聞」、一九五六・昭31・1・23）

窪田啓作「毀誉褒貶の問題作　遠藤周作著『白い人・黄色い人』」（「図書新聞」、一九五六・昭31・1・28）

無署名「縮刷図書館　白い人・黄色い人」（「知性」3（3）、一九五六・昭31・3）

三島由紀夫「小説的色彩論―遠藤周作「白い人・黄色い人」」（「中央公論」、一九五六・昭31・3）のち『亀は兎に追ひつくか』（村山書店、一九五六・昭31・10）所収

若林真「遠藤周作「白い人・黄色い人」」（「三田文学」46（4）、一九五六・昭31・4）

佐古純一郎「黄色い人」／『文学にあらわれた現代人の不安と苦悩』（日本YMCA同盟、一九五七・昭32・6）所収

山本健吉「解説」／『白い人・黄色い人』（新潮文庫、一九六〇・昭35・7）所収

佐古純一郎「遠藤周作の『黄色い人』」／『佐古純一郎著作集・第四巻』（春明社、一九六〇・昭35・9）所収

沢村光博「遠藤周作論―魂の中のくらい国境をこえて」／『詩と言語と実存』（湯川書房、一九七一・昭46・9）所収

武田友寿「解説」／『白い人・黄色い人ほか二編』（講談社文庫、一九七一・昭46・12）所収

武田友寿「解説」／『現代日本キリスト教文学全集2　日本への土着』（教文館、一九七三・昭48・2）所収

水谷昭夫「白い人・黄色い人」（「国文学解釈と教材の研究」18（2）、一九七三・昭48・2）のち『死と愛の季節』（ヨルダン社、一九七四・昭49・1）所収

池内輝雄「白い人・黄色い人」（「国文学解釈と鑑賞」40（7）、一九七五・昭50・6）

朝日新聞阪神支局編「「黄色い人」遠藤周作」／『阪神再見―建物・文学地図・駅とまち』（中外書房、一九七五・昭50・11）所収

上総英郎「カトリシズムと信仰―解説」／『黄色い人・影法師』（講談社遠藤周作文庫、一九七六・昭51・2）所収、のち『遠藤周作へのワールド・トリップ』（パピルスあい、二〇〇五・平17・4）所収

石川承紀「「白い人・黄色い人」（遠藤周作）読者会報告」（「新国語研究」22、一九七八・昭53・5）

木村一信「『黄色い人』論―イメージを中心に―」（「驢馬」、一九七九・昭54・4）

磯田光一「遠藤周作『白い人』と『黄色い人』」／松原新一・磯田

光一・秋山駿編『増補改訂　戦後日本文学史・年表』（講談社、一九七九・昭54・8）所収

槌賀七代「「黄色い人」の世界」（「日本文芸研究」32（4）、一九八〇・昭55・12）

大塚涼子「「黄色い人」について」（「活水日文」5、一九八一・昭56・12）

笠井秋生「『黄色い人』と『海と毒薬』—遠藤周作論（4）—」（「梅花短期大学研究紀要」30、一九八二・昭57・2）のち『遠藤周作論』（双文社出版、一九八七・昭62・11）所収

市原克敏「白い人・黄色い人」（「国文学解釈と鑑賞」51（10）、一九八一・昭56・10）

宮尾俊彦「遠藤周作の方法—『黄色い人』ノート—」（「長野県短期大学紀要」41、一九八六・昭61・12）

上総英郎「遠藤周作論（二）」（「論究」、一九八二・昭57・10）のち『遠藤周作論』（春秋社、一九八七・昭62・11）所収

川島秀一「遠藤周作ノート（六）—『黄色い人』論」（「日本文芸論集」21、一九九〇・平2・9）のち『遠藤周作—愛の同伴者』（和泉書院、一九九三・平5・6）所収

池田京子「遠藤周作論—「私のイエス」創造への道」（「文学・史学」12、一九九〇・平2・10）

広石廉二「『白い人・黄色い人』—魂の領域への志向」／『遠藤周作のすべて』（朝文社、一九九一・平3・4）所収

陸根和「遠藤周作におけるイエス像序説—『白い人』『黄色い人』『海と毒薬』を中心に—」（「実践国文学」40、一九九一・平3・9）

神戸新聞文化部「キリスト教は日本に根づくか　黄色い人—遠藤周作」／『名作を歩く　ひょうごの近・現代文学』（神戸新聞総合出版センター、一九九五・平7・5）所収

宮坂覺「アデンまで」『白い人・黄色い人』／山形和美編『遠藤周作—その文学世界』（国研出版、一九九七・平9・12）所収

三浦朱門「『黄色い人』の二つの裏切り」／『わが友遠藤周作』（ＰＨＰ研究所、一九九七・平9・12）所収

長濱拓磨「「黄色い人」論—逆説的な「恩寵の世界」の提示—」／笠井秋生・玉置邦雄編『作品論　遠藤周作』（双文社出版、二〇〇〇・平12・1）所収

管原とよ子「遠藤周作『黄色い人』論—西欧（カトリック）と日本との対話」（「方位」23、二〇〇二・平14・12）

兼子盾夫「遠藤文学における象徴と暗喩の色彩論Ｉ—「白」と「黄色」を中心に—」（「横浜女子短期大学研究紀要」22、二〇〇四・平16・3）のち『遠藤周作の世界　シンボルとメタファー』（教文館、二〇〇七・平19・8）所収

山田都与「遠藤周作の信仰と小説—『黄色い人』までを考える」（「金城学院大学大学院文学研究科論集」12、二〇〇六・平18・3）

武田秀美「『黄色い人』—その精神風土と『黒い十字架』について」（「清泉女子大学キリスト教文化研究所年報」、二〇〇六・平18・3）

笠井秋生「遠藤文学における〈救い〉—『白い人』『黄色い人』『海と毒薬』を中心に」（「キリスト教文芸」24、二〇〇八・平20・7）

田中葵「遠藤周作「黄色い人」論―〈白い人〉と〈黄色い人〉との距離―」（「遠藤周作研究」2、二〇〇九・平21・9）

古橋昌尚「遠藤周作『黄色い人』、救いの物語」（「Humanitas catholica」1、二〇一〇・平22）

武藤ゆう「安岡章太郎『海辺の光景』における「疲れ」―遠藤周作と比較して」（「東アジア日本語教育・日本文化研究」13、二〇一〇・平22・8）

武藤ゆう「遠藤周作における「疲れ」の表現―初期作品を中心として」（「福岡大学日本語日本文学」20、二〇一〇・平22・10）

大平剛「「黄色い人」論―家と風の隠喩」（「帯広大谷短期大学紀要」48、二〇一一・平23・3）

長濱拓磨「遠藤周作初期作品のエクリチュール―「手記」をめぐって―」（「国文論叢」47、二〇一三・平25・9）

笛木美佳・井上万梨恵「遠藤周作「黄色い人」論―第一エピグラフをめぐって―」（「遠藤周作研究」7、二〇一四・平26・9）

『青い小さな葡萄』（「文学界」、一九五六・昭31・1～6）

荒正人「私の「今月の問題作五選」」（「文学界」、一九五六・昭31・2）

奥野健男「敗戦と世代の発言　文芸時評」（「東京新聞」夕刊、一九五六・昭31・3・29）

山本健吉「『移動の時代』と世代　含みのある中村光夫の発言　文芸時評」（「朝日新聞」、一九五六・昭31・5・22）

村松剛「懐疑力の欠如　文学の芸能化もそこに花咲いた　創作月評」（「図書新聞」、一九五六・昭31・5・26）

山室静「極に達した読物化　文芸時評」（「西日本新聞」、一九五六・昭31・6・1）

進藤純孝「世代作家への期待―六月号の諸作品から―」（「東京タイムズ」、一九五六・昭31・6・7）

山本健吉・小島信夫・山室静「創作合評―『青い小さな葡萄』」（「群像」、一九五六・昭31・7）

原田義人「多様なテーマをぬっていく鮮かな力技　遠藤周作著『青い小さな葡萄』」（「図書新聞」、一九五七・昭32・1・19）

小野協一「人間愛と人種の谷間　遠藤周作著『青い小さな葡萄』」（「日本読書新聞」、一九五七・昭32・1・28）

無署名「図書」（「週刊読売」、一九五七・昭32・2）

松進「カトリック作家の谷間・遠藤周作『青い小さな葡萄』」（「文章クラブ」9（3）、一九五七・昭32・3）所収

佐古純一郎「遠藤周作の「青い小さな葡萄について」」／『文学はこれでいいのか』（現代文芸社、一九五七・昭32・9）所収のち『文学をどう読むか』（春秋社、一九五七・昭32・9）所収

玉置邦雄「遠藤周作の世界―『青い小さな葡萄』論」（「日本文芸研究」21・1、2号、一九六九・昭44・5）のち『現代文芸の成立と展開』（桜楓社、一九七七・昭52・10）所収

山本健吉「青い小さな葡萄」／『文芸時評』（河出書房新社、一九六八・昭44・6）所収

沢村光博「遠藤周作論―魂の中のくらい国境をこえて」／『詩と言語と実存』（湯川書房、一九七一・昭46・9）所収

武田友寿「解説」／『青い小さな葡萄』（講談社文庫、一九七三・昭

48・8）所収
高野斗志美「解説―人間内部の暗黒」／『白い人・青い小さな葡萄』（講談社遠藤周作文庫、一九七六・昭51・1）所収
笠井秋生「留学体験と『青い小さな葡萄』」（『西風』、一九七九・昭54・7）のち『遠藤周作論』（双文社出版、一九八七・昭62・11）所収
上総英郎「遠藤周作論（二）」（『論究』、一九八二・昭57・10）のち『遠藤周作論』（春秋社、一九八七・昭62・11）所収
槌賀七代「『青い小さな葡萄』の世界」（『日本文芸研究』38（2）、一九八六・昭61・7）
川島秀一「〈認識〉から〈創造へ〉―小説家遠藤周作の誕生（覚え書として）―」（『山梨英和短期大学紀要』、一九八七・昭62・5）のち『遠藤周作〈和解〉の物語』（和泉書院、平12・9）所収
三木サニア「遠藤文芸と〈雪〉〈霧〉〈光〉―『青い小さな葡萄』から」（『キリスト教文学』9、一九九〇・平2・7）のち『遠藤・辻の作品世界　愛と信と美のドラマ』（双文社出版、一九九三・平5・11）所収
桂文子「『青い小さな葡萄』小論―連帯の可能性をめぐる一考察」（『広島女子大国文』7、一九九〇・平2・8）
桂文子「遠藤周作『青い小さな葡萄』論―〈書く〉ことの意味をめぐって」（『近代文学試論』29、一九九一・平3・12）
上総英郎「〈悪の偏在〉を凝視する眼」／『青い小さな葡萄』（講談社文芸文庫、一九九三・平5・2）所収、のち『遠藤周作へのワールド・トリップ』（パピルスあい、二〇〇五・平17・4）所収
玉置邦雄「『青い小さな葡萄』論―人間の自由と連帯への希求」（『国文学解釈と教材の研究』38（10）、一九九三・平5・9）
笛木美佳「遠藤周作『青い小さな葡萄』論」（『キリスト教文学研究』29、一九九五・平7・5）
神田重幸「『青い小さな葡萄』と『月光のドミナ』」／山形和美編『遠藤周作―その文学世界』（国研出版、一九九七・平9・12）所収
佐藤泰正「『青い小さな葡萄』をどう読むか―〈アウシュビッツ以後〉というモチーフをめぐって―」／笠井秋生・玉置邦雄編『作品論　遠藤周作』（双文社出版、二〇〇〇・平12・1）所収
北田雄一「『青い小さな葡萄』論―創作の二つの意義」（『キリスト教文学研究』30、二〇一三・平25・5）
長濱拓磨「遠藤周作初期作品のエクリチュール―「手記」をめぐって―」（『国文論叢』47、二〇一三・平25・9）

『海と毒薬』（『文学界』、一九五七・昭32・6、8、10）

浅見淵「血の出るような作品を　六月号の文芸時評」（『産経時事』、一九五七・昭32・5・18）
福永武彦「難しい現実のとらえ方　文芸時評」（『西日本新聞』、一九五七・昭32・5・18）
臼井吉見「文芸時評　意外なまでの共通性」（『朝日新聞』、一九五七・昭32・5・20）
山下肇「力作『海と毒薬』（遠藤周作）―めだつ現代的意欲と問題意識―」（『信濃毎日新聞』、一九五七・昭32・5・27）
原田義人「力作型の問題小説〝物語性〟の濃厚な作品が続出の形

勢」（「日本読書新聞」、一九五七・昭32・5・27）

本多顕彰「よく勉強した作品「海と毒薬」の描写と「硫黄島」の絶望」（「東京新聞」夕刊、一九五七・昭32・5・28）

十返肇「新しい倫理は何か〝物語性〟は最低の条件」（「図書新聞」、一九五七・昭32・8・10）

臼井吉見「文芸時評　インテリを解剖する遠藤周作『海と毒薬』」（「朝日新聞」、一九五七・昭32・9・25）

高橋義孝「文芸時評　知的計算が不足　戦後派二作家の長篇」（「図書新聞」、一九五七・昭32・10・12）

平光吾一「戦争医学の汚辱にふれて―生体解剖事件始末記」（「文芸春秋」、一九五七・昭32・12）

無署名「読書　人間の良心の抵抗つく　遠藤周作著『海と毒薬』」（「朝日新聞」、一九五八・昭33・4・12）

江藤淳「文学的ふんい気の日本　最近の小説書五つを読む」（「読売新聞」夕刊、一九五八・昭33・4・16）

山本健吉「らいぶらりー　神のない人間の醜悪さ　遠藤周作著『海と毒薬』」（「日本経済新聞」、一九五八・昭33・4・21）のち『文芸時評』（河出書房新社、一九六九・昭44・6）所収

小島輝正「五月の雑誌小説から（下）抑揚のない語り口」（「アカハタ」、一九五八・昭33・4・23）

無署名「「あ、江田島」「海と毒薬」「太陽にかける橋」他」（「丸」11（6）、一九五八・昭33・5）

無署名「新刊レヴュー海と毒薬」（「本の本」157、一九五八・昭33・5）

無署名「図書紹介―スラム・海と毒薬」（「刑政」69（5）、一九五八・昭33・5）

寺田透・花田清輝・平野謙「創作合評―『海と毒薬』」（「群像」、一九五八・昭33・6）

山本健吉「文学直言―小説の中の日本的風土―」（「文学界」、一九五八・昭33・6）

遠藤周作「現代を救うもの　日本人の信仰について」（「読売新聞」、一九五八・昭33・6・10）

山本健吉「神と人間性の追及を―遠藤周作氏に答える」（「読売新聞」夕刊、一九五八・昭33・6・10）

川原浩「MEDICAL・ESSAYS　遠藤周作「海と毒薬」を読んで」（「日本医事新報」（1784）、一九五八・昭33・7）

平野謙「ことしの読売ベスト・スリー　三作に票が集まる「海と毒薬」過大評価の感も」（「読売新聞」夕刊、一九五八・昭33・12・23）

亀井勝一郎「新潮社文学賞―選後評」（「新潮」、一九五九・昭34・1）

河上徹太郎「新潮社文学賞―選後評」（「新潮」、一九五九・昭34・1）

河盛好蔵「新潮社文学賞―選後評」（「新潮」、一九五九・昭34・1）

中島健蔵「新潮社文学賞―選後評」（「新潮」、一九五九・昭34・1）

中村光夫「新潮社文学賞―選後評」（「新潮」、一九五九・昭34・1）

山本健吉「新潮社文学賞―選後評」（「新潮」、一九五九・昭34・1）

佐古純一郎「時評・文芸『海と毒薬』受賞について」（「福音と世界」14（1）、一九五九・昭34・1）

無署名「海と毒薬―遠藤周作〈特集近代名作モデル事典〉」（「国文学解釈と鑑賞」24（4）、一九五九・昭34・3）

山本和・北森嘉蔵・国谷純一郎・小川圭治　「『海と毒薬』をめぐって―第一回書評会」（「兄弟」72、一九六〇・昭35・4）
平野謙　「解説」／『海と毒薬』（角川文庫、一九六〇・昭35・7）所収
佐伯彰一　「解説」／『海と毒薬』（新潮文庫、一九六〇・昭35・7）所収
遠藤周作・窪田精　「対談・戦争文学と民衆の視点」（「現実と文学」23、一九六三・昭38・7）
山本健吉　現代文学の風景⑤　海と毒薬　神を持たぬ日本人「自由意思」の問題さぐる」（「読売新聞」、一九六三・昭38・12・22）
無署名　「現代作家の代表作梗概　遠藤周作　海と毒薬」（「国文学解釈と鑑賞」29（10）、一九六四・昭39・9）
遠藤周作　「「海と毒薬」ノート―日記より―」（「批評」3、一九六五・昭40・4）
佐古純一郎　「罪を知らぬ精神風土『海と毒薬』」／『キリスト教と文学』（新教出版社、一九六五・昭40・11）所収
森村正平　「「海と毒薬」＝遠藤周作　ドクターX氏の悪夢の青春」／『生きている名作のひとびと　裏からみた昭和小説史』（読売新聞社、一九六六・昭41・3）所収
高橋たか子　「遠藤周作論」（「批評」5、一九六六・昭41・8）
久山康　「遠藤周作と椎名麟三」（「国文学解釈と鑑賞」32（6）、一九六七・昭42・6）
西村幸郎　「遠藤周作『海と毒薬』『わたしが・棄てた・女』」／『愛と信頼を求めて―文学に見る人間の真実―』（ヨルダン社、一九六九・昭44・4）所収
宮井一郎　「遠藤周作論」／『現代作家論』（東洋出版、一九七〇・昭45・6）所収
武田友寿　「解説―遠藤周作の文学」／『海と毒薬』（講談社文庫、一九七一・昭46・7）所収
宮内豊　「作家と宗教―遠藤周作論―」（「文芸」、一九七一・昭46・10）のち『檸檬と爆弾』（小沢書店、一九七二・昭47・9）所収
玉置邦雄　「『海と毒薬』の世界」（「人文論究」21（4）、一九七一・昭46・12）のち『現代日本文芸の成立と展開』（桜楓社、一九七七・昭52・10）所収
遠丸立　「九大生体解剖事件と遠藤周作の「海と毒薬」」（「国文学解釈と鑑賞」37（9）、一九七二・昭47・7）
佐古純一郎　「解説」／『現代日本キリスト教文学全集5　原罪と救い』（教文館、一九七二・昭47・10）所収
上総英郎　「海と毒薬」（「国文学解釈と教材の研究」18（2）、一九七三・昭48・2）
南部全司　「遠藤周作とフランソワ・モーリヤック―「海と毒薬」と「テレーズ・デスケルー」の影響関係を中心として」（中央大学「仏語仏文学研究」（7）、一九七五・昭50・3）
池内輝雄　「海と毒薬」（「国文学解釈と鑑賞」40（7）、一九七五・昭50・6）
南部全司　「遠藤周作とフランソワ・モーリヤック―「海と毒薬」における「海」の原型をめぐって」（中央大学「仏語仏文学研究」（8）、一九七六・昭51・3）
武本純一　「『海と毒薬』における罪不在の意識」（「大阪樟蔭女子大

学論集」13、一九七六・昭51・3）

池内輝雄「解説—見者の文学」／『海と毒薬・夏の光』（講談社遠藤周作文庫、一九七六・昭51・3）所収

大河内昭爾「小説昭和五十年史『海と毒薬』と遠藤周作」（「小説club」29（3）、一九七六・昭51・3）

利沢行夫「イメージ論批評の方法—海と毒薬」（「国文学解釈と鑑賞10月臨時増刊号　文芸批評の方法」、一九七六・昭51・10）

南部全司「遠藤周作とフランソワ・モーリヤック—「海と毒薬」の技法をめぐって」（中央大学「仏語仏文学研究」（9）、一九七七・昭52・3）

池内輝雄「遠藤周作『海と毒薬』」（「国文学解釈と鑑賞」42（11）、一九七七・昭52・9）

森田進「遠藤周作『海と毒薬』」／『文学の中の病気』（ルガール社、一九七八・昭53・3）所収

槌賀七代「『海と毒薬』の世界」（「日本文芸研究」31（1）、一九七九・昭54・3）

笠井秋生「『黄色い人』と『海と毒薬』—遠藤周作論（4）—」（「梅花短期大学研究紀要」30、一九八二・昭57・2）のち『遠藤周作論』（双文社出版、一九八七・昭62・11）所収

上総英郎「遠藤周作論（二）」（「論究」、一九八二・昭57・10）のち『遠藤周作論』（春秋社、一九八七・昭62・11）所収

斎藤末弘「生体解剖の罪—遠藤周作『海と毒薬』」／『罪と死の文学　戦後文学の軌跡』（新教出版社、一九八五・昭60・9）所収

首藤基澄「『海と毒薬』論」（熊本大学「国語国文研究」21、一九八六・昭61・2）

玉置邦雄「『海と毒薬』—〈神なき人間の悲惨〉の形象をめぐって」（「国文学解釈と鑑賞」51（10）、一九八六・昭61・10）

ゆりはじめ「『海と毒薬』」／『戦後文学のフィノミノロジィ』（桜楓社、一九八七・昭62・4）所収

佐藤忠男「『海と毒薬』の小説とシナリオと映画」（「シナリオ」43（4）、一九八七・昭62・4）

山田和夫「文化映画に見る（1）「海と毒薬」—戦争と医学と人間と」（「月刊保団連」（261）、一九八七・昭62・6）

水谷昭夫「遠藤周作海と毒薬」（「「国文学解釈と教材の研究」32（9）、一九八七・昭62・7）

熊井啓「「海と毒薬」と日本人」／『映画と毒薬』（キネマ旬報社、一九八七・昭62・9）所収

柴田泰志「『海と毒薬』論」（「日本文学誌要」38、一九八七・昭62・12）

川島秀一「遠藤周作ノート（二）—『海と毒薬』について—」（「山梨英和短期大学紀要」21、一九八八・昭63・1）のち『遠藤周作〈和解〉の物語』（和泉書院、二〇〇〇・平12・9）所収

蜂巣幹子「遠藤周作研究—『海と毒薬』を中心に—」（「東洋大学短期大学論集」24、一九八八・昭63・3）

海野弘「カラーページ映画の風景・文学の風景　海と毒薬」（「悠」6（5）、一九八九・平元・5）

右遠俊郎「文化文学にみる医師像（2）悪魔の所業を描く「海と毒薬」」（「月刊保団連」（306）、一九八九・平元・5）

泉田朗子「日本語と英語のヴォイス─「海と毒薬」の受身表現を中心に」（『国文学解釈と鑑賞』55（1）、一九九〇・平2・1）

茂木三重子「遠藤周作研究─『海と毒薬』を中心に─」（『東洋大学短期大学論集』26、一九九〇・平2・3）

大畑恭子「『海と毒薬』小論─「スフィンクスの微笑」考」（『キリスト教文学』9、一九九〇・平2・7）

衛藤賢史「小説と映画における「海と毒薬」」（『別府大学紀要』32、一九九一・平3・1）

広石廉二「『海と毒薬』─神なき人間の悲惨」／『遠藤周作のすべて』（朝文社、一九九一・平3・4）所収

陸根和「遠藤周作におけるイエス像序説─『白い人』『黄色い人』『海と毒薬』を中心に─」（『実践国文学』40、一九九一・平3・9）

須浪敏子「『海と毒薬』」（『国文学解釈と教材の研究』38（10）、一九九三・平5・9）

末永豊「個人論文　王ディオニスと戸田医師─『走れメロス』と『海と毒薬』をめぐって」（『世界文学』78、一九九三・平5・12）

林水福「女性をめぐる考察─『海と毒薬』─誘惑者エバとしての上田ノブ」／『『遠藤周作』と Shusaku Endo』（春秋社、一九九四・平6・11）所収

マーク・ウイリアムズ「「本当の自我」の追及の問題─『海と毒薬』」／『『遠藤周作』と Shusaku Endo』（春秋社、一九九四・平6・11）所収

熊井啓「『海と毒薬』が問いかけるもの」／『映画の深い河』（近代文芸社、一九九六・平8・3）所収

大田正紀「遠藤周作における『海と毒薬』論─罪意識の不在に苦悩する魂─」（『まじわり』、一九九六・平8・6）のち『祈りとしての文芸─三浦綾子・遠藤周作・山本周五郎・有島武郎』（聖恵授産所出版部、二〇〇六・平18・12）所収

大田正紀「遠藤周作『海と毒薬』論（一）─モチーフとしての生体解剖事件と罪責論─」（『梅花短大国語国文』10、一九九七・平9・10）のち『近代日本文芸詩論Ⅱ　キリスト教倫理と恩寵』（おうふう、二〇〇四・平16・3）所収

影山恒男「『海と毒薬』の叙法と構造─状況と倫理への一つの挑戦─」（『活水日文』35、一九九七・平9・12）

笠井秋生「『海と毒薬』─日本人的な感覚の追究」／山形和美編『遠藤周作─その文学世界』（国研出版、一九九七・平9・12）所収

大田正紀「遠藤周作『海と毒薬』論（二）─描かれざる《恩寵》をめぐって─」（『梅花短期大学研究紀要』46、一九九八・平10・3）のち『近代日本文芸試論Ⅱ　キリスト教倫理と恩寵』（おうふう、二〇〇四・平16・3）所収

兼子盾夫「遠藤文学における悪の問題Ⅰ『海と毒薬』」（『湘南工科大学紀要』32（1）、一九九八・平10・3）

豊田裕子「遠藤周作研究─『海と毒薬』を中心に─」（『東洋大学短期大学論集』34、一九九八・平10・6）

細川正義「『海と毒薬』論」／笠井秋生・玉置邦雄編『作品論　遠藤周作』（双文社出版、二〇〇〇・平12・1）所収

本多峰子「遠藤周作試論　母なる神─西洋キリスト教と日本人の宗教観の相克と、宗教多元論的解決」（『二松学舎大学東洋学研

究所集刊」3、二〇〇一・平13・3）

永井勝「九州名作探訪（7）遠藤周作『海と毒薬』—福岡市」（「財界九州」42（5）、二〇〇一・平13・5）

千田稔「教養講座文学の風景 黒い海の時代・博多—遠藤周作『海と毒薬』」（「刑政」112（10）、二〇〇一・平13・10）

下山嬢子「『海と毒薬』—〈語り〉のディメンション」（大東文化大「日本文学研究」42、二〇〇三・平15・2）

テレングト・アイトル「発見的装置『海と毒薬』の寓意と象徴について（上）」（「北海学園大学人文論集」23・24、二〇〇三・平15・3）

新妻孝一「日本人、悪の意識から罪の意識へ、そして救い—遠藤周作『海と毒薬』小論」／大正大学綜合仏教研究所『悪の問題』研究会編『悪を哲学する』（北樹、二〇〇三・平15・4）所収

テレングト・アイトル「発見的装置『海と毒薬』の寓意と象徴について（下）」（「北海学園大学人文論集」25、二〇〇三・平15・10）

笛木美佳「遠藤周作「海と毒薬」論—勝呂の目遣いと救いの可能性」（「学苑」760、二〇〇四・平16・1）

橋田耕介「『海と毒薬』における『テレーズ・デスケルー』の「息遣い」—「母親」の二つの顔をめぐって」（「Lilia candida」34、二〇〇四・平16・3）

三木サニア「遠藤周作『海と毒薬』論—勝呂と戸田をめぐって」（「方位」24、二〇〇四・平16・3）

管原とよ子「『海と毒薬』論—日本的感性の受容」（「方位」24、二〇〇四・平16・3）

小林慎也「虚構と事実の間—『海と毒薬』をめぐって—」／佐藤泰正編『遠藤周作を読む』（笠間書院、二〇〇四・平16・5）所収

桂春美「遠藤周作『海と毒薬』論—テレーズ・デスケルーとの比較を中心に」（「千里山文学論集」72、二〇〇四・平16・9）

松野美穂「『テレーズ・デスケルー』と『海と毒薬』における罪—遠藤周作が迫ったテレーズの影」（「Lilia candida」35、二〇〇五・平17・3）

小林昭「遠藤周作『海と毒薬』のこと」（「民主文学」481、二〇〇五・平17・11）

世田谷文学館編「海と毒薬」／『文学に描かれた東京世田谷百年物語 あの名作の舞台』（世田谷文学館、二〇〇五・平17・11）所収

峰村康広「生体解剖という踏絵—遠藤周作「海と毒薬」を読む」（「近代文学研究」23、二〇〇六・平18・3）

田中葵「遠藤周作「海と毒薬」論—その構成における破綻—」（「阪神近代文学研究」7、二〇〇六・平18・3）

浅田高明「評論遠藤周作『海と毒薬』を読んで」（「行路」160、二〇〇六・平18・8）

品川博之「『海と毒薬』論—〈組織〉と〈権力〉を背景に—」（「埼玉大学国語教育論叢」9、二〇〇六・平18・10）

今井真理「悪の行われた場所—「海と毒薬」の光と翳」（「三田文学 秋季号」［第3期］85・87、二〇〇六・平18・11）のち『それでも神はいる 遠藤周作と悪』（慶應義塾大学出版会、二〇一五・平27・8）所収

石田仁志「福岡の文学雑感―遠藤周作『海と毒薬』」(「東洋」43―10・11、二〇〇七・平19・1)

兼子盾夫「遠藤周作文学における象徴と暗喩の色彩論Ⅱ―『海と毒薬』の場合、海の「碧」対「黒」、「白」い人の罪意識対「黄色」い人の罪意識―」(「横浜女子短期大学研究紀要」22、二〇〇七・平19・3)のち『遠藤周作の世界　シンボルとメタファー』(教文館、二〇〇七・平19・8)所収

西川美和「遠藤周作「海と毒薬」―レビュー「罪を犯せば、罰は必ず下るのか」」/『名作はいつもアイマイ　溺レル読書案内』(講談社、二〇〇八・平20・6)所収

笠井秋生「遠藤文学における〈救い〉―『白い人』『黄色い人』『海と毒薬』を中心に」(「キリスト教文芸」24、二〇〇八・平20・7)

佐藤忠男「一冊の本(2)闇の生体解剖人間の良心とは何か―[遠藤周作著]『海と毒薬』」(「ひろばユニオン」(560)、二〇〇八・平20・10)

加藤憲子「遠藤周作『海と毒薬』論―上田ノブと〈おばはん〉をめぐって―」/柘植光彦編『遠藤周作―挑発する作家』(至文堂、二〇〇八・平20・10)所収

奥野政元「海と毒薬」/浅井清・佐藤勝編『日本現代小説大事典増補縮刷版』(明治書院、二〇〇九・平21・4)所収

杉山直人「サムライ基督教から母なるキリスト教へ」(関西学院大学「商学論究」57―2、二〇〇九・平21・9)

東野利夫「この人に聞く東野利夫「九大生体解剖事件」の真相を伝え続けることが私の役割」(「日経メディカル」39(2)、二〇一〇・平22・2)

水谷真人「暴力への時間、小説への力学　初期遠藤周作の方法について」/『暴力への時間、小説への力学　初期遠藤周作の方法について』(試論社、二〇一〇・平22・5)所収

菅原とよ子「遠藤周作「海と毒薬」」/古閑章編『「仕方がない」日本人をめぐって　近代日本の文学と思想』(南方新社、二〇一〇・平22・9)所収

武藤ゆう「遠藤周作における「疲れ」の表現―初期作品を中心として」(「福岡大学日本語日本文学」20、二〇一〇・平22・10)

高山貞美「遠藤周作と親鸞における「海」―『海と毒薬』と『教行信証』から」(上智大学「カトリック研究」80、二〇一一・平23・8)

市川直子「憲法ゼミで遠藤周作『海と毒薬』を読む」(「城西現代政策研究」5(1)、二〇一二・平24・3)

久山宗彦「Martin Buber の関係論を通して解明される遠藤周作著の「海と毒薬」の人間関係を巡って」(「学校法人昌賢学園論集」12、二〇一三・平25・3)

山根道公「遠藤文学と異文化体験」/白百合女子大学言語・文学研究センター編『異文化の中の日本文学』(弘学社、二〇一三・平25・1)所収

池田静香「遠藤周作『海と毒薬』論―汎神論的感覚との接合と対立」(「九大日文」22、二〇一三・平25・10)

大塩香織「遠藤周作『海と毒薬』論―三つの〈死〉をめぐって」

（『白百合女子大学言語・文学研究センター言語・文学研究論集』15、二〇一五・平27・3）

大塩香織　「遠藤周作『海と毒薬』（2）―〈演じ〉続ける戸田と〈心の呵責〉」（『白百合女子大学言語・文学研究センター言語・文学研究論集』16、二〇一六・平28・3）

長濱拓磨　「遠藤周作『海と毒薬』論―「トポス」をめぐる「手記」―」（京都外国語大学日本語学科「無差」23、二〇一六・平28・3）

霍斐　「遠藤周作『海と毒薬』論―組織・人間・罪」（『日本文芸学』52、二〇一六・平28・3）

『火山』（『文学界』、一九五九・昭34・1～10）

横井幸雄　「文芸時評」（『作家』、一九五九・昭34・5・1）

若林真　「日本人精神構造への文明批評　遠藤周作著　火山」（『図書新聞』、一九五九・昭34・9・3）

篠田一士　「二つの自然観と観念像　「海と毒薬」に続く野心作　遠藤周作著　火山」（『日本読書新聞』、一九五九・昭34・9・12）

平野謙　「今月の小説（上）日常生活の不安定性「火山」」（『毎日新聞』、一九五九・昭34・9・18）のち『文芸時評　上』（河出書房新社、一九六九・昭44・8）所収

江藤淳　「常識と和解　十月号の文芸作品「火山」の常識的な主題」（『京都新聞』、一九五九・昭34・9・27）

瀬沼茂樹　「完結した長編二つ「カリフォルニヤ」と「火山」の問題」（『東京新聞』夕刊、一九五九・昭34・9・27）

中村真一郎　「文芸時評一〇月号　道を失った小説形式」（『週刊読書人』、一九五九・昭34・9・28）

無署名　「〝赤岳〟とふたりの人間　遠藤周作著『火山』」（『朝日新聞』、一九六〇・昭35・9・23）

中野恵海　「遠藤周作論」（『相愛女子大学研究論集』16、一九六八・昭43・12）のち『近代文学と宗教』（桜楓社、一九七二・昭47・12）所収

上総英郎　「遠藤周作論（二）」（『論究』、一九八二・昭57・10）のち「第4章　自然との確執―『火山』」／『遠藤周作論』（春秋社、一九八七・昭62・11）所収

三木サニア　「遠藤周作『火山』論―罪と悪の形象をめぐって」（『方位』21、二〇〇〇・平12・3）

山根道公　「遠藤文学と棄教神父―「火山」までと『沈黙』以降」（『キリスト教文学研究』、二〇〇四・平16・5）のち『遠藤周作　その人生と『沈黙』の真実』（朝文社、二〇〇五・平17・3）に加筆所収

小嶋洋輔　「遠藤周作『火山』と『おバカさん』―「啓蒙」する「作家」の誕生」（『近代文学研究』26、二〇〇九・平21・4）のち『遠藤周作論―「救い」の位置―』（双文社出版、二〇一二・平24・12）所収

『最後の殉教者』（『別冊文芸春秋』、一九五九・昭34・2）

山口二男　「遠藤周作「最後の殉教者」を読む（高校）」（『学校図書館』（384）、一九八二・昭57・10）

宮坂覺　「「最後の殉教者」「雲仙」」／山形和美編『遠藤周作―その

文学世界』（国研出版、一九九七・平9・12）所収

井元珠緒　「遠藤周作―かくれ切支丹にみる裏切り意識とのつながり」（『古典研究』25、一九九八・平10・5）

下野孝文　「明治政府と〈浦上四番崩れ〉―『最後の殉教者』と『女の一生』から」（『国語国文薩摩路』47、二〇〇三・平15・3）

下野孝文　「『最後の殉教者』論―その役割と原拠について」（『国語国文薩摩路』48、二〇〇四・平16・3）

辛承姫　「遠藤周作の『沈黙』―弱者の典型としてのキチジローの系譜」（『専修国文』80、二〇〇七・平19・1）のち『遠藤周作論　母なるイエス』（専修大学出版会、二〇〇九・平21・2）所収

本田有加子　「遠藤周作「最後の殉教者」にみる〈転び〉の問題―資料との関わりから―」（『キリスト教文学研究』25、二〇〇八・平20・5）

マルセロ・オラノ　「遠藤周作初期キリスト教文学における「弱者」（1）―『沈黙』のキチジローへ至る道」（『福岡大学日本語日本文学』20、二〇一〇・平22・12）

香川雅子　「遠藤周作の「殉教」観―『最後の殉教者』における史実とフィクション」（『遠藤周作研究』7、二〇一四・平26・9）

『おバカさん』（『朝日新聞』夕刊、一九五九・昭34・3・26〜8・15）

進藤純孝　「新聞小説月旦　素朴な願いを支えて　愛される主人公こそ〝描けている〟」（『日本読書新聞』、一九五九・昭34・10・25）

江藤淳　「解説」／『おバカさん』（角川文庫、一九六二・昭37・8）所収

佐古純一郎　「平和をつくる心遠藤周作の『おバカさん』」／『文学に現われた現代の青春像』（日本基督教団出版部、一九六三・昭38・7）所収

江藤淳　「文芸時評―『おバカさん』」／『文芸時評』（新潮社、一九六三・昭38・10）所収

饗庭孝男　「遠藤周作『おバカさん』論―文学のなかのキリスト者像3―」（『月刊キリスト』17（3）、一九六五・昭40・3）

ジョルジュ・ネラン　「解説」／『現代の文学第37　遠藤周作集』（河出書房新社、一九六六・昭41・5）

佐古純一郎　「第六章　信じる　遠藤周作『おバカさん』」／『文学に現われた人間像―虚像と実像の探究―』（富士書院、一九六七・昭42・5）所収

浅井由美子　「遠藤周作・その一側面・ユーモア小説を巡る文学の中の笑いについて」（『国文学報』15、一九七二・昭47・3）

高見沢潤子　「星をながめて＝『おバカさん』」／『生きることの発見―現代作家の模索する人間像』（コンコーディア社、一九七二・昭47・11）所収

武田友寿　「Ⅰ　日常性の文学―『おバカさん』と『ヘチマくん』―」／『遠藤周作の世界』（講談社、一九七三・昭48・7）所収

フランシス・マシー〔著〕北島雅之〔訳〕　「解説　一匹の駄犬がつくるドラマ」／『おバカさん』（講談社遠藤周作文庫、一九七四・昭49・12）所収

遠藤祐　「遠藤周作の軽小説」（『国文学解釈と鑑賞』40（7）、一九七五・昭50・6）

武田勝彦　「おバカさん」／「国文学解釈と鑑賞12月臨時増刊号 現代新聞小説事典」（至文堂、一九七七・昭52・12）所収

浅田隆　「遠藤周作の『おバカさん』とドストエフスキーの「無条件の美しい人間像」をめぐって」（「奈良大学紀要」10、一九八一・昭56・12）

遠藤周作　「わが小説のモデルについて」／ジョルジュ・ネラン『おバカさんの自叙伝半分　聖書片手にニッポン36年間』（講談社、一九八八・昭63・2）所収

上総英郎　「第三章　娯楽小説の誕生」／『十字架を背負ったピエロ―狐狸庵先生と遠藤周作―』（朝文社、一九九〇・平2・12）所収

広石廉二　「『おバカさん』―ガストンの生き方」／『遠藤周作のすべて』（朝文社、一九九一・平3・4）所収

汐田峰子　「遠藤周作における軽小説の意味―『おバカさん』を中心に」（「岡大国文論稿」12、一九九三・平5・3）

近藤富英　「日本語のオノマトピアに関する一考察―（小説『おばかさん』を題材に）」（「信州大学教養部紀要」27、一九九三・平5・3）

マーク・ウイリアムズ　「「本当の自我」の追及の問題―『おバカさん』」／『「遠藤周作」とShusaku Endo』（春秋社、一九九四・平6・11）所収

大田正紀　「遠藤周作『おバカさん』―哀しみの同伴者―」（「まじわり」一、一九九六・平8・7）のち『祈りとしての文芸―三浦綾子・遠藤周作・山本周五郎・有島武郎』（聖恵授産所出版部、二〇〇六・平18・12）所収

川島秀一　「『おバカさん』―〈自分のキリスト〉をめぐって」／山形和美編『遠藤周作―その文学世界』（国研出版、一九九七・平9・12）のち『遠藤周作〈和解〉の物語』（和泉書院、二〇〇〇・平12・9）所収

笠井秋生　「『おバカさん』論―遠藤周作のイエス像―」／笠井秋生・玉置邦雄編『作品論　遠藤周作』（双文社出版、二〇〇〇・平12・1）所収

山下聖美　「『坊っちゃん』と『おバカさん』―キリストの描かれ方」（「江古田文学」21（1）、二〇〇一・平13・10）のち『一〇〇年の坊っちゃん』（星雲社、二〇〇七・平19・4）所収

笛木美佳　「遠藤周作「おバカさん」論―ガストンはどこを歩いているのか」（「学苑」749、二〇〇三・平15・1）

清水正　「『おバカさん』と『白痴』」／『遠藤周作とドストエフスキー』（D文学研究会、二〇〇四・平16・9）所収

本田有加子　「遠藤周作「おバカさん」における改稿―〈自分のキリスト〉の表出」（「日本文芸研究」56（3）、二〇〇四・平16・12）

兼子盾夫　「『おバカさん』と『ヘチマくん』における「シンボル」と「メタファー」―人生の認識のドラマとして」（「横浜女子短期大学研究紀要」20、二〇〇五・平17・3）のち『遠藤周作の世界シンボルとメタファー』（教文館、二〇〇七・平19・8）所収

広石廉二　「『おバカさん』―ガストンの生き方」／『遠藤周作のすべて』（朝文社、二〇〇六・平18・4）所収

小嶋洋輔　「遠藤周作『火山』と『おバカさん』―「啓蒙」する

「作家」の誕生」（「近代文学研究」26、二〇〇九・平21・4）のち『遠藤周作論―「救い」の位置―』（双文社出版、二〇一二・平24・12）所収

羽鳥徹哉　「遠藤周作の笑い」／『笑いと創造　第6集』（勉誠出版、二〇一〇・平22・12）所収

ひろさちや　「第9章「在日仏教人」のすすめ―遠藤周作が小説「おバカさん」に込めた生き方」／『生きづらさの正体　世間という見えない敵』（日本文芸社、二〇一一・平23・3）所収

中村国男　「遠藤周作の自然描写Ⅱ」（「常葉大学短期大学部紀要」46、二〇一五・平27・12）

『わたしが・棄てた・女』（「主婦の友」、一九六三・昭38・1〜12）

尾崎安　「遠藤周作「わたしが・棄てた・女」論」（「興文」、一九六四・昭39・5）

佐古純一郎　「遠藤周作の『わたしが・棄てた・女』について」／『文学を考える』（林書店、一九六六・昭41・6）所収

西村幸郎　「遠藤周作『海と毒薬』『わたしが・棄てた・女』」／『愛と信頼を求めて―文学に見る人間の真実―』（ヨルダン社、一九六九・昭44・4）所収

無署名　「逆方向への逡巡と方向転換「お前だってミツじゃないか!!」映画評　私が棄てた女」（「九州大学新聞」第599号、一九六九・昭44・9・25）

武田友寿　「解説」／『わたしが・棄てた・女』（講談社文庫、一九七二・昭47・12）所収

笠原芳光　「解説」／『現代日本キリスト教文学全集12　信頼と連帯』（教文館、一九七三・昭48・12）所収

大原富枝　「解説　夢のような約束」／『わたしが・棄てた・女』（講談社遠藤周作文庫、一九七六・昭51・12）所収

斎藤末弘　「遠藤周作の『わたしが・棄てた・女』」／『影と光と作家との出会いから』（ヨルダン社、一九八一・昭56・4）所収

宮坂覺　「遠藤周作・「わたしが・棄てた・女」のミツ」（「国文学解釈と教材の研究」29（4）、一九八四・昭59・3）

大木マリア　「遠藤周作の作品『わたしが・棄てた・女』にみる「運命の連帯感」」（中華民国輔仁大学外語学院「日本語日本文学」、一九八四・昭59・12）

斎藤末弘　「心の奥に潜むもの―遠藤周作『わたしが・棄てた・女』」／『罪と死の文学　戦後文学の軌跡』（ヨルダン社、一九八五・昭59・12）所収

遠藤祐　「『わたしが・棄てた・女』」（「国文学解釈と鑑賞」51（10）、一九八六・昭61・10）

林水福　「『わたしが・棄てた・女』における神と罪」（「日本文芸論叢」3、一九八八・昭63・3）

広石廉二　「『わたしが・棄てた・女』―真の聖女とは何か」／『遠藤周作のすべて』（朝文社、一九九一・平3・4）所収

川島秀一　「『わたしが・棄てた・女』」（「国文学解釈と教材の研究」（51（10）、一九九三・平5・9）

武田秀美　「遠藤周作『わたしが・棄てた・女』考」（「上智大学国文学論集」27、一九九四・平6・1）

マーク・ウイリアムズ「「本当の自我」の追及の問題―『わたしが・棄てた・女』」／『「遠藤周作」とShusaku Endo』（春秋社、一九九四・平6・11）所収

佐古純一郎「『わたしが・棄てた・女』」／山形和美編『遠藤周作―その文学世界』（国研出版、一九九七・平9・12）所収のち『遠藤周作〈和解〉の物語』（和泉書院、二〇〇〇・平12・9）所収、

木村一信「『わたしが・棄てた・女』論」／笠井秋生・玉置邦雄編『作品論　遠藤周作』（双文社出版、二〇〇〇・平12・1）所収

笛木美佳「遠藤周作「わたしが・棄てた・女」論―〈小さな頭〉〈小さな胸〉が含みもつもの―」（「学苑」738、二〇〇二・平14・1）

林真理子「「わたしが・棄てた・女」（遠藤周作）」／『20代に読みたい名作』（文芸春秋、二〇〇二・平14・10）所収

笠井秋生「「わたしが・棄てた・女」について―人間の無意識領域にかくれている〝本当の自己〟」／佐藤泰正編『遠藤周作を読む』（笠間書院、二〇〇四・平16・5）所収

三木サニア「遠藤周作『わたしが・棄てた・女』論―「棄てる」をめぐって」（「久留米信愛女学院短期大学研究紀要」28、二〇〇五・平17・7）

広石廉二「『わたしが・棄てた・女』―真の聖女とは何か」／『遠藤周作のすべて』（朝文社、二〇〇六・平18・4）所収

小原亨「「わたしが・棄てた・女」をめぐって―『検証会議最終報告書』・「文壇におけるハンセン病観」に対して」（「部落問題研究」176、二〇〇六・平18・6）

大田正紀「遠藤周作『わたしが・棄てた・女』―十字架の恩寵―」／『祈りとしての文芸―三浦綾子・遠藤周作・山本周五郎・有島武郎』（聖恵授産所出版部、二〇〇六・平18・12）所収

笛木美佳「遠藤文学における女性（一）―その概観」（「学苑」795、二〇〇七・平19・1）

小嶋洋輔「遠藤周作「中間小説」論―書き分けを行う作家」（「千葉大学人文研究」36、二〇〇七・平19・3）のち『遠藤周作論―「救い」の位置―』（双文社出版、二〇一二・平24・12）所収

木村一信「罪への悔恨―遠藤周作「わたしが・棄てた・女」」／『不安に生きる文学誌』（叢文社、二〇〇八・平20・2）所収

川島秀一「想像力の始原―『わたしが・棄てた・女』の定位をめぐって―」（「遠藤周作研究」1、二〇〇八・平20・9）のち『遠藤周作〈和解〉の物語　増補改訂版』（和泉書院、二〇一六・平28・3）所収

笛木美佳「キャラクターの円環―森田ミツをめぐって」／柘植光彦編『遠藤周作―挑発する作家』（至文堂、二〇〇八・平20・10）所収

笛木美佳「遠藤文学における女性（三）「わたしが・棄てた・女」に流れ込んでいくもの」（「学苑」819、二〇〇九・平21・1）

加藤憲子「遠藤周作『わたしが・棄てた・女』論―吉岡努と森田ミツの〈幸福〉から見えてくるもの―」（「遠藤周作研究」2、二〇〇九・平21・9）

福田耕介「遠藤周作と熊井啓―社会告発と純粋な愛」／『アウリオン叢書08　映画と文学』（弘学社、二〇一〇・平22・12）所収

羽鳥徹哉「遠藤周作の笑い」／『笑いと創造　第6集』（勉誠出版、

二〇一〇・平22・12）所収
古浦修子「遠藤周作『わたしが・棄てた・女』論―作品構造から見た出会いの「痕跡」」（「人文論究」61（1）、二〇一一・平23・5）
大谷慎一郎「手記と欲望―遠藤周作『わたしが・棄てた・女』試論」（「立教大学日本文学」106、二〇一一・平23・7）
笛木美佳「過去から現代への箴言―遠藤周作「わたしが・棄てた・女」の今日性―」（「学苑」851、二〇一一・平23・9）
大城早月「遠藤周作『わたしが・棄てた・女』論―吉岡努の内面に着目して」（「論究日本文学」97、二〇一二・平24・12）
アシェンソ・アデリノ「遠藤周作の神理解と西欧カトリック教会の神理解」（「遠藤周作研究」6、二〇一三・平25・9）
兼子盾夫「遠藤周作『わたしが・棄てた・女』―「否定の道」としての文学―」（「横浜女子短期大学研究紀要」29、二〇一四・平26・3）
大塩香織「遠藤周作『わたしが・棄てた・女』論」（「白百合女子大学言語・文学研究センター言語・文学研究論集」14、二〇一四・平26・3）
サンチットアナンド「遠藤周作『わたしが・棄てた・女』論：「ぼく」の〈平凡さ〉に着目して」（「語文」104、二〇一五・平27・6）

『留学』（文芸春秋新社、一九六五・昭40・6）

白井浩司「文芸時評　自己を語る遠藤氏の「留学」」（「信濃毎日新聞」、一九六五・昭40・2・21）
瀬沼茂樹「文芸時評〈上〉力作・遠藤の「留学」」（「東京新聞」夕刊、一九六五・昭40・2・22）
江藤淳「文芸時評〈上〉「西洋」と日本の対比　遠藤氏の小説「爾も、また」」（「朝日新聞」、一九六五・昭40・1・26）のち『続文芸時評』（新潮社、一九六七・昭42・3）所収
江藤淳「文芸時評〈下〉「留学」」（「朝日新聞」夕刊、一九六五・昭40・2・27）のち『続文芸時評』（新潮社、一九六七・昭42・3）所収
平野謙「今月の小説〈下〉現代小説のワク内で自足の遠藤」（「毎日新聞」夕刊、一九六五・昭40・2・27）のち『文芸時評（下）』（河出書房新社、一九六九・昭44・9）所収
山本健吉「文芸時評〈下〉共通点はモチーフの中に（「爾も、また」）カトリック留学生の心の影（「留学」）」（「読売新聞」夕刊、一九六五・昭40・2・27）
北村耕「文芸時評〈上〉カトリック布教活動の侵略性を考えさす（「留学」）」（「アカハタ」、一九六五・昭40・2・27）
尾崎秀樹「文学　3月の状況」（「週刊読書人」一九六五・昭40・3・1）
野間宏・安部公房・佐々木基一「創作合評―「留学」」（「群像」、一九六五・昭40・4）
日沼倫太郎「西洋と日本の対立　留学生の苦悩を掘り下げた三編　遠藤周作著「留学」」（「読売新聞」夕刊、一九六五・昭40・8・12）
なだいなだ「越え難い文化の距離　作者の精神的な体験への追憶　遠藤周作著　留学」（「週刊読書人」、一九六五・昭40・8・30）

佐古純一郎「遠藤周作の『留学』について」(「福音と世界」20(9)、一九六五・昭40・9)

竹内実「文芸時評「参加」と「距離」」(「新日本文学」20(10)、一九六五・昭40・10)

中村完「留学・哀歌」(「国文学解釈と教材の研究」18(2)、一九六八・昭43・2)

神谷忠孝「留学」(「国文学解釈と鑑賞」40(7)、一九七五・昭50・3)

玉置邦雄「遠藤周作『ルーアンの夏』論(一)—異邦人の苦悩をめぐって—」(「日本文芸研究」27(3)、一九七五・昭50・9)のち『現代文芸の成立と展開』(桜楓社、一九七七・昭52・10)所収

佐藤泰正「「留学」の田中」(「国文学解釈と教材の研究」20(15)、一九七五・昭50・11)

玉置邦雄「遠藤周作『ルーアンの夏』論(二)」(「日本文芸研究」28(1)、一九七六・昭51・3)のち『現代文芸の成立と展開』(桜楓社、一九七七・昭52・10)所収

若林真「解説　幻影のヨーロッパ」/『留学』(講談社遠藤周作文庫、一九七六・昭51・10)所収

玉置邦雄「遠藤周作『爾も、また』の世界(一)」(「日本文芸研究」29(2)、一九七七・昭52・6)のち『現代文芸の成立と展開』(桜楓社、一九七七・昭52・10)所収

玉置邦雄「遠藤周作『爾も、また』の世界(二)」/実方博士古希記念論集編集委員会編『日本文芸の研究』(桜楓社、一九七八・昭53・5)所収のち『現代文芸の成立と展開』(桜楓社、一九七七・昭52・10)所収

上総英郎「遠藤周作論(四)」(「論究」、一九八四・昭59・6)のち『遠藤周作論』(春秋社、一九八七・昭62・11)所収

川島秀一「遠藤周作ノート(三)「爾も、また」『留学』第三章について」(「日本文芸論集」17、一九八七・昭62・3)のち『遠藤周作—愛の同伴者』(和泉書院、一九九三・平5・6)所収

三木サニア「遠藤周作『留学』論」(「久留米信愛女学院短期大学」12、一九八九・平元・3)のち『遠藤・辻の作品世界—美と信と愛のドラマ—』(双文社出版、一九九三・平5・11)所収

三木サニア「続『留学』論—「第3章　爾も、また」におけるサドをめぐって」(「久留米信愛女学院短期大学」13、一九九〇・平2・3)のち『遠藤・辻の作品世界—美と信と愛のドラマ—』(双文社出版、一九九三・平5・11)所収

広石廉二「『留学』—日本とヨーロッパの距離」/『遠藤周作のすべて』(朝文社、一九九一・平3・4)所収

川島秀一「「ルーアンの夏」論—〈黒い翳〉の行方」(「日本文芸研究」日本文学科開設50周年記念号、一九九二・平4・9)のち『遠藤周作—愛の同伴者』(和泉書院、一九九三・平5・6)所収

細谷博「『留学』—追いつめられた声と渇き」(「国文学解釈と教材の研究」38(10)、一九九三・平5・9)のち『所与と自由　近現代文学の名作を読む』(勉誠出版、二〇一三・平25・1)所収

宮原直美「遠藤周作『留学』における一考察—第三章「爾も、また」の「しみ」の描写をめぐって(1)」(熊本大「国語国文学教育と研究」29、一九九四・平6・6)

今橋映子　「他者としてのパリ―遠藤周作「爾も、また」再読」／鶴田欣也編『日本文学における〈他者〉』（新曜社、一九九四・平6・11）所収

宮原直美　「遠藤周作『留学』における一考察―第三章「爾も、また」の「しみ」の描写をめぐって2」（熊本大「国語国文学教育と研究」31、一九九五・平7・6）

マーク・ウィリアムズ　「『留学』―意識と無意識の世界」／山形和美編『遠藤周作―その文学世界』（国研出版、一九九七・平9・12）所収

宮原直美　「遠藤周作『留学』における一考察―第三章「爾も、また」の「しみ」の描写をめぐって3」（熊本大「国語国文学教育と研究」37、一九九九・平11・2）

西尾宣明　「『留学』論―「第三の新人」の行くえ―」／笠井秋生・玉置邦雄編『作品論　遠藤周作』（双文社出版、二〇〇〇・平12・1）所収

兼子盾夫　「遠藤周作における文学と宗教Ⅱ『留学』―真の自己を求めて―」（「横浜女子短期大学研究紀要」15、二〇〇〇・平12・3）

宮原直美　「遠藤周作『留学』論―ジイドの影」（「方位」22、二〇〇一・平13・6）

宮原直美　「遠藤周作『留学』論―〈日本人〉としての「自己発見」第三章を中心にして」（「国語国文学研究」37、二〇〇二・平14・2）

辛承姫　「遠藤周作におけるヨーロッパ留学の意味―「ルーアンの夏」と「留学生」を中心に」（「専修国文」78、二〇〇六・平18・1）のち『遠藤周作論　母なるイエス』（専修大学出版会、二〇〇九・平21・2）所収

兼子盾夫　「『留学』第三章における色の象徴と暗喩―「白」「赤」と「ヨーロッパという大河」」（「遠藤周作研究」1、二〇〇八・平成20・9）

小嶋洋輔　「遠藤周作とサド―「爾も、また」、「書くという事の意味」をめぐる小説」（「遠藤周作研究」1、二〇〇八・平20・9）のち『遠藤周作論―「救い」の位置―』（双文社出版、二〇一二・平24・12）所収

任愛理　「「爾も、また」における、戦後文学者の挫折の捉え直し―欧米文学の理想化、私小説回帰、そして私小説的メタフィジック」（「繡」23、二〇一一・平23・3）

森一弘　「第6章遠藤周作の西欧世界との遭遇―作品『留学』から『沈黙』へ、『沈黙』から『深い河』へ」／『あなたにとって神とは?』女子パウロ会、二〇一四・平26・6）所収

福田耕介　「遠藤周作「ルーアンの夏」と Richard Pottier Meurtres?」（「Chronica：白百合女子大学キリスト教文化研究所所報」32、二〇一四・平26・12）

北田雄一　「遠藤周作「ルーアンの夏」論―作品末尾における「気持」の内実―」（「人文論究」64（3）、二〇一四・平26・12）

長濱拓磨　「遠藤文学における〈ペドロ岐部〉（一）―『留学』『沈黙』を中心として―」（「遠藤周作研究」8、二〇一五・平27・9）

太原正裕「留学から小説『留学』へ、『沈黙』への序章」（「遠藤周作研究」9、二〇一六・平28・9）

『協奏曲』（「マドモアゼル」、一九六五・昭40・8〜一九六六・昭41・7）

無署名「中間小説「協奏曲」遠藤周作著」（「朝日新聞」、一九六六・昭41・12・11）

吉永小百合「解説　幻の名画「協奏曲」」／『協奏曲』（講談社遠藤周作文庫、一九七四・昭49・7）所収

福田耕介「アニエス・ヴァルダの映画『幸福』と遠藤周作の中間小説―『協奏曲』と『どっこいショ』における「妻」と「愛人」の相克―」（「白百合女子大学キリスト教文化研究論集」13、二〇一二・平24・2）

短編集『哀歌』（「再発」「男と九官鳥」「その前日」「四十歳の男」「大部屋」「童話」「雑木林の病棟」「帰郷」「札の辻」「雲仙」「私のもの」「例之酒癖一杯綺言」）（新潮社、一九六五・昭40・10）

伊藤整・本多秋五・山本健吉「創作合評―『男と九官鳥』」（「群像」、一九六三・昭38・2）

林房雄「文芸時評〈下〉死への近接試みる「一杯綺言」」（「朝日新聞」、一九六三・昭38・6・29）

大岡昇平・寺田透・埴谷雄高「創作合評―『札の辻』」（「群像」、一九六三・昭38・12）

平野謙「今月の小説〈下〉ベスト3　遠藤周作「四十歳の男」」（「毎日新聞」夕刊、一九六四・昭39・1・31）

瀬沼茂樹「文芸時評〈下〉断片的な心象風景　遠藤周作「帰郷」」（「東京新聞」夕刊、一九六四・昭39・8・23）

小原元「文芸時評　創作意図と作者の責任」（「文化評論」、一九六五・昭40・2・1）＊「雲仙」

河上徹太郎「文芸時評―「童話」「その前日」「男と九官鳥」「四十歳の男」」／『文芸時評』（垂水書房、一九六五・昭40・9）所収

無署名「哀歌　遠藤周作著」（「週刊読書人」、一九六五・昭40・12・6）

高橋たか子「遠藤周作論」（「批評」5、一九六六・昭41・8）

江藤淳「童話」「私のもの」／『成熟と喪失―〝母〟の崩壊―』（河出書房新社、一九六七・昭42・6）所収

山本健吉「札の辻」「私のもの」「例之酒癖一盃綺言」／『文芸時評』（河出書房新社、一九六九・昭44・6）所収

宮井一郎「遠藤周作論」／『現代作家論』（東洋出版、一九七〇・昭45・6）所収

武田友寿「解説」／『哀歌』（講談社文庫、一九七二・昭47・8）所収

上総英郎「解説」／『現代日本キリスト教文学全集3　死と不安』（教文館、一九七二・昭47・12）所収

中村完「留学・哀歌」（「国文学解釈と教材の研究」18（2）、一九七三・昭48・2）

佐古純一郎「解説」／『現代日本キリスト教文学全集1　神との出会い』（教文館、一九七三・昭48・4）所収

上総英郎「解説」／『現代日本キリスト教文学全集6　信仰と懐疑』（教文館、一九七三・昭48・5）所収

神谷忠孝　「哀歌」（「国文学解釈と鑑賞」40（7）、一九七五・昭50・6）

笠井秋生　「病床体験と短篇集『哀歌』―遠藤周作論（5）―」（「梅花短期大学研究紀要」31、一九八三・昭58・2）のち『遠藤周作論』（双文社出版、一九八七・昭62・11）所収

上総英郎　「遠藤周作論（五）」（「論究」、一九八五・昭60・2）のち『遠藤周作論』（春秋社、一九八七・昭62・11）所収

松島芳昭　「教材研究『札の辻』に観る神の証明」（「月刊国語教育」5（3）、一九八五・昭60・3）

上総英郎　「解説―〝祈りに傾く〟もの」／『哀歌』（講談社文芸文庫、一九八八・昭63・7）所収、のち『遠藤周作へのワールド・トリップ』（パピルスあい、二〇〇五・平17・4）所収

川島秀一　「『沈黙』のためのノート―先行する短篇群の意味するもの―」（「山梨英和短期大学紀要」25、一九九一・平3・12）のち『遠藤周作―愛の同伴者』（和泉書院、一九九三・平5・6）所収

佐藤泰正　「教科書のなかの遠藤周作（二）―『札の辻』ほかにふれつつ―」（月刊国語教育14（7）、一九九二・平4・9）

宮坂覺　「「最後の殉教者」「雲仙」」／山形和美編『遠藤周作―その文学世界』（国研出版、一九九七・平9・12）所収

川島秀一　「『哀歌』論―《闇》の言説をめぐって―」／笠井秋生・玉置邦雄編『作品論　遠藤周作』（双文社出版、二〇〇〇・平12・1）所収のち『遠藤周作　〈和解〉の物語』（和泉書院、二〇〇〇・平12・9）所収

辛承姫　「第四章〈母なるもの〉の系譜　一節　見出された〈母なるイエス〉―「男と九官鳥」・二節〈私のイエス像〉への具現―「私のもの」」／『遠藤周作論　母なるイエス』（専修大学出版局、二〇〇九・平21・2）所収

下野孝文　「遠藤周作「雲仙」論―参考資料との関係から」（「国語国文薩摩路」54、二〇一〇・平22・3）

下野孝文　「「札の辻」論―江戸の大殉教との関係から」（「近代文学論集」36、二〇一〇・平22・11）

マルセロ・オラノ　「遠藤周作初期キリスト教文学における「弱者」（1）―『沈黙』のキチジローへ至る道」（「福岡大学日本語日本文学」20、二〇一〇・平22・11）

下野孝文　「『哀歌』から『沈黙』へ―〈踏絵〉というドラマについて」（「国語国文薩摩路」55、二〇一一・平23・3）

福田耕介　「遠藤周作とフランソワーズ・サガン―「死にかけた男」をめぐって」（「lilia candhida」42、二〇一二・平24・3）

下野孝文　「『哀歌』から「母なるもの」へ―描かれた父像を中心に」（「国語国文薩摩路」56、二〇一二・平24・3）

池田静香　「『沈黙』論議を考える―日本の精神風土との格闘についての一考察」（「九大日文」19、二〇一二・平24・3）

下野孝文　「遠藤周作〈合わない洋服〉―トミズム（Thomism）と「日本的感性」（一）」（「近代文学論集」39、二〇一四・平26・2）

下野孝文　「『哀歌』論―「母なるもの」の形成と行方―」（「国語国文薩摩路」58、二〇一四・平26・3）

有光隆司　「遠藤周作における信者であることの再認識―「札の辻」から「死海のほとり」へ」（「清泉女子大学キリスト教文化研究

所年報」24、二〇一六・平28・3）

松村優子「高輪探訪：遠藤周作「札の辻」読書会と文学散歩参加記（キリスト教ヒューマニズム研究会から）」（「清泉文苑」33、二〇一六・平28・3）

『沈黙』（新潮社、一九六六・昭41・3）

亀井勝一郎「感想」／『沈黙』（新潮社、一九六六・昭41・3）付録のち『亀井勝一郎全集第二十巻』（講談社、一九七三・昭48・6）所収

江藤淳「「沈黙」について」／『沈黙』（新潮社、一九六六・昭41・3）付録

会田雄次「寛容の文化と不寛容の文化」／『沈黙』（新潮社、一九六六・昭41・3）付録

河上徹太郎「「転んだ神父たち」／『沈黙』（新潮社、一九六六・昭41・3）付録のち「新潮」（一九六六・昭41・4）

アルマンド・マルティンス「遠藤さんの小説」／『沈黙』（新潮社、一九六六・昭41・3）付録

竹山道雄「私の書評—遠藤周作『沈黙』」（「自由」8（3）、一九六六・昭41・3）

山本健吉「文芸時評〈上〉神の「沈黙」を追求」（「読売新聞」夕刊、一九六六・昭41・3・28）のち『文芸時評』（河出書房新社、一九六九・昭44・6）所収

山本健吉「文芸時評〈下〉遠藤作品の主調低音」（「読売新聞」夕刊、一九六六・昭41・3・29）のち『文芸時評』（河出書房新社、一九六九・昭44・6）所収

進藤純孝「棄教のナゾに迫る　遠藤周作著「沈黙」」（「日本経済新聞」、一九六六・昭41・4・11）のち『作品展望　昭和文学（下）』（時事通信社、一九七七・昭52・9）所収

無署名書評「踏絵と外人司祭　遠藤周作著『沈黙』」（「朝日新聞」、一九六六・昭41・4・12）

椎名麟三「真実の魂のさけび—遠藤周作著『沈黙』—」（「読売新聞」夕刊、一九六六・昭41・4・14）のち『椎名麟三全集第二十巻』（冬樹社、一九七七・昭52・4）所収

無署名書評「弾圧のなかの宣教師—遠藤周作著『沈黙』—」（「毎日新聞」、一九六六・昭41・4・17）

開高健「ころびバテレンの悲運—遠藤周作著『沈黙』—」（「東京新聞」夕刊、一九六六・昭41・4・20）

進藤純孝「文芸時評」（「産経新聞」夕刊、一九六六・昭41・4・23）

桶谷秀昭「人間性の弱さを盾にとる　遠藤周作著『沈黙』」（「日本読書新聞」、一九六六・昭41・4・25）

無署名書評「類の中の個の悲劇　幻想の中にあるカトリシズム　書評　沈黙　遠藤周作・著」（「九州大学新聞」(540)、一九六六・昭41・4・25）

無署名書評「キリスト者の苦悩と疑惑—遠藤周作著『沈黙』」（「週刊朝日」、一九六六・昭41・4・29）

本多秋五「文芸時評〈上〉」（「東京新聞」夕刊、一九六六・昭41・4・29）

荒正人「感動を与える現代的作品—『沈黙』—」（「週刊読売」、一九

六六・昭41・4・29）

江藤淳「文芸時評〈上〉背教者の苦悩と悦び―遠藤周作『沈黙』の強烈なリアリティ」（「朝日新聞」夕刊、一九六六・昭41・4・29）のち『続文芸時評』（新潮社、一九六七・昭42・3）所収

山本健吉「〈書評〉日本的「泥沼」からの声―遠藤周作『沈黙』」（「文芸」、一九六六・昭41・5）のち『山本健吉全集第十四巻』（講談社、一九八四・昭和59・7）所収

無署名「〈書評〉ユダであることとは―遠藤周作『沈黙』」（「群像」、一九六六・昭41・5）

無署名「グラビア『沈黙』の著者　遠藤周作氏」（「新刊展望」10（9）、一九六六・昭41・5）

遠藤周作・田中千禾夫「〈対談〉踏絵のこころ」（現代演劇協会機関紙「雲」10、一九六六・昭41・5）

松田毅一「史実のフェレイラ」（現代演劇協会機関紙「雲」10、一九六六・昭41・5）

森川達也「文学のドラマ回避―遠藤周作の二作『沈黙』『黄金の国』」（「図書新聞」、一九六六・昭41・5・7）

矢内原伊作「ころびバテレンの〝信仰〟―遠藤周作『沈黙』」（「朝日ジャーナル」、一九六六・昭41・5）

石上玄一郎「悲愴な人間像を―遠藤周作著『沈黙』―」（「週刊読書人」、一九六六・昭41・5・16）

平野謙「五月の小説（下）」（「毎日新聞」夕刊、一九六六・昭41・5・4）

飯野博「キリスト者の「転向」を扱った歴史小説として〈上〉―遠藤周作『沈黙』とその批評をめぐる問題」（「赤旗」、一九六六・昭41・5・23）

飯野博「キリスト者の「転向」を扱った歴史小説として〈下〉―遠藤周作『沈黙』とその批評をめぐる問題」（「赤旗」、一九六六・昭41・5・24）

進藤純孝「近ごろのベスト・セラー　神の存在を問いつめる」（「読売新聞」、一九六六・昭41・5・29）

本田正一「遠藤周作著『沈黙』および『黄金の国』の提起する問題を契機として基督教の日本土着についての一考察」（「折尾女子経済短期大学論集」1、一九六六・昭41・6）

粕谷甲一「『沈黙』について」（「世紀」（194）、一九六六・昭41・7）

佐古純一郎「遠藤周作の『沈黙』について」（「月刊キリスト」18（7）、一九六六・昭41・7）のち『宗教と文学』（桂書房、一九六八・昭43・1）所収

高橋和己「『沈黙』」（「世界」（248）、一九六六・昭41・7）のち『高橋和己作品集第八巻』（河出書房新社、一九七〇・昭45・7）所収

高橋たか子「書評・「沈黙」「黄金の国」」（「南北」、一九六六・昭41・7）

松本鶴雄「〈文学者時評〉『沈黙』・遠藤周作論―メタフィジックな擬装の破綻とサディズム―」（「文学者」、一九六六・昭41・7）のち『背理と狂気　現代作家の宿命』（笠間書院、一九七二・昭47・4）所収

門脇佳吉「時評「沈黙」の神学的批判をめぐって」（「世紀」（195）、一九六六・昭41・8）

長谷川泉「遠藤周作著『沈黙』」（「国文学解釈と鑑賞」31（10）、一九六六・昭41・8）

高橋たか子「遠藤周作論」（「批評」5、一九六六・昭41・8）

井上洋治・遠藤周作・三浦朱門「〈座談会〉井上神父をかこんで」（「批評」5、一九六六・昭41・8）

山本健吉「〈文壇クローズアップ〉遠藤周作の「沈黙」」（「小説新潮」20（8）、一九六六・昭41・8）

佐古純一郎「『沈黙』について」（「世紀」(196)、一九六六・昭41・9）のち『宗教と文学』（桂書房、一九六八・昭43・1）所収

遠藤周作・小川圭治・熊沢義宣・佐古純一郎「座談会　神の沈黙と人間の証言　遠藤周作『沈黙』の問題をめぐって」（「福音と世界」、一九六六・昭41・9）

久山康・椎名麟三・吉村善夫・柳田知常・北森嘉蔵・米倉充・小川圭治「遠藤周作『沈黙』について—座談会—」（「兄弟」、一九六六・昭41・9）

椎名麟三・遠藤周作「〈対談〉宗教と文学」（「三田文学」53（3）、一九六六・昭41・10）

入船尊「『沈黙』を読んで」（「福音と世界」21（10）、一九六六・昭41・10）

伊藤整「私の印象—谷崎賞選後評」（「中央公論」81（11）、一九六六・昭41・11）

円地文子「『沈黙』を推す—谷崎賞選後評」（「中央公論」81（11）、一九六六・昭41・11）

大岡昇平「今年度最大の問題作—谷崎賞選後評」（「中央公論」81（11）、一九六六・昭41・11）

武田泰淳「緊張したドラマ—谷崎賞選後評」（「中央公論」81（11）、一九六六・昭41・11）

丹羽文雄「感想—谷崎賞選後評」（「中央公論」81（11）、一九六六・昭41・11）

船橋聖一「選考経過—谷崎賞選後評」（「中央公論」81（11）、一九六六・昭41・11）

三島由紀夫「遠藤氏の最高傑作—谷崎賞選後評」（「中央公論」81（11）、一九六六・昭41・11）

野田甲一「遠藤周作著　沈黙」（「出版ニュース」(711)、一九六六・昭41・11）

高堂要「キリスト者の文学の可能性—『氷点』『沈黙』のブームに思う」（「福音と世界」21（12）、一九六六・昭41・12）

佐古純一郎「芥川竜之介の『神神の微笑』と遠藤周作の『沈黙』」（「聖心女子大学論叢」28、一九六六・昭41・12）のち『宗教と文学』（桂書房、一九六八・昭43・1）所収

大西次丸「現代のカトリック文学」（「日本大学文理学部研究年報」第十五輯、一九六六・昭41・12）

遠藤周作・巖谷大四「対談「沈黙」」（「新刊ニュース」111、一九六六・昭41・12）

山本健吉「今年の収穫ベスト5　目立つ史的、記録的な作品」（「朝日新聞」夕刊、一九六六・昭41・12・14）

江藤淳「今年の収穫ベスト5　精神の自在さ見せる花田氏」（「朝日新聞」夕刊、一九六六・昭41・12・14）

奥野健男　「今年の読売小説ベスト3「黒い雨」と「沈黙」に集中」（「読売新聞」夕刊、一九六六・昭41・12・21）

佐藤泰正　「二つの「沈黙」」（「中央公論」82（1）、一九六七・昭42・1）のち『文学と宗教の間』（国際日本研究所、一九六八・昭43・7）所収

江藤淳　「成熟と喪失・Ⅵ」（「文芸」、一九六七・昭42・1）のち『成熟と喪失―〝母〟の崩壊―』（河出書房新社、一九六七・昭42・6）所収

絹川早苗　「私の読んだ本「沈黙」遠藤周作著」（「新詩人」22（1）、一九六七・昭42・1）

笹淵友一　「近代日本文学とキリスト教―主として遠藤周作『沈黙』について―」（「国文学解釈と教材の研究」12（3）、一九六七・昭42・2）

北森嘉蔵　「『沈黙』の神学―何処への踏み石か」（「月刊キリスト」19（2）、一九六七・昭42・2）

田村栄　「歴史小説にあらわれた転向の問題―『榎本武揚』と『沈黙』について―」（「文化評論」64、一九六七・昭42・2）

遠藤周作・田中澄江　「西九州の切支丹ムード〈対談〉天草、長崎、雲仙にひそむ生活 感覚を改めて考え直す異色対談」（「旅」41（2）、一九六七・昭42・2）

無署名　「遠藤周作の「沈黙」について」（「聖書の日本」（370）、一九六七・昭42・4）

上総英郎　「共感と挫折―「沈黙」について」（「三田文学」54（4）、一九六七・昭42・4）のち『原初の光景』（小沢書店、一九七二・昭47・11）所収

遠藤周作　「日記より―「沈黙」フェレイラについてのノート」（「批評」一九六七・昭42・6）

フランシス・マシー　「日本のカトリック作家　遠藤周作」（「ソフィア」16（3）、一九六七・昭42・10）のち泉秀樹編『遠藤周作の研究』（実業之日本社、一九七九・昭54・6）所収

遠藤周作　「ぽるとがる紀行―『沈黙』の筆者が主人公を生んだ国を訪れ、自己の裡に沈潜した想いを語る」（「中央公論」82（13）、一九六七・昭42・12）

国谷純一郎　「背教と救済―遠藤周作『沈黙』を手がかりとして」（「明治大学教養論集」42、一九六八・昭43・3）

菊田義孝　「沈黙していたのはロドリゴだ―遠藤周作『沈黙』について」（「本の手帖」8（6）、一九六八・昭43・6）のち『遠藤周作論―かれはなにを書かなかったか―』（永田書房、一九八七・昭62・10）所収

柳田知常　「作家と宗教意識（その九）『沈黙』（遠藤周作）」（「作家」235、一九六八・昭43・8）

笠井秋生　「遠藤周作とキリスト教―「黄金の国」「沈黙」を中心に―」（「日本文芸研究」20-2・3、一九六八・昭43・9）

佐藤泰正　「遠藤周作―『沈黙』を視座として―」（「国文学解釈と教材の研究」14（3）、一九六九・昭44・2）

フランシス・マシー　「遠藤周作の泥沼日本（武田勝彦訳）」（「国文学解釈と教材の研究」14（3）、一九六九・昭44・2）

片岡弥吉　「「青銅の基督」と「沈黙」」／『踏絵―禁教の歴史』（日

本放送出版協会、一九六九・昭44・6）所収

山本健吉「文芸時評―「白い人」「海と毒薬」「沈黙」ほか」／のち『文芸時評』（河出書房新社、一九六九・昭44・6）所収

平野謙「沈黙」／『文芸時評　下』（河出書房新社、一九六九・昭44・9）所収

実方清「遠藤周作の世界―「沈黙」を中心として」／『日本現代小説の世界』（清水弘文堂、一九六九・昭44・10）所収

武田友寿「『沈黙』論をめぐって」「『沈黙』の世界―弱者の論理―」／『遠藤周作の世界』（中央出版社、一九六九・昭44・10）所収

佐藤泰正「宗教とその土俗化―『鬼無鬼島』と『沈黙』を中心に―」（『国文学解釈と鑑賞』34（12）、一九六九・昭44・11）

玉置邦雄「遠藤周作の『沈黙』の世界」（『日本文芸研究』21（4）、一九六九・昭44・12）のち『現代日本文芸の成立と展開―キリスト教の受容を中心として―』（桜楓社、一九七七・昭52・10）所収

佐古純一郎「歴史小説の分析　遠藤周作『沈黙』」（『国文学解釈と鑑賞』43（3）、一九七〇・昭45・4）

市山研「西欧人の見た遠藤周作―『沈黙』を中心に―」（『国文学解釈と鑑賞』43（4）、一九七〇・昭45・5）

中野記偉「G・グリーンと日本の作家たち（二）―遠藤周作の場合―」（『世紀』241、一九七〇・昭45・5）のち『比較文学講座第三巻　日本近代小説―比較文学的にみた―』（清水弘文堂、一九七一・昭46・11）所収

宮井一郎「遠藤周作論」／『現代作家論』（東洋出版、一九七〇・昭45・5）所収

遠藤周作「〈講演記録〉一つの小説ができるまで―『沈黙』を中心に」（『早稲田文学［第七次］』3（3）、一九七一・昭46・3）

遠藤周作・井上洋治・佐古純一郎「座談会　神の沈黙」（『在家仏教』205、一九七一・昭46・4）

渡辺仁「二つのカトリック―『権力と栄光』と『沈黙』」（『西南女学院短期大学研究紀要』17、一九七一・昭46・5）

兼子盾夫「沈黙の謎―一司祭の妻帯」（『世紀』253、一九七一・昭46・6）

中野記偉「「沈黙」へのアプロウチ―兼子氏の所論に応えて―」（『世紀』254、一九七一・昭46・7）

宮内豊「作家と宗教―遠藤周作論」（『文芸』10（11）、一九七一・昭46・10）のち『檸檬と爆弾』（小沢書店、一九七二・昭47・9）所収

柳田知常「沈黙」（遠藤周作）／『作家と宗教意識』（緑地社、一九七一・昭46・12）所収

高尾利数「転向の制度と赦罪の幻想・小説『沈黙』と映画『沈黙』に何故こだわるか」（『映画批評』、一九七一・昭46・12）

松田道雄「神の沈黙と神の不在　人間を救う神信じる　現代的解釈の篠田監督」（『朝日新聞』、一九七一・昭46・12・21）

田中千禾夫「面白いラストシーン「沈黙」」（『文芸』11（1）、一九七二・昭47・1）

秋元なおみ「十字架の文学―『沈黙』を中心とする遠藤周作論の試み」（『国文目白』11、一九七二・昭47・3）

安藤勝志「背教者たちの肖像―『沈黙』覚書―」（「静岡女子大学国文研究」5、一九七二・昭47・3）

青木晃「映画『沈黙』からはじめて　遠藤周作論ノート（1）」（「青須我波良」5、一九七二・昭47・5）

水浦シヅエ「キリストにおける言葉の連続―『沈黙』の転びをめぐって」（「世紀」266、一九七二・昭47・7）

渡辺晋「不在と韜晦―G ·Greene:The Power & the Glory 遠藤周作「沈黙」に於ける神の問題」（「実践英米文学」2、一九七二・昭47・8）

高見沢潤子「限りなき愛＝「沈黙」」／『生きることの発見―現代作家の模索する人間像』（コンコーディア社、一九七二・昭47・11）所収

三好行雄・遠藤周作「〈対談〉文学―弱者の論理―遠藤周作氏に聞く」（「国文学解釈と教材の研究」18（2）、一九七三・昭48・2）

川嶋至「沈黙」（「国文学解釈と教材の研究」18（2）、一九七三・昭48・2）

鶴田欣也「遠藤周作「沈黙」の海外評価」（「国文学解釈と鑑賞」38（8）、一九七三・昭48・6）

ウイリアム・ジョンストン「『沈黙』―その背景と意義（武田勝彦訳）」／『現代のエスプリ　殉教』（至文堂、一九七三・昭48・6）所収

丸谷才一「「負の側」をつづる苦悩―遠藤周作『死海のほとり』―」（「朝日新聞」夕刊、一九七三・昭48・7・27）
＊『沈黙』にも言及あり

瀬尾勲夫「遠藤周作とグレアム・グリーン―「神の像」の探求について―」（「徳島大学学芸紀要（人文科学）第二三巻」、一九七三・昭48・9）

鈴木秀子「キリスト教と日本文学内なるキリストへの問いかけ「沈黙」から「死海のほとり」まで」（「声」1141、一九七三・昭48・10）

花田司「語りつづける神―『沈黙』を中心にして―」（「兄弟」、一九七三・昭48・12）

長沢順治「遠藤周作の「沈黙」とG・グリーンの「権力と栄光」の間の距離」（「大東文化大学紀要」12、一九七四・昭49・3）

好田豊作「『沈黙』の世界」（「日本文芸研究」26（2）、一九七四・昭49・6）

田村一郎「日本人と沈黙―遠藤周作『沈黙』を手がかりに」（「北方文芸」7（6）、一九七四・昭49・6）

武田勝彦『沈黙』（「国文学解釈と鑑賞」49（7）、一九七四・昭49・7）

利沢行夫「遠藤周作「沈黙」」（『現代小説事典』）」（「国文学解釈と鑑賞」49（8）、一九七四・昭49・7）

実方清「『沈黙』の世界とキリスト教」／『日本現代文学とキリスト教　昭和編』（桜楓社、一九七四・昭49・11）所収のち『実方清著作集第九巻　文芸とキリスト教』（桜楓社、一九八六・昭61・8）所収

坂本尭「遠藤周作『沈黙』の示すもの」／『カトリックと日本人』（講談社現代新書、一九七四・昭49・12）所収

山崎一穎「沈黙」（「国文学解釈と鑑賞」40（7）、一九七五・昭50・6）

武田友寿「文学の基調」「小説と〈神〉」／『遠藤周作の文学』（聖文舎、一九七五・昭50・9）所収

伊藤明治「〈教材研究〉遠藤周作『沈黙』」（「国語展望」41、一九七五・昭50・11）

川嶋至「事実は復讐する・6―『沈黙』」（「季刊芸術」36、一九七六・昭51・1）のち『文学の虚実―事実は復讐する』（論創社、一九八七・昭62・5）所収

石丸晶子「『沈黙』論―〈ユダ〉の運命とその救済」（「東洋女子短期大学紀要」8、一九七六・昭51・3）

梶間弥生「『沈黙』を教室で読んで―国語教材となった『沈黙』」（「世紀」313、一九七六・昭51・6）

笠井秋生「『沈黙』から『死海のほとり』へ―遠藤周作の軌跡―」（「梅花短期大学研究紀要」25、一九七六・昭51・12）のち『遠藤周作論』（双文社出版、一九八七・昭62・11）所収

広石廉二「『沈黙』―踏絵を踏む足の痛み」／『解説　遠藤周作のすべて』（講談社遠藤周作文庫別巻、一九七六・昭51・12）所収のち『遠藤周作のすべて』（朝文社、一九九一・平3・4）所収

佐古純一郎『椎名麟三と遠藤周作』（日本基督教団出版局、一九七七・昭52・2）

小林勝平「実践報告―遠藤周作「沈黙」の授業」（「国語展望」47、一九七七・昭52・11）

中沢久明「カソリック作家の神について―『沈黙』とThe Heart of the master」（「松本歯科大学紀要（一般教育）」5、一九七八・昭53・2）

高口真美子「『沈黙』論―三つの命題について」（福岡女子大学「香椎潟」24、一九七八・昭53・12）

相田武文「遠藤周作著、沈黙を読んで（私の感銘を受けた図書3）」（「建築雑誌」94（1146）、一九七九・昭54・12）

林俊江「非キリスト者から見た『沈黙』について―主体性獲得への葛藤―」（熊本女子大学「驪馬」3、一九七九・昭54・4）

三木サニア「『沈黙』と神の沈黙」（熊本女子大学「驪馬」3、一九七九・昭54・4）

小坂真理「遠藤周作試論―『沈黙』のなかの声」（聖心女子大学「文学・史学」1、一九七九・昭54・5）のち『それでも神はいる　遠藤周作と悪』（慶應義塾大学出版会、二〇一五・平27・8）所収

上総英郎「『沈黙』以後の遠藤周作」／泉秀樹編『遠藤周作の研究』（実業之日本社、一九七九・昭54・6）所収

武田友寿「切支丹―信仰と文学の結節点」／泉秀樹編『遠藤周作の研究』（実業之日本社、一九七九・昭54・6）所収

大木マリア「遠藤周作の『沈黙』にみる「弱者」像」／中華民国輔仁大学外語学院「日本語日本文学」、一九七九・昭54・12）

黒田美保子「遠藤周作『沈黙』について」（「駒沢短大国文」10、一九八〇・昭55・3）

笠井秋生「遠藤周作『沈黙』の世界―父の宗教から母の宗教への転換―」（「評言と構想」18、一九八〇・昭55・6）のち『遠藤周作論』（双文社出版、一九八七・昭62・11）所収

岡村ひとみ　「遠藤周作『沈黙』論」（宮城女子学院大学「日本文学ノート」16、一九八一・昭56・1）

佐伯彰一　「解説」／『沈黙』（新潮文庫、一九八一・昭56・10）所収

宮尾俊彦　「『沈黙』覚書—『切支丹屋敷役人日記』と『査祆余録』」（「長野県短期大学紀要」36、一九八一・昭56・12）

原田寿枝　「国語指導の一つの試みと反省—『沈黙』を素材として—」（「富山女子短大付属高校研究年誌」11、一九八二・昭57・3）

山田義博　「『西方の人』と『沈黙』とに表現されたキリスト観について」（「金沢大学国語国文」8、一九八二・昭57・3）

嶋岡晨　「遠藤周作『沈黙』その他—大いなる許容の〈救い〉」／『宗教と文学の地平』（春秋社、一九八二・昭57・4）所収

中田幸作　「「沈黙」から「侍」へ—遠藤周作の軌跡」（「季刊文学的立場〈第3次〉」6、一九八二・昭57・4）

三木サニア　「芥川龍之介と遠藤周作—「杜子春」と「沈黙」をめぐって—」（「方位」4、一九八二・昭57・5）

河合隼雄　「削られた原稿」（「プシケー」1、一九八二・昭57・6）のち『日本人とアイデンティティ』（創元社、一九八四・昭59・8）所収

曾我博子　「遠藤周作における〈神の愛〉について—『沈黙』『母なるもの』をめぐって」（「米沢国語国文」、一九八二・昭57・9）

槌賀七代　「『沈黙』の世界」（「日本文芸学」19、一九八二・昭57・11）

佐藤泰正編　『沈黙』／『鑑賞日本現代文学25　椎名麟三・遠藤周作』（角川書店、一九八三・昭58・2）

山田義博　「『西方の人』と『沈黙』におけるキリスト観について」（石川県高等学校教育研究会国語部会「国語研究」20、一九八三・昭58・3）

大野淳一　「芥川龍之介と遠藤周作—「沼地」の側から—」（「国文学解釈と鑑賞」48（4）、一九八三・昭58・3）

小久保実編　『沈黙』／『遠藤周作の世界』（和泉書院、一九八三・昭58・4）

佐藤泰正　「遠藤周作—『沈黙』以後の課題をめぐって」（「福音と世界」38（8）、一九八三・昭58・7）

笠井秋生　「遠藤周作『沈黙』再論—踏絵の場面を中心に」（「キリスト教文芸」1、一九八三・昭58・9）のち『遠藤周作論』（双文社出版、一九八七・昭62・11）所収

大里恭三郎　「遠藤周作論—和服の宣教師—」／『孤高の現代作家』（審美社、一九八三・昭58・10）所収

須波敏子　「『沈黙』論—神の沈黙と人間的自由」（「四国学院大学文化学会論集」56、一九八三・昭58・12）

広瀬博　「遠藤周作「沈黙」」（「国語教材研究講座高校現代文」上、一九八四・昭59・1）

根岸正純　「遠藤周作『沈黙』の文体の一特性」（「岐阜女子短期大学研究紀要」33、一九八四・昭59・2）

福井靖子　「遠藤周作『沈黙』についての一考察—詩篇22との関連を中心に—」（「国文白百合」15、一九八四・昭59・3）

村上麻紀　「遠藤周作のキリスト教精神について—『沈黙』を中心に—」（比治山女子短期大学国文学会「たまゆら」56、一九八四・昭59・10）

森野雄二郎　「〈実践記録〉遠藤周作著『沈黙』―考えていく授業―」（神戸大学国語教育学会「国語年誌」3、一九八四・昭59・10）

松島芳昭　「〈教材研究〉『沈黙』のテーマを探らせる上での問題点」（「国語フォーラム」、一九八四・昭59・12）

久保公子　「遠藤周作『沈黙』論―ロドリゴの踏絵をめぐって―」（尾道短期大学国文学会「国文学報」28、一九八五・昭60・3）

武田友寿　『「沈黙」以後―遠藤周作の世界』（女子パウロ会、一九八五・昭60・6）

上総英郎　「遠藤周作論（六）」（「論究」、一九八五・昭60・6）のち『遠藤周作論』（春秋社、一九八七・昭62・11）所収

上総英郎　「遠藤周作論（七）」（「論究」、一九八五・昭60・9）のち『遠藤周作論』（春秋社、一九八七・昭62・11）所収

上総英郎　「遠藤周作論（八）」（「論究」、一九八五・昭60・12）のち『遠藤周作論』（春秋社、一九八七・昭62・11）所収

水谷昭夫　「『沈黙』への一考察」（「日本文芸研究」38（2）、一九八六・昭61・7）のち『永遠なるものとの対話　近代日本文芸の実存的諸問題』（新教出版社、一九八三・昭和五十八年三月）所収

宮内豊　「『沈黙』論」（「国文学解釈と鑑賞」51（10）、一九八六・昭61・10）

鶴田欣也　「『沈黙』の評価―海外における遠藤周作」（「国文学解釈と鑑賞」51（10）、一九八六・昭61・10）

池田純溢　「昭和四十年代―「沈黙」から「死海のほとり」へ」（「国文学解釈と鑑賞」51（10）、一九八六・昭61・10）

中村淳子　「遠藤周作著『沈黙』を読む」（比治山女子短期大学国文学会「たまゆら」18、一九八六・昭61・10）

山形和美　「『沈黙』遠藤周作―変転と葛藤のドラマ」／『現代小説を狩る』（中教出版、一九八六・昭61・11）所収

影山恒男　「遠藤周作著『沈黙』の語る文化風土論及び人間論」（「長崎県立女子短期大学研究紀要」34、一九八六・昭61・12）

工藤茂　「日本近代文学の一特質―『沈黙』と「羅生門」を中心として」（「別府大学国語国文学会」28、一九八六・昭61・12）

谷口泰　「沈黙」／『日本文芸鑑賞事典　第一九巻』（ぎょうせい、一九八七・昭62・3）所収

武田友寿　「〈学外講演〉『沈黙』について」（「清泉文苑」4、一九八七・昭62・3）

高木幹太　「遠藤周作『沈黙』」／『文学における神探究』（日本之薔薇出版社、一九八七・昭62・10）

水谷昭夫　「遠藤周作　沈黙」／（「国文学解釈と教材の研究」32（9）、一九八七・昭62・7）

遠藤周作・武田友寿　「対談『沈黙』の時代を読む」（「知識」72、一九八七・昭62・12）

W・C・マックファーデン　「青い目の遠藤周作文学体験」（「知識」72、一九八七・昭62・12）

浜田一宇　「グレアム・グリーン『権力と栄光』―遠藤周作『沈黙』との比較考察―」（「共立女子短期大学文科紀要」31、一九八八・昭63・2）

無署名　「長崎2・島原―『沈黙』遠藤周作」／『ぶらり日本名作の旅：名作に描かれた舞台の徹底ガイド　5』（日本テレビ放

送網、一九八八・昭63・2）所収

鄭賀恩「神の沈黙論―神学的立場から」（「福音と世界」43（3）、一九八八・昭63・3）

上総英郎「日本人のためのイエスの声―『沈黙』の背景と結末の意味」（「福音と世界」43（3）、一九八八・昭63・3）所収のち『遠藤周作へのワールド・トリップ』（パピルスあい、二〇〇五・平17・4）所収

李盤「『沈黙』と韓国キリスト教文学の可能性」（「福音と世界」43（3）、一九八八・昭63・3）

今川憲次「『権力と栄光』と遠藤周作の『沈黙』その類似点と相違点」／『カトリック小説考―グレアム・グリーンと遠藤周作を中心に―』（南雲堂43（3）、一九八八・昭63・4）所収

小畑進「遠藤周作著　小説「沈黙」論」（「基督神学」4、一九八八・昭63・7）のち『小畑進著作集第9巻』（いのちのことば社、二〇一四・平26・4）所収

玉置邦雄「沈黙〈遠藤周作〉」／『近代小説研究必携卒論・レポートを書くために　第3巻』（有精堂、一九八八・昭63・8）所収

堤圭子「遠藤周作『沈黙』論―〈無意識〉の観点から（一）―」（梅光女学院大学短期大学部「燔祭」1、一九八九・平元・1）

三浦和尚「文体に着目した小説指導―高校三年「沈黙」（遠藤周作）の場合―」（「広島大学附属高等学校研究紀要」、一九八九・平元・3）

三瓶和子「『沈黙』論―神の探究、その人間との接点―」（「米沢国語国文」17、一九八九・平元・6）

宮坂覺「主題（テーマ）の把握〈実例〉遠藤周作『沈黙』」（「国文学解釈と教材の研究」34（8）、一九八九・平元・7）

島根国士「遠藤周作とG・グリーン―『沈黙』におけるグリーンの影響―」（「キリスト教文学」8、一九八九・平元・10）

宮野光男「『沈黙』のなかのもうひとつの挿し絵」（「キリスト教文学」8、一九八九・平元・10）

笠井秋生「『沈黙』―〈父の宗教のキリスト〉から〈母の宗教のキリスト〉への転換―」（「キリスト教文学」8、一九八九・平元・10）

篠田治美「悲劇的ヒーローとしてのロドリゴ―遠藤周作『沈黙』の劇的形式―」（「解釈」35-12、一九八九・平元・12）

渡辺喜一「『沈黙』小論」（「青山語文」20、一九九〇・平2・3）

坂本真子「遠藤周作『沈黙』考」（「大谷大学短期大学部国文科紀要」、一九九〇・平2・3）

笠井秋生「信仰と文学―『沈黙』を中心に」（「キリスト教文学」9、一九九〇・平2・7）

尾崎秀樹「「沈黙」と「鉄の首枷」」／『歴史文学夜話　鷗外からの180篇を読む』（講談社、一九九〇・平2・7）所収

豊原洋子「遠藤周作研究―『沈黙』の位置―」（「広島女子大国文」7、一九九〇・平2・8）

大平剛「『沈黙』の遠藤周作文学における位置」（北海道大学「国語国文研究」、一九九〇・平2・9）

堤圭子「遠藤周作『沈黙』論―〈無意識〉の観点から（二）―」（梅光女学院大学短期大学部「燔祭」2、一九九〇・平2・12）

熊倉千之　「キリスト教と日本語─遠藤周作『沈黙』」／『日本人の表現力と個性』（中公新書、一九九〇・平2・12）所収

孝忠延夫　「遠藤周作『沈黙』《読書随想》」（「法セミ」35（12）（432）、一九九〇・平2・12）

大田正紀　「遠藤周作『沈黙』論─（一）─ひびわれた回心の軌跡─」（「梅花短期大学研究紀要」39、一九九一・平3・3）のち『近代日本文芸詩論Ⅱ　キリスト教倫理と恩寵』（おうふう、二〇〇四・平16・3）所収

影山恒男　「長崎市『沈黙』（遠藤周作）」／長谷川泉編『近代名作のふるさと〈西日本編〉』（至文堂、一九九一・平3・4）所収

広石廉二　「『沈黙』─踏絵を踏む足の痛み」／『遠藤周作のすべて』（朝文社、一九九一・平3・4）所収

昆野守男　「沈黙─遠藤周作」／東京新聞文化部編『名作再訪─小説のふるさとを歩く』（河出書房新社、一九九一・平3・6）所収

大田正紀　「遠藤周作『沈黙』論─（二）─日本キリシタン史との係わりにおいて─」（「梅花短大国語国文」4、一九九一・平3・7）のち『近代日本文芸詩論Ⅱ　キリスト教倫理と恩寵』（おうふう、二〇〇四・平16・3）所収

江藤淳ほか　『沈黙』／『群像日本の作家22　遠藤周作』（小学館、一九九一・平3・8）

遠藤周作・佐藤泰正　『沈黙』／『人生の同伴者』（春秋社、一九九一・平3・11）

川島秀一　「『沈黙』のためのノート─先行する短篇群の意味するもの」（「山梨英和短期大学紀要」25、一九九一・平3・12）のち『遠藤周作〈和解〉の物語』（和泉書院、二〇〇〇、平12・9）所収

川島秀一　「『沈黙』の構造（一）」（「日本文芸論集」23・24、一九九一・平3・12）のち『遠藤周作〈和解〉の物語』（和泉書院、二〇〇〇、平12・9）所収

モーエン・ジョン・V　「「わかった！」：〈和〉の原則」（「北海道東海大学紀要人文社会科学系」5、一九九二・平4・3）

坂敏弘　「遠藤周作『沈黙』参考文献目録稿」（「解釈学」7、一九九二・平4・6）

山根道公　「『沈黙』九章を読む─踏絵後のロドリゴ」（「風（プネウマ）」、一九九二・平4・9）のち『遠藤周作　その人生と『沈黙』の真実』（朝文社、二〇〇五・平17・3）所収

川島秀一　「『沈黙』補論─雨に降りこめられた風景─」（「日本文芸論集」25、一九九二・平4・10）のち『遠藤周作〈和解〉の物語』（和泉書院、二〇〇〇、平12・9）所収

久保田暁一　「遠藤周作─『沈黙』」／『日本の作家とキリスト教』（朝文社、一九九二・平4・11）所収

山根道公　「『沈黙』を読む（二）─「踏むがいい」をめぐって」（「風（プネウマ）」、一九九二・平4・12）のち『遠藤周作　その人生と『沈黙』の真実』（朝文社、二〇〇五・平17・3）所収

米井力也　「果報を求める人々─キリシタンの声─」（「金蘭短期大学研究誌」23、一九九二・平4・12）のち『キリシタンの文学　殉教をうながす声』（平凡社、一九九八・平10・9）所収

池田純溢　「遠藤周作『沈黙』の研究─「切支丹屋敷役人日記」・〈虚〉と〈実〉との間」（「上智大学国文学論集」26、一九九三・平

5・1）

遠山清子「The Search for JapaneseChristianity:Silence by Endo Shusaku」（『東京女子大学論集』43-2、一九九三・平5・3）

山根道公「『沈黙』を読む（三）―自然描写の象徴性」（『風（プネウマ）』、一九九三・平5・3）のち『遠藤周作　その人生と『沈黙』の真実』（朝文社、二〇〇五・平17・3）所収

大田正紀「遠藤周作『沈黙』」／『日本文学のなかの聖書』（いのちのことば社、一九九三・平5・3）所収

山根道公「『沈黙』を読む（四）―日本人の心性とキリスト教」（『風（プネウマ）』、一九九三・平5・6）のち『遠藤周作　その人生と『沈黙』の真実』（朝文社、二〇〇五・平17・3）所収

高橋英夫「神とシンクレティズム―『沈黙』について」（『国文学解釈と教材の研究』38（10）、一九九三・平5・9）

池内輝雄「『沈黙』の方法―『深い河』への行程」（『国文学解釈と教材の研究』38（10）、一九九三・平5・9）

渡部さち子「『沈黙』論へのノート」（『国文日白』33、一九九四・平6・1）

佐藤泰正「遠藤周作を読む1　『沈黙』をどう読むか―そのモチーフをめぐって―」（『月刊国語教育』14-1、一九九四・平6・3）

山形和美「遠藤周作『沈黙』―終わりから始まりへ」／『日本文学の形相―ロゴスとポイエマ』（彩流社、一九九四・平6・3）所収

岡本曉「私が読んだ本　遠藤周作著『沈黙』」（『愛育』59（3）、一九九四・平6・3）

佐藤泰正「遠藤周作を読む2　『沈黙』をどう読むか―〈母なるもの〉をめぐって」（『月刊国語教育』14-2、一九九四・平6・5）

武田秀美「『沈黙』論―「宣教師」から「最後の切支丹司祭」への道程」（『キリスト教文学研究』11、一九九四・平6・5）

金致洪「神の否定の否定：金恩国の「殉教者」と遠藤周作の「沈黙」を中心として」（『桃山学院大学総合研究所紀要』20-1、一九九四・平6・11）

V・C・ゲッセル「踏絵とソニーの国・破られた沈黙」／『「遠藤周作」とShusaku Endo』（春秋社、一九九四・平6・11）所収

兼子盾夫「日本におけるキリスト教受容の問題―遠藤の『沈黙』から『深い河』まで」（『比較思想研究』22、一九九五・平7）

長田理恵子「遠藤周作研究―『沈黙』における父の宗教から母の宗教への転換」（『東洋大学短期大学論集』31、一九九五・平7・3）

奥野緑「遠藤周作『沈黙』」（『国文学報』38、一九九五・平7・3）

V・C・ゲッセル「泥沼の思想―遠藤周作の文学における日本文化の批評」／神奈川大学言語研究センター編『異文化との出会い　日本文化を読み直す』（勁草書房、一九九五・平7・7）所収

William M・Balsamo「ENDO SHUSAKU AND THE SILENCE OF GOD」（賢明女子学院短期大学「BEACON」31、一九九六・平8・3）

鈴木陽子「遠藤周作とキリスト教―『沈黙』に描かれたかくれ切支丹の信仰」（『昭和女子大学大学院日本文学紀要』7、一九九六・平8・3）

兼子盾夫　「遠藤周作における神の問題―『沈黙』と『深い河』」（『湘南工科大学紀要』30-1、一九九六・平8・3）

木村一信　「『沈黙』―遠藤周作」／『もうひとつの文学史―「戦争」へのまなざし』（増進会出版社、一九九六・平8・11）所収

田平暢志　「『沈黙』における転びの思想」（『鹿児島短期大学研究紀要』60、一九九七・平9・6）のち『近代日本の精神と国家』（文理閣、一九九九・平11・4）所収

大平剛　「「遠藤周作」と「沈黙」」（『昭和文学研究』35、一九九七・平9・7）

田中実　「腎結石の痛さ―『沈黙』遠藤周作」／『読みのアナーキーを超えて―いのちと文学』（右文書院、一九九七・平9・8）所収

山形和美　「『沈黙』―終わりから始まる小説」／『遠藤周作―その文学世界』（国研出版、一九九七・平9・12）所収

小野貴子　「遠藤周作『沈黙』」（『文献探索』、一九九八・平10・3）

栗原浪絵　「遠藤周作『沈黙』に託されたもの―『沈黙』のオーケストラ―」（『比較文学・文化論集』15、一九九八・平10・5）

井元珠緒　「遠藤周作―かくれ切支丹にみる裏切り意識とのつながり」（ノートルダム清心女子大学『古典研究』25、一九九八・平10・5）

渡辺政司　「教材研究「新版　現代文」遠藤周作「沈黙」　棄教者の哀しみ」（『国語展望』103、一九九八・平10・11）

秋山公男　「『ひかりごけ』『沈黙』―神と弱性」／『近代文学　弱性の形象』（翰林書房、一九九九・平11・2）所収

兼子盾夫　「遠藤周作における文学と宗教Ⅰ：『沈黙』再考」（『横浜女子短期大学研究紀要』14、一九九九・平11・3）

川島秀一　「『沈黙』以後―一つの疑問―〈日本人につかめるイエス像〉をめぐって」（『日本文芸論集』31、一九九九・平11・3）のち『遠藤周作　〈和解〉の物語』（和泉書院、二〇〇〇、平12・9）所収

黒岩淳　「個人テーマに取り組ませる「小説の発展学習」―遠藤周作「沈黙」からの出発」（『月刊国語教育』19-2、一九九九・平11・5）

中村友　「『沈黙』の〈あなた〉〈あの人〉に関する覚え書き（中村友）」／『〈新しい作品論〉へ、〈新しい教材論〉へ5』（右文書院、一九九九・平11・7）所収

古守泰子　「沈黙」／『〈新しい作品論〉へ、〈新しい教材論〉へ5』（右文書院、一九九九・平11・7）所収

奥野政元　「「沈黙」論」／笠井秋生・玉置邦雄編『作品論　遠藤周作』（双文社出版、二〇〇〇・平12・1）所収

荒瀬康成　「遠藤周作『沈黙』における一典拠について」（『京都語文』5、二〇〇〇・平12・3）

宮本靖介　「グレアム・グリーンと遠藤周作におけるカトリシズム」（『龍谷紀要』21、二〇〇〇・平12・3）のち『グレアム・グリーンの小説：宗教と政治のはざまの文学』（音羽書房鶴見書店、二〇〇四・平16・2）所収

佐伯彰一　「『沈黙』への船出」（『新潮』97-6、二〇〇〇・平12・6）

荒瀬康成　「遠藤周作『沈黙』におけるロドリゴの最期の信仰―

「切支丹屋敷役人日記」に描かれた作者の文学的意図」（「阪神近代文学研究」3、二〇〇〇・平12・7）

大久保典夫　「文学企画私の出会った作家たち（1）遠藤周作「お前に『沈黙』が書けるか」」（「第三文明」(488)、二〇〇〇・平12・9）

来村明子　「『沈黙』論―神の沈黙と人間の沈黙」（「兵庫教育大学近代文学雑誌」12、二〇〇一・平13・1）

本多峰子　「遠藤周作試論　母なる神―西洋キリスト教と日本人の宗教観の相克と、宗教多元論的解決」（「二松学舎大学東洋学研究所集刊」3、二〇〇一・平13・3）

加賀乙彦　「〈講演〉『沈黙』とその時代」（「三田文学」80-67、二〇〇一・平13・11）

石内徹　「遠藤周作『沈黙』論」（「清和女子短期大学紀要」30、二〇〇二・平14・1）

下川原睦美　「遠藤周作『沈黙』論―「切支丹屋敷役人日記」の意味」（「言文」49、二〇〇二・平14・3）

金賢善　「遠藤周作の『沈黙』論―語り手と構成を中心に」（「昭和女子大学大学院日本文学紀要」13、二〇〇二・平14・3）

野中潤　「神の沈黙と英霊の声―遠藤周作と三島由紀夫」（「文学と教育」43、二〇〇二・平14・6）

清水正　「遠藤周作とドストエフスキー―遠藤周作の『沈黙』を読む」（「江古田文学」22-1、二〇〇二・平14・7）のち『遠藤周作とドストエフスキー』（D文学研究会、二〇〇四・平16・9）所収

青山めぐみ　「遠藤周作の『沈黙』論―ロドリゴの信仰の変化に託された新しいイエス像」（「キリスト教文学」21、二〇〇二・平14・8）

山根道公　「遠藤周作『満潮の時刻』論―『沈黙』との関係をめぐって」（「清心語文」4、二〇〇二・平14・8）のち『遠藤周作　その人生と『沈黙』の真実』（朝文社、二〇〇五・平17・3）所収

下野孝文　「『沈黙』論―諸書との関わりから」（「近代文学論集」28、二〇〇二・平14・11）

清水正　「遠藤周作とドストエフスキー（2）―遠藤周作の『沈黙』を読む」（「江古田文学」22-2、二〇〇二・平14・11）のち『遠藤周作とドストエフスキー』（D文学研究会、二〇〇四・平16・9）所収

下野孝文　「フェレイラ、そして沢野忠庵―「沈黙」論の前提として（一）」（「語文研究」94、二〇〇二・平14・12）

阿部曜子　「遠藤周作とグレアム・グリーン―『沈黙』と『権力と栄光』にみる神の位相」（「四国大学紀要 Ser.A 人文・社会科学編」18、二〇〇二・平14・11）

高屋敷真人　「日本人論と遠藤周作―『沈黙』のテクストをめぐって」（「関西外国語大学留学生別科日本語教育論集」13、二〇〇三・平15）

下野孝文　「井上筑後守政重―遠藤周作「沈黙」」（「敍説」2（5）、二〇〇三・平15・1）

入野田真右　「遠藤周作論―『沈黙』をめぐって」／中央大学人文科学研究所編『近代作家論』（中央大学出版部、二〇〇三・平15・2）所収

清水正「遠藤周作とドストエフスキー（3）―遠藤周作の『沈黙』を読む」（「江古田文学」22-3、二〇〇三・平15・2）のち『遠藤周作とドストエフスキー』（D文学研究会、二〇〇四・平16・9）所収

岡崎弘信「遠藤周作とWilliam Styron―『告白』そして『沈黙』（1）」（創価大学「英語英文学研究」27-2、二〇〇三・平15・3）

金慶希「『沈黙』の構造―〈語り〉と〈視点〉を中心に」（大東文化大「日本文学研究誌」1、二〇〇三・平15・3）

下野孝文「キャラ、そして岡本三右衛門―「沈黙」論の前提として（二）」（九州大学「語文研究」95、二〇〇三・平15・3）

マーク・ウィリアムズ「遠藤周作「沈黙」―ロドリゴの分身を探って」／宮坂覺ほか編『異文化との出会い―フェリス女学院大学日本文学国際会議―』（フェリス女学院大学、二〇〇三・平15・3）所収

梶田摂理「文学教育におけるキリスト教文学の教材化の可能性―遠藤周作『沈黙』を手がかりに」（「国語教育学研究誌」23、二〇〇三・平15・3）

清水正「遠藤周作とドストエフスキー（4）―遠藤周作の『沈黙』を読む」（「江古田文学」23-1、二〇〇三・平15・4）のち『遠藤周作とドストエフスキー』（D文学研究会、二〇〇四・平16・9）所収

ジェームズ・マクミラン、遠山一行、山根道公、岡部真一郎、加藤宗哉「ラウンドテーブル　創造と信仰―遠藤周作『沈黙』を巡って」（「三田文学」82-74、二〇〇三・平15・8）

首藤基澄「遠藤周作『沈黙』」／『近代文学と熊本―水脈の広がり―』（和泉書院、二〇〇三・平15・10）所収

清水正「遠藤周作とドストエフスキー（5）―遠藤周作の『沈黙』を読む」（「江古田文学」23-2、二〇〇三・平15・4）のち『遠藤周作とドストエフスキー』（D文学研究会、二〇〇四・平16・9）所収

岡崎弘信「遠藤周作とWilliam Styron―『告白』そして『沈黙』（2）」（創価大学「英語英文学研究」28-2、二〇〇四・平16・3）

北条文緒「ロドリゴは日本人―遠藤周作『沈黙』」／『翻訳と異文化　原作との〈ずれ〉が語るもの』（みすず書房、二〇〇四・平16・3）所収

笠井秋生「遠藤周作におけるイエス像の変容」（「文芸研究」157、二〇〇四・平16・3）

高山鉄男「『沈黙』から『侍』へ」（「文芸研究」157、二〇〇四・平16・3）

山本泰生「遠藤周作とルドルフ・ブルトマン―その奇跡観をめぐって」（「文芸研究」157、二〇〇四・平16・3）

佐藤泰正「シンポジウム『沈黙』『黄金の国』再読―〈神の沈黙〉をめぐって」（「キリスト教文学研究」21、二〇〇四・平16・5）

山根道公「遠藤文学と棄教神父―「火山」までと『沈黙』以降」（「キリスト教文学研究」21、二〇〇四・平16・5）のち『遠藤周作その人生と『沈黙』の真実』（朝文社、二〇〇五・平17・3）所収

小嶋洋輔「遠藤周作作品における語り手―同伴者としての語り手『沈黙』、『深い河』」（「キリスト教文学研究」21、二〇〇四・平16・

5）のち『遠藤周作論―「救い」の位置―』（双文社出版、二〇一二・平24・12）所収

伊東孝子　「『沈黙』における異端性―マラーノをめぐって」（「コンパラティオ」8、二〇〇四・平16・6）

小嶋洋輔　「『沈黙』と時代―第二バチカン公会議を視座として―」（「日本近代文学」、二〇〇四・平16・10）のち『遠藤周作論―「救い」の位置―』（双文社出版、二〇一二・平24・12）所収

本多峰子　「ユダは救われるか―カール・バルト『イスカリオテのユダ』と、遠藤周作『沈黙』による考察」（「二松学舎大学国際政経論集」11、二〇〇五・平17・3）

菅原とよ子　「遠藤周作『沈黙』論：作品構図と鎮魂の祈りを柱として」（「国語国文学研究」40、二〇〇五・平17・3）

藤田尚子　「遠藤周作『沈黙』推敲の過程をめぐって」（「キリスト教文学」24、二〇〇五・平17・8）

橘英哲　「〈講演〉宗教と文学の間―遠藤周作「沈黙」を中心にして」（「筑紫語文」14、二〇〇五・平17・11）

兼子盾夫　「象徴と暗喩で読み解く「遠藤文学の世界」―『沈黙』の場合」（「横浜女子短期大学研究紀要」21、二〇〇六・平18・3）のち『遠藤周作の世界　シンボルとメタファー』（教文館、二〇〇七・平19・8）所収

菅原とよ子　「遠藤周作『沈黙』論（2）日本人の琴線に触れた文学」（「国語国文学研究」41、二〇〇六・平18・3）

中尾祐介　「遠藤周作「沈黙」論―解体されるキリスト教イデオロギー」（「岡山大学国語研究」20、二〇〇六・平18・3）

本多峰子　「日本におけるキリスト教受容の問題―文学を通しての考察」（「二松学舎大学東アジア学術総合研究所集刊」36、二〇〇六・平18・3）

笠井秋生　「『沈黙』の絵踏みの場面をめぐって―果たして神は沈黙を破ったのか」（「キリスト教文芸」22、二〇〇六・平18・4）

山根道公　「『沈黙』の「踏絵の基督」の原像をめぐって」（「キリスト教文芸」22、二〇〇六・平18・4）

細川正義　「遠藤周作文芸とキリスト教―『沈黙』に至る道」（「人文論究」56-1、二〇〇六・平18・5）

中村和恵　「異教徒の十字架―非ヨーロッパにおけるキリスト教の同化／異化の例としてのサム、グロンニオアサウ、ミッテルホルザー、イヒマエラ、ウェント、プラットそして遠藤周作」（「比較文学研究」88、二〇〇六・平18・10）

辛承姫　「遠藤周作の『沈黙』―弱者の典型としてのキチジローの系譜」（「専修国文」80、二〇〇七・平19・1）

陳華　「遠藤周作「沈黙」の研究―日本的精神風土の象徴井上筑後守について」（長崎大「文化環境研究」1、二〇〇七・平19・3）

田中葵　「『沈黙』論―草稿の発見を踏まえて」（関西大「国文学」91、二〇〇七・平19・3）

岡田久未子　「卒業論文　遠藤周作『沈黙』論　長編小説『沈黙』成立に至る過程」（「滝川国文」23、二〇〇七・平19・3）

朴賢玉　「『沈黙』における「挫折」―六〇年代後半から七〇年代における『沈黙』の受容を中心に」（「キリスト教文芸」23、二〇〇七・平19・6）

長濱拓磨「韓国における遠藤周作の読まれ方―『沈黙』を中心として―」（「キリスト教文芸」23、二〇〇七・平19・6）

Richard Rogan「遠藤周作の『沈黙』―小説、映画、オペラ」（「文教大学文学部紀要」、二〇〇七・平19・9）

李英和「普遍と個別の相克―遠藤周作『沈黙』論」（「文学研究論集」26、二〇〇八・平20・1）

奥野政元「遠藤周作とキリスト教―「沈黙」をめぐって―」（「キリスト教文学」27、二〇〇八・平20・8）

小川仁子「「沈黙」における仏教的なものの考察―浄土真宗・親鸞をめぐって」（「遠藤周作研究」1、二〇〇八・平20・9）

宮坂覺「『沈黙』論―〈身体〉と〈認識〉のはざまで、そして〈行為〉」／『遠藤周作―挑発する作家』（至文堂、二〇〇八・平20・10）所収

辛承姫「第三章〈母なるもの〉に託された日本のイエス―『沈黙』」／『遠藤周作論　母なるイエス』（専修大学出版局、二〇〇九・平21・3）所収

笠井秋生「『沈黙』の「切支丹屋敷役人日記」を読み直す―弱者はいかにして強者になったか」（「キリスト教文芸」25、二〇〇九・平21・4）

小川仁子「『沈黙』の「ヨナセン日記」が意味するもの」（「遠藤周作研究」2、二〇〇九・平21・9）

兼子盾夫「遠藤周作とドストエフスキーにおける「象徴」と「神話」について―「蝿」と「蜘蛛」と「キリスト」と」（「遠藤周作研究」2、二〇〇九・平21・9）

杉山直人「サムライ基督教から母なるキリスト教へ」（関西学院大学「商学論究」57-2、二〇〇九・平21・9）

山本博文「第一章　遠藤周作『沈黙』に見る殉教」／『殉教　日本人は何を信仰したか』（光文社新書、二〇〇九・平21・11）所収

武子真弓「「弱者」の救済―遠藤周作『沈黙』」（「恵泉アカデミア」14、二〇〇九・平21・12）

関谷一郎「〈殉教〉対〈転向〉―「沈黙」と「李陵」」（「現代文学史研究」13、二〇〇九・平21・12）

並木信明「遠藤周作・キリスト教・切支丹『沈黙』に関する一考察」（「専修大学人文科学研究所月報」243、二〇一〇・平22・2）

李英和「踏絵を踏むロドリゴ、あるいは〈知〉の超克―遠藤周作の『沈黙』論」（「城西国際大学紀要」18-2、二〇一〇・平22・3）

越森彦「遠藤周作―空と海、そして神の沈黙」（「白百合女子大学言語・文学研究センター言語・文学研究論集」10、二〇一〇・平22・3）

山根道公「遠藤文学とイデオロギー―『沈黙』を中心に」（「キリスト教文学研究」27、二〇一〇・平22・5）

笠井秋生「遠藤周作『黄金の国』について―『沈黙』と比較しながら」（「キリスト教文芸」26、二〇一〇・平22・6）

佐藤泰正「『沈黙』の終わりをどう読むか―闘う作家遠藤周作をめぐって」（「国文学解釈と鑑賞」75（9）、二〇一〇・平22・9）

マルセロ・オラノ「遠藤周作初期キリスト教文学における「弱者」（1）―『沈黙』のキチジローへ至る道」（「福岡大学日本語日本文学」20、二〇一〇・平22・12）

下山孃子「遠藤周作『沈黙』――「切支丹屋敷役人日記」のことなど」（「近代文学研究」3、二〇一一・平23・3）

下野孝文「『哀歌』から『沈黙』へ――〈踏絵〉というドラマについて」（「国語国文薩摩路」55、二〇一一・平23・3）

池田静香「「呻き声」の彼方――『沈黙』への道」（「九大日文」17、二〇一一・平23・3）

船曳紀子「遠藤周作が見た「神」と「人間」――『沈黙』キチジローにみる「弱者」の意味」（「日本文学誌要」83、二〇一一・平23・3）

古浦修子「遠藤周作『沈黙』における〈沈黙〉の意味――「神」と「人間」の関係性を視座として」（「キリスト教文学研究」28、二〇一一・平23・5）

山根道公「遠藤周作『沈黙』論――歴史的素材の再構成をめぐって」（「遠藤周作研究」4、二〇一一・平23・9）

尾西康充「遠藤周作『沈黙』と「コンチリサン（痛悔）」――〈神の沈黙〉と〈人間の沈黙〉――」（「三重大学人文論叢」29、二〇一二・平24・3）

尾西康充「キリスト教と昭和文学――遠藤周作『沈黙』を民衆史の視点から読む」（「昭和文学研究」64、二〇一二・平24・3）

池田静香「『沈黙』論議を考える――日本の精神風土との格闘についての一考察」（「九大日文」19、二〇一二・平24・3）

兼子盾夫「21世紀に遠藤周作を読む――『深い河』のもつ今日的意味を中心に――遠藤文学の力の秘密――」（「横浜女子短期大学研究紀要」27、二〇一二・平22・3）

池田静香「弔いの文学として読む遠藤周作――切支丹時代を描いた作品を中心に」（「敍説」Ⅲ（8）、二〇一二・平24・6）

河原宏「その三、遠藤周作の輪廻転生観　一、『沈黙』信仰と宗教の葛藤」／『秋の思想＝Der Gedanke des Herbstes かかる男の児ありき』（幻戯書房、二〇一二・平22・6）所収

笠井秋生「『沈黙』をどう読むか――ロドリゴの絵踏み場面と「切支丹屋敷役人日記」――」（「遠藤周作研究」5、二〇一二・平24・9）

兼子盾夫「遠藤周作における「語り」の方法としての「象徴」と「暗喩」：『沈黙』の「白い光」と「キチジロー」を中心に」（上智大学「人間学紀要」42、二〇一三・平25・1）

大塩香織「遠藤周作『沈黙』論――〈有用〉性の観点から」（「国文白百合」44、二〇一三・平25・3）

池田静香「遠藤文学における「母なる神」――かくれ切支丹調査から得た成果」（「九大日文」20、二〇一三・平25・3）

兼子盾夫「神学と文学の接点からみる『沈黙』――笠井秋生氏の『沈黙』論（『沈黙』をどう読むか　ロドリゴの絵踏み場面と「切支丹屋敷役人日記」）をめぐって――」（「遠藤周作研究」6、二〇一三・平25・9）

岩﨑里奈「遠藤周作『沈黙』論――ロドリゴの救済」（「日本文芸研究」65（2）、二〇一四・平26・3）

早川敦子「他者の試練――遠藤周作『沈黙』に見る翻訳的空間」（「津田塾大学紀要」46、二〇一四・平26・3）

出口桜子「遠藤周作『沈黙』の基督像――コミュニケーションの希求」（「徳島大学国語国文学」27、二〇一四・平26・3）

池田静香　「遠藤文学における「同伴者イエス」―「母なる神」からの飛躍と後退」（「九大日文」23、二〇一四・平26・3）

森一弘　「第6章遠藤周作の西欧世界との遭遇、キリスト教との遭遇―作品『留学』から『沈黙』へ、『沈黙』から『深い河』へ」／『あなたにとって神とは?』（女子パウロ会、二〇一四・平26・6）所収

無署名　「有名作家が視た九州・沖縄の歴史風土を訪ねる旅名作の舞台をゆく『沈黙』著者・遠藤周作　舞台＝長崎県長崎市外海」（「財界九州」56（3）、二〇一五・平27・3）

山岸明子　「罪悪感再考4つの罪悪感をめぐって―遠藤周作『沈黙』『死海のほとり』とユン・チアン『ワイルド・スワン』」／『心理学で文学を読む』（新曜社、二〇一五・平27・5）所収

長濵拓磨　「遠藤文学における〈ペドロ岐部〉（一）―『留学』『沈黙』を中心として―」（「遠藤周作研究」8、二〇一五・平27・9）

兼子盾夫　「神学と文学の接点からみる『沈黙』（2）神の「母性化」：ロドリゴの「烈しい悦び」をめぐって」（「遠藤周作研究」8、二〇一五・平27・9）

小嶋洋輔　「大学で小説を「研究」する―遠藤周作『沈黙』を読む」／名桜大学編『明日を切り拓く』（名桜大学、二〇一六・平28・2）所収

岡敬三　「戦後民主主義とは何であったか　『沈黙』（遠藤周作）を手がかりに」（「日本主義」33、二〇一六・平28・3）

神山睦美・若松英輔　「対談神山睦美×若松英輔『沈黙』を書かせたもの（特集　遠藤周作）」（「三田文学［第3期］」95（126）、二〇一六・平28・7）

加賀乙彦　「『沈黙』と『深い河』について（特集　遠藤周作）」（「三田文学［第3期］」95（126）、二〇一六・平28・7）

太原正裕　「留学から小説『留学』へ、『沈黙』への序章」（「遠藤周作研究」9、二〇一六・平28・9）

兼子盾夫　「『沈黙』と『権力と栄光』の重層的な構造分析による対比研究―主役はユダか、それともキリストか―」（「遠藤周作研究」9、二〇一六・平28・9）

『黄金の国』（現代演劇協会機関紙「雲」、一九六六・昭41・5）

進藤純孝　「文芸時評」（「産経新聞」夕刊、一九六六・昭41・4・23）

本多秋五　「文芸時評〈上〉」（「東京新聞」夕刊、一九六六・昭41・4・29）

遠藤周作・田中千禾夫　「〈対談〉踏絵のこころ」（現代演劇協会機関誌「雲」、一九六六・昭41・5）

松田毅一　「史実のフェレイラ」（現代演劇協会機関誌「雲」、一九六六・昭41・5）

清水崑　「長崎のキリシタン」（現代演劇協会機関誌「雲」、一九六六・昭41・5）

平野謙　「五月の小説（下）」（「毎日新聞」夕刊、一九六六・昭41・5・4）

森川達也　「文学のドラマ回避―遠藤周作の二作『沈黙』『黄金の国』」（「図書新聞」、一九六六・昭41・5・7）

日野啓三　「文芸時評5月　題材は深刻だが希薄　遠藤」（「週刊読

書人」、一九六六・昭41・5・9）

無署名「新劇　手ごたえのある芝居　芥川の好演出・仲谷、小池も光る「黄国」（劇団雲公演）」（「毎日新聞」夕刊、一九六六・昭41・5・18）

佐古純一郎「戯曲で追求した信仰　遠藤周作の黄金の国をみて」（「読売新聞」夕刊、一九六六・昭41・5・21）

無署名「現代の投影が新鮮　劇団雲の「黄金の国」」（「読売新聞」夕刊、一九六六・昭41・5・23）

田中千禾夫「切支丹の殉教と転向　人間の弱さを強調しながら劇団「雲」の「黄金の国」をみて」（「週刊読書人」、一九六六・昭41・5・30）

石沢秀二「新劇月評―「黄金の国」「アンドロマック」「花若」「陽気な地獄破り」「ばんどり騒乱記」（座談会）」（「新劇」13（7）、一九六六・昭41・7）

本田正一「遠藤周作著『沈黙』および『黄金の国』の提起する問題を契機として基督教の日本土着についての一考察」（「折尾女子経済短期大学論集」1、一九六六・昭41・6）

遠藤周作「「黄金の国」を終えて」（「世界」248、一九六六・昭41・7）

山田浩路「高揚に欠けた劇―劇団雲公演「黄金の国」評」（「テアトロ」（33）8、一九六六・昭41・7）

高橋たか子「書評「沈黙」「黄金の国」遠藤周作著」（「南北」、一九六六・昭41・7）

インモースT・尾崎賢治［訳］「最近のキリスト教的な演劇―ホイベルス作「細川ガラシア」と遠藤周作作「黄金の国」」（「ソフィア」15（4）、一九六六・昭41・12）

江藤淳「続文芸時評―「黄金の国」―」／『続文芸時評』（新潮社、一九六七・昭42・3）所収

笠井秋生「遠藤周作とキリスト教―「黄金の国」「沈黙」を中心に―」（「日本文芸研究」20-2／3、一九六八・昭43・9）

田中千禾夫「精神の危機を描く「薔薇…」問題の切実さと優しい筆触のコントラスト　薔薇の館・黄金の国」（「週刊読書人」、一九六九・昭43・11・3）

武田友寿「解説」／『現代日本キリスト教文学全集2　日本への土着』（教文館、一九七三・昭48・2）所収

野村喬「オペラ時評―創作歌劇「黄金の国」の収穫（劇評）」（「テアトロ」（470）、一九八二・昭57・4）

高堂要「方法としての戯曲―遠藤周作のドラマトゥルギー―」／佐藤泰正編『方法としての戯曲』（笠間選書、一九八八・昭63・8）所収

今村忠純「黄金の国」「薔薇の館」（「国文学解釈と教材の研究」38（10）、一九九三・平5・9）

菊川徳之助「遠藤周作『黄金の国』の戯曲構造：受動的主人公への視点」（「文学・芸術・文化　近畿大学文芸学部論集」6（1）、一九九四・平6・11）

水崎野里子「矢代静一、田中澄江、遠藤周作の作品に見る：日本の三つの殉教劇」（「江戸川女子短期大学紀要」10、一九九五・平7・3）

高堂要「『黄金の国』『薔薇の館』―日本における〈ドラマ〉の創

造」／『遠藤周作―その文学世界』（国研出版、一九九七・平9・12）所収

井元珠緒「遠藤周作―かくれ切支丹にみる裏切り意識とのつながり」（ノートルダム清心女子大学「古典研究」25、一九九八・平10・5）

菊川徳之助「遠藤周作『黄金の国』（三幕九場）」／日本演劇学会・日本近代演劇史研究会編『20世紀の戯曲―現代戯曲の展開』（評論社、二〇〇二・平14・7）所収

佐藤泰正「シンポジウム『沈黙』『黄金の国』再読―〈神の沈黙〉をめぐって」（「キリスト教文学研究」21、二〇〇四・平16・5）

笠井秋生「遠藤周作『黄金の国』について―『沈黙』と比較しながら」（「キリスト教文芸」26、二〇一〇・平22・6）

佐藤泰正「『沈黙』の終わりをどう読むか―闘う作家遠藤周作をめぐって」（「国文学解釈と鑑賞」75（9）、二〇一〇・平22・9）

池田静香「弔いの文学として読む遠藤周作―切支丹時代を描いた作品を中心に」（「敍説」Ⅲ（8）、二〇一二・平24・6）

『どっこいショ』（「読売新聞」夕刊、一九六六・昭41・6・9～一九六七・昭42・5・15）

福田耕介「アニエス・ヴァルダの映画『幸福』と遠藤周作の中間小説―『協奏曲』と『どっこいショ』における「妻」と「愛人」の相克―」（「白百合女子大学キリスト教文化研究論集」13、二〇一二・平24・2）

『霧の中の声』（「婦人公論」、一九六六・昭41・8、9）

福田耕介「アニエス・ヴァルダの『幸福』と遠藤周作の中間小説―『さらば、夏の光よ』と「霧の中の声」における「妻」の幸福と自殺」／白百合女子大学21世紀ジェンダー研究会『文学、社会、歴史の中の女性たち（1）―学際的視点から』（丸善プラネット株式会社、二〇一二・平24・2）所収

『さらば、夏の光よ』（桃源社、一九六六・昭41・11）

福田耕介「アニエス・ヴァルダの『幸福』と遠藤周作の中間小説―『さらば、夏の光よ』と「霧の中の声」における「妻」の幸福と自殺」／白百合女子大学21世紀ジェンダー研究会『文学、社会、歴史の中の女性たち（1）―学際的視点から』（丸善プラネット株式会社、二〇一二・平24・2）所収

『満潮の時刻』（「潮」、一九六五・昭40・1～12）

広石廉二「弱者からの視点―『満潮の時刻』について」（「季刊創造」、一九七七・昭52・4）のち『遠藤周作のすべて』（朝文社、一九九一・平3・4）所収

川島秀一「煙はなぜ、黄昏の空に真直にたちのぼるのか。―「満潮の時刻」の方法」／『日本文芸の表現史　山梨英和短期大学創立三十五周年記念』（おうふう、二〇〇一・平13・10）のち『表現の身体・藤村・白鳥・漱石・賢治』（叢文社、二〇〇四・平16・12）所収

山根道公　「『満潮の時刻』の七不思議」／『満潮の時刻』（新潮文庫、二〇〇二・平14・2）所収

山根道公　「遠藤周作『満潮の時刻』論―『沈黙』との関係をめぐって」（「清心語文」4、二〇〇二・平14・8）

山根道公　「遠藤周作の病床体験と信仰―『満潮の時刻』を中心に」（「キリスト教文化研究所年報」25、二〇〇三・平15・3）

高橋正雄　「MEDICAL ESSAYS 遠藤周作の『満潮の時刻』―入院患者の心理」（「日本医事新報」(4133)、二〇〇三・平15・7）

『影法師』（「新潮」、一九六八・昭43・1）

武田泰淳・本多秋五・野間宏　「創作合評―安岡章太郎「ソウタと犬と」遠藤周作「影法師」三浦朱門「晩婚」大江健三郎「生け贄男は必要か」（座談会）」（「群像」23（2）、一九六八・昭43・2）

佐古純一郎　「著者の本質を表白　小説など最近の業績を集めた短篇集　遠藤周作著　影法師」（「読売新聞」、一九六九・昭44・1・21）のち『椎名麟三と遠藤周作』（朝文社、一九八九・平元・11）所収

田中澄江　「マリアのいたわりを希求する―書評・遠藤周作『影法師』」（「群像」24（2）、一九六九・昭44・2）

脇谷英勝　「『影法師』（遠藤周作）の世界―「磨滅した踏絵」「一人の人間がもう一人の人生に残していく痕跡」「弱者の論理」の問題を中心にして」（「帝塚山大学論集」5、一九七三・昭48・3）

上総英郎　「カトリシズムと信仰―解説」／『黄色い人・影法師』（講談社遠藤周作文庫、一九七六・昭51・2）所収、のち『遠藤周作へのワールド・トリップ』（パピルスあい、二〇〇五・平17・4）所収

大田正紀　「遠藤周作「影法師」試論―サディズムあるいは同性愛の克服」（「梅花短大国語国文」9、一九九六・平8・10）のち『近代日本文芸試論Ⅱ　キリスト教倫理と恩寵』（おうふう、二〇〇四・平16・3）所収

『ユリアとよぶ女』（「文芸春秋」、一九六八・昭43・2）

平野謙　「2月の小説（下）ベスト3「ユリアとよぶ女」／キリスト者の非転向を描く」（「毎日新聞」夕刊、一九六八・昭43・1・31）のち『文芸時評　下』（河出書房新社、一九六九・昭44・9）所収

笛木美佳　「遠藤周作「ユリアとよぶ女」論―〈ユリア〉の謎をめぐって」（「学苑」(771)、二〇〇五・平17・1）

『母なるもの』（「新潮」、一九六九・昭44・1）

中村光夫　「文芸時評〈下〉」（「朝日新聞」夕刊、一九六八・昭43・12・27）

無署名　「日本人の心性に照明　遠藤周作著　母なるもの」（「読売新聞」、一九七一・昭46・7・19）

田中千禾夫　「自己矛盾に対する厳しさ―遠藤周作『母なるもの』」（「群像」26（8）、一九七一・昭46・8）

椎名麟三　「遠藤周作『母なるもの』」（「たね」、一九七二・昭47・5）

佐藤泰正　「遠藤周作における母のイメージ―「母なるもの」の原

像をめぐって」（「国文学解釈と教材の研究」18（2）、一九七三・昭48・2）

高堂要　「遠藤周作・道化なる「母」への憧憬―遠藤周作における「母なるもの」」（「国文学解釈と鑑賞」45（4）、一九八〇・昭55・4）

曾我博子　「遠藤周作における〈神の愛〉について―『沈黙』『母なるもの』をめぐって」（「米沢国語国文」9、一九八二・昭57・9）

宮野光男　「文学のなかの母と子―遠藤周作「母なるもの」の場合―」／佐藤泰正編『文学における母と子』（笠間書院、一九八四・昭59・6）所収

広石廉二　「『母なるもの』―哀しみの聖母像」／『遠藤周作のすべて』（朝文社、一九九一・平3・4）所収

有田和臣　「第4章　具体例―遠藤周作「母なるもの」（1988年甲南女子大学文学部出題）をどう読むか」／『正確な読み方技術：読解力は訓練で身につく』（明治図書、一九九五・平7・10）所収

下野孝文　「遠藤周作「母なるもの」論―カクレキリシタンを創る」（「国語国文薩摩路」49、二〇〇五・平17・3）

李英和　「日本文化における「母なるもの」と女性表象―遠藤周作の文学を中心に」（「RIM　環太平洋女性学研究会会誌」9（1）、二〇〇七・平19・7）

笛木美佳　「遠藤周作「母なるもの」論―「一つの秘密」が切りひらいた世界」（「学苑」831、二〇一〇・平22・1）

長谷川（間瀬）恵美　「遠藤周作の思想「母なるもの」再考」（「宗教研究」83（4）、二〇一〇・平22・3）

片山はるひ　「遠藤周作の文学における「母なるもの」再考―「かくれキリシタン」とフランスカトリシスムの霊性」（「遠藤周作研究」4、二〇一一・平23・9）

下野孝文　「『哀歌』から「母なるもの」へ―描かれた父像を中心に」（「国語国文薩摩路」56、二〇一二・平24・3）

池田静香　「『沈黙』論議を考える：日本の精神風土との格闘についての一考察」（「九大日文」19、二〇一二・平24・3）

池田静香　「遠藤文学における「母なる神」―かくれ切支丹調査から得た成果」（「九大日文」20、二〇一三・平25・3）

下野孝文　「『哀歌』論―「母なるもの」の形成と行方」（「国語国文薩摩路」58、二〇一四・平26・3）

池田静香　「遠藤文学における「同伴者イエス」―「母なる神」からの飛躍と後退」（「九大日文」23、二〇一四・平26・3）

小嶋洋輔　「文学と「母性」―高橋和巳『邪宗門』と遠藤周作『母なるもの』から」（「名桜大学紀要」19、二〇一四・平26・3）

田中和生　「信仰を裏切る者を肯定する信仰の方へ―遠藤周作『母なるもの』論」（「三田文学[第3期]」95（126）、二〇一六・平28・7）

『小さな町にて』（「群像」、一九六九・昭44・2）

荒瀬康成　「遠藤周作「小さな町にて」論―「基督教」からの離脱／「基督教」への接近」（「昭和文学研究」48、二〇〇四・平16・3）

『薔薇の館』（「文学界」、一九六九・昭44・10）

遠藤周作「劇と私」（「朝日新聞」夕刊、一九六九・昭44・9・22）

中村光夫「戯曲の存在理由示す―力作、遠藤氏『薔薇の館』―」（「朝日新聞」夕刊、一九六九・昭44・9・26）

無署名「期待にこたえ、三谷が好演　劇団雲公演「薔薇の館」細やかな芥川演出も見事」（「朝日新聞」夕刊、一九六九・昭44・9・30）

田中千禾夫「精神の危機を描く「薔薇…」問題の切実さと優しい筆触のコントラスト　薔薇の館・黄金の国」（「週刊読書人」、一九六九・昭44・11・3）

笠原芳光「「薔薇の館」への疑問」（「指」(220)、一九六九・昭44・11）

高堂要「キリスト告白とキリスト表現―遠藤周作「薔薇の館」について―」（「福音と世界」24(13)、一九六九・昭44・12）

根村絢子「ウッサンへの薔薇―遠藤周作「薔薇の館」S・オケイシー「鋤と星」T・ウィリアムズ「ガラスの動物園」（劇と対話）」（「海」1(7)、一九六九・昭44・12）

田中千禾夫「眼のあゆみ遠藤周作作・芥川比呂志演出『薔薇の館』」（「文芸」8(12)、一九六九・昭44・12）

蔵原惟治「言葉への過信―雲「薔薇の館」（SPACE69）」（「新劇」16(12)、一九六九・昭44・12）

岩瀬孝「哀しい眼ざしの意味―劇団雲公演「薔薇の館」（上演劇評）」（「テアトロ」(319)、一九六九・昭44・12）

矢代静一「作家の戯曲　余裕ある安岡の処女作　重い遠藤の「薔薇の館」」（「読売新聞」、一九六九・昭44・12・5）

無署名「日本的神への安住　描かれない棄教後の世界　薔薇の館　遠藤周作・著」（「九州大学新聞」(606)、一九七〇・昭45・2・25）

高見沢潤子「私にできること＝『薔薇の館』」／『生きることの発見―現代作家の模索する人間像』（コンコーディア社、一九七二・昭47・11）所収

矢代静一「ウッサン讃―遠藤周作の『薔薇の館』―」／『魔性と聖性』（教文館、一九七三・昭48・6）所収

幅北光「遠藤周作・化けものが出そうな別荘」／『軽井沢ものがたり　私の知った高原の町』（農山漁村文化協会、一九七三・昭48・7）所収

上総英郎「第八章　深き淵より―『薔薇の館』『死海のほとり』」／『遠藤周作論』（春秋社、一九八七・昭62・11）所収

高堂要「方法としての戯曲―遠藤周作のドラマトウルギー―」／『方法としての戯曲』（笠間書院、一九八八・昭63・8）所収

今村忠純「黄金の国」「薔薇の館」（「国文学解釈と教材の研究」38(10)、一九九三・平5・9）

高堂要「『黄金の国』『薔薇の館』―日本における〈ドラマ〉の創造」／『遠藤周作―その文学世界』（国研出版、一九九七・平9・12）所収

池田尚子「すべてのものに働く神―遠藤周作『薔薇の館』論」（「風（プネウマ）」48、一九九八・平10・4）

今井真理「薔薇と復活―遠藤周作の戯曲『薔薇の館』を考える」（「三田文学」115、二〇一三・平25・11）のち『それでも神はいる

遠藤周作と悪』（慶應義塾大学出版会、二〇一五・平27・8）所収

笠井秋生　「戯曲『薔薇の館』について―修道士ウッサンの死をめぐって―」（「遠藤周作研究」6、二〇一三・平25・9）

『黒ん坊』（「サンデー毎日」、一九七〇・昭45・6・21～一九七一・昭46・3・28／毎日新聞社、一九七一・昭46・5）

小松伸六　「解説」／『黒ん坊』（角川文庫、一九七三・昭48・6）所収

田辺孝治　「解説　戯作者狐狸庵」／『黒ん坊』（講談社遠藤周作文庫、一九七五・昭50・2）所収

『死海のほとり』（新潮社、一九七三・昭48・6）

江藤淳　「文芸時評　「群像の一人（アルパヨ）」」（「毎日新聞」、一九七一・昭46・6・28）＊「群像の一人」

遠藤周作・江藤淳　「『死海のほとり』をめぐって」／『死海のほとり』附録（新潮社、一九七三・昭48・6）

河上徹太郎　函評／『死海のほとり』（新潮社、一九七三・昭48・6）

山本健吉　函評／『死海のほとり』（新潮社、一九七三・昭48・6）

山本健吉・矢代静一　「イエスと日本人―書下ろし長編「死海のほとり」が提起するもの―」（「波」7（6）、一九七三・昭48・6）

無署名　「書評　人間の〝弱さ・許し〟からキリストの意味を問う―遠藤周作著『死海のほとり』―」（「読売新聞」、一九七三・昭48・7・9）

村松剛　「独創的イエス像描く「死海のほとり」　遠藤周作著」（「日本経済新聞」、一九七三・昭48・7・15）

西義之　「野心的な〝イエス像〟―遠藤周作『死海のほとり』―」（「サンケイ新聞」、一九七三・昭48・7・16）

福田宏年　「実現不可能な愛の重い真実―遠藤周作『死海のほとり』―」（「サンデー毎日」52（30）、一九七三・昭48・7・22）

上総英郎　「書評・詩的イエス像―『死海のほとり』が提示したもの」（「週刊読書人」、一九七三・昭48・7・23）

無署名　「書評・背教者とイエスの愛―遠藤周作著『死海のほとり』」（「朝日新聞」、一九七三・昭48・7・24）

丸谷才一　「「負の側」をつづる苦悩―遠藤周作『死海のほとり』―」（「朝日新聞」夕刊、一九七三・昭48・7・27）

小野寺凡　「『あの男』の確かな貌―存在の証しお嗅覚に求めて―」（「図書新聞」、一九七三・昭48・7・28）

高橋英夫　「野心的な〝イエス像〟―遠藤周作『死海のほとり』―」（「東京新聞」夕刊、一九七三・昭48・7・28）

無署名　「キリスト信仰の原点探る」（「週刊サンケイ」、一九七三・昭48・8・3）

三浦朱門　「神話の崩壊と信仰の問題―遠藤周作著『死海のほとり』―」（「週刊読売」、一九七三・昭48・8・4）

高尾利数　「現実の矛盾の観念的救抜―遂にはイエスを再度神秘化して―」（「日本読書新聞」、一九七三・昭48・8・6）

上総英郎　「交錯する軌跡―遠藤周作著「死海のほとり」（新書解体）」（「文学界」27（9）、一九七三・昭48・9）

上総英郎　「みじめなイエスの遍在　遠藤周作「死海のほとり」」（「文芸」12（9）、一九七三・昭48・9）

森内俊雄「一信仰者として―『死海のほとり』を読む」（「波」7（9）、一九七三・昭48・9）

矢代静一「重苦しく、さわやかな感動　遠藤周作『死海のほとり』」（「群像」28（9）、一九七三・昭48・9）

佐藤泰正「『死海のほとり』を読んで―その内なるイエス」（「びーいん」25（8）、一九七三・昭48・9）のち『近代文学遠望』（国文社、一九七八・昭53・8）所収

平岡敏夫他「閲覧室『ユーラシア大陸思索行』『パスカル』『死海のほとり』」（「第三文明」(151)、一九七三・昭48・9）

磯田光一「〔書評〕『死海のほとり』」（「中央公論」88（9）、一九七三・昭48・9）

無署名「書評（自分で自分がわからない、死海のほとり、強い税理士）」（「東邦経済」43（9）、一九七三・昭48・9）

佐々木孝「私にとってキリストとは何か　遠藤周作「死海のほとり」」（「朝日ジャーナル」15（37）(759)、一九七三・昭48・9・21）

無署名「書評　現代人の心にイエスは可能か―遠藤周作『死海のほとり』―」（「週刊朝日」、一九七三・昭48・9・28）

川嶋至「「死海のほとり」の一側面（文学平行線）」（「早稲田文学［第7次］」5（10）、一九七三・昭48・10）

中野記偉「『死海のほとり』をめぐって」（「世紀」25(281)、一九七三・昭48・10）

鈴木秀子「キリスト教と日本文学内なるキリストへの問いかけ「沈黙」から「死海のほとり」まで」（「声」(1141)、一九七三・昭48・10）

F・アカソ「キリスト教と日本文学『死海のほとり』に見るキリスト観　遠藤氏はキリストの神性を信じているのか」（「声」(1141)、一九七三・昭48・10）

無署名「新著縦覧加賀乙彦「帰らざる夏」／遠藤周作「死海のほとり」／井上光晴「心優しき叛逆者たち」」（「季刊芸術」7（4）、一九七三・昭48・10）

進藤純孝「ブックガイド死海のほとり（遠藤周作著）」（「教育ジャーナル」12（8）、一九七三・昭48・11）

利沢行夫「ユダの哀しみ―遠藤周作論」（「群像」28（11）、一九七三・昭48・11）

横張和子「読書のすすめ「死海のほとり」」（「幼児の教育」72（11）、一九七三・昭48・11）

乾文男「死海のほとり」（「ファイナンス　財務省広報誌」9（8）、一九七三・昭48・11）

八木誠一「イエス伝文学とキリスト教　信仰の本質とは何か〈遠藤周作、小川国夫氏の近作〉問題を対照的方法で暗示」（「読売新聞」、一九七三・昭48・11・11）

吉村善夫「キリスト教と文学―遠藤周作氏の非神話的小説『死海のほとり』」（「兄弟」、一九七三・昭48・12）

久山康・小林信雄・水谷昭夫・米倉充・津田静男・佐々木徹「『死海のほとり』をめぐって」（「兄弟」、一九七三・昭48・12）

佐古純一郎・井上洋治・高堂要「座談会『死海のほとり』について」（「別冊新評」、一九七三・昭48・12）

荒井献　「「同伴者」イエス―「失われた羊の譬え」の伝承史的考察から」（「福音と世界」28（12）、一九七三・昭48・12）

笠原芳光　「イエスとキリストの間」（「福音と世界」28（12）、一九七三・昭48・12）

高堂要　「遠藤周作のイエス像―『死海のほとり』について」（「福音と世界」28（12）、一九七三・昭48・12）

坂本堯　「1カトリックの土着化とは　遠藤周作『死海のほとり』」／『カトリックと日本人』（講談社現代新書、一九七三・昭48・12）所収

水谷昭夫　「おのが影を―遠藤周作『死海のほとり』論」（「聖書教育」、一九七四・昭49・1）のち『死と愛の季節』（ヨルダン社、一九七四・昭49・1）所収

遠藤周作・小川国夫・堀田雄康・高堂要　「なぜ『イエス』を書くか―『死海のほとり』『或る聖書』をめぐって―」（「文学界」28（2）、一九七四・昭49・2）

松原新一　「『死海のほとり』への疑問」（「風景」、一九七四・昭49・2）

佐藤泰正　「『死海のほとり』―その内なるイエス」／『文学・その内なる神』（桜楓社、一九七四・昭49・3）所収

黒野豊　「遠藤周作著『死海のほとり』新潮社（英米文学，批評と紹介）」（「東京女子大学論集」24（2）、一九七四・昭49・3）

高堂要・遠藤周作　「『イエスの生涯』『死海のほとり』著者と読者〈対談〉作家とキリスト者の二律背反を生きて」（「泉」4、一九七四・昭49・3）

今川憲次　「『イエスの生涯』及び『死海のほとり』に思う」（「布教」、一九七四・昭49・3）のち『カトリック小説考―グレアム・グリーンと遠藤周作を中心に』（一九八八・昭63・4、南雲堂）所収

小久保実　「「死海のほとり」にみるイエス像」（「国文学解釈と鑑賞」39（8）、一九七四・昭49・7）

遠藤周作・高堂要・上総英郎ほか　「〈座談会〉『死海のほとり』について―遠藤周作氏を囲んで」（「たね」15、一九七四・昭49・7）

森禮子　「イエスの姿を求めて　遠藤周作『死海のほとり』」／『愛と迷いと』（コンコーディア社、一九七四・昭49・7）所収

玉置邦雄　「「死海のほとり」の世界」（「日本文芸研究」27（1）、一九七五・昭50・3）のち『現代文芸の成立と展開』（桜楓社、一九七七・昭52・10）所収

佐藤泰正　「遠藤周作における同伴者イエス―「死海のほとり」を中心に」（「国文学解釈と鑑賞」40（7）、一九七五・昭50・6）

山崎一穎　「「死海のほとり」」（「国文学解釈と鑑賞」40（7）、一九七五・昭50・6）

石葉清史　「狐狸庵のほとり〈特集〉「死海のほとり」（遠藤周作）について）」（「文学地帯」45、一九七五・昭50・12）

奥野啓子　「遠藤周作における神に至る経路〈特集〉「死海のほとり」（遠藤周作）について）」（「文学地帯」45、一九七五・昭50・12）

倉永洋　「「死海のほとり」のほとり〈特集〉「死海のほとり」（遠藤周作）について）」（「文学地帯」45、一九七五・昭50・12）

関荘一郎　「「死海のほとり」の周囲〈特集〉「死海のほとり」（遠

藤周作）について）」（「文学地帯」45、一九七五・昭50・12）

則定豊子　「われも弱者〈特集〉「死海のほとり」（遠藤周作）について）」（「文学地帯」45、一九七五・昭50・12）

堀内秀雄　「『死海のほとり』をめぐって〈特集〉「死海のほとり」（遠藤周作）について）」（「文学地帯」45、一九七五・昭50・12）

山中節子　「『死海のほとり』補遺〈特集〉「死海のほとり」（遠藤周作）について）」（「文学地帯」45、一九七五・昭50・12）

山中節子　「遠藤周作試論―「死海のほとり」と「イエスの生涯」とを基軸として」（「文学地帯」47、一九七六・昭51・11）

大野節子　「遠藤周作『死海のほとり』試論―「永遠の同伴者」をめぐって」／東北大学文学部国文学研究会室編『日本文芸論叢―北住敏夫教授退官記念』（笠間書院、一九七六・昭51・11）所収

笠井秋生　「『沈黙』から『死海のほとり』へ―遠藤周作の軌跡―」（「梅花短期大学研究紀要」25、一九七六・昭51・12）のち『遠藤周作論』（双文社出版、一九八七・昭62・11）所収

三木サニア　「『死海のほとり』の表現法」（「熊本信愛女学院　信愛紀要」第5号、一九八一・昭56・5）のち『遠藤・辻の作品世界―美と信と愛のドラマ―』（双文社出版、一九九三・平5・11）所収

市原克敏　「遠藤周作―イエス二部作「死海のほとり」「イエスの生涯」（現代文学地図〈特集〉）」（「国文学解釈と鑑賞」47（2）、一九八二・昭57・2）

秋山駿　「遠藤周作『死海のほとり』」／『本の顔本の声』（福武書店、一九八二・昭57・5）所収

槌賀七代　「遠藤周作「死海のほとり」論」（「日本文芸研究」37（4）、一九八六・昭61・1）

池田純溢　「昭和40年代―「沈黙」から「死海のほとり」へ」（「国文学解釈と鑑賞」51（10）、一九八六・昭61・10）

神谷忠孝　「死海のほとり」（「国文学解釈と鑑賞」51（10）、一九八六・昭61・10）

上総英郎　「第八章　深き淵より―『薔薇の館』『死海のほとり』」／『遠藤周作論』（春秋社、一九八七・昭62・11）所収

川島秀一　「『死海のほとり』論―遠藤周作ノート（5）―」（「山梨英和短期大学」23、一九八九・平元・12）のち『遠藤周作〈和解〉の物語』（和泉書院、二〇〇〇・平12・9）所収

広石廉二　「『イエスの生涯』と『死海のほとり』―同伴者としてのイエス像」／『遠藤周作のすべて』（朝文社、一九九一・平3・4）所収

宮坂覺　「『死海のほとり』―〈聖書考古学〉・〈あの男〉から〈あなた〉への反転」（「国文学解釈と教材の研究」38（10）、一九九三・平5・9）

佐藤泰正　「遠藤周作を読む3　『沈黙』以後（一）―『死海のほとり』から『侍』へ」（「月刊国語教育」14-3、一九九四・平6・5）

山形和美　「『死海のほとり』―イエスに向けてのキリストの非神話化」／山形和美編『遠藤周作―その文学世界』（国研出版、一九九七・平9・12）所収

川島秀一　「『沈黙』以後―一つの疑問・〈日本人につかめるイエス像〉をめぐって」（「日本文芸論集」31、一九九九・平11・3）のち『遠藤周作〈和解〉の物語』（和泉書院、二〇〇〇・平12・9）所収

石丸晶子　「『死海のほとり』論─「永遠の同伴者」イエスへの文学的到達─」／笠井秋生・玉置邦雄編『作品論　遠藤周作』（双文社出版、二〇〇〇・平12・1）所収

兼子盾夫　「遠藤周作における文学と宗教Ⅲ：『死海のほとり』─〈永遠の同伴者イエス〉を求めて」（「横浜女子短期大学研究紀要」16、二〇〇一・平13・3）

笠井秋生　「遠藤周作におけるイエス像の変容」（「文芸研究」157、二〇〇四・平16・3）

高山鉄男　「『沈黙』から『侍』へ」（「文芸研究」157、二〇〇四・平16・3）

山本泰生　「遠藤周作とルドルフ・ブルトマン─その奇跡観をめぐって」（「文芸研究」157、二〇〇四・平16・3）

竹田日出夫　「近代文学のイエス像」（「武蔵野日本文学」14、二〇〇五・平17・3）

川島秀一　「『死海のほとり』─沸騰する文体─」／柘植光彦編『遠藤周作　挑発する作家』（至文堂、二〇〇八・平20・10）所収

笠井秋生　「遠藤周作─同伴者イエスの発見」（「国文学解釈と鑑賞」74（4）、二〇〇九・平21・4）

篠崎まどか　「遠藤周作『死海のほとり』論─「巡礼」の章における〈同伴者イエス〉の復活」（「遠藤周作研究」2、二〇〇九・平21・9）

菅原とよ子　「遠藤周作『死海のほとり』論─イエス、ねずみ、そしてもう一つの祈りの旅」（「九大日文」18、二〇一一・平23・10）

堀竜一　「第七章イエスの原風景とイエスの物語─遠藤周作における巡礼の旅─」／栗原隆編『感情と表象の生まれるところ』（ナカニシヤ出版、二〇一三・平25・3）所収

池田静香　「遠藤文学における「同伴者イエス」─「母なる神」からの飛躍と後退」（「九大日文」23、二〇一四・平26・3）

斎藤佳子　「『死海のほとり』にみる能動的なイエス─「私」とイエスの関係性を通して」（「日本文芸学」51、二〇一五・平27・3）

古橋昌尚　「『死海のほとり』、救いの物語：隠れてある神に出会う信仰の旅」（「キリスト教文学研究」32、二〇一五・平27・5）

山岸明子　「罪悪感再考4つの罪悪感をめぐって─遠藤周作『沈黙』『死海のほとり』とユン・チアン『ワイルド・スワン』」／『心理学で文学を読む』新曜社、二〇一五・平27・5）所収

有光隆司　「遠藤周作における信者であることの再認識「札の辻」から「死海のほとり」へ」（「清泉女子大学キリスト教文化研究所年報」24、二〇一六・平28・3）

斎藤佳子　「『死海のほとり』における読む行為─イーガルの手紙を通して」（「阪神近代文学研究」17、二〇一六・平28・3）

神谷光信　「遠藤周作とパレスチナ─『死海のほとり』新考」（「キリスト教と文化（関東学院大学キリスト教と文化研究所所報）」14、二〇一六・平28・3）

山根息吹　「遠藤文学を読む（1）『死海のほとり』13章を中心に」（「風（プネウマ）」（100）、二〇一六・平28・春）

山根息吹　「遠藤文学『死海のほとり』を読む（2）」（「風（プネウマ）」（101）、二〇一六・平28・秋）

『メナム河の日本人』（「新潮」、一九七三・昭48・10）

無署名　「雲・新体制第一弾は遠藤作品　書下ろし『メナム河の日本人』」（「読売新聞」夕刊、一九七三・昭48・10・5）

無署名　「句読点のはっきりした舞台　劇団雲『メナム河の日本人』」（「読売新聞」夕刊、一九七三・昭48・10・19）

鈴木秀子　『メナム河の日本人』（「世紀」25（282）、一九七三・昭48・11）

麻生直　「日本人の原像にせまる―雲「メナム河の日本人」（上演劇評）」（「テアトロ」（370）、一九七三・昭48・12）

矢代静一　「二人三脚　『メナム河の日本人』」（「文芸」12（12）、一九七三・昭48・12）

三浦朱門　「挫折する人生―『メナム河の日本人』について―」（「海」5（12）、一九七三・昭48・12）

上原真　「「メナム河の日本人」（劇団雲）」（「文化評論」（149）、一九七三・昭48・12）

岩村久雄・宇佐見宣一　「対談　演劇時評―桜ふぶき日本の心中―スルース―マリアの首―円空遁走曲―修羅と死刑台―プレイ・ストリンドベリ―メナム河の日本人―血の婚礼」（「悲劇喜劇」27（1）、一九七四・昭49・1）

高堂要　「方法としての戯曲―遠藤周作のドラマトゥルギー―」／『方法としての戯曲』（笠間書院、一九八八・昭63・8）所収

長濱拓磨　「遠藤文学における〈ペドロ岐部〉（二）―『メナム河の日本人』から『王国への道』まで―」（「京都外国語大学研究論叢」85、二〇一五・平27・5）

『イエスの生涯』（新潮社、一九七三・昭48・10）

福原麟太郎　「生けるキリストを描く　遠藤周作著『イエスの生涯』」（「波」7（11）、一九七三・昭48・11）

八木誠一　「イエス伝文学とキリスト教　信仰の本質とは何か〈遠藤周作、小川国夫氏の近作〉問題を対照的方法で暗示」（「読売新聞」、一九七三・昭48・11・11）

角田信三郎　「イエスの真実―史的イエスと遠藤周作の『イエスの生涯』」（「福音と世界」28（12）、一九七三・昭48・12）

笠原芳光　「イエスとキリストの間」（「福音と世界」28（12）、一九七三・昭48・12）

荒井献　「「同伴者」イエス―「失われた羊の譬え」の伝承史的考察から」（「福音と世界」28（12）、一九七三・昭48・12）

無署名　「遠藤周作著『イエスの生涯』〈読書紹介〉」（「声」（1143）、一九七三・昭48・12）

佐古純一郎　「新刊書評　遠藤周作『イエスの生涯』」（「文芸」13（1）、一九七四・昭49・1）

高堂要・遠藤周作　「『イエスの生涯』『死海のほとり』著者と読者〈対談〉作家とキリスト者の二律背反を生きて」（「泉」（4）、一九七四・昭49・3）

今川憲次　「『イエスの生涯』及び『死海のほとり』に思う」（「布教」、一九七四・昭49・3）のち『カトリック小説考―グレアム・グリーンと遠藤周作を中心に』（一九八八・昭63・4、南雲堂）所

収

藍沢鎮雄「第九章 日本人のキリスト教体験―遠藤周作氏のイエス像をめぐって」／『日本文化と精神構造』（太陽出版、一九六五・昭40・4）所収

藍沢鎮雄「遠藤周作―「イエスの生涯」を読んで」（「国文学解釈と鑑賞」40（6）、一九六五・昭40・5）

山中節子「遠藤周作試論―「死海のほとり」と「イエスの生涯」とを基軸として」（「文学地帯」47、一九七六・昭51・11）

町井且昌「私の読んだ本―遠藤周作著「イエスの生涯」」（「新線路」33（4）、一九七九・昭54・4）

武田勝彦「『イエスの生涯』の作品分析」／小久保実編『遠藤周作の研究』（実業之日本社、一九七九・昭54・6）所収

田川健三「イエス像（遠藤周作）」（「国文学解釈と鑑賞」46（10）、一九八一・昭56・11）

市原克敏「遠藤周作―イエス二部作「死海のほとり」「イエスの生涯」」（「国文学解釈と鑑賞」47（2）、一九八二・昭57・2）所収

井上洋治「解説」／『イエスの生涯』（新潮文庫、一九八二・昭57・5）所収

高野斗志美「遠藤文学におけるイエス像」（「国文学解釈と鑑賞」51（10）、一九八六・昭61・10）

高尾利数「イエス・キリスト教・カトリシズム―遠藤周作の場合」（「国文学解釈と鑑賞」51（10）、一九八六・昭61・10）

広石廉二「『イエスの生涯』と『死海のほとり』―同伴者としてのイエス像」／『遠藤周作のすべて』（朝文社、一九九一・平3・4）所収

柘植光彦「イエス像―「遠藤神学」の円環が閉じる時」（「国文学解釈と教材の研究」38（10）、一九九三・平5・9）

宮野光男『イエス・キリスト』（「国文学解釈と教材の研究」38（10）、一九九三・平5・9）

下野孝文「遠藤周作論―「悪」と「救い」と」（「国語国文薩摩路」40、一九九六・平8・3）

高柳俊一「『イエスの生涯』と『キリストの誕生』―再臨せざるキリストと芸術的創造」／山形和美編『遠藤周作―その文学世界』（国研出版、一九九七・平9・12）所収

川島秀一「遠藤周作『イエスの生涯』・〈事実〉と〈真実〉の間―イエスの原像を求めて」（「日本文芸論集」30、一九九八・平10・2）のち『遠藤周作〈和解〉の物語』（和泉書院、二〇〇〇・平12・9）所収

山形和美「現代日本キリスト教徒作家のイエス像―椎名麟三、遠藤周作、小川国夫の場合」／大貫隆・佐藤研編『イエス研究史―古代から現代まで』（日本基督教団出版局、一九九八・平10・8）所収

川島秀一「『沈黙』以後―一つの疑問・〈日本人につかめるイエス像〉をめぐって」（「日本文芸論集」31、一九九九・平11・3）のち『遠藤周作〈和解〉の物語』（和泉書院、二〇〇〇・平12・9）所収

轡田隆史「人間と人生と社会のすべてがここにある―『イエスの生涯』遠藤周作ほか」／『人生の肝心なことがここにある 生

きる力がつく本の読み方』（海竜社、一九九九・平11・11）所収

久保田修「『イエスの生涯』『キリストの誕生』論―小説空間へのいたましき損傷―」／笠井秋生・玉置邦雄編『作品論　遠藤周作』（双文社出版、二〇〇〇・平12・1）所収

笠井秋生「遠藤周作におけるイエス像の変容」（「文芸研究」157、二〇〇四・平16・3）

高山鉄男「『沈黙』から『侍』へ」（「文芸研究」157、二〇〇四・平16・3）

山本泰生「遠藤周作とルドルフ・ブルトマン―その奇跡観をめぐって」（「文芸研究」157、二〇〇四・平16・3）

グレイ・ロバート「《遠藤周作の『イエスの生涯』に見られる日本文化へのユダヤ・キリスト教的解釈》」（「早稲田大学人間科学研究」17（1）、二〇〇四・平16・4）

天羽美代子「遠藤周作『イエスの生涯』における〈イエス像〉造形過程の一考察―シュタウファー『イエス―その人と歴史』の影響について」（「高知大国文」35、二〇〇四・平16・12）

菅原とよ子「『イエスの生涯』における引用典拠」（「キリスト教文学研究」25、二〇〇八・平20・5）

菅原とよ子「ダニエル・ロップスの受容―遠藤周作『イエスの生涯』とダニエル・ロップス『キリストとその時代』」（「国語国文学研究」44、二〇〇九・平21・2）

菅原とよ子「奇跡という「無力」―遠藤周作『イエスの生涯』とE・シュタウファー『イエスその人と歴史』」（「遠藤周作研究」3、二〇一〇・平22・9）

菅原とよ子「「無力」なイエス像形象のための選択―遠藤周作『イエスの生涯』におけるE・シュタウファー『イエスその人と歴史』の引用のあり方」（「九大日文」17、二〇一一・平23・3）

菅原とよ子「R・ブルトマンとG・ボルンカムの意義―遠藤周作『イエスの生涯』における引用のあり方を基に」（「キリスト教文学」30、二〇一一・平23・8）

菅原とよ子「遠藤周作『イエスの生涯』論―典拠引用のあり方を主に、「同伴者」という言葉の所在について」（「近代文学論集」37、二〇一一・平23・11）

『彼の生き方』（「産経新聞」、一九七四・昭49・3・10〜10・2）

無署名「光の見える深刻小説　人間より動物を信じた男の　遠藤周作著『彼の生き方』」（「読売新聞」、一九七七・昭52・4・21）

福田宏年「解説　仮面の奥にあるもの」／『彼の生きかた』（講談社遠藤周作文庫、一九七八・昭53・2）所収

高橋正雄「文学に見る障害者像　遠藤周作著『彼の生きかた』―吃音の動物学者」（「ノーマライゼーション」24（6）、二〇〇四・平16・6）

『鉄の首枷―小西行長伝』（「歴史と人物」、一九七六・昭51・1〜一九七七・昭52・1／中央公論社、一九七七・昭52・4）

司馬遼太郎「はじめて人間の仲間に」／『鉄の首枷』函（中央公論社、一九七七・昭52・4）

豊田武「謎の解明」／『鉄の首枷』函（中央公論社、一九七七・昭

52・4）
山本健吉「内面の劇を照射」／『鉄の首枷』函（中央公論社、一九七七・昭52・4）
無署名「〈水の人〉野心と親交　歴史越えた永遠の姿　遠藤周作著　鉄の首枷」（「読売新聞」、一九七七・昭52・4・25）
松田毅一「〝謎の人物〟に挑む力作　遠藤周作著『鉄の首枷―小西行長伝』」（「サンケイ新聞」、一九七七・昭52・5・2）
無署名「武将行長の人間像に光　遠藤周作著　鉄の首枷」（「朝日新聞」、一九七七・昭52・5・9）
江藤淳「文芸時評『鉄の首枷』」（「毎日新聞」、一九七七・昭52・5・30）
遠藤周作・豊田武「〈対談〉小西行長をめぐって」（「歴史と人物」、一九七七・昭52・5）のち遠藤周作『人間の中のX』（中央公論社、一九七八・昭53・7）所収
上原和「遠藤周作著『鉄の首枷』」（「波」11（6）、一九七七・昭52・6）
三浦朱門「鉄の首枷―小西行長伝　遠藤周作　キリシタン大名の暗い生涯を描く」（「朝日ジャーナル」19（26）、一九七七・昭52・6）
松田修「新しい照射と謎解き―遠藤周作「鉄の首枷」」（「海」9（7）、一九七七・昭52・7）
粟津則雄「『鉄の首枷』―遠藤周作著」（「読売新聞」、一九七九・昭54・5・29）のち『文学の内面』（立風書房、一九八〇・昭55・1）所収
武田友寿「切支丹―信仰と文学の結節点」／泉秀樹編『遠藤周作の研究』（「実業之日本社、一九七九・昭54・6）所収
司馬遼太郎「『鉄の首枷』について」／泉秀樹編『遠藤周作の研究』（「実業之日本社、一九七九・昭54・6）所収
久保田暁一「遠藤周作の視点―「『鉄の首枷』と『銃と十字架』について」／『キリスト教文学の可能性』（だるま書房、一九七九・昭54・11）所収
武田友寿「敗者の十字架」／『『沈黙』以後』（女子パウロ会、一九八五・昭60・6）所収
尾崎秀樹「『沈黙』と『鉄の首枷』」／『歴史文学夜話　鷗外からの180篇を読む』（講談社、一九九〇・平2・7）所収
広石廉二「『鉄の首枷』―神は見放さない」／『遠藤周作の縦糸』（朝文社、一九九一・平3・10）所収
田口律男「「鉄の首枷」論」（「国文学解釈と教材の研究」38（10）、一九九三・平5・9）
田中健夫「遠藤周作氏の大胆な憶測―『鉄の首枷―小西行長伝』によせて」（「日本歴史」（600）、一九九三・平10・5）
久保田暁一「『鉄の首枷』『銃と十字架』―「弱者」と「強者」の軌跡―」／笠井秋生・玉置邦雄編『作品論　遠藤周作』（双文社出版、二〇〇〇・平12・1）所収
岩﨑里奈「遠藤周作『鉄の首枷　小西行長伝』―小西行長の信仰」（「遠藤周作研究」5、二〇一二・平24・9）
久保田暁一「（2）『鉄の首枷』」／『遠藤周作の文学　その視点と道程』（だるま書房、二〇一三・平25・5）所収

久保田暁一　「『鉄の首枷』・『銃と十字架』―「弱者」と「強者」の視点―」／『遠藤周作の文学　その視点と道程』（だるま書房、二〇一三・平25・5）所収

三木サニア　「特集　熊本の文学　遠藤周作『鉄の首枷―小西行長伝』論（一）」（「方位」30、二〇一三・平25・6）

三木サニア　「特集　熊本の文学2　遠藤周作『鉄の首枷　小西行長伝』論（二）」（「方位」31、二〇一四・平26・11）

笠井秋生　「『鉄の首枷―小西行長伝』―洗礼の秘蹟の真実―」（「遠藤周作研究」9、二〇一六・平28・9）

『銃と十字架』（「中央公論」一九七八・昭53・1～12／中央公論社、一九七九・昭54・4）

『銃と十字架』（「中央公論」一九七八・昭53・1～12／中央公論社、一九七九・昭54・4）

無署名　「書評　銃と十字架　遠藤周作著　苦悩する「強い男」国外脱出から帰国・殉教まで」（「毎日新聞」一九七九・昭54・6・4）

奥野健男　「書評「銃と十字架」遠藤周作」（「群像」34（8）、一九七九・昭54・8）

尾崎秀樹　「ブックガイド「銃と十字架」」（「教育ジャーナル」18（9）、一九七九・昭54・11）

久保田暁一　「遠藤周作の視点―『鉄の首枷』と『銃と十字架』について」／『キリスト教文学の可能性』（だるま書房、一九七九・昭54・11）所収

尾崎秀樹　「大航海時代」／『歴史文学夜話　鷗外からの180篇を読む』（講談社、一九九〇・平2・7）所収

広石廉二　「『銃と十字架』―殉教者の論理」／『遠藤周作の縦糸』（朝文社、一九九一・平3・10）所収

久保田暁一　「『鉄の首枷』『銃と十字架』―「弱者」と「強者」の軌跡―」／笠井秋生・玉置邦雄編『作品論　遠藤周作』（双文社出版、二〇〇〇・平12・1）所収

永井壽昭　「銃と十字架」／『吾が人生の「遠藤周作」』（近代文芸社、二〇〇四・平16・3）所収

川村信三　「遠藤周作のペトロ・カスイ岐部―『銃と十字架』にこめられたもの」／『時のしるしを読み解いて　歴史にみる現代キリスト者の課題』（ドン・ボスコ社、二〇〇四・平16・11）所収

三木サニア　「遠藤周作『銃と十字架』」（「キリスト教文学」30、二〇一一・平23・8）

池田静香　「弔いの文学として読む遠藤周作―切支丹時代を描いた作品を中心に」（「敍説」Ⅲ（8）、二〇一二・平24・6）

久保田暁一　「（3）『銃と十字架』」／『遠藤周作の文学　その視点と道程』（だるま書房、二〇一三・平25・5）所収

久保田暁一　「『鉄の首枷』・『銃と十字架』―「弱者」と「強者」の視点―」／『遠藤周作の文学　その視点と道程』（だるま書房、二〇一三・平25・5）所収

長濱拓磨　「遠藤文学における〈ペドロ岐部〉（二）―『メナム河の日本人』から『王国への道』まで―」（「京都外国語大学研究論叢」85、二〇一五・平27・7）

笠井秋生「『銃と十字架』について―何故、ペドロ岐部はローマから帰国し潜伏神父になったのか」（「遠藤周作研究」8、二〇一五・平27・9）

『キリストの誕生』（新潮社、一九七八・昭53・9）

久米博「心情的イエス像　遠藤周作『キリストの誕生』」（「海」10（12）、一九七八・昭53・9）

中野孝次「花と闇のあいだ―吉行淳之介「夕暮まで」、遠藤周作「キリストの誕生」、円地文子「江戸文学問わず語り」、中島梓「文学の輪郭」、吉本隆明「戦後詩史論」（新著月評）」（「群像」33（12）、一九七八・昭53・9）

田川健三「通俗書の存在意義―遠藤周作『キリストの誕生』によせて」（「春秋」一九七八・昭53・9）

無署名「イエスを日本人の感覚で〝ほれた女の真実求めてネ〟」（「読売新聞」夕刊、一九七八・昭53・9・7）

無署名「「キリストの誕生」遠藤周作著　解かれぬ〝重い問い〟」（「読売新聞」、一九七八・昭53・10・16）

無署名「「キリストの誕生」を書いた遠藤周作氏　イエスの人間的なX」（「朝日新聞」一九七八・昭53・10・22）

無署名「読売文学賞今年の六氏　無信仰者の胸にも響く　遠藤周作「キリストの誕生」」（「読売新聞」、一九七九・昭54・2・1）

無署名「読売文学賞受賞者を訪ねて　〝魂のドラマ〟に情熱かけて〈評論・伝記賞〉「キリストの誕生」遠藤周作さん」（「読売新聞」夕刊、一九七九・昭54・2・5）

丸谷才一・山崎正和・木村尚三郎「遠藤周作「キリストの誕生」（鼎談書評　定説に挑戦した三冊）」（「文芸春秋」57（4）、一九七九・昭54・4）

今川憲次「作家の信仰―遠藤周作の『キリストの誕生』」（「声」（1202）、一九七九・昭54・4）

山形和美「椎名麟三と遠藤周作の復活観―『復活について』と『キリストの誕生』をめぐって」（「本のひろば」一九七九・昭54・5）

小林昭「殉教と裏切り―遠藤周作「キリストの誕生」」（「民主文学」（165）、一九七九・昭54・8）

田川健三「イエス像（遠藤周作）」（「国文学解釈と鑑賞」46（10）、一九八一・昭56・11）

高橋たか子「解説」／『キリストの誕生』（新潮文庫、一九八二・昭57・12）

西谷正文「信仰の時間への道程―『キリストの誕生』」（「真宗研究会紀要」16、一九八三・昭58・3）

高嶋邦幸「一冊の本キリストの誕生（遠藤周作著）」（「教育改造」77、一九八三・昭58・7）

高野斗志美「遠藤文学におけるイエス像」（「国文学解釈と鑑賞」51（10）、一九八六・昭61・10）

高尾利数「イエス・キリスト教・カトリシズム―遠藤周作の場合」（「国文学解釈と鑑賞」51（10）、一九八六・昭61・10）

柘植光彦「イエス像―「遠藤神学」の円環が閉じる時」（「国文学解釈と教材の研究」38（10）、一九九三・平5・9）

宮野光男　『イエス・キリスト』（「国文学解釈と教材の研究」38（10）、一九九三・平5・9）

高柳俊一　「『イエスの生涯』と『キリストの誕生』—再臨せざるキリストと芸術的創造」／山形和美編『遠藤周作—その文学世界』（国研出版、一九九七・平9・12）所収

久保田修　「『イエスの生涯』『キリストの誕生』論—小説空間へのいたましき損傷—」／笠井秋生・玉置邦雄編『作品論　遠藤周作』（双文社出版、二〇〇〇・平12・1）所収

『日本の聖女』（「新潮」、一九八〇・昭55・2）

笛木美佳　「遠藤文学における女性（二）—歴史小説の場合」（「学苑」807、二〇〇八・平20・9）

羽鳥徹哉　「遠藤周作の笑い」／『笑いと創造　第6集』（勉誠出版、二〇一〇・平22・12）所収

宮﨑尚子　「遠藤周作「日本の聖女」に見る切支丹の道—日本的な美意識を中心に—」（「尚絅語文」2、二〇一三・平25・3）

『侍』（新潮社、一九八〇・昭55・4）

山本健吉　「函評」／『侍』（新潮社、一九八〇・昭55・4）

中村真一郎　「函評」／『侍』（新潮社、一九八〇・昭55・4）

辻邦生　「函評」／『侍』（新潮社、一九八〇・昭55・4）

遠藤周作・三浦朱門　「対談〝王〟にあいに行った男—書き下ろし長編『侍』をめぐって—」（「波」、一九八〇・昭55・4）

井上ひさし　「至上の「王」を見た魂—遠藤周作『侍』—」（「朝日新聞」夕刊、一九八〇・昭55・4・25）

篠田一士　「遠藤周作氏の書き下ろし『侍』—神に向かう内面劇」（「毎日新聞」夕刊、一九八〇・昭55・4・26）

加賀乙彦　「書評・無力の果ての愛—遠藤周作著『侍』」（「波」14（5）、一九八〇・昭55・5）

無署名　「「信仰」を絶望の果てに—遠藤周作著『侍』」（「読売新聞」、一九八〇・昭55・5・5）

無署名　「暗く重くといかける日本人と宗教—遠藤周作著『侍』」（「週刊読売」、一九八〇・昭55・5・5）

森内俊雄　「遠藤周作—『侍』の今日性」（「図書新聞」、一九八〇・昭55・5・7）

高橋英夫　「信仰経験の苦闘を描く—遠藤周作著『侍』」（「日本経済新聞」、一九八〇・昭55・5・18）

武田友寿　「作者半生の魂の軌跡—遠藤周作著『侍』—」（「東京新聞」夕刊、一九八〇・昭55・5・19）

無署名　「作者自身の信仰体験を投影する—遠藤周作『侍』—」（「週刊朝日」、一九八〇・昭55・5・30）

真田治彦　「遠藤周作『侍』を読む」（「指」345、一九八〇・昭55・6）

磯田光一　「『侍』遠藤周作—政治の対極にあるもの」（「新潮」905、一九八〇・昭55・7）

山崎正和　「歴史の亀裂—5—証明のない情熱—遠藤周作「侍」をめぐって」（「新潮」905、一九八〇・昭55・7）

佐藤泰正　「新たな発端への予感—遠藤周作「侍」」（「海」12（7）、一九八〇・昭55・7）

奥野健男「惨めな侍に惨めな神は憑くか—遠藤周作「侍」」（「群像」35（7）、一九八〇・昭55・7）

加賀乙彦・磯田光一・黒井千次「読書鼎談・遠藤周作『侍』」（「文芸」19（7）、一九八〇・昭55・7）

遠藤周作・加賀乙彦「『侍』について」（「文学界」34（8）、一九八二・昭57・10）

鈴木秀子「〈特集〉文学とキリスト教　日本文学とキリスト教—遠藤周作「侍」をめぐって」（「声」1217、一九八〇・昭55・8）

饗庭孝男「普遍性と特殊性のドラマ—『侍』『荒野』をめぐって」（「新潮」77（7）、一九八〇・昭55・9）のち『文学の現在　現代作家論』（美術公論社、一九八三・昭58・7）所収

笠井秋生「書評・遠藤周作『侍』」（「評言と構想」、一九八〇・昭55・10）

遠藤周作「「さむらひ」と「侍」（追悼・河上徹太郎）」（「新潮」77（12）、一九八〇・昭55・12）

遠藤周作「受賞の言葉（昭和五十五年度野間文芸賞の決定—遠藤周作「侍」）」（「群像」36（1）、一九八一・昭56・1）

井上靖［他］「選考委員の言葉（昭和五十五年度野間文芸賞の決定—遠藤周作「侍」）」（「群像」36（1）、一九八一・昭56・1）

中田幸作「「沈黙」から「侍」へ—遠藤周作の軌跡」（「季刊文学的立場［第3次］」6、一九八二・昭57・4）

中務美佐江「遠藤周作『侍』—与蔵の位相を中心に—」（梅光女学院大学大学院「新樹」5、一九八二・昭57・10）

くちなし会「「侍」（遠藤周作）の研究」（「清泉文苑」（3）、一九八三・昭58・3）

森脇尚美「遠藤周作『侍』論」（ノートルダム清心女子大国文科「古典研究」10、一九八三・昭58・3）

武田友寿「第4章新しき歌　Ⅱ沈黙の信仰」／『「沈黙」以後—遠藤周作の世界』（女子パウロ会、一九八五・昭60・6）所収

ヴァン・C・ゲッセル「解説—『侍』における事実と真実」／『侍』（新潮文庫、一九八六・昭61・6）所収

笠井秋生「遠藤周作『侍』について」（「キリスト教文芸」4、一九八六・昭61・11）のち『遠藤周作論』（双文社出版、一九八七・昭62・11）所収

菊田義孝「第五章　醜悪の美学　一、『侍』」／『遠藤周作論　かれは、なにを書かなかったか…』（永田書房、一九八七・昭62・10）所収

上総英郎「第九章　二つの王国—『侍』」／『遠藤周作論』（春秋社、一九八七・昭62・11）所収

槌賀七代「遠藤周作「侍」論」（「日本文芸学」25、一九八八・昭63・12）

川島秀一「回帰への旅程—『侍』論・遠藤周作ノート（4）—」（「日本文芸論集」19、一九九〇・平2・3）のち『遠藤周作　〈和解〉の物語』（和泉書院、二〇〇〇・平12・9）所収

尾崎秀樹「はせくらの軌跡」／『歴史文学夜話　鷗外からの180篇を読む』（講談社、一九九〇・平2・7）所収

中村友『侍』（「国文学解釈と教材の研究」38（10）、一九九〇・平2・9）

広石廉二「『侍』—内的自伝の試み」／『遠藤周作の縦糸』（朝文

社、一九九一・平3・10）所収

遠藤周作・佐藤泰正「第2期の総決算—『侍』」／『人生の同伴者』（春秋社、一九九一・平3・11）所収

林水福「『侍』の表現についての試論—自然描写を中心にして」／『菊田茂男教授退官記念　日本文芸の潮流』（おうふう、一九九四・平6・1）所収

佐藤泰正「遠藤周作を読む3　『沈黙』以後（一）—『死海のほとり』から『侍』へ」（「月刊国語教育」14-3、一九九四・平6・5）

佐藤泰正「『侍』—『沈黙』以後の軌跡を軸として」／『遠藤周作—その文学世界』（国研出版、一九九七・平9・12）所収

川島秀一「『沈黙』以後—一つの疑問・〈日本人につかめるイエス像〉をめぐって」（「日本文芸論集」31、一九九九・平11・3）のち『遠藤周作　〈和解〉の物語』（和泉書院、二〇〇〇・平12・9）所収

遠藤祐「『侍』を読む—旅の物語—」／笠井秋生・玉置邦雄編『作品論　遠藤周作』（双文社出版、二〇〇〇・平12・1）所収

J・N「『侍』、遠藤周作著，新潮文庫」（「纜（社団法人日本船舶海洋工学会）」47、二〇〇〇・平12・3）

廣石廉二「『侍』—内的自伝の試み」（「三田文学」80（67）、二〇〇一・平13・11）

兼子盾夫「遠藤周作における文学と宗教Ⅳ　『侍』—〈洗礼の秘跡と惨めな王—日本宣教論試論〉」（「横浜女子短期大学研究紀要」17、二〇〇二・平14・3）

山根道公「『侍』と『スキャンダル』の間」（「風」65、二〇〇三・平15・冬）

笠井秋生「遠藤周作におけるイエス像の変容」（「文芸研究」157、二〇〇四・平16・3）

高山鉄男「『沈黙』から『侍』へ」（「文芸研究」157、二〇〇四・平16・3）

山本泰生「遠藤周作とルドルフ・ブルトマン—その奇跡観をめぐって」（「文芸研究」157、二〇〇四・平16・3）

永井壽昭「侍」／『吾が人生の「遠藤周作」』（近代文芸社、二〇〇四・平16・3）所収

李英和「遠藤周作『侍』論—日本人元修道士配置の戦略」（「文学研究論集」25、二〇〇七・平19・3）

川島秀一「『侍』管見—ある躊躇と疑念」（「キリスト教文学研究」25、二〇〇七・平19・5）

笠井秋生「『侍』をどう読むか—日本におけるキリスト教の土着化の問題」（「キリスト教文学研究」25、二〇〇七・平19・5）

長濱拓磨「『侍』試論—ベラスコの視点をめぐって」（「キリスト教文学研究」25、二〇〇七・平19・5）

武田秀美「『侍』—新たな二つのテーマ」（「キリスト教文学研究」25、二〇〇七・平19・5）

長濱拓磨「遠藤周作『侍』論—フィクションの内実について—」（「キリスト教文芸」24、二〇〇八・平20・7）

笠井秋生「『侍』—宣教師ベラスコをめぐって」／柘植光彦編『遠藤周作　挑発する作家』（至文堂、二〇〇八・平20・10）

長濱拓磨「遠藤周作の「歴史小説」の一側面—松田毅一との関連

をめぐって」（『遠藤周作研究』4、二〇一一・平23・9）

岩﨑里奈「遠藤周作『侍』論―心情変化にみる長谷倉の到達点―」（関西学院大学「人文論究」62（1）、二〇一二・平24・5）

仙台文学館監修「遠藤周作著『侍』」／『ふるさと文学さんぽ　宮城』（大和書房、二〇一二・平24・7）所収

庄司潤子「遠藤周作「侍」―（文学の中の支倉常長）」（慶長遣欧使節船協会、二〇一三・平25）

佐藤まどか「遠藤周作『侍』論―「ベラスコ」における〈イエス〉の変遷」（『遠藤周作研究』6、二〇一三・平25・9）

池田静香「遠藤文学における「同伴者イエス」―「母なる神」からの飛躍と後退」（『九大日文』23、二〇一四・平26・3）

長濱拓磨「遠藤文学における〈ペドロ岐部〉（2）―『メナム河の日本人』から『王国への道』まで―」（『京都外国語大学研究論叢』85、二〇一五・平27・5）

『真昼の悪魔』（「週刊新潮」、一九八〇・昭55・2～7月／新潮社、一九八〇・昭55・12）

無署名「読書　遠藤周作著『真昼の悪魔』」（「読売新聞」、一九八一・昭56・2・17）

尾崎秀樹「解説」／『真昼の悪魔』（新潮文庫、一九八四・昭59・12）所収

三木サニア「遠藤文芸の中の女性たち―『真昼の悪魔』の女医をめぐって」（「方位」22、二〇〇一・平13・6）

清水正「遠藤周作とドストエフスキー（6）―遠藤周作の『真昼の悪魔』を読む」（「江古田文学」23-3、二〇〇四・平16・2）のち『遠藤周作とドストエフスキー』（D文学研究会、二〇〇四・平16・9）所収

小嶋洋輔「遠藤周作「中間小説」論―書き分けを行う作家」（「千葉大学人文研究」36、二〇〇七・平19・3）のち『遠藤周作論―「救い」の位置―』（双文社出版、二〇一二・平24・12）所収

加藤憲子「遠藤周作『真昼の悪魔』論―〈女医〉の〈実験〉から見えてくるもの」（『国文白百合』39、二〇〇八・平20・3）

菅聡子「〈スキャンダル〉としての女―遠藤周作文学における女性像をめぐるささやかなノート」（「叙説」Ⅲ（3）、二〇〇八・平20・12）

大枝彩乃「遠藤周作「真昼の悪魔」試論―〈罪〉と〈悪〉のはざまに」（「文学研究論集」44、二〇一五・平27）

中江有里「解説　本当の悪と善」／『真昼の悪魔』改版（新潮文庫、二〇一五・平27・8）所収

『王国への道―山田長政―』（「太陽」、一九七九・昭54・7～一九八一・昭56・2／平凡社、一九八一・昭56・4）

無署名「海外雄飛を今に映して　遠藤周作著『王国への道　山田長政』」（「朝日新聞」、一九八一・昭56・5・4）

斎藤末弘「歴史にみる現代人の廃墟　遠藤周作著『王国への道』の二重対位法」（「図書新聞」、一九八一・昭56・6・13）

春名徹「解説」／『王国への道―山田長政―』（新潮文庫、一九八四・昭59・3）所収

堀本忠之「『王国への道―山田長政―』、遠藤周作著、新潮文庫、ISBN4-10-112319-5（海洋文学への誘い（58））」（「らん　纜」（62）、二〇〇三・平15・12）

井上絵里「遠藤周作における創作歴史小説の意味―『王国への道山田長政』から」（「九大日文」10、二〇〇七・平19・10）

笛木美佳「遠藤文学における女性（二）―歴史小説の場合」（「学苑」807、二〇〇八・平20・1）

久保田暁一「（4）『王国への道』」／『遠藤周作の文学　その視点と道程』（だるま書房、二〇一三・平25・5）所収

ティップティエンポン・コースィット「日タイの文学作品にみる山田長政：『王国への道』と『オークヤー』との比較研究（特集　となり合う〈遠き〉アジア）」（「東京外国語大学「総合文化研究」（19）、二〇一五・平27・3）

長濱拓磨「遠藤文学における〈ペドロ岐部〉（二）―『メナム河の日本人』から『王国への道』まで―」（「京都外国語大学研究論叢」85、二〇一五・平27・7）

『女の一生』（「朝日新聞」、一九八〇・昭55・11・1～一九八一・昭56・6・1、一九八一・昭56・7・2～一九八二・昭57・2・7）／『女の一生　一部・キクの場合』（朝日新聞社、一九八二・昭57・1）、『女の一生　二部・サチ子の場合』（朝日新聞社、一九八二・昭57・3）

無署名「知的エンタテイメントに的「女の一生」を連載する遠藤周作氏」（「朝日新聞」夕刊、一九八〇・昭55・10・28）

三島瓏子「遠藤周作取材旅行（女の一生）に同行して」（「あけぼの」、一九八一・昭56・9）

無署名「読書　遠藤周作著『女の一生　一部・キクの場合』」（「読売新聞」、一九八二・昭57・3・15）

八木義徳・菅野昭正・岡松和夫「読書鼎談―遠藤周作「女の一生・一部・キクの場合」、佐藤泰志「きみの鳥はうたえる」」（「文芸」21（5）、一九八二・昭57・5）

菅野昭正「書評『女の一生第一・二部』遠藤周作」（「文学界」36（6）、一九八二・昭57・6）

河野多恵子「文芸時評〈上〉生の意味を納得させる　遠藤周作『女の一生』」（「朝日新聞」夕刊、一九八二・昭57・6・24）

森禮子「本　遠藤周作『女の一生』」（「新潮」79（7）、一九八二・昭57・7）

柳生望「遠藤周作『女の一生』（全二巻）にみる母性と聖性の意味」（「立教女学院短期大学紀要」14、一九八三・昭58・1）

三木サニア「『女の一生一部・キクの場合』試論―愛と聖化をめぐって―」（「久留米信愛女学院短期大学研究紀要」6、一九八三・昭58・3）のち『遠藤・辻の作品世界　愛と信と美のドラマ』（双文社出版、一九九三・平5・11）所収

三木サニア「『女の一生』の世界」（「日本文芸学」20、一九八三・昭58・12）のち『遠藤・辻の作品世界　愛と信と美のドラマ』（双文社出版、一九九三・平5・11）所収

三木サニア「遠藤文芸におけるコルベ神父像―『女の一生二部・サチ子の場合』をめぐって」（「久留米信愛女学院短期大学研究

紀要」7、一九八四・昭59・3）のち『遠藤・辻の作品世界　愛と信と美のドラマ』（双文社出版、一九九三・平5・11）所収

青木規子「遠藤周作論―『女の一生』を中心に―」（「聖心女子大学大学院論集」19、一九九七・平9・7）

小野功生「『女の一生』―そのテーマ構造」／山形和美編『遠藤周作―その文学世界』（国研出版、一九九七・平9・12）所収

井元珠緒「遠藤周作―かくれ切支丹にみる裏切り意識とのつながり」（「古典研究」25、一九九八・平10・5）

槌賀七代「『女の一生』論―「現代日本」への挑戦―」／笠井秋生・玉置邦雄編『作品論　遠藤周作』（双文社出版、二〇〇〇・平12・1）所収

藤田尚子「遠藤周作『女の一生』論―愛と自己犠牲の変容」（「光華日本文学」8、二〇〇〇・平12・8）

笛木美佳「「女の一生　一部・キクの場合」論―雨が語りかけてくるもの―」（「学苑」727、二〇〇一・平13・1）

笛木美佳「遠藤周作「女の一生　一部・キクの場合」論―〈場合〉を読み解くために」（「キリスト教文学研究」18、二〇〇一・平13・5）

下野孝文「明治政府と〈浦上四番崩れ〉―『最後の殉教者』と『女の一生』から」（「国語国文薩摩路」47、二〇〇三・平15・3）

笛木美佳「遠藤周作「女の一生　二部・サチ子の場合」論：〈理想とする女性〉を追って」（「学苑」783、二〇〇六・平18・1）

下野孝文「遠藤周作『女の一生』一部（1）「キク」の時間、長崎の風物を中心に」（「国語国文薩摩路」50、二〇〇六・平18・3）

下野孝文「遠藤周作『女の一生』・二部（一）―コルベ神父の長崎時代―」（「近代文学論集」32、二〇〇六・平18・10）

下野孝文「遠藤周作『女の一生』一部（2）〈浦上四番崩れ〉を巡って」（「国語国文薩摩路」51、二〇〇七・平19・3）

下野孝文「遠藤周作『女の一生』・二部（二）―アウシュヴィッツのコルベ神父―」（「近代文学論集」33、二〇〇七・平19・11）

下野孝文「遠藤周作『女の一生』・一部（3）津和野配流以後」（「国語国文薩摩路」52、二〇〇八・平20・3）

藤田尚子「遠藤周作『女の一生　一部・キクの場合』論―執筆背景と長崎風物の一典拠」（「遠藤周作研究」1、二〇〇八・平20・9）

下野孝文「遠藤周作『女の一生』・二部（3）コルベ神父から修平へ」（「敍説」Ⅲ（3）、二〇〇八・平20・12）

藤田尚子「遠藤周作『女の一生―一部・キクの場合』と劉寒吉『風雪』―〈浦上四番崩れ〉に見る死生観の相違をめぐって」（「キリスト教文学研究」26、二〇〇九・平21・5）

古浦修子「遠藤周作『女の一生　一部・キクの場合』論―キクの「一生」と〈語り手〉の視点」（「日本文芸研究」61（1・2）、二〇〇九・平21・9）

古浦修子「『女の一生　二部・サチ子の場合』論―「愛」の根源にあるもの」（「遠藤周作研究」2、二〇〇九・平21・9）

藤田尚子「遠藤周作『女の一生　二部・サチ子の場合』における旧蔵資料との関わり」（「遠藤周作研究」2、二〇〇九・平21・9）

奥野政元「遠藤周作『女の一生　一部・キクの場合』について」

(「活水論文集現代日本文化学科編」54、二〇一二・平24・2)

池田静香「遠藤周作『女の一生 二部』論―「コルベ神父」に託した希望の内実」(「近代文学論集」38、二〇一二・平24・2)

兼子盾夫「文学は「共生」をどう捉えるか―遠藤の『女の一生』の場合」(上智大学「人間学紀要」44、二〇一五・平27・1)

『宿敵』(角川書店、一九八五・昭60・12)

無署名「この一冊『宿敵』遠藤周作著」(「朝日新聞」夕刊、一九八六・昭61・2・1)

無署名「新刊の窓『宿敵 上・下』遠藤周作著」(「毎日新聞」、一九八六・昭61・2・17)

遠藤周作・徳岡孝夫「〈対談〉遠藤周作著「宿敵」(文春ブック・クラブ)」(「文芸春秋」64、一九八六・昭61・4)

泉秀樹「解説」/『宿敵 上』(角川文庫、一九八七・昭62・9)所収

泉秀樹「解説」/『宿敵 下』(角川文庫、一九八七・昭62・9)所収

高橋千劔破「解説」/『遠藤周作歴史小説集2 宿敵』(講談社、一九九五・平7・11)

笛木美佳「遠藤文学における女性(二)―歴史小説の場合」(「学苑」807、二〇〇八・平20・9)

『スキャンダル』(新潮社、一九八六・昭61・3)

遠藤周作「インタビュー 意識下の深みにメス」(「読売新聞」夕刊、一九八六・昭61・3・10)

無署名「遠藤周作著『スキャンダル』複雑な味合成した手腕」(「読売新聞」、一九八六・昭61・3・17)

無署名「分身のテーマを現代化―遠藤周作著『スキャンダル』」(「朝日新聞」、一九八六・昭61・3・17)

磯田光一「文芸季評 上」(「読売新聞」夕刊、一九八六・昭61・3・18)

磯田光一「文芸季評 下 三つのスタイル 永年の課題を基礎に問う」(「読売新聞」夕刊、一九八六・昭61・3・20)

中田浩二「文芸86 3月〈上〉自己存在の原点問う」(「読売新聞」夕刊、一九八六・昭61・3・25)

山縣熙「文芸時評 作品の自己完結的実在性」(「読売新聞」、一九八六・昭61・3・25)のち『文芸時評 語る言葉、起つ言葉』(蜘蛛出版社、一九八九・平元・12)所収

篠田一士「平明な文章、スジ書きも巧み―遠藤周作氏『スキャンダル』」(「毎日新聞」夕刊、一九八六・昭61・3・28)

福田宏年「「二重人格」リアルに造形―遠藤周作著『スキャンダル』」(「日本経済新聞」、一九八六・昭61・3・30)

遠藤周作・上総英郎「死から吹く風にあおられて」(「波」、一九八六・昭61・3)

遠藤周作・矢代静一「〈対談〉『スキャンダル』の構造―人間の多重性について―」(「新潮」83(4)、一九八六・昭61・4)

森内俊雄「分身と幻影の罠―遠藤周作著『スキャンダル』」(「図書新聞」、一九八六・昭61・4・12)

無署名「分身のテーマを現代化―遠藤周作著『スキャンダル』」(「朝日新聞」、一九八六・昭61・4・15)

西尾幹二　「「二重身」をめぐるサスペンス―遠藤周作著『スキャンダル』」（「週刊読書人」、一九八六・昭61・5・12）

秋山駿　「書評　斜坑を掘り進める　遠藤周作『スキャンダル』」（「群像」41（5）、一九八六・昭61・5）

栗坪良樹　「ブックエンド　遠藤周作著『スキャンダル』」（「国文学解釈と教材の研究」31（5）、一九八六・昭61・5）

大原富枝　「書評　遠藤周作著『スキャンダル』　表明しがたいこの哀しみ」（「文学界」41（5）、一九八六・昭61・5）

遠藤周作・武田勝彦　「『スキャンダル』の読み方教えます」（「知識」2（7）、一九八六・昭61・7）

河合隼雄　「たましいへの通路としてのスキャンダル―遠藤周作『スキャンダル』を読む―」（「世界」(491)、一九八六・昭61・8）

足立康　「人と貝殻《遠藤周作『スキャンダル』を読む》〝悪魔の裏切り〟」（「三田文学［第3期］」65（6）、一九八六・昭61・8）

佐藤泰正　「『スキャンダル』―諸家の論にふれつつ―」（「国文学解釈と鑑賞」51（10）、一九八六・昭61・10）

菊田義孝　「二、『スキャンダル』」／『遠藤周作論』（永田書房、一九八七・昭62・10）

上総英郎　「第十章　闇からの呼び声―『私の愛した小説』『スキャンダル』」／『遠藤周作論』（春秋社、一九八七・昭62・11）所収

井上章子　「遠藤周作『スキャンダル』とその英訳について」（「共立女子短期大学文科紀要」32、一九八八・昭63・2）

佐藤泰正　「遠藤周作―その一つの軌跡―『アデンまで』から『スキャンダル』まで」（中華民国輔仁大学外語学院「日本語日本文学」、一九八九・平元・4）

座談会　遠藤周作・インタビュー田中康子　「「スキャンダル」と「反逆」と私」（「知識」5（8）、一九八九・平元・8）

武田勝彦　「遠藤周作「スキャンダル」の心理分析的読解」（「教養諸学研究」87、一九九〇・平2・1）

遠藤周作　「自作再見　分身と悪をテーマに書いた第二期出発点　スキャンダル」（「朝日新聞」、一九九〇・平2・4・8）

川島秀一　「『スキャンダル』瞥見―遠藤周作ノート（7）―」（「日本文芸論集」22、一九九一・平3・3）のち『遠藤周作　〈和解〉の物語』（和泉書院、二〇〇〇・平12・9）所収

遠藤周作・佐藤泰正　「終章　〈アウシュヴィッツ以後〉の悪の問題（新たな出発―『スキャンダル』老いの祈り）」／『人生の同伴者』（春秋社、一九九一・平3・11）所収

佐藤泰正　「〈文学における老い〉とは―あとがきに代えて」／佐藤泰正編『文学における老い』（笠間書院、一九九一・平3・12）所収

末永智香　「遠藤周作『スキャンダル』論」（宮城学院女子大学「日本文学ノート」27・49、一九九二・平4・1）

佐藤泰正　「遠藤周作『スキャンダル』」（「国文学解釈と教材の研究」37（11）、一九九二・平4・9）

佐藤泰正　「「スキャンダル」を通って「深い河」へ―その主題的推移をめぐって―」（「国文学解釈と教材の研究」38（10）、一九九三・平5・9）

虎岩正純　「重層性の寓話―「スキャンダル」「深い河」論」（「国文

学解釈と教材の研究」38（10）、一九九三・平5・9）

佐藤泰正「遠藤周作を読む4　『沈黙』以後（二）―『スキャンダル』から『深い河』へ―」（「月刊国語教育」14-4、一九九四・平6・6）

西谷博之「遠藤周作『スキャンダル』における〈悪〉―モーリヤック『テレーズ・デスケルー』の悪をめぐって―」／江頭彦造編『受容と創造―比較文学の試み』（宝文館出版、一九九四・平6・12）所収

下野孝文「『スキャンダル』試論―〈影〉、そして〈アニマ〉―」（「敍説」11、一九九五・平7・1）

下野孝文「遠藤周作論―「罪」と「悪」について」（「国語国文薩摩路」39、一九九五・平7・3）

下野孝文「『スキャンダル』論―その水脈を辿って―」（「長崎県立女子短期大学研究紀要」43、一九九五・平7・12）

下野孝文「遠藤周作論―「悪」と「救い」と」（「国語国文薩摩路」40、一九九六・平8・3）

加山郁生「遠藤周作『スキャンダル』―老境の心奥を鋭く抉る」／『性と愛の日本文学』（河出書房新社、一九九七・平9・7）所収

兼子盾夫「遠藤文学における悪の問題Ⅱ　『スキャンダル』」（「横浜女子短期大学研究紀要」13、一九九八・平10・3）

森美賀「遠藤周作『スキャンダル』論―「悪」の問題を中心に―」（「文月」3、一九九八・平10・7）

笠井秋生「遠藤周作『スキャンダル』の主題と方法―無意識領域の悪の追究―」／佐藤泰正編『文学における表層と深層』（笠間書院、一九九八・平10・10）所収

佐藤泰正「遠藤周作『スキャンダル』（〈特集〉偉大なる失敗作）」―（「三田文学［第3期］」78（59）、一九九九・平11・11）

宮野光男「『スキャンダル』を読む―成瀬夫人はマグダラのマリアか―」／笠井秋生・玉置邦雄編『作品論　遠藤周作』（双文社出版、二〇〇〇・平12・1）所収

徳村歩「遠藤周作『スキャンダル』の考察―両性の非対称と恩の構造について」（「沖縄国際大学語文と教育の研究」1、二〇〇〇・平12・3）

山根道公「『スキャンダル』の原題「老いの祈り」の意味するもの：未発表日記をめぐって」（「三田文学［第3期］」80（67）、二〇〇一・平13・11）

山下静香「「遠藤周作」の審級（8）「精神分析」的な「私」との距離・「勝呂」の獲得の仕方」（「九大日文」（1）、二〇〇二・平14・8）

山下静香「「遠藤周作」の審級（2）フロイト・ユング理論との照合」（「九大日文」（2）、二〇〇三・平15・2）

田村都「遠藤周作論―『スキャンダル』から『深い河』へ」（「就実修士論文報」2、二〇〇三・平15・3）

山田都与「遠藤周作『決戦の時』論攷―『スキャンダル』成瀬夫人と『深い河』成瀬美津子の間」（「金城学院大学大学院文学研究科論集」9、二〇〇三・平15・3）

山下静香「自己像の成立のさせ方を考えるために―遠藤周作「ス

キャンダル」を題材に」（「近代文学論集」29、二〇〇三・平15・11）

山根道公　「『侍』と『スキャンダル』の間」（「風」65、二〇〇三・平15・冬）

遠藤祐　「『スキャンダル』の語るもの―絶対の〈悪〉は在り得たか」（「学苑」780、二〇〇五・平17・10）

加藤宗哉　「宗教的情熱、または老いの祈り―『スキャンダル』」／『遠藤周作』（慶應義塾大学出版会、二〇〇六・平18・10）所収

市川隆一郎　「文学作品にみる高齢者の性（3）」（「聖徳大学研究紀要（人文学部）」17、二〇〇六・平18・12）

笛木美佳　「遠藤文学における女性（一）―その概観」（「学苑」795、二〇〇七・平19・1）

山下静香　「『スキャンダル』論―「無意識」概念の運用と「悪」の理論展開をめぐって」／柘植光彦編『遠藤周作　挑発する作家』（至文堂、二〇〇八・平20・10）所収

菅聡子　「〝〈スキャンダル〉としての女―遠藤周作文学における女性像をめぐるささやかなノート〟」（「叙説」Ⅲ（3）、二〇〇八・平20・12）

朱鉉景　「遠藤周作『スキャンダル』論―「老いの祈り」を中心に」（「キリスト教文芸」25、二〇〇九・平21・4）

越森彦　「『スキャンダル』論のための備忘録―問題提起（プロブレマティック）としての「性欲」」／『遠藤周作の文学世界におけるフランス文学の影響』（白百合女子大学研究奨励報告書、二〇一三・平25）所収

笠井秋生　「『スキャンダル』から『深い河』へ―「創作日記」を読み解きながら」（「遠藤周作研究」7、二〇一四・平26・9）

林猛　「遠藤周作の深層」（「日欧比較文化研究」20、二〇一六・平28・10）

『反逆』（新潮社、一九八九・平元・7）

座談会　遠藤周作・インタビュー　田中康子　「「スキャンダル」と「反逆」と私」（「知識」5（8）、一九八九・平元・8）

藤田昌司　「遠藤周作弱者への愛」（「新刊展望」33‐10、一九八九・平元・10）

遠藤周作・津本陽　「織田信長―「反逆」と「下天は夢か」の著者二人が語りあう織田信長の素顔」（「歴史と旅」17（7）、一九九〇・平2・5）

津上忠　「遠藤周作「反逆」の今日性を考える（最近の歴史小説〈特集〉）」（「民主文学」（295）（345）、一九九〇・平2・6）

高橋千劔破　「解説」／『反逆　下』（講談社文庫、一九九一・平3・11）所収

高橋千劔破　「解説」／『遠藤周作歴史小説集3　反逆』（講談社、一九九五・平7・9）所収

遠藤周作・尾崎秀樹　「対談「反逆」をめぐって」（「大衆文学研究」（3）（115）、一九九七・平9・11）

高橋千劔破　「遠藤周作の歴史小説について」（「文芸別冊」、二〇〇三・平15・8）

末国善己　「特集・第三の新人―二一世紀からの照射　遠藤周作の

歴史認識をめぐって―〈戦国三部作〉を手掛かりに」（『国文学解釈と鑑賞』71（2）、二〇〇六・平18・2）

長原しのぶ「遠藤周作『反逆』論―『深い河』に展開する〈生〉の循環」（『遠藤周作研究』8、二〇一五・平27・9）

『決戦の時』（『大阪新聞』他、一九八九・平元・7・30～未詳／講談社、一九九一・平3・5）

縄田一男「解説」／『決戦の時』（講談社文庫、一九九四・平6・9）所収

高橋千劔破「解説」／『遠藤周作歴史小説集4　決戦の時』（講談社、一九九六・平8・3）所収

山田都与「遠藤周作『決戦の時』論攷―『スキャンダル』成瀬夫人と『深い河』成瀬美津子の間」（『金城学院大学大学院文学研究科論集』9、二〇〇三・平15・3）

高橋千劔破「遠藤周作の歴史小説について」（『文芸別冊』、二〇〇三・平15・8）

末国善己「特集・第三の新人―二一世紀からの照射　遠藤周作の歴史認識をめぐって―〈戦国三部作〉を手掛かりに」（『国文学解釈と鑑賞』71（2）、二〇〇六・平18・2）

笛木美佳「遠藤文学における女性（二）―歴史小説の場合」（『学苑』807、二〇〇八・平20・1）

『男の一生』（『日本経済新聞』、一九九〇・平2・9・1～一九九一・平3・9・13／日本経済新聞社、一九九一・平3・11）

遠藤周作「『男の一生』を書き終えて」／新人物往来社編『「武功夜話」の世界』（新人物往来社、一九九一・平3・12）所収

加藤宗哉「【特別レポート】遠藤周作著『男の一生』の舞台―『武功夜話』前野将右衛門の風景を歩く」（『歴史読本』37（5）、一九九二・平4・3）

高橋千劔破「解説」／『遠藤周作歴史小説集5　男の一生』（講談社、一九九六・平8・5）所収

高橋千劔破「遠藤周作の歴史小説について」（『文芸別冊』、二〇〇三・平15・8）

高橋千劔破「遠藤周作における心の故郷と歴史小説」／佐藤泰正編『遠藤周作を読む』（笠間書院、二〇〇四・平16・5）所収

末国善己「特集・第三の新人―二一世紀からの照射　遠藤周作の歴史認識をめぐって―〈戦国三部作〉を手掛かりに」（『国文学解釈と鑑賞』71（2）、二〇〇六・平18・2）

笛木美佳「遠藤文学における女性（二）―歴史小説の場合」（『学苑』807、二〇〇八・平20・1）

末国善己「解説」／『男の一生　下』（日経文芸文庫、二〇一四・平26・1）所収

『無鹿』（『別冊文芸春秋』、一九九一・平3・4）

浅田次郎「読書　遠藤周作著　無鹿「末期の眼」光る遺稿　豊か

な物語性枯れず」」（「朝日新聞」、一九九七・平9・7・6）

菅邦男「遠藤周作『無鹿』—無鹿はムジカか—」（「近代文学研究」28、二〇一一・平23・4）

『王の挽歌』（「小説新潮」、一九九〇・平2・2月号〜一九九二・平4・2月号／新潮社、一九九二・平4・5）

遠藤周作・芥川龍男「対談大友宗麟の時代」（「波」26（5）、一九九二・平4・5）

赤瀬川隼「解説」／『王の挽歌』（新潮文庫、一九九二・平4・6）所収

遠藤周作・河合隼雄「対談「王の挽歌」の底を流れるもの」（「小説新潮」46（8）、一九九二・平4・8）のち『こころの声を聴く河合隼雄対話集』（新潮社、一九九五・平7・1）所収

矢口進也・遠藤周作「著者インタビュー遠藤周作『王の挽歌』」（「This is 読売」3（6）、一九九二・平4・9）

上総英郎「解説」／『王の挽歌　下』（新潮文庫、一九九六・平8・1）所収

高橋千劔破「解説」／『遠藤周作歴史小説集6　王の挽歌』（講談社、一九九六・平8・7）所収

遠藤周作・平松守彦「対談　宗麟の時代に学ぶ」／平松守彦『地方から日本を変える　グローカルな19人のメッセージ』（PHP研究所、一九九七・平9・12）所収

笛木美佳「遠藤文学における女性（二）—歴史小説の場合」（「学苑」807、二〇〇八・平20・1）

山田都与「遠藤周作『王の挽歌』と白水甲二『きりしたん大名大友宗麟』」（「金城日本語日本文化」84、二〇〇八・平20・3）

長濵拓磨「遠藤周作『王の挽歌』論—キリシタン文学の可能性—」（「文学・語学」202、二〇一二・平24・3）

長濵拓磨「「人間」を語る歴史小説—山本周五郎『赤ひげ診療譚』と遠藤周作『王の挽歌』—」（「キリスト教文芸」31、二〇一五・平27・7）

『深い河』（講談社、一九九三・平5・6）

川西政明「魂の闇のみこむ母なる流れ　遠藤周作著『深い河』」（「読売新聞」、一九九三・平5・6・21）

中村真一郎「本をめぐって　現代小説の可能性　遠藤周作『深い河』」（「毎日新聞」夕刊、一九九三・平5・6・22）

大江健三郎「文芸時評　下「日本のカトリック」追う　生の態度全体あらわす」（「朝日新聞」夕刊、一九九三・平5・6・24）

菅野昭正「文芸時評下」（「西日本新聞」、一九九三・平5・6・25）

高橋英夫「本をめぐって　現代小説の可能性　遠藤周作『深い河』」（「日本経済新聞」、一九九三・平5・7・18）

矢部一雄「人間の生や死の意味を追求—遠藤周作著『深い河』」（「週刊読書人」、一九九三・平5・7・19）

遠山一行「書評」（「週刊文春」、一九九三・平5・7・29）

黒井千次「迷える者を包み込むガンジス　深い河　遠藤周作著」（「群像」48（7）、一九九三・平5・7）

高堂要「書評・深い河」（「キリスト新聞」、一九九三・平5・8・7）

秋山駿「書評」（「週刊朝日」、一九九三・平5・8・27）

饗庭孝男　「『深い河（ディープリバー）』遠藤周作―アジア的自然のなかの「愛」」（「新潮」90（8）、一九九三・平5・8）

千石英世　「『深い河（ディープリバー）』」遠藤周作、「茜色の戦記」津村節子、「中世小説集」梅原猛、「夜の扉」出口裕弘（今月の文芸書）」（「文学界」47（8）、一九九三・平5・8）

井口時男　「本の四季遠藤周作『深い河』」（「三田文学[第3期]」72（34）、一九九三・平5・8）

座談会　井上洋治・安岡章太郎・遠藤周作　「「信」と「形」―「深い河」を手がかりに」（「群像」48（9）、一九九三・平5・9）

対談　遠藤周作・加賀乙彦　「最新作「深い河」―魂の問題」（「国文学解釈と教材の研究」38（10）、一九九三・平5・9）

安岡章太郎　「『深い河』について―「復活」と「転生」」（「国文学解釈と教材の研究」38（10）、一九九三・平5・9）

池内輝雄　「「沈黙」の方法―「深い河」への行程」（「国文学解釈と教材の研究」38（10）、一九九三・平5・9）

佐藤泰正　「「スキャンダル」を通って「深い河」へ―その主題的推移をめぐって」（「国文学解釈と教材の研究」38（10）、一九九三・平5・9）

虎岩正純　「重層性の寓話―「スキャンダル」「深い河」論」（「国文学解釈と教材の研究」38（10）、一九九三・平5・9）

川村湊　「天竺にあにまを求めて―「深い河」論」（「国文学解釈と教材の研究」38（10）、一九九三・平5・9）

柘植光彦　「イエス像―「遠藤神学」の円環が閉じる時」（「国文学解釈と教材の研究」38（10）、一九九三・平5・9）

千頭剛　「書評遠藤周作『深い河』」（「民主文学」（334）（384）、一九九三・平5・9）

山根道公　「日本文学とキリスト教（七）『深い河』を読む（一）―磯辺の場合」（「風」30、一九九三・平5・9）のち『遠藤周作「深い河」を読む―マザー・テレサ、宮沢賢治と響きあう世界』（朝文社、二〇一〇・平22・9）所収

矢口進也　「著者インタビュー遠藤周作『深い河』」（「This is 読売」4（7）、一九九三・平5・9）

千原美沙子　「マイホームイズ オーバー ジョルダル―「深い河」の大津の信仰」（「古典と現代」61、一九九三・平5・9）

千頭剛　「戦後文学の作家たち（9）―遠藤周作『深い河』・苦悩する現代人と宗教」（「関西文学」、一九九三・平5・10）のち『戦後文学の作家たち』（関西書院、一九九五・平7・5）所収

土方鉄　「遠藤周作『深い河』を読んで」（「部落解放」11月（365）、一九九三・平5・11）

山根道公　「日本文学とキリスト教（八）『深い河』を読む（二）―大津の場合」（「風」31、一九九三・平5・12）のち『遠藤周作「深い河」を読む―マザー・テレサ、宮沢賢治と響きあう世界』（朝文社、二〇一〇・平22・9）所収

山形和美　「キリスト教文学の可能性はどこにあるか　森内敏雄・小川国夫・遠藤周作の近作における文体を基軸にして」（「福音と世界」、一九九三・平5・12）

乙部宗徳・津田孝・宮本阿伎・佐藤静夫　「座談会　１９９４年―日本文学の展望」（「民主文学」（338）、一九九四・平6・1）

小林昭　「荒野の同伴者―遠藤周作「深い河」のことなど」（「民主文学」（338）、一九九四・平6・1）

三木サニア　「遠藤周作『深い河』論―復活と転生をめぐって―」（「久留米信愛女学院短期大学」17、一九九四・平6・3）

山形和美　「〈聖なるもの〉と〈想像力〉―ひとつの視覚への試み―」／『聖なるものと想像力　上』（彩流社、一九九四・平6・3）所収

山根道公　「日本文学とキリスト教（九）『深い河』を読む（三）―大津の場合（続）」（「風」32、一九九四・平6・4）のち『遠藤周作「深い河」を読む―マザー・テレサ、宮沢賢治と響きあう世界』（朝文社、二〇一〇・平22・9）所収

佐藤泰正　「遠藤周作を読む4　『沈黙』以後（二）―『スキャンダル』から『深い河』へ」（「月刊国語教育」14-4、一九九四・平6・6）

山根道公　「日本文学とキリスト教（十）『深い河』を読む（四）―美津子の場合」（「風」33、一九九四・平6・7）のち『遠藤周作「深い河」を読む―マザー・テレサ、宮沢賢治と響きあう世界』（朝文社、二〇一〇・平22・9）所収

山根道公　「日本文学とキリスト教（十一）『深い河』を読む（五）―美津子の場合（続）」（「風」34、一九九四・平6・10）のち『遠藤周作「深い河」を読む―マザー・テレサ、宮沢賢治と響きあう世界』（朝文社、二〇一〇・平22・9）所収

田中佐二郎　「『深い河』（遠藤周作）を読む」（「かながわ高校教育の研究」30　一九九四・平6・10）

遠藤周作ほか　『「深い河」をさぐる』（文芸春秋、一九九四・平6・10）

V・C・ゲッセル　「集いの地に行きたい―『深い河』考」／『「遠藤周作」とShusaku Endo』（春秋社、一九九四・平6・11）所収

山根道公　「日本文学とキリスト教（十二）『深い河』を読む（六）―沼田の場合」（「風」35、一九九五・平7・1）のち『遠藤周作「深い河」を読む―マザー・テレサ、宮沢賢治と響きあう世界』（朝文社、二〇一〇・平22・9）所収

兼子盾夫　「日本におけるキリスト教受容の問題　遠藤の『沈黙』から『深い河』まで」（「比較思想研究」22、一九九五・平7・3）

クリストファー・フィッツパトリック　「書評：遠藤周作「深い河」書評：〝THE METHUEN BOOK OF MOVIE STORIES〟」（「青森明の星短期大学紀要」21、一九九五・平7・3）

山根道公　「日本文学とキリスト教（十三）『深い河』を読む（七）―木口の場合」（「風」36、一九九五・平7・4）のち『遠藤周作「深い河」を読む―マザー・テレサ、宮沢賢治と響きあう世界』（朝文社、二〇一〇・平22・9）所収

高柳俊一　「『深い河』～転生と同伴者」（「キリスト教文学研究」12、一九九五・平7・5）

川島秀一　「『深い河』の実験―〈愛〉の言説をめぐって」（「キリスト教文学研究」12、一九九五・平7・5）のち『遠藤周作〈和解〉の物語』（和泉書院、二〇〇〇・平12・9）所収

無署名　「遠藤周作のわが文壇的人事録―「深い河」映像の説得力」（「This is 読売」6（2）、一九九五・平7・5）

山根道公　「日本文学とキリスト教（十四）『深い河』を読む（最終

回）―真の主人公〈深い河〉」（『風』37、一九九五・平7・7）のち『遠藤周作「深い河」を読む―マザー・テレサ、宮沢賢治と響きあう世界』（朝文社、二〇一〇・平22・9）所収

木崎さと子　「映画「深い河」―自分探しの重層的な旅（飛耳張目（ひじちょうもく））」（『文学界』、一九九五・平7・8）

吉田かおる　「なぜかインドへ―『深い河 Deep River』」（『ＦＢ』（6）、一九九五・平7・12）

阿刀田高　「第3章遠藤周作『深い河』」／『日曜日の読書』（富士通経営研修所、一九九六・平8・1）所収

鎌倉孝安　「日本人の宗教心とキリスト教（1）」（『静岡英和女学院短期大学紀要』28、一九九六・平8・2）

穂積健　「『深い河（ディープ・リバー）』の比喩表現について」／『市邨学園短期大学開学三〇周年記念論集』（市邨学園短期大学、一九九六・平8・2）所収

兼子盾夫　「遠藤周作における神の問題、『沈黙』と『深い河』」（『湘南工科大学紀要』30（1）、一九九六・平8・3）

熊井啓　「『深い河』の撮影に当たって」／『映画の深い河』（近代文芸社、一九九六・平8・3）所収

佐伯彰一　「解説―ふしぎな類縁」／『深い河』（講談社文庫、一九九六・平8・6）所収

北杜夫　「追悼遠藤周作さんの深い河」（『中央公論』111（14）、一九九六・平8・12）

山根道公　「夕焼けのレクイエム―遠藤周作氏の魂にささぐ」（『風』43、一九九六・平8・12）のち『遠藤周作「深い河」を読む―マザー・テレサ、宮沢賢治と響きあう世界』（朝文社、二〇一〇・平22・9）所収

並川和央　「『深い河』論」（『仏教大学大学院紀要』25、一九九七・平9・3）

兼子盾夫　「『深い河』のシンボルとメタファー―「永遠の生命の水」と「人間の深い河」」（『横浜女子短期大学研究紀要』12、一九九七・平9・3）

鈴木秀子　「『深い河』―現代の宗教教育に示唆するもの」（『カトリック女子教育研究』6、一九九七・平9・7）

国語教育第一ゼミナール　「『深い河』をよむ」（『国語教育学研究誌』17、一九九七・平9・7）

遠藤周作　「『深い河』創作日記」（『三田文学』75、一九九七・平9・8）のち『『深い河』創作日記』（講談社、一九九七・平9・9）所収

高山鉄男　「『深い河』創作日記　解説」（『三田文学』75、一九九七・平9・8）

田中実　「『深い河』遠藤周作と『歯車』芥川龍之介」／『読みのアナーキーを超えて―いのちと文学』（右文書院、一九九七・平9・8）所収

遠藤順子・鈴木秀子　『夫・遠藤周作を語る』（文芸春秋、一九九七・平9・9）

三浦朱門・河合隼雄　「〈対談〉『深い河』創作日記を読む」（『三田文学』76、一九九七・平9・11）

間瀬啓允　「遠藤周作と宗教多元主義―『深い河』創作日記をめぐって」（『三田文学』76、一九九七・平9・11）

藤田昌司　「遠藤周作「『深い河』創作日記」を読んで」（「大衆文学研究」（3）（115）、一九九七・平9・11）

遠藤祐　「『深い河』―その物語構造」／山形和美編『遠藤周作―その文学世界』（国研出版、一九九七・平9・12）所収

間瀬啓允　「遠藤周作と宗教多元主義―『深い河』創作日記をめぐって」／『遠藤周作をどう読むか　日本人とキリスト教』（日本福音ルーテル教会、一九九八・平10・3）所収

青田勇　「遠藤周作が『深い河』で意図したもの」／『遠藤周作をどう読むか　日本人とキリスト教』（日本福音ルーテル教会、一九九八・平10・3）所収

岸田能和　「インドを舞台に「イエス」を考える―遠藤周作『深い河』が今日のキリスト教に問いかけるもの」／『遠藤周作をどう読むか　日本人とキリスト教』（日本福音ルーテル教会、一九九八・平10・3）所収

V・C・ゲッセル　「『深い河』を読む」／『遠藤周作展』（世田谷文学館、一九九八・平10・4）所収

瀬戸内寂聴　「『深い河』を読む」／『遠藤周作展』（世田谷文学館、一九九八・平10・4）所収

アルフォンス・デーケン　「『深い河』を読む」／『遠藤周作展』（世田谷文学館、一九九八・平10・4）所収

山折哲雄　「『深い河』を読む」／『遠藤周作展』（世田谷文学館、一九九八・平10・4）所収

湯浅泰雄　「『深い河』を読む」／『遠藤周作展』（世田谷文学館、一九九八・平10・4）所収

黒木幹夫　「『深い河』と身体論」（愛媛大学「人体科学」7（1）、一九九八・平10・5）

高橋英夫　「小説作法からみた『深い河』―遠藤周作」（「高原文庫」13、一九九八・平10・7）／のち『ロマネスクの透明度　近・現代作家論集』（鳥影社、二〇〇六・平18・5）所収

江藤直純　「遠藤周作氏との対話―映画「深い河」をめぐって」／ルーテル学院大学神学セミナー編『多様性との対話　神道・仏教・カトリック・政治・科学・社会・文化』（キリスト教視聴覚センター、一九九八・平10・9）所収

真田朗子　「遠藤周作『深い河』研究」（「玉藻」34、一九九八・平10・9）

田畑邦治　「街角の探求者『深い河』は弱さのうちに苦しみを受けとめる存在を暗示している」（「月刊ナーシング」18（10）、一九九八・平10・9）

古前瑞穂　「演習レポート遠藤周作『深い河』論―その流れる河の向こうに」（「梅花短大国語国文」12、一九九九・平11）

佐藤泰正　「特集・可能性としての宗教〈最後の小説〉に至るまで―遠藤周作と大江健三郎」（「新潮」96（1）、一九九九・平11・1）

北原雅代　「『深い河』作品論―「闇」と「光」の中で」（京都外国語大学日本語語学科「葛野」3、一九九九・平11・3）

間瀬啓允　「遠藤周作と宗教多元主義―『深い河』創作日記をめぐって」（慶應義塾大学「人文科学」14、一九九九・平11・5）

佐藤泰正　「『深い河』再読（ミニシンポジアム　遠藤周作『深い河』）」（「キリスト教文学研究」16、一九九九・平11・5）

笠井秋生　「『深い河』の作中人物（ミニシンポジアム　遠藤周作

『深い河』」（「キリスト教文学研究」16、一九九九・平11・5）

高堂要「『深い河』について（ミニシンポジアム　遠藤周作『深い河』）」（「キリスト教文学研究」16　一九九九・平11・5）

武田秀美「『深い河』―「多元的宗教観」のテーマ」（「キリスト教文学研究」16、一九九九・平11・5）

斎藤末弘「転生の祈り　遠藤周作『深い河』」（「福音と世界」54（7）、一九九九・平11・7）のち『罪と死の文学　増補新版』（新教出版社、二〇〇一・平13・4）所収

三木サニア「遠藤文芸の中の女性たち―聖書との関わりの下に」（「キリスト教文学」18、一九九九・平11・7）

玉置邦雄「『深い河』論―〈彷徨える人間〉の形象化を巡って―」／笠井秋生・玉置邦雄編『作品論　遠藤周作』（双文社出版、二〇〇〇・平12・1）所収

吉田厚子「本との話「蟬しぐれ」「永遠の仔」「深い河」」（「精神科看護」27（4）、二〇〇〇・平12・4）

小田島本有「『深い河（ディープ・リバー）』論―〈愛のまねごと〉が向かうもの」（「日本近代文学会北海道支部会報」、二〇〇〇・平12・5）のち『小説の中の語り手「私」』（近代文芸社、二〇〇〇・平12・10）所収

遠藤祐「ガンジスの流れに向けて―『深い河（ディープ・リバー）』の美津子と大津」（「玉藻」36、二〇〇〇・平12・5）

川原由子「遠藤周作『深い河』が包み込む世界」（「筑紫国文」23、二〇〇〇・平12・6）

松田真理子「小説絶望の淵を歩むとも、自分を見捨てない存在がある―遠藤周作『深い河』」（「ターミナルケア」10増刊、二〇〇〇・平12・6）

安徳軍一「遠藤周作『深い河』（1993年6月）とG・グリーン文学との響き合い―〈魂の救済への道〉を探ねて」（「北九州大学文学部紀要」60、二〇〇〇・平12・9）

久保田暁一「『深い河』にみる独自の視点」（「キリスト教文芸」17、二〇〇〇・平12・11）

長濱拓磨「『深い河』とキリスト教―〈母なるもの〉のイメージをめぐって」（「キリスト教文芸」17、二〇〇〇・平12・11）

麻生晶子「『深い河』ノート―『深い河』の登場人物分析」（「武蔵野女子大学大学院紀要」1、二〇〇一・平13・2）

金恩暎「遠藤周作の『深い河』研究―神の形象化と意味を中心に」（名古屋大学大学院「言語と文化」2、二〇〇一・平13・3）

山根道公「遠藤周作『深い河』とマザー・テレサ」（「キリスト教文化研究所年報」23、二〇〇一・平13・3）のち『遠藤周作「深い河」を読む―マザー・テレサ、宮沢賢治と響きあう世界』（朝文社、二〇一〇・平22・9）所収

武田秀美「他宗教との対話―遠藤周作の『深い河』をめぐって」（「清泉女子大学キリスト教文化研究所年報」9、二〇〇一・平13・3）

本多峰子「遠藤周作試論：母なる神―西洋キリスト教と日本人の宗教観の相克と、宗教多元論的解決」（「二松学舎大学東洋学研究所集刊」3、二〇〇一・平13・3）

椙賀七代「『深い河』論―遠藤周作文学の世界におけるカニバリズムの意味するもの」（神戸国際大学「経済文化研究所年報」10、

二〇〇一・平13・4）

花房健次郎　「遠藤周作『深い河』の思想」／『文学の時間　花房健次郎遺稿集』（本の泉社、二〇〇一・平13・11）所収

荒井英恵　「遠藤周作『深い河』における美津子像―もうひとつの物語―」（「同志社国文学」55、二〇〇一・平13・12）

青柳達雄　「遠藤周作「砂の城」「深い河」重箱帖」（「関東学園大学紀要」10、二〇〇二・平14・3）

天羽美代子　「遠藤周作『深い河』論―〈多元的宗教観〉の検証と再定義」（「高知大国文」33、二〇〇二・平14・12）

小嶋洋輔　「「それぞれ」の救い、「宗教的なるもの」の文学―遠藤周作『深い河（ディープ・リバー）』論」（「千葉大学日本文化論叢」4、二〇〇三・平15・3）のち『遠藤周作論―「救い」の位置―』（双文社出版、二〇一二・平24・12）所収

田村都　「遠藤周作論―『スキャンダル』から『深い河』へ」（「就実修士論文報」2、二〇〇三・平15・3）

山田都与　「遠藤周作『決戦の時』論攷―『スキャンダル』成瀬夫人と『深い河』成瀬美津子の間」（「金城学院大学大学院文学研究科論集」9、二〇〇三・平15・3）

林水福　「遠藤周作『深い河』」（フェリス女学院大学日本文学国際会議「異文化との出会い」、二〇〇三・平15・3）

長井苑子・泉孝英　「文学にみる病いと老い（15）遠藤周作「深い河」」（「介護支援専門員」5（3）、二〇〇三・平15・5）のち『生き続けるということ―文学にみる病いと老い』（メディカルレビュー社、二〇〇四・平16・11）所収

伊藤義器　「〈読み〉のレッスン（49）遠藤周作『深い河』」（「月刊国語教育」23-5、二〇〇三・平15・7）

三木サニア　「遠藤周作『深い河』論―生と死のドラマを読む」（「キリスト教文学」22、二〇〇三・平15・8）

大田正紀　「遠藤周作における〈神〉観―神は異なる顔を持つか―」（「梅花短大国語国文」、二〇〇三・平15・12）のち『祈りとしての文芸―三浦綾子・遠藤周作・山本周五郎・有島武郎』（聖恵授産所出版部、二〇〇六・平18・12）所収

石丸晶子　「「アデンまで」「白い人」から『深い河』へ―遠藤周作における「西」と「東」―」／『宮澤正順博士古稀記念　東洋―比較文化論集―』（青史出版株式会社、二〇〇四・平16・1）所収

鈴木斌　「中野孝次『清貧の思想』と遠藤周作『深い河』」／『歴史認識と文芸評論の基軸』（菁柿堂、二〇〇四・平16・5）所収

山田都与　「『深い河』の「違和感」と「隔絶」―試論遠藤周作処女小説「アデンまで」」（「金城学院大学大学院文学研究科論集」10、二〇〇四・平16・3）

宮野光男　「遠藤周作「深い河」を読む―醜い男のイメージを追って」／佐藤泰正編『遠藤周作を読む』（笠間書院、二〇〇四・平16・5）所収

小嶋洋輔　「遠藤周作作品における語り手―同伴者としての語り手『沈黙』、『深い河』」（「キリスト教文学研究」21、二〇〇四・平16・5）のち『遠藤周作論―「救い」の位置―』（双文社出版、二〇一二・平24・12）所収

高杉ひろみ　「遠藤周作『深い河（ディープ・リバー）』論（二〇〇三年

度卒業論文要旨集）」（「札幌国語研究」9、二〇〇四・平16・7）

小嶋洋輔「遠藤周作『深い河』と瀬戸内寂聴『渇く』―現代人の救い」（「キリスト教文学」23、二〇〇四・平16・8）のち『遠藤周作論―「救い」の位置―』（双文社出版、二〇一二・平24・12）所収

武田秀美「遠藤周作と『深い河』（ディープ・リバー）―多元的な宗教観に至るまで」（「日本比較文学会東京支部研究報告」1、二〇〇四・平16・9）

白鳥正夫「生と死を見る『深い河』―ベナレス」／『「大人の旅」心得帖「文化力」を磨こう、中高年』（三五館、二〇〇四・平16・12）所収

辻本千鶴「悪と求道―遠藤周作『深い河』」／京都橘大学女性歴史文化研究所叢書『〈悪女〉の文化誌』（晃洋書房、二〇〇五・平17・3）所収

鎌田東二「第一誌　遠藤周作―「悲しみ」という道しるべ」／『霊性の文学誌』（作品社、二〇〇五・平17・3）所収

蘭香代子「愛するひとの喪失「死別」と癒しについての心理学的考察―「深い河」と「十二番目の天使」の作品を事例にして」（駒沢女子大「日本文化研究」6、二〇〇五・平17・7）

Narsimhan, Ranjana「遠藤周作『深い河』に見られるヒンドゥー教の女神―カーリーとチャームンダー」（大阪外国語大学「日本語・日本文化研究」15、二〇〇五・平17・11）

李英和「『深い河』論―ピエロのイメージをめぐって」（「文学研究論集」24、二〇〇六・平18・7）

黒古一夫「「宗教心」とは何か―遠藤周作の『深い河』」／『魂の救済を求めて　文学と宗教との共振』（佼成出版社、二〇〇六・平18・11）所収

笛木美佳「遠藤文学における女性（一）―その概観」（「学苑」795、二〇〇七・平19・3）

山根道公「遠藤周作『深い河』と宮沢賢治『銀河鉄道の夜』」（「キリスト教文化研究所年報」29、二〇〇七・平19・3）のち『遠藤周作「深い河」を読む―マザー・テレサ、宮沢賢治と響きあう世界』（朝文社、二〇一〇・平22・9）所収

加藤憲子「遠藤周作『深い河』論―チャームンダー女神の意味するもの」（「国文白百合」38、二〇〇七・平19・3）

兼子盾夫「『深い河』と母の顔」（「三田文学［第3期］」86・90、二〇〇七・平19・8）

小嶋洋輔「遠藤周作と二〇世紀末の宗教状況」（「千葉大学人文社会科学研究」15、二〇〇七・平19・9）のち『遠藤周作論―「救い」の位置―』（双文社出版、二〇一二・平24・12）所収

取井一「特集・昭和のあゆみ　遠藤周作『深い河（ディープ・リバー）』―アイデンティティを求める日本人たち」（「群系」11、二〇〇七・平19・11）

山田都与「遠藤周作『深い河』と聖書物語」（「金城学院大学大学院文学研究科論集」14、二〇〇八・平20・3）

近藤光博「インドとの共生―《インド》なる表象の刷新のために『深い河』を再読する」／柘植光彦編『遠藤周作　挑発する作家』（至文堂、二〇〇八・平20・10）所収

柘植光彦「深い河（ディープ・リバー）―死と生の逆転」／柘植

光彦編『遠藤周作　挑発する作家』（至文堂、二〇〇八・平20・10）所収
長谷川（間瀬）恵美「愛と救済―遠藤周作『深い河（ディープ・リバー）』」／間瀬啓允編『宗教多元主義を学ぶ人のために』（世界思想社、二〇〇八・平20・12）所収
後藤恒允「遠藤周作『深い河』試読―成瀬美津子像を中心に」（『聖霊女子短期大学紀要』37、二〇〇九・平21・3）
片山はるひ「遠藤周作の文学におけるキリスト教の「東」と「西」―『深い河』の女神チャームンダーと聖母マリアの比較を通して」（『上智大学キリスト教文化研究所紀要』28、二〇〇九・平21・3）
川島秀一「シンポジウム〈文学と死〉をめぐる問い―遠藤周作『深い河』瞥見（特集　文学と死）」（『キリスト教文学研究』26、二〇〇九・平21・5）
井上万梨恵「遠藤周作『深い河』論―磯辺をめぐる現代日本人の「死」の問題」（『清心語文』11、二〇〇九・平21・7）
大田正紀「遠藤周作『深い河』論―宗教的多元主義と〈神〉像の変容」（『改革派神学』36、二〇〇九・平21・10）
日野谷真衣「『深い河』における道化像―同伴者としての弱者の位置（各ゼミナール代表作要旨）」（『追手門学院大学アジア学科年報』3、二〇一〇・平22・12）
兼子盾夫「七つのテーマから『深い河』の象徴と暗喩を読み解く…宗教多元論を超えて―『深い河』はカトリック者としての遠藤の信仰告白か」（『横浜女子短期大学研究紀要』25、二〇一〇・平22・3）
李英和「イザヤ書五十三章を視座にして―遠藤周作の『深い河』論―」（城西大学『国際文化研究所紀要』15、二〇一〇・平22・3）
泉谷瞬「遠藤周作『深い河』論―「混沌」の女性／インド」（『論究日本文学』92、二〇一〇・平22・5）
笛木美佳「『深い河』後の遠藤文学―『女』を中心に」（『キリスト教文学研究』27、二〇一〇・平22・5）
小川あい「遠藤周作文学におけるキリスト教の受止め方(3)汎神論・多神教論」（『久留米大学大学院比較文化研究論集』26、二〇一〇・平22・7）
笛木美佳「遠藤周作『深い河』論―「玉ねぎ」に秘められたもの―」（『遠藤周作研究』3、二〇一〇・平22・9）
羽鳥徹哉「遠藤周作の笑い」／『笑いと創造　第6集』（勉誠出版、二〇一〇・平22・12）所収
岡田勝明「第2章遠藤周作『深い河』―あなたを離れず、あなたを捨てない」／『自己を生きる力―読書と哲学』（世界思想社、二〇一一・平23・8）所収
兼子盾夫「21世紀に遠藤周作を読む―『深い河』のもつ今日的意味を中心に―遠藤文学の力の秘密―」（『横浜女子短期大学研究紀要』27、二〇一〇・平22・3）
河原宏「その三、遠藤周作の輪廻転生観　二、『深い河』の転死と転生」／『秋の思想＝Der Gedanke des Herbstes　かかる男の児ありき』（幻戯書房、二〇一〇・平22・6）所収
二平京子「「深い河」―イエスとの旅・イエスへの旅―」（『久留米信愛女学院短期大学研究紀要』35、二〇一〇・平22・7）

古浦修子「遠藤周作『深い河』論—魂のドラマを開示させる〈場〉としての「河」と「ほとり」」（『日本文芸研究』64（1）、二〇一〇・平22・10）

二平京子「『深い河』—印度への旅・美津子の場合」（『久留米信愛女学院短期大学研究紀要』36、二〇一三・平25・7）

山根道公「遠藤周作と宮沢賢治死をめぐる宗教性—『深い河』と『銀河鉄道の夜』に触れて」（『キリスト教文芸』29、二〇一三・平25・7）

古浦修子「遠藤周作『深い河』における〈宗教性〉—感じる主体としての自己と「永遠」との〈つながり〉」（『キリスト教文芸』29、二〇一三・平25・7）

竹本俊雄「『深い河』の成瀬美津子」（『遠藤周作研究』6、二〇一三・平25・9）

古浦修子「遠藤周作『深い河』論—美津子の魂の旅程における〈母なるもの〉の内実」（『遠藤周作研究』6、二〇一三・平25・9）

緒方秀樹「遠藤周作『深い河』における悪の問題」（『Comparatio』17、二〇一三・平25・12）

森一弘「第6章遠藤周作の西欧世界との遭遇、キリスト教との遭遇—作品『留学』から『沈黙』へ、『沈黙』から『深い河』へ」／『あなたにとって神とは?』女子パウロ会、二〇一四・平26・6）所収

笠井秋生「『スキャンダル』から『深い河』へ—「創作日記」を読み解きながら」（『遠藤周作研究』7、二〇一四・平26・9）

長原しのぶ「遠藤周作『反逆』論—『深い河』に展開する〈生〉の循環」（『遠藤周作研究』8、二〇一五・平27・9）

真田朗子「遠藤周作『深い河（ディープ・リバー）』研究」（『玉藻』34、二〇一六・平28・2）

加賀乙彦「『沈黙』と『深い河』について（特集　遠藤周作）」（『三田文学［第3期］』95（126）、二〇一六・平28・7）

松田真理子「マザー・テレサによる「死にゆく人々」の看取りと遠藤周作の『深い河』」／『医療心理学を考えるカウンセリングと医療の実践』（晃洋書房、二〇一六・平28・8）所収

島薗進「すべての祈りを包む河…遠藤周作『深い河（ディープ・リバー）』」／『宗教を物語でほどく　アンデルセンから遠藤周作へ』（NHK出版新書、二〇一六・平28・8）所収

増田斎「遠藤周作『深い河』における身体論—成瀬美津子像の変遷—」（『遠藤周作研究』9、二〇一六・平28・9）

金珍赫「特別掲載苦難のしもべの行く旅路—遠藤周作『深い河』における傷つきやすき英雄・女性神・精神的変革」（『キリスト教文化』8、二〇一六・平28・11）

『女』（講談社、一九九三・平5・6）

高橋千劔破「解説」／『遠藤周作歴史小説集7　女』（講談社、一九九五・平7・5）所収

笛木美佳「『深い河』後の遠藤文学—『女』を中心に」（『キリスト教文学研究』27、二〇一〇・平22・5）

古浦修子「『女』に込められた永遠への眼差し—〈女〉の継承性を視座として」（『遠藤周作研究』8、二〇一五・平27・9）

初出一覧

序論
（博士論文のための書き下ろし。「遠藤周作の「歴史小説」の一側面―松田毅一との関連をめぐって―」、初出：「遠藤周作研究」第四号、二〇一一・平成二十三年九月をもとに大幅に修正変更を加えた）

第一部　「歴史小説」への序章―「トポス」をめぐる「手記」―

第一章　遠藤周作初期作品のエクリチュール―「手記」をめぐって―
（初出：「国文論叢」第四十七号、二〇一三・平成二十五年九月）

第二章　遠藤周作論―〈劇〉を生成するトポス―
（初出：「昭和文学研究」第七十二集、二〇一六・平成二十八年三月）

第三章　『黄色い人』論―逆説的な「恩寵の世界」の提示―
（初出：笠井秋生・玉置邦雄編『作品論　遠藤周作』双文社出版、二〇〇〇・平成十二年一月）

第四章　『海と毒薬』論―「トポス」をめぐる「手記」―
（初出：京都外国語大学日本語学科「無差」第二十三号、二〇一六・平成二十八年三月）

第二部　「歴史小説」―「切支丹物」の世界―

第一章　「弱者」の形象―二つの系譜をめぐって―
（博士論文のための書き下ろし）

第二章　遠藤文学における〈ペドロ岐部〉（一）―『留学』『沈黙』を中心として―
（初出：「遠藤周作研究」第八号、二〇一五・平成二十七年九月）

第三章　『沈黙』論―引用の織物―
（博士論文のための書き下ろし、さらに本書のために大幅な修正を加えた）

第四章　遠藤文学における小西行長（一）―『ユリアとよぶ女』を中心として―
（本書のための書き下ろし）

第三部　「歴史小説」―「評伝」の世界―
第一章　遠藤文学における小西行長（一）―『鉄の首枷――小西行長伝』―
（本書のための書き下ろし）
第二章　遠藤文学における〈ペドロ岐部〉（一）―『メナム河の日本人』から『王国への道』まで―
（初出：「京都外国語大学研究論叢」第八十五号、二〇一五・平成二十七年七月）
第三章　『侍』論（一）―ベラスコの視点をめぐって―
（初出：「キリスト教文学研究」第二十四号、二〇〇七・平成十九年五月）
第四章　『侍』論（二）―フィクションの内実について―
（初出：「キリスト教文芸」二十四号、二〇〇八・平成二十年七月）
第四部　「歴史小説」―「歴史群像」の世界―
第一章　『女の一生』論―多層的な二項対立の世界―
（博士論文のための書き下ろし。のち京都外国語大学日本語学科「無差」第二十四号、二〇一七・平成二十九年三月）
第二章　遠藤文学における小西行長（三）―『宿敵』―
（本書のための書き下ろし）
第三章　「人間」を追求する歴史小説―山本周五郎『赤ひげ診療譚』と遠藤周作『王の挽歌』―
（原題：「『人間』を語る歴史小説―山本周五郎『赤ひげ診療譚』と遠藤周作『王の挽歌』―」　初出：「キリスト教文芸」三十一号、二〇一五・平成二十七年七月）
第四章　『王の挽歌』論―山本周五郎「キリシタン文学」の可能性―
（初出：全国大学国語国文学会「語学・文学」第二〇二号、二〇一二・平成二十四年三月）
第五章　遠藤文学における〈ペドロ岐部〉（三）―『女』を中心として―
（博士論文のための書き下ろし）
結論
（博士論文のための書き下ろし、のちに本書のために修正を加えた）

索　引

凡例

一、索引は「はじめに」から「結論」までの中から重要語句を「書名」「人名」「事項」の三つの項目に分け、それぞれを五十音順に配列した。読みが不明な場合は音読みとした。煩雑になるので「目次」、「あとがき」、「遠藤周作研究参考文献目録」からは除外している。

二、「書名」には、小説や評論などで単行本となっているもののほかに雑誌所収のものも含めてまとめた。同一作品については〔 〕の中に示した。鍵括弧（「」、『』）は外してあるが、〔 〕の中で必要なものはそのままにしてある。

三、「人名」には、実在の人物のほか作品中の登場人物も含まれている。同一人物については〔 〕の中に示した。人物の敬称、職名は外している。ただし、ローマ教皇など外すとわかりにくいものは残してある。なお、煩雑になるので遠藤周作は除外している。

四、「事項」には、「書名」「人名」に含まれない重要語句をまとめた。同一項目については〔 〕の中に示した。

書名索引

ア行

哀歌　47
青い小さな葡萄　4　17〜20　26　32　35　38　379
赤い影法師　365
赤ひげ診療譚　10　110　327〜332　337〜342　373　386
赤ひげ診療譚・五瓣の椿　340
悪魔の陽の下に　32
悪霊　62〜64
安土往還記　277
アデンまで　3〜5　9　16　25〜29　31　32　34　35　44　45　92　264　378　379
天草四郎　242　256
イエズスの秘儀　66
イエスの生涯　4　8　34　35　109　212　229　232　236　238　255　277
伊曾保物語　345
一枚の踏絵から　108
糸女覚え書　321　322
田舎司祭の日記　203　275
陰気な愉しみ　45
陰徳太平記　350
美しい村　21　22
海と毒薬　ii　3〜5　9　16　26　33　35　36　39　41　45　47　49　68〜76　79　81　83　85〜88　92　376　378　379
海鳴りの底から　363　376
埋もれた古城　6　47
雲仙　101　290
永遠なるものとの対話　近代日本文芸の実存的諸問題　339　342
「エコノミック・アニマル」は褒め言葉だった　265
江戸切支丹屋敷の史蹟　122　150〜153　158
遠藤周作――愛の同伴者　65　87
遠藤周作――その文学世界　65　297
遠藤周作全集第一巻　52
遠藤周作『沈黙』草稿翻刻　118　127　128　159
遠藤周作の世界　125　228　307
遠藤周作の縦糸　iii　257
遠藤周作文学全集第一巻　64
遠藤周作歴史小説集　i　2　280　281　333　344　345
遠藤周作歴史小説集1　女の

一生―キクの場合 281
遠藤周作歴史小説集2 宿敵 308
遠藤周作論(笠井秋生) 86 160 277 278
遠藤周作論(上総英郎) 88
王国への道―山田長政―〔王国への道〕 ii 4 35 49 110 126 207 222 229 231 239 251～255 277 282 286 297 323 336 343 357～359 366 377 383
王国燃ゆ 小説 大友宗麟 353
黄金の国 12 102 105 106 160 230 234 276 369
王の挽歌 ii 4 10 35 110 206 222 228 231 240 241 255 280 310 327 328 333～337 342～344 346～356 358 359 373 377 386 387
王妃マリー・アントワネット i ii 277
大分の歴史第四巻 キリシタン大名 大友宗麟 355 356
大友興廃記 356
大友宗麟 354
大友宗麟 王道幻想の巻 354
大友宗麟 人物叢書 348 355
大友宗麟 人物叢書新装版 356
大友宗麟 戦国求道の巻 354
大友宗麟 二階崩れの巻 354
大友宗麟 毛利合戦の巻 354
大友宗麟のすべて 356
大友二階崩れ 354
男としての人生 340
男の一生 4 34 35 49 359 362 377
男の風格―「山本周五郎」を生きる 341
おバカさん 1 26 45 47 378
女 2 3 6 10 11 43 47 207 278 280 358～373 377 385 387
女の一生 4 35 280～302 305～309 325 377 385
女の一生 一部・キクの場合 ii 3 10 149 238 280 281 284 307 308 359 385
女の一生 二部・サチ子の場合 ii 4 35 39 238 281 287 288 291
女の決闘 1

カ行

海賊の末裔―波乱にとんだ岐部神父の物語―〔海賊の末裔〕 113 114 125 127 256
火炎城 353
学生 3 26 90 380
影法師 85 94
火山 4 35 94
風立ちぬ 24 25
カトリック作家の問題 57 65
カトリック大辞典 277
カトリック要理 78 79
神々と神と 1 3 9 16 20～23 51
神神の微笑 106 346 347 353 376 386 388
ガリガイ 32
彼の生き方 277
黄色い人 ii 3～5 16 26 27 29 31 34 35 45 52～58 60～62 64～66 92 94 233 378 379
帰郷 84
旧約聖書「出エジプト記」 330 331
切支丹告白集 101
きりしたん事始 242 376
キリシタン時代の知識人―背教と殉教 108 110 151 152 376
キリシタン人物の研究―邦人司祭の巻―〔キリシタン人物の研究〕 114 118 119 121～128 140 144～147 157 159 245 256 357 370 377 381 382
キリシタン大名 355
きりしたん大名 大友宗麟(白水甲二) 347 354 355 377
きりしたん大名 大友宗麟(松田毅一) 355
切支丹の里 45 51 91 94 108 115 124 257 380
契利斯督記 113 124 128
キリスト教文学の可能性 256
キリストの誕生 4 8 35 109 212 238 255 277
近代思想・文学の伝統と変革 340
近代日本文芸試論II キリスト教倫理と恩寵 86
ぐうたら会話集 第2集 iii 11 50 388
ぐうたら漫談集 12 277
くにさき 西日本民俗・文化における地位 354 355
国東物語 ドン・フランシスコ・大友宗麟 354
黒い天使 56
黒ん坊 i～iii 1 3 10 11 191 192 210 323 359 383
慶長遣欧使節の研究 支倉六右衛門使節一行を巡る若干の問題について 276
慶長使節―日本人初の太平洋横断―〔慶長使節〕 266 267 269 270～273 276～278 377 384
月光のドミナ 26 378
決戦の時 359 377
顕偽録 97
現代小説を狩る 340

現代日本文芸の成立と展開　87
権力と栄光　106　233
高貴なる人間の姿形　近代文学と《神》　340
口語訳聖書　330〜332
講座比較文学第４巻　近代日本の思想と芸術Ⅱ　338
コウリッジ館　26　29　378
古代国東文化の謎　宇佐神道と国東文化　354　355
小西行長　228　325
此の二者のうち――日記抄的文芸時評・1　25
狐狸庵閑話　11　48　51　88　375
狐狸庵歴史の夜話　187

サ　行

最後の殉教者　ii　1　2　4　31　35　39　43　47　90　98　99　102　238　344　359　380
堺　377
坂の上の雲　282〜288　306　385
作品論　遠藤周作　86　263　264
鎖国　377
作家の日記　25　38　64〜66　194　195　375　378
サド伝　99
さまよえる戦国大々名大友宗麟　354
侍　i　4　8　10　34　35　43　46　210　213　238　240〜242　255〜261　263　264　266　267　269〜273　276〜278　282　286　297　333　334　359　377　384
査祆余録　113　128　140　149　150　152　153　158　160
死海のほとり　4　8　10　35　109　212　229　230　232　236　238　255　266
事件の核心　56
霜女覚書　322
シャルル・ペギイの場合　67
ジャンケン娘　87
従軍司祭　26　378
周五郎流　激情が人を変える　341
銃と十字架　ii　4　35　46　49　108　109　125〜127　206　210　231　232　237　239〜257　277　281　336　347　348　358　359　366　367　377　383
主観的日本人論２　246
宿敵　ii　187　201　204　206　211　227　228　280　308〜313　315〜326　359　377　382　385　386
宿命　54
出世作のころ　40
殉教　376
昭和文学全集21　小島信夫・庄野潤三・遠藤周作・阿川弘之　32
白い人　3〜5　9　16　26〜29　31　35　39　45　52
白い人・黄色い人　52　65　378
人生の同伴者　12　34　95　227　257　263
信長公記　356
人物日本の歴史９　戦国の群雄　355
人物日本の歴史10　桃山の栄光　256
新編日本武将列伝５　356
新約聖書　153　158
新約聖書「ローマ人への手紙」　332
スキャンダル　34　347　351
聖書　153〜155　158
聖書のなかの女性たち　65
聖母の軽業師　236
西洋紀聞　127　152
世界史のなかの日本史　241
世界を歩いた切支丹　114　127　256
石仏の里　国東　239　240　354
戦国夜話　187
（増補版）遠藤周作の世界　88
走馬燈―その人たちの人生―〔走馬燈〕　187　218　226〜228　238　239　244　256　319
続・生きつづけるということ　文学にみる病いと老い　341
続々群書類従　128　140
その前日　99　100　102

タ　行

大日本史料第十二編之十二　266
滞佛日記Ⅰ〜Ⅴ　25
宝塚市史第三巻　53
断腸亭日乗　26　33　375
探訪大航海時代の日本⑧回想と発見　120　242
地下生活者の手記　63
地方から日本を変える　グローカルな19人のメッセージ　338　343
沈黙　ii　1　4　8〜10　12　31　33〜35　39　43　45　46　51　66　84　86　90〜92　94　95　99　102　104〜110　112〜114　118〜129　140〜151　153　155〜160　188　194　207　212　217　228　229　231　234〜238　245　256〜258　273　276　290　291　305　336　343　345〜347　353　357　359　362　369〜373　376　377　380〜382　386〜388
『沈黙』以後　遠藤周作の世界　2　277
罪と罰　63
鉄の首枷――小西行長伝　ii　4　35　46　49　187　196　201　204　206　207　210〜228　231　238　255　256　277　278　282　308〜310　315〜317　325　326　359　377　382　383　385

テレーズ・デスケルー〔テレーズ・デスケルウ〕 7 19 32 39 40 56 76 87
テレーズの影を追って——武田泰淳氏に 20
天正少年使節 355
ドストエーフスキイ全集 63
ドストエーフスキイの世界 63
ドノイの悲歌 23
ドン・フランシスコ・大友宗麟 354

ナ 行

菜穂子 7 24 25 39
長崎オランダ商館の日記 108 140 147 148 156〜158
長崎市史 風俗編 149 291
南洋日本人町の研究 377
二条城の決闘 359
日葡辞書 345
日本切支丹宗門史 113 124 145 355
日本現代小説大事典 増補新版 341
日本国語大辞典第二版 353
日本西教史 355
日本史小百科 キリシタン 112
日本史探訪 第十一集 355
日本宣教史 272
日本の聖女 3 210 322 383
人間というX 214
人間のなかのX 212 213
眠狂四郎無頼控 50 365
野村英夫詩集 24

ハ 行

廃墟の眼 6 11 48 51
白痴 63
支倉常長 慶長遣欧使節の真相——肖像画に秘められた実像 276
支倉常長——慶長遣欧使節の悲劇 276
支倉六右衛門常長 慶長遣欧使節を巡る学際的研究 276
花あしび 23
花の反逆大友宗麟の妻 354
薔薇の館 230
パロディ 26 378
反逆 359 377
パンセ 60 66
悲劇の哲学—ドストエフスキーとニーチェ— 67
ひばりのマドロスさん 74
評論 山本周五郎 339
フォンスの井戸 32 42 50
深い河 2 4 10 32 34 35 41 47 49 86 270
『武功夜話 前野家文書』全四巻・補巻 356 359 360 362
武将列伝 中 355 356
札の辻 39 194
葡萄の丘と夏の雲 32
フランス・カトリック文学展望—ベルナノスと悪魔— 3 20〜23 32
フランスにおける異国の学生たち 31 42
フランスの大学生 3 25 32 37 50
フランス文学素描 7 39
ふらんす物語 37
フランソワ・モウリヤック 20
フロイス日本史〔フロイスの『日本史』、日本史〕 272 278 355 377
ブロンドの風の吹く頃 32
豊後の王妃イザベル キリシタン大名大友宗麟の妻 354
ベアトル・ルイス・ソテーロ伝 278
米軍資料 日本空襲の全容 マリアナ基地B29部隊 65
へちまくん 45
別冊歴史読本 山本周五郎読本 340
堀辰雄論覚書 22
ボルドオ 25

マ 行

マタイ、マルコ、ヨハネの福音書 154
瞬く星 23
魔の山 341
幻のジパング 大友宗麟の生涯 354
六日間の旅行 84
無鹿 354 359
召使たち 194 359
メナム河の日本人 ii 4 35 49 102 103 106 107 110 112 126 207 222 229〜234 236〜240 251 253 255 256 277 281 336 343 357 359 366 377 383
モイラ 56
モニュメンタ・ニッポニカ・シリーズ 113
物語の女 24

ヤ 行

山本周五郎 宿命と人間の絆 339
山本周五郎が描いた男たち

341
山本周五郎小説全集10　赤ひげ診療譚　339 342
山本周五郎全集第十一巻　赤ひげ診療譚・五瓣の椿　339
山本周五郎全集第六巻　339
山本周五郎長篇小説全集第七巻　赤ひげ診療譚　おたふく物語　341
山本周五郎の生涯　340
山本周五郎はどう読まれてきたか　340
山本周五郎を読む　341
ユリアとよぶ女　ii 4 9 35 90 187〜207 211 308〜310 382 385
ヨハネ伝　158

ラ 行

ラゲ訳『我主イエズスキリストの新約聖書』〔ラゲ訳聖書〕　141 153〜158
留学　3 4 35 41〜43 90 103〜107〜110 112 116 117 159 194 207 229 256 343 357 366 373 381
リレー対談　長崎あれこれ　242 243
ルーアンの丘　25 196 378
歴史・時代小説事典　340
歴史文学夜話　鷗外からの　180
篇を読む　256

ワ 行

わが恋う人は　187
わたしが・棄てた・女　3 4 26 35 47 203 301 378
私の愛した小説　39
悪い仲間　45

人名索引

ア 行

赤瀬川隼　353
赤祖父哲二　340
赤ひげ〔新出去定、去定〕327〜333 337 340〜342 386
秋山真之　306
秋山好古　286
芥川龍男　348 356
芥川龍之介〔芥川〕　9 106 321 322 344〜347 353 376 380 386 388
明智光秀　311 313 320 362
麻生直　256
アナトール・フランス　236
姉崎正治　113
天草四郎　363 364
荒井貢次郎　339
新井白石〔白石〕　127 152 368
荒木忠作　261
荒木トマス〔荒木、トマス荒木、トーマ〕　6 43 45 46 94 103〜105 107〜110 116〜118 120 126 229 237 245〜248 252 254 336 357 366 381
荒木村重　361
荒瀬康成　149 160
荒正人　328 339 341
アントニヨ石田〔イルマンの石田〕　96 119 144 145 147
アンドレ・バルメイロ　119 141
イエス〔イエズス、キリスト、基督〕　60 61 99 109 154〜156 158 226〜228 235 242 247〜250 255 257 262 263 267 270 317〜319 352 386
イエスの弟子たち　227
池田純溢　160
石田三成〔三成〕　214 216 312 315 320 324 361 385
イスカリオテのユダ〔裏切り者のユダ、ユダ〕　30 60 61 98 102 154〜156 158 226 228 235 249 317 318 363
泉孝英　341
泉秀樹　323 325
磯辺夫婦　47

板倉重昌 363
市次郎 293 299 300
イチゾウ 95〜97
一橋又兵衛 150 151 153
伊東一夫 340
伊藤清左衛門 10 286 289 291 295〜301 303〜306 309
糸子 29 30 53 54 56〜59
井上筑後守〔井上筑後守政重、井上〕 95 97 98 105 106 122 123 128 129 140 143 366 367 369〜371 381
井上万梨恵 62 66
伊原 18〜20 26 32 379
イボンヌ 29 38
李英和 34
入田親誠 334 336 337 348 349 351
岩生成一 377
岩崎里奈 217 227 325
岩佐壮四郎 328 340
ウイスキー 106 233
上田ノブ〔上田〕 41 69〜71 76 77 79 82 87
ウッサン 304 306
梅崎春生 1
恵瓊 216
エバ 56 57
江利チエミ 74 87
遠藤祐 264
遠藤常久〔白水甲二〕 85 347 354 355 377
お市 359〜361
オイディプス 349
近江博子 340
大泉光一 266 276 377
大内義隆 334 349
大内義長 334 350
大岡昇平 1
大田正紀 68 71 86 328 340
大津 41 270
大友宗麟〔宗麟〕 ii 206 223 228 231 240 255 311 327 334〜338 343 344 347〜354 356 358 377 386 387
(大友)義鑑 334 348
大友吉統〔吉統、義統〕 334 351
大場 82
大日雲貴 346
緒方秀樹 34
岡松和夫 306
小川圭治 88
小川仁子 148
尾崎秀樹 256 328 339 340
オザラザ 104
織田信長〔信長〕 220 311 323 356 359 360 362
小野功生 297
小野田 240 241
お陽 297 299〜301 304
オルガンティーノ〔オルガンチーノ、オルガンティノ〕 106 217〜219 224 326

カ行

海音寺潮五郎 348 355
角内 150〜152
影山恒男 68 86
笠井秋生 86 150 160 273 277 278
笠原主膳〔主膳〕 9 188〜191 193 198 200 207
春日局 359 365 367 368
嘉助 102 103 106 234 235
上総英郎 79 88
風早恵介 354
片岡弥吉 244
カタリーナ皇后 189
カタリナ 321
加藤清正〔加藤虎之助、虎之助、清正〕 196 205 214 219〜221 231 238 280 282 308〜315 317 319〜322 324 325 385
加藤清正の母伊都〔清正の母伊都〕 308 309 321 322
兼子盾夫 160
カブラル 97
ガブリエル 56
上出恵子 328 340
蒲生氏郷 314
カヤパ 267 270
加代 359 361 362
カルバーリュ 326
カルバリオ 242
ガルペ 95〜97 128 370
河上徹太郎 263
川崎桃太 278 355 377
川島秀一〔川島氏〕 53 65 72 76 87
河盛好蔵 328 339 342
菅野昭正 306
キク 10 281 286 289 291〜304 307 309
菊池義武 348
菊姫 321
喜助 98〜100 102
北影雄幸 341
北森嘉蔵 88
キチジロー〔吉次郎〕 45 84 95〜99 101 102 140 142 150 153〜156 158 234 257 305 372 381
キチジローの兄妹 95
木下杢太郎 9
キミコ 30 54 56 57 60
木村久邇典 339〜341
吉良上野介 6
ギラン 303
工藤 42 105
国太郎爺 98
国松昭 341
国谷純一郎 88
久保田暁一 256
熊蔵 10 291 295 297 299 301 303 304
クリストヴァン・フェレイラ〔フェレイラ、沢野忠庵、忠庵〕 33 46 94〜98 102 104〜108 119 120 122〜125 127 129 140 141 143〜148 151 152 158 229 234 238 239 336 345〜347 359 366 367 369〜372 381 382
G・グリーン〔グレアム・グリーン〕 56 106 233
黒田長政〔長政〕 188 189
桑田忠親 356
阮子竜 252
小石房子 354

コーロス　128
古賀十二郎　149 291
小島信夫　1 44 376
後藤壽庵　150 151 153 242
後藤庄三郎　108
小西行長〔小西、行長、小西彌九郎、彌九郎、切支丹アウグスチーヌ行長〕　ii 8～10 46 90 187～189 193 194 196～201 203～207 210 211 213～228 231 238 243 272 280 282 308～315 317～322 324～326 359 361 363 382 385
小西行長の妻糸〔行長の妻糸、糸〕　308 309 314 320～324 326 386
小西隆佐〔立佐、隆佐、小西立佐〕　205 216 224 316
コリヤド　101
コルベ　238 291
権藤〔『海と毒薬』〕　81
近藤啓太郎　44

サ行

佐伯　57 59
榊山潤　373
向坂　42
櫻田啓　354
佐古純一郎　346 353 376 388
サチ子　281 288
佐藤朔　7 39 44
佐藤俊夫　327 338 386
佐藤泰正　12 34 95 227 263
サドカイ派　249
ジアン・クラセ　355
椎名麟三　1
シェストフ　67
塩市丸　348 349
式見　120 124 128 250 366 367 372
シドッチ　152 194 361 362 366 368 369 372 387
柴田〔『海と毒薬』〕　81
柴田勝家　311
柴田錬三郎　iii 11 49 50 365 375 376 388
司馬遼太郎　280 282 286～288 306 325 377 385
島津義弘　334
清水宗治　312 313 316
霜　322
下川原睦美　160
下野孝文　160
下山嬢子　68 69 86 160
ジャック　29
ジャンヌ・ダルク　38
ジュスタ　321
ジュゼッペ・キャラ〔キアラ、キャラ、ジョゼフ・キャラ、岡本三右衛門〕　46 94 104 105 120 123 124 127 128 144 147～153 160 194 238 370 372
シュタウファー　212
ジュリアン・グリーン〔J・グリーン〕　26 56
庄野潤三　44
白石一郎　353
城井久右衛門　254
進藤純孝　44
陶晴賢〔晴賢〕　334 350
勝呂　69～72 74～76 79～85 92
スザンヌ・パストル〔スザンヌ〕　19
鈴木秀子　256
スペイン国王フェリーペ三世〔スペイン国王〕　267 269～271 334
清吉　10 284 286 289 291～301 303 304 307 309
清八　274 275 278
聖母マリア〔マリア〕　56 57 99 291 364
セスペデス　204
セバスチァン・ロドリゴ〔ロドリゴ、岡本三右衛門〕　ii 9 31 95～99 102 105～108 119～125 128 129 140～144 146～151 154～158 160 194 229 235 257 273 291 305 336 345 357 369～372 381 382
セバスチァン木村〔木村〕　116 117 120 126 144
仙右衛門　297 303
千利休　335 351
千姫　367 368
宗マリア　204 205
宗麟の母　334 348 352 353 387

タ行

多賀敏行　265
高橋是清　286
高橋敏夫　341
高橋直樹　354
高橋英夫　277
高山右近〔右近〕　216～223 225～228 232 272 308 309 313 314 316 320 321 324 325 385
高山由紀子　354
武田泰淳　1
武田友寿　2 11 79 88 125 228 277 305 307
竹中采女　122 123
立野殿　321
伊達政宗　267 268 334
田中〔『留学』〕　41 42
田中太郎左衛門〔田中〔『侍』〕〕　261～263 271～275
田中千禾夫　355
田中与左衛門〔田中〔『ユリアとよぶ女』〕〕　196～199 201～203
田原親賢　348
田部夫人　81
玉置邦雄　87
玉目丹波守の娘　314
千々石ミゲル　108 109 245～248
チバ〔『アデンまで』〕　27 28
千葉ミノル〔千葉〔『黄色い人』〕〕　29～31 34 53～62
長吉　95～97 372
長助　152 368 369 387
長助とおはる〔長助夫婦、長助・はる夫婦〕　194 359 362 369 372 373
辻邦生　277
筒井順慶　313

露 352 353 387
ツンバ ii 191 323
デュラン 29～31 53～57 59～62 94 233
テレーズ〔テレーズ・デスケルウ〕 19 40 41 76 87
東郷元帥 286
藤五郎 99 100 102
トーマス・マン 341
徳岡孝夫 325
徳川家光〔家光〕 ii 359 363 365 367 368
徳川家康〔家康〕 188～194 198 200 202 207 226 243 259 260 267 268 278 308 309 311 312 315 320 323 326 360 362 366 385
（徳川）吉宗 368 369
ドストエフスキー〔ドストエーフスキイ〕 62～64
戸田剛〔戸田〕 69 71 72 77 80～83 88 92
朝長作右衛門 105
外山幹夫 348 355 356
豊田武 377
豊臣秀次 361
豊臣秀吉〔秀吉、太閤〕 188 193 195 196 198 200 201 205 206 216 217 219～223 225 231 245 255 272 278 308～317 320 322 323 334～336 351 359 360 362 385
豊臣秀頼 324 361
ドン・ロドゥリーゴ 267
ドンナ・ジュスタ 326

ナ行

内藤如安〔内藤ジュアン〕 204 238
菜穂子 24
永井荷風〔荷風〕 26 37 375
長井苑子 341
中田耕治 339
中野新治 328 341
中野幡能 354 355
中村真一郎 65 355
中安信夫 341
長与善郎 9 380
夏目漱石 286
納屋助左衛門 313 320
成瀬美津子〔美津子〕 41
西九助〔西〕 261 272 273 276 384
西ロマノ 252～254
眠狂四郎 50 366 376 388
乃木将軍 286
能勢 101 102
野松盾子 328 340
野間宏 1
野村英夫 22～24

ハ行

パウロ 267
パジェス 113 124
橋本（『海と毒薬』） 77 81 82 87
支倉常長〔支倉六右衛門、支倉、常長〕 8 10 120 210 213 227 238 240 242 264 266 270～273 276～278 333 359 361 377 384
長谷倉六右衛門〔長谷倉〕 8 46 255 258～263 266 268～278 282 384
服部右京亮の女 334 350～352
服部達 46
埴谷雄高 1
原主水 194
春〔おはる〕 95～97 152 368 369 372 373 387
ハンス・カストルプ 341
ハンツ 19 20 32
ピエール 61
日比野了慶〔了慶〕 9 188～190 198 200 204 308
平田 106
ピラト 270
平野謙 193 207
平松守彦 338 343 377
ヒルダ 41 71 77 82 87
広石廉二 iii 257
広瀬中佐 286
ファビアン不干斎 46 94
ヴァリニャーノ 119 142 246 352 353 362 387
ヴァレンテ 272 273 278
ヴィスカイーノ 271 272
H・チースリク〔H・チースリック、フーベルト・チースリク〕 7 51 93 94 111～115 118 119 122 123 125～127 140 144 145 159 237 244 245 256 348 354 357 370 376 377 381
笛木美佳 62 66 207 283 284
ふき 254
福島正則 214
藤田尚子 118 119 127 145 159 297 307
プチジャン 10 285 286 290 291 294 295 297～306 309
フューレ 10 286 290 302 303 309
フランシス・ジャム 21
フランシスコ・ザビエル〔フランシスコ・シャビエル、ザビエル〕 ii 5 6 42 43 93 119 242 271 285 298 334 337 346 347 352 353 362 376 386 387
フランソワ・モーリヤック〔モーリヤック、モウリヤック、モオリアック〕 19 24 25 32 39～41 50 56 87 378
ブルトマン 212
ブロウ 29～31 53～56 58～61 379
ペドロ岐部〔ペドロ・岐部、カスイ岐部、ペイドロ、岐部、ペドロ岐部カスイ、ペドロ・カスイ・岐部〕 ii～iv 6 8～10 43 45 46 90 91 102～104 106～128 144 146 147 159 187 194 206 207 210 222 227 229～245 247～257

280 282 336 343 347 348 357～359 361 362 364 366～373 381 383 387
ベラスコ　210 255 258～278 282 384 385
ヘルツォーグ　93～95 106 233 381
ベルナール　290
ベルナノス　32 203 275
ベルナルド　6 43 45 93 237
卜意　150 151 153
細川ガラシャ〔細川殿の奥方、ガラシャ、秀林院〕　204 309 320～322 362 385
細川忠興　320
細川藤孝・忠興父子　313 320
細川正義　68 84 86
堀田善衛　363 375 376
堀辰雄　7 21～25 32 39 375 378
ボルゲーゼ　267 269 275
ポルロ神父〔ポロ神父、ポーロ神父、ポウロ神父〕　120 124 128 239 250 366 367 372
本藤舜太郎〔舜太郎〕　10 285 291 297～301 304 305

マ　行

前野将右衛門　362
マギイ　27
牧村政治　314
マグダラのマリア　57
正岡子規〔子規〕　286 306
松井玄庵　365
松木忠作〔松木〕　271～273
松田毅一　11 12 34 51 266 276～278 306 355 377 384
松田ミゲル〔マツダ・ミゲル、ミゲル松田、ミゲル・マツダ〕　119 121 122 125 128 144 147 367 370
マテオ・デ・コーロス　121 122 128
マリア（『モイラ』）　56
マリー・テレーズ　29
マルキ・ド・サド〔サド〕　38 39 99
マルタ　96 97
三浦朱門　1 44 51 94 108 114 115 151 152 256 264 277 334 376
ミカエル・シュタイン　355
三木サニア　118 127 257
水上あや　354
水谷昭夫　328 330 339 340 342
美空ひばり　73 74 87
御手洗一而　354
ミツ　10 286 289 292 293 295 297 299～301 304 309
宮尾俊彦　160
宮坂覺　53 65
ムーニョス　272
村上直次郎　108 140 148 156
村松剛　46
モイラ　56 57
毛利元就　334 350
モキチ　95～97
元修道士　274
森鷗外〔森林太郎〕　189
森田ミツ　203
森本繁　325
モレホン　106 107 232～236 250 253 254 256

ヤ　行

八木義徳　306
矢代静一　256
安岡章太郎　1 44 45 93
保本登〔登〕　327～330 332 340～342 386
矢乃　334 350 351
矢野綾子　22
山形和美　65
山田右衛門作〔右衛門作〕　10 362～366 387
山田都与　354
山田長政〔長政、オーナ・セーナ・ピモック・長政〕　ii iii 8 10 106 107 210 222 230～236 238～243 250～257 282 323 336 358 366 377 383
山田宗睦　328 339
山根道公　53
山本和　77 79 88
山本健吉〔山本〕　68 85 242 375 376
山本周五郎〔周五郎〕　10 110 327 332 337～342 373 386
山本秀煌　122 150
結城弥平次ジョルジ　217
ユウジェニイ・ド・ゲラン　32
雪　191 192
雪村いずみ　87
ユリア〔太田ジュリア、おたあジュリア、おたあ〕　ii 9 187～205 207 211 238 308 321 362 382
吉田小五郎　355
吉乃　359
吉満吉彦　21
吉行淳之介　1 44
与蔵　262 263 270 274 278
淀〔淀の方、淀君〕　206 359 361
米川正夫　63
米田一雄　354

ラ　行

ラグーナ　350 351
リルケ　23
林蔵主　228
ルイス・ソテーロ〔ソテーロ〕　267 268 271～274 278
ルイス・フロイス　272 278 355 362
ルビノ　141 151
レオン・パジェス　124 145 355 371
ローマ法王〔ローマ教皇〕　242 267 269～271 274 334
ロレンソ・ペレス　278

ワ　行

和歌森太郎　354 355
渡辺澄夫　348 355

事項索引

ア 行

哀愁の中のイエズス　61
アウシュビッツ収容所〔アウシュビッツ〕　4 39 291
青いちいさなノート　18 20 26 379
青い小さな葡萄　19 20 32
青い葡萄　19
明石の領主　222
悪　9
芥川作品　322
芥川賞　44
芥川の「切支丹物」　345
〈悪〉というトポス　36 39 379
悪の行われた場所〔罪悪の行われた場所〕　36～38 68 75 81 85 380
明智家　314
アデン　27 29
穴吊り〔穴吊し、穴吊るし〕　39 97 112 120 122 123 125 144 146 147 151 194 233 250 254 366 370～372
天草　314
アユタヤ　102 106 222
アユタヤの秀吉　231 323 336
有馬神学校〔有馬の神学校、有馬セミナリオ〕　93 103 104 116 118 120 121 239 240 243～246 250 252 363 366 370
哀れな傀儡　205
イエス三部作　212
イエズス会　97 121 128
イエズスの秘儀　60
イエスの顔　154
イエスの苦悩　249
イエスの受難　154
イエスの弟子　154
生駒屋敷　361
生駒屋敷の跡　360 361
石田三成側　214
イスカリオテのユダ　99
一神論　23
異文化体験　41
岩倉使節団　285 304
引用の織物　382
上田の「手記」〔上田看護婦の手記〕　76 77 378 380
宇喜多家の家臣　205
右近一族　223
宇土　220 314 321
宇土の領主　189 211 217
浦上三番崩れ　289 362
浦上中野郷　98
浦上二番崩れ　362
浦上村　360
浦上村の歴史　284
浦上四番崩れ　ii 5 10 98～100 281 284 286 289 291 295 299 300 303 304 359 360
雲仙　101 290 291
雲仙殉教　119 145
英雄主義　23 29
エクリチュール　17 26
会合衆　215～217
エコノミック・アニマル　261 265
江戸切支丹屋敷〔江戸のキリシタン屋敷、キリシタン屋敷、切支丹屋敷〕　4 31 35 97 113 143 150～153 158 194 305 361 368 372
F医大病院　80 380
F市　380
エルサレムの街　318
遠藤周作文学館　140 159
王　242 333～335
王国　241
黄色人　19
大浦天主堂　293 295 298～301 303 304
大奥　359 361 365 368
大坂城　361
大阪夏の陣　188
大阪の陣　368
岡本大八事件　190
「置き換え」の手法〔置き換えの手法〕　203 264
遅れて来た戦後派　1
夫の手記　378
オランダ商館　294 299 300
恩寵なき世界　57～59 62 65 66
恩寵の世界　57～59 62 65 66

カ 行

海外領土史研究所　31 142 143
書かれたもの＝エクリチュール　17
書く行為＝エクリチュール　17
かくれ切支丹　ii 365 366 371
糟賀部村　225 226 317 361
語り　282 284
「語り」の問題　283 377
家庭小説　327 386
カトリシスム　61
カトリシズムの世界　22 23
カトリック作家　26
カトリック小説　56
カトリック東京大司教区　125
カトリック文学　7 20 22 47
カナの奇蹟　61

神なき人間の悲惨　62
神の王国　iii 222 230 231 253〜255 282 336 358 366 383
神の恩寵　61
神の国　222 230〜232 235 239 241 251 253
神の「眼ざし」　387
カムポリードの修道院　96 97 120
加茂の河原　207
軽井沢　22
川西航空機株式会社宝塚製作所（川西工場）　52
川西工場空襲の日　53
環濠　215 219
ガンジス河　49
関東大震災　5
観音寺　361
緩慢的な自殺　206 225
黄色い人　55 60〜62
棄教　104 124
棄教者　92 95 96 101 364 366 380 387
危険な存在　222
偽作の謝罪文　221
キチジローの系譜　98 100 103
キチジローの原型　99
キチジローの痕跡　101
岐部　241
欺瞞工作　205 206 221 317
「救済」の象徴　61
「救済」の路　61
旧堺港　215
九州大学医学部生体解剖事件（生体解剖事件、相川事件）　39 41 68 71〜73 79 80〜82 88
教会の成長　109
強者（強い人、強か者、強き人）　90〜92 95 98 99 101〜103 107 109 111 114 116 117 119 125 146 160 210 217 223 229 231 232 237 249 254 255 336 357 362 364 366 368 369 380 381 387
強者と弱者（弱者と強者）　10 91 104 223 297 304 380 381
強者の立場　45 93
「強者」の問題　387
京都の六条河原　211 216
清州会議　311
清正毒殺　324
距離感　7 41 42 49 243
キリシタン（切支丹）　i ii 50 101 102 114 189 205 211 216 351 368
切支丹禁制令　221
切支丹研究　115
「切支丹最後」の姿　242
切支丹最後の地　242 245
キリシタン時代（切支丹時代）　i ii iv 5 7 10 11
切支丹時代の棄教者　43 46 90 93 94 140 144 188 210 246 359 381
切支丹時代の智識人　95
切支丹大名（キリシタン大名）　7 ii 197 204 206 308 310 327 344 386
切支丹弾圧　192 222
切支丹探索　147
切支丹追放令　232 249 252
切支丹の武将たち　222
切支丹武将　314
キリシタン文学（切支丹文学）　2 9〜11 344 345 353 386 387
切支丹勉強の師　377
切支丹物　2 9 11 12 90 187 188 281 308 345 380 382 386 387
切支丹屋敷役人日記　31 128 143 144 149 150 153 158 160 161 372 382
キリスト教伝来　362
基督教の禁教令　351
キリストの愛　267
キリストの受難　267
記録　9 28
禁教　216
禁教令　103 145 220 222 223 245 314 316
禁制高札　289
国東半島　125 237 239 240 241 243 347 358 383
首枷　316
隈本　314
クリスマスの夜　54
グレゴリアン大学（グレゴリオ大学）　117 238
黒崎のかくれ切支丹　371
黒ミサ　37 49 50 388
黒ミサ的な肉欲　37
慶應義塾大学仏文科　21
慶應義塾大学文学部予科　5 21
軽小説　iii 1 2 11 26 378
慶長遣欧使節（慶長使節、遣欧使節）　10 242 261 264 266 267 269 270 275 278 384
劇　36 218
ゲシュタボ（独逸秘密警察）　37
ゲッセマネの祈り　154
ゲッセマネの園　250
現実の「置き換へ」　25
現実の「再現」　25
現代評論　44
権力者による支配構造　198 202
権力者の一操り人形（操り人形、権力者の人形、権力者の操り人形）　200〜202 205 206
小石川の無量院　152
小石川養生所

327〜329 331 337 339 386
構想の会 44
神津島 193 194 197 207
拷問者の歴史 26 28 29 378
告白 64
告白の秘蹟 226
心の奥の奥底 351
心の同伴者 337 352 353 387
心の問題 347
心の闇 336 337 349 352 353 386 387
小谷城 361
告解のスタイル 30 31
小西一族 215 216
小西軍 214
小西行長研究 206
小西行長像 188 203 206 211 212 308 382
この手記 87
ゴルゴタの丘 318
コレジオ・ロマノ〔コレジョ・ロマーノ、ローマ・コレジオ〕 103 117 367
ころび証文 129
転びバテレン〔ころびバテレン〕 120 366 376
転びバテレンの子 376
転び者〔転び信徒〕 51 92 94 101 103 105 109 111 114 115 117 118 120 121 234 235 242
混血児 376

サ行

最後の晩餐 154 158
西勝寺 97 129
最初の歴史小説 47
堺 215〜218 220 226 318 319 383
堺の会合衆 215
堺の小西一族 225
堺の商人 219
倒懸の刑 122
冊封請願書 221
作家の日記 26
「侍」視点 258〜260
サラリーマン小説 325
三角帽子 46
三条河原 361
シェストフ的不安 63
地獄谷 101
自作解説 317
賤ヶ岳の合戦 311 313
賤ヶ岳の七本槍 313
時代小説 i iii 1 11 323 376
十戒 77〜79
死のかげの谷 24
島流し 207
島原の乱 ii 5 124 359 361〜364 367 369 376
島原半島の神学校 241
清水谷 360 361
弱者〔弱い者、弱か者、弱虫〕 1 6 9 44〜46 49 90〜96 98 99 101〜105 107 109 111 114〜117 119 125 144 147 160 210 217 223 229 231 232 237 291 295 316 317 336 349 357 362 364 366 369 376 380 381 387
「弱者」像 92
〈弱者〉というトポス 36 43 46 379
「弱者」の意味 94
「弱者」の形象 9
「弱者」の系譜 92 95
弱者の立場 45 93
弱者の復権 125 217 223 305 317
「弱者」の文学 111
「弱者」の問題〔〈弱者〉の問題〕 46 93〜95 362 387
寂寞たる生 41
宗教小説 iii 327 386
宗門の書物 153
手記 3 9 16〜18 20 23 26 27 31 64 68〜73 76 79 82 85 378 379 387
「手記」形式 3 4 9 29 31 54 64 69 72 85 375 378 380
「手記」的な様相 72
「手記」の問題 16 379
宿敵 221 308 312 313 315 317 321 325 385
主計将校 214
受難のイエス 249 250
ジュミエージュ 48
ジュミエージュの〈廃墟〉 51
殉教 96 101 102 106 120 148 158 189 345 366〜368 385
殉教者 90 95 96 109 112 115 117 118 120 145 189 193 194 197 206 211 276 380 384 385 387
殉教者と背教者 90
殉教地 194
純文学 i iii 1 2
小説 4 7
〈小説〉観 7 8
上智大学 7 51 93 94 113〜115 119 144 244 376 377
精霊流し 296 297
書簡体 26 378
庶民性 327 386
司令部付の士官 214
白い人 55 61 62
神学校 119 120 125 144 147
信仰 309
信仰をめぐる問題 212 308
人生 41
人生の一つの投影 38
新聞小説 282〜284 287
心理小説 iii 236 327 351 386
推理小説的なサスペンス

323 325
救いの路 54 57
勝呂医院 74 75
勝呂視点 79
スタヴローギンの告白 62〜64
スフィンクスの微笑 74
生活 41
聖女 193 203
精神の「王」 242
精神の王国 222 241 242 335 336
聖性 193 207
聖性と穢れ 297
聖戦 225
生体解剖手術〔生体解剖〕 69 72 75 77 79 81 82 88
聖母的イメージ 57
聖母的な役割 57
聖母のメダイユ 57
聖母の役割 57
清涼寺 361
世界の中の日本 280 282
世界を歩いた切支丹 114
関ヶ原の合戦〔関ヶ原、関ヶ原の戦い〕 206 211 214 216 219 224 225 312 315 316 318 324 351 382
世田谷城 6 47
切腹禁止令 278
セバスチァン・ロドリゴの書簡 31 142 143 147
セミナリオ 97 121
宣教師追放 220
戦国時代 311
戦国の女 368
戦後派作家 1
戦後派文学 1
戦争孤児〔戦災孤児〕 196〜202 205 213
戦中派 1 287
善の行われた場所 36
一六三九年 120 123 125 144 147
創作 212 213
創作ノート 18
相似形 257
宗麟黒幕説 349

タ行

大航海時代 241
第五回新潮社文学賞〔新潮社文学賞、新潮文学賞〕 9 16 68
醍醐の花見 324
第三の新人 1 4 9 36 43〜46 93 149 376 377 379 381
第三のディメンション 1 236 237 347
大衆小説 i iii
第十二回毎日出版文化賞〔毎日出版文化賞〕 9 16 68
大胆な想像 226
第二期の総決算 10 258
代表的な弱者 94
太平洋戦争 5
大連 5
多角的視点 69
高山右近事件〔右近事件、右近追放、右近追放事件〕 220 221 223 224 314 316
多層的な二項対立 282 299 306
多層的な二項対立の図式 300 309
多層的な二項対立の世界 280
ダブル・イメージ 56 57 61
魂 347
魂の〈劇〉 57 58
魂のドラマ 353 387
魂の領域〔「魂」の領域〕 54 234 236
丹波の三戸野 320
知識人 103
地上の「王」〔地上の王〕 242 334 335
地上の王国〔地上王国〕 iii 222 230 231 241 242 251 252 254 255 282 335 336 358 366 383
地上の国 230 231 235 236 239 241 253
父殺し 348
千葉の視点 54 379
千葉の手紙 53 54 379
中国大返し 313
長助とおはる 362 368 387
朝鮮 221
朝鮮出兵〔朝鮮従軍、朝鮮侵攻、朝鮮侵略〕 196 200 204 206 211 214 217 220 221 225 228 311 312 314〜317 319 324 351 382
朝鮮戦争〔朝鮮事変〕 193〜197 213 214
朝鮮というモチーフ 188 308 382
長篇エンターテイメント小説 325
チンダラ 323
造り変える力 106 346 347 376
土の人間 211 219〜221 231 282 308 312
罪の浄化 57
罪の浄化への願望 55
罪の象徴 54
強さ 336
津和野 98 99 291 295 298 304 305
鉄の首枷 225 317 318
デュラン 60
デュランの視点 54 379
デュランの日記 26 29 30 53 54 64 379

〈テレーズ〉というトポス　36　39　41　379
〈テレーズ〉の生　49
伝記　212〜214
天正遣欧使節〔天正少年使節、天正少年遣欧使節、天正遣欧少年使節〕　6　43　93　108　245　246　347
天上の王国　336
伝馬町牢屋敷　194
東京大空襲　53
同宿　249　252
同伴者　204　235　236　270
同伴者イエス　236　274
「同伴者イエス」像　66
東北の水沢　361　383
毒殺　323
鶏冠毒　323
ドストエフスキー体験　62
ドストエフスキー大流行　63　67
戸田の告白　79
戸田の「手記」〔戸田の手記、戸田剛の手記〕　76　77　378　380
戸田の罪　78　79
トポス　3　4　9　16　31　36　43　48　49　68　72　75　80　85　212　215　216　218　280　289　298　359〜361　378〜380　387
「トポス」の問題〔トポスの問題〕　16　360
トモギ村　96　97

ナ行

長崎出島オランダ商館員ヨナセンの日記　31　94　107　143　147　149
長崎というトポス　385
中野郷　98　99
長良川　49
南京虐殺　73
南蛮文学　345
二階崩れの変　334　337　348　349　351
二元的視点〔二元的な視点〕　258　286　384
二項対立　68　219　221　280　281　297　298　300　303　308
二項対立の図式　211　212　219　297　298　300　304　305　308　309　312　315　385　388
二項対立の問題　387
西坂　289
西松原住宅地　70　75　82〜85　380
二十六聖人殉教　145
日常性　1　9　44　47　49　149　291　376
日常生活　46　47
〈日常性〉というトポス〔〈日常性〉のトポス〕　36　43　46　47　379
日蓮宗　317　322
日記　378
日記体　26　379
日中戦争　5
日本遠征軍　195　203
日本人像　384
日本人とキリスト教　10　227　263　375　384
日本人にあったキリスト教　8　345
日本泥沼説〔日本沼地論〕　97　105　106　345〜347　386
日本のユダ　363　373
人形のイメージ　188　198　308　382
人間　327　337
人間性　327　386
「人間性」の問題　328
「人間」追求　327　328
人間というX　308
人間の悪〔人間の〔悪〕〕　37　38　49
人間の河　19　32
人間の〈劇〉　4　7　8　36　37　48　49　140　219　360　379
人間の臭い　236
人間の森　19
沼地　346
信長毒殺　323

ハ行

廃墟　6　9　47〜49
背教者　6　61　90　126　145　247
背教神父デュランの日記　54　379
背教パードレ　108
〈廃墟〉というトポス　36　44　47〜49　379
廃墟の眼　6　88
幕府最後の切支丹　368
支倉村　361
伴天連追放　145
伴天連追放令　103　278　366
華々しい強者　147
華々しい殉教　90〜92　116　366
華々しい殉教者　6　336
華々しく殉教した強者　114　115　144
〈場〉の問題　80
原城　361　363
挽歌　333〜335　350　386
阪神淡路大震災　5
阪神大水害　5　30　60　64
汎神的な血　22　23
汎神論　23
汎神論的風土　22
東御苑　361

肥後　220 314
秀吉暗殺　324 325
秀吉麾下の大大名　322
秀吉毒殺　321 323〜325
秀吉の王国　222
秀吉の禁教令　216 221 222
秀吉の死　324
一つの世界　20
非日常性　47
日之枝城　245
評伝　2 3 8 10 11 187 188 210〜213 216 242 251 280 281 308 345 388
「評伝」形式　212
疲労感　59
フィクション　309
フィクションの内実　384
フェレイラ棄教　96 97
フェレイラの書簡〔フェレイラ書簡・フェレイラの手紙〕　128 145 146 157
フォンスの井戸　18 19 38
フォンスの虐殺事件　38
フォンスの闇の井戸　19 20
福者　111
二つの「手記」　76
二つのトポス　36 308
札の辻刑場跡〔札の辻〕　194 207
仏文学者　18 32
踏絵　39 91 96 97 99 102 103 106 108 115 122 123 143 147 149 155 235 291 366 369 372 380
フランスのカトリック文学〔フランス・カトリック文学〕　22 39 41
フランス留学　25 36 37 48 196
フランス留学時代　18 25 44
ブロウ神父の視点　54 379
文学空間としてのトポス　360
文禄・慶長の役　196 201 214
ペーロン競漕　297
「ベラスコ」視点〔ベラスコの視点〕　258〜261 265
本能寺の変　220 311 319 323

マ行

町田市民文学館　140
「松の実町」事件　28 29
眼ざし　352 353 387
魔の山　341
丸山　291 292 298 299
満州国　5
惨めな王たるキリスト　334 335
水の人間　211 219〜221 231 282 308 312
三田文学　37 44 375 376
三つの「手記」　76
三宅島　361
無常観　317
無明の闇　352
無力なイエス　229 232
室津　215〜218 220 221 224 227 314 316 317 326 383
室津というトポス　216 219
室津の領主　220 221
メタフィジック　46 47
メタフィジック批評　46
メナム河　49
面従腹背　46 210 214 215 217 220 221 223〜225 314〜317
面従腹背という生き方　216
面従腹背の二重生活　224
面従腹背の二重生活者　217 220
モーセの十戒　78 330 331
黙示録　62 64
モンドンの手記　19 20
モンドンの日記　26 379

ヤ行

屋形　334
山田長政毒殺　323
ユーモア小説　1
行長の遺書　226
ユダの救い　156
養生所　341
ヨーロッパの「白い世界」　27
ヨーロッパの大河　41 42
吉岡の手記　378
吉原　365
ヨナセンの日記　143 148 149 156 157
弱さ　336 337
「弱さ」の問題　327 328 336 386

ラ行

陸軍将校　214
リゴール　323
留学　9
〈留学〉というトポス　36 41 379
領主の道具　202
ルパング島　241
歴史　4〜6 9
〈歴史〉観　5 8
歴史群像　2 3 8 10 11 187 280〜282 286 306 308 309 311 321 345 358 385〜388
「歴史群像」の世界　280 300 385
歴史研究　377
歴史研究者　377
歴史趣味　377
歴史小説　i〜iii 1〜11 16 31 34 43 47 51 90 91 95 110 140 187 188 210〜212 223 226 236 255 266 280〜282 288 306 308 327 344 345 357〜361 375〜378 380 383〜388
「歴史小説」の集大成　358 387
「歴史小説」の序章　4 16

「歴史小説」への愛着　358
「歴史小説」への序章　3
歴史探索　47
歴史離れ　iii 320
歴史舞台としてのトポス　361
劣等者の立場　45
列福式　125
憐憫　56 61
憐憫の地獄絵図　56
六条河原　226 228 319 324 361
ロドリゴの系譜　103 107
ロドリゴの書簡　142

ワ行

私　360
私のイエス　270
〈私〉の「手記」〔〈私〉の手記〕　69 74 77 380
私の主の物語　274

あとがき

本書は、二〇一六年六月十五日に関西学院大学にて承認された博士論文「遠藤周作研究―「歴史小説」を視座として―」をもとに新たに小西行長に関わる三本の論文を書き下ろし、参考資料、参考文献目録を加えたものである。初出にあるように一番古い『黄色い人』論が二〇〇〇年の発表であり、私の遠藤研究はここから始まった。それから博士論文に至る迄十六年もかかっている。私がいかに怠惰であるかの証拠とも言えよう。

博士論文の審査にあっては、関西学院大学の細川正義先生に主査を、同大学の大橋毅彦先生とノートルダム清心女子大学の山根道公先生には副査を担当していただいた。三人の先生方にはいずれもご多忙中の折、審査を引き受けてくださり、的確な指導とご助言を賜った。何よりも卒業生でもない私を受け入れてくださった関西学院大学の教職員の皆様にはただ感謝あるのみである。

ここに至るまでに様々な出会いがあった。まず十三年間過ごした神戸大学では故西垣勤先生と林原純生先生の二人にお世話になった。学部と修士課程では故西垣勤先生に師事した。先生は常日頃、「文学を語ることは人生を語ることだ」と仰っていた。さらに命懸けで作品に取り組む意義を熱く語られていた。おかげで研究者としてどうあるべきか学ぶことができたように思う。ただ私の怠惰のせいで本書を先生にお見せできなかったことは悔やまれる。博士課程では林原純生先生に師事した。明治の政治小説が御専門である先生は、常に文学史の大きな流れから近代文学とは何かという問いかけをしておられた。近代文学全体とまではいかなくとも遠藤文学全体を捉える視点は先生から学んだように思える。

所属する学会で主に活動しているのは日本キリスト教文学会と遠藤周作学会の二つである。日本キリスト教文学会の全国大会では元会長の関口安義先生、前会長の宮坂覺先生に温かい励ましとご指導をいただき、学会発表や論文執筆の機会も与えられている。関西支部では院生時代から約二十年お世話になっている。特に前支部長の笠井秋生先生は未熟な私を遠藤周作研究へと誘ってくださった。先生のおかげで『作品論　遠藤周作』（双文社出版）の「黄色い人」論と作品別参考文献目録を執筆する貴重な機会をいただいたことが私の遠藤周作研究の原点でありスタート地点でもある。そして現支部長の細川正義先生には学会発表の機会を与えていただくばかりでなく、博士論文の主査まで引き受けていただいた。本書が完成したのは両先生のおかげといってもいいだろう。遠藤周作学会では前会長の笠井先生はいうまでもなく現会長の川島秀一先生をはじめとして運営委員や会員の皆様から様々な指導や刺激をいただいている。特に事務局長の山根道公先生には副査まで担当していただいた。感謝を申し上げたい。

日本語教師として勤めた韓国での四年間でも様々な出会いがあった。日本語教育という新たな職務と韓国語、韓国文化、韓国文学、そして韓国にいる日本文学研究者たちから多くのことを学ぶことが出来た。日本語学科という現在の職場ではこの韓国での体験が充分に生かされている。

勤務校の京都外国語大学では遠藤周作と関わる出会いがあった。スペイン語学科とブラジルポルトガル語学科の先生方からは、スペイン、メキシコ、ポルトガル、ブラジルに関わることだけでなく、遠藤周作が「切支丹勉強の師」と呼ぶ故松田毅一氏に関する貴重なお話がうかがえた。私が遠藤周作の「歴史小説」に注目したきっかけはここにある。ブラジルポルトガル語学科の名誉教授であり、ルイス・フロイスの『日本史』を松田毅一氏と共に翻訳された川崎桃太先生も遠藤周作と直接交流のあった方で、卒業式の時などご挨拶を申し上げている。フランス語学科の先生方からは、遠藤周作の恩師である故佐藤朔先生や、遠藤周作のフランス留学の先輩である故片岡美智先生の貴重なお話も聞くことが出来た。遠藤周作のことを「遠藤君」と呼ぶ近しい人物がこんなにもいたことは驚きであった。

なお本書は幸いにも京都外国語大学の学内出版助成を受けることができた。これがなければ出版にこぎつけるのは困難であった。

出版に際しては和泉書院の廣橋研三氏に御助言をいただいた。初めての単行本刊行でわからないことが多かったが、相談いただき不安が解消された。

最後に結婚以来怠惰な私を叱咤激励し支えてくれた妻致順に感謝したい。私が博士号を取得できたのも、妻のおかげである。

二〇一七年九月

長濵拓磨

■著者略歴

長濵拓磨（ながはま　たくま）

1967年、鹿児島県生れ。神戸大学大学院博士課程後期課程単位取得退学。博士（文学）。

韓国の韓東大学、清州大学を経て、2003年より京都外国語大学に勤務。現在は、同大学教授。

遠藤周作学会運営委員、日本キリスト教文学会関西支部運営委員、同会役員。

共著：『作品論　遠藤周作』（双文社出版、2000年）、『論集　椎名麟三』（おうふう、2002年）、『芥川龍之介と切支丹物―多声・交差・越境』（翰林書房、2014年）。

論文：「椎名麟三論――〈光〉のイメージの変遷」（「国文学　解釈と鑑賞」74（4）、2009年4月）、「川端康成「生命の樹」論―戦後文学と聖書―」（「キリスト教文学研究」29、2012年5月）、「超越的存在をめぐるドラマ―太宰治『人間失格』と椎名麟三『美しい女』―」（「キリスト教文芸」30、2014年7月）、「遠藤周作論―〈劇〉を生成するトポス―」（「昭和文学研究」72、2016年3月）、「戦後文学と聖書（一）序章・問題の所在」（「キリスト教文化」7、2016年5月／連載中）、他。

近代文学研究叢刊　65

遠藤周作論
―「歴史小説」を視座として―

二〇一八年二月二五日初版第一刷発行
（検印省略）

著者　長濵拓磨
発行者　廣橋研三
印刷・製本　亜細亜印刷
発行所　有限会社 和泉書院
大阪市天王寺区上之宮町七－六
〒五四三－〇〇三七
電話　〇六－六七七一－一四六七
振替　〇〇九七〇－八－一五〇四三

装訂　倉本　修

ISBN978-4-7576-0865-8　C3395

近代文学研究叢刊

上司小剣文学研究	荒井真理亜 著	31	八〇〇〇円
明治詩史論 透谷・羽衣・敏を視座として	九里順子 著	32	八〇〇〇円
戦時下の小林秀雄に関する研究	尾上新太郎 著	33	七〇〇〇円
『漾虚集』論考 「小説家夏目漱石」の確立	宮薗美佳 著	34	六〇〇〇円
『明暗』論集 清子のいる風景	鳥井正晴 監修 近代部会 編	35	六五〇〇円
夏目漱石絶筆『明暗』における「技巧」をめぐって	中村美子 著	36	六〇〇〇円
我々は何処へ行くのか Où allons-nous? 福永武彦・島尾ミホ作品論集	鳥居真知子 著	37	三八〇〇円
夏目漱石「自意識」の罠 後期作品の世界	松尾直昭 著	38	五〇〇〇円
歴史小説の空間 鷗外小説とその流れ	勝倉壽一 著	39	五五〇〇円
松本清張作品研究 付・参考資料	加納重文 著	40	九〇〇〇円

（価格は税別）

近代文学研究叢刊

41 作品より長い作品論 名作鑑賞の試み　細江光 著　一五〇〇〇円
42 芥川作品の方法 紫檀の机から　奥野久美子 著　七五〇〇円
43 石川淳後期作品解読　畦地芳弘 著　一四〇〇〇円
44 樋口一葉 豊饒なる世界へ　山本欣司 著　七〇〇〇円
45 賢治考証　工藤哲夫 著　九〇〇〇円
46 日野啓三 意識と身体の作家　相馬庸郎 著　八〇〇〇円
47 太宰治の表現空間　相馬明文 著　四〇〇〇円
48 文学・一九三〇年前後 〈私〉の行方　梅本宣之 著　七〇〇〇円
49 安部公房文学の研究　田中裕之 著　六五〇〇円
50 大江健三郎・志賀直哉・ノンフィクション 虚実の往還　一條孝夫 著　六〇〇〇円

（価格は税別）

近代文学研究叢刊

『道草』論集　健三のいた風景	鳥井正晴・宮薗美佳・荒井真理亜 編	51	七五〇〇円
自由民権運動と戯作者　明治一〇年代の仮名垣魯文とその門弟	松原真 著	52	四八〇〇円
漱石の表現　その技巧が読者に幻惑を生む	岸元次子 著	53	五五〇〇円
佐藤春夫と中国古典　美意識の受容と展開	張文宏 著	54	四七〇〇円
太宰治の虚構	木村小夜 著	55	四八〇〇円
近代文学と伝統文化　探書四十年	堀部功夫 著	56	一〇〇〇〇円
遠藤周作〈和解〉の物語　増補改訂版	川島秀一 著	57	四八〇〇円
泉鏡花素描	吉田昌志 著	58	七〇〇〇円
織田作之助論　〈大阪〉表象という戦略	尾崎名津子 著	59	六〇〇〇円
石川啄木論攷　青年・国家・自然主義	田口道昭 著	60	七〇〇〇円

（価格は税別）